周先慎文集

第八卷 古典诗文研究

周先慎 著

目　录

淡浮居说诗

淡浮居论文

自　序

在中国古代文学的各种形式中，诗文的传统最为源远流长，诗文的写作最为普及。在漫长的封建时代，作文不用说，诵诗和习诗在童子的发蒙期就是必修的功课。历代的士大夫有诗文集行世的不在少数，其间虽也不乏附庸风雅或甚至是无病呻吟之作，但发诸真情且艺术上很有特色的作品也确实不少。我们今天能读到的许多名篇佳作，就是从数不清的作品中，经过历史的筛选而保存下来的。悠久的历史，众多的作家，积累了丰富的艺术经验，创造出无数脍炙人口的艺术精品。

中国古代的诗文是一个珍藏丰富的艺术宝库，一个广袤、深邃、绚丽多彩的艺术世界。进入到这个艺术世界之中，我们不仅可以超越时空，窥见不同历史时期社会生活的风貌，窥见折射出时代之光的人的精神世界，体会到诗人和作家们的喜怒哀乐，感受到他们的人生体验和人生感悟，领略到他们对人生和宇宙的思索，而且还会受到强烈的艺术感染，得到一种审美的愉悦。

中国古典诗歌在长期发展中，创造出多种多样完美的艺术形式，特别是到了唐代，近体诗的体式和技巧更臻于成熟和精致。无论律诗或绝句都有着严格的格律要求。汉语的特点所构成的对偶、平仄和押韵，并没有成为诗的羁绊，而是造成一种与内容十分协调的韵律，使中国古典诗歌具有一种独特的音乐美。古人讲究吟诗是不无道理的。这种由独特的韵律所构成的独特的音乐美，使得中国古典诗歌中的许多作品，需要通过吟诵才能充分地领略到它的韵味和艺术美。格律诗的写作当然有很高的难度，但杰出的诗人具有高度熟练的艺术技巧，能在不自由中求自由，从心所欲不逾矩，使内容与形式达到完美的结合。中国古典诗歌在艺术表现上的精练，在世界各国的诗歌中也是极为罕见的。优秀的诗人能将自己的思想感情和人生体验，轻巧而毫不费力地凝聚于寥寥数十字之中。

由情景交融所创造出的诗歌的意象和意境，更使得中国古典诗歌的艺术表现从有限达到无限，读者可以由诗中所写的具体的山水草木、鸟兽虫鱼等等，进入到一个由诗人的主观世界与客观物象相融合而构成的或高远或深邃的艺术境界之中。欣赏中国的古典诗歌，需要感情投入，也需要艺术想象。只有当我们像诗人作诗时一样饱含激情，并通过艺术想象，真正进入到诗歌的艺术境界中去时，我们才会真正领略到它深刻的思想和高妙的艺术，从而得到一种难以言传的美的享受。

相对于诗歌来说，中国古典散文的艺术传统还有待于进一步的梳理。在编写中国古代文学史时，曾有一些专家提出，应该区分文学性的散文和非文学性的散文，而文学史应该阐述的只是文学性的散文。这个意见当然不错。但在实际操作时却会遇到很大的困难，难就难在文学性和非文学性的界限十分不易把握。在中国传统散文中，有一个特点是不容忽视的，就是应用文体也非常讲究表达的艺术，这包括谋篇布局、语言运用、修辞和尽可能拥有具体可感的形象手段等等，这就使得一部分本来似乎与文学不相干的实用性文章，如书信、碑铭、序跋乃至向皇帝上的奏议、策论等，具有了相当高的艺术性。如果我们一定要坚持用现代人的文学观念来衡量传统散文，即认为文学是运用语言的手段，通过塑造形象以反映社会生活并表现作者思想感情的艺术，那么在中国古代，真正称得上文学性散文的作品，其范围就要大大缩小。在中国古典散文的传世名篇中，有一些作品并不以“塑造形象”为特点，更不以此作为作者的创作目的，但我们又不能不承认，从表达的角度看它们确实具有很高的艺术性，阅读这样的作品同样需要欣赏的眼光，同样能得到美的享受。正如我们如果严格用现代人的小说观念来衡量中国的传统小说，就会把数量很大的笔记小说、志怪小说和轶事小说中的不少佳作排除在小说大门之外一样，削足适履地也将大家熟知的一些传统应用散文中的精品排除在文学性散文的大门之外，这不仅会使热爱中国古典散文的读者有遗珠之憾，而且还必然造成有中国特色的古典散文传统的缺失。实用性并不排斥艺术性。比如一只花瓶或茶壶本来只是实用性的器物，但经过艺匠的精心制作——镂刻、彩绘和特种工艺的烧制等等，它就可能成为具有很高艺术价值的工艺美术品。没有人怀疑真正的工艺美术品也是艺术品，那么，从最宽泛的文学观念——文学是语言的艺术这一意义上看，我们也没有理由将古代应用性散文中表达艺术很高的美文排除在文学性的散文之外。

今人读古诗古文，多数并不是为了取做楷模，练习写作，而是为了艺术鉴赏。艺术鉴赏是一种高层次的精神活动，一种在阅读和欣赏过程中的审美体验，是对审美对象所具有的艺术美的感知和判断。鉴赏非易事，亦非难事，更不神秘。鲁迅先生曾说："凡人之心，无不有诗，如诗人作诗，诗不为诗人独有，凡一读其诗，心即会解者，即无不自有诗人之诗。"（《摩罗诗力说》）这就是说，诗心人人皆有，因而人人也就都具有进行艺术鉴赏的基础。实际上，在生活中是人人都曾有过进行艺术鉴赏的经验的，只不过有自觉或不自觉之分，有层次高低之分罢了。我们每个人都应该而且可以在艺术鉴赏过程中，不断地提高自己审美的自觉性，提高自己的审美水平，逐渐实现审美体验由低到高、由浅入深、由俗趋雅的转化。

阅读和欣赏古诗文中的名篇佳作，是培养健康的审美情趣，提高审美水平的一条重要途径。如果我们能通过一篇篇优美的诗文作品，进入到古人为我们创造的艺术世界中去，真正发现并领略到其中的艺术美，我们就能获得一种审美的愉悦。经常的健康的审美活动，可以提高人的精神境界，净化人的灵魂。一个人能品鉴美，追求美，自己的灵魂也可以经艺术的熏陶而变美。朱光潜先生曾说过："美感经验的直接目的虽不在陶冶性情，而却有陶冶性情的功效。心里印着美的意象，常受美的意象浸润，自然也可以少存些浊念。"（《子非鱼，安知鱼之乐？》）

收入这本书里的文章，能大体反映出我对中国古诗文艺术的认识和审美体验。希望读者在读这些文章时能分享我的审美愉悦。古人曾说"诗无达诂"，不仅对诗歌的解释是如此，对诗歌的鉴赏也是如此。任何一个人对作品（尤其是含蕴丰富的经典性名作）的解读和欣赏，都仅仅是一种角度，一种体验，一种认识，而且不可避免地都必然留下时代的和个人的精神印记，因此，不管多么高明的艺术鉴赏和审美体验，都只能启发而不能取代其他读者对作品的解读和欣赏。一篇真正的艺术作品诞生以后，人们对它的体验和认识，是一个无限长的审美流程，在某种意义上，也可以说这是一个超越时空的集体创作。将此书奉献给读者，在希望别人分享我的审美愉悦的同时，也十分希望能分享别人的审美愉悦——希望在交流中共同走进古诗文的艺术世界。

中国古典诗歌的意境与读者的接受

汉语里有一句成语叫“诗情画意”，精要地概括出诗画这两种艺术的不同特色：诗主情，画重意。因此又有“抒情诗”和“写意画”的说法。但“情”与“意”并不是对立的，而是相通的。单从字面上说，情指情感，意指意趣。意趣中不能没有情感，而诗歌对情感的表达是艺术的，自然也不能没有意趣。宋代诗人苏轼曾说过：“诗画本一律，天工与清新。”[①] 又在评王维的诗画时说：“味摩诘之诗，诗中有画；观摩诘之画，画中有诗。”[②] 诗画艺术的相通之处，最主要的在于都离不开意境的创造。

诗歌最基本的特点是抒情。任何一种文学形式的作品，一无例外地都是主体（作家主观的思想感情）和客体（客观的自然界或社会生活）相融合的产物，但诗歌是主体性最强、主体特征表现得最为鲜明的一种文学形式。在某种意义上可以说，没有感情（或者说激情）就不可能产生真正的艺术，这是任何形式的文学作品，包括叙事体的小说和戏剧文学在内都不能例外的。但诗歌却是各种文学形式中最富激情、最具感情色彩的文体。诗人对客观世界的把握和表现是情感式的，这就决定了我们在艺术鉴赏活动中对诗歌的接受也是情感式的。诗人的感情也常常凝聚和蕴含在艺术形象之中，并不都是直接说出来的，但离开感情，我们就很难捕捉诗歌的形象。接受者自己充满激情，用心去感受诗人的激情，在诗歌欣赏中有着重要的意义。

中国古典诗歌主要是通过创造意象和意境来表达诗人的思想感情的。什么是中国古典诗歌的意象和意境呢？简单地说，意象就是诗人的思想感情与客观事物的

---

① 《书鄢陵王主簿所画折枝》二首其一，《苏轼诗集》卷二九，中华书局 1982 年，第 1525 页。以下凡出此书，只注卷、页。

② 《书摩诘蓝田烟雨图》，《苏轼文集》卷七十，中华书局 1986 年，第 2209 页。以下凡出此书，只注卷、页。

融合，而意境则是诗人通过各种意象的创造和联缀所构成的一种充满诗意的艺术境界。在诗中，意象是局部的，比较具体的，而意境则是整体的，比较空灵的。情景交融是意象和意境的基本特征。唐代的司空图说："思与境偕，乃诗家之所尚者。"[①]清代的王夫之也说："情景名为二，而实不可离。神于诗者，妙合无垠。巧者则有情中景，景中情。"[②]这里讲的"思"与"情"，都是指的诗人主观的思想感情，"境"和"景"都是指的客观物象、客观世界，这两方面在诗中是融合在一起的，达到了"偕"和"妙合无垠"的境界。意象和意境的创造都离不开客观的物和景，但这物和景又跟我们平常在生活中所看到的面貌不完全相同，它是经过诗人主观思想感情的筛选、提炼、浸润而成的，是经过诗的升华的。同样是写菊花，陶渊明笔下的菊花同李清照笔下的菊花是不一样的，而同时又都有别于我们在生活中所习见的菊花。总之，诗人在描写客观物象的时候，总是融入了自己的思想感情，无论是创造意象和意境，诗人的追求都是达到尽可能完美的情景交融，也就是王夫之所说的"妙合无垠"的境界。但意境的特征又不止于情景交融，它突破和超越了具体的意象，从有限达到无限，从具体升华到空灵；它启发读者产生想象和联想，进入到诗人所创造的那个无限丰富和广阔的艺术空间，去体味和领悟诗人寄寓诗中的对社会、历史，乃至宇宙人生的思考和感悟。唐代诗人刘禹锡曾说："境生于象外，故精而寡和。"[③]这是对诗歌意境的一种极简要而又极准确的概括。意象可以从诗歌的具体描写中去捕捉，而意境则须于笔墨之外得之。

下面试以唐代以诗画相通为特点的画家兼诗人王维的一首著名的短诗《鸟鸣涧》来作一些分析。全诗如下：

人闲桂花落，夜静春山空。
月出惊山鸟，时鸣春涧中。

这是王维写的《皇甫岳云溪杂题》五首中的第一首。诗人描写的是友人皇甫岳

---

① 《与王驾评诗书》，郭绍虞《诗品集解》附录《表圣杂文》，人民文学出版社 1963 年，第 50 页。

② 《姜斋诗话》卷二，与《四溟诗话》合编本，人民文学出版社 1961 年，第 150 页。

③ 《董氏武陵集记》，《刘禹锡集》卷十九，上海人民出版社 1975 年，第 173 页。

山居云溪的景色。这里写了寂静的山林中的几种景象：落花、空山、月出、鸟鸣、深涧。这几种景象都是客观生活中存在的，我们没有到过云溪，但作为近似的具体个别的景象，我们或许在什么地方看到过或至少听说过；不过，一经王维写到诗里，就跟我们平日的所见所闻不同，它们都带上了诗人王维的主观感情色彩，每一种物象都包含了诗人独特的感受在内，这就构成了诗的意象，再经诗人的熔铸，又联缀融合成一个有机的艺术整体，创造出一种幽静、恬适、优美的诗的意境。这意境中寄托了诗人对生活的认识、感悟、理想和追求。

这首诗抒发的是诗人在山中居处时体验到的一种因远离尘世烦嚣而沉浸于优美的大自然景色中的闲静恬适的思想感情。这种感情是通过诗人感受最深切的几种景象来表达的。首句中“人闲”的“闲”字和次句中“夜静”的“静”字，是我们体味并进入到这首诗意象和意境的关键。“闲”在这里并不是指的空闲，没有事情可做，而是指的悠闲、恬适，包含着对官场、名利、人事纷争等种种尘世烦扰的厌恶和回避等感情。正是由于诗人有这样宁静恬适的心境，他才能看到、听到、感受到他写进诗中的那些景象。“桂花”是山中常见的一种木犀花，有春天开的，有秋天开的，也有四季开的。这里写的是春天的山景，该是春天开的。春桂自开自落，一般人是不大会注意的，只有心境宁静的诗人才注意及此，因而落花的景象就传达出了诗人一种独特的宁静的心境。落花本是客观的，但在这里也是主观的，是诗人王维眼中、心中的落花，是他所感受到的，是带着浓厚感情色彩的。这就构成了诗的意象。显而易见，落花意象中有诗人王维的形象在。同样，“空山”的意象也是如此。这里的“空”，不是空无一物的“空”（至少从诗中的描写看就有花、树、鸟等），而是空寂的“空”，传达的也是一种宁静的境界。这种境界在夜静的时分感受得尤为深切。因而这里的“空山”也是独特的，融进了诗人的主观感受，已不再是原来的客观景物，而是带有浓厚感情色彩的诗歌意象了。以下的“月出”和“鸟鸣”是相互关联的两种意象。月亮出来是会使树上的宿鸟惊醒的，这种景象宋朝的词人辛弃疾也写过。他在《西江月·夜行黄沙道中》有句云：“明月别枝惊鹊，清风半夜鸣蝉。”但情景虽近似，着意之点却有不同。从全首词看，重点是写动，写有声，写与农民相通的丰收的喜悦。这与王维这首诗的感情和韵致是很不相同的。王维这首诗意境创造的特点，是以动写静，以有声写无声。花落是动的，月出是动的，宿鸟因月出而惊起也是动的。唯其动，也就更能显出静来。鸟鸣是写有声，但深涧中的鸟鸣却更能显出山中的空寂。这就是说，在这个具体的环境气氛之中，诗人对静的感受是来自动态和有声的，因而这种静就不是一般的静，而是表现了诗人的独特感受和思想感情的静。

这首诗由几种关联的意象联缀融合而创造出的诗的意境，是一种宁静幽深的艺术境界。仔细吟诵体会，就会感受到这宁静又不同于死寂，而是充满生机和隽永有味的，它充分地显示出迷人的自然美，并由此表现出一种诗意和风致，使我们从诗人所创造出的意境中，具体地感受到诗人一颗热爱大自然、热爱生命的诗心。

诗的意象和意境，不仅浸润进了诗人独特的生活感受和思想感情，而且还常常体现出诗人不同的气质和个性。跟王维诗中的意象和意境那种细腻、深微、含蓄的特点不同，李白诗中的意象和意境就显得开阔、宏大、奔放，这跟李白狂放不羁的个性和飞动的艺术想象力是分不开的。试读他非常著名的《秋浦歌》第十五首：

白发三千丈，缘愁似个长。
不知明镜里，何处得秋霜？

因忧愁而使头发变白，这是日常生活中的事理，因而以白发这种物象来抒发内心的忧愁，是一种寻常的意象，是诗中常见而又易于为读者接受的。奇特的是李白创造了一种极其夸大的意象，说他的白发有三千丈那么长。这是生活中绝对不可能出现的。如果读者只把它看作同诗人不相干的一种客观的物象，就会感到它不真实，就不会相信也不能接受。但作为一种诗歌意象，即看作是诗人用以表现他独特的生活感受和思想感情的寄托物，读者就能理解，而且乐于接受。为什么呢？因为诗人内心的忧愁是那样强烈，他的气质和个性又是那么豪放，不如此夸张就不足以表现他内心强烈的感情，不足以表现他对生活的独特感受，也不足以表现他鲜明的个性。因此从李白的“白发三千丈”这种表面上看来不真实、不合事理的意象中，活脱脱地站立起一个李白的形象来。我们不仅能感受到他内心强烈的、不可压抑的愁绪，而且还能感受到诗人独特的气质与个性，并从中得到一种美感。这时候，我们就会觉得这样极度夸张的描写是十分真实的。艺术的魅力不是来自夸张本身，而是来自由夸张而真实地表现出来的诗人的思想感情。

感情奔放的李白在艺术表现上往往不大讲究含蓄，而这首诗虽然风格豪放，却仍不失含蓄的风致。第二句“缘愁似个长”，明白点出一个“愁”字，而且说明“愁”是白发这么长的原因，这是一种直白式的表现，却也并没有把意思说尽。“似个长”

的“似”字就很值得玩味，它将直观的白发和看不见的愁绪联系在一起，使得太深、太强烈的愁绪具象化，进一步表现出那三千丈长的白发乃是诗人内心无尽的愁绪所化。率直中含婉曲，诗读起来就有意味了。更值得注意的是三、四两句，前面明明白白说出了是因为“愁”才使头发变白，而且白得那么长的，这里却使用了一个比喻的意象“秋霜”，还提出疑问：这镜里照出来的秋霜是从哪里来的？这种似乎自相矛盾的感情心理，将诗人思想感情的表现强化了，深化了。这疑问的提出，表现了诗人从镜中看到自己的白发时是惊异的，不甘心的，却又无可奈何。这样，不仅将内心的愁绪表现得更充分，更强烈，而且对诗人内心世界的表现也更为丰富了。

由于诗人的个性和气质，李白诗中写愁大多是这么豪放的。《将进酒》中这样写：

五花马，千金裘，呼儿将出换美酒，与尔同销万古愁。

《闻王昌龄左迁龙标遥有此寄》中这样写：

我寄愁心与明月，随风直到夜郎西。

《宣州谢朓楼饯别校书叔云》中这样写：

抽刀断水水更流，举杯销愁愁更愁。
人生在世不称意，明朝散发弄扁舟。

跟不同的诗人一比较，这种表现于诗歌意象中的诗人的个性与气质，就显得愈加鲜明。中国文学史上以身世的凄苦不幸著称的词人秦观和李清照，写愁就另是一种写法：

斜阳外，寒鸦万点，流水绕孤村。（秦观《满庭芳》）
可堪孤馆闭春寒，杜鹃声里斜阳暮。（秦观《踏莎行》）

愁得是那么凄凉，那么孤苦，那么寂寞难耐。

梧桐更兼细雨，到黄昏，点点滴滴。（李清照《声声慢》）
只恐双溪舴艋舟，载不动许多愁。（李清照《武陵春》）

愁得是那么缠绵，那么沉重，那么难于排解。

李白不仅写愁富于个性特色，许多写景之作也是如此。如借景以抒写别情的《黄鹤楼送孟浩然之广陵》：

故人西辞黄鹤楼，烟花三月下扬州。
孤帆远影碧空尽，唯见长江天际流。

《望庐山瀑布》写自然景观：

日照香炉生紫烟，遥看瀑布挂前川。
飞流直下三千尺，疑是银河落九天。

诗人所创造的意象和意境，都是那么开阔，那么宏大，那么气势磅礴。写景诗中，无时无处都有一个李白在。

读者对诗歌的接受过程，就是艺术鉴赏的过程，就是审美的过程。而真正的接受，就必须进入到诗人所创造的艺术境界，即诗歌的意境中去。但并不是一下子就能轻易地进入到诗歌的意境中去的。这需要有一定的准备和条件，一定的过程。大致说来，读者对诗歌的接受，特别是对中国古典诗歌的接受，由于有语言的距离，时间和空间的距离，要能进入诗歌的艺术意境中去，须历三个环节，也可以说是三个层次，三种境界。这三个环节，三个层次，三种境界，就是：了解，感悟，联想。

一、了解

了解是接受诗歌的基础，也是对诗歌艺术鉴赏的开始。了解不等于鉴赏，但没有了解就谈不上鉴赏，也就不可能真正接受一首诗歌。

对诗歌的了解涉及到许多方面。第一是语言。古典诗歌的语言，特别是唐诗的语言是比较接近生活的，但毕竟是古代汉语，经过较大的历史变异，这是我们接受中国古典诗歌的第一重障碍。了解诗歌的语言，就是要把诗中每个词的意思和词与词的关系弄清楚。这是诗歌欣赏的基础和前提。

第二是名物。诗人的感情由外物的触发而产生诗，而在表达感情、创造意境的时候，又常常利用外物作为媒介，达到物我交融。如唐代诗人白居易所说，诗乃是“事物牵于外，情理动于内，随感遇而形于咏叹者”[①]。因此，如果对诗中所写的名物一无所知，就很难进入到诗的意境中去，从而正确深入地理解诗人借这物所抒发的思想感情。孔子在谈到诗（这里是指“诗三百”即后来所称的《诗经》）的时候曾说：“多识于鸟兽草木之名。”[②] 这是从读诗的收获一面说的，若从读诗的准备一面，即接受和鉴赏的一面说，“多识于鸟兽草木之名”也是十分重要的。中国古典诗歌中经常出现梅、菊、兰、竹、松以及杜鹃、鸿雁等物象，虽然作为诗人创造物的意象出现在诗中时有不同的内涵（如前所说，陶渊明在诗中和李清照在词中都多次写到过菊花，但所反映的思想内涵和感情色彩却是很不一样的），但又都是与这些事物本身的基本特性（如菊花的傲霜和高洁等）相关并由此而生发出来的。

有时候，对一种名物的了解与认识，对于领会一首诗的诗意并正确地评价它的价值，可以起到很重要的作用。例如《诗经·周南》中的《芣苡》：

采采芣苡，薄言采之。采采芣苡，薄言有之。
采采芣苡，薄言掇之。采采芣苡，薄言捋之。
采采芣苡，薄言袺之。采采芣苡，薄言襭之。

这是一首优美的民歌，艺术上很有特色。诗里歌唱的是妇女们采摘芣苡时的情景和欢乐的心情。全诗三章（每四句为一章），只改换了六个动词，就非常准确生动地将不同的动作和动作的连续性表现出来了。采用重叠复沓的形式，相同中又有变化，反复咏唱，就把诗中人物内心的欢乐之情表现得非常充分。这样来理解这首诗，可以说大体上是把握到它的内容和情韵了。但如果我们了解到芣苡是一种什么样的植物，妇女们为什么要采摘它，采摘时为什么那样充满喜悦，那我们对这首诗的理解就会更加深入一步。芣苡，余冠英先生据《毛诗》注为：“植物名，就是车

① 《与元九书》，《白居易集》，中华书局 1979 年，第 964 页。
② 《论语·阳货》。

前，古人相信它的种子可以治妇人不孕。”[①] 虽然还有人不同意这种解释，但实际上这是非常正确的。闻一多先生也是这样解释的，而且他在解释和欣赏这首诗时特别重视这个芣苡，作了许多说明和发挥。他除了说明芣苡是草本的车前，花是紫色的，叶与茎都像簪等特点之外，还有进一步的认识。他说：“须知道《诗经》里‘名’不仅是‘实’的标签，还是‘义’的符号，‘名’是表业的，也是表德的，所以识名必须包括‘课名责实’与‘顾名思义’两种涵义，对于读诗的人才有用处。”他又进一步指出“芣苡是一种植物，也是一种品性”。他据古代有夏禹的母亲吞食薏苡（即芣苡）而生禹的传说，以及古籍中有关于芣苡有“宜子”功能的记载，将妇女采摘芣苡和妇女生子的欲望联系起来，说：这是“何等惊心动魄的原始女性的呼声”[②]。

第三是典实。了解典实有两方面的含义，其一是诗中写到的有关的历史事实，其二是古典诗词中常常使用的典故。

对有关历史事实的了解，对于诗歌接受与鉴赏的重要意义，可以杜甫的《八阵图》为例：

功盖三分国，名成八阵图。
江流石不转，遗恨失吞吴。

这是一首怀古诗，是歌颂诸葛亮的。诗是杜甫在夔州（今重庆奉节县）时所作。八阵图相传是三国时诸葛亮所布，遗址在夔州西南永安宫前的平沙上。杜甫在夔州凭吊八阵图遗址而追怀诸葛亮，写下这首诗来歌颂他。诗的最后一句“遗恨失吞吴”，历来有不同的理解。一种理解是，没有将吴消灭掉，是诸葛亮一生的遗恨。苏轼却有另一种解释。他在《东坡志林》中说：

仆尝梦见人，云是杜子美，谓仆曰：“世人多误解吾诗，《八阵图》诗云：‘江流石不转，遗恨失吞吴。’人皆以先主、武侯皆欲与关羽报仇，故恨其不能灭吴，非也。我本意谓吴蜀唇齿之国，不当相图；晋之所以能取蜀者，以蜀有吞吴之

---

① 余冠英《诗经选》，人民文学出版社 1957 年，第 8 页。

② 《匡斋尺牍》，《闻一多全集》，开明书店 1948 年，第 352 页。

意，此为恨耳。”此理甚长。[①]

这是苏轼借梦解诗，是否真做了一个梦，不必看得那么认真，但这种解释是符合历史事实的。因为诸葛亮根据当时的情势为刘备所确定的基本路线是联吴抗曹，后来的事实证明，联吴即胜，吞吴即败。因伐吴而导致刘备的失败，正是违背了这条基本路线的结果。“失吞吴”的“失”字，既可以解释为“失掉机会”“未能实现”，也可以解释为“失误”。苏轼因对当时的历史事实有深切的了解，因此取了后一种解释，显然是符合杜甫诗作的原意的。关于这一句，杜诗仇兆鳌注列了四种解释，苏说是其中的一种，今人多取苏说，不是没有道理的。同样，读杜甫的《蜀相》而不了解诸葛亮的功业与抱负，读苏轼的《念奴娇·赤壁怀古》而不了解三国时期赤壁之战的史实和周瑜的风流儒雅与卓越的将才，便不能很好地理解和欣赏这两首诗词。

至于典故，在中国古典诗词中是用得很多的。典故用得好，可以在艺术上起到一种以简驭繁、举重若轻的作用，以较少的语言表现出丰富的含意。当然也有用得不好而成为语障，使作品艰涩难懂或索然寡味的。宋代黄庭坚的诗，辛弃疾的词，有的作品几乎一句一个典故，如果不了解这些典故的内容，就会完全读不懂，更谈不上欣赏了。要评论一个诗人运用典故的得失，也必须首先了解典故的内容。

第四是背景。背景大至时代背景，小至一首诗具体的写作背景，了解不了解，对于分析鉴赏一首诗关系也是很大的。例如唐代王翰著名的《凉州词》：

葡萄美酒夜光杯，欲饮琵琶马上催。
醉卧沙场君莫笑，古来征战几人回？

这是唐人所写的一首杰出的边塞诗。语言很通俗，没有什么难解之处，但前人和今人对这首诗的分析认识却很不一样。主要的分歧在：这首诗是反对战争的呢？还是肯定战争的？这就必须联系到当时大的时代背景来分析，才能得到正确的认识。关键是对诗中三、四两句的理解，有人认为是“悲伤语”“沉痛语”或“谐谑语”，

① 稗海本《东坡志林》卷一。

有人则认为是“豪壮语”或“悲壮语”。如果是前者，就是反对战争的，如果是后者，就是肯定战争的。唐人的边塞诗中也有把战争写得很凄凉的，如陈陶的《陇西行》：“可怜无定河边骨，犹是春闺梦里人。”但从整个时代背景来考察，王翰生活在盛唐时期，当时国力强盛，人民的精神振奋昂扬，许多知识分子也崇尚和向往军功，歌颂从征和献身精神是普遍倾向。如李白的《幽州胡马客歌》：“出门不顾后，报国死何难。”王维的《少年行》：“孰知不向边庭苦，纵死犹闻侠骨香。”放到这样的时代背景中来考察，就不难体会出“醉卧沙场君莫笑，古来征战几人回？”是一种“豪壮语”和“悲壮语”，而非“悲伤语”“沉痛语”或“谐谑语”，是对报国献身精神的一种肯定和歌颂。如果再联系到一、二两句的形象和感情色彩来考察，更可以证明这样的认识是符合诗歌本来的旨趣的。“葡萄美酒夜光杯”，不仅反映了西域边塞地方的特色，而且给人以一种美感；“欲饮琵琶马上催”所表现的情绪也是雄豪奔放的：琵琶是胡乐，总是在马上弹奏，这种弹奏方式也正契合出征前“催”字的含意，有饮酒以壮行色，义无反顾的意味。因此，从大的时代背景，再联系到诗歌的具体内容，自然应该理解为是一首赞扬边塞战士意气豪壮的牺牲精神的作品。

从对李白《早发白帝城》一诗的不同理解中，可以看出对作品具体写作背景了解的重要意义：

朝辞白帝彩云间，千里江陵一日还。
两岸猿声啼不住，轻舟已过万重山。

如果不了解诗人写作这首诗时的具体处境，就会肤浅地把它当作一首一般的描写三峡风景的诗歌来读，就不能充分地领会诗中那种轻捷欢快的节奏韵致和由这种节奏韵致所传达出来的诗人无限欣喜的心情。这首诗作于唐肃宗乾元二年（759），此前李白因在安史之乱后曾入永王璘幕府，肃宗即位后，以永王叛乱受牵连而入浔阳（今江西九江）狱，后被流放夜郎（今贵州铜梓一带）。他由浔阳出发，沿长江逆流而上，途中曾写过一首《上三峡》诗：

巫山夹青天，巴水流若兹。巴水忽可尽，青天无到时。
三朝上黄牛，三暮行太迟。三朝又三暮，不觉鬓成丝。

黄牛山在今湖北省宜昌市西，山下江水滩险浪急，古歌谣有云："朝发黄牛，暮宿黄牛，三朝三暮，黄牛如故。"李白这首诗化用古歌谣诗意，而又融进自己身遭流放时的切身感受，极写逆水行舟之艰苦，黄牛山下江水湍急之可怖，青天之可望而不可即，充分地传达出他在流放途中的苦闷心情。而当诗人行至四川夔州白帝城时，遇赦放还，于是又顺流回到江陵。这首诗即为顺流而下时的归途所作，抒发了当时的心情。整首诗是写景，也是抒情，诗中所描写的色彩、景物、节奏，都是明丽、开朗和欢快的，很好地表现了诗人遇赦以后那种喜悦轻快的心情。古歌中曾唱："巴东三峡巫峡长，猿鸣三声泪沾裳。"李白这里却反用其意，在诗中化凄哀的猿声为江中轻舟疾驶的伴唱。由于有诗人独特的感受的融入，便将哀景转化为乐景了。只有了解了诗人写作这首诗时的具体背景和当时的心情，我们才能很好地领会这首诗的意蕴和它化悲为喜的独特的艺术创造。

以上谈到的语言、名物、典实、背景，只是读者在接受诗歌时需要了解的主要方面，并不是全部，结合到具体的作品，有时还需了解更多的方面。从总体上来说，了解还只是接受者在欣赏诗歌时的基础和条件，在整个诗歌鉴赏过程中还是属于浅层次的阶段，而且往往是比较被动的（不了解就读不懂，自然逼迫你去查阅有关的工具书和参考资料），接受者在艺术鉴赏中的主观能动作用，主要在感悟和联想两个层次中才能充分地发挥出来。

二、感悟

与了解相比较，感悟在诗歌的接受过程中是主动的、积极的、创造性的。没有感悟，就不可能有真正的艺术鉴赏，就不可能真正接受一首诗歌。诗歌鉴赏中的感悟，同诗歌的本质特征分不开。苏轼《读孟郊诗》云："诗从肺腑出，出辄愁肺腑。"①这里的"愁"字，我们可以理解为泛指诗人在诗中所抒发的包括喜怒哀乐在内的各种思想感情。接受者在鉴赏诗歌时应该用心去感受，应该深入到诗人所创造的意象和意境中去。中国古代诗论家讲究妙悟，宋代的严羽把诗与禅联系起来，说："大抵禅道唯在妙悟，诗道亦在妙悟。"②诗歌创作中有妙悟的问题，诗歌的接受和鉴赏

① 《苏轼诗集》卷十六，第797页。

② 《沧浪诗话校释》，人民文学出版社1961年，第10页。

中也有妙悟的问题。什么是妙悟？有人将它说得很神秘，很玄虚。其实，从诗歌接受的角度看，妙悟就是接受者在欣赏过程中，对诗人抒发的思想感情，对诗人在诗中所创造的意象和意境的一种心领神会，对诗歌艺术美的一种感知和领悟。《文心雕龙·知音》篇里说："缀文者情动而辞发，观文者披文以入情。"[①]"入情"，就是在接受过程中达到对诗歌艺术的欣赏的一种感悟的境界。换言之，感悟就是诗歌鉴赏中的会心与共鸣。读者对诗歌中的意象和"象外之境"有了感知和领悟，就是通过对诗中意象的感受和分析而进入意境，同诗人的感情产生了共鸣和交流。这时候，也只有在这时候，接受者才会获得在诗歌欣赏中的审美愉悦。

试读苏轼一首诗画交融的诗，即著名的《惠崇春江晓景》(二首其一)：

竹外桃花三两枝，春江水暖鸭先知。
蒌蒿满地芦芽短，正是河豚欲上时。

这是一首题画诗，很好地体现了诗人自己所说的"诗画本一律"的特征。苏轼是一位杰出的诗人，同时又是一位杰出的画家，对诗画艺术都有很精深的见解和出色的创造。惠崇是宋初的一位僧人，也是诗人而兼画家。他画的这幅"春江晓景"是一幅鸭戏图，就是画春天的江水里鸭子在自由自在地嬉游。原画没有保存下来，画的内容我们是依凭苏轼的这首诗才得知的。

题画诗如果只是把画面上的景象描绘出来，让没有见过画的人也知道（或甚至可以"看见"）画上画了什么，其余就再也不能给读者别的东西，那这样的作品就不能称为诗，最多也只是低等的不入流的诗。而苏轼的这首题画诗却是一种艺术的再创造，既有所凭借，又有所创造。他创造了既与原画有联系，又并不完全同于原画的新的意象和意境。通过对诗中的意象和意境的感受，我们能领会到蕴含在画面之中的意兴情韵和诗人的思想感情。这思想感情是画家的，也是诗人的，但主要是诗人的。这首诗真正创造了"象外之境"。如果我们在读这首诗时，通过感受、领悟而进入到这"象外之境"中去，那我们在诗歌接受中就提高到感悟的境界了。

画面上描绘的是水乡的春色。诗的首句先从竹外绽开的三两枝桃花来点染出初

---

① 范文澜:《文心雕龙注》，人民文学出版社 1961 年，第 715 页。

春的景象，秀美而不繁丽，却溢出一派冬去春来的勃勃生机。桃花还仅仅是背景，在春水中嬉戏的鸭子才是画面的主体。诗人写鸭，把握并再现了原画的神韵，得其意而遗其形：他无意于让读者“看见”画中之鸭的颜色、大小、神态，而只是突出它对初春春意的那种敏锐的感知。画里可以画出水，却画不出水暖，更画不出鸭子对水暖（即春意）的感觉。但画中小鸭在水中自由欢乐地嬉戏的情景，就暗藏了一种意蕴，使人感受到并且相信，鸭子是一定感觉到了水暖，感觉到了春意的，要不就不会那么欢乐、舒展、自由自在。苏轼准确地捕捉住画面上没有画出却是蕴含在戏鸭这一特定的意象之中的精神，并且用精练传神而又富于个性的语言将它表现出来。再进一步探究，鸭子是谈不上对春意有什么感觉的，即使真有这种感觉，画家和诗人又是从何而得知的呢？所以，水中的戏鸭实际上只是诗人所创造的一种意象，它所蕴含、所传达的是诗人（也许同时也包括画家）从生活里和从惠崇这幅画上所感受到的春天的暖意和生机，以及由此而产生的内心的欣喜和振奋。这里可以说是同时融进了诗人对生活和对绘画的审美体验。通过苏轼的描绘、揭示和启发，我们在读这首诗时，内心里也感受到了春水的暖意和春天带给人的振奋与欣喜。这时候，我们就与诗人产生了共鸣，有了会心，有了同他近似的对生活和绘画的审美体验。如果我们在艺术欣赏的时候痴迷一点，沉醉一点，我们简直就会觉得，在一种艺术的氛围和境界里，画中在水里嬉戏的鸭子、诗人和我们自己，在精神上和感情上似乎已经融为一体了。这就是妙悟，这就是对艺术美的感知，这就是在艺术欣赏的感悟境界中得到的审美愉悦。

接下来的第三句：“蒌蒿满地芦芽短”，写的也应该是画中的实景，但同样又不是对原画画面的简单再现，而是为了抒写诗人自己对春天的感受。蒌蒿（俗称白蒿）满地生发，芦芽（即芦笋）刚冒出土来，还很短小，这都是南方大地回暖的初春时节，万物复苏、竞相生长的动人气象。在第四句“正是河豚欲上时”里，诗人又融进了民间的传说和习俗。河豚是一种产于海中的美味的鱼，每年春天沿江水上行产卵。传说河豚食蒌蒿会长得很肥，而人在烹食河豚时加用蒌蒿和芦笋，则既能解毒，味道又极鲜美。于是诗人便十分自然地产生了一种联想：鸭子戏游江水之日，也正是河豚沿着初春的江水上游产卵之时。这种江南早春的另一种景象，是原画中所没有的，苏轼特意写进来，与前面的“春江水暖”相呼应，又从一个独特的角度传达出了诗人对盎然春意的一种富于机趣的新鲜感受。

这样，全诗就由竹子、桃花、春水、戏鸭、蒌蒿、芦芽、河豚这种种意象构成了一个充满生机和欣喜之情的诗的意境，诗的艺术世界。进入到这个意境和艺术世界之中，我们就会感受到诗人的那颗诗心和他丰富的精神世界。领会到这些，就算对这首诗有了感悟了。

在中国古典诗歌中还有另外一种作品，它们采用的是直抒胸臆的手法，不是借助客观物象的描绘，而是通过叙述、说理或感叹来抒发感情，如陈子昂的《登幽州台歌》：

前不见古人，后不见来者。念天地之悠悠，独怆然而涕下。

这首诗表现了诗人一种深沉的人生感叹和人生思索。诗人俯仰古今的情怀，构成一种深厚的历史感，一种博大恢宏的气势。在诗人所创造的这种宏阔深广的历史空间中，真实地表现出诗人非同寻常的眼界、胸襟和品格。

又如南宋伟大的爱国诗人陆游的绝笔诗《示儿》：

死去元知万事空，但悲不见九州同。
王师北定中原日，家祭无忘告乃翁。

这首诗是一颗伟大心灵的质朴展示，我们从诗中感受到的是一种崇高美，而崇高美就是一种具有极高境界的诗美。

这类诗没有创造具体的意象，但也有诗的形象和意境，它的诗美也是需要感悟才能真正接受的。这类诗中的形象就是诗人自身，它的意境就是诗人内在精神的诗化，因而有时显得更加空灵。对这类诗的感悟，更多地将有赖于接受者人生阅历、人生体验、思想修养、精神境界的丰富与提高。

三、联想

艺术鉴赏中的联想，就是指由欣赏对象（形象、意象、意境）的触发，在欣赏者学问、修养、生活经验等的基础上所产生的一种艺术想象，是诗歌接受过程中一种创造性的思维活动。

艺术鉴赏中的联想有两种情况，或者说两个层次。一种是欣赏对象所创造的形象、意象和意境在欣赏者心中的映现。这种映现，虽然是由同一对象所触发，但不同的欣赏者，因其学问、修养、生活经验、审美趣味等的不同，却可以有很大的差异。不仅如此，同一个人在不同时期、不同境遇之中，对同一作品所产生的映现也不会完全相同。

读者心中的映现，常以为是最符合诗歌所创造的意象和意境的，而实际上都带有不同程度的主观创造的成分。如前面所提到的《诗经》中的《芣苡》一诗，前人就曾描绘过他们阅读时不同的映现即艺术想象。其一是清人方玉润的映现：

> 读者试平心静气，涵泳此诗，恍听田家妇女，三三五五，于平原绣野，风和日丽中，群歌互答，余音袅袅，若远若近，忽断忽续，不知其情之何以移，而神之何以旷，则此诗可不必细绎而自得其妙焉。①

其二是现代诗人闻一多先生的映现：

> 现在请你再把诗读一遍，抓紧那节奏，然后合上眼睛，揣摩那是一个夏天，都结子了，满山谷是采芣苡的妇女，满山谷响着歌声。这边人群中有一个新嫁的少妇，正捻那希望的玑珠出神，羞涩忽然潮上她的靥辅，一个巧笑，急忙的把它揣在怀里了，然后她的手只是机械似的替她摘，替她往怀里装，她的喉咙只随着大家的歌声啭着歌声——一片不知名的欣慰，没遮拦的狂欢。不过，那边山坳里，你瞧，还有一个伛偻的背影。她许是一个中年的硗确的女性。她在寻求一粒真实的新生的种子，一个祯祥，她在给她的命运寻求救星，因为她急于要取得母的资格以稳固她的妻的地位。在那每一掇一捋之间，她用尽了全副的腕力和精诚，她的歌声也便在那"掇""捋"两个字上，用力的响应着两个顿挫，仿佛这样便可以帮助她摘来一颗真正灵验的种子。但是疑虑马上又警告她那都是枉然的。她不是又记起已往连年失望的经验了吗？悲哀和恐怖又回来了——失望的悲哀和失依的恐怖。动作，声音，一齐都凝住了。泪珠在她眼里。②

① 《诗经原始》卷一，上海泰东书局石印本，1924年。

② 《匡斋尺牍》，《闻一多全集》，开明书店1948年版，第349-350页。

这种映现已经是创造性的艺术想象了。闻一多先生自己就是一个诗人，他在读这首诗的时候好像自己就在作诗，想象得那么具体深入，具体到人物脸上的靥辅和巧笑，深入到人物内心的理想与追求、希望与失望；而且这想象充满了丰富的社会内容和历史感，它本身就是对诗的一种既生动又深刻的文化阐释。这种既生动又深刻的映现，当然跟欣赏者闻一多先生本人的学问（关于中国民俗学和中国历史文化的丰富知识）、修养（从普通的名物、动作和歌声中能发掘出那样么丰富的内涵）和诗人的激情与想象力是分不开的。

上面的例子说明，艺术鉴赏绝不是一种被动的接受过程，而是一种积极的富于创造性的精神活动。每一个人在欣赏诗的时候都在想象，不管你自觉不自觉，也不管你所想象的与诗人实际创造的距离有多远。作为映现层次的艺术想象，想象者所追求的目标，大多都是希望真实地复原诗人所创造的形象、意象或意境。但一切真正的艺术作品，尤其是主情的诗歌，尤其是以创造意境为主要特色的中国古典诗歌，其魅力就在于能触发读者的艺术想象。每一个诗歌的接受者，都自以为自己的想象是最接近于诗人的创造的，而实际上每个人的想象又都是千差万别，是不可能跟诗人的创造完全相同的。按照西方的接受美学理论，认为一件艺术作品，只有在观众或读者欣赏的过程中才能最后完成，强调欣赏者也是一个创造者，强调对艺术作品的审美体验和审美认识是无止境的。这是有一定积极意义的。但当然也不能强调过分，如果将接受者的主观能动作用夸大到可以抹煞甚至取代审美对象的客观意义，那就会以主观随意性来代替审美评价中的科学性，不可避免地将陷入荒谬的境地。

另一种想象是超越了映现，是从审美对象中生发出来的。虽然也是以原作品所创造的意象和意境作依据、作基础，但欣赏者的想象却明显地离开了原作，不以复原原作的意象、意境作为追求的目标，而是自觉地进行新的开拓与发挥。清末的词论家谭献说过一句著名的话：“作者之用心未必然，而读者之用心何必不然。”[①] 这句话道出了艺术鉴赏中的一个普遍现象和规律。如前所说，映现的联想也不一定都真的能复原作者的原意，实际上也是“未必然”的，但接受者的“何必不然”是不自觉的，不但不自觉，而且他总是以为自己的想象和阐释最符合作者的用心。但第二种联想却是明知作者的用心“未必然”，亦即明知自己的想象并不符合作者的原意，

① 《复堂词录序》，《复堂类集》文一，《半厂丛书》本。

却还是有意地作这样的引申和发挥。这方面最典型的例子，就是王国维在《人间词话》中用晏殊《蝶恋花》中的“昨夜西风凋碧树，独上高楼，望尽天涯路”，柳永《凤栖梧》中的“衣带渐宽终不悔，为伊消得人憔悴”，和辛弃疾《青玉案》中的“众里寻他千百度，蓦然回首（引作“回头蓦见”），那人却（引作“正”）在灯火阑珊处”来形象生动地说明“古今之成大事业、大学问者，必经过三种之境界”。王国维本人并不认为三位作者的原意就是如此，而是有意的拓展和引申，所以他在对他的引喻作了创造性的阐释之后声明：“然遽以此意解释诸词，恐为晏欧诸公不许也。”①

这种联想如果是合理的（即并非随心所欲的胡思乱想）和真正创造性的（即具有积极意义的开拓），可以使读者在欣赏中进入到一种比原作更深、更广、更丰富的境界中去，从而得到思想上的启迪和艺术上的美感。当然像上述王国维那样的联想，不是像他那样的大学问家、成就大事业的人，没有那样深刻的体验，是不可能产生的。

综上所说，了解、感悟、联想是鉴赏中的三个环节、三个层次、三种境界；而在实际欣赏过程中，这三个方面又是不能截然分开的，相反常常融合到一起，很难明确地划分出阶段来。三个阶段都以感悟诗歌的意境为指归，实际上从“了解”阶段开始，艺术的联想和触发就已经产生，艺术的想象贯穿在整个接受过程中。没有正确的了解，就不能产生与原诗意境相关联的积极的艺术想象；而没有想象，就不可能进入诗歌的意境，也就不会有真正的诗的感悟。

---

① 《人间词话》，与《蕙风词话》合编本，人民文学出版社 1961 年，第 203 页。

宋词艺术

在中国古典文学中，人们总是将唐诗、宋词、元曲并称。词成为宋朝最有代表性的文体，成为一代文学的专称。但并非只有宋代才有词这种文学形式，词也并不是到宋代才产生的。词产生于隋代，发展、成长于晚唐五代，而大盛于两宋。正如诗在唐代是最成熟和最繁荣的时期一样，词在宋代也是最成熟和最繁荣的时期。宋以后，词成为中国古典诗歌中的重要一体，一直受到人们的广泛喜爱。

词是一种配乐歌唱的诗体，全称叫做“曲子词”，犹如我们今天所说的歌词。因此，词又称为“乐府”“倚声”。这一点，从宋代一些词人词集的题名也可以看出来。如柳永的词集叫《乐章集》，苏轼的词集叫《东坡乐府》，姜夔的词集叫《白石道人歌曲》等。因为词的创作多数都是先有曲谱而后按谱写词，所以作词又称为填词。

词是一种音乐文学，它的产生与音乐的发展有关。隋唐时期，产生了一种新的音乐叫“燕乐”，它不同于以前的“雅乐”和“清乐”，是融合了中原一带的民间音乐和西域及北方少数民族音乐而形成的。词就是这种新的音乐产生和发展的产物。

词是古典诗歌中的一体，但它同一般的诗歌具有不同的特点。宋代的李清照是一位在词的创作上取得很高成就的词家，她曾说过“词别是一家”，就是说应该和诗不一样。大体说来，诗和词的区别主要有两个方面：

第一是它的音乐性。词因为是配乐歌唱的，写词是按谱填词，因此协音律是它的基本要求，也是它的基本特征。宋词的曲谱绝大部分都没有保存下来，但我们今天从词体形式本身也还可以明显地看出它的音乐特征。比如，每一首词都有词牌。所谓词牌就是词调的名称，如《菩萨蛮》《西江月》《水调歌头》《满江红》等等。词牌绝大多数都是来源于乐曲的名称，乐曲的得名在最初跟它所表现的内容有一定的联系，但后来人填的词，其内容一般就跟词牌的意思没有什么关系了。词在早期没有题目，后来才在词牌之外另加一个题目，如苏轼的《念奴娇》题目为《赤壁怀古》。词还有一个别名叫“长短句”，因为多数词的句式都是长短不齐的，这种长短不齐的句式也是由曲谱决定的。不仅如此，由词的音律决定，词在平仄、押韵等方面，也有不同于诗的要求。有的方面比诗宽，有的方面又比诗严。从形式上看，词还有单调、双调、三叠、四叠的区分，这也是由音乐上段落的划分而来。单调就是不分段的一首小令。双调则是把一首词分为前后两阕，在形式上常常是用空两格来隔开。所谓阕也是音乐上的划分，曲子终结了就叫阕。所以一首双调的词就分为上下两阕。三叠就是分为三阕的词，四叠就是分为四阕的词，不过三叠、四叠的词比较少见。词中还有小令和慢词的区分。宋初的词人多写作小令，后来才逐渐多写作慢词。小令一般比较短，慢词一般比较长。“令”和“慢”也是音乐名词，是音乐方面的区分。词虽然有严格的协律要求，但它的词调和体式比较多，据清人万树的《词律》所列就有600多调，1000多体，这还是并不完全的。加上参差长短的句式变化，相对于诗来说，有它自由灵活、便于表情达意的一面。

第二是它的抒情性。这是一种内在的区别，即情韵、境界、风格方面的区别。这方面的区别不容易一眼就看出来，而且只能就大体而言，不能绝对化，也不能简单化。本来诗歌的特色就在于抒情，中国的古典诗歌更具有抒情的特色，但比较起来，词比诗更富于情感的特征，更富于作者的抒情主体性，也就是说更适宜于抒发个人喜怒哀乐的思想感情。诗中有叙事诗，但纯记事的内容就很难用词来表现；诗中多言志之作，而在词中（特别在早期）就相对比较少见。李清照对秦观的词有所批评，但却肯定他“专主情致”。这就道出了她所谓的“词别是一家”的另一方面的特点。王国维在《人间词话》中曾说：“词人者，不失其赤子之心者也。”所谓“赤子之心”，就是强调词人的真性情。所以他肯定李后主具有“词人所长处”，就是因为他“生于深宫之中，长于妇人之手”，阅世浅而保有一分真性情。在感情的表达上，比之于诗，词一般更注重于含蓄蕴藉和深婉隽永。在谈到词的这一特点时，王国维的另一段话也是常常被人征引的：“词之为体，要眇宜修。能言诗之所不能言，而不能尽言诗之所能言。诗之境阔，词之言长。”这是说，词具有不完全同于诗的审美特征，它表现的内容、境界不如诗那么阔大，但它对感情的表现却更为精微深妙，更显得含蓄隽永。这就是为什么以柔婉含蓄为主要特色的婉约词风，历来被尊为词家正宗的原因。

不过，词的体制上的特点和风格，也并不是僵死的、一成不变的。词最早来自民间。早期的词，比如在敦煌发现的唐代的曲子词残卷，绝大多数都是民歌，虽然以写男女爱情为主，但题材比较广泛，风格质朴清新，生活气息也较浓厚。词到了文人的手里以后，内容和风格才变得狭小和单调起来。晚唐五代的文人词以写男女爱情和离愁别绪为主要内容，也有少数词人如李煜等，因为自身的遭遇，在词中寄寓了家国身世之感。风格或浮艳绮丽，或深婉清丽，都写得富于抒情特色，风格基本上属于后来被称为婉约派的那一种。

词在宋代走向成熟并发展到极盛，是有多方面的原因的。

首先，从社会条件方面看。词是音乐文学，是被之声歌的。因此宋代文人之普遍喜爱填词，除了词具有灵活多样的调式，便于自由抒写以表情达意外，还因为它跟歌舞宴饮有关，可以当作一种追求享乐的工具。晏殊《浣溪沙》中的名句："一曲新词酒一杯"，就可以看出填词同歌唱、宴饮的关系。北宋前期，国家统一，社会相对比较安定，经济得到恢复发展，城市繁荣，统治阶级中歌舞宴饮成为一时风气。加上当时一般的文人学士喜欢狎妓，词跟歌妓舞女也有密切的关系。一首词填出来，往往是歌妓们当场就歌唱。晏殊的儿子晏几道和南宋的姜夔都曾谈到他们写作歌词当场付予歌女歌唱的情景。有的词人甚至专为歌女们的歌唱需要而写词，最突出的例子就是北宋著名的词人柳永。

其次，从文体本身的发展看。诗歌到唐代已发展到极盛，无论形式、体制、手法、风格等方面，都已经极为完备和成熟，唐诗的思想艺术成就达到了中国古典诗歌的顶峰。宋代的诗人要想超越唐诗是非常困难的。而词的情况就很不一样，它产生的时间并不长，是一个有待开拓和丰富的文体。经过晚唐五代词人的创造，既为宋词的发展积累了经验，打下了基础，同时又为宋代词人留下可以开拓和创造的广阔天地。

第三，与词体文学的特征和宋代文人对词的看法有关。词在宋代是普遍被视为"小道"的，比之诗文创作，真正下力气作词的人并不很多。"诗庄词媚"是宋人（特别是北宋时人）的普遍观念。他们认为，作诗是风雅之事，是很庄重的，而词则可以写得比较随便、自由。因为普遍认为词为"艳科"，一些文人便常常喜欢用词来表达自己不便在正统诗文中表达的思想感情。宋代一些作家，在诗中和在词中的面目，几乎判若两人。欧阳修写了不少描写男女爱情的艳词，而李清照在诗歌中则抒发了同于英雄男儿的豪情壮志。因为对写词看得不那么庄重，写作时就较少顾忌和拘束，自由抒写反而更能显现出作家的真性情和真面目。而"真"，正是王国维所说词人必不可少的“赤子之心”。这是宋词比好言理的宋诗显得更为自然，更富于抒情色彩，也更富于诗的情韵的原因之一。

历来研究词的人大多从风格上将宋词分为婉约和豪放两大类型或两大派别。这大体上是不错的，但也不能简单化和绝对化。实际上词的风格特色也是丰富多彩的，就是在婉约风格和豪放风格内部，也有许多细微的差异。我们在后面会举一些例子来说明。

我们先看看婉约风格的词。所谓婉约词，从总体风格上来概括，就是指表现为一种柔美风格的词，在审美特征上呈现出一种阴柔之美。这类词对感情的表达，一般都显得比较细腻、缠绵、深婉，当然其中也有绮丽纤巧和柔婉含蓄等种种的不同。这种风格的词，内容大多写男女爱情、离愁别绪、宴饮游乐等，而且多数表现出一种低沉感伤的情调。试读欧阳修的《踏莎行》：

> 候馆梅残，溪桥柳细，草薰风暖摇征辔。离愁渐远渐无穷，迢迢不断如春水。　　寸寸柔肠，盈盈粉泪，楼高莫近危阑倚。平芜尽处是春山，行人更在春山外。

通过写景来抒情，融情入景，情景交融，是词人常常采用的手法，更是婉约派词的普遍特点。这首词就是通过春天景色的描绘，将情和景融合在一起，抒写离愁别绪，表现出一种缠绵深婉的风格特色。词人从行人（行旅在外的游子）及闺妇（守在家中的妻子）两方面来写，在表现上显得婉曲而不单直。上片写羁旅在外的游子的愁思。他用梅残、柳细、草薰、风暖四种具有鲜明特征的景象，点染出美好的春光；但同时又写到候馆、溪桥、征辔，就点明了主人公是行旅在外。两方面放在一起，使人感到时令转换，春色迷人，而人却是离家在外，很自然地便引动起游子的愁思。妙在词人以眼前景作比喻，用游子见到的无穷无尽的春水来形容他心中的愁思，自然贴切、生动形象地写出了行旅在外的游子那离愁的绵远深沉。下片写家中思妇的别绪。这出于在外游子的推想，而这推想又反过来反衬出游子思归心情的急切和强烈。词里写思妇的心理非常真切：盼离人归来，登高远望是人之常情；可是每一次登高都只是失望而回；由于多次的失望，所以不愿也不敢再去登楼远望了。这就是“楼高莫近危阑倚”的丰富含意：因为怕再一次的失望，便自己劝慰自己别去倚阑痴望，实际其中所含蕴的还是殷切的期望。这样写就更翻进一层，从失望中表现出思念之深和想望之切，显得深沉而又婉曲。由此再逼出最后两句："平芜尽处是春山，行人更在春山外。"因失望而不敢去登楼了，却又因盼望离人归来的心切，抑止不住还是去登楼，这才有极目之处是一片烟笼雾锁的春山之所见；平芜尽处的春山已经够远了，而自己想念的人却还在春山之外。望眼欲穿，却是杳无所见，这情景该是多么的失望、凄苦！欧词的婉约风格，同晚唐五代"花间派"词那种浮艳纤巧有所不同，形象鲜明，色调清婉，感情真挚，有强烈的艺术感染力。

再看被人看作是婉约词代表作的柳永的《雨霖铃》：

寒蝉凄切，对长亭晚，骤雨初歇。都门帐饮无绪，留恋处，兰舟催发。执手相看泪眼，竟无语凝咽。念去去千里烟波，暮霭沉沉楚天阔。　　多情自古伤离别，更那堪冷落清秋节！今宵酒醒何处？杨柳岸晓风残月。此去经年，应是良辰好景虚设。便纵有千种风情，更与何人说？

这是一首抒写离愁别绪的送别词。由于柳永的生活遭遇和做官的欧阳修有所不同，他长期怀才不遇，过一种浪迹江湖的漂泊生活，又同下层的歌妓艺人交朋友，因此同样是写离愁别绪，又有他自己的特点。一是同羁旅行役之苦相结合，一是境界显得比较阔大。

从词意看，这首词大约是词人离汴京南去，与情人设酒话别时所写。词的上片写临别时恋恋不舍的情绪，下片写离别之后的孤寂伤感。与上一首不同的是，这首词以秋景渲染和衬托别情，在此基础上设想别后的种种孤寂情景，生动地展示了词人的内心活动。在写法上是有虚有实：送别时所听到的是秋蝉凄切的鸣叫，所见和所感受到的是令人黯然伤神的暮雨黄昏。这是实景，景中已经包含了凄伤的离情；而下面以一个"念"字领起的"千里烟波，暮霭沉沉楚天阔"等内容，则是一种想象之辞，是虚写。直至下片的"此去经年"等等，也都是对未来生活和感情的一种设想，都是虚写。因为柳永是长期浪迹江湖的游子，他写一对恋人的离别，就不同于传统的送别词那种红楼深院、春花秋月的狭小境界，而表现出一种烟波浩荡、楚天开阔的气象。不仅在空间上显得很开阔，而且"多情自古伤离别"，更由个人的离别之苦而推及于一般人的思想感情，在时间上也是俯仰古今，同样表现出阔大的境界。在手法上则以白描取胜，循着时间顺序层层铺写。全词情景交融，感情真挚，情调哀怨凄清，有很强的艺术感染力。尤其是"今宵酒醒何处？杨柳岸晓风残月"。

不直接言愁而愁绪蕴含在景物之中，更是为人传诵的名句，被称为“古今俊语”。

从上面两首词可以看出，婉约风格的词作中，抒写离愁别绪的作品，往往是同男女爱情的内容相结合的。但也有主要表现身世之感甚至家国之痛的，如婉约派的代表词家秦观和李清照的一部分作品就是。先看秦观的《踏莎行》（郴州旅舍）：

雾失楼台，月迷津渡，桃源望断无寻处。可堪孤馆闭春寒，杜鹃声里斜阳暮。　　驿寄梅花，鱼传尺素，砌成此恨无重数。郴江幸自绕郴山，为谁流下潇湘去？

秦观出于苏门，在政治上得到苏轼的提携和推荐，因此在新旧党争中受到牵连，一再被贬官，政治上是非常失意的。写作这首词的时候，词人被贬官在郴州（今湖南郴县）。这首词以比兴的手法，通过写景，抒发了他在政治上遭到打击以后孤寂苦闷的心情。上片着重写景，景中有情；下片着重写情，情中见景。上下片浑然一体，深沉而又自然地抒写了词人的苦闷感伤的思想感情。开头先从身边的景色着笔，写出一种凄迷的意境：月色朦胧，雾气浓重，楼台和津渡都模糊不清了。在这种景象的背后，已隐隐约约地透露出作者一种归路茫茫的悲哀。所以下面就接着写想去寻找与世隔绝的桃源，从中得到某种寄托和慰藉。但期望殷切，桃源却无处可寻，因而陷入更深的失望和苦闷之中。接下去便进一步抒发独居客馆的悲哀：“春寒”从感觉写；“杜鹃声”从听觉写；“斜阳暮”从视觉写：在春寒料峭中，耳畔是杜鹃“不如归去”的声声鸣叫，眼前则是暮色苍茫，斜阳残照。这些景象都从词人的切身感受中写出，构成了一种清冷落寞的艺术意境。“可堪孤馆闭春寒”，“可堪”就是“哪堪”“不堪”，即经受不住的意思。加上这两个字，直接点出词人的心境，更加强了这两句的感情色彩。“闭”字也值得玩味。“闭”是“闭锁”“凝聚”一类意思，整个客馆为袭人的寒气和冷寂的气氛所包围，叫人怎能忍受这样的孤寂和悲哀呢？

下片不再写眼前景，而是换一个角度，不重复，也不显得粘滞。羁留在外，孤独一人，远方的朋友寄赠梅花，传来书信，原本应该给词人带来无限的慰藉和温暖；但在特定的情景下，反而增添了他数不尽的愁和苦。词人心情的沉重于此可以想见。怨恨是一种感情，他却用一个“砌”字（堆积的意思）来表现，这就变抽象为具体，变无形为有形，增加了词的艺术感染力。最后两句，词人竟对本来没有生命、没有感情的江水发问："郴江幸自绕郴山，为谁流下潇湘去？"这就将内心的悲愁和苦闷表现得更加深沉和婉曲。郴江本来是围绕着郴山流的，为什么要流到潇湘去呢？意思是，连郴江都耐不住寂寞而要流向远方的潇湘去了，而自己却只能留在这里独自忍受这种难堪的孤寂。据说苏轼特别喜欢这结尾两句，亲自将它写到自己的扇子上。这首词以凄迷的景色表现感伤情绪，写景又能抓住特点，形象鲜明，创造出一种情景交融的诗的意境；语言流畅清新，平易中又表现出深婉的情韵。秦观词的风格，虽然纤细柔弱，但秀丽含蓄，在婉约派词中是很有特色的。

再看李清照的名作《声声慢》：

> 寻寻觅觅，冷冷清清，凄凄惨惨戚戚。乍暖还寒时候，最难将息。三杯两盏淡酒，怎敌他、晚来风急！雁过也，正伤心，却是旧时相识。　满地黄花堆积，憔悴损，如今有谁堪摘？守着窗儿，独自怎生得黑？梧桐更兼细雨，到黄昏、点点滴滴。这次第，怎一个愁字了得！

这首词，生动形象地表现出一个身经国破家亡悲惨生活的孤苦妇女，在一个秋日黄昏时分的真实的生活感受。这是一首杰出的抒情诗。全词就写长久郁积在词人心中的一个"愁"字。她反复渲染，反复咏叹，将叙事、写景、抒情融合在一起，把这种极难表现，或者说很容易写得一般化的感情，表现得既鲜明、强烈，又深沉、凝重。特别是开头，"寻寻觅觅，冷冷清清，凄凄惨惨戚戚"。连用七对叠字，经过一番珠流玉滚式的渲染，使外在的环境气氛和内在的感情心绪融为一体，极富于艺术感染力。下片的"梧桐更兼细雨，到黄昏，点点滴滴"。梧桐、细雨和黄昏，都是最容易引动人愁绪的物象和时刻；"点点滴滴"是写雨，在这里也是写愁，给人以连绵不绝之感。词的最后归结到"愁"字上来，却又偏说"这次第，怎一个愁字了得"！意思是说，这情景用一个"愁"字怎么能说得尽呢！这首词本来是抒写愁绪的，可是愁到了极点，用一个"愁"字就不能概括了。这原本是人人都可能有的感受，但又不是人人都能说得出来的。正因为这样，就既使人感到新颖，又能引起人的共鸣。

在婉约派词人中，李清照采用朴素通俗的口语入词，不尚词采，用语平浅而情意深沉。她使用白描手法，又加以铺叙，将抽象的感情化为具体可感的形象；她不是写一种事物、一种景象，而是写多种事物、多种景象，时令、淡酒、晚风、飞雁、黄花、梧桐、细雨等等，反复地、多层次地渲染突出内心的悲情愁绪。在这样的背景和气氛下，情景交融，创造出一种冷寂凄清的意境。这样，一个孤苦哀愁的妇女内心难以排解的深重愁绪便生动地表现出来了。

并不是所有的婉约词都表现为情绪低沉哀伤的。有的婉约词也写到爱情，也写到离别，也写到悲情愁绪，但作者的境界高，能超越，就表现出较高的思想格调和艺术意境。如秦观的《鹊桥仙》：

纤云弄巧，飞星传恨，银汉迢迢暗度。金风玉露一相逢，便胜却人间无数。　　柔情似水，佳期如梦，忍顾鹊桥归路。两情若是久长时，又岂在朝朝暮暮。

这首词通过七月七日民间牛郎织女相会的传说，歌颂人间真挚的爱情。开头就关合着牛郎织女的传说来写景：云、星、银河，都是七夕所见，又都同牛郎织女的传说有关。看那缕缕云彩编织出巧妙的花样，明是写云，实际写的是美丽聪明的织女；划过长空的飞动的星星，是夏夜常常能看到的景象，却正好传递出被分隔的牛郎织女心中的愁和恨。与众不同的是，能在七夕这一晚上，渡过辽阔的银河来相会，牛郎织女便感到比人间常年团聚在一起的夫妻还要幸福了。这就写出了对于爱情和离别的一种独特的认识，表现了高出于一般人的别一副眼光，别一番情怀。不过作者在这里还没有明白道出他们感到幸福的原因是什么。上片写相逢，下片写离别。下片在表现离别的凄苦之情中，却道出了他们感到幸福的发人深思的原因。两人的柔情蜜意，就像水一样明净美好；而盼望已久的难得的一见，犹如梦境一样迷离恍惚；短暂的一见又将长别，心中自不免哀伤，所以说“忍顾鹊桥归路”！“忍顾”就是不忍顾。短会而长别，心中自然是十分悲苦的，所以不忍心再看一看让他们能够短暂相会的鹊桥。哀伤和悲苦都是人之常情，但真挚爱情的幸福感，竟使他们从离愁别恨中得到了超越。特别动人的是最后两句：“两情若是久长时，又岂在朝朝暮暮。”意思是说，分离也可以，久别也可以，只要两人真挚相爱，坚贞不渝，即使不能早早晚晚厮守在一起，也是幸福的。这是一种境界很高的爱情理想和爱情观念。一般说来，婉约风格的词中是很少而且是忌讳发议论的。但这首词却在情景交融中恰到好处地插入议论，不但不流于枯燥，而且还起到一种画龙点睛的作用。秦观在词中多表现浓重的感伤情绪，以致被人称为“古之伤心人”；但这首词写离情却显得清朗而不见沉重，别是一格。可见，即使是同一个作家，同一种艺术风格，也是不可一概而论的。

在婉约风格的词中还有不少咏物的作品，其中的优秀之作，一般都是借物抒情，或甚至有所寄托，而不是单纯为写物而写物的。试读北宋词人周邦彦咏蔷薇的《六丑》（一题作《落花》）：

> 正单衣试酒，恨客里光阴虚掷。愿春暂留，春归如过翼，一去无迹。为问花何在，夜来风雨，葬楚宫倾国。钗钿堕处遗香泽，乱点桃蹊，轻翻柳陌。多情为谁追惜？但蜂媒蝶使，时叩窗槅。　　东园岑寂，渐蒙笼暗碧。静绕珍丛底，成叹息。长条故惹行客，似牵衣待话，别情无极。残英小，强簪巾帻；终不似一朵钗头颤袅，向人欹侧。漂流处，莫趁潮汐；恐断红尚有相思字，何由见得。

这首词，通过咏凋谢了的蔷薇来表达词人惜春、伤春的感情，并隐约地透露出一种迟暮之感。上片把花看作是春的踪迹，由春归写到蔷薇的凋谢，从中表现出一种远客他乡的苦闷与惆怅。他希望春天能够留下来，但春天却很快就过去了，连一点痕迹都没有留下。因为对春天感情很深、很痴恋，他将花比作美人：一夜风雨之后，早晨起来枝头上的花便完全落尽了，就像倾国倾城的美人被埋葬了一样。在词人的眼中，那些纷乱地飘落在桃树柳树下小路上的花瓣，就像被摧残的美人遗落在地上的还带着香泽的首饰一样。在这种拟人化的比喻里，倾注了作者对春天深沉的留恋惋惜之情。春去了，没有谁多情地为她追惜，只有在春天里常常飞舞于花丛中的蜂和蝶，还表现出对花的留恋之情。这里以蜂和蝶作反衬，更加渲染出词人恋花的情意。

下片写在岑寂的东园凭吊落花，进一步渲染和烘托出自己惜花和伤春的感情。东园里花事凋零，草木葱茏，一片深碧幽暗。这里抓住特点，写出暮春景象。在这一背景下写人与花的关系，写得很有特点："静绕珍丛底，成叹息。"这是写人惜花；"长条故惹行客，似牵衣待话，别情无极。"这是写花恋人。这样从两方面着笔，就不是平铺直叙，而是显得回环往复，一唱三叹。接着写人将残花插戴在头上时的复杂感情："强簪"，是说本不可簪而勉强簪，表现出一种对落花的深情；所以下面说，总不如一朵盛开的蔷薇花插在钗头上那样颤动可爱，妩媚喜人。这也是从两方面写的，包含了两层意思。第一层是说残花虽小，但自己爱惜春天，所以仍然喜爱；第二层是说，终究不如盛开时那么鲜美可爱。这样写，就比较婉曲含蓄，所表现的情感内容也显得比较丰富。最后又从断红联想到唐人红叶题诗的故事，寄托人与花之间的相思之情。用残花喻指红叶，是说落花莫要随流水漂走，恐怕上面也有相思字，如果漂走，那就永远叫人无从得见了。这里也暗含了人对花和花对人（落花上的相思字当然是花对人的）两方面的感情，因而既缠绵又深沉。总起来说，这首词借咏物以抒情，表现了一种惆怅落寞之感。在表现上从人与花两方面着笔，回环曲折，富于变化，在艺术表现上富于新意。

上面我们举例谈了婉约风格的词，大家可能对婉约词风的总体特征有了比较具体的感受和认识。但也只能是一种总体的把握，因为很明显，同是婉约词风，每个人的具体风格特色是不会完全相同的。

下面我们再谈谈豪放词。

豪放词的总体风格特色，顾名思义就是雄豪奔放，它的审美特征是一种阳刚之美。应该说，豪放词的出现和发展，不能单纯看成是一种风格特色变异的问题，而首先是一个词体发展变化的问题。它牵涉到的方面是比较多的。首先是词在发展中其题材内容必定会突破传统的男女爱情、离愁别绪和宴饮游乐等狭小的范围。其次是它“专主情致”的特点也会有一定的变化，除了抒情之外，词也能言志，也能表现思想，甚至发展到可以用词来参与现实斗争、发表对时政的看法。这样，词在思想内容上就大大地靠近了诗。在一些豪放派词人如苏轼和辛弃疾的手里，几乎可以写到诗里去的内容都可以写到词里去。题材内容上的变化相应地必然带来表现手法上的变化，于是有了“以诗为词”和“以文为词”的倾向。第三是词依附于音乐的地位也有了变化。既然写词主要是为了抒情写志，词就必然不完全像传统的婉约词那样，主要是娱宾遣兴和宴饮游乐的产物，因此有的豪放派词人就不完全为歌唱而作词，像感情奔放的苏轼就“不喜剪裁以就声律”，被人称为“曲子中缚不住者”。词的这种变化和发展，从宋代开始一直到今天，在词人和学者中都有不同的看法。如女词人李清照就曾批评苏轼的词不合音律，是“句读不葺之诗”，对他对词的革新不以为然。出于苏门的陈师道也批评苏轼“以诗为词”，不合于词的“本色”。

对这个问题，我们觉得应该有一个辩证的看法，而且应该尊重历史。一方面，作为词体文学，确实有一个所谓“尊体”的问题，即要考虑到词作为一种独特的文体形式的特征，它同诗的区别，主要是我们前面谈到的音乐性和抒情性两个方面。但另一方面，任何一种文体又都是随时代的发展而发展的，它的特点都不是、也不应该是一成不变的。时代的发展，丰富复杂的社会生活和作者的思想感情，都要求能在词中得到充分和完美的表现，因此革新和变化是必然的。应该说，豪放词风的出现，词体的变革，既符合文学发展的规律，也是文学史上无可争辩的事实。因此，我们应该对豪放词的出现给予积极的评价和充分的肯定，而不能借口维护词体的特点而贬低它。

文学史上把苏轼看作是豪放词的开派作家，这是不错的。不过还应该看到，宋词在内容、手法和风格上的变化有一个发展过程，并不是一时完成的，也并不是孤立地表现在某一个词人的身上。实际上，在苏轼之前，柳永先后的一些词人，也已经在一些个别的词篇中表现出开阔的意境和接近豪放的风格了。如范仲淹的《渔家傲》：

塞下秋来风景异，衡阳雁去无留意。四面边声连角起。千嶂里，长烟落日孤城闭。　　浊酒一杯家万里，燕然未勒归无计。羌管悠悠霜满地。人不寐，将军白发征夫泪。

这首词是描写边塞风光和边防将士的戍守生活的。这样的题材在从前的词作中就从来没有见过。词中写一个戍守边疆的将军，在边塞秋日的所见、所思、所感，通过描写秋日边塞特有的风光景色，抒发了词人抗击西夏、为国立功的雄心壮志，同时也流露了壮志未酬、久戍不归的苦闷心情。词的意境开阔雄浑，风格苍凉悲壮。

又如王安石的《桂枝香·金陵怀古》：

登临送目，正故国晚秋，天气初肃。千里澄江似练，翠峰如簇。征帆去棹残阳里，背西风酒旗斜矗。彩舟云淡，星河鹭起，画图难足。　　念往昔繁华竞逐，叹门外楼头，悲恨相续。千古凭高对此，谩嗟荣辱。六朝旧事随流水，但寒烟衰草凝绿。至今商女，时时犹唱，后庭遗曲。

词中写金陵（今江苏南京）的壮丽景色，抒发怀古的感情，对历史上建都南京的南朝统治阶级竞逐繁华的享乐腐化生活进行了揭露和嘲讽。不仅意境开阔，笔力雄健，而且概括进了丰富的历史内容，被人称为“一洗五代旧习”（刘熙载《艺概》）。

当然，写作豪放词最自觉而成就最高的，在北宋当数苏轼。试读他传唱千古的《念奴娇·赤壁怀古》：

大江东去，浪淘尽、千古风流人物。故垒西边，人道是、三国周郎赤壁。乱石穿空，惊涛拍岸，卷起千堆雪。江山如画，一时多少豪杰！　遥想公瑾当年，小乔初嫁了，雄姿英发。羽扇纶巾，谈笑间、樯橹灰飞烟灭。故国神游，多情应笑我，早生华发。人生如梦，一樽还酹江月。

这首词借怀古以抒写怀抱，通过对祖国壮丽山川的出色描绘，表达了对古代英雄人物的无限倾慕和向往；而联想到自己的政治处境，又流露出远大抱负不得实现的深沉苦闷。上片从雄奇的江山带出历史人物，从赞叹中抒写自己的豪情壮志。一开头就居高临下，俯仰千古，表现出一种高远的眼光，广阔的胸怀，奔腾豪迈的气势。接着描绘赤壁景象，写山的峭拔险峻，写江的奔腾汹涌，表现出一派奇峭雄峻的气势。是写景，也是抒情。词人笔下的江和山都富有生气，充满活力，正足以表达出他的理想、志向、气度、胸怀。面对赤壁壮丽的景色，词人不禁发出了这样的感叹：“江山如画，一时多少豪杰！”由江山自然地转到历史人物身上，既收束上片，又引起下片。下片着重刻画历史人物，借以进一步抒发自己的理想情怀以及壮志难伸的苦闷。“遥想”二字，总领下面六句，具体地刻画出周瑜的英雄形象。然后从历史转到现实，由英雄联想到自己。在表现了因理想和现实的矛盾而产生的内心苦闷的基础上，词人最后以无限的感慨结束全词：“人生如梦，一樽还酹江月。”虽然由于内心的苦闷，词人在这里流露出一丝人生如梦的虚幻情绪；但从全首词来看，却是意境恢宏，气势雄迈，风格豪放，基调是积极开朗的，我们读后确实感到有一种引人奋发向上的鼓舞力量。

关于这首词还有这样一个传说：东坡在玉堂，有幕士善讴。因问：“我词比柳词何如？”对曰：“柳郎中词，只好十七八女孩儿，执红牙拍板，唱‘杨柳岸晓风残月’；学士词，须关西大汉，执铁板，唱‘大江东去’。”公为之绝倒。（宋俞文豹《吹剑续录》）说他的词须由关西大汉执铁板来唱，这在普遍认为词为“艳科”、只能由年轻女孩子用柔媚的声调来演唱的当时，是明显地带有贬义的，而苏轼却很高兴地加以首肯。这个传说说明，苏轼对于豪放词风的追求是自觉的，也说明这首《念奴娇》词确实最能代表他豪放词的风格特色。

另一首《江城子·密州出猎》（一题作《猎词》）也是他十分得意的豪放之作：

老夫聊发少年狂，左牵黄，右擎苍。锦帽貂裘，千骑卷平冈。为报倾城随太守，亲射虎，看孙郎。　酒酣胸胆尚开张；鬓微霜，又何妨！持节云中，何日遣冯唐？会挽雕弓如满月，西北望，射天狼！

这首词表现了词人关心国家命运，热切地盼望到疆场杀敌报国的雄心壮志和爱国感情。情绪激昂，气势宏大，思想和风格都极为豪迈奔放。上片写出猎，既是叙事，又是抒情，写出了词人意气风发的一腔豪情壮志。但上片写出猎还只是起兴，只是铺垫，下片在此基础上抒发自己杀敌报国的雄心壮志和爱国感情，才是全词的主旨。词中苏轼借用了汉代魏尚的典故，既表现了他对抵御外侮、杀敌报国的强烈期待和向往，又表现了他内心壮志难伸的苦闷和感叹。最后以“会挽雕弓如满月，西北望，射天狼”收束，正面直接地抒发自己为国杀敌立功的雄心壮志，在一个高昂的音调上结束全词。读完这首词，一位性格豪放、热情洋溢、雄健英武、正在挽弓射敌的英雄形象便出现在我们的面前。

他曾在给朋友的一封信中充满喜悦和自豪的感情谈到这首词：“近颇作小词，虽无柳七郎（永）风味，亦自是一家，呵呵。数日前猎于郊外，所获颇多，作得一阕，令东州（即密州）壮士抵掌顿足而歌之，吹笛击鼓以为节，颇壮观也。写呈取笑。”可见他确实是要在柳词之外别立一家，创造出一种抒发豪情壮志而风格豪迈雄放的“壮词”的。

一种词风的变化发展是需要时代条件的。由于民族矛盾的尖锐化和爱国主义精神的高涨，苏轼所开创的豪放词风，到南宋得到了继承和发扬。南宋前期，除了以婉约为主要风格特色、在词坛上独树一帜的李清照以外，还出现了一批以爱国主义为主调的词家。他们多是一些具有爱国思想、积极主张抗金而又遭到当权的投降派排挤迫害的文臣武将。他们的词，既抒发了亡国之痛和对投降派的愤慨，又表现了积极要求收复失地、抗击金人的雄心壮志。这是一批慷慨悲歌之士，写出的是一些慷慨悲歌之作。他们每个人的创作成就和创作风格虽然不完全相同，但写出的都是壮语、痛语，而不是软语、媚语。可以用“激昂慷慨，悲愤壮烈”这八个字来概括他们词作的共同思想特色和风格特色。代表作家有叶梦得、李纲、赵鼎、李弥逊、张元幹、胡铨、岳飞、张孝祥等人。

如张元幹的《贺新郎》（送胡邦衡谪新州）：

梦绕神州路。怅秋风、连营画角，故宫离黍。底事昆仑倾砥柱，九地黄流乱注？聚万落千村狐兔。天意从来高难问，况人情易老悲难诉。更南浦，送君去。　凉生岸柳催残暑。耿斜河，疏星淡月，断云微度。万里江山知何处？回首对床夜语。雁不到，书成谁与？目尽青天怀今古，肯儿曹恩怨相尔汝！举大白，听《金缕》。

绍兴八年（1138），当时任枢密院编修官的胡铨（字邦衡）愤然上书皇帝，指斥秦桧等人的卖国投降行径，结果遭到贬官，四年后又借故再贬。绍兴十二年（1142）七月，胡铨途经福州，张元幹怀着十分悲愤的心情，写下了这首词送给他。在这首词里，对胡铨的支持和同情，对投降派的愤慨和谴责，对金贵族入侵者的强烈仇恨，以及杀敌报国的雄心壮志，交织在一起。上片抒发亡国之痛和对投降派的谴责，下片则着重表现对胡铨的深情厚谊，这种情谊是建立在上片所表现的那种共同的爱国思想基础之上的。“目尽青天怀今古，肯儿曹恩怨相尔汝！”意思是：放眼天下，怀想古今，我们关心的是国家兴亡的大事，怎么肯像小儿女们那样只计较个人之间的恩怨私情呢？这两句表现了很高的思想境界。是互勉之词，同时也表明了他对胡铨被贬的悲愤惜别之情，并非出于朋友间的私谊。这首词和另一首送李纲的《贺新郎》词，被人称为他的词集《芦川词》中的压卷之作。直到今天我们读起来，仍能感到词中所表现的爱国精神既高昂又深沉，风格在豪放中透出苍凉悲壮。

岳飞的《满江红》更是大家所熟悉和喜爱的豪放词名作：

怒发冲冠，凭阑处、潇潇雨歇。抬望眼，仰天长啸，壮怀激烈。三十功名尘与土，八千里路云和月。莫等闲、白了少年头，空悲切。　靖康耻，犹未雪；臣子恨，何时灭！驾长车、踏破贺兰山缺。壮志饥餐胡虏肉，笑谈渴饮匈奴血。待从头、收拾旧山河，朝天阙。

这首词写得慷慨激昂，表现了词人热烈的爱国感情和崇高的民族气节，成为千古绝唱。词中气吞山河的英雄气概，热爱祖国的耿耿丹心，至今读来仍能给我们以巨大的鼓舞和深刻的教育。在艺术表现上，与“壮怀激烈”的思想内容相适应，主要的风格特色是直和快：直是直抒胸臆，一气呵成；快是痛快淋漓，略无含蓄。全词节奏鲜明强烈，音调激越高昂，充分地表现了一位抗金英雄的伟大胸怀和豪迈气魄。

南宋最杰出的爱国词人是辛弃疾。他以词作武器，用来抒发爱国感情，反对对敌人的屈膝投降，表达人民的愿望，唱出了激越高昂的时代最强音。他的作品，不仅是一份珍贵的文学遗产，也是一份珍贵的精神遗产，读后能启迪和激发我们热爱生活、热爱人民、热爱祖国，使人精神振奋。

辛弃疾不是一个一般的具有爱国思想的词人，他首先是一个参加过实际战斗、有英雄业绩的战士，还是一位有政治理想和政治、军事才干的政治家和军事家。他在从政治军的同时，一生致力于词的创作，今存词六百多首，在两宋词人中是创作最宏富的。辛词题材广泛，内容丰富多彩，其中以抒写爱国主义的思想感情为主调，数量最多，艺术成就也最高。这类词调子激越高昂，最能代表辛词的思想艺术特色。他继承了苏轼对词的革新精神，进一步扩大了词的题材内容，发展了豪放词风，成为在中国词史上最杰出的豪放派词人。

他在词中抒发的爱国感情，不同于一般知识分子的空泛感慨，而是表现出一种投身战斗、献身壮丽事业的强烈的愿望和要求。

如他的《破阵子·为陈同甫赋壮词以寄之》：

> 醉里挑灯看剑，梦回吹角连营。八百里分麾下炙，五十弦翻塞外声，沙场秋点兵。　　马作的卢飞快，弓如霹雳弦惊。了却君王天下事，赢得生前身后名，可怜白发生！

这首词是辛弃疾写给他的朋友陈亮的。他在小序中自称此词为“壮词”，就是指明写作目的是抒发抗金复国的豪情壮志，以此来表示对他志同道合的朋友陈亮的激励，同时也激励自己。词里描写的是意气风发的抗金战斗生活。上片主要写战地秋天早晨点兵的情景和气氛，从对昔日战斗生活的追忆中，表现了作者对投身战斗的渴望和向往。上片五句，在时间的发展中，写出一组流动而又互相关联的画面与情景，意境悲壮开阔，战斗气氛渲染得十分浓烈，字里行间已见出主人公一片杀敌沙场的勃勃雄心。下片紧接着写紧张激烈的战斗场面，并表现出愿以完成恢复大业来体现人生的追求与价值。然而出人意外，末句“可怜白发生”！一转笔，整首词的意境情绪便发生了巨大的变化，从想象追忆回到眼前的现实，从激昂豪壮的情绪一下子跌落为深沉的悲叹。一切都只不过是追怀、幻想，而岁华易逝，白发早生，报国无门，功名一无成就，这是多么令人悲愤的事！现实和理想的矛盾，希望和失望的矛盾，使整首词在豪情壮采中涂上了一层悲壮的色彩。

跟这首词的内容相近似的还有一首《鹧鸪天·有客慨然谈功名，因追念少年时事，戏作》：

壮岁旌旗拥万夫，锦襜突骑渡江初。燕兵夜娖银胡𮧵，汉箭朝飞金仆姑。　追往事，叹今吾，春风不染白髭须。却将万字平戎策，换得东家种树书。

词的上片，也是追忆年轻时驰骋沙场的生活，充满意气风发的战斗豪情，一个青年英雄的形象栩栩如生地出现在我们的面前。下片笔墨一转，写眼前境况，最后发出无限沉痛的感叹：“却将万字平戎策，换得东家种树书。”对自己报国无门、壮志难酬的失意一生，作了高度的艺术概括。整首词，上片写过去，下片写现在，今与昔形成鲜明的对照，从中表现出对国家民族命运的深切关怀，对抗金战斗生活的热烈向往。在深沉的悲愤之中，又洋溢着积极昂扬的战斗精神。

像这样在词中直接描写战斗生活，表现金戈铁马之声，在过去的词中是从没有过的。其风格特色自然与以柔美为特色的婉约词大异其趣。《四库全书总目提要》评论说：“辛弃疾词慷慨纵横，有不可一世之概；于倚声家为变调，而异军特起，能于剪翠刻红之外，屹然别立一宗，迄今不废。”这是说得很公允的。

我们前面说过，对词的不同风格，是要从整体上去把握，不能简单化和绝对化。把词分为婉约和豪放两大风格类别，甚至把宋词和整个中国词史划分为婉约和豪放两大派，都只是就大体而言。实际的创作情况要比这丰富复杂得多。

比如豪放派词人和婉约派词人都写过一些描写自然景物和表现农村生活的作品，呈现出一种明丽清新的格调，就既不能简单地将它们归入婉约风格，也不能将它们归入豪放风格。试读：

欧阳修写颍州西湖的《采桑子》（十三首之一）：

轻舟短棹西湖好，绿水逶迤，芳草长堤。隐隐笙歌处处随。　无风水面琉璃滑，不觉船移，微动涟漪。惊起沙禽掠岸飞。

苏轼写农村自然景色和民情风俗的《浣溪沙》（五首之一）：

照日深红暖见鱼，连村暗绿晚藏乌。黄童白叟聚睢盱。　麋鹿逢人虽未惯，猿猱闻鼓不须呼。归来说与采桑姑。

辛弃疾写农村夏夜景色的《西江月·夜行黄沙道中》：

明月别枝惊鹊，清风半夜鸣蝉。稻花香里说丰年，听取蛙声一片。　七八个星天外，两三点雨山前。旧时茅店社林边，路转溪桥忽见。

又比如，就某一个词家的归派来说，也并不那么简单。南宋时期的著名词人姜夔，文学史上一般把他归入婉约派，实际上他的词兼有婉约和豪放两方面的风格特色，不是单纯的婉约风格所能范围的。他的词既受到柳永、周邦彦词的影响，又脱胎于辛弃疾，还融入了江西诗派诗歌奇峭生硬的因素。总之如夏承焘先生所说，他是"用健笔写柔情"，其风格特色，前人或概括为"清空"，或概括为"清刚""清峻"，也只能说是大体得之。他的词确能从清柔中透出刚健，有一种高远之风，如有人形容的："白石道人气貌若不胜衣，而笔力足扛百斛之鼎。"试读他寄寓家国之感的《扬州慢》：

淳熙丙申至日（1176年的冬至），予过维扬（即扬州）。夜雪初霁，荠麦弥望。入其城则四顾萧条，寒水自碧，暮色渐起，戍角悲吟。予怀怆然，感慨今昔，因自度此曲。千岩老人以为有黍离之悲也。

淮左名都，竹西佳处，解鞍稍驻初程。过春风十里，尽荠麦青青。自胡马窥江去后，废池乔木，犹厌言兵。渐黄昏，清角吹寒，都在空城。　杜郎俊赏，算而今、重到须惊。纵豆蔻词工，青楼梦好，难赋深情。二十四桥仍在，波心荡、冷月无声。念桥边红药，年年知为谁生？

南宋诗人萧德藻（是姜夔的叔岳丈）称这首词表现了“黍离之悲”，也就是说表现了国家残破的悲哀。词的上片纪行写景，下片志感抒情，通过眼前所见战乱以后扬州城的萧条景象，抚今追昔，写出物是人非的伤悼之情和凄哀的情思。这首词将景和情很好地结合起来，写得抑郁低回，清苦深远，很有气象情韵，跟正统的婉约派词风显然是不一样的。

他还有两首咏梅的自度曲《暗香》和《疏影》（取林逋《山园小梅》诗句“疏影横斜水清浅，暗香浮动月黄昏”之意），生动细腻地刻画了梅花的神态和风韵。这是他寄食于范成大石湖期间，在玉雪坡赏雪观梅时，范成大“授简索句，且征新声”而“作此两曲”的。两词中有这样的句子：“江国，正寂寂，叹寄与路遥（路远山遥，音讯难通），夜雪初积。”（《暗香》）“昭君不惯胡沙远，但暗忆江南江北。想佩环月夜归来，化作此花幽独（传说梅花是王昭君的灵魂月夜归来所化）。”（《疏影》）从句意看，词中很可能是有寄托的，虽然表现得比较晦涩，但我们仍能隐约地感受到某种身世之感和家国之悲。从中我们多少可以体会到张炎所说的白石词“如野云孤飞，去留无迹”的情味。

再说，被人推为豪放派的词人中也有写作婉约词的，如苏轼就写了不少婉约词。他悼念亡妻的《江城子》，就是一首情辞凄婉的婉约之作：

十年生死两茫茫，不思量，自难忘。千里孤坟，无处话凄凉。纵使相逢应不识，尘满面，鬓如霜。　　夜来幽梦忽还乡。小轩窗，正梳妆；相顾无言，唯有泪千行。料得年年肠断处，明月夜，短松冈。

这首词上片写死别之痛和相思之苦，下片写梦中相见的喜和悲。因思而成梦，自然成章。前面写相思，是为了后面写梦境。全词通过写梦境来表现对亡妻的真挚爱情和深沉思念，以虚映实，虚中见实，写得缠绵深挚，真切感人。梦是虚幻的，缥缈的，然而梦中人的感情却显得那么真挚深沉，实实在在。或者可以说，正因为借助于梦境的虚幻与缥缈，那死别之痛和相思之苦，才格外显得情真意切。感情的表现很有层次：死别相思是很苦的，相思而不得相见，满腹凄凉无处可以诉说，更苦；积思成梦，幽梦话凄凉是很苦的，梦醒而只剩得冷月松冈，则最苦。这首词像是春蚕吐丝，又像是幽山流泉，从诗人的胸臆中泻出，非常质朴自然。全词无矫饰之情，无故作之态，深婉缠绵，完全是婉约词的柔美风调。

他咏物词《水龙吟·次韵章质夫杨花词》，也是一首婉约风格的名作：

> 似花还似非花，也无人惜从教坠。飞家傍路，思量却是，无情有思。萦损柔肠，困酣娇眼，欲开还闭。梦随风万里，寻郎去处，又还被莺呼起。　不恨此花飞尽，恨西园，落红难缀。晓来雨过，遗踪何在？一池萍碎。春色三分，二分尘土，一分流水。细看来，不是杨花，点点是离人泪。

这首词是苏轼和章质夫写给他的一首杨花词的。同章质夫的原作一样，也是咏杨花而同时表现思妇的离情。不过苏轼所写比原作有更高的境界和更深的情韵。词中的杨花和思妇都不局限于个别，不局限于具体所指，而具有高度的概括性和典型意义。它表现了一种普遍的人生感受，一种人人都经历过、都感受过的离愁；而且联系到当时苏轼贬官到黄州的处境，其中无疑还寄托了词人自己因政治上的失意而产生的苦闷和忧愁。这首词的突出特点，是把杨花当作有生命、有感情的东西来写，在词中杨花和思妇是融合到一起的，我们简直分不清哪是写的思妇，哪是写的杨花。上片写的离愁，是思妇的，也是杨花的，妙在花和人融合在一起，不能分割，也无法分割。下片写词人对杨花的执著之情。春归了，杨花飞尽了，人们对飞家傍路的杨花也不会产生什么怨恨，而作者却与一般人不同，他特别关注那“飞尽”了的杨花到底到什么地方去了。他禁不住去追寻杨花的遗踪：“晓来雨过，遗踪何在？一池萍碎。”这里作者用“杨花落水化萍”的传说，意在表现杨花的多情，也表现杨花的生命力。“春色三分，二分尘土，一分流水。”这里把春色具象化，数量化，说它三分之二化成了尘土，三分之一化成了流水。这种写法表面上看好像很笨，实际上却非常巧妙，非常聪明，是很富于诗意的。它表现了诗人对春天的热爱，对杨花的执著和一片深情。下片到此为止，都是写花，可是末二句一收束却又归结到人上来：“细看来，不是杨花，点点是离人泪。”在作者的笔下，不论是浮萍、尘土、流水，都是杨花化来的；而最后竟看出来，这由杨花化来的浮萍、尘土、流水，又都变成了离人的眼泪。到此我们才体会到，作者写杨花就是写思妇，就是写离情，花和人浑然化为一体。咏物词而能写出如此深婉缠绵的感情内涵，将赋物之作写成言情之作，实在是很少见的。

从以上两首词作可以看出，苏轼的写情词，风格近于婉约，却又不完全同于婉约，有传统婉约词的深婉细腻，而没有常见的那种柔弱和纤艳。可以说是温婉清新，柔而不媚，洗尽了“绮罗香泽之态”。

辛弃疾是豪放词派的大家，但同样也写了不少婉约风格的词。他的一些表现男女爱情的小词，情意幽婉，十分动人。一般都写得情感真挚朴实，语言通俗平易，风格清新婉丽，富于民歌风味。如《清平乐》：

春宵睡重，梦里还相送。枕畔起寻双玉凤，半日才知是梦。　一从卖翠人还，又无音信经年。却把泪来做水，流也流到伊边。

当然，他的爱情词即使同属婉约，风格特色也不完全一样。如他的《祝英台近·晚春》（宝钗分）就写得情辞凄苦，缠绵婉曲，同李清照的风格比较接近。还有一些写爱情的词并不是单纯写爱情的，其中可能别有怀抱。如写元宵节的《青玉案》（东风夜放花千树）。一般都认为，这首词表面上写爱情，而实际上别有寄托。作者所追慕的美人，实际上是他的一种理想的象征，是他在政治上失意之后要尽量保持的一种高洁的品格。近代的梁启超评论说：“自怜幽独，伤心人别有怀抱。”（《艺蘅馆词选》引）这样的词，风格虽近于婉约，而其内在的意蕴，还是和他的爱国词篇相通的。

与此相反，一些婉约派词人也写出过风格接近于豪放的词作。如李清照的《渔家傲》：

天接云涛连晓雾，星河欲转千帆舞。仿佛梦魂归帝所，闻天语，殷勤问我归何处？　我报路长嗟日暮，学诗漫有惊人句。九万里风鹏正举，风休住，蓬舟吹取三山去。

这首词是记梦的。通过写梦，创造出一种雄奇壮阔的意境，表现了作者欲展翅奋飞的豪情壮志和对理想的执著追求，以及道路漫长、理想难于实现的嗟叹和苦闷。全词意境开阔，想象奇丽，充满浪漫主义色彩，风格雄健奔放，同她的婉约词是很不一样的。

欧阳修也是婉约派词人，但他也有个别作品接近于豪放风格。如他的《朝中措》（平山堂），不仅写出了“平山栏槛倚晴空，山色有无中”这样高远清朗的景象，而且其中还有这样的句子：“文章太守，挥毫万字，一饮千钟。”这几句是称颂他的朋友刘敞的才学和胸襟的，但却带有一种夫子自道的意味，我们从中可以看出词人本人的胸襟和豪情，若比照他的《醉翁亭记》来读，词中简直活画出一个极富才学而又性格豪放的醉翁形象来。

另外，同属于豪放风格，由于时代条件和个人性格遭遇的不同，苏轼和辛弃疾的词也各有特点：苏词在豪放中见飘逸旷达，而辛词则在豪放中见悲壮沉郁。读苏词，处处感到他善于排解的超脱的人生态度；而读辛词，总感到有一股受到压抑的刚正勃郁之气腾涌于字里行间，这又是苏词里所没有的。即使是同一个词人，同一类风格，不同的作品也有不完全相同的特点。如李清照的婉约词，不仅在总体上后期的深沉缠绵，与前期的明朗清婉不同；就是同为后期的作品，如《永遇乐》（落日熔金），就跟一样是抒写孤苦悲愁情怀的《声声慢》不完全一样。《声声慢》是以凄景、苦景写悲情，时间是秋日的黄昏，采用的是渲染、烘托的手法；而《永遇乐》则是以喜景、乐景写悲情，时间是热闹的元宵佳节，采用的是对比、映衬的手法。同样是元宵节，气氛、心境却有今昔的不同。词从眼前景写起，由今而忆昔，又由昔而归结到今，处处从乐景中化出悲情。词的境界比《声声慢》开阔，色彩比《声声慢》鲜明，但悲情愁绪的表现，则又同样深沉凝重。都是婉约风格，同中又有异。

这样来看宋词的风格和艺术，就能既看到有明显差异的两大类别，又能看到两种风格内部的细微差别，看到不同风格之间的交叉融合，看到宋词风格和艺术的丰富多彩。

由以上的分析我们可以看到，宋人对词体文学的发展做出了很大的贡献，不仅创作了许多至今仍脍炙人口的优秀作品，而且在词体的革新、乐曲的创制，特别在艺术经验的积累和词风的开创方面，对后世产生了很大的影响。词这种独具特色的诗体，在宋代三百多年的辉煌之后，元、明、清三代以至于今天，一直绵延不绝，代有作手，产生了无数优秀的作品。我们今天不仅仅是将唐诗、宋词、元曲并称，而且在提到中国古典诗歌的时候，总是将诗词并称。词成为中国古典诗歌中的重要体式；而提到词，则又不能不提到宋人在思想艺术上的杰出创造。当我们从毛泽东等当代词家的优秀之作如《沁园春·雪》和《蝶恋花·答李淑一》等作品中，感受到当代英雄人物和时代精神风貌的同时，不是也领略到宋人对词体文学创造的流风余韵吗？

宋词不愧是中华古代灿烂文化百花园中的一枝绚丽的奇葩。

谈谈李煜的词

在中国词史上，存词不多却以词艺的精美而在词史上产生不容忽视影响的一位词人，是五代时南唐著名的词人李煜。

李煜（937–978），字重光，初名从嘉，号钟隐，又称钟山隐士、莲峰居士等，徐州（今属江苏）人，一说湖州（今属浙江）人。他是南唐中主李璟第六子，璟卒继位为南唐国主，史称李后主。

作为一个小皇帝，李煜性骄侈，好声色，又崇奉佛教，整日宴饮游乐，不恤政事。他于宋太祖建隆二年（961）嗣位时，南唐已成为宋朝的属国，他无力自强，只能卑躬屈节，称臣纳贡，以求苟安。在这种情况下，他只是日夕与群臣酣宴，愁思悲歌，以诗酒来麻醉自己。开宝四年（971），他派遣七弟韩王从善到宋京师朝拜，被扣留不归，他亲笔上疏请求放人，也遭拒绝。开宝七年（974），宋太祖下诏要他亲自到宋京城朝拜，他称疾不行。第二年，宋即攻克金陵（今南京），他降后被带至汴京，宋太祖赐给他一个侮辱性的封号："左千牛卫上将军违命侯"。此后，这个江南小皇帝便成了宋朝的阶下囚，过着一种"日夕以眼泪洗面"的屈辱生活，最后被宋太宗派人用牵机药毒死。据说他的死同他入宋后写词思念故国有关，当是可信的。

李煜性聪敏，富于感情，好读书，工书善画，精通音律，诗、词、文章都写得不错，在文学艺术上有比较全面深厚的修养。据传他有文集三十卷行世，还有《杂说》百篇，在当时很被推崇，但都没有流传下来。今仅存诗十八首，断句若干，文七篇，词三十多首。他把词当作一种抒发内心思想感情的主要形式，倾注了很多心力，在他的创作中占有十分重要的地位。

李煜的词，依据他生活上的变迁，大致可以分为入宋前和入宋后两个时期。两期词的内容和风格，有联系又有明显的不同。

前期的词，可以大别为三种情况：第一类，描写他酣歌醉舞、豪华享乐的宫廷生活。例如《浣溪沙》：

红日已高三丈透，金炉次第添香兽，红锦地衣随步绉。　　佳人舞点金钗溜，酒恶时拈花蕊嗅，别殿遥闻箫鼓奏。

这首小词逼真生动地描写了宫廷中通宵达旦的歌舞宴饮、纵情享乐的情景，华贵的气息，欢乐的情绪，舞女们狂舞时的身姿与意态，都历历如在眼前。又如《玉楼春》（晚妆初了明肌雪），描写打扮得漂亮的宫女们列队翩翩起舞，伴奏的乐曲响彻云天；词人在尽情享乐之后闲步踏月而归，那样惬意，那样陶醉，把一个风流小皇帝的生活和感情表现得惟妙惟肖，淋漓尽致。《子夜歌》（寻春须是先春早）则写宫中赏春赋诗，在富贵气中又透出一点闲适和风雅，真实地表现他那皇帝加文人的独特的身份和情趣。

第二类，写他跟后妃或歌女的艳情生活。如《一斛珠》：

晚妆初过，沈檀轻注些儿个，向人微露丁香颗。一曲清歌，暂引樱桃破。　　罗袖裛残殷色可，杯深旋被香醪涴，绣床斜凭娇无那；烂嚼红茸，笑向檀郎唾。

这首词是写歌女的。她精心梳妆，却又不是浓施脂粉；在情人面前，娇媚地吐出舌头，唱歌时轻轻绽开樱桃小口；饮酒时也是一副撒娇的神态，那酒湿了衣袖、污了口也满不在乎；微醉时就娇困地斜靠在绣床上，把口中的红茸嚼嚼，淘气地笑着吐向自己心爱的情郎。短短不到六十个字的一首小词，活生生地刻画出一个人物，她的音容笑貌、情态心理，无不跃然纸上。更重要的是通过对歌女的刻画，含蓄而又巧妙地表现了词人和歌女的关系，表现了他对女色的沉醉般的欣赏，表现了人物间戏剧性的关系。

又如传为描写同小周后调情而作的三首《菩萨蛮》（花明月黯笼轻雾、蓬莱院闭天台女、铜簧韵脆锵寒竹），也是他写艳情的代表作。偷情幽会，轻佻调笑，暗送秋波，其情其景，如在眼前。这些词作都反映了这个小皇帝在亡国前宫廷生活的一个侧面。

第三类，抒发离愁别绪。尽管他在一些词里表现了对帝王生活的沉醉和美化，但他在亡国以前的生活并不是一切美满如意的，他也有排解不开的愁和恨。例如《喜迁莺》：

> 晓月坠，宿云微，无语枕频欹。梦回芳草思依依，天远雁声稀。　啼莺散，余花乱，寂寞画堂深院。片红休扫尽从伊，留待舞人归。

这首词抒发对一个女子的思念之情。月坠云稀，梦醒后更加深切地思念远方的离人。他所选择的种种物象：晓月、宿云、雁声、啼莺、残花、画堂等等，都是最能触发离愁别绪的。末二句最深沉含蓄，劝自己不要去扫那满地的落花，不仅因为离愁必然会引起慵懒，而且更主要的是从中透露出急切地盼望离人归来，并相信她一定会归来的思想感情。

其他如《采桑子》（庭前春逐红英尽）、《长相思》（云一緺）、《谢新恩》（秦楼不见吹箫女）等，虽也涉及男女情爱，但那是写缠绵的相思情意，比之前一类，较少欢乐的情调和轻佻的意味，而写得比较深沉婉曲。有的词，也许作者是借男女之情来抒写怀抱，别有寄托。如《阮郎归》（东风吹水日衔山），明是写一个幽居独处的女子对离人的怀念，实际是为思念他被留居汴京的七弟从善而作，情辞凄苦，含意婉曲，除了思念弟弟，还隐喻着一种深沉的丧家亡国的危机感。有些词是抒写一般的离别之情的，如《清平乐》（别来春半）、《乌夜啼》（无言独上西楼）也写得深沉而哀痛。这些词所表现的凄苦情调，可能跟他丧子亡妻的不幸和日益迫促的家国危亡之忧有关。联系到他在大周后死后作的《感怀》《梅花》《书灵筵手巾》等诗中所表现的哀痛悲苦之情，以及陆游《南唐书》所载他在从善弟被留不归时“愈悲思，每凭高北望，泣下沾襟”的情景，李煜入宋以前的词在内容和风格上，就已从沉醉于豪华享乐的宫廷生活的华艳柔靡之风，开始转变为抒写愁怀的凄清哀怨之调了。这种转变，不仅有踪迹可寻，而且也是完全可以理解的。

后期的词，主要内容是写他的故国之思和亡国之恨，更加发展了那种凄清、深沉、哀怨的风格特色。他那些为人传诵的名作，大多产生于这个时期。如《破阵子》（四十年来家国）、《望江南》（多少恨）、《子夜歌》（人生愁恨何能免）、《乌夜啼》（林花谢了春红）、《虞美人》（春花秋月何时了）、《浪淘沙》（帘外雨潺潺）等。其中最具艺术感染力而脍炙人口的是《虞美人》：

春花秋月何时了，往事知多少？小楼昨夜又东风，故国不堪回首月明中。　雕栏玉砌应犹在，只是朱颜改。问君能有几多愁，恰似一江春水向东流。

这首词，语语痛切，是发诸胸臆的亡国之音。写这首词时，已是李煜被俘入宋后的第二年，在寂寞难耐而又度日如年中无数往事涌上心头。抚今追昔，即景抒情：东风和明月原都是十分美好的景象，但却勾起他对故国的无限思念，往日的生活历历如在目前，令人不堪回首。想象中华美的宫殿该是旧貌依然，但国家沦亡，山河改色，不能不使人愁恨满怀。末二句自问自答，以东流的一江春水来比喻愁绪，写出了绵绵无尽又浩渺无边的情思，意境既阔大又深远，引起后世无数读者的共鸣和赞美。清人陈廷焯评云：“一声恸歌，如闻哀猿，呜咽缠绵，满纸血泪。”（《云韶集》卷一）无疑道出了许多人的共同感受。

在这些词中，他不断地回忆往事，眷恋故国，表现出无限的愁和恨，以及因愁和恨无法排解而产生的人生如梦的思想。但他所回忆眷恋的往事，不过是小皇帝豪华享乐的生活，即如词中所写的：“凤阁龙楼连霄汉，玉树琼枝作烟萝”（《破阵子》）；“还似旧时游上苑，车如流水马如龙，花月正春风”（《望江南》）一类。而他那无尽的“人生长恨”，也只是因为失掉了这种生活才产生的，也就是：“想得玉楼瑶殿影，空照秦淮”（《浪淘沙》）；“雕栏玉砌应犹在，只是朱颜改”（《虞美人》）；“梦里不知身是客，一晌贪欢”（《浪淘沙》）。

总的说来，李煜前期的词美化宫廷生活和描写艳情，缺乏社会内容和思想意义，带有明显的庸俗气息，格调不高；表现离愁别绪和后期抒发亡国之痛的词，虽然骨子里仍不脱贪恋帝王生活的思想感情，但因遭遇变故，包含了一些带普遍意义的人生体验，内容有所扩大，能引起封建社会中许多失意的士大夫的共鸣，在今天也还不失它的认识意义和审美价值。

李煜词能得到人们的广泛喜爱并在词史上产生较大的影响，主要的还在于它在艺术上的造诣和强烈的艺术感染力。词这种形式到李煜手里，变成了一种能自由抒写情怀的有力工具，在艺术表现上臻于成熟。具体地说，李煜的词在艺术上有如下几个特点：

第一，直抒胸臆，略无讳饰，表现从生活里得来的真情实感，毫无矫揉造作之态。在表现手法上多用白描，明白率直，改变了晚唐以来不少词人惯用的曲折隐晦的手法。周济说："李后主词如生马驹，不爱控捉。"（《介存斋论词杂著》）王国维也称他有"赤子之心"，"真所谓以血书者也"（《人间词话》），都是指的这一特色。

第二，有很高的艺术概括力，通过具体的意境、形象，表现出人生中某种具有典型意义的感受、意绪和体验（主要是愁和恨），因而能引起异时异地虽然具体的生活遭遇不同却同具愁和恨感情的人的共鸣。例如："离恨恰如春草，更行更远还生。"（《清平乐》）"问君能有几多愁？恰似一江春水向东流。"（《虞美人》）对于那种离恨愁肠缠绵郁结、深远不绝的描写，就具有很高的典型性和概括力，能道出各种各样抱愁怀恨的人们的共同感受。

第三，通过具体的形象来写人、写景、写情，不流于空泛，使读者读来可感可触，特别是对一些抽象而难于捕捉的思绪情怀，因为写得非常具体生动，就能触发读者的联想，大大增强作品的艺术感染力。就写情来说，化抽象为具体，大概有两种情况：一种是直接以可感的形象来引起读者想象，从而体会到抒情主人公的意绪和心境。如"粉英含蕊自低昂"（《谢新恩》），"百尺虾须在玉钩"（《采桑子》），就通过自低昂的花枝和垂挂在玉钩上的长帘，使人具体地感受到作者那孤寂的处境和慵懒而毫无生趣的心情。另一种是通过比喻，将很难表现的一种思绪，具体化为一种可感的视觉形象，从而引起读者的共鸣。如上面提到的以春草比喻离恨，以东流的春水比喻长愁，就是很著名的例子。

第四，语言自然、精练、明净，达到了很高的艺术水平。不少词句，明白如话，似脱口而出，实际是经过精心的提炼而不露痕迹，流畅而富于情韵，明净而含蕴丰富，不浅、不露、不生、不涩。

李煜的词虽然思想内容价值不是很高，但也有一定的社会内容，而且艺术性很强，作为一笔文学遗产，还是不应该被忽视的。从词的发展来看，比之"花间词"，它扩大了词的境界，丰富了词的表现力，打破了那种"镂金雕琼""裁花剪叶"的作风，对宋词的繁荣和发展产生了重要的影响。王世贞说："花间犹伤促碎，至南唐李王父子妙矣。"（《弇州山人词评》）王国维说："词至李后主眼界始大，感慨遂深，遂变伶工之词为士大夫之词。"（《人间词话》）这些评价，都是言之有据的。

林逋的山林隐逸诗

在宋代，有两位著名诗人的名字是同杭州西湖分不开的。一位是苏轼，他曾两次在杭州做官，有不少吟咏西湖的佳作，其中最著名的是《饮湖上初晴后雨》其一，因其中的两句“欲把西湖比西子，淡妆浓抹总相宜”而使得西湖得了个西子湖的美名。另一位是早于苏轼的宋初的林逋。他是杭州人，隐居于西湖的孤山，终身不仕，以种梅养鹤为伴，人称“西湖处士”。他以一种疏淡的笔致，写了不少描写西湖山水的诗，其中尤以写西湖梅花为最著名。他的文学成就当然不能和苏轼相比，名气也没有苏轼那么大，但他的梅花诗在当时和后世都非常有名，影响也不小。

林逋（968-1028）字君复，少孤，家境贫寒，却安于贫贱，不以荣利为念。他虽然也跟一些达官贵人交往，也写过一些寄赠的诗，但他自己却无意于做官，不慕名利，跟这些人交往也没有趋奉之态。《宋史》本传中说他“二十年足不及城市”。他终身不娶，无子，因酷爱梅花，以养鹤自娱，致有“梅妻鹤子”的美称。史载，他自墓于其庐侧，临终时写诗，有“茂陵他日求遗稿，犹喜曾无《封禅书》”之句。宋真宗知道了他，便赐给他粟帛，并遣人岁时劳问。卒后，宋仁宗又赐给他“和靖先生”的谥号。

林逋在艺术上比较全面，能绘画，亦善行书。黄庭坚称他的书法“清气照人”，“端劲有骨”。但他的诗更有名，是宋初山林诗人的代表。据说他的诗在当时很得人们的喜爱，梅尧臣曾说“其诗时人贵重甚于宝玉，先生未尝自贵也。”（《林和靖先生诗集序》）“未尝自贵”的话并非虚言。相传他兴至而作诗，诗成便扔弃。曾有人问他：“何不录以示后世？”他回答说：“吾方晦迹林壑，且不欲以诗名一时，况后世乎！”所以他的诗保存下来的百无一二，今存《和靖诗集》四卷，收诗仅三百多首。

林逋的诗，主要是描写孤山西湖的自然景色和幽静的隐居生活，表现出他超尘出世的思想和恬淡高逸的性格。梅尧臣说他："顺物玩情为之诗，则平淡邃美，咏之令人忘百事也。其辞主乎静正，不主乎刺讥。"（同上）苏轼也赞美他："先生可是绝伦人，神清骨冷无尘俗。"（《书林逋诗后》）这些评论都很好地道出了他诗歌的思想内容和风格特色。但从另一方面我们也看到林逋诗歌的弱点，他的眼光狭小，诗的格局不大，缺乏现实内容和使人积极向上的精神。翻开他的诗集，多是这一类题目：《小圃春日》《春夕闲咏》《园庐秋夕》《山村冬暮》《和天竺慈云大师》《夏日寺居和酬叶次公》《寄和昌符》等，几乎全是写景诗和酬唱诗。例如他的《郊园避暑》："柴门鲜人事，氛垢颇相忘。爱彼林间静，复兹池上凉。托心时散帙，迟客复携觞。况有陶篱趣，归禽语夕阳。"又《虢略秀才以七言四韵诗为寄，辄敢酬和，幸惟采览》："本无高亮似阳城，但爱松风入耳声。五亩自开林下隐，一樽聊敌世间名。交谈不远樵农客，弄翰慵夸子墨卿。异日青冥肯回顾，夫君门族旧和羹。"他完全沉醉于清幽静谧的山水景色之中，将那远离尘世的隐逸生活点染得颇富情趣。

因为他长年隐逸山林，过着闲适生活，尽有时间去细致地观察欣赏大自然的景色和身边的生活，故能以细碎小巧之笔，写出恬静清淡的情致。如《水亭秋日偶书》："巾子峰头乌臼树，微霜未落已先红。凭栏高看复低看，半在石池波影中。"诗中紧贴"水亭"的特定视角，写初秋时节，在山顶上未经微霜而已变红的乌臼树，山水上下相映，半在池中闪亮的美妙景象，从中透露出诗人静闲恬适的情怀。有时甚至细碎到家中饲养的小猫，他也能落笔成诗，表现出一种生活的小情趣："纤钩时得小溪鱼，饱卧花阴兴有余。自是鼠嫌贫不到，莫惭尸素在吾庐。"（《猫儿》）又如《宿洞霄宫》："秋山不可尽，秋思亦无垠。碧涧流红叶，青林点白云。凉阴一鸟下，落日乱蝉分。此夜芭蕉雨，何人枕上闻。"写景抒情不可谓不工，但到底不过是山林处士眼中之景，心中之情。"神清骨冷"，过分地澄淡清逸，而不免欠缺点丰腴厚重了。

最能表现他隐逸之趣和淡泊情怀的，是那首《小隐自题》：

> 竹树绕吾庐，清深趣有余。鹤闲临水久，蜂懒采花疏。
> 酒病妨开卷，春阴入荷锄。尝怜古图画，多半写樵渔。

这首诗，创造出一种闲静淡远的境界。开头写竹树绕庐，已见出一种"清深"的情趣。接下去，写鹤是闲鹤，蜂是懒蜂；"临水久"与"采花疏"，是鹤和蜂的形象，也是诗人自身的形象。这与五、六两句直接写诗人的生活，是融合在一起的。人与鹤和蜂一样，是那样散淡，那样自由无拘，无所追求。他饮酒读书，荷锄劳作，都是任性而为，说不上有什么目的，可以作也可以不作；就像鹤可以戏水，亦可以临水静观，蜂本来是采花的，但也可以不采；动静之间，都只是为了得到某种天趣。末二句稍嫌刻露，明点出他所喜爱和欣赏的是古图画中所写的渔父樵夫的生活，亦即隐士的生活。这点意思其实在前面的形象图画中早已包容了。清人纪昀评此诗云："兴象深微，无凑泊之迹。此天机所到，非苦吟所可就也。"大致道出了这首诗，也道出了林逋山林隐逸诗的基本特征。

不过在林逋的诗中，最见性情也最为人所称道的是他的咏梅诗。在《和靖先生诗集》中咏梅的七律一共有八首，被人称为"孤山八梅"。写得最好、影响也最大的，是《山园小梅》二首其一：

众芳摇落独暄妍，占尽风情向小园。
疏影横斜水清浅，暗香浮动月黄昏。
霜禽欲下先偷眼，粉蝶如知合断魂。
幸有微吟可相狎，不须檀板共金樽。

首联先总写梅花独占风情的大背景。是从时令落笔的。众芳摇落是冬天的景象，小园中所有的花都因大寒而凋零了，惟有梅花凌寒自开，独见风采。"暄"本意是温暖的意思，用在这里正好突出梅花不畏寒冷的品格；"妍"言其明丽，在灰暗的冬天惟独她能于天地中闪出亮色。

颔联出色地描绘出梅花的精神韵致。妙在诗人将梅花置于一种幽雅的环境中来加以烘托。不是一般地泛写梅花，而是具体地写水边、月下的梅花，不直接写梅花的容色姿态，而是写她在水中的倒影。水中的梅花是疏淡的、朦胧的，不繁不密，斜枝侧出，星星点点。不以繁艳媚人，疏淡中却别具风韵。"清浅"是写冬日的水的清澈明净，适足以烘托出梅花品格的冰清玉洁。昏黄的月光也是朦胧的，朦胧中时不时飘来梅花的幽香。如同她的姿容只是横斜的疏影一样，这香气也一点不浓郁，而是清清的，淡淡的；"浮动"不同于涌动，而是袅袅轻漾，是柔细的，甚至可以说是缠绵的，似有若无，时断时续。可是这轻柔的缕缕幽香能令人沉醉，沉醉得使你的灵魂也似乎得到了净化。"暗香"与"浮动"相呼应，再置之于昏黄朦胧的月光之下，真是妙笔传神。由此感受到的这梅花的精神气韵，我们不是似曾相识么？回头再读读前面那首《小隐自题》和其他一些抒写淡泊情怀的诗，那精神，那标格，不就是诗人自己的么？前人赞美这两句诗，多说它写出了梅花的精神；其实，如果只有梅花而没有诗人自己，那就绝不会成为千古绝唱了。这一联好就好在诗人和梅花融合为一体，见梅花，也见诗人，或者更确切地说，是从梅花的精神中我们感受到了诗人自己的襟怀和品格。

颔联已把梅花的精神气韵写出来了，下边有点难乎为继。于是诗人换一个角度，颈联便借"霜禽"和"粉蝶"来写。两句，一实一虚。霜禽是指羽毛洁白的鸟，当是冬天常常可以看到的。霜禽应是非常欣赏梅花的，多么想下到梅花枝头嬉戏其间，但她竟又不敢，甚至只能偷眼而不敢正看，以此来衬托梅花的端庄、高洁。粉蝶则只有在春天才会飞舞，这里应是想象之词。依诗人的推想，从未见过梅花的粉蝶，如果知道凌寒独开的梅花有这样美，一定会为之销魂陶醉的。这样写也是为了烘托梅花动人的魅力。不过，这两句看似聪明，实际上在颔联两句精彩之笔后面，这样的烘托、映衬是不必要的，显得笨拙而又无力。

尾联写到诗人自身，是说只有自己才配欣赏这样高洁美好的梅花。富贵人家置酒园林，歌舞宴饮，实在太俗气，和梅花的标格不协调。这些人是不能真正欣赏梅花的。只有真正懂得梅花之风雅的诗人，才跟梅花幽逸的韵致相近，清词丽句，低唱微吟，最得赏梅的雅趣。单凭这首诗，我们就可以承认，林逋不愧是梅花的同调和知音。

林逋的这首咏梅诗，对当时和后世的影响很大，得到许多人的赞扬，尤其是颔联两句，千古以下，传诵不衰。欧阳修在《归田录》卷二中，就说当时的人对这两句评价极高："评诗者谓前世咏梅者多矣，未有此句也。"司马光也称赞这两句是"曲尽梅之体态"。(《续诗话》）苏轼赞美这两句写出了梅花独特的精神，移于桃花则不可用。南宋姜夔还将"疏影"和"暗香"作为他咏梅的自度曲的词调名。但是全诗与这一联不相称，也受到一些人的批评。如《蔡宽夫诗话》云："林和靖梅花诗'疏影横斜水清浅，暗香浮动月黄昏'，诚为警绝，然其下联乃云'禽霜欲下先偷眼，粉蝶如知合断魂'，则与上联气格不类，若出两人，乃知全篇佳者诚难得。"《苕溪渔隐丛话·前集》卷二十七引）又黄彻《䂬溪诗话》也称这首诗之"卓绝不可及，专在十四字耳。"有趣的是，甚至有人指出，这精警的一联，原来还是从五代时诗人江为那里化用来的。顾嗣立《寒汀诗话》引李日华语云："江为诗'竹影横斜水清浅，桂香浮动月黄昏’。林君复改二字为‘疏影’‘暗香’以咏梅，遂成千古绝调。”借用一联，换了两个字，竟使一首诗成为千古传诵的佳作，这真可说是诗歌史上的一个极为奇特的现象。不过细想起来，却又是完全合乎艺术规律的。有人赞扬林逋换这两个字，是“仙丹在手，瓦砾俱金矣”。（见明李日华《恬致堂诗话》卷四）化瓦砾为金玉的关键，在于传神二字，功夫仍在熔炼。林逋的诗虽然通体不够匀称，但经他点化以后的这两句，熔进了他对梅花的独特体验，确实是微妙逼真地传写出了梅花和诗人自己的精神。传神之笔，总是有艺术感染力，因而也是有艺术生命力的。

林逋的咏梅诗，某联精警而通体不够匀称的还不只这一首。如“雪后园林才半树，水边篱落忽横枝”（《梅花》三首其一颔联）；“湖水倒窥疏影动，屋檐斜出一枝低”（同上其三颔联）。都是受人称颂的对句，也是写得很传神的，但全诗亦未见精彩。

我们从林逋的山林隐逸诗，尤其是为人传诵的咏梅诗，可以看出，他的诗确是富于一种隐士特有的幽情逸韵的。虽然大多天地狭小，格局不大，但也不失其在艺术上的创造和价值，在宋初的诗坛上是应该占一席之地的。

略说苏轼的传神论

一

谈到苏轼传神论的时候，他的《书鄢陵王主簿所画折枝二首》其一，是常常为人们所征引的。全诗如下：

论画以形似，见与儿童邻。赋诗必此诗，定非知诗人。
诗画本一律，天工与清新。边鸾雀写生，赵昌花传神。
何如此两幅，疏淡含精匀。谁言一点红，解寄无边春？①

这首诗由一位不太知名的画家所画的两幅“折枝图”，提出并阐发了两个相关的极为重要的美学命题，即：艺术表现中形似与神似的问题和诗画一律的问题。苏轼认为，论画不能仅仅以形似为标准，还应该要求神似，如果认为只要把形貌画得逼真就是一幅好画，这样的看法就跟儿童一样幼稚；作诗不能局限于题目之内，也就是不能过分着题，还须写出题外的不尽之意，如果仅仅写出题内的那点意思，粘着在题目本身，那就一定不是一个真正懂得诗歌艺术的人。在此基础上他又指出，诗和画虽然属于不同的艺术形式，却有共同的规律，共同的要求。“天工与清新”，就是这种共同的规律与要求。意思是说，不论是诗歌还是绘画，在艺术上都既要求真实自然，又要求气韵生动。这在表面上看好像是谈的艺术风格，实质上还是讲的艺术表现中的传神问题。不自然，就连形似也达不到；而不清新，缺少气韵，那就达不到神似。天工与清新是统一的，不可分割的。

---

① 《苏轼诗集》卷二十九，第 1525 页。

从前有人误解此诗，认为苏轼只强调神似而忽略了形似。如跟苏轼同时代的晁以道就在《和苏翰林题李甲画雁》诗中说："画写物外形，要物形不改。诗传画外意，贵有画中态。"针对苏轼之说，强调神似必先形似。明代的杨慎就以为晁以道的补充很重要，经此补充，"其论始为定"（《论诗画》）[①]。其实苏轼并没有忽视、更没有否定形似，他只是不满足于形似，而更强调和追求神似，或者更准确地说，是追求形似与神似的统一。这一思想，这首诗本身就表现得很清楚。王主簿所画的两幅折枝图，苏轼的评价是"疏淡含精匀"。所谓"疏淡"，是指构图设色的简洁和清淡，是欣赏者目所能见的，更多的属于形似方面；而"精匀"则是指含蕴其间的内在的精神气韵，那就主要属于神似方面了。末二句"谁言一点红，解寄无边春"尤值得注意。"一点红"指折枝图中简洁疏淡的花的形象，可是在这简淡的形象中却可以让人领略出无限美好的春光。显而易见，苏轼是肯定"一点红"的，但是肯定它主要是因为其中寄托了无边的春意。所以他并没有否定形似应该是神似的基础，但他更强调神似，认为没有达到神似的形似是没有意义的。

在这首诗中，苏轼还提到并评价了两位著名画家："边鸾雀写生，赵昌花传神。"边鸾是唐代著名的画家，赵昌是宋代著名的画家，都擅长花鸟。苏轼在提到他们时，一称其"写生"，一称其"传神"，是两相对举的。据诗意看，"写生"是讲的画中可视的外在形象，当主要指形似；而"传神"则是讲通过形象所传达出的内在的精神气韵，当主要指神似。不过恐怕不能据此就认为苏轼以为边鸾是只讲形似的，而只有赵昌才达到了神似。有一点很值得注意，就是苏轼称为善"写生"的边鸾，在《唐朝名画录》中却称他："最长于花鸟折枝，草木之妙，未之有也。"《历代名画记》中也称"边鸾善画花鸟，精妙之极。"而被他称为"传神"的赵昌，画家本人却自号"写生赵昌"；范镇《东斋纪事》中又称"其为生菜、折枝、果实尤妙"[②]。以上所引各书对两位画家的评语中都用了一个"妙"字。照通常的体会，能达到"妙"境的艺术品，必然是形似与神似相结合的。所以苏轼所说的"写生"和"传神"，在这首诗里也是不能对立起来理解的。这两句诗其实应该是互文见义，说的是两位画家都在自己的创作中由写生达到了传神的境界。其实诗中所说的"花"和"雀"也应作如是理解，是合起来称他们二位都是花鸟画家，而非指边鸾只画雀而赵昌只画

① 参见徐中玉《论苏轼的创作经验》，华东师范大学出版社 1981 年，第 18 页。

② 参见上引诗中的查注和王水照《苏轼选集》，上海古籍出版社 1984 年，第 190 页。

花。这样来认识，才能对苏轼关于形似和神似关系的思想，有一个正确的理解。

二

“诗画本一律”，苏轼的传神论散见于他谈诗论画的许多诗文中。

苏轼于绘画重士人画而轻画工画。他认为士人画和画工画的主要区别，在于前者重神似，而后者只求形似。在《跋汉杰画山》二首之二中他说：

观士人画，如阅天下马，取其意气所到。乃若画工，往往只取鞭策、皮毛、槽枥、刍秣，无一点俊发，看数尺许便倦，汉杰真士人画也。①

这里所说的阅天下马而“取其意气所到”，就是指的“传神”。“无一点俊发”，就是只写其形而未传其神。

唐代著名的画家韩干，工于画马，是曹霸的学生。但他因是宫廷画师，所以多画宫廷厩马。杜甫在《丹青引——赠曹将军霸》一诗中，认为韩干画马不如他的老师曹霸：“弟子韩干早入室，亦能画马穷殊相。干惟画肉不画骨，忍使骅骝气凋丧。”杜甫批评韩干的，正是他画马虽能穷形尽相，却只画出了肉而未能画出骨，因而骏马的神气都完全丧失了。韩干的缺失就在于只达到了形似而未达到神似。苏轼对韩干画马的评价却是有褒有贬。一方面，他承袭杜甫对韩干的批评，认为他所画的马传神不足。他在《次韵子由书李伯时所藏韩干马》一诗中写道：

丹青弄笔聊尔耳，意在万里谁知之。干唯画肉不画骨，而况失实留空皮。……烦君巧说腹中事，妙语欲遣黄泉知。……君不见韩生自言无所学，厩马万匹皆吾师。②

诗中的“君”指的是苏辙。苏轼这首诗是和苏辙的《韩干三马》而作的，苏辙原诗中有这样的句子：“画师韩干岂知道（道术之道），画马不独画马皮。画出三马腹中

① 《苏轼文集》卷七十，第2216页。

② 《苏轼诗集》卷二十八，第1504页。

事，似欲讥世人莫知。伯时（指李公麟）一见笑不语，告我韩干非画师。”兄弟二人的这两首诗，评画的标准其实是一致的，都要求神似，但对韩干的评价却有不同。苏辙认为韩干是画出了马的“腹中事”，并且还隐含有讥世之意，也就是说已经达到了神似。而苏轼则认为，画马要画得好，不仅要画出皮，也不仅要画出肉，更重要的是要画出骨。而韩干画马的缺点正在于只“画肉不画骨”，甚至还是“失实留空皮”，没有真正画出马的“腹中事”，亦即“万里之意”。所以他才对苏辙说：“烦君巧说腹中事，妙语欲遣黄泉知。”他认为所谓的“腹中事”是苏辙自己附会的，而不是韩干所画马本来所具有的。苏轼诗的最后两句，表面上看是赞扬韩干的，实际上却是对他的批评：“君不见韩生自言无所学，厩马万匹皆吾师。”在苏轼看来，厩中之马无“万里之意”，仅仅向厩马学习是不能达到传神的艺术境界的。

苏轼的这一思想，在另一首关于韩干的诗《书韩干牧马图》中也有所表现。诗中肯定了韩干所画的牧马，而批评他所画的厩马。他认为韩干牧马图的成功在于“近自然”，而厩马画则是伤了“天全”：

> ……厩马多肉尻脽圆。肉中画骨夸尤难，金羁玉勒绣罗鞍。鞭棰刻烙伤天全，不如此图近自然。平沙细草荒芊绵，惊鸿脱兔争后先。王良挟策飞上天，何必俯首服短辕。[①]

这里实际上是具体地解释了为什么说只向厩马学习不可能画出神似之马的原因。可见苏轼对韩干所画马的评价是有分析的，不是一概而论，批评贬低他的是只求形似，即画肉不画骨的一面，而对他摆脱厩马的约束而画出了千里之意的一面却加以肯定和赞扬。在《韩干马十四匹》中就赞扬韩干画马画得生动逼真：“韩生画马真是马，苏子作诗如见画。世无伯乐亦无韩，此诗此画谁当看。”[②]所谓“真是马”，从苏诗中所描绘的景象来看，十四匹马神态各异，各具风神，不仅形似，而且是见神见骨的。

苏轼是很推崇吴道子的，他在《书吴道子画后》一文中说：

---

① 《苏轼诗集》卷十五，第722页。

② 《苏轼诗集》卷十五，第768页。

道子画人物，如以灯取影，逆来顺往，旁见侧出，横斜平直，各相乘除，得自然之数，不差毫末。出新意于法度之中，寄妙理于豪放之外，所谓游刃余地，运斤成风，盖古今一人而已。①

但当他拿吴道子同王维做比较时，他就更推崇王维。他在《王维吴道子画》一诗中写道：

吾观画品中，莫如二子尊。道子实雄放，浩如海波翻。……摩诘本诗老，佩芷袭芳荪。今观此壁画，亦若其诗清且敦。……吴生虽妙绝，犹以画工论。摩诘得之于象外，有如仙翮谢笼樊。吾观二子皆神俊，又于维也敛衽无间言。②

“雄放”的风格也是苏轼所赞赏的，但他更重意气，在他看来，雄放的风格是由意气决定的，或者说是意气（即内在的精神）的自然表现。虽然两人都达到了“神俊”的境界，但却认为“得之于象外”的王维画比吴道子更胜一筹。因此，与王维相比，苏轼认为以雄放为特色的吴道子“尤以画工论”。

三

关于神似作为一种艺术境界所具的特点，以及如何达到神似，苏轼在一系列谈诗论画的诗文中，都有精辟的论述。

首先他认为，所谓神似，关系到作品的生命，也即作品的死和活。就是说，只有画出或写出客观物象的内在精神，做到形神兼备，作品才会是活的，才真正富有艺术的生命力。在《画水记》一文中，苏轼讲画水有死水和活水之别。死水就是只求形似，即他所谓“古今画水，多作平远细皱，其善者不过能为波头起伏，使人至以手扪之，谓有洼隆（凹凸），以为至妙矣。然其品格，特与印板水纸争工拙于毫厘间耳。”也就是说，虽然画出了水的立体感，但仍停留于形似，不过只达到印板水纸的工艺水平，所以只能算是缺乏气韵的死水。而活水则是达到了神似境界之水。

① 《苏轼文集》卷七十，第 2210 页。

② 《苏轼诗集》卷三，第 110 页。

他赞扬唐代画家孙位画水，“始出新意，画奔湍巨浪，与山石曲折，随物赋形，尽水之变，号称神逸。”五代时的黄筌和宋初的孙知微，皆得其笔法。孙知微在寺庙壁上作“湖滩水石”图，“作输泻跳蹙之势（指奔腾汹涌起伏跳泻的水势），汹汹欲崩屋也。”画出了水的气势，画出了水的力量，也就画出了水的生命，达到了神似的境界。可惜后来这种神似的笔法中绝了五十年，直到与苏轼同时的蒲永升，才“始作活水，得二孙本意”。他所临摹的孙知微寿宁院壁所画的水，“每夏日挂之高堂素壁，即阴风袭人，毛发为立”[①]。苏轼在这里所称的“活水”的“活”字，最足以揭示出神似境界的特点。“活”就必须有灵魂，有精神，有生命，这绝非只传写形貌的凡庸之作所能达到的。真正使人感受到“汹汹欲崩屋”和“阴风袭人，毛发为立”的，都是水之神而非水之形；反之，即使画出了水的“波头起伏”，让人能用手都可以摸出洼隆之感来，也还只是没有生命的形似。艺术上的神似，就是要追求画出（或写出）客观物象的生命和精神，活与死的区别，根本的分野就在于此。

如何才能达到神似呢？苏轼作了多方面的论析。首先就是要对客观事物进行深入细致的观察，力求准确地捕捉住最能表现客观事物精神和生命的特点。他在《传神记》一文中说：“传神与相（指相法）一道，欲得其人之天（指内在精神的最自然的表现，而非人为的造作的表现），法当于众中阴察之。”他批评：“今乃使人具衣冠坐，注视一物，彼方敛容自持，岂复见其天乎？”他说他曾经见僧惟真画曾鲁公（即曾公亮，与苏轼为同时代人，封鲁国公），“初不甚似。一日往见公，归而喜甚，曰：‘吾得之矣。’乃于眉后加三纹，隐约可见，作俯首仰视眉扬而頞蹙者，遂大似”。这就是经过深入观察才“得其天”，因而达到神似的例子。

其次，与此相联系的，苏轼认为传神不必“举体相似”，而只要抓住并画出最能表现物象精神所在的个性特点就行。而个性则是万事万物各不相同的，常常只表现于局部，而不表现于全体。苏轼继承并发挥了晋代画家顾恺之著名的论点：“传神写照，都在阿堵（指眼睛）中。”但他又发挥说：“其次在颧颊。”而且还进一步指出：

> 凡人意思（这里即指内在的精神和个性特征）各有所在，或在眉目，或在

① 《苏轼文集》卷十二，第408页。

鼻口。顾虎头云："颊上加三毛，觉精采殊胜。"则此人意思盖在须颊间也。优孟学孙叔敖抵掌谈笑，至使人谓死者复生。此岂举体皆似，亦得其意思所在而已。使画者悟此理，则人人可以为顾（恺之）陆（探微，南朝宋时画家）。

苏轼在这里提出了一个重要的绘画理论，即要在形似的基础上达到神似，其形并非要求形貌上的全面准确，丝丝入扣，分毫不差，而是只要抓准特点，确是神气所在，不仅可以缺损，甚至也可以变形，同样可以由形似达到神似的境界。他以自己的经验为例，说他的"意思"（精神特点）就表现在颧颊上："吾尝于灯下顾自见颊影，使人就壁模之，不作眉目，见者皆失笑，知其为吾也。目与颧似，余无不似者。眉与鼻口，可以增减取似也。"①

第三，苏轼论神似，还十分重视形和理的关系。不仅要"尽其形"，而且要"得其理"。这里所说的"理"，略近于我们今天所说的事物客观存在的内部规律。他赞扬文与可画竹画得好，乃在于"其根茎脉缕，牙角节叶，无不臻理（即完美地表现出竹子的内在特征）"。他肯定"与可论画竹木，于形既不可失，而理更当知。……而形理两全，然后可以言晓画"②。苏轼肯定"形理两全"，但在形理两者的关系中，他又更重视理。他还提出了"常形"与"常理"的关系问题。在《净因院画记》中，他指出："人禽、宫室、器用，皆有常形。至于山石竹木、水波烟云，虽无常形，而有常理。常形之失，人皆知之。常理之不当，虽晓画者有不知。"又说："常形之失，止于所失，而不能病其全；若常理不当，则举废之矣。"③这里提出这样两个问题：一是，画家既要注意常形，更要重视常理。常形易画，常理难画。二是，常形的失误只是局部的失误，易于补救；而常理的失误，则是全局的失误，很难补救。

第四，在艺术家把握所画的对象时，苏轼强调要与物神交，就是说要在精神上与物交流、交融。他认为李公麟（号龙眠居士）画的山庄图十分逼真，就是因为他"不留于一物，故其神与万物交，其智与百工通"（《书李伯时山庄图后》）④。苏轼总结他的创作经验，认为他生动地画出了整个山庄的全貌，是因为他不为一物所滞留

① 《苏轼文集》卷十二，第400页。

② 《书竹石后》，颜中其编《苏轼论文艺》，北京出版社1985年，第203页。

③ 《苏轼文集》卷十一，第367页。

④ 《苏轼文集》卷七十，第2211页。

拘束，而与万物在精神上相交融。只有与物神交，才能把握并表现出客观事物的精神和生命。这一思想，在苏轼对文与可画竹情景的描绘与赞扬中，表现得更加鲜明。他说：“与可画竹时，见竹不见人。岂独不见人，嗒然遗其身。其身与竹化，无穷出清新。庄周世无有，谁知此凝神。”（《书晁补之所藏与可画竹三首》其一）[①] 这就是人与物神交的生动描绘，人与所描绘的对象在精神上达到了融为一体的境界，这时就进入了一种物我两忘、凝思聚神的创作状态。这样创作出的作品，才能真正达到传神，而且不仅传客观物象之神，同时也传艺术家自身之神。在这样的作品中，艺术家与他所描绘的物象化而为一，达到了物我融合的境界。正因此，文与可画竹才能不仅曲尽其态，而且妙传其神，竹子和画家本人的风神都在画中充分地得到了表现。苏轼在《墨君堂记》一文中就把文与可和竹相提并论：

君（指竹）又疏简抗劲，无声色臭味，可以娱悦人之耳目鼻口，则与可之厚君也，其必有以贤君矣。……然与可独能得君之深，而知君之所以贤。雍容谈笑，挥洒奋迅而尽君之德。稚壮枯老之容，披折偃仰之势。风雪凌厉，以观其操；崖石荦确，以致其节。得志，遂茂而不骄；不得志，瘁瘠而不辱。群居不倚，独立不惧。与可之于君，可谓得其情而尽其性矣。[②]

他所赞扬的竹的品格，也正是画家文与可的品格。正因为与物神交，人与物化，画家文与可画竹才达到了画中极品的境界。这里涉及到的，已经是画家本人精神品德修养的问题了，如果艺术家本人思想品格卑下，也是不可能做到穷竹之理，与竹达到神交的境地，从而创作出传神的艺术精品来的。

---

① 《苏轼诗集》卷二十九，第 1522 页。

② 《苏轼文集》卷十一，第 355 页。

漫说苏轼《纵笔》诗

——兼谈诗人在惠、儋时期的创作心态、生活和思想

苏轼是这样一位作家：他生活道路坎坷曲折，个性鲜明，感情丰富，思想复杂而又充满矛盾。这些都真实地反映在他的诗歌创作中。因此，苏轼的某些诗，哪怕是一些小诗，用典不多，词句也并不艰深，粗看似乎不难索解，但是如果不联系到他创作这些诗的生活背景，联系到他复杂而又充满矛盾的思想感情，其实是很难真正读懂的。据传范成大曾希望陆游为东坡诗作注，陆游回答说："坡诗用事多，犹可注；其用意处则有不能尽知。"因而辞却了这一请求。[①] 这说明南宋时很有眼力的诗歌大家已经看到了苏诗的难注、难解处，看到了苏诗意蕴之深。

本文选择苏轼的几首为人注意不多的小诗，联系到诗人一个时期的创作心态、生活和思想作些探索，期望能对这几首看起来浅显易懂的小诗的内在意蕴有较深入的理解；反过来，通过这几首诗的分析，或许对诗人晚年谪居岭海时期的创作心态、生活和思想，能有一些更具体深入的认识。

一

在《苏轼诗集》中，以《纵笔》为题的共有四首，都作于窜贬岭海的晚年，都是七言绝句，又都是描写个人生活的。第一首作于惠州末期的绍圣四年（1097）：

> 白头萧散满霜风，小阁藤床寄病容。
> 报道先生春睡美，道人轻打五更钟。

---

① 陈著《本堂先生文集》卷四十三《跋闻仲和注陆放翁剑南句图》。

传说这首描写闲居生活的小诗竟影响到苏轼后来的生活和命运。曾季貍《艇斋诗话》载:“东坡海外《上梁文口号》云:‘为报先生春睡美,道人轻打五更钟。’章子厚(惇)见之,遂再贬儋耳,以为安稳,故再迁也。”《舆地广记》亦有类似的记载。苏轼由惠州再贬儋耳,当然有更深的政治原因,但这首诗中所表现的诗人谪居生活的那种安适的心境,让他的政敌看了不舒服,因此被激怒而施予他更大的打击,则是完全可能的。

另外三首就是再贬儋耳以后于元符二年(1099)所作,是一组内容彼此相关的组诗:

寂寂东坡一病翁,白须萧散满霜风。
小儿误喜朱颜在,一笑那知是酒红。

父老争看乌角巾,应缘曾现宰官身。
溪边古路三叉口,独立斜阳数过人。

北船不到米如珠,醉饱萧条半月无。
明日东家当祭灶,只鸡斗酒定膰吾。

居惠和居儋,时、地有所不同,但从苏轼整个的生活道路和创作历程看,远谪岭海的这七年(1094-1100),却无疑可以划出一个大的发展时期。这时期诗人的生活境遇和思想感情大体相同,诗歌创作从题材内容到艺术风格也有许多共同之处。这四首诗,题目相同,又写于一个总的历史背景和相近的生活环境之中;更重要的是,前一首和后三首在内容上前后关联,甚至连句子也有袭用。因此,我们完全可以将这四首诗放在一起,作为一个既独立而又互相关联的艺术整体来考察分析。

二

单是《纵笔》这个题目,就是易懂而难解的。这几首诗写的不过是诗人贫病衰老的日常生活,为什么要以《纵笔》为题呢?就字面讲,“纵笔”就是放纵笔墨,自由抒写,不受拘禁。但是,如果我们联系到当时苏轼的处境来考察,就会发现,诗人以《纵笔》为题本身，就很值得我们深思玩味。苏轼是在负罪遭贬，远窜穷荒，环境险恶，因而也是在创作畏忌最多的条件下写作这几首诗的。即使写的仅仅是普通的日常生活，也有可能因此而获罪罹祸。苏轼却在最不容自由歌吟的环境里抒写他的情怀，而且特意以《纵笔》为题，他的艺术勇气是很值得我们敬佩的。

苏轼晚年，一方面与险恶的政治环境作斗争，一方面又不断地克服自身由于长期遭受迫害而产生的避祸全身的畏惧心理，艰难地坚持着创作。他的不少诗，包括这四首《纵笔》在内，可以说是经过诗人内心的痛苦搏斗，以极大的勇气，在一种充满矛盾的心态中写出来的。因此，尽管内容写的只是贬官后的闲居生活，诗人的感情也很平静，甚至连语言也极自然平淡，但却于淡泊中寓至味，冲和中寄愤懑，这样的诗也无妨看作是诗人对生活进行抗争的一种独特形式。

其实早在黄州时期，因为“乌台诗案”的巨大打击，苏轼对于作诗就已怀着畏忌心理，自誓“焚笔砚，断作诗”[①]。他曾写信给朋友说：“某自窜逐以来，不复作诗与文字。所谕四望起废，固宿志所愿，但多难畏人，遂不敢尔。其中虽无所云，而好事者巧以酝酿，便生出无穷事也。”[②]他的顾忌是有根据的，后来的事实证明，他被一贬再贬，直至当时荒僻之地的岭海，都跟他写诗作文有关。苏轼在惠、儋时期的境遇和心情，用他自己的话来说就是：“流离僵仆，九死之余”，“举动艰碍，忧畏日深”[③]。在此境况下，不仅他自己，就连他的弟弟苏辙和关心他的朋友，也屡屡写信劝他“痛戒作诗”[④]。因此，一些亲友写信向他求诗，或寄诗给他希望得到和作，诗人总是怀着愧疚的心情以“久废笔墨”婉言谢绝。居惠时，程正辅寄诗给他，他复信说：“前后惠诗皆未和，非敢懒也。盖子由近有书，深戒作诗，其言切至，云当焚砚弃笔，不但作而不出也。不忍违其忧爱之意，故遂不作一字。”[⑤]据此不难想象，险恶的政治环境遏止和压抑了诗人的诗情，使得不知多少杰出的诗作未能问世，这是令人感到痛心和遗憾的。

然而另一方面，跟历史上许多伟大诗人一样，苏轼是一位跟诗歌共着生命的诗

---

① 《与参寥子书》第二，《苏轼文集》卷六十一，第 1860 页。

② 《与陈朝请书》第二，《苏轼文集》卷五十七，第 1709 页。

③ 《与范元长书》第二，《苏轼文集》卷五十，第 1458 页。

④ 《与程正辅书》第二十一，《苏轼文集》卷五十四，第 1597 页。

⑤ 《与程正辅书》第十六，《苏轼文集》卷五十四，第 1594 页。

人，又是一位生性自由不羁、感情丰富的诗人，除非生命止息，他是不可能真正辍笔停吟的。他热爱诗歌，也热爱生活。对他来说，除了诗（当然还包括他同样熟练并造诣很高的散文和词），他无法倾吐他对生活的爱和内心的喜怒哀乐。创作是他人生理想和追求的一个重要组成部分。因此，写诗虽然要冒很大的风险，而辍笔却会带给他更大的痛苦。这样，一面因惧祸而不愿或不敢作，一面又因在生活中心有所感，不能不作。他是自禁而不止，欲罢而不能。他就在这种矛盾痛苦的心态中艰难地坚持着创作。北归时，他在给朱行中的信里说："老拙百念灰寂，独一觞一咏，亦不能忘。"[①] 苏轼跟他所景慕的前代诗人陶渊明一样，在他的晚年，可以说是靠诗和酒来支撑着生命的。同在惠州，同是写给程正辅，他在信中一面表示"痛戒作诗"，决心"焚砚弃笔"，一面又说："见劝作诗，本亦无固必，自懒作尔。如此候虫时鸣，自鸣而已，何所损益，不必作，不必不作也。吾兄作一两篇见寄，当次韵尔。"[②] 这里所说的"候鸟时鸣"，就是指作诗乃是一种由内心发出的自然之音，是不能强其发，也不能强其不发的；所说的"何所损益"，意思是既然不能不鸣，那就只管写去，何所损、何所益，包括政治上的利害得失，都是不必顾及的。这才是作为一个杰出诗人的苏轼的真正面目。这几句话，柔中见刚，使我们看到了一个真正的、热爱诗歌、热爱生活的诗人坚毅的创作意志，看到了他极可宝贵的气骨和诗胆。

大体说来，苏轼谪居惠、儋时期的创作心态，是充满着矛盾和痛苦的，而诗人不可更移的自由天性，又使他在艰险的环境中摆脱掉精神上的重负，坚持着创作。晚年的不少诗歌，就是在这种特殊的创作心态中写出来的。

不独诗人自己存在矛盾，就连他的亲友对他的创作也是充满矛盾的。苏辙一面劝他"痛戒作诗"，一面又跟他唱和不绝；他的朋友曹子方，一面出于爱护而劝他不要作诗，一面又出于对杰出诗才的敬慕而劝他作诗。苏轼这样答复他："公劝仆不作诗，又却索近作。闲中习气不除，时有一二，然未尝传出也。"[③] 亲友们的这种自相矛盾的支持，自然也可看作是苏轼终于能坚持创作的另一方面的动力。既然"习气不除"，未能辍笔，又不能不避祸全身，便以"作而不出"来防守，就是写出后不轻易传示外人。他常将自己的新作录呈关系极近的亲友，而又再三叮嘱"慎勿示人"。在

---

① 《与朱行中书》第二，《苏轼文集》卷五十八，第 1771 页。

② 《与程正辅书》第五十四，《苏轼文集》卷五十四，第 1614 页。

③ 《与曹子方书》第三，《苏轼文集》卷五十八，第 1775 页。

给曹子方的信中就说："今录三首奉呈，览毕便毁之。切祝！切祝！"[①]惠州白鹤峰新居落成时，适逢长子苏迈在相别三年后携诸孙万里远来，诗人欣喜之情油然而生，禁不住命笔依韵作了一首和陶渊明的《时运》诗。他将此诗录寄范纯夫时，叮嘱说："多难畏人，此诗慎勿示人也。"[②]但实际上，不仅"焚砚弃笔"做不到，便是"慎勿示人"，既已录传亲友，也同样是做不到的。这一点苏轼自己其实是十分清楚的。他既不能不作，作了又不能不抄录示人，利害得失实际已置之度外。知道了这一点，我们就不难认识到，他窜贬岭海时期的诗作，不仅像直接揭露、讽刺黑暗现实的《荔支叹》那样的作品十分难能可贵（这样的作品在后期毕竟只是少数），就是像《纵笔》四首这样描写个人谪居生活的诗篇，也是在平淡中暗藏着锋芒，因而同样是难能可贵的。

历史没有为诗人提供一个可以自由吟唱的时代环境，他就只能在一种高气压下，背着沉重的精神负累，去唱他不能不唱的自由的歌。这就是在不容"纵笔"的环境里，却能无所顾忌地吟咏情性，抒写志怀，偏又以《纵笔》名篇的意义所在。这是值得我们深思，并且为之长叹的。

三

从反映诗人惠、儋时期的生活和思想来说，《纵笔》四首在苏轼晚年诗作中具有相当的典型性和代表性。

苏轼谪居惠、儋时期的生活和思想，可以概括为四个字：穷、孤、闲、旷。"穷"就是穷困，"孤"就是孤寂，"闲"就是闲适，"旷"就是旷放。

以物质条件讲，整个惠、儋时期苏轼过的都是一种穷陋粗淡的生活，而且是愈到后来就愈加困顿。初到惠州时，他还是"囊中薄有余资"的。但苏轼是一个轻财好义、关心民瘼的人，为了帮助当地的穷苦百姓，他"收养暴骨，助修两桥，施药造屋"，很快将些许积蓄花得罄尽，以致手中"索然，仅存朝暮"。苏轼同时又是一个气格高朗的人，他不以个人生活为念，也不为钱财所累。钱花光了，生活艰难，不仅不发愁，反而是"渐觉此身轻安矣"[③]。加上当地地方官和人民对他的照顾与帮

---

① 《与曹子方书》第三，《苏轼文集》卷五十八，第 1775 页。

② 《答范纯夫书》第十一，《苏轼文集》卷五十，第 1457 页。

③ 《与南华辩老书》第十二，《苏轼文集》卷六十一，第 1875 页。

助，虽然贫贱，日子过得也还比较安适。他在与陈季常信中不无欣慰地说："到惠将半年，风土食物不恶，吏民相待甚厚。"① 在给王定国的信中也说："某到此八月，独与幼子一人、三疱者来。凡百不失所，风土不甚恶。"② 生活简朴粗陋，苏轼却过得心安而不觉其苦。他曾对僧友参寥子说过一段很豁达、也很风趣的话："某到贬所半年，凡百粗遣，更不能细说。大略只似灵隐天竺和尚退院后，却住一个小村院子，折足铛中，罨糙米饭吃，便过一生也得。"③ 一则安于贫贱，二则北归无望，他于是决计在惠州终老。营建白鹤峰住屋即为久安之计，但因此更弄得囊竭财尽，又适苏迈携眷来惠，食口累重，直令诗人忧喜交集。

再贬儋州，境遇就更加险恶了。去时苏轼就做了一去不复返、葬身海外的思想准备。他在给王敏仲的信中说："某垂老投荒，无复生还之望，昨与长子迈诀，已处置后事矣。今到海南，首当作棺，次便作墓，乃留手疏与诸子，死则葬于海外。"④ 到儋耳后，生活确乎陷入了极端困窘的境地："资养所给，求辄无有。"⑤ 他在给程秀才的信中曾作过具体的描述："此间食无肉，病无药，居无室，出无友，冬无炭，夏无寒泉，然亦未易悉数，大率皆无耳。"⑥ 只是在海南父老和学生们的热情帮助下，并不时得到大陆亲友的寄赠，才勉强维持生活。海南累年农业歉收，再加海运阻滞，苏轼的生活就更加困难了："海南连岁不熟，饮食百物艰难，及泉、广海舶绝不至，药物鲊酱等皆无，厄穷至此，委命而已。老人与过子相对，如两苦行僧耳。"⑦

除了物质生活的艰窘，诗人在精神上更是十分孤寂。早在贬官黄州时，苏轼就体尝过"亲识断绝""书问旷绝"的苦味。远贬荒僻之地的惠、儋，苏轼更是杜门屏居，绝少与人交往。这，一则因为苏轼认为自己"罪废穷奇，动辄累人，故往还杜绝"，是有意回避；再则也因为不少人怕受牵连获罪而不敢与他交往。比如居惠时，他曾为人作《表忠观记》及《辩才塔铭》，碑文铭记本来是用以刻石的，但后来两文都不见入石。苏轼在写给参寥的信中谈到此事，以十分肯定的语气说："必

---

① 《与陈季常书》第十六，《苏轼文集》卷五十三，第 1570 页。
② 《与王定国书》第四十，《苏轼文集》卷五十二，第 1531 页。
③ 《与参寥子书》第十六，《苏轼文集》卷六十一，第 1864 页。
④ 《与王敏仲书》第十六，《苏轼文集》卷五十六，第 1695 页。
⑤ 《与程全父书》第九，《苏轼文集》卷五十五，第 1626 页。
⑥ 《与程秀才书》第一，《苏轼文集》卷五十五，第 1628 页。
⑦ 《与侄孙元老书》第一，《苏轼文集》卷六十，第 1841 页。

是仆与舍弟得罪，人未敢便刻也。”[①] 类似的遭遇他不知道经历了多少。因此在写给亲友的信中不免时时感叹：“海外穷独，人事断绝”[②]，“漂遇穷荒，人事断绝”[③]，并自称“海外孤老”[④]。如果仅仅是断绝人事往来，而可以随心所欲地有书可读，对于一位学者兼诗人的苏轼来说，也是可以稍慰孤寂的，然而当时苏轼却连可读的书也极难得到。在儋耳时，他写信给程全父说：“流转海外，如逃空谷，既无与晤语者，又书籍举无有。唯陶渊明一集，柳子厚诗文数册，常置左右，目为二友。”[⑤] 原来他晚年酷爱陶诗和柳诗，除了思想上的共鸣和诗艺上的追求外，也还有生活境遇和物质条件方面的原因。

孤寂虽使人郁闷，却又可以免去人世间许多无谓的纷扰与麻烦；因此，感情世界朝另外一个方向发展，寂而不悲，转觉心安，反成为许多政治上失意者所追求的闲适。苏轼居惠、儋时正是如此。他极善排解，不但没有被孤寂感所压倒，反而从中寻得一种使他“终身无厌”的“退闲之乐”[⑥]。居惠时，他曾写信给徐得之说：“某到惠已半年，凡百粗遣。既习其水土风气，绝欲息念之外，浩然无疑，殊觉安健也。”[⑦] 他在惠州、儋州都曾勉力构建新居，这不止是为了避风雨，也为了寻闲趣。在惠州，他写信给王敏仲说：“适迁过新居，已浃旬日，小窗疏篱，颇有幽趣。”[⑧] 在儋州，他写信给程秀才说：“仆既病倦不出，出亦无与往还者，阖门面壁而已。新居在军城南，极湫隘，粗有竹树，烟雨濛晦，真蜒坞獠洞也。”[⑨] 闲适生活的重要内容，一是领略自然风物，一是以诗酒自娱。他曾这样劝慰他的表兄程正辅：“吾侪老矣，不宜久郁，时以诗酒自娱为佳。”[⑩] 当然我们也要看到，所谓“闲适”，不过是在极端孤寂中经自我排解而求得的心安自适，并不是真的没有了郁闷和痛苦。

---

① 《与参寥子书》第十六，《苏轼文集》卷六十一，第 1864 页。

② 《与程全父书》第九，《苏轼文集》卷五十五，第 1626 页。

③ 《与冯祖书》第一，《苏轼文集》卷五十五，第 1635 页。

④ 《答秦太虚书》第七，《苏轼文集》卷五十二，第 1538 页。

⑤ 《与程全父书》第十一，《苏轼文集》卷五十五，第 1627 页。

⑥ 《与程正辅书》第三十九，《苏轼文集》卷五十四，第 1605 页。

⑦ 《与徐得之书》第十三，《苏轼文集》卷五十七，第 1724 页。

⑧ 《与王敏仲书》第一，《苏轼文集》卷五十六，第 1689 页。

⑨ 《程秀才书》第二，《苏轼文集》卷五十五，第 1628 页。

⑩ 《与程正辅书》第五十九，《苏轼文集》卷五十四，第 1616 页。

闲适之趣再提高一步，做到胸无芥蒂，超然物外，不为世俗的祸福、苦乐所拘牵，不为得失、生死所烦扰，便达到了所谓旷放。苏轼遭贬以后，尤其在谪居岭海时期，常以佛老思想作为与险恶命运抗争、从政治逆境中超脱的思想武器和精神支柱。他引抱朴子为师友，用道家的方法养炼，还以佛道的世界观观察世界，看待人生。如他在《迁居》一诗中所写："吾生本无待，俯仰了此世。念念自成劫，尘尘各有际。下观生物息，相吹等蚊蚋。"[①] 既然整个世界都是在瞬息间一生一灭，即使是宇宙之大也是有涯际的，而世间万物的生存也跟蚊蚋的呼吸没有什么区别，那么，一个人的痛苦和不幸又算得了什么呢？这么一想，那就一点也用不着感叹和悲伤了。即便生活前景异常黯淡，他也十分坦然。他在给程正辅的信中这样说："某睹近事，已绝北归之望。然中心甚安之。未说妙理达观，但譬如元是惠州秀才，累举不第，有何不可？"[②] 惠州多瘴疠，他这样想："北方何尝不病，是病皆得死人，何必瘴气？"惠州、儋州都"苦无医药"，他这样想："京师国医手里死汉尤多。"[③] 如此一想，他就化愁为喜，不复忧伤。这就是苏轼的旷放，他的自我排解的妙法。怎样才能达到这种旷放的境界呢？苏轼有四句话，可以说是提取了此中的精义："任性逍遥，随缘放旷，但尽凡心，无别胜解。"[④] 其中最重要的是"但尽凡心"四字。他给弟弟的另一封信里还说过："吾兄弟俱老矣，当以时自娱。此外万端皆不足为怀。所谓自娱者，亦非世俗之乐，但胸中廓然无一物。即天壤之内，山川草木虫鱼之类，皆吾作乐事也。"[⑤] 这跟他在《前赤壁赋》中所说："唯江上之清风，与山间之明月，耳得之而为声，目遇之而成色，取之无禁，用之不竭，是造物之无尽藏也，而吾与子之所共适"，思想正一脉相承。

以上我们勾勒了苏轼在惠、儋时期生活和思想的基本风貌和特点。穷困、孤寂、闲适、旷放，有物质生活方面的，也有精神生活方面的，而四者又互相关联，不可分割。没有穷困、孤寂，便无所谓闲适、旷放；而后者又是由前者化育、升华而来，是自我排解的一种表现，也是自我排解的结果。因此，如果剥开来看，就不难发现，

① 《苏轼诗集》卷四十，中华书局 1982 年，第 2194 页。

② 《与程正辅书》第十三，《苏轼文集》卷五十五，第 1593 页。

③ 《与参寥子书》第十七，《苏轼文集》卷六十一，第 1865 页。

④ 《与子由弟书》第三，《苏轼文集》卷六十，第 1834 页。

⑤ 《与子由弟书》第十，《苏轼文集》卷六十，第 1839 页。

闲适与旷放背后，正隐藏着忧烦与痛苦。因为只要还活在人世上，人间的烦恼便是排解不尽的，纵然是像苏轼那样融会了佛老思想，而得了一种高妙的排解法，也断不会例外。因而，我们不能简单地认为苏轼真是修炼到了家，达到了超尘出世、进入飘渺虚无的超现实境界了；他要是真的七情六欲都没有了，那创作的生命就必然枯竭，连一首诗也再写不出来了。正因为他的闲适、旷放仅仅是在穷困、孤寂境遇中的一种自我排解与超脱，因而，尽管他的身份是罪臣和闲官，却仍然那么热切而执著地关心着民瘼，甚至还甘愿冒着因僭越而获罪的危险，去向当事者提出各种改善人民生活、缓和社会矛盾的建议。这是苏轼未彻悟处，也是他的极可宝贵处。

四

《纵笔》四首，正是我们上面所分析的诗人在惠、儋时期生活和思想风貌的形象化和诗化的表现，其内容亦可用穷、寂、闲、旷四个字来概括。

惠州所作的一首是描写诗人老病退闲生活的。但目的不在写老病本身，而在表现诗人对待老病的一种旷放态度，其间隐含着一种对恶劣的环境，当然也包括对加给他这种环境的迫害他的人的一种轻蔑。

首句写老，次句写病。“白头萧散”，从头上零落稀疏的白发具体形象地写出自己的老态。这完全是写实。作这首诗时苏轼已六十二岁，又经长期艰险生活的熬煎，确已满头白发。在他这时期写给亲友的信中多次提到自己已“须发花白”，足以证明苏轼在写这句诗时是包含着无限感慨的。“满霜风”三个字，既跟“白发”关合，也跟“萧散”关合，显示出一种轻快的笔意，见得诗人神气飘逸，虽老而不见衰惫之态。“小阁藤床”是写居处的简朴粗陋，却又给人一种安闲舒适之感。“寄”字也显得轻松，不给人沉疴不起、苦状莫名的感觉。既老且病，又投身穷荒僻海，出语却如此沉稳安闲，没有流露出一丝哀伤的声息，这在叹老嗟卑比比皆是的中国古典诗歌中，确属难能可贵。这两句已初步写出一种安适的气氛和意趣，因其是从本来与安适相反的一面——老病写出的，这安适就含有一种耐人品味的深厚意蕴。

精彩的是后面两句：“报道先生春睡美，道人轻打五更钟。”用笔自然清健，充满一种诙谐幽默的机趣。他用简劲明洁的语言，勾描出一个鲜明的生活画面，用声响反衬出一种令人神往的闲静、温馨、恬美的艺术境界，这境界正是诗人心境的一种极其真实的诗化的表现，其中又含蓄地表现出作者对生活（包括穷困、孤寂、老病等等一般人难以忍受的内容）的一种超旷洒脱的态度。“轻打”与“报道”呼应使用，含意隽永，暗示出诗人谪居惠州时跟周围人们的极其美好的关系。敲更原是道人报时的职责，敲得越响亮就越能达到报时的目的，说他“轻打”，就含蓄地表现了道人对遭际不好的诗人的一种关爱和体贴。他知道苏轼此时尚熟睡未醒，生怕钟声太响惊扰了他，便特意小心翼翼地“轻打”。这里还包含着更深一层的内容，就是那些没有在诗中出现的周围的人们，他们跟道人和跟苏轼当亦是相互间非常熟悉和了解的，而且他们和道人一样也十分关心和爱护苏轼，所以一听到道人更钟轻打，便也知道了先生春睡正美，尚未醒来。这就是“报道”二字所包含的丰富的含义。这两句诗以声响写静谧，从客观写主观，既生动地暗示出诗人在老病中的安适心境，又表现了这种心境产生的原因，因而真实感人。诗人所抒写的这种闲适的心境和旷放的生活情趣，是在他被废黜不用、远谪穷荒的环境中产生的，他却把它描绘、渲染得如此迷人，如此充满诗意，这本身就是对险恶环境的一种抗争，对迫害他的人的一种蔑视，因而骨子里仍含藏着怨愤和不平。纪昀曾评此诗说：“此诗无所讥讽，竟亦贾祸，盖失意人作旷达语，正是极牢骚耳。”①

从内容上看，儋耳所作的三首跟惠州所作的一首，可以说是一组写于不同时期、不同地点的组诗。儋耳所作的三首，其思想意趣不仅与惠州所作相一致，而且还得到了进一步的丰富和发展。三首中，第一首写老病，第二首写闲适，第三首写穷困。诗中写孤寂病苦，同样作旷达语，同样充满一种诙谐幽默的情趣，同样表现了一种亲切美好的人与人之间的关系。稍异的是诗中的“牢骚”显得较露，而不像上一首那样含蓄隐微。

第一首，首句就揭出诗人当时的境况：不仅病，而且孤寂。“岭海八年，亲友旷绝”，“寂寂”二字是包含着丰富的生活内容的。苏轼旷达乐观，常是写悲苦而不以苦语出之。孤寂再加老病，在一般人该是苦不堪言了，但他下句却袭用了前诗中的一句：“白须萧散满霜风”，只把“头”字改作“须”字。一本即作“白头”，那就只字未改了。有此一句，便见出诗人虽老而神色不衰。如果相传作者在惠州写了那首《纵笔》诗便遭祸贬儋确是事实，那么苏轼在这里有意袭用原句，就确是表现了他藐视敌手、无所畏惧的倔强抗争精神。“小儿误喜朱颜在，一笑那知是酒红！”

---

① 纪昀评点《苏文忠公诗集》卷四十。

这两句表现自己颜衰色老，却写得颇有风趣。“小儿”，有的注本解释为儿童，指当地居民的孩子，说是表现了诗人与当地群众的亲切关系，于义可通。但解释为指诗人的幼子苏过似更确切。苏轼诗文中称“小儿”常指苏过，例如《与郑靖老》书云：“借书，则日与小儿编排整齐之，以须异日归之左右也。”[①] 再则，父子二人身处逆境，都能“缘此绝弃世故，身心俱安”。苏轼曾极欣慰地说过：“小儿亦遂超然物外，非此父不生此子也。”[②] 可知父子二人有相似的性格情怀，“小儿”解为指苏过，能见出孤寂穷困中诗人旷放自得的家庭生活。这两句诗含蓄婉曲而富有情趣，画面生动，直有欢声笑语跃出纸面之感。苏轼并非强作笑颜，他是于苦中作乐，化苦为乐。但既然道破了红颜是假，便已切切实实地感到自己是年迈体衰，其中也就含着一种隐悲。有悲有乐，但在那充满谐趣的妙语中，我们能真切地感到他的欢乐，而不会被诗中内在的悲愁所压倒。

第二首，诗人通过巧妙的手法，将内心的孤寂之情，化为一种闲趣。诗的表现角度，仍着眼于人物与人物之间的关系，写出了鲜明生动的画面，给人以强烈的生活实感。开头两句意思是：父老们争着看戴乌角巾的诗人，原来他曾因偶然的机缘做过官吏。这是从父老们的眼中写诗人被贬闲居的身份，同时也表现了诗人与父老之间那种无拘无束的亲切关系。三、四句直接刻画诗人闲居寂寞的形象：在溪边古路的三岔口，诗人独自伫立于黄昏夕照之中，默默地数着过路的行人。数行人是为了什么呢？什么目的也没有，只是内心感到孤寂，孤寂到百无聊赖的一种表现。透过这种宁静疏淡的画面，生动地传达出诗人既孤寂无聊又安闲自得的矛盾心境。

第三首写生活的穷困，却从中展示出诗人宽广的感情天地。海舶阻滞，北船不到，米贵如珠，诗人于是陷入了“醉饱萧条半月无”的困境之中。诗人在绝粮断炊的困境中却怀着希望，希望中洋溢着喜悦，洋溢着人与人之间美好纯真的感情。希望在哪里？希望就在他周围的普普通通的海南人民中间。他热爱和关心海南人民，海南人民也热爱和关心他。“明日东家当祭灶，只鸡斗酒定膰吾。”明天是民间祭灶神的日子，邻居是肯定会请我去吃鸡饮酒的。这里写的是物质生活，表现的却是诗人的精神世界。一个“定膰吾”的“定”字，语气铁定无疑，说得非常肯定，这说明诗人与邻居之间不仅非常熟悉，而且情谊深挚，请他饮酒吃饭，必也非止一次了。

---

① 《与郑靖老书》第一，《苏轼文集》卷五十六，第 1674 页。

② 《与王定国书》第四十，《苏轼文集》卷五十二，第 1531 页。

他的生存的希望，他的感情的依托，都在普普通通的人民中间。也正是因为这一点，诗人才能在那样艰难险恶的环境中，没有悲观失望，还能以他变得苦涩的歌喉唱出欢乐的歌。

这四首诗，写于远贬惠、儋的险恶环境里，描写诗人的谪居生活，抒发人生感慨，在艺术上不事雕琢，不务奇巧，随意吐属，略无拘碍，正切合《纵笔》题意。写这些诗时，他确是将种种利害得失置之度外的，因此能自然真实地写出他的生活风貌和思想风貌。但是从另一面看，虽然称"纵笔"却也并不真正快意，因为他是将贬谪生活中的种种苦况，以及内心的愤懑与痛苦，巧妙地凝聚于轻松诙谐的笔墨之中。穷、寂、闲、旷这几个方面的融合统一，造成了一种实质上是外旷内悲的诗歌意境。他的这些诗，确实写得超尘拔俗，气格高朗；然而苏轼仍然是一个生活于现实之中的活生生的人，隐含其中的牢骚与不平，仍是我们应该而且可以深味的意蕴。王文诰评儋耳所作三首《纵笔》诗云："此三首平淡之极，却有无限作用在内，未易以情景论也。"① 这实际上是道出了四首《纵笔》诗的共同特色。

苏辙在《子瞻和陶渊明诗集引》中，称苏轼晚年诗作"精深华妙，不见老人衰惫之气"。这跟外旷内悲、含蕴深厚的特点是分不开的。苏轼早在黄州时期就自称作诗"笔力愈老健清熟"，并表示"当更磨揉以追配彭泽"②。足见他是经过长期自觉的追求，才达到这种逼近陶渊明的"外枯而中膏，似淡而实美"③，格力清茂的诗境的。

---

① 《苏轼诗集》卷四十二，第 2327 页。

② 《与参寥子书》第二，《苏轼文集》卷六十一，第 1860 页。

③ 《评韩柳诗》，《苏轼文集》卷六十七，第 2110 页。

论苏轼散文的创作特色

一

苏轼是一个艺术全才，在文学创作上取得了多方面的杰出成就。就散文而言，不仅在宋代，就是在整个中国文学史上他都堪称为大家。他为我们留下的散文作品，数量可观，质量很高，对后世尤其是对明清两代的散文产生了很大的影响。

苏轼在散文创作上继往开来，一方面继承优良传统，善于向前代散文家吸取营养；另一方面又善于熔铸和创新，以他辉煌的创作实绩最后完成了欧阳修所领导的北宋古文革新运动，在宋代建立了一种稳定的，平易流畅，便于抒情言志和议论说理的散文体式与风格。苏轼喜读《庄子》，由于思想与个性的契合，在艺术上受庄子散文的影响很大，汪洋恣肆，开阖自如，富于艺术想象力。他又学习《孟子》和《战国策》，纵横驰骋，雄辩滔滔。他的政论文还继承了贾谊与陆贽的传统，重实用而少空言，针对现实而发，有充实的思想内容。他推重韩愈，对韩愈有极崇高的评价，称他“文起八代之衰，而道济天下之溺”①。又将他的散文与杜甫的诗歌、颜鲁公的书法、吴道子的绘画相提并论，赞誉为“古今之变，天下之能事毕矣”的“集大成”者。②但他对韩愈又并不盲目崇拜，他是有选择有批判地吸收，扬弃其奇崛晦涩的一面，而发展其畅达淋漓的一面。在宋代，苏轼师承其父苏洵和古文运动的领导者欧阳修，得益颇多，但他并不是亦步亦趋，在效法他人中消融掉自己，而是吸取营养，变为自己的血肉，始终坚持自己的艺术个性，发展和创造了一种纵横恣肆、挥洒自如的艺术风格。可以说，苏轼是继韩愈之后我国古典散文的又一集大成

---

① 《潮州韩文公庙碑》，《苏轼文集》卷十七，第509页。

② 《书吴道子画后》，《苏轼文集》卷七十，第2210页。

者。正因为如此，他才能对北宋古文运动的最后完成作出杰出的贡献，并对明清两代的散文创作产生深刻的影响。

苏轼在写作诗词的同时，以极大的热情从事散文创作，终其一生，都以作文为乐事。他曾说："某平生无快意事，唯作文章，意之所到，则笔力曲折，无不尽意。自谓世间乐事，无逾此者。"[①] 但苏轼不是为作文而作文，他是有所为而发，或是情动于中而不得不发。用他的话来说，就是如"山川之有云雾，草木之有华实，充满勃郁而见于外，夫虽欲无有，其可得耶？"[②] 苏轼的散文，是他的生活、思想、感情、性格的真实记录和表现；他平生不喜作应酬文字，不得不作时也常突破应酬文字的常格，去掉一般浮虚溢美的习气，而能写出作者的真意和真情。

苏轼有着丰富曲折的生活经历，有着报国、事君、爱民的政治热情，有着渊博的学问和超卓的识见，有着横溢的才华和自由不羁的个性，所有这些综合融会到一起，就使他在散文创作上取得了丰硕的成果和杰出的成就。

苏轼散文的数量是十分惊人的，而且体式完备，几乎古典散文中的各种体裁他都有传世作品。孔凡礼先生搜集整理由中华书局出版的《苏轼文集》，搜集最为完备，共六册七十三卷（底本为七十五卷，末二卷为词，未收），包括了赋、论、策、序、说、记、传、墓志、碑、铭、启、书、杂著、题跋、书札等三十多种品类。所有这些作品，我们可以大别为文学性散文和非文学性散文两类。文学性散文指叙事、写景、抒情散文，主要包括杂著、杂记、序跋、书札、小赋等。这一类作品艺术成就较高，最能体现苏轼散文的风格特色，自然率真，挥洒自如，如行云流水，姿态横生。这一类文章，略近于现代散文中的随笔小品，以抒写情志为主，间有叙事，题材范围极其广泛，几乎包括了生活中的一切重要方面：谈诗论文，品画评书，谈天说地，或与朋友叙友情，或自述生活中的某种经历和体验，或记人，或记事，或记游，大到山川风物、民俗人情、古今事变，小至花鸟草虫、衣食住行、医药技艺，凡他目之所见，耳之所闻，心之所感，都可以极有兴味地信手拈来，写成文章。这种见真性情、出真境界，以自然天成为特色的散文小品，对后世尤其是明末小品文的影响极大，是很值得我们重视的。

非文学性散文主要包括他的政论文和史论文。政论文包括他早年写的二十五篇

---

① 何薳《春渚纪闻》卷六引。

② 《南行前集叙》，《苏轼文集》卷十，第 323 页。

《进策》和给皇帝的上书、奏议等，史论文包括他早年写的二十五篇《进论》，以及《东坡志林》中晚年所作的一些史论。这类文章能见出作者政治家兼学者的思想和素养，充分体现了“博观而约取，厚积而薄发”[①]和“论古今治乱，不为空言”[②]的写作特色。关于议论文的写作，苏轼在《答俞括书》中曾说过：当“酌古以驭今，有意于济世之用，而不志于耳目之观美”。他以此勉励朋友，同时也作为自己在散文创作上毕生追求的目标。他的这类文章，无论是说古还是论今，多为针对现实而发，立论精辟，俯仰千载，切中时弊。他的史论文论历史而有强烈的现实感，或明或暗，或直接或间接地联系当代的社会实际，史论而兼有政论的色彩；他的政论文论时政而有丰富的历史内容，联系过去，印证现实，政论而兼有史论的特点。这类文章在写作艺术上主要表现为汪洋恣肆，纵横开阖，说理透辟，雄辩滔滔等特色。

二

范温云：“老坡作文，工于命意，必超然独立于众人之上。”[③]苏轼作文，非常重视“立意”。他论吴道子画时说：“出新意于法度之中，寄妙理于豪放之外。”[④]这两句话移用来评论他自己的文章，也是非常恰当的。苏轼对“新意”“妙理”的追求是很自觉的。他不止一次地教导晚辈，作文必须“以意为主”，指出作文之用事（指选取材料），如入市之购物，“不得钱，不可以取物；不得意，不可以用事（指无法理解并运用材料）。此作文之要也”[⑤]。因此，他的散文，不论是文学性的或非文学性的，都十分讲究命意。文集中那些优秀的传世之作，总在思想上有所发明，发人之所未发，道人之所未道，读后给人以启发，给人以新鲜感。

《文与可筼筜谷偃竹记》，是因睹物伤情，追念亡友而写，文章寄哀痛于嬉笑之中，写得情辞真挚，十分感人。但文章的精警之处却并不在叙友情，而在论创作，叙事记人与谈论画意画法融合在一起。作者在他本人深厚的创作实践、艺术经验以

① 《宋诗话辑佚》卷上《潜溪诗眼》。

② 苏辙《东坡先生墓志铭》。

③ 《宋诗话辑佚》卷上《潜溪诗眼》。

④ 《书吴道子画后》，《苏轼文集》卷七十，第2210页。

⑤ 葛立方《韵语阳秋》卷三。

及同画家文同相知极深的基础上，提出了对艺术创作问题的真知灼见："画竹必先得成竹于胸中。"画竹不重在节节叶叶之形似，而重在求其气韵精神之神似，因此"数尺之竹"才能画出"万尺之势"。这一精辟的见解，概括了艺术创作中的规律，给人以极大的启示。着意表现这一思想，并未因此冲淡了文章对作者与文同友情的叙述，恰恰相反，由于作者不仅得文同画竹之意，且得其画竹之法，这就更足以表现他们友情之笃厚，相知之深切。可以说，如果不是文章表现了这样新颖深刻的艺术见解，这篇以情动人的名作不会像现在这样令人难忘。

《书子由〈孟德传〉后》这篇仅三百余字的短文，在文"以意为主"这一点上，从另一个侧面给我们以启发。苏辙的《孟德传》记叙了一个带有神奇色彩的逃卒，由于逃入深山，考虑到"擒亦死，无食亦死，遇虎狼毒蛇亦死"，将生死置之度外，无所畏惧，因而多次遇到猛兽也毫无惧色，不为所动，结果反而使猛兽"逡巡弥耳而去"。苏轼在这篇跋文中，一连讲了三个小故事，都是见虎而不知是虎（醉人和夜行人），或不知虎会吃人（沙上小儿），反而使虎逃去的。这几件事原系民间传说，孤立起来看本无多大意趣，大抵不过作为口传的人们茶余饭后的谈资而已。但苏轼将它们放到一起，用来说明一个道理，即："人非有以胜虎，其气已盖之矣。"有了这一命意，三个本无深意的小故事便顿生光彩，有了灵魂。由于有了在思想上的提炼与升华，因而这篇跋文作为对子由原作的申发和补充，将一个看似超出常情、常理的故事，叙说阐发得合情合理，令人信服。文章给人以思想上的启发：不畏虎就有可能战胜虎。由于作者在一些分散零碎的事例里，发现并挖掘出了蕴含于其中的生活的必然，并引导人们将不自觉变为自觉，这篇杂感式的题跋就获得了不同寻常的思想意义，不仅生动活泼，而且耐人寻味。

《又答王庠书》是一篇回答文学晚辈如何做学问的书信。信写得很恳切，内容很实在，介绍了自己读书中举的经历，概括了自己"八面受敌"的读书方法。难能可贵的是，苏轼身处科举时代，本人又以科举进身而入仕途，后来还主持过礼部贡举，而在回答晚辈的问题时，却不仅不以此炫耀，反而直截了当地指出科举考试的不合理和弊端，并劝诫晚辈不以科举功名为念，而应切切实实地读书做学问，这实在是很有眼光和见解的。

其他如《石钟山记》《李君山房记》《日喻》《书蒲永升画后》《传神记》《书吴道子画后》《墨君堂记》等文，或寻幽探胜，或谈艺论文，或评议人物，或弘扬美德，或倡导学风，总是在作者深厚的学养和丰富的生活经验的基础上，以立论超卓和见解深刻而博得历代读者的喜爱。苏轼的不少名篇，都大抵是同时以命意深刻新颖和艺术表现的精妙不凡取胜的。

不仅随兴而发、信笔挥洒的杂记随笔一类文学性散文重视命意，就是那些篇幅宏大的史论文和政论文，也同样重视命意而以理论深度和逻辑力量见长。

《刑赏忠厚之至论》是作者考进士时的科场文章，虽然同所有科场文章一样，都是对儒家经典内容的发挥，但苏轼此文却并不是简单的代圣贤立言，而是一篇有思想、有见解、有激情的经邦济世的宏文。没有迂腐的教条气，而具有较强烈的现实感。同样是年轻时写的《进论》和《进策》，更是以古喻今或引古证今，有丰富的内容和强烈的现实针对性。《进策》中的许多篇，对北宋当时所处的具体形势作了符合实际的中肯分析，既提出了总的方针，又提出了切实可行的具体措施，表现了一个年轻的政治家审时度势的清醒头脑和敏锐眼光。例如在《教战守》一文中，作者引证历史经验，提倡居安思危，在承平时期必须重视加强战备，以应付随时可能发生的不测之变。这确是切中当时政治要害的精辟见解。其他如《省费用》谈财政经济，主张节用廉取以理财；《决壅蔽》针砭官僚政治，提倡下情上达等，都是解决北宋政治弊端和社会危机的深刻见解。

在史论文中，有的文章不为历史上公认的陈说所拘束，能拨开迷雾，大胆地提出新的见解，做翻案文章。例如《留侯论》一文，就揭开了圯上老人授书的神秘外衣，从社会人事一面进行分析，提出了政治上要有长远眼光，能“忍小忿而就大谋”，也是既新颖又深刻的见解。在《论东周东迁》一文里，作者评史而具有现实的眼光，立足于当代，有的放矢，阐明“避寇而迁都，未有不亡”的道理。这在宋代北方异族侵扰、边防未安的条件下，真可说是振聋发聩之见，南宋时期的历史事实，证明了苏轼认识的正确和深刻。

三

单是命意好，还不能成为一篇精美的散文。苏轼的散文在重视立意的同时，还非常重视艺术构思。苏文的构思特色，可以用“奇”“纵”两个字来概括：“奇”是别出奇想，不一般化；“纵”是能放能收，挥洒自如。这是跟苏轼崇尚自然的文艺观分不开的。他曾自评其文说：“吾文如万斛泉源，不择地皆可出，在平地滔滔汩汩，虽一日千里无难。及其与山石曲折，随物赋形，而不可知也。所可知者，常行于所当行，常止于不可不止，如是而已矣。”[1]

苏轼散文的艺术构思，最能体现散文创作艺术中“工”与“易”的辩证关系。苏文中的优秀之作，艺术上都体现出一种以易为工的特色。追求自然，“与山石曲折，随物赋形”，既不强其行，亦不强其止，既不强其高，亦不强其低，这便是“易”；但自然成文，却又能中规矩，合法度，并非随心所欲，漫无章法，这便是“工”。正如苏轼所说：“非能为之为工，乃不能不为之为工也。”[2] 这是顺乎自然、合乎自然之工，非刻意追求、人工斧凿之工，是以易为工之工。

《日喻》是一篇说理的文章。全文意在说明求道是不容易的，切忌主观性和片面性，强调求道的关键在于学，学即实践，“君子学以致其道”。表现了一种朴素唯物论的思想，认识相当深刻。然而设若不讲求构思，只是平平淡淡地将这一道理抽象地讲出来，则绝不会成为一篇精彩动人的传世之作。作者以形象化的故事入题，设喻成篇，比喻的事与被比喻的理融合为一，非常自然，将深刻的道理讲得十分浅显生动，既具有吸引人的力量，又富有启发意义。我们读来，似乎觉得并不是作者为了向我们讲述某种道理在那里巧为设喻，倒像是作者跟读者一起从那生动的故事中共同悟出了深刻的道理。作者讲道理讲得一点不费力，读者接受这道理也一点不勉强。这便是以易为工的艺术构思所收到的积极效果。

与《日喻》相类似的还有一篇《稼说》。题中没有“喻”字，实际上同样是以喻入题，艺术构思体现了由浅入深、由具体而抽象的合乎人们认识规律的特点。题为《稼说》，却并非专论如何种庄稼，而是设喻成篇，重点在说明治学必须“博观而约取，厚积而薄发”的道理。两篇都设喻以言理，但《日喻》有辩驳，且将识日与求道融合起来，交互印证；而《稼说》则表现为层层递进，步步深入，由种地的稼和敛，说到人生的养和用，最后才论及治学之道，揭出文章的本旨。都是以浅喻深，以小明大，却又同中有异，在构思上不给人重复和雷同之感。

《放鹤亭记》是歌颂隐逸之乐的，表现了一种隐居之乐高于南面之君的超尘拔俗的思想。在苏轼那个时代，那样具体的生活环境中，这种思想自有它不能抹煞的积极意义。值得我们注意的，是这篇文章的构思，由堂而及亭，由亭而及山，由山而及鹤，再由鹤而写出那种“纵其所如，或立于陂田，或翔于云表，暮则傃东山而

---

① 《自评文》，《苏轼文集》卷六十六，第2069页。

② 《南行前集叙》，《苏轼文集》卷十，第333页。

归”的超旷清逸、飘飘欲仙的思致。在这里，人（有隐逸思想的作者）与鹤（物化了的带仙气的人）融成了一体。既而又引出酒以作陪衬，末又结在鹤上以转入本题。整篇文章显得自由无拘，清远闲放，正好十分自然地表现了篇中所着力表现的那种“超然于尘垢之外”的气韵与意趣。

同为记体，《喜雨亭记》的构思则是另一种路数。首句即拈出题中的“喜”“雨”二字，通贯全篇。由古及今，由分而合，由实而虚。一反一正，情理相生，首尾呼应。文思曲折奇峭，但繁而不乱，奇巧中又见缜密，突破了一般记体文字的熟套。

苏轼散文专写人物的不多，但《方山子传》却是传世名篇。这篇人物传记在构思上也很有特色，其基本出发点在略貌而取神。全文仅数百字，假如详写传主陈慥家世，具体叙及他五十年中的种种经历，不仅会使文字冗长，而且很容易流于一般化。作者以简括的笔墨撮其大要，在介绍人物的一生，“少时”如何、“稍壮”如何、“晚”又如何之后，点出方山子之得名；接着回忆自己在苏州和凤翔两次与方山子的交往和感受，着力挖掘和表现人物的内在风神；最后以不求闻达和弃却富贵揭示出他的特异之处。全篇突出了人物游侠与隐沦两个方面。在短短的篇幅中，不仅人物的神气意态栩栩如生，跃然纸上，而且还力透纸背地传达出人物磊落豪迈之气和作者的愤世嫉俗之情。作者忠于自己对描写对象的体验和感受，努力寻求最足以真实地表现这种体验和感受的构思和表现形式，而不顾及、不拘泥、乃至有意地突破人物传记写作的常格。从这里，我们可以见出苏轼散文顺乎自然、以易为工的构思特色。

《钱塘勤上人诗集叙》一文，构思最为奇崛不凡。但其基本特色仍是自由挥洒，“随物赋形”。文章是为勤上人的诗集写叙，勤上人自是一篇之主，但写法却是反主为宾。全篇以颂扬欧阳公为主体，而开篇却出人意料地拉出历史上一个看似毫不相干的人物翟公作陪，在对人的态度上以翟公的罪客来映衬欧公的罪己，得出欧公非有德于勤上人者，而勤上人却涕泣不忘，足见其贤。仅寥寥数语，文章又结到勤上人上来，喧宾并未夺主。文章落笔即别出奇想，由古及今，由远及近，反主为宾，而由宾再回到主。篇幅不长，却如龙蛇腾舞，变幻莫测；但全篇以表现人的贤与不贤为中心，贯穿首尾，又显得明畅自然，精细严谨。

这种既婉曲奇峭又不失自然的艺术构思，还见之于《上梅直讲书》。文章以自己读《诗》《书》的感受入题，用周公、孔子的遭遇作对比，自然地引出对梅尧臣的敬慕赞颂之意，也是由古及今、由远及近的写法。不同的是，此篇下面写对欧、梅二公的感激和敬仰，占全文篇幅的主体，而且写得激情奔放，有一泻千里之势，不像上一篇那样在文情两方面都显得比较节制和含蓄。

一些篇幅较长的议论文字，写来也不见板重凝滞，同样是自然灵活，不拘一格的。如《留侯论》，论人而不先从人说起，却是起笔凭空立论，笼罩全篇，有高屋建瓴之势。而全文又“一意反复到底，中间生枝生叶，愈出愈奇”[①]。《贾谊论》则是开门见山，以议论带出人物，劈头一语论定，给人以简截明快、不容置疑之感；而中间正反错综，极纵宕变化之能事。《刑赏忠厚之至论》不仅思想上无场屋文字气味，构思上也独出心裁，不受拘束。文章以引古咏叹的形式开篇，驾空行危，以无为有，皋陶之典，出诸杜撰；其间一意翻作数段，用笔悠扬流美，圆畅自然。至于那些信手拈来，得自然之趣的随笔体短文（包括一部分书信题跋），则常是无头无尾，无始无终，意到笔随，意尽言止，无艰涩结撰之痕，有行云流水之妙，在艺术构思上几乎到了无迹可寻的境界。

四

文无定式，文无定格，这本是作文的一般规律。而对苏轼来说，这又是他自由不拘的艺术个性的一种表现。他并不是按照各式文章的成格和成法来写作的，而是以充分地表现自己的感情、心志和认识为出发点，让形式服从于内容，在表现手法上灵活多样，不拘一格。苏轼崇尚自然，无视种种人为的僵死的写作条规与程式。他不是“从心所欲不逾矩”（这里的“矩”是指文章的一定体式和作法，不是指作文的普遍规律），而是“从心所欲不见矩”，但又是无矩中有矩，无法中见法。他的“矩”和“法”就是：随意挥洒，意到笔随；如行云流水，随物赋形。正如明茅维所指出的：

> 盖长公之文，犹夫云霞在天，江河在地，日遇之而日新，家取之而家足，若无意而意合，若无法而法随，其亢不迫，其隐无讳，淡而腴，浅而蓄，奇不诡于正，激不乖于和，虚者有实功，泛者有专诣。[②]

---

① 郑之惠《苏长公合作》卷六引钱文登语。

② 茅维《宋苏文忠公全集叙》。

“记”这种文体发展到宋代常与议论相结合，在感性的叙述描写中表现出作者对生活的理性思考。这一点在范仲淹、欧阳修、王安石等人的作品中已经有明显的表现，而到了苏轼则有了更大的开拓和创造。他常将诗情和哲理结合起来，在记体散文中渗透进思辨的成分，表现出一种启人灵智的理趣。

前面曾提到过的《文与可筼筜谷偃竹记》是记叙跟亡友的情谊的，充满真挚的感情，却同时又是一篇出色的画论。记论相结合，情理相渗透，他在论画意画法时实际上已经生动自然地写了人；而在描写人物的精神风貌时，又因在不知不觉中使文同的画竹之法具象化，从而证实并深化了他所要阐发的绘画理论。

《凌虚台记》一篇因凌虚台而发出人生感叹，全文立意在“物之兴废存毁，相寻于无穷”及“人事之得丧”，忽往忽来，不可得而知；从“凌虚”二字发挥，写得空灵飘渺。全文有景、有情、有理，是景、情、理三者的融合，写法是先记后议。《李君山房记》是应李常之约请而写的一篇藏书记，作意在从李君于匡庐的读书藏书，批评当时一些科举之士“束书不观”，劝人要认真读书，写法是先议后记。

《传神记》的写法又不同。全文就顾恺之的传神理论进行发挥，阐述了一种颇有新意的美学见解，虽是重在说理，却又未脱离记体的基本特点，没有流于抽象，而是有人有事，论中有记，以记为论。

《石氏画苑记》又是另一格。题为记画苑，实际重点却不是记画苑，而是写画苑的主人石幼安，“著其为人之大略”，写成了一篇栩栩如生的人物素描。作者不拘泥于文题，挥洒自如，写人物的气性修养、兴趣爱好、思想性格，总之是着意刻画他的内在的思想精神。通篇是记，是叙述，结束却引子由的一段话发表议论，得出“今幼安好画，乃其一病”的出人意料的结论，看似有悖于文题，实则从反面切中文题，写法本身就暗示出作者为什么不将画苑作为记述重点的原因。作者对好画藏画的看法借子由之语发之，不只是形式上以理作结，且理在记中，像是灵魂一样贯穿全篇，读来使人感到别开生面，颇耐回味。

上列各篇在具体写法上各不相同，但都有一个共同的特点，即引议论入记，叙议结合，情理相生，既富于感情色彩，又别具一种发人深思的理趣。那些为人熟知的名篇如《石钟山记》《喜雨亭记》《放鹤亭记》等，也无一不是如此。这种特点，对传统的记体散文来说，可称为变格；但对生活于宋代，并且在艺术上追求行云流水、随物赋形、自由挥洒、不拘格套的苏轼来说，变格又成了正格。

《方山子传》可称为人物传记的变体。一般的人物传记往往以记叙传主的家世、经历、遭遇为主要内容，苏轼此文却不拘陈格，采用了写意画的手法来写人物。他并没有忽略形似，但却不停留于形似，而是着重表现人物的内在风神，追求形神兼备。作者不是罗列材料，而是以切身感受作基础，选择其中感人至深者写之，于是人物的精神风貌便跃然纸上，生动感人。

《勤上人诗集叙》算得上是叙（序）文中的创格。为人的诗集作叙而不言及其诗，却写成了一篇交谊颂、品德颂，很像一篇具有抒情特色的人物评论。之所以这样写，也是以作者对生活和客观事物的感受体验为出发点的。他尖锐地批评了世俗交往中的人情冷暖、世态炎凉，对那些趋炎附势的人痛下针砭，鄙薄之情溢于言表，而被鄙薄的原因是他们为己而不是忘我。文章的结尾余味悠长，发人深思：一则说，“余以为诗非得文而传者也”，意思是好诗不待人推荐即可广为传诵，这跟通常为人作叙的态度正好相反；再则说，“若其为人大略，则非斯文莫之传也”，意思是说传其人比传其诗更为重要。这种看法和艺术处理，真是识见超卓，过人一等。出于这样的认识，作者对勤上人的诗不置一词，而将重点放到写人上。知其人，则可以想见其诗，认识到他的诗品、诗风、诗格，一定跟他高洁的人品、作风、德操是相一致的。我们读了这篇没有谈诗的诗叙，了解了诗人，便必然想读他的诗；而且肯定会在读完他的诗以后，又必如苏轼那样，既喜欢他的人，也喜欢他的诗。这比直接称赞勤上人的诗写得如何如何，效果恐怕要好得多。从写诗叙必须要介绍、评论诗歌来说，这种写法当然是诗叙的变格；但从人与诗的辩证关系看，介绍了人也便介绍了诗，这对苏轼来说，也未尝不可以说是一种正格。

与此相类似的，是《书〈孟德传〉后》，题跋而写成一篇生动活泼的杂感。文章就原作所写人物不怕虎一点发挥，既不拘牵于原作，又不脱离原作，不粘不滞，不即不离，不拘格套，挥洒自如。

前后两篇《赤壁赋》，同游一地，所写又都不离水和月，同样重在抒情写志，同样富于艺术想象力，但写法却很不相同。前赋情、景、理相结合，以议论为主，少铺叙体物，而又不脱直陈其事的赋体特征；后赋则用比兴手法，有生动形象的具体描写，在一种空灵缥缈的氛围中透出一种没有道破却又能让人意会的哲理意味。

苏轼的散文在具体表现手法上，也是多种多样，丰富多彩的：或婉曲盘旋，峭折尽意；或天外落笔，由远及近；或开门见山，一针见血；或设喻言理，浅中见深；或隐微含蓄，弦外有音；或直抒胸臆，一泻无余。不同的体裁，虽然在表达方式上各有侧重，但常是叙述、描写、议论穿插运用，显得生动活泼，丰富多彩。

五

苏轼的散文沿着欧阳修开辟的平易畅达、文从字顺的方向发展，但同时又有着属于他自己的鲜明的个性，表现出一种独特的艺术风格。其主要特色是：如行云流水，姿态横生，平易自然而又奇纵变化，不可捉摸。苏轼在艺术风格上的追求，就在他所说的“文理自然”的“自然”二字上。“随物赋形”就是强调“自然”。他的不少文章，都是从心所欲，挥洒自如，无拘无束。

例如《答秦太虚书》，是写给自己十分器重、又十分关心的学生和朋友秦观的。书中叙写家常，漫谈养生，披露心迹，毫无遮饰地显现出作者的人生态度和思想性格。行文极其自然，好像每个字都是从作者心中自然流出的，读来意趣盎然，亲切有味。

又如《书吴道子画后》是一篇议画小品，作者提出“出新意于法度之中，寄妙理于豪放之外”的观点，表现了艺术上的真知灼见。作文与作画相通，作者的散文创作正体现了这样的艺术原则。他评论吴道子的画，阐发一个艺术问题，都是以他的生活经验和创作经验作基础的。因而不发空论，没有矫揉造作之态，而是有理有情，写得生动具体，自然流畅，随意挥洒。

《记游定惠院》是一篇记游的小品，叙写二三子出游定惠院的情景，写法是依时间的发展，随兴而游，随意而记，读后我们随着作者的履迹，见景色，见人情，更重要的是还能见出作者的胸襟、情怀、性格。最精妙的是《记承天寺夜游》，寥寥不足百字，信手写来，不加涂饰，却创造出一种诗一样的艺术境界，表现出作者闲适的心境，超旷的人生态度。作者的主观心境与大自然的客观物境融合为一体，既是作家的艺术创造，又最得自然之趣。类似的小品文还很多，如《书上元夜》，也是信手拈来之文，很像只是写给自己看的日记，以通俗明畅的语言记叙所历之事，写所见所感，却语浅意深，表现了作者的胸怀、思想和气质，写得自然清新，读来意味深永，颇耐咀嚼。这类文字最为明末提倡“独抒性灵”的公安派作家所推重。袁宏道曾说：“坡公之可爱者，多其小文小说（指短小的笔记杂说之类），使尽去之，而独存高文大册，岂复有坡公哉！”[①] 这是很有见地的。

---

① 郑之惠《苏长公合作》引。

不过苏轼的“高文大册”也并非都是板着面孔说话的。那篇《刑赏忠厚之至论》，崇尚尧舜三代，宣扬仁义忠厚的儒家思想，却并非通常所见的那种枯燥迂腐的科场文字，而是同样写得生动活泼，挥洒自如。其原因就在于他有着自由不羁的思想性格，下笔时便不受书本的束缚，敢于大胆地抒发自己的独立见解。其他如论现实政治的《教战守》《决壅蔽》，论历史人物的《留侯论》《贾谊论》等，也都立论超卓，议论风生，如长江大河，浑浩流转，不受拘碍，有一泻千里之势。刘大櫆曾说：“子瞻之文，以粲花之舌，运捭阖之词，往复卷舒，一如意中所欲出，而属词比事，翻空易奇，纵横家之文也。”[①] 便是指的这一类以议论为主的非文学性散文而言的。

有一些文章写得超旷飘逸，如天马脱羁，飞仙游戏，穷极变幻。《放鹤亭记》本意在写隐士好鹤之乐，却于题外折入饮酒，宛转生发，愈见清幽之乐，文章的风格正与“清远闲放”的命意相契合，读来觉隐然有仙气飘逸其间。《超然台记》也是表现作者超旷的人生态度的，却重在阐发人生哲理，拈出祸福悲喜四字，从生活上的逸乐说到从政爱民的大事，又从眼前的园圃庭宇追述到古代避居深山的隐君子，忽大忽小，忽今忽古，东西南北，意兴飞驰，终以游于物之外便无往而不乐的老庄哲学收束全文。笔势逸纵，如飞湍流泉，确如前人所指出的：“通篇含超然意”。他如《前赤壁赋》的神思飞驰，意气纵横；《后赤壁赋》的飘洒奇幻，空灵跳脱；《记承天寺夜游》的高远澄澈，清淡醇厚；《书上元夜》的潇洒自得，超逸旷达等，都是最能反映苏轼的胸次和由他的胸次决定的艺术风格的。

苏轼散文虽然以纵横恣肆、挥洒自如、超旷飘逸为主要风格特色，但并不单调，因文章内容和体式的不同，又同时呈现出丰富多彩的面貌。有的写得幽默风趣，寓庄于谐，如《黠鼠赋》；有的写得发扬蹈厉，跳宕激越，如《潮州韩文公庙碑》；有的写得率直亲切，涉笔成趣，如《记游松风亭》；有的写得轻巧灵活，机趣横生，如《文与可筼筜谷偃竹记》；有的写得奇崛跌宕，烟波生色，如《方山子传》。总之，苏轼的散文既有鲜明的风格特色，又千姿百态，丰富多彩。

文如其人。但并非所有的作家都是如此，而苏轼确是这样。这跟他率直的人生态度分不开。在中国古代，苏轼是一位主体意识很强的作家。他的许多作品，尤其是那些随笔挥洒的笔记小品一类文章，无论记人、叙事、状物、写景，又无论是议

---

① 刘大櫆《论文偶记》。

论品评、述感抒怀，总是他的思想、性格、胸怀、气度、才情、德操的自然流露，毫无矫饰，也毫不勉强。《方山子传》中所传写、颂扬的豪放性格和隐沦思想，既是传主方山子的，也是作者苏轼的；而文中所寓的愤世之情，亦当为传主与作者所共有。《书蒲永升画后》一文是谈绘画的，表现了苏轼的文艺观和审美观，主张艺术不应只求形似，更应追求气韵生动，意在象外，达到神似。由于作者是在自己生活实践和艺术实践的基础上，融进了他的主观感受，作了极其生动形象的描绘和阐发，因而使这篇谈美学理论的文章不仅不流于抽象枯燥，反而因为文章达到了“有我”的境界而获得了一种吸引人、感染人的气韵。知画论画，感受深切，作者本人与绘画共着生命，与所论对象（无论人和画）息息相通，使读者从文章中具体地感受到了艺术家的人品气质与画风画品的关系。文章中如果没有作者的自我意识，将主体完全消融在客体中，便不可能获得艺术创作（也包括散文创作）中必不可少的情韵。在这方面，苏轼的不少散文确是很值得我们探索和借鉴的。又如《勤上人诗集叙》是谈人与人的关系，颂扬人的美好品德的，而从文章的褒贬抑扬中，我们分明看到了作者本人对人、对社会的独具只眼的深刻认识。从文章里，我们不仅看到了惠勤、欧阳公的思想品德，而且也看到了作者苏轼的精神世界。只有率直洒脱的胸次个性，才能造成苏轼那种飘逸洒脱的散文风韵。

苏轼的不少散文作品富于“理趣”，也跟他在创作中的主体意识和鲜明的个性分不开。苏轼不仅有丰富的人生经验和艺术创作经验，而且善于思索，往往能由小及大，由浅见深，因而在文章中便极自然地写出他的思索所得，其中包含着他从生活经验基础上生发并得到升华的人生哲理。读苏轼的散文，总有一种亲切感，觉得从文章里一下子就感受到了作者思想感情的脉搏，产生一种心灵的共鸣，既觉意趣盎然，又促人深思。

苏轼的散文创作，一如他的诗、词创作一样，是一笔宝贵的文学遗产。通过艺术鉴赏，总结其中的艺术经验，无疑对我们当代的散文创作有着重要的借鉴意义。当然，以上所论是指苏轼散文中优秀的代表作而言，正像封建时代的许多大作家一样，在他的集子中思想上迂腐、艺术上平庸的作品也还是不少的，但那并不代表他创作的主流和成就。而那些传世的优秀之作，才使他成为中国文学史上的散文大家，因而是最值得我们重视和认真探索的。

论苏轼的人格魅力

苏轼为后人所宗仰，特别在士人中产生极大的影响，除了他杰出的文学成就之外，还因为他有极高的人格魅力。他的人格魅力，同他的文学创作一样，都是留给我们的一笔宝贵的精神遗产。苏轼的人格魅力主要表现在以下几个方面。

一、奋厉有当世志

苏轼一生虽然在仕途上坎坷不平，尤其在后半生不断遭受打击的情况下多接受佛老思想来加以排解，但终其一生，在政治上主要表现为积极用世的思想。但他的积极用世并不重在个人的地位和事功，而重在为澄清天下而献身。这就有别于一般封建知识分子建功立业的理想。这是同他从小受到的家庭教育，将个人的理想、事业提高到品德操守来认识分不开的。据苏辙《东坡先生墓志铭》载，苏轼幼时，母亲程氏读《后汉书》至《范滂传》，“慨然太息。公侍侧，曰：‘轼若为滂，夫人亦许之否乎？’太夫人曰：‘汝能为滂，吾顾不能为滂母耶？’”范滂是东汉时期“慨然有澄清天下之志”的人物，后来为反对宦官集团而被杀。苏辙在《墓志铭》中讲了这段故事以后加了一句十分重要的话：“公亦奋厉有当世志。太夫人喜曰：‘吾有子矣。’”①司马光在《苏主簿夫人墓志铭》中亦有类似的记载：“轼辙之幼也，夫人亲教之，常戒曰：‘汝读书，勿效曹耦，止欲以书自名而已。’每称引古人名节，以励之曰：‘汝果能死直道，吾无戚焉。’”②为直道而献身，这就将功业和名节结合在一起，赋予了新的内涵。因此，苏轼一生的用世之心，不仅立足于儒家的“兼济天

① 苏辙《栾城后集》卷二十二。以下引此文均出此，不再另注。

② 《温国文正司马公文集》四部丛刊本卷七十六。

下”的思想，而且更植根于中华民族历来的仁人志士为真理而献身的传统美德的土壤之中。

苏轼积极用世的思想，在三个方面表现出他的人格魅力。

一是对人民生活的深切关怀。

任何时代，对一个走上仕途的知识分子来说，对人民的态度都是判断他政治品质的试金石。苏轼一生在政治上的信念和理想是：忠君、报国、爱民，三方面不可分割，而以爱民为核心。他在任地方官时总是关心人民生活，多有为人民称道的政绩。不可尽述，举其大者如下：初入仕途任凤翔签判，就为纾民困，大胆地改革“衙前役”。苏轼虽然反对王安石变法，但在第一次通判杭州时，适新政日下，“公于其间，常因法以便民，民赖以少安”（《墓志铭》）。他从宽处理囚犯，就是从关心民瘼出发的。由于他深入了解下情，知道许多囚犯实际上都是良民百姓，有不少都是因为违反盐法而被捕的，因而给予他们深切的同情。他曾在《上韩丞相论灾伤手实书》中写道：“轼在钱塘，每执笔断贩盐者，未尝不流涕也。”并说：“两浙之民，以盐得罪者，岁万七千人，终不能禁。”①他在一首诗中记述了他在除夕之夜勤于政事的情况，并表达了对那些怨苦囚犯的深切同情，诗中有“执笔对之泣，哀此系中囚”②的句子。他还协助杭州知州陈述古疏浚六井，造福人民，并作《钱塘六井记》记其事，文中表达了他关心民瘼的感情和防患于未然的远虑。他知密州时反对单纯以武力治盗，而主张以纾民困为治盗良策：“上不尽利，则民有以为生；苟有以为生，亦何苦而为盗？”并认为当时“中民以下举皆阙食，冒法而为盗则死，畏法而不盗则饥，饥寒之与弃市，均是死亡，而赊死之与忍饥，祸有迟速，相率为盗，正理之常。虽日杀百人，势必不止”③。这些主张都是出于对人民生活的关心。作为一州之长，他为自己不能解救人民的饥寒之苦而感到惭愧：“秋禾不满眼，宿麦种亦稀。永愧此邦人，芒刺在肤肌。平生五千卷，一字不救饥。”④最感人的是他知徐州时亲率军

① 《苏轼文集》卷四十八，第1397页。

② 《苏轼诗集》卷三十二，第1723页。此诗附于自和诗之后，《苏轼诗集》中题为《前诗》，今人有拟为《题壁都厅》或《除夜值都厅，囚系皆满。日暮不得返舍，因题一诗于壁》者。

③ 《论河北京东盗贼状》，《苏轼文集》卷二十六，第753页。

④ 《和孔郎中荆林马上见寄》，《苏轼诗集》卷十四，第701页。

民抗洪的事迹。在黄河决口，徐州城将败，富民争出避水的紧急情况下，他宣告："富民若出，民心动摇，吾谁与守？吾在是，水决不能败城。"他于是动员武卫营的战士和他一起筑堤抗洪，"公庐于城上，过家不入"（《墓志铭》），终于取得了抗洪的胜利。他因此而得到徐州百姓的感谢和爱戴："前年无使君，鱼鳖化儿童。"[①]他有《河复》《九日黄楼作》等多首诗记述这次抗洪斗争的情景和胜利后的喜悦，表达了与民同甘共苦的思想感情。同作于徐州任上的《石炭》诗和《浣溪沙》词（徐门石潭谢雨，道上作五首）也表现了相同的思想感情。第二次到杭州出任知州，又为杭州人民做了许多好事，最著名的是疏浚西湖，修复六井，在西湖南北修筑长堤，杭人美称为"苏公堤"，即至今仍为西湖一大景观的苏堤。苏辙《墓志铭》和《宋史·本传》中说："轼二十年间再莅杭，有德于民，家有画像，饮食必祝。又作生祠以报。"后来在扬州任职仅半年，虽然政治境遇很不好，但"二年阅三州（指元祐六年、七年两年间改任杭州、颍州、扬州三地），我老不自惜"[②]。仍然尽力为人民做了许多好事。最为人称道的，是他以极大的魄力与胆识罢扬州"万花会"，为当地人民除一大害。

二是为纾民困，对皇帝也敢于大胆地提出批评和谏议。

他在《与李公择书》中曾说："吾侪虽老且穷，而道理贯心肝，忠义填骨髓，直须谈笑于死生之际。……兄虽怀坎壈于时，遇事有可尊主泽民者，便忘躯为之，祸福得丧，付与造物。"[③]在苏轼的心中，忠君和爱民是统一的；但难能可贵的是，当"尊主"与"泽民"发生矛盾的时候，他却能勇敢地将"尊主"服从于"泽民"，为了人民的利益而不惜冒死向皇帝提出批评。最著名的例子是他年轻时冒死所写的《谏买浙灯状》。熙宁二年（1069），神宗下令减价收买浙灯四千余盏，有司立即执行，"尽数拘收，禁止私买"。苏轼立即上疏，批评神宗"以耳目不急之玩，而夺其（指百姓）口体必用之资。卖灯之民，例非豪户，举债出息，畜之弥年。衣食之计，望此旬日。陛下为民父母，唯可添价贵买，岂可减价贱酬。此事至小，体则甚大"。并进而提出皇帝的宫廷生活亦应遵从"俭约"的原则："愿陛下将来放灯与凡游观

---

① 《罢徐州往南京马上走笔寄子由》，《苏轼诗集》卷十八，第935页。

② 《送芝上人游庐山》，《苏轼诗集》卷三十五，第1899页。

③ 《苏轼文集》卷五十一，第1500页。

苑囿宴好赐予之类，皆饬有司，务从俭约。”[①] 虽然结果是神宗“即召罢之”，很开明地采纳了苏轼的意见，但这种“冒犯天颜”的上疏，在封建时代是有杀头的危险的。这次上疏，在苏轼还有更大的政治目的，就是为了阻止神宗变法而预先进行试探。苏轼在稍后所写的《上神宗皇帝书》中曾说：“试论其小者（即买浙灯事），而其大者固将有待而后言。”[②] 而不论是“大者”还是“小者”，他冒死请命的大胆行为都是出于对人民生活的深切关怀。在《上神宗皇帝书》中，他真实地记述了在写作《谏买浙灯状》时战战兢兢的恐惧心理：“自知渎犯天威，罪在不赦，席藁私室，以待斧钺之诛，而侧听逾旬，威命不至，问之府司，则买灯之事，寻已停罢。乃知陛下不惟赦之，又能听之，惊喜过望，以至感泣。”[③] 一个封建士大夫，在至高无上的皇帝的权威面前，敢于“渎犯天威”，不顾生死为人民说话，其人格之崇高，百世之后，仍令人景仰。

三是不在其位仍思谋其政。

封建时代清高正派的士大夫，往往遵从儒家“达则兼济天下，穷则独善其身”的原则，“不在其位，不谋其政”。许多人在政治上失意时，多抱一种“无官一身轻”，少管闲事、多得清闲的态度。但苏轼与此不同，他在政治上失意，甚至遭受恶意贬斥打击，境遇非常险恶时，仍能甘冒“僭越”之名，时时处处不忘政事，忧国忧民，并力所能及地通过各种渠道和方式，促进有利于国家人民的种种措施的实现。他“处穷”时不是独善其身，而仍能不忘“兼济天下”之志。尤其难能可贵的是，在他被贬谪时，他的政敌时时都在窥视着他的一言一行，寻找迫害他的各种口实，因而关心政事本身就冒着很大的危险，而这一点苏轼是有非常清醒的认识的，但他却完全置之度外。

他因“乌台诗案”几至丧命，在贬官黄州以后，却仍不能忘怀于现实政治。当时武昌一带老百姓有溺婴之俗，苏轼一面写信给当时的鄂州知州朱寿昌希望他能从法律、教育、救济等方面设法解决这一问题，一面又同别人一起组织“育儿会”加以救济，劝富人出资，他本人虽贫，亦出资十千。他在《黄州上文潞公（彦博）

---

① 《苏轼文集》卷二十五，第 726 页。

② 《苏轼文集》卷二十五，第 729 页

③ 《苏轼文集》卷二十五，第 729 页。

书》中仍然冒死“复言天下事”，说自己“宿昔之心扫除未尽”。[①] 又在《与滕道达书》其二十中向滕询问：“西事（按指当时四川少数民族叛乱事）得其详乎？虽废弃，未忘为国家虑也。”[②] 他远贬惠州时，无论生活条件还是政治境遇都十分恶劣，但仍不忘关心人民，关心国事。他的表兄程正辅时巡按广州，苏轼写信给他，冒着干涉公务的危险，在政事方面提出许多利民的建议。如他为修桥和整修诸军营房事，写信给程正辅提出建议，而于书中又一再叮嘱：

> 某得罪居此，岂敢僭管官事，但此事俗吏所忽，莫教生出一事，即悔无及也。兄弟之情不可隐，故别具纸冒闻，千万亮其本心恕罪，幸甚。此数十年积弊，难以责俗吏，非老兄才气，常欲追配古人，即劣弟亦不轻发也。然千万密之。若少漏泄，即劣弟居此不安矣。

他对当地“军政堕坏”的情况十分忧虑，多次提出建议，然又为此十分小心，一再申言“不揆僭言，非兄莫能容之。然此本乞一详览，便付火，虽二外甥亦勿令见。若人知其自劣弟出，大不可不可”[③]。他还为岭南米贱钱荒扰民事向程建议，信中说：“某目见之事，恐可以助仁政之万一，故敢僭言。”信中亦再三叮嘱：“切望兄留意，仍密之，勿令人知自弟出也。千万！千万！”[④] 对苏轼的这种表现，南宋人费衮大加赞扬，说：

> 陆宣公谪忠州，杜门谢客，唯集药方。盖出而与人交，动作言语之际，皆足以招谤，故公谨之。后人得罪迁徙者，多以此为法。至东坡则不然。其在惠州也，程正辅为广中提刑，东坡与之中外，凡惠州官事，悉以告之。……凡此等事，多涉官政，亦易指以为恩怨，而坡奋然行之不疑，其勇于为义如此。谪居尚尔，则立朝之际，其可以死生祸福动之哉！[⑤]

---

① 《苏轼文集》卷四十八，第 1379 页。

② 《苏轼文集》卷五十一，第 1481 页。

③ 《与程正辅书》第三十，《苏轼文集》卷五十四，第 1600、1602 页。

④ 《与程正辅书》第四十七，《苏轼文集》卷五十四，第 1608 页。

⑤ 《梁溪漫志》卷四。

晚年远贬荒僻的儋州，自己的生活极其穷困不幸，但听说他早年多次提出过的黄河北流入海的治黄方案已获实现，竟十分兴奋同时又十分感慨地写出这样的诗句："三策已应思贾让，孤忠犹未赦虞翻。"①诗人在这里借三国时吴国的虞翻以自比，抒发了自己因远贬而产生的内心的忧愤，同时又为自己过去的建议终能得以实现而充满喜悦和欣慰。他无论处于何种境地，其喜怒哀乐都是与国与民息息相通的。这正是苏轼崇高人格之所在。

关心人民，为人民做了好事的人，人民总是不会忘记他们的。苏轼虽然生前遭遇许多不幸和诋毁，但在他死后，人民却给了他最公正的评价："吴越之民，相与哭于市；其君子，相与吊于家；讣闻四方，无贤愚皆咨嗟出涕；太学之士数百人，相率饭僧惠林佛舍。"（《墓志铭》）一个封建时代的知识分子，死后能得到各阶层人民如此深挚的怀念和爱戴，实在是很少见的。

二、忠言谠论，直而不随

"赋性刚拙，议论不随"，这是苏轼高风亮节的最突出的特点。这在宋代曾受到上至皇帝下至士人的广泛颂扬。苏辙《东坡先生墓志铭》称"公临事必以正，不能俯仰随俗"。宋孝宗《御制文忠苏轼文集赞并序》称苏轼"忠言谠论，立朝大节，一时廷臣，无出其右"②。刘安世云："东坡立朝大节极可观，才高意广，惟已之是信。在元丰则不容于元丰，人欲杀之；在元祐，则虽与老先生（指司马光）议论亦有不合处，非随时上下人也。"③《宋史·本传》亦云："（轼）自为举子至入侍从，必以爱君为本，忠规谠论，挺挺大节，群臣无出其右。"

苏轼很重视做人的品德节操，特别看重"诚"和"正"，反对口是心非。他在给苏辙的信中曾经这样赞美子由："子由为人，心不异口，口不异心，口即是心。"④这其实正可移用来作为他为人处世的自我写照。"诚"就是"心口一致"，不说假话；

---

① 《庚辰岁人日作，时闻黄河已复北流，老臣旧数论此，今斯言乃验》二首其一，《苏轼诗集》卷四十三，第2343页。

② 郎晔《经进东坡文集事略》卷首。

③ 马永卿《元城语录》卷上引。

④ 《与子由弟十首》其二，《苏轼文集》卷六十，第1834页。

"正"就是刚正不阿，不随人俯仰。这是中国古代知识分子的传统美德。由于讲求"诚"与"正"，在政治上他坚持"守道"，不看人行事，不见风使舵。他反对"志于得而不能守道"，说："士之求仕也，志于得也。仕而不志于得者，伪也。苟志于得而不以其道，视时上下而变其学，曰：'吾期得而已矣。'则凡可以得者，无不为也，而可乎？"[①] 这里的所谓"得"是指功名富贵之类的个人利益；而所谓"道"，则是指自己认为正确的政治信念或政治路线。在他一生的政治实践中，他都表现出赋性刚直，为人正派，能不顾个人的利害得失而坚持"守道"。他初反对王安石变法，而后又反对司马光尽废新法，都是在两人做宰相因而权势极盛的时候，他并没有为了自己的飞黄腾达而去趋附和吹捧他们，而是从自己的政治认识出发去反对和批评他们，利害得失置于不顾。他在《杭州召还乞郡状》中说："是时，王安石新得政，变易法度。臣若少加附会，进用可必。"[②] 又在《与杨元素书》中说："昔之君子，唯荆是师。今之君子，唯温是随。所随不同，其为随一也。老弟与温相知至深，始终无间，然多不随耳。"[③] 这些都是他发自内心的话语，也是他思想性格的真实写照。他这种直而不随，刚正不阿的品格，"用之朝廷，则逆耳之奏形于言；施之郡县，则疾恶之心见于政。虽知难每以为戒，而临事不能自回。"[④] 他称自己赋性"刚拙，屡致忧虞"[⑤]。又说"余性不慎语言，与人无亲疏，辄输写腑脏，有所不尽，如茹物不下，必吐出乃已"[⑥]。正是由于他的这种品格和处世态度，致使他遭人嫌忌，一生大半处于忧患之中。他在许多文章、书信、奏议中都谈到过这种忧虑和矛盾的心情。如在《与滕达道书》中曾说："若变志易守以求进取，固所不敢；若哓哓不已，则忧患愈深。"[⑦] 他对皇帝也说："臣欲依违苟且，雷同众人，则内愧本心，上负明主。若不改其操，知无不言，则怨仇交攻，不死即废。"[⑧] 在元祐，则虽与老先生（指司马光）议论亦有不合处，非随时上下人也六年五月，皇帝下

---

① 《送杭州进士诗叙》，《苏轼文集》卷十，第 324 页。

② 《苏轼文集》卷三十二，第 911 页。

③ 《苏轼文集》卷五十五，第 1655 页。

④ 《杭州谢放罪表二首》其一，《苏轼文集》卷二十三，第 675 页。

⑤ 《杭州谢放罪表二首》其一，《苏轼文集》卷二十三，第 675 页。

⑥ 《密州通判厅题名记》，《苏轼文集》卷十一，第 376 页。

⑦ 《苏轼文集》卷五十一，第 1478 页。

⑧ 《乞郡札子》，《苏轼文集》卷二十九，第 829 页。

诏让苏轼从杭州任上返还朝廷，任翰林学士承旨，他数次上书求免，希望仍任命他在扬、越、陈、蔡一郡做地方官，曾这样说："臣之刚褊，众所共知，党人嫌忌，甚于弟辙。……自陈入仕以来进退本末，欲陛下知臣危言危行，独立不回，以犯众怒者，所从来远矣。"[①]他一生忧患不已，屡遭贬谪，确是跟他这种直而不随、坚持操守的品格分不开的。但难能可贵而值得万世景仰效法的，是他虽然明知会遭到（事实上是不断地因此而遭到）忌恨、打击、迫害，但仍不改其操守，将守道、重名节放在生命之上。他在《乞将台谏官章疏降会有司根治札子》中说："夫君子之所重者，名节也。故有'舍生取义''杀身成仁''可杀不可辱'之语。而爵位利禄，盖古者有志之士所谓鸿毛敝屣也。"[②]又在《乞郡札子》中说："特以臣拙于谋身，锐于报国，致使台谏，例为怨仇。"[③]苏辙在《墓志铭》中对他一生的为人作了这样的概括："其于人，见善称之，如恐不及；见不善斥之，如恐不尽；见义勇于敢为，而不顾其害。因此数困于世，然终不以为恨。"并作了这样的赞扬："器识之闳伟，议论之卓荦，文章之雄隽，政事之精明，四者皆以特立之志为之主，而以迈往之气辅之。……至于祸患之来，节义足以固其守，皆志与气所为也。"可谓知人。《宋史·本传》在结尾外有一段话很值得我们深思：

> 仁宗初读轼、辙制策，退而喜曰："朕今日为子孙得两宰相矣。"神宗尤爱其文，宫中读之，膳进忘食，称为天下奇才。二君皆有以知轼，而轼卒不得大用。……轼不得相，又岂非幸欤？或谓："轼稍自韬戢，虽不获柄用，亦当免祸。"虽然，假令轼以是而易其所为，尚得为轼哉！

确实，苏轼没有为了个人的事功、地位而改变自己刚正不阿、不肯俯仰随人的崇高品格，因而未能做到宰相，这不是苏轼的不幸，而是苏轼的大幸。否则，中国历史上就失掉了这样一位光耀后世的伟大诗人和政治家了。

---

① 《杭州召还乞郡札子》，《苏轼文集》卷三十二，第 914 页。

② 《苏轼文集》卷二十九，第 839 页。

③ 《苏轼文集》卷二十九，第 827 页。

三、超然物外，旷达乐观

苏轼一生仕途坎坷不平，遭受许多不幸和打击，但他从未被痛苦和悲伤所压倒，不能自持，而是善于排解，随缘自适，随遇而安，做到不为世俗的祸福苦乐所拘牵，不为得失生死所烦扰，处处表现出达观旷放的人生态度。在这方面，也显现出苏轼超乎常人的人格魅力。

苏轼获罪贬黄，过去的一些亲友因为怕受牵连而很少与他往来，他曾在《送沈逵赴广南》一诗中写道："我谪黄冈四五年，孤舟出没烟波里。故人不复通问讯，疾病饥寒疑死矣。"① 内心的孤寂苦闷是可以想见的。但这只是一个方面。另一方面他又能寄情山水，从大自然中获得无穷的乐趣，表现出一种开朗乐观的生活态度。如他在《初到黄州》诗中虽也流露出被贬后的牢骚和不平，带着一种自嘲自慰的意味，但同时却又有"长江绕郭知鱼美，好竹连山觉笋香"之句，写出黄州的风物之美，表现出他身处逆境而能心境安适，善于发现生活中的美好事物，从中得到安慰、满足，寄托一种超旷的精神。对大自然的态度，尤能表现出他达观的人生态度。他在《临皋闲题》一文中曾说："江山风月，本无常主，闲者便是主人。"② 在黄州数年，他为了排解内心的苦闷，也为了避祸，便在大自然中寻求寄托，以闲者自居，并以此自慰乃至自傲。在《记承天寺夜游》中，他写道："何夜无月，何处无竹柏，但少闲人如吾两人耳。"③ 便是这种思想感情的真实流露。后来远贬岭南，生活境遇更加险恶，他仍以安适的心境处之。《食荔支》二首其二中甚至表现出欣喜的心情："罗浮山下四时春，卢橘杨梅次第新。日啖荔支三百颗，不辞长作岭南人。"④ 他饮酒、赏梅、读书、赋诗，生活虽然简朴粗陋，却过得相当安适。这种安适生活和心境反映在他的诗中，最突出的是那首《纵笔》诗："白头萧散满霜风，小阁藤床寄病容。为报先生春睡美，道人轻打五更钟。"据说，因为诗中表现的那种安稳的生活和安适的心境，让他的政敌章子厚看了很不舒服，于是再贬儋耳。⑤ 再贬儋州以后，生活是更加险恶。他当时是做了葬身海外、一去不回的思想准备的，与子迈"诀别"

---

① 《苏轼诗集》卷二十四，第 1270 页。

② 《东坡志林》学津讨原本卷四。

③ 《苏轼文集》卷七十一，第 2260 页。

④ 《苏轼诗集》卷四十，第 2194 页。

⑤ 见曾季狸《艇斋诗话》。

时，先“处置后事”，到海南后的安排是“首当作棺，次便作墓”[①]。即便如此，他仍然写出“他年谁作舆地志，海南万古真吾乡”的诗句。[②]在日常生活中，他以自然风物和诗酒自娱，读陶诗，和陶诗。他甚至将极琐细而近于无聊的生活写进诗中，称“旦起理发”“午窗坐睡”“夜卧濯脚”为“谪居三适”。[③]其思想精神之超旷可见一斑。九死一生，好容易熬到遇赦北归，在惊喜之余，却又写出“九死南荒吾不恨，兹游奇绝冠平生”[④]这样超脱于世俗生死、苦乐观念之外的诗句。

苏轼能于艰险的人生道路上，以超旷的态度处之泰然，同他从佛道二家的思想中吸取精神养料是分不开的。佛老思想成为他处逆为顺、安以自适的一种精神武器，齐生死、一毁誉、轻富贵、善处穷，甚至追求“物我相忘，身心皆空”[⑤]的境界。他从和尚做佛事中悟出人生的哲理：“世人视身如金玉，不旋踵为粪土，至人反是。余以是知一切法：以爱故坏，以舍故常在，岂不然哉！”[⑥]在他看来，不要把自身看得太重，置生死于度外，就能常在而不灭了。“学出生死法，得向死地走之一遭，抵三十年修行。吾窜海上，去死稍近，当于此证阿罗汉果。”[⑦]由此可知，他虽然年轻时即接受佛道二家思想的影响，但还是在经历了人生的大苦大难之后，特别是经历了惠儋时期“流离僵仆，九死之余”的生活之后，才有真正的感悟而进入到一种常人很难达到的人生境界的。如他在《迁居》一诗中所写：“吾生本无待，俯仰了此世。念念自成劫，尘尘各有际。下观生物息，相吹等蚊蚋。”[⑧]既然整个世界都是在瞬息间一生一灭，即使是宇宙之大也是有涯际的，而世间万物的生存也跟蚊蚋的呼吸没有什么区别，那么，一个人的痛苦和不幸又算得了什么呢？这么一想，那就一点也用不着感叹和悲伤了。他能在一般人很难忍受的贬谪生活中寻得闲适之趣，又能将这闲适之趣再提高一步，做到胸无芥蒂，超然物外，不为世俗的祸福、苦乐所拘牵，不为得失、生死所烦扰，便达到了所谓旷放的境界。怎样才能达到这种境界呢？苏

① 见《与王仲敏书》，《苏轼文集》卷五十六，第1695页。

② 《谪海南，作诗示子由》，《苏轼诗集》卷四十一，第2243页。

③ 《谪居三适》，《苏轼诗集》卷四，第2285页。

④ 《六月二十日夜渡海》，《苏轼诗集》卷四十三，第2366页。

⑤ 《黄州安国寺记》，《苏轼文集》卷十二，第391页。

⑥ 《东坡志林》卷三《故南华长老重辨师逸事》。

⑦ 《东坡志林》卷二《寿禅师放生》。

⑧ 《苏轼诗集》卷四十，第2194页。

轼有四句话，可以说是提取了此中的精义："任性逍遥，随缘放旷，但尽凡心，无别胜解。"[①] 其中最重要的是"但尽凡心"四字。他给弟弟的另一封信里还说过："吾兄弟俱老矣，当以时自娱。此外万端皆不足为怀。所谓自娱者，亦非世俗之乐，但胸中廓然无一物。即天壤之内，山川草木虫鱼之类，皆吾作乐事也。"[②] 这跟他在《前赤壁赋》中所说："唯江上之清风，与山间之明月，耳得之而为声，目遇之而成色，取之无禁，用之不竭，是造物者之无尽藏也，而吾与子之所共适。"是一脉相通的。他常以"闲人"（或曰"闲者"）自居，而所谓"闲人"的"闲"，并非单指闲散无拘的生活，更是指冲和淡泊的心境。唯其如此，他的精神才能那样陶醉于大自然的景色里，融主观与客观为一体，眼里所见，笔下所写，才能像《前赤壁赋》《记承天寺夜游》等作品那样，自然而又微妙地传达出大自然景色的韵致，创造出一种诗的意境。

从总的倾向和基本精神上看，作为一个诗人，苏轼学习和吸收佛老思想并不是为了出世和遁世，更不是出于一种人生幻灭，恰恰相反，而是体现为一种人生的追求，求"静"，求"达"，求进入一种超功利、超世俗的人生境界。可以说，这是一种高层次的精神追求。如果不是从表面上看，那就不难发现，他是吸收佛老思想中他认为有用的部分，并加以改造利用，以构建他在逆境中的一种理想的人生境界。这种境界是超脱的，因而也是自由的，它的积极的意义，体现为一种生命体验的升华。他在《答毕仲举》中曾说："学佛老者，本期于静而达。静似懒，达似放。学者或未至其所期，而先得其所似，不为无害。"[③] 这里讲的"静"和"达"，就是一种高层次的人生境界，而他追求的是"所期"，而不是"所似"。这种境界，第一个层面可以理解为是一种对世俗人生的超脱。名利、穷达、荣辱、贵贱、得失、忧喜、苦乐等等，都是人生现实欲念所生出的种种羁绊和枷锁，到了"静"和"达"的境界，就从这些羁绊和枷锁中解脱出来了。第二个层面，可以理解为达到一种自由的境界，人的精神世界因此而变得无比的开阔和广大，可以不受尘世的污染，可以在任何地方、任何时候（包括极痛、极苦、极悲的境况之中）都能处之泰然，甚至得到一种愉悦和欢乐，得到一种至高无上的享受。他在《黄州安国寺记》中所说的，那种"私

---

① 《与子由弟书》第三，《苏轼文集》卷六十，第 1834 页。

② 《与子由弟书》第十，《苏轼文集》卷六十，第 1839 页。

③ 《苏轼文集》卷五十六，第 1672 页。

窃乐之”的“一念清净，染污自落。表里翛然，无所附丽”[①]的境界，不就是一种无拘无束、自由自在，获得了极大自由的人生境界吗？但这种境界，在充满倾轧、争斗、残害、悲苦、烦恼等等的尘世中，实际上是很难找到，也是很难实现的。因此，这种人生追求，在苏轼那里也常常只能是一种精神的寄托或理想，或者说只是一种想象。而作为一个诗人，这种追求和想象常常熔铸在他创作中，就变为一种艺术创造。例如《前赤壁赋》《记承天寺夜游》《超然台记》等作品中所创造的，就是这种不受外物羁绊的、超旷的、自由的人生境界。这是一种人生追求的艺术化，他所创造的，既是艺术境界，也是精神境界。从这种超旷的艺术境界和精神境界中，我们同样能真切地感受到苏轼的人格魅力。

四、与诗共着生命

苏轼在北归途中经过仪真，与程之元、钱世雄会于金山，登妙高台，见壁间李公麟所画苏轼石刻像，自题云：“心似已灰之木，身如不系之舟。问汝平生功业，黄州、惠州、儋州。”[②]这是苏轼对自己一生的总结和概括，反映了他对自己平生功业的认识，也反映了他对人生价值的一种超凡脱俗的肯定。自古以来，中国的正统知识分子都以“三不朽”即立德、立功、立言为人生目标，特别是对立功即在政治上的建树，是看得很重的。而黄州、惠州和儋州三个时期，却是苏轼政治上遭受贬谪，最失意，也就是在传统所谓的“事功”上最无建树的时期。苏轼对自己一生的这种估计，反映了他对文人著述和文学创作的独特认识，反映了他不同于一般凡夫俗子的人生价值观，其间也渗透进了他崇高的人格精神。

他在贬谪生活中，经过长期的惨淡经营，在晚年终于完成了三部学术著作，即《易传》《书传》《论语说》。他在《答苏伯固书》中说：“但抚视《易》《书》《论语》三书，即觉此生不虚过。如来书所谕，其他何足道。”[③]但更重要的，是这三个时期他在文学创作上取得了空前的丰收。他所称说的“功业”，显然就是指他在学术上的建树和文学创作上的丰收，特别是后一方面。这同他对诗歌创作的认识和追求是

---

① 《苏轼文集》卷十二，第 392 页。

② 《自题金山画像》，《苏轼诗集》卷四十八，第 2641 页。

③ 《苏轼文集》卷五十七，第 1741 页。

分不开的。

首先是他从自己的生活和创作实践中，认同欧阳修所提出的“诗穷而工”的思想，并自觉地用来指导自己的创作。欧阳修在《梅圣俞诗集序》中说：“非诗之能穷人，殆穷者而后工也。”[①]这里的所谓“穷”，非指贫穷的“穷”，而主要是指“穷达”的“穷”，即诗人在政治上处于逆境，生活上遭遇不幸。苏轼由于写作诗文干预政治，酿成“乌台诗案”，几乎送掉了性命，以后屡遭贬斥，长期处穷而不得志，因此他在《答陈师仲书》中曾痛切地说：“诗能穷人，所从来尚矣，而于轼特甚。”[②]这是他的切身体验，从这种体验中得出的结论，同欧阳修上一句“非诗之能穷人”的论断是相反的。但难能可贵的是，苏轼并没有因作诗遭穷而辍笔，而是坚定地肯定另一面，即“穷者而后工”——正因为“穷”，就同社会现实有较多的接触，在思想感情上也因此产生了较大的变化，这是促成一个诗人创作上取得杰出成就的重要基础。这里实际上接触到了诗歌创作与生活的关系和诗人对生活的体验等文学创作上的一些根本问题。苏轼在他遭贬的三个时期，对此有着深切的体会，因而对欧阳修的这一论断产生共鸣，并自觉地用来指导自己的创作。他曾多次在诗文中以相同或不同的语言对欧阳修的这一思想加以肯定和表述。在《僧惠勤初罢僧职》一诗中他写道：“非诗能穷人，穷者诗乃工。此语信不妄，吾闻诸醉翁。”又在《病中大雪，数日未尝起观，虢令赵荐以诗相属，戏用其韵答之》中云：“诗人例穷蹇，秀句出寒饿。”又在《次韵徐仲车》中云：“恶衣恶食诗愈好，恰似霜松啭青鸟。”又《呈定国》诗云：“秀语出寒饿，身穷诗乃亨。”不仅如此，他还以此去考察和评价前代诗人的创作，在《次韵张安道读杜诗》中他写道：“诗人例穷苦，天意遣奔逃。”在他看来，安史之乱造成的诗人奔窜漂泊的生活，才使得杜甫成为中国诗史上的“巨笔屠龙手”。

正是由此出发，苏轼才将自己一生最为“穷蹇”的三个时期，即黄州、惠州和儋州时期，视为一生“功业”最辉煌的时期。这表现了诗人在人生追求和艺术追求上，都达到了很高的境界。他对“功业”的理解，不同于一般世俗的认识，而表现出别一种眼光和胸襟。这“功业”，是从痛苦的人生体验中创造出来的，也是他艰苦卓绝奋斗的成果，因而才特别值得珍视。我们对他将自己平生功业归于三州的概

---

① 《欧阳文忠公文集》四部丛刊本卷四十二。

② 《苏轼文集》卷四十九，第1428页。

括，绝不能简单地以牢骚语，或自嘲语，或自慰语视之，而应该看到这是他对自己人生追求的独特理解，从中露透出来的，同样是超出于凡俗人生境界的诗人的人格魅力。

苏轼确实是一个与诗歌共着生命的诗人。他越是处于艰险的生活条件之下，生命的活力，生命的创造，生命的价值，就越是体现在他的文学创作之中。这当然是一个艰苦的历程。他是在一种矛盾和痛苦中，经受了精神的历炼，才一步步完成对于艺术功业的追求和创造的。

早在黄州时期，因为“乌台诗案”的巨大打击，苏轼对于作诗就已怀着畏忌心理，曾自誓“焚笔砚，断作诗”①。他曾写信给朋友说：“某自窜逐以来，不复作诗与文字。所谕四望起废，固宿志所愿，但多难畏人，遂不敢尔。其中虽无所云，而好事者巧以酝酿，便生出无穷事也。”②他的顾忌是有根据的，后来的事实证明，他被一贬再贬，直至流放到当时荒僻之地的岭海，都跟写诗作文有关。特别晚年远贬儋州，其时的境遇和心情，用他自己的话来说就是：“流离僵仆，九死之余”，“举动艰碍，忧畏日深”。③处此境况，不仅他自己，就连深爱他的弟弟苏辙和关心他的朋友，也屡屡写信劝他“痛戒作诗”。④然而这只是一个方面。另一方面，跟历史上许多伟大诗人一样，写诗成为他生命的组成部分。他跟诗歌共着生命，又是一位生性自由不羁、感情丰富的人，除非生命止息，他是不可能真正辍笔停吟的。他热爱诗歌，也热爱生活。对他来说，除了诗（当然还包括他同样熟练并造诣很高的散文和词），他无法倾吐对生活的爱和内心的喜怒哀乐。创作是他人生理想和追求的一个重要组成部分。因此，写诗虽然要冒很大的风险，而辍笔却会带给他更大的痛苦。这样，一面因惧祸而不愿作或不敢作，一面又因在生活中心有所感，产生强烈的不吐不快的欲望，而不能不作。他是自禁而不止，欲罢而不能。就在这种矛盾痛苦的心态中，苏轼艰难地坚持着创作。北归时，他在给朱行中的信里说：“老拙百念灰寂，独一觞一咏，亦不能忘。”⑤苏轼跟他所景慕的前代诗人陶渊明一

---

① 《与参寥子书》第二，《苏轼文集》卷六十一，第 1860 页。

② 《与陈朝请书》第二，《苏轼文集》卷五十七，第 1709 页。

③ 《与范元长书》第二，《苏轼文集》卷五十，第 1458 页。

④ 《与程正辅书》第二十一，《苏轼文集》卷五十四，第 1597 页。

⑤ 《与朱行中书》第二，《苏轼文集》卷五十八，第 1771 页。

样，在他的晚年，可以说是靠诗和酒来支撑着生命的。同在惠州，同是写给程正辅，他在信中一面表示“痛戒作诗”，决心“焚砚弃笔”，一面又说：“见劝作诗，本亦无固必，自懒作尔。如此候虫时鸣，自鸣而已，何所损益，不必作，不必不作也。吾兄作一两篇见寄，当次韵尔。”[①] 这里所说的“候鸟时鸣”，就是指作诗乃是一种由内心发出的自然之音，是不能强其发，也不能强其不发的；所说的“何所损益”，意思是既然不能不鸣，那就只管写去，何所损、何所益，包括政治上的利害得失，都是不必顾及的。这几句话，柔中见刚，使我们看到了一个热爱诗歌、热爱生活的诗人坚毅的创作意志，看到了他极可宝贵的气骨和诗胆。在这里，同样闪现出苏轼人格魅力的耀眼光辉。

（原载《北京大学学报》2002年第2期，此文未收入北京大学出版社2002及2005年版《古诗文的艺术世界》，为十卷本《周先慎文集》补录）

① 《与程正辅书》第五十四，《苏轼文集》卷五十四，第1614页。

论苏轼对儒、佛、道三家思想的吸收与融合

在苏轼的思想中，儒、佛、道三家杂糅并存，这是大家所公认的。但在他从政和生活的不同时期，三家思想中以何者为主，苏轼对三家思想又是如何吸收、消融的，三家思想在他的生活和创作中所起的作用如何，学术界的认识并不完全一致。本文拟对这些问题作一些探讨。

一

苏轼对儒、佛、道三家思想的基本态度，是广泛吸取，兼容并包。因而他的思想呈现出一种复杂而丰富的面貌，既充满矛盾，但经他消融调和之后，又构成一个和谐的统一体。这是苏轼思想的独特之处。之所以能做到这样，是因为他对三家都有吸收，又都有扬弃，他是融会贯通，为我所用。三家思想中，从人生处世态度看，儒家是积极用世的，而释、道则归于虚无，是消极出世的。这两方面是矛盾对立的，在一般人的思想中很难兼容，但苏轼却能加以消融和调和，找到他们之间的共通点，从而融为一体。

但三家思想在苏轼生活的不同时期和不同领域中，表现并不完全相同。从总体上看，苏轼在政治上表现出一种积极用世、经世济民的精神，以儒家思想为主；但在生活上，在处世和人生态度上，特别在政治上遭受打击、处于逆境时，就更多地表现出佛、老思想的影响，常常以“静”和“达”来对待并排解人生的种种不幸和苦闷。从时间发展上看，则贬官黄州以前，儒家积极用世的思想占主导地位。他关心现实政治，推崇和学习贾谊、陆贽那样的政治热情，反对空言，积极从政，重视对现实政治的考察和分析，对现实政治提出许多改革的建议和实际的措施。而贬官黄州以后，佛、道思想的影响则愈来愈明显，愈来愈重要。

不过，虽然苏轼的思想在不同时期有不同的表现特点和侧重面，但三家思想又都是纵贯他的一生的。他年轻时就喜欢读《庄子》，“喟然叹曰：‘吾昔有见于中，口未能言，今见《庄子》，得吾心矣。’”[①]可见他对老庄思想是一拍即合，很自然地在内心引起共鸣。不仅对老庄，就是对道教的道术，他从年轻时起也深有爱好，至晚年也没有改变。谪居惠州时，在《与刘宜翁使君书》中，求刘尽发道术之秘，并希望对方惠赠给他炼成的外丹。在信中说，他“龆龀好道，本不欲婚宦，为父兄所强，一落世网，不能自逭。然未尝一念忘此心也。”[②]对佛家他也很早就有接触，年轻时即与蜀中的文雅大师惟度、宝月大师惟简交往。通判杭州时，喜听海月大师惠辩说法，颇有感悟。他回忆当时情况说：“每往见师，清坐相对，时一闻言，则百忧冰解，形神俱泰。”到贬居黄州时，他在很长时期中“杜门不出。闲居未免看书，唯佛经以遣日，不复近笔砚矣”。[③]不仅研习佛理，而且在佛教中寻找精神寄托。他在反省往日的“举意动作”，求“自新之方”时，便“归诚佛僧，求一洗之”，在近五年的时间里，到城南精舍安国寺，“间一二日辄往，焚香默坐，深自省察，则物我相忘，身心皆空，……一念清净，染污自落，表里翛然，无所附丽。私窃乐之”。[④]而愈到晚年，愈是遭遇不幸，在生活上便愈多地吸收佛、老思想，作为处逆为顺、安以自适的一种手段。他齐生死，一毁誉，轻富贵，善处穷，随缘自适，超然物外，更加努力追求“物我相忘，身心皆空”的境界。如他在给子由书中所说的：“任性逍遥，随缘放旷，但尽凡心，无别胜解。”[⑤]所谓“但尽凡心”，就是他所追求的“以时自娱”，而“所谓自娱者，亦非世俗之乐，但胸中廓然无一物，即天壤之内，山川草木虫鱼之类，皆可作乐事也”。[⑥]而这种人生态度的基础，便是道家和佛家的思想。但在另一方面，他至死也没有放弃“致君尧舜”“尊主”“泽民”的政治理想。因此，儒、佛、道三家的思想，在苏轼一生的不同时期，尽管有主次的不同，有消长的变化，却是始终并存的。

---

① 苏辙《栾城后集》卷二十二，《亡兄子瞻端明墓志铭》。

② 《苏轼文集》卷四十九，第1415页。

③ 《海月辩公赞》，《苏轼文集》卷二十二，第638页。

④ 《黄州安国寺记》，《苏轼文集》卷十二，第391页。

⑤ 《与子由书》，《苏轼文集》卷六十，第1834页。

⑥ 《与子由书》，《苏轼文集》卷六十，第1839页。

二

苏轼的儒家思想主要表现在三个方面：第一是忠君、报国、利民的从政原则；第二是德治仁政的政治理想；第三是“穷则独善其身，达则兼济天下”的处世态度。这三方面是互为联系，不能分割的。下面着重谈谈第二个方面。

德治仁政的政治理想，在苏轼考试礼部进士的论文《刑赏忠厚之至论》中就有集中而鲜明的表现。文中热烈赞颂儒家一贯标榜并引以为典范的“尧舜禹汤文武周公成康之际”，以“君子长者之道”“待天下”的仁政德治的样板，其特点是“何其爱民之深，忧民之切”，进而说明统治者赏善罚恶是为了勉励和惩戒，故“赏”能使人“乐其始而勉其终”，而“罚”则能使人“弃其旧而开其新”。然后提出“广恩”“谨刑”的原则。他引《传》(《尚书》孔安国传）云：“赏疑从与，所以广恩也；罚疑从去，所以谨刑也。”又引《书》(《尚书·大禹谟》）曰：“罪疑惟轻，功疑惟重。与其杀不辜，宁失不经（指违背常规）。”在此基础上又加以发挥，提出坚持实行仁政的基本原则：“可以赏，可以无赏，赏之过乎仁；可以罚，可以无罚，罚之过乎义。过乎仁，不失为君子；过乎义，则流入于忍人。故仁可过也，义不可过也。”最后概括出“天下归仁”的理想（在他看来也是一种规律）：“以君子长者之道得天下，使天下相率而归于君子长者之道，故曰：忠厚之至也！”[①] 这虽然是参加科举考试的文章，但确实反映了苏轼的政治思想，而且这种思想成了他后来一生从政的基本指导思想，是贯彻始终的。

《思治论》也是表现他政治思想的重要文章。此文作于嘉祐八年（1063），在从政不久的凤翔任上。这篇文章表现了苏轼在政治上的务实精神。文中要求统治者在政治上要有坚定明确的目标，同时经过实际的考察，提出周详而又可行的计划，然后按照计划坚持下去。这篇文章本身就体现了他提出的这一原则和精神。文章中的论点，就是他对当时宋王朝的政治经济情况进行了实际深入的考察以后提出的。文章一开始就指出：“方今天下何病哉？其始不立（“立”指施政以前提出的明确的政治目标和切实可行的计划）；其卒不成（指结果不能获得成功）；唯其不成，是以厌之而愈不立也。……不知其所以不成者，罪在于不立也。苟立而成矣。”然后明确

① 《省试刑赏忠厚之至论》,《苏轼文集》卷二，第33页。

地提出当今之世的“三患”:“常患无财”“常患无兵”“常患无吏”，进而提出“丰财”“强兵”“择吏”三方面的改革目标和措施，指出这是宋王朝政权能否巩固的关键问题:“财之不丰，兵之不强，吏之不择，此三者，存亡之所从出，而天下之大事也。”他又提出统治者在施政过程中的两个重要原则:一是:“先定其规摹而后从事”，也就是说要事先定好计划，不可盲目行动，这是“贵于立”的首要问题。二是:反对“用舍系于好恶，而废兴决于众寡”。对政策、用人等用舍、兴废，不能以个人的好恶来确定，也不能以口头上赞同者的多寡来确定，而是要以绝大多数人（指老百姓）内心是否拥护来决定。他指出:

从众者，非从众多之口，而从其所不言而同然者，是真从众也。众多之口非果众也，特闻于吾耳，而接于吾前，未有非其私说者也（意思是说，那些直接传到自己耳中的意见都是不敢指责非难我的看法的）。于吾为众，于天下为寡。彼众之所不言而同然者，众多之口，举不乐也。以众多之口所不乐，而弃众之所不言而同然，则同乐者寡而不乐者众矣。古之人，常以从众得天下之心，而世之君子，常以从众失之。不知夫古之人，其所从者，非从其口，而从其所同然也。[①]

在苏轼看来，政策一定要得到多数人的拥护才能取得成功，但这个多数，不是指对自己说好话的人有多少，而是指天下实际拥护的人有多少。苏轼的这一见解是很深刻的，是他德治仁政思想和重民思想的集中表现。这些思想，即使在今天，对我们仍有一定的启发意义。

苏轼德治仁政的政治思想，即使到了晚年远贬岭海时期，那时他已是罪废之人，不在其位也不谋其政了，但他在这一时期所写的文章中，却仍然坚持这些理想，仍然努力加以阐发、提倡。这集中地表现在他在海南所写的收在《志林》中的13篇史论（又名《海外论》）中。

在《武王非圣人》一文中，他极力反对武王伐纣，提出“天下归仁”的原则:“以仁义救天下，天下既平，神器自至，将不得已而受之;不至，不取也。此文王之道，

① 《苏轼文集》卷四，第115页。

文若之心也。”也就是说，即使纣暴虐无道，亦不能诉诸兵。“天下无王，有圣人者出，而天下归之，圣人所以不得辞也。而以兵取之，而放之，而杀之，可乎？”因此他认为，神器随仁义自来，不可强取，也不得推辞。以“天下归仁”的思想看，武王伐纣为强取，所以他认为“武王非圣人”①。在《赵高李斯》一文中所表现的政治思想，同他早年的改革思想是完全一致的。一是重视任人，二是反对严刑峻法。他总结秦二世而亡的历史经验，其一就是始皇用人不当：“圣人为天下，不恃智以防乱，恃吾无致乱之道耳。始皇致乱之道，在用赵高。”其二就是秦法过严，结果是“以法毒天下”。因此，他引用周公的话说：“平易近民，民必归之。”又引用孔子的话说：“有一言而可以终身行之，其‘恕’矣乎！”主张“以忠恕为心，而以平易为政。”②

在统治方法上，他崇尚礼治而反对法治；在法与人的关系上，他认为人比法更重要，反对“任法而不任人”，反对重法而轻人。这些思想都是在他早期的政治思想中明确提出的，而到晚年仍没有改变，可见他是一贯坚持的。由此看来，儒家思想在他的晚年不仅没有放弃，而且在他的思想中仍然占据着相当重要的地位，并没有完全被佛、老思想所取代。

三

苏轼的政治主张，尤其是对政治改革的态度，在仁宗、神宗、哲宗三朝表现是不一样的。仁宗朝，嘉祐六年（1061），他向皇帝献《进策》和《进论》各25篇，系统地提出自己的革新主张；八年（1063）又作《思治论》，进一步阐发自己的改革主张。神宗朝，熙宁二年、三年（1069、1070），王安石变法时期，他却上《议学校贡举状》，又两上神宗皇帝书，全面反对新法。而到哲宗朝，元祐元年（1086），司马光废除新法时，他又反对尽废新法，尤其是反对废除免役法。

对于苏轼在这三个时期的不同表现，学术界曾有不同的看法。分歧主要在两点上：其一是，苏轼在政治上到底是属于革新派还是保守派？抑或是属于游移于革新和保守两派之间的中间派？其二是，三个时期的不同表现，是反映了苏轼政治思想

① 《东坡志林》卷五，中华书局1981年，第98页。

② 《东坡志林》卷五，第112页。

的重大转变呢，还是在本质上是体现了他政治思想的一贯性，只不过具体的政治主张和表现特点不完全相同罢了？

我们认为，从总体看来，苏轼在政治上基本上是一个革新派，既不是代表大地主大贵族利益的保守派，也不是动摇于革新派与保守派之间的中间派。当然应该承认，苏轼的政治思想是存在着矛盾的。三个时期的不同表现、不同主张，是他思想中固有的矛盾在不同条件下的表现；但不是动摇，更不是随风转舵。在不同的政治条件下，思想肯定会有变化，但不仅不是根本性的转变，而且在变化中仍表现出其前后的一贯性、一致性。这一贯性和一致性主要表现在以下几个方面：

第一，哲学上动与静的矛盾的自然观，形成了他政治上既积极主张革新，又要求以静待变的稳健改革的思想。在《御试制科策》中，他表述了万物皆生于动的进步的自然观："夫天以日运故健，日月以日行故明，水以日流故不竭，人之四肢以日动故无疾，器以日用故不蠹。天下者大器也，久置而不用，则委靡废放，日趋于弊而已矣。"① 在《策略一》中也提出类似的观点：

> 仲尼赞《易》，称天之德曰"天行健，君子以自强不息。"由此观之，天之所以刚健而不屈者，以其动而不息也。唯其动而不息，是以万物杂然各得其职而不乱，其光为日月，其文为星辰，其威为雷霆，其泽为雨露，皆生于动者也。②

又在《苏氏易传》卷一中说："夫天岂以刚故能健哉？以不息故健也。流水不腐，用器不蛊。故君子庄敬日强，安肆日偷，强则日长，偷则日消。"③ 这就是苏轼主张政治革新的思想基础。这无疑是进步的、积极的。正因为他有这样的思想基础，所以在25篇《进策》的《策略一》中就鲜明地表达了他积极革新的锐气：

> 方今之势，苟不能涤荡振刷而卓然有所立，未见其可也。臣尝观西汉之衰，其君皆非有暴鸷淫虐之行，特以怠惰弛废，溺于宴安，畏期月之劳，而忘千载

① 《苏轼文集》卷九，第291页。

② 《苏轼文集》卷八，第227页。

③ 《丛书集成初编》本。

之患，是以日趋于亡而不自知也。①

意思十分明白，就是说如果不改革，将是十分危险的。但另一方面，苏轼又主张微变、渐变和以静待变，而反对过激、过猛、过速的变革。《宋史》本传在谈到他反对王安石变法时，就指出他主张“镇以安静，待物之来，然后应之。”他赞扬盖公“治道贵清静而民自定”的思想。盖公为秦末汉初人，提倡黄老之术，主张以清静无为的思想治理国家，得到苏轼的赞扬，他“师其言，想见其为人”。②在他后来写的《问养生》一文中，将这种渐变的思想阐述得更加清楚：

寒暑之极，至于折胶流金，而物不以为病，其变者微也。寒暑之变，昼与日俱逝，夜与月并驰，俯仰之间，屡变而人不知者，微之至，和之极也。使此二极者，相寻而狎至，则人之死久矣。③

因此他主张“法相因则事易成，事有渐则民不惊。”④这一点，应该说同主张激进改革的王安石是很不一样的。王安石早在嘉祐三年写的《上仁宗皇帝言事书》中就主张以“征诛”为变法开路。在这一点上可以说，苏轼确实有他偏于保守的一面。这是他既主张革新而又反对王安石变法的重要原因之一。

第二，在对政治形势的认识上，同王安石并没有什么区别，他认为“国家无大兵革几百年矣。天下有治平之名，无治平之实；有可忧之势，而无可忧之形。此其有未测者也”。⑤并指出当时的“三患”在“无财”“无兵”“无吏”。而王安石变法的目的也在于富国、强兵。但苏轼认为改革的关键在任才，而不在变法。早在仁宗朝他就指出：“臣窃以为当今之患，虽法令有所未安，而天下之所以不大治者，失在于任人而非法制之罪也。”⑥苏轼强调吏治的重要有他合理的一面，同时指出王安

① 《苏轼文集》卷八，第227页。

② 《苏轼文集》卷十一，第346页。

③ 《苏轼文集》卷六十四，第1982页。

④ 《辩试馆职策问札子》其二，《苏轼文集》卷二十七，第791页。

⑤ 《策略》一，《苏轼文集》卷八，第226页。

⑥ 《策略》三，《苏轼文集》卷八，第232页。

石实行新法中由于任人不当（“新进勇锐之人”），给新法带来不少弊病，也是正确的。但将变法和任人对立起来，完全否定变法的必要性和积极意义，也有其片面性和保守的一面。

第三，苏轼从政的原则是忠君、报国、利民，所以他反对王安石变法，又不是全部地绝对地否定新法，他也肯定某些有利于国计民生的改革，这同他关心民生疾苦，以是否便民、利民为出发点分不开。所以他在通判杭州时，就“常因法以便民，民赖以少安”。（苏辙《东坡先生墓志铭》）而后来他在检讨自己反对新法是“辄守偏见”时，也申言自己是“此心耿耿，归于忧国。”[①] 旧党当政时，他反对司马光尽废新法，尤其反对废除免役法，也是从对人民有利无利这一点出发的。他论析“差役、免役各有利害”，“今以彼易此，民未必乐”，而主张去其弊而不变其法。[②] 总观王安石和苏轼的改革主张，并加以对比，可以这样说：王安石的改革思想以法家思想为基础，特点是激进和峻刻；而苏轼的改革思想则以儒家思想为基础，又杂以道家的无为而治的思想，特点是渐进和宽简。或者如有的学者所指出的，苏轼的改革主张是儒家的宽简之政与道家的不为而为思想的混合物。两家的改革主张，可以说是各有短长、利弊。苏轼虽然缺乏王安石变法的激进性，但他稳健渐进的思想，又可以避免激进派操之过急以至苛峻扰民的缺点。[③]

由以上三方面来看，苏轼的政治思想中既有进步和革新的一面，也有片面和偏于保守的一面，但从主导和本质方面来看，他是主张革新的，是爱国爱民的，或者可以说他是一个关心国计民生的稳健的革新家。他在仁宗、神宗、哲宗三朝政治上的表现，不是动摇，更不是随风转舵，来个一百八十度的大转弯，而是在不同政治条件下，一贯固有的政治思想和政治主张的不同表现，同时也是他思想中固有矛盾的反映而已。

四

如前文所指出的，苏轼对儒、释、道三家思想的态度是兼收并蓄，融会贯通，

---

① 《与滕达道书》，《苏轼文集》卷五十一，第 1478 页。

② 《辩试馆职策问札子》其二，《苏轼文集》卷二十七，第 791 页。

③ 参见刘乃昌《论佛老思想对苏轼文学的影响》，《苏轼文学论集》，齐鲁书社 1982 年，第 193 页。

为我所用。他对儒家有吸收，也有批判；对释、道二家，也是有吸收，有批判。但在积极从政和遭贬失意的不同时期，因处于顺境和逆境的不同，又有不完全相同的表现；同时，他对三家又有意地加以调和。

从对社会人生的基本态度看，儒家思想的基本倾向是积极入世的，而释、道思想的主要倾向则是消极出世的，两者之间显然存在着矛盾。苏轼看到这种矛盾，在他政治上奋发有为、想望实现他经世济民的政治理想时，他曾经批判过释、道的思想。如在《议学校贡举状》中他说：

> 今士大夫至以佛老为圣人，鬻书于市者，非庄老之书不售也。读其文，浩然无当而不可穷；观其貌，超然无著而不可挹，岂其真能然哉！盖中人之性，安于放而乐于诞耳。使天下之士，能如庄周齐生死，一毁誉，轻富贵，安贫贱，则人主之名器爵禄，所以砺世摩钝者，废矣。①

他指出佛老思想之虚空不着边际，很难实行，真的实行了，对“人主之名器爵禄”也是有极大危害的。但在他处于逆境时，即经世济民的政治理想难于实现而个人又遭受到排斥打击时，则又更多地接受清静无为、超然物外的思想，在释、道思想中找到精神的寄托。与上引的一段文字相反，在《醉白堂记》一文中，他借称颂韩琦来表现自己的处世态度：“方其寓形于一醉也，齐得丧，忘祸福，混贵贱，等贤愚，同乎万物而与造物者游，非独自比于乐天而已。”② 这完全是用庄子“万物齐一”的思想来求得精神上的解脱。《庄子·齐物论》主张齐是非，齐彼此，齐物我，齐寿夭，认为“道未始有封”，即认为道是没有界限差别的，认为任何事物的差别和人们认识的是非，都是相对的。苏轼所表现出的，实际上就是庄子的相对主义哲学。而在《超然台记》一文中，他更阐发和推崇那种超然物外的思想，他说：

> 人之所欲无穷，而物之可以足吾欲者有尽。美恶之辨战乎中，而去取之择交乎前，则可乐者常少，而可悲者常多。是谓求祸而辞福。……彼游于物之内，

① 《苏轼文集》卷二十五，第725页。

② 《苏轼文集》卷十一，第345页。

> 而不游于物之外。物非有大小也，自其内而观之，未有不高且大者也。

他认为美恶齐一，因而无所谓“去取之择”，这样就可以“游于物之外”了。而他之能“无往而不乐者，盖游于物之外也”。[①]可见他的乐天派的性格和生活态度，确实跟庄子齐生死、齐得丧、等富贵的思想是分不开的。但这种思想主要表现在人生态度和处世哲学上，而且主要在身处逆境需要排解内心苦恼的时候；而在牵涉到政治，牵涉到国家的治乱兴亡时，他又是排斥和批判佛、老的。如在《六一居士集叙》中，他说：“自汉以来，道术不出于孔氏，而乱天下者多矣。晋以老庄亡，梁以佛亡，莫或正之（没有人能加以矫正）。”因而大力推崇韩愈和欧阳修，认为以韩愈配孟子是相宜的，认为欧阳修“其学推韩愈、孟子，以达于孔氏，著礼乐仁义之实，以合于大道。其言简而明，信而通，引物连类，折之于至理，以服人心，故天下翕然师之”。[②]

他对儒学也是有所批判，有所强调的。他批判儒者强调性而忽视情。在《韩愈论》中他说：

> 儒者之患，患在于论性，以为喜怒哀乐皆出于情，而非性之所有。夫有喜有怒，而后有仁义，有哀有乐，而后有礼乐。以为仁义礼乐皆出于情而非性，则是相率而叛圣人之教也。老子曰：“能婴儿乎？”喜怒哀乐，苟不出乎性而出乎情，则是相率而为老子之“婴儿”也。[③]

但他反对空谈性，反对把情和性对立起来，“离性以为情”。他认为儒学是近于人情的。在《中庸论》中他说：“夫六经之道，自本而观之，则皆出于人情。”[④]又在《诗论》中说：“夫六经之道，惟其近于人情，是以久传而不废。”[⑤]

他还调和儒学和佛、老思想之间的差别和矛盾。他认为佛、老思想同儒家思想

---

① 《苏轼文集》卷十一，第 351 页。
② 《苏轼文集》卷十，第 316 页。
③ 《苏轼文集》卷四，第 114 页。
④ 《苏轼文集》卷二，第 61 页。
⑤ 《苏轼文集》卷二，第 55 页。

并不是完全对立的，而有其相通之处。在《上清储祥宫碑》一文中，他说："道家者流，本出于黄帝老子。其道以清静无为为宗，以虚明应物为用，以慈俭不争为行。合于《周易》'何思何虑'、《论语》'仁者静寿'之说，如是而已。"① 他批评《史记》中所说庄子诋訾孔子之徒是并不真正了解庄子，实际上"庄子盖助孔子者"。② "庄子之言，皆实予，而文不予（意即实际上赞同而文辞上不赞同），阳挤而阴助之。"在《南华长老题名记》一文中，他甚至认为"儒释不谋而同"，"相反而相为用"，并且肯定南华长老认为佛家虽是出世的，但与入世的儒家实际相通不悖的思想："宰官行世间法，沙门行出世间法，世间即出世间，等无有二。"③ 本来是很不相同的，他却极力调和，可见他在自己的思想中是要努力使儒、释、道三家熔于一炉。对韩愈他是十分尊崇的，却批评韩愈固守孔孟而不能吸收杨、墨、佛、老之学。他说：

韩愈之于圣人之道，盖亦知好其名矣，而未能乐其实。何者？其为论甚高，其待孔子、孟轲甚尊，而拒杨、墨、佛、老甚严。此其用力，亦不可谓不至也。然其论至于理而不精，支离荡佚，往往自叛其说而不知。④

苏轼学习佛、老思想，虽然是想达到"物我两忘，身心皆空"的境地，而实际上却是达不到的。对于一般学佛、学道者的玄虚莫测，他是扬弃的；他所重视和吸取的，是比较切近人生的实用的一面。所以他说："佛书旧亦尝看，但暗塞不能通其妙，独时取其粗浅假说以自洗濯……若世之君子，所谓超然玄悟者，仆不识也。"在本为玄虚缥缈的佛老思想中去追求一种简易、粗浅、实用，这是苏轼学佛学老的独特态度，也是他能将三家思想融通的又一个方面。他同陈述古谈禅理，曾有极风趣的"龙肉"和"猪肉"之比，是很能说明问题的。陈批评他所理解的禅理过于粗浅，而禅理照陈看来是比较玄妙精深的；苏轼就将粗浅的比作"猪肉"，将精妙的比作"龙肉"，说："然公终日说龙肉，不如仆之食猪肉实美而真饱也。"⑤ 当然，苏

---

① 《苏轼文集》卷十七，第503页。
② 《庄子祠堂记》，《苏轼文集》卷十一，第347页。
③ 《苏轼文集》卷十二，第393页。
④ 《韩愈论》，《苏轼文集》卷四，第114页。
⑤ 《答毕仲举》，《苏轼文集》卷五十六，第1671页。

轼并不是一点没有受到佛家和道家的虚空、命定论等思想和人生观和影响，事实上这种影响也是常常不自觉地流露出来的。如下面这样的诗句在他的诗集中就为数并不算很少：“浮生知几何，仅熟一釜羹。那于信仰间，用此委曲情。”（《次丹元姚先生韵》）[①]“富贵本无定，世人自荣枯。”（《浰阳早发》）[②]“宠辱能几何，悲欢浩无垠。回视人世间，了无一事真。”（《用前韵再和孙志举》）[③]等等。由此可见，他对佛老思想和对儒家思想的态度是基本上一样的，即为我所用，从自我需要出发，加以利用和改造。

五

从总的倾向和基本精神上看，苏轼学习和吸收佛老思想，并不是为了避世，更不是出于一种人生幻灭，而是体现为一种人生追求。可以说，这是一种高层次的精神追求，是超世俗、超功利的。如果不是从表面上看，那就不难发现，他是吸收佛老思想中他认为有用的部分，并加以改造利用，以构建他的一种理想的人生境界。这种境界是超脱的，因而也是自由的；它的积极的意义在于，体现为一种人生境界的升华。他在《答毕仲举》中曾说：“学佛老者，本期于静而达。静似懒，达似放。学者或未至其所期，而先得其所似，不为无害。”[④]这里讲的“静”和“达”，就是一种高层次的人生境界。这种境界，第一个层面可以理解为是一种对世俗人生的超脱。名利、穷达、荣辱、贵贱、得失、忧喜、苦乐等等，都是人生现实欲念所生出的一种羁绊和枷锁，到了“静”和“达”的境界，就从这种羁绊和枷锁中解脱出来了。第二个层面，可以理解为达到一种自由的境界，人的精神世界因此而变得无比的开阔和广大，可以不受尘世的污染，可以在任何地方、任何时候（包括极痛、极苦、极悲的境况之中）都能处之泰然，甚至得到一种愉悦和欢乐，得到一种至高无上的享受。但这种境界，在实际上充满倾轧、争斗、残害、悲苦、烦恼等等的尘世中，是很难找到，也是很难实现的。因此，这种人生追求，常常只能是一种精神的寄托

---

① 《苏轼诗集》卷三十六，中华书局 1982 年，第 1951 页。

② 《苏轼诗集》卷二，第 70 页。

③ 《苏轼诗集》卷四十五，第 2440 页。

④ 《苏轼文集》卷五十六，第 1672 页。

或理想，或者说只是一种想象，而作为一个诗人，这种追求和想象熔铸在他创作中，就变为一种艺术创造。例如《前赤壁赋》《记承天寺夜游》《超然台记》等等作品中所创造的，就是这种不受外物羁绊的、超旷的、自由人生的境界。这是一种人生追求的艺术化，他所创造的，既是艺术境界，也是精神境界。不过，从表面的超脱中，我们仍然能看到隐含其中的人生的忧苦。在“静”与“达”中，也身处现实世界中的诗人，也不免时时露出挣扎的痕迹。

他所追求和构想的这种人生境界，除了熔铸为艺术境界，表现于许多杰出的作品之中以外，在诗文中还有不少对他自身内心体验的直接表述。如说：“祸福苦乐，念念迁逝，无足留胸中者。”（《与孙志康》）[①]“胸中有佳处，海瘴不能腓。”（《和陶王抚军座送客》）[②]又在前引给子由书中说的：“吾兄弟俱老矣，当以时自娱。此外万端皆不足介怀。所谓自娱者，亦非世俗之乐，但胸中廓然无一物。即天壤之内，山川草木虫鱼之类，皆吾作乐事也。”他在《黄州安国寺记》中所说的，那种“私窃乐之”的“一念清净，染污自落。表里翛然，无所附丽”的境界，不就是一种无拘无束、自由自在，获得了极大自由的人生境界吗？

正由于他对佛、老思想持这种态度，因此他能入亦能出。许多人引用他的《和陶神释》诗：“莫从老君言，亦莫用佛语。仙山与佛国，终恐无是处。甚欲随陶翁，移家酒中住。”[③]认为是他对佛、老思想的否定，或者说是由于在佛、老思想中得不到寄托排解而产生的一种信仰的幻灭。其实，如果纵观苏轼整个一生的人生态度，我们不妨说，他从早年到晚年，学佛学道，实在并未真正相信过佛、道所宣扬的那种虚无缥缈的仙山与天国，这些诗句只不过是表明，他对于佛、道思想同样不受其束缚羁绊，能入也能出而已。

明乎此，我们就不难认识到，佛老思想对苏轼文艺创作的影响，主导方面还是积极的，而不是消极的。关于这一点，他在《送参寥师》一诗中有过非常鲜明的表述：

> 欲令诗语妙，无厌空且静。静故了群动，空故纳万境。

① 《苏轼文集》卷五十六，第1681页。

② 《苏轼诗集》卷四十二，第2326页。

③ 《苏轼诗集》卷四十二，第2307页。

阅世走人间，观身卧云岭。咸酸杂众好，中有至味永。[1]

参寥是一位诗僧，他的思想已达于“空且静”的境界，但并非寂灭虚空，而是洞达了群动的“静”，是包容了万境的“空”。“卧云岭”的静观自身，同“走人间”的阅世经历，在参寥那里，两者不仅不抵牾，而且可以说是相契合的，因而在诗歌创作中才能达到“至味”之境。这里说的是参寥，实际上也是他本人艺术追求和艺术经验的一种概括。

（原载《中国典籍与文化论丛》第七辑，2002年10月，此文未收入北京大学出版社2002及2005年版《古诗文的艺术世界》，为十卷本《周先慎文集》补录）

---

① 《苏轼诗集》卷十七，第906页。

苏轼崇尚自然的创作观

苏轼在创作观上，一方面强调有为而作，强调立意，同时又反对为作文而作文，强调文学创作乃作家真情实感的自然流露。他又认为，真情实感来自于生活实践，来自于实际的生活体验。与此相关，他还倡导并追求一种如水一样“随物赋形”的艺术生态，一种如“行云流水”般自然的艺术风格。他崇尚自然的创作观是辩证的，又是十分全面的，从他反复申说及所使用的鲜活语言和比喻来看，显然是从他自己的创作经验中总结出来的。

文学创作既然是一种创造，当然要经过艺术上的精心提炼与构想，在某种程度上甚至可以说，创作过程就是一种惨淡经营的过程，只有这样才能达到高妙的艺术境界。所以苏轼对文学创作，提出了一个“工”字，作为艺术创造应该达到的标准，也是应该达到的一种境界。所谓“工”，就是工巧完美，是艺术上的一种精妙的境界。“工”是作家创造的结果，可是在苏轼看来，却又非人力所能强为，这岂不是矛盾吗？

关于“工”和如何达到“工”，他在《南行前集叙》中曾有一段十分精辟的论述：

> 夫昔之为文者，非能为之为工，乃不能不为之为工也。山川之有云雾，草木之有华实，充满勃郁，而见于外，夫虽欲无有，其可得耶！自少闻家君之论文，以为古之圣人有所不能自已而后作者。故轼与弟辙为文至多，而未尝敢有作文之意。①

这里以大自然中的山川云雾、草木华实作比喻，说明文章乃是一种内在的勃郁

① 《苏轼文集》卷十，中华书局1986年，第323页。

生机的自然表现。有了这种内在的勃郁生机，不表现出来，亦即如大自然的不产生云雾、不开花结果一样，都是不可能的。而没有这种内在的生机，要强使其表现也是不可能的。因此他认为，只有“不能自已而后作”，才能写出好的作品。“不能自已”，就是指发自内心的、不能压抑的创作激情和创作冲动。这不仅是苏轼自己创作经验的总结，也是为无数优秀作家的创作实践所证明了的创作规律。他所说的“未尝敢有作文之意”，是指为作文而作文之意，是指在没有基于生活体验而产生的创作欲望和创作激情的条件下却勉强进行创作之意。

苏轼的观点渊源有自。在这篇文章中苏轼明确提到：“自少闻家君之论文”，可见这一思想是得自其父苏洵的。在苏洵的《仲兄字文甫说》一文中有这样一段话：

> 故曰：风行水上涣，此亦天下之至文也。然而此二物者，岂有求乎文哉？无意乎相求，不期而相遭，而文生焉。是其为文也，非水之文也，非风之文也；二物者，非能为文，而不能不为文也。物之相使，而文出于其间也，故此天下之至文也。①

仲兄指苏洵的二哥苏涣，原字公群，晚年苏洵为他改字文甫。这篇文章原本是说明为其兄改字之理由的，却阐发了他关于文贵自然的文艺思想。风行水上而成文，这是一种人人习见的自然现象，可是苏洵却从中悟出了文学创作的道理。文是怎样产生的呢？他认为水本来是平静的，“而风实起之”，由风的激荡而产生千姿百态；风原本是无形的，“而水实形之”，也就是说是通过水的波澜起伏，我们才看到了风的形。因此，单有水不能成文，单有风也不能成文，只有水与风相遇才能成文；不仅如此，水和风自身也无意于成文，只是两者“不期而相遭”，这才“不能不为文也”。这就是说，文是自然生成的，不是人或物有意追求而可以勉强得到的。

风和水相激而成文，这一比喻还具有更深一层的启发意义：水好比作家平日的积蓄（包括生活体验、文化素养、审美情趣乃至喜怒哀乐的情感等），而风则好比是一种对创作灵感触发的外物（风花雪月等自然物，或一件事、一个人、一本书，或甚至一句话都可以成为点拨或激发创作灵感的媒介），两个条件同时具备才能产

---

① 《嘉祐集》卷十五，《四库全书》本。

生天下之至文。

难能可贵的是，苏轼不仅强调为文的根本在于内在的勃郁之气；他还进一步论述了这种“不能自已”的内在的勃郁之气是从哪里来的。这一思想也同样受到苏洵的启示。在上引的《南行前集叙》中，苏轼写道：“而山川之秀美，风俗之朴陋，贤人君子之遗迹，与凡耳目之所接者，杂然有触于中，而发于咏叹。”

这里非常明确地指出，创作的欲望、激情、兴会、灵感等等，都来自于大自然，来自于生活，是客观事物“杂然有触于中”才产生的。这实际上已经触及到了一个创作的源泉问题，创作灵感的产生问题了。苏轼从生活与创作的关系来解释创作的灵感，十分简明而又平易，没有神秘感，是比较符合实际，也是比较容易为读者所理解和接受的。

除了这种总结创作经验的略带理论色彩的文字，他的一些诗作中也常常触及到文学与生活的关系，强调大自然的熏陶和启示，生活阅历的积累和体验，对文学创作的积极意义。如他曾写道：“游遍钱塘湖上山，归来文字带芳鲜。”（《送郑户曹》）[①]“谪仙窜夜郎，子美耕东屯。造物岂不惜，要令工语言。”（《次韵和王巩》）[②]芳鲜的文字来自钱塘的自然山水；而“工语言”，则是指李白和杜甫由于生活的不幸与坎坷，终于在诗歌创作上取得了杰出的成就。

苏轼不仅强调创作激情来自生活体验，而且还主张直接师法自然。他认为创作要从生活出发，不能主观臆想，违背生活的真实，而要使创作达到生活的真实，就必须向有生活实践经验的人学习、请教，包括普通劳动者甚至儿童。例如他在《书黄筌画雀》中说：

> 黄筌画飞鸟，颈足皆展。或曰：“飞鸟缩颈则展足，缩足则展颈，无两展者。”验之信然。乃知观物不审者，虽画师且不能。况其大者乎？君子是以务学而好问也。[③]

又在《书戴嵩画牛》中说：

---

① 《苏轼诗集》卷十六，中华书局，1986年，第791页。

② 《苏轼诗集》卷二十七，中华书局，1986年，第1441页。

③ 《苏轼文集》卷七十，第2213页。

蜀中有杜处士，好书画，所宝以百数。有戴嵩《牛》一轴，尤所爱，锦囊玉轴，常以自随。一日曝书画，有一牧牛童见之，拊掌大笑，曰："此画斗牛也。斗牛，力在角，尾搐入两股间，今乃掉尾而斗，谬矣。"处士笑而然之。古语有云："耕当问奴，织当问妇。"不可改也。[①]

这里不仅表现出一个艺术家尊重生活、追求真实的创作思想，而且还表现出向下层人民不耻下问的可贵态度。

基于文贵自然的主张，表现在艺术风格的追求上，苏轼提倡一种"随物赋形，姿态横生"，如"行云流水"一样的审美理想。他曾自评其文说：

吾文如万斛泉源，不择地皆可出。在平地滔滔汩汩，虽一日千里无难。及其与山石曲折，随物赋形，而不可知也。所可知者，常行于所当行，常止于不可不止，如是而已矣。其他虽吾亦不能知也。[②]

这段话讲了三层意思：第一，文章（文思）像泉水一样在地下涌流，"不择地皆可出"——只要在地底存在，并且涌动着，它就什么地方都可以流出来。第二，"与山石曲折，随物赋形"——涌动的文思，会依随客观事物的形态而产生各种不同的形态，丰富多彩，不拘一格，并不是自己想让它成什么形态就成为什么形态，甚至连作者自己也不知道它会成为什么样的形态和为什么会成为这样的形态。第三，它遵循的惟一的法则就是："常行于所当行，常止于不可不止。"行止都任其自然，不可强致。这三点归结到一点，就是讲艺术贵在自然：发自然之源，呈自然之态，创自然之美。

在著名的《答谢民师书》一文中，苏轼又借赞美谢民师的文章风格，进一步发挥了这一思想。他说：

所示书教及诗赋杂文，观之熟矣。大略如行云流水，初无定质，但常行于

① 《苏轼文集》卷七十，第2213页。"问奴"一作"问农"，义似更胜。

② 《自评文》，《苏轼文集》卷六十六，第2069页。

所当行，常止于不可不止，文理自然，姿态横生。[①]

“初无定质”，是指原本并没有一定的体式形态，一定的气血脉络，这其实就是“随物赋形”的另一种说法。“行云流水”的比喻，一是强调其自然，二是强调其千姿百态，不拘一格。自然天成的文章，必然呈现出层出不穷、丰富多彩的面貌。文艺创作应该像大自然本身那样丰富多彩，而不能有定式、定格，预先设定僵死不变的框框，这是苏轼非常重要的创作观念，也是他非常重要的审美理想，是他在文学创作上毕生追求的一种艺术境界。所以，关于“常行于所当行，常止于不可不止”和“随物赋形”的看法，他在不同的场合和文体形式中就说过多次。如说：“万物皆有常形，惟水不然，因物以为形而已。”（《东坡易传》卷三）[②]“天下之至信者，惟水而已。江河之大与海之深，而可以意揣。惟其不自为形，而因物以赋形，是故千变万化而有必然之理。”（《滟滪堆赋》）[③]“处士孙位始出新意，画奔湍巨浪，与山石曲折，随物赋形，尽水之变，号称神逸。”（《书蒲永升画后》）[④]他因此认为，这种不固定的、变化无端的“随物赋形”的“形”，才是最能反映自然（包括整个客观世界）面貌的真实可信的“形”。在《东坡易传》卷三中他说：

世以有常形者为信，而以无常形者为不信，然而方者可以斫为圆，曲者可以矫为直，常形之不可恃以为信也如此。今夫水虽无常形，而因物以为形者，可以前定也。……天下之信，未有若水者也。[⑤]

他评辩才诗云：“辩才诗，如风吹水，自成文理；吾辈与参寥，如巧妇织锦耳。”[⑥]“巧妇织锦”就是人工编造，与“自成文理”的天然情趣自是大相径庭。

他的《高邮陈直躬处士画雁》二首其一云：“野雁见人时，未起意先改。君从

---

① 《经进东坡文集事略》卷四十六。

② 《四库全书》本。

③ 《苏轼文集》卷一，第1页。

④ 《经进东坡文集事略》卷六十。

⑤ 《四库全书》本。

⑥ 《蛩溪诗话》卷五引。

何处看，得此无人态？”[①]“无人态”就是没有被人惊扰的自然之态。所有这些论述，都在在表现出苏轼崇尚自然的创作观。而强调自然，就必然肯定和赞美千变万化，千姿百态，并追求不拘一格的形式和风格。艺术美的生命力，正表现在这一点上，正如流动奔泻之水表现出自然美的生命力一样。

（原载《中华读书报》2014年8月20日，此文未收入北京大学出版社2002及2005年版《古诗文的艺术世界》，为十卷本《周先慎文集》补录）

① 《苏轼诗集》卷二十四，中华书局1986年，第1286页。

《东坡志林》初探

一

《东坡志林》，又题《志林》，是苏轼的一部笔记文集。这部书传本不一，有一卷本、五卷本和十二卷本，较常见的是五卷本。各本内容互有出入，有的甚至歧异很大。例如南宋人左圭辑《百川学海》所收《志林》一卷，存史论十三篇，与明成化刊本《东坡七集·后集》卷十一所录《志林》十三首同；清人马俊良辑《龙威秘书》五集所收《志林》一卷，则纯为笔记小品。通行的五卷本为明万历时赵开美所刊，清张海鹏辑《学津讨原》收入，其前四卷为笔记文，卷五与《百川书海》本同。明万历时商濬辑《稗海》所收为十二卷本，皆笔记杂说，与《学津讨原》本前四卷有无互见，益出近二百条，但间有伪讹。

这本书在流传过程中，不仅版本繁复，而且从书名到内容都有很大的变化。陈振孙《直斋书录解题》卷十一小说家类著录《东坡手泽》三卷，注云："今俗本《大全集》中所谓《志林》者也。"直指《东坡手泽》和《志林》为同一书。但细考起来，《志林》和《手泽》其最初在内容和性质上应是很不相同的。元符三年（1100）五月大赦，苏轼旋即由儋耳移廉州，有《与郑靖老书》云："《志林》竟未成，但草得《书传》十三卷，甚赖公两借书籍检阅也。"[①] 苏轼所作《易传》《论语说》，与这里所提到的《书传》并为三书，是作者自视甚重、用力至勤写出的专著。苏轼《答苏伯固书》云："但抚视《易》《书》《论语》三书，即觉此生不虚过，如来书所谕，其他何足道！"[②] 苏轼在这封信中将《志林》和《书传》并提，并谈及曾两次向郑借阅书

① 《东坡续集》卷四。

② 《东坡续集》卷七。

籍，可知两书性质当不致相差太远，都是作者倾注心力有计划写作的专著，而不大可能是“随手所记，本非著作”[①]的随笔杂感一类。而《手泽》则完全是另一种性质。黄庭坚《跋东坡叙英皇事帖》云：“往尝于东坡见手泽二囊，中有似柳公权、褚遂良者数纸，绝胜平时所作徐诰体字。”又云：“手泽袋盖二十余，皆平生作字，语意类小人不欲闻者，辄付诸郎入袋中，死而后可出示人者也。”[②]这里的“手泽”指的是手书墨迹，内容则是在生前不愿随便示人的，《手泽》之名亦当为苏轼所自定。[③]检今五卷本《东坡志林》笔记文部分，常见文末署“× 月 × 日书”、“书以付过”、“书以遗过子”、“东坡居士书”等类的话，可见今传《东坡志林》中确有一部分是从墨迹整理，由《手泽》而来的。但除此而外，也还有显然并非墨迹的杂著、随笔，甚至还包括一部分堂皇正规的史论文。可见此书在传世以后，不断得到后人的增益，变化是很大的。

《宋史·艺文志》著录《儋耳手泽》一卷，两处重出，撰人一署苏轼，一署苏辙。可能是苏轼晚年在海南所书，在他死后由苏辙整理编录而成。其性质和内容当与黄庭坚所见近似。由于材料缺乏，未知与陈振孙所录之《东坡手泽》三卷是否同为一书。可能是内容相同，分卷各异；更大的可能是在一卷本的基础之上后来又有所增益，不限于儋耳所书，故题名也作了相应的改动。在最初，很有可能是《儋耳手泽》一卷，《东坡手泽》三卷和未成之《志林》遗篇同时并传于世，后来刻印者失于考订，不审体例，才将篇幅短小的墨迹、随笔杂著和篇幅较大的史论文合为一编，改题为《志林》的。陈振孙的注语或许就反映了流传过程中的这种混乱情况。

《东坡志林》五卷本所录史论十三篇，南宋人郎晔编《经进东坡文集事略》散入第十二至第十四卷，文有分合，增为十六篇。总注云：“自此以下十六篇，谓之《志林》，亦谓之《海外论》”。明代人茅坤说：“余览《志林》十三首，按《年谱》，子瞻由南海后作，公于时经历既久，故上下古今处，所见尤别。”[④]他们都认为此史论十三篇为苏轼海南时期所作。考《摄主》一篇，有“女子为政而国安，唯齐之君王后，吾宋之曹、高、向”等语。按向指向太后，她于元符三年（1100）正月哲宗死

① 《四库全书提要·东坡志林》。

② 《豫章黄先生文集》卷二十九。

③ 余嘉锡《四库全书提要辩正》考此甚详，可参阅。

④ 《唐宋文举要》甲编引。

后权同处分军国事，七月还政。此文作年不能早于此时。这是《东坡志林》中的史论作于苏轼晚年的明证。看来，苏轼原拟题的《志林》确系他的刻意之作，本来的计划是要写成一部有系统的史论专著的，惜北归后不久即病逝于常州，仅成十三篇而未及完稿。

我们下面谈《东坡志林》的内容，以五卷本为主，亦兼及十二卷本，实际上包括了内容和风格很不相同的两部分：史论文和笔记文。

二

苏辙在《东坡先生墓志铭》中，称苏轼“论古今治乱，不为空言”。《东坡志林》中的十三篇史论，能见出这一特色。他引证史事，议论古今，通过对历史事件和历史人物的分析评论，阐明自己的社会理想和政治观点，总结历代治乱兴亡的历史经验，为当代的统治者提供治国安民的方法。

“仁”是苏轼政治思想的核心，这在十三篇史论中表现得十分鲜明。他在《武王非圣人》[①]一篇中极力抨击武王伐纣，却热烈赞扬荀彧辅佐曹操定海内而反对其加九锡，一反旧说，认为“武王非圣人”，而“文王为圣人之徒”。他由此提出了一条政治原则：“以仁义救天下，天下既平，神器自至，将不得已而受之；不至，不取也。”在他看来，即使纣暴虐无道，亦不能诉诸兵。“天下无王，有圣人者出，而天下归之，圣人所以不得辞也。而以兵取之，而放之，而杀之，可乎？”神器随仁义自来，不可强取，也不得推辞。这完全是儒家“天下归仁”的思想。

在为政上，苏轼主张仁政德治而反对峻刑果杀。他在《赵高李斯》[②]一篇中总结秦二世而亡的历史教训，认为主要有两条：其一是始皇用人不当：“圣人为天下，不恃智以防乱，恃吾无致乱之道耳。始皇致乱之道，在用赵高。”其二便是峻法果杀。他将秦之失道追溯到商鞅变法，并举出两个例子，证明商鞅和秦始皇本人都曾吃过严刑峻法而“反中其身”的苦头。一是秦惠王发吏追捕商鞅，商鞅逃亡至关下，客舍主人因“商君之法，舍人无验者坐之”，而不敢留宿，商鞅因此大发感慨：“嗟乎，为法之弊，一至此哉！”二是荆轲刺秦王，危急之时，竟无一个持兵器的人上

① 《东坡志林》卷五。以下引《东坡志林》，凡未说明稗海本者，均指学津讨原五卷本。

② 《东坡志林》卷五。

前解救，原因是秦法极严，规定群臣侍殿上不得携带兵器，而担任侍卫的郎中没有诏令又不得上殿，这就使得秦始皇于仓卒之间环柱而走，狼狈不堪。他认为始皇死后，赵高、李斯矫诏立胡亥而杀蒙恬、扶苏之所以能得逞，就在于平日“威令之素行”和“始皇之鸷悍而不可回”，使得蒙恬、扶苏虽持重兵在外，不唯不敢造反，且宁死而不请。在苏轼看来，这就叫“以法毒天下”。鉴于此，他引用周公的话说：“平易近民，民必归之”，又引用孔子的话说：“有一言而可以终身行之，其恕矣乎”，主张“以忠恕为心，而以平易为政”，以为只有这样才能使“上易知而下易达，虽有卖国之奸，无所投其隙，仓卒之变，无自发焉”。问题又归结到“仁”上来，并提到国家兴亡的高度。在反对“法治”的同时，苏轼盛赞孔子的“礼治”，称颂孔子“得政期月，而能举治世之礼”，是有“不言而信，不怒而威者”①。

苏轼强烈地反对法治而崇尚礼治，在思想上自有其绝对化和片面性的一面。在我们今天看来，礼治作为封建统治阶级的一种统治方法，确有其化刚为柔、抑反为顺的特殊功用，与商鞅等人尚法的“流血刻骨之功”是不相同的。但是它们的本质都是为维护和巩固封建统治服务，这一点又是共同的。历代统治阶级根据不同的情势和需要，或用此而舍彼，或兼用而相辅相成，就是明证。

由于轻“法”而重“德”，苏轼还十分重视人的作用，反对“任法而不任人”。他把人主的善于知人、任人、容人，作为安天下的一个重要条件，看得比立法更为重要。《游士失职之祸》②一篇，从春秋战国以来的蓄客养士之风，谈到对游士的态度关系到国家的盛衰兴亡。他认为秦始皇的一个重大政策错误，在于“既并天下，则以客为无用，于是任法而不任人，谓民可以恃法而治，谓吏不必才，取守吾法而已”。在他看来，重法而轻人，即使法本身是正确完善的，执法的人不好也会出现问题。苏轼的意见显然是针对现实而发，有他合理的一面。王安石变法实践中某些流弊的产生，确实跟用人不当和吏治的腐败分不开。但苏轼把人分成两类，一类是所谓“士”和“客”：“夫智、勇、辨、力，此四者，皆天民之秀杰者也。”“此四者不失职，则民靖矣。”另一类是平民百姓，即所谓“其力耕以奉上，皆椎鲁无能为者，虽欲怨叛，而莫为之先。”认为只要把“士”和“客”笼络过来，百姓没有了作乱的带头人，也就会天下太平了。这完全是一种历史唯心主义的观点。同时，他所说

① 《东坡志林》卷五。

② 《东坡志林》卷五。

的“任人”，主要不是讲发挥人的聪明才智为国所用，而是强调“区处条别，使各安其处”，否则便是“纵百万虎狼于山林，而饥渴之”，那就非常危险了。这完全是站在巩固封建统治的立场，从消极避祸的考虑来立论，未免褊狭片面。

苏轼还主张治国安邦必须审时度势，根据形势的特点和需要，采取适宜而妥当的措施。他在许多文章中，对秦始皇多有批评，但对他废封建而立郡县一举却赞扬备至。他说：“始皇既并天下，分郡邑，置守宰，理固当然，如冬裘夏葛，时之所宜，非人之私智独见也，所谓不失时者。”他由此提出了一条安邦治国的重要原则：“圣人不能为时，亦不失时。时非圣人之所能为也，能不失时而已。”[①]他不是从个人的聪明才智去肯定和赞扬秦始皇采取的这一重大措施，而是着眼于“时之所宜”和“理固当然”。这就抓住了问题的本质而上升到了总结历史规律的高度，阐明了这一措施的普遍意义。这表明苏轼观察和分析历史是很有眼光的。这与柳宗元《封建论》中“封建非圣人之意也，势也”的观点，立论一脉相承。所以他在文中肯定“李斯始皇之言，柳宗元之论，当为万世法也”。

《周东迁失计》[②]也是一篇立足现实，有的放矢，很有眼光的史论。他从周平王东迁失计提出问题，阐明了“避寇而迁都，未有不亡”的道理。他盛赞晋代的王导反对迁都，并引用他的话说：“且北寇方强，一旦示弱，窜于蛮越，望实皆丧矣。”这段话简直像是针对北宋的现实而发，完全切合当时北方边防未安的情况。到了南宋，避寇迁都便成为一个十分尖锐的现实问题，成为朝廷主战主和两派斗争的焦点之一。苏轼的这篇文章，无疑发生了积极的影响，证明了他在政治上是有远见的。

《东坡志林》中的十三篇史论，当然不能全面反映苏轼的社会理想和政治观点，所论有得有失，其中也包括一些迂腐的看法。如《摄主》一篇[③]，坚持恢复古礼，反对母后摄政，以孔子“唯女子与小人为难养也”作根据，援引从汉代吕后到唐代武则天的例子，证明女子为政而国难安，就是很荒唐的。苏轼自少为应举而作文，后又举制策，一生写作不少政论和史论。这些文章曾经成为封建时代人们学习作文的范本。但他的政论和史论实不可一概而论。大体说来，可分为两类：一类如他自己

---

① 《东坡志林》卷五。

② 《东坡志林》卷五。

③ 《东坡志林》卷五。

所说是“妄论利害，搀说得失”，不免“制科人习气”①；另一类，是重实用而少空言，针对现实而发，有较充实的内容，继承和发扬了贾谊、陆贽的传统。《东坡志林》中的史论基本上属于后一类。总的看来，这些史论有两个显著的特点：第一，表现了苏轼关心时政、经世济民的积极的政治热情；第二，较少不着边际的空泛议论，而是比较丰富的历史内容与强烈的现实性相结合，既是史论，又是政论，既表现出史家的渊博，又表现出政治家的识见。在写法上，引证丰富，议论透辟，既有严整的布局，又奇纵而富于变化；正论反论，横说竖说，上下古今，纵横驰骋，充分表现出他那得之于《庄子》的汪洋恣肆和《战国策》的富赡宏丽的风格特色。

三

《东坡志林》中的笔记小品，随兴所记，妙手成文。内容包括苏轼从元丰（1078–1085）到元符（1098–1100）二十多年经历之事，五卷本别为记游、怀古、修养、疾病等二十八类。举凡山川风物、民俗人情、古今事变、医药技艺，乃至灵异梦幻、烧丹炼气，无不网罗于笔底。或记人，或记事，或记游；或品评人物，议论古今；或意兴所到，抒感述怀。总之，目之所接，耳之所闻，心之所感，凡作者有兴味的一切，都信手拈来，杂然纷陈于纸上。因是随手所记，无意于为文，因而质朴自然，毫无讳饰，最能见作者之真性情、真品格。鲁迅先生曾说：一个作家的日记或尺牍“就是他自己的简洁的注释”，读者从中“知道这人的全般，就是从不注意处，看出这人——社会的一分子的真实”。②《东坡志林》中的笔记文，多方面生动而真实地袒露出苏轼的思想和个性——他的素质、胸次、人格和生活风貌，并表现了独具特色的文章风格。

仁政德治的思想似乎扎根于苏轼的心中，在日常生活里，无论读书、谈天、疗疾，乃至做梦，时有所动，便发而为文。例如他患眼疾，以热水洗眼，张文潜对他说：“目忌点洗。目有病当存之，齿有病当劳之，不可同也。”他由此便联系到治民治军之道，回忆和追录了黄山谷的一段话：“眼恶剔决，齿便漱洁。治目当如治民，

① 《经进东坡文集事略》卷四十七《答李端叔书》。

② 鲁迅《孔另境编〈当代文人尺牍钞〉序》。

治齿当如治军。治民当如曹参之治齐，治军当如商鞅之治秦。”①就是说治军要严，治民要宽，要像疗护眼睛那样使老百姓休养生息。他还记述梦中听人论《左传》的话，主张统治者对人民的役使不能过猛过重：“以民力从王事，当如饮酒，适于饥饱之度而已。若过于醉饱，则民不堪命，王不获没矣。”②他任右史时，资政殿学士韩维因谈《三朝宝训》发了一通议论，认为宋真宗好生恶杀（有恻隐之心而不忍杀羊羔），“推其心以及天下，则仁不可胜用也。真宗自澶渊之役，却狄之后，十几年不言兵而天下富，其源盖出于此”。反对用兵而主张行仁政，正是苏轼一贯的思想，韩维所言适中其意，因而不仅“书其事于册”，且“又录一本上进”，并称“其言深切，可以推明盛德，益增福寿”。③

他常常情不自禁地由日常生活的恶杀而引申发挥到为政的宽猛上来。最有意思的是下面一条：

> 吾昔少年时，所居书室前有竹柏杂花，丛生满庭，众鸟巢其上。武阳君恶杀生，儿童婢仆，皆不得捕鸟雀。数年间皆巢于低枝，其鷇可俯而窥也。又有桐花凤四五，日翔集其间。此鸟羽毛，至为珍异难见，而能驯扰，殊不畏人。闾里间见之以为异事。此无他，不忮之诚，信于异类也。有野老言鸟雀去人太远，则其子有蛇鼠狐狸鸱鸢之忧。人既不杀，则自近人者，欲免此害也。由是观之，异时鸟鹊巢不敢近人者，以人为甚于蛇鼠之类也。苛政猛于虎，信哉！④

全篇写出一种人鸟共处其乐融融的境界，谁料篇末笔锋一转，落到为政上来，揭出全篇主旨：“苛政猛于虎。”可见为政的宽猛仁暴，实在是苏轼萦绕于怀的一个大问题。

汉因秦制而重法，直至宣帝都是尚严而不尚宽，王嘉做宰相才开始“轻减法律”。苏轼因此称王嘉为“贤相”，并赞美“轻刑，又其盛德之事”。他认为史家对

① 卷一《治眼齿》。
② 卷一《梦中论左传》。
③ 卷二《记讲筵》。
④ 稗海本卷二。

此应该大书特书，而“班固不记其事，事见《梁统传》，固可谓疏略矣”[①]。

对于行暴政的酷吏，苏轼是深恶痛绝的。他在《东坡志林》里记下了表现人民爱憎的俗谚民谣：“韩缜为秦州，酷暴少恩，以贼杀不辜去官。秦人语曰：‘宁逢暴虎，不逢韩玉汝。’”[②]这是从老百姓的切身感受来证实“苛政猛于虎”的思想。

苏轼反对暴政虐民，不只有言论，而且有实践。做地方官时，勤政爱民，在各地都有一些为人所称道的政绩。这方面《东坡志林》所记不多，但也能略见一二。

苏轼贬官黄州以后，困匮乏食，处境和生活都是十分困难的，但他不忘人民，关心人民。当时黄州百姓因为生活贫困，生了孩子不能养活，常于水盆中将其溺毙，竟形成一种社会风气。苏轼“闻之不忍”，便与他的朋友当时守鄂州的朱寿昌商议，“乃立赏罚，以变此风”。他亲自选了黄州一个诚实善良叫石耕道的人主持其事，“使率黄人之富者，岁出十千，如愿过此者亦听”。“多买米布绢絮，使安国寺僧继连书其出入。访闾里田野有贫甚不举子者，辄少遗之。”他说：“若岁活得百个小儿，亦闲居一乐事也。吾虽贫，亦当出十千。”[③]身处逆境之中而尚能克己利人，救民于水火，苏轼对人民生活的关心，是很值得赞扬的。

我们读苏轼的《荔支叹》，知道他不仅对唐玄宗时岁贡荔支以取悦杨贵妃的残民虐政痛加斥责，而且对当朝的丁谓和蔡襄等人贡小龙团茶、钱惟演开例贡洛阳牡丹花，都直指其名进行了严正的抨击。与此相关，他出于对人民疾苦的深切同情，曾在扬州罢万花会。稗海本《东坡志林》卷五记其事：

> 扬州芍药，为天下冠，蔡繁卿为守，始作万花会。用花十余万枝，既残诸园，又吏因缘为奸，民大病之。余始至，问民疾苦，以此为首。遂罢之。万花本洛阳故事，亦必为民害也，会当有罢之者。钱惟演为留守，始置驿贡洛花，识者鄙之。此宫妾爱君之意也。蔡君谟始加法造小团茶贡之，富彦国叹曰：“君谟乃为此耶！”

在封建时代，像苏轼这样怒恶而喜善，对于害民的虐政不仅鲜明地表示自己的

---

① 卷四《王嘉轻减法律事见梁统传》。

② 稗海本卷七。

③ 稗海本卷五。

愤怒，并且在自己力所能及的范围内采取果决的措施加以纠正，是很需要一点勇气和胆识的。

四

《东坡志林》中有一部分论诗谈艺之作，数量不多，有的考订源流，有的评论得失，有的阐发新意，虽不完整，也能于零星记述中见出苏轼文艺思想的某一侧面。

苏轼论文，很重视“文”与“物”的关系。他在《答俞括书》中说：“辞达而已矣。物固有是理，患不知之；知之患不能达于手与口。辞者，达是而已矣。”[①] 作文的最高境界是“辞达”，而达到“辞达”的关键是知物固有之理，亦即把“了然于心”看做是“了然于口与手”的基础。[②] 苏轼论画，也强调须静观默察，方能落笔传神。他曾举出僧惟真画曾鲁公和孙知微画湖滩水石的例子，前者是初不甚似，经实际观察然后“得之”；后者则先是营度经岁不能下笔，而一旦神会则“奋袂如风，须臾而成，作输泻跳蹙之势，汹汹欲崩屋也”[③]。这是讲创作。《东坡志林》中所记，多关于诗文评论和艺术欣赏，同样涉及文与物、艺术与生活的关系，强调生活体验和生活实践的重要作用。

杜甫《六和寺》诗有两句云：“松桥待金鲫，竟日独迟留。”为什么松桥观鱼竟要迟留整日呢？苏轼说他读不懂。后来他到了杭州，亲自到六和寺后面的池边去观鱼，“投饼饵，久之，乃略出；不食，复入，不可复见”。他这才知道迟留竟日者，待鱼之复出也。原来杜甫的两句诗是写实，从人的迟留，表现了池鱼那种“难进易退而不妄食”的特殊性格，苏轼由此还悟出了人生的哲理。[④] 这属于描写的对象是生活中的特殊情形，不实地考察就不可能读懂。

另一种情况是，诗人所写的只是平常情景，但每个人生活实践的范围不同，甲所熟悉的乙可能生疏，在艺术欣赏中就要求读者尽可能获得与作者相同或相近的生活体验，才能对作品的思想和艺术真正理解。苏轼举出陶渊明《怀古田舍》中的两

① 《经进东坡文集事略》卷四十七。

② 《经进东坡文集事略》卷四十六《答谢民师书》。

③ 《东坡续集》卷十二《传神记》《画水记》。

④ 稗海本卷一。

句“平畴交远风，良苗亦怀新”，指出“非古人之耦耕植杖者，不能道此语；非余之世农，亦不能识此语之妙也”[①]。这两句诗所写的春日田野的景象和所表现的清新淡远的意境，确是要有农村生活体验的人才能领会其妙处的。这就是说，评论、欣赏跟创作一样，都不能离开生活实践。

有时从字面上看，诗人所写的生活景象并不难懂，但透过画面所表现的意境和情味有时却不大容易捉摸。对这种诗“境”与诗“味”，也是要在生活的基础上才能理解或评论其得失的。苏轼举司空图的诗为例。司空图自论其诗，以为得味外味。什么是“味外味”？苏轼引了他的两句诗“棋声花院闭，幡影石坛高”说：“吾尝独游五老峰，入白鹤观，松荫满地，不见一人，唯闻棋声，然后知此句之工也，但恨其寒俭有僧态。”[②]苏轼在生活里找到了通向那种较为玄远的艺术境界和品尝“味外味”的途径。

对于咏史的作品，就只能从考察史事和作家的思想去求得正确的解释。关于杜甫的《八阵图》诗，《东坡志林》时里有这样一条记载：

> 仆尝梦见人，云是杜子美。谓仆曰：“世人多误解吾诗。《八阵图》诗云：‘江流石不转，遗恨失吞吴。’人以为先主武侯皆欲与关羽复仇，故恨其不能灭吴，非也。我本意谓吴蜀唇齿之国，不当相图；晋之所以能取蜀者，以蜀有吞吴之意，此为恨耳。”此理甚长。[③]

说是杜甫自解其诗，大概是苏轼借“梦”发挥，未必真做了那么一个梦。但这种解释确实比较符合三国相争的历史情势和杜甫的思想，显然是苏轼自己经过考察以后作出的。关于“遗恨”一句，仇注引列了四家的解释，而以苏说为胜，后来的不少注家采用苏说，并不是没有道理的。[④]

有一则《书戴嵩画牛》，常被后人征引来说明艺术与生活的关系：

---

① 稗海本卷十。

② 稗海本卷十。

③ 稗海本卷一。

④ 如清施鸿保《读杜诗说》、冯至《杜甫诗选》、傅庚生《杜诗析疑》等均采用苏说。

蜀中有杜处士，好书画，所宝以百数。有戴嵩牛一轴，尤所爱，锦囊玉轴。一日曝书画，有一牧童见之，拊掌大笑曰："此画斗牛也。牛斗力在角，尾搐入两股间；今乃掉尾而斗，谬矣。"处士笑而然之。古语云："耕当问奴，织当问婢。"不可改也。[①]

这则故事所以受到苏轼的重视，录而存之，是因为它非常生动地说明了艺术不能违背生活的真实。值得我注意的是苏轼对它的评论。他不但肯定了有实践经验的劳动者有资格评论艺术，而且强调艺术家在反映他们的生活时应虚心地向他们请教，认为这是颠扑不破的真理。一个封建时代的作家，能有这样的认识，实属难能可贵。

五

"赋性刚拙，议论不随"[②]的苏轼是很讲究节操的。这一点，在宋代曾受到上至皇帝下至士人的广泛颂扬。宋孝宗《御制文忠苏轼文集赞并序》称苏轼"忠言谠论，立朝大节，一时廷臣无出其右"。苏辙《东坡先生墓志铭》称"公临事必以正，不能俯仰随俗"。马永卿《元城语录》卷上云："东坡立朝大节极可观，才意高广，惟己之是信。在元丰则不容于元丰，人欲杀之；在元祐，则虽与老先生（指司马光）议论亦有不合处，非随时上下人也。"我们通过《东坡志林》中苏轼对于人和事的记述、品评，字里行间都能见出苏轼的德操、人品、气节。

苏轼很重视做人的品德修养，特别看重"诚"和"正"，反对口是心非，把这看得比学问文章还要重要。宋代著名诗僧参寥子是苏轼的诗友，苏轼很喜欢他的诗，但在苏轼看来，他为人的率直诚恳比诗更值得称道："妙总师参寥子，余友二十余年矣。世所知独其诗文，所不知者盖过于诗文也。独好面折人过失，然人知其无心，如虚舟之触物，盖未尝有怒者。"[③]所谓"无心"，就是出诸真率至诚而不怀恶意。对于医生，他也是既看重其医术，更敬重其人品的："近世医官仇鼎，疗痈肿为当时

---

① 稗海本卷九。

② 《东坡奏议》卷四《乞罢学士除闲慢差遣札子》。

③ 卷二《付僧惠存游吴中代书十二》。

第一。鼎死，未有继者。今张君宜所能，殆不减鼎。然鼎性行不甚纯淑，世或畏之。今张君用心平和，专以救人为事，殆过于鼎远矣。”[①] 远远超过仇鼎而受到苏轼赞美的，是张君宜做人的品德。他对其弟苏辙为人的襟怀坦白也极口称赞：“子由为人，心不异口，口不异心，心即是口，口即是心。”[②] 在《修身历》中，他记述了一件虽属荒诞不经却很能见思想品格的事情：“子由言：有一人死而复生，问冥官如何修身可以免罪？答曰：‘子宜置一卷历，昼日之所为，暮夜必记之，但不记者，是不可言不可作者。’”[③] 接下去他引晁无咎的话说：“司马温公有言：‘吾无过人者，但平生所为，未尝有不可对人言者耳。’”然后说：“余亦记前辈有诗曰：‘怕人知事莫萌心’。皆至言，可终身守之。”在苏轼看来，人贵诚实不欺，即使做了不义之事，也绝不能文过饰非。和尚饮酒食荤，却要自欺欺人地巧换名目，他投以嘲讽，并兼刺那些掩盖自己不义行为的人：“僧谓酒为般若汤，谓鱼为水梭花，鸡为钻篱菜。毫无所益，但自欺而已，世常笑之。人有为不义而文之以美名者，与此何异哉！”[④] 为人诚实，才能做到心地光明。苏辙《墓志铭》载：苏轼临终时，诸子侍侧，他从容地说：“吾生无恶，死必不坠，慎无哭泣以怛化。”相信确有阿鼻地狱存在的苏轼，死时如此安详坦然，他确是相信自己没有做过“不可对人言”的亏心事的。

刚正不阿，直言敢谏，是苏轼从政的一条准则，也是他在政治生活中表现出来的突出特点。苏辙《墓志铭》称他“见善称之如恐不及，见不善斥之如恐不尽，见义勇于敢为，而不顾其害”。苏轼自己在《与李公择书》中说：“吾侪虽老且穷，而道理贯心肝，忠义填骨髓……虽怀坎壈于时，遇事有可尊主泽民者，便忘躯为之，祸福得丧，付与造物。”[⑤] 这既非溢美之词，也不是自我吹嘘，他确是言行一致的。他既以此律己，亦以此衡人。《东坡志林》中一些评论古人古事的短文，非常鲜明地表现出这种思想精神。如他对东汉时直言敢谏、力排众议、虽获罪得祸而毫无所惧的朱晖，就表现了极大的敬佩。朱晖向皇帝明心迹的一段话：“行年八十，蒙恩

---

① 卷三《医生》。

② 稗海本卷二。

③ 卷三。

④ 卷二《僧文荤食名》。

⑤ 《东坡续集》卷五。

得在机密，当以死报，若心知不可而顺于雷同，负臣子之义。”① 简直像是苏轼本人内心的自白，故在文中特加引述。他读《战国策》，对“管仲所为三归之台，以掩桓公”，于国君“不谏其过而务分谤”，大为不满，因而赞同孔子对管仲的批评：“器小。”他提出忠义之臣谏君的基本态度和原则：“用之则行，舍之则藏；谏而不听，则不用而已矣。”② 尽管苏轼有很浓厚的忠君思想，尽管他的认识由于种种局限而有不少错误，但他绝不趋利避害，苟合随人，这种在复杂的政治斗争中表现出的“挺挺大节”，在封建时代是很值得称道的。他读张华的《鹪鹩赋》，认为其作意是“独欲自全于祸福之间”，毫不足取，正是出于这种思想精神。③

苏轼痛恶阿谀趋奉之风，一有机会便不遗余力地予以抨击。他认为司马相如谄事武帝，及病且死，谄谀之意不已，尚遗书言封禅事，对此给予尖锐的嘲讽。④ 他不止一次地批评“西汉风俗谄媚”，对宋自太宗以来历久不衰的阿谀之风非常不满，甚至提到国家兴亡的高度来认识，在皇帝面前论讲。⑤ “唐太宗时，雉数飞集宫中”，褚遂良讨好唐太宗，说古时秦雉“得雄者王，得雌者霸”，现在“雄雌并见”是表明唐太宗功德事业之宏大。唐太宗听了非常高兴，称赞褚为“多识君子”。苏轼怀着强烈的憎恶之情加以评论：“此谄佞之甚，愚瞽其君者，而太宗喜之，史不讥焉。”⑥ 他还以锐利尖刻讽刺之笔，生动形象地刻画出当朝一些谄佞之徒的奴才丑态：

方李宪用事时，士大夫或奴事之，穆衍、孙路至为执袍带。王中正盛时，俞充至令妻执板而歌，以侑中正饮。若此类不可胜数。而彭孙本以劫盗招出，气凌公卿。韩持国至诣其第，出妓饮酒；酒酣，慢持国，持国不敢对。然常为李宪濯足，曰：“太尉足何其香也。”宪以足踏其头曰：“奴谄我不太甚乎？”孙在许下造宅，私招逃军三百人役之。余时将乞许，觊至郡考其实，斩讫乃奏。会除颍州而止。⑦

---

① 稗海本卷八。

② 稗海本卷三。

③ 卷四《张华鹪鹩赋》。

④ 卷二《仙帖》。

⑤ 稗海本卷三。

⑥ 稗海本卷三。

⑦ 稗海本卷四。

对谄上凌下、为非作歹的彭孙，切齿愤恨之情溢于言表，至必欲亲自将他处死而后快。苏轼嫉恶如仇的感情是何等的鲜明!

苏轼还把守志如一看作一种美德，因此他赞美“坚”。一次与司马光论茶与墨，他借题发挥，以物喻人，表现了在道德节操方面的追求：

> 司马温公曰：“茶与墨正相反：茶欲白，墨欲黑；茶欲重，墨欲轻；茶欲新，墨欲陈。”余曰：“二物之质诚然矣，然亦有同者。”公曰：“何谓？”余曰：“奇茶妙墨皆香，是其德同也；皆坚，是其操同也。譬如贤人君子妍丑黔皙之不同，其德操蕴藏，实无以异。”公笑以为是。①

我们这个古老的民族有着注重德操、讲求气节的历史传统。尽管道德观念在每个时代有不同的历史内容和阶级内容，但是为人正派，心地光明，守志如一而不见风使舵，秉持公心而不见利忘义，却是从古及今都受到人们赞美的。苏轼把具有美好品德的人称为“贤人君子”，有时称为“礼义君子”，他的道德观念无疑打上了鲜明的封建时代的烙印。但作为封建时代一个正直而有气节的知识分子，他立身行事讲求德操这一点，是很值得称道的。

六

在文学创作上，苏轼诗、文、词兼擅，是一个广泛开拓而取得多方面成就的作家。在思想上，苏轼出入儒、佛、道三家，兼收并蓄，融会贯通，形成了他复杂而充满矛盾的世界观。大体说来，在政治态度上苏轼以儒家思想为主，积极从政，宽简爱民，同时又融入道家任乎自然、不为而为等思想。在政治改革问题上，主张“譬如江河之徙移，顺其所欲行而治之，则易为功；强其所不欲行而复之，则难为力”（《议学校贡举状》），以及“法相因则事易成，事有渐则民不惊”（《辩试馆札子》）②；而在人生态度上，虽然终其一生并未放弃过报国、事君、爱民的思想，但愈到晚年，便愈多地吸收了佛老“省分寡欲”“看穿忧患”“安时而处顺，哀乐不能入”等思想，

① 稗海本卷十。

② 《经进东坡文集事略》卷二十九、卷三十一。

作为他在艰险境遇中的精神支柱，表现为恬淡自适，随遇而安，注意身心的修炼，探求养生之道等等。

苏轼一生政治道路坎坷不平，几经挫折，但他总是处逆境而能自安，临忧患而不颠倒失据。朱弁《曲洧旧闻》有这样一则记载：

东坡在儋耳。因试笔，尝自书云："吾始至南海，环视天水无际，凄然伤之，曰：'何时得出此岛耶？'已而思之，天地在积水中，九州在大瀛海中，中国在少海中，有生孰不在岛者？复盆水于地，芥浮于水，蚁附于芥，茫然不知所济。少焉水涸，蚁即径去。见其类，出涕曰：'几不复与子相见！'岂知俯仰之间，有方轨八达之路乎！念此可以一笑。戊寅九月十二日，与客饮薄酒小醉，信笔书此纸。"

这一段话写于号称"瘴疠之地"的儋州，处境至恶，却能自我宽慰，自我解嘲若此。《东坡志林》中的文字，记述苏轼的生活态度多类此者，颇能见出他随缘自适、豁达开朗的情怀和性格。

自我宽解近于精神上的自我麻醉，但在苏轼似乎确能产生一种主观的力量，使他能超然物外，随遇而安：

余尝寓居惠州嘉祐寺，纵步松风亭下。足力疲乏，思欲就林止息。望亭宇尚在木末，意谓是如何得到？良久忽曰："此间有什么歇不得处！"由是如挂钩之鱼，忽得解脱。若人悟此，虽兵阵相接，鼓声如雷霆，进则死敌，退则死法，当什么时也不妨熟歇。①

这里用了"解脱"二字。所谓"解脱"，就是不为世俗的贫富、得失、生死以及由此而来的种种烦恼、苦闷、悲哀等所羁系，看来好像是真的把人生看透了，看淡了，处处都能化苦为乐，化悲为喜，化难为易，化险为夷。这种旷达的人生态度，跟我们今天所说的乐观主义其实并不完全相同，它不是真正建立在对生活、前途充满希

① 卷一《记游松风亭》。

望和信心的基础之上，而不过是一种精神上的排解或对现实矛盾的有意规避。例如年事渐高的人有时不免产生人生老去之悲，但苏轼游兰溪见溪水西流，却发出“谁道人生无再少？君看流水尚能西”①的歌唱。其实他未尝不知道人生是不能再少的。海南气候极坏，“秋夏之交，物无不腐坏者”，但他“习而安之”，“湛然无思”，宣称能“使折胶之寒无所施其冽，流金之暑无所措其毒”。实际上，他当时正处于“秋霖不已，顾视帏帐间有蝼蚁，帐已腐烂”的狼狈不堪的境地。②

苏轼的这种自我排解，实际上是既有超脱的一面，又有隐忍的一面，于豁达开朗的背后，常常透露出悲凄、怨苦、无可奈何的心境。这种情形早在他贬黄州以前，因诗案系狱与妻儿痛别之际，就已然如此了。他当时以幽默之言，化悲为喜：

> 昔年过洛，见李公简。言真宗既东封，访天下隐者，得杞人杨朴，能诗。及召对，自言不能。上问：“临行有人作诗送卿否？”朴曰：“惟臣妾有一首，云：‘更休落魄耽杯酒，且莫猖狂爱咏诗。今日捉将官里去，这回断送老头皮。’”上大笑，放还山。余在湖州，坐作诗追赴诏狱，妻子送余出门，皆哭。无以语之，顾语妻曰：“独不能如杨子云处士妻作诗送我乎？”妻子不觉失笑，余乃出。③

细一品读，就不难在豁达的背后体味出那隐含其中的悲凄惨恻之情。

不过，苏轼在艰难困苦的生活境遇之中而能安然处之，发为歌诗也极少怨苦之音，确实是跟他善于排解分不开的。他贬居黄州，乃至后来远谪荒僻的海南，都能得人情之美，览江山之胜，从精神上处处找到寄托和满足。我们都记得他的名句：“九死南荒吾不恨，兹游奇绝冠平生。”（《六月二十日夜渡海》）身处忧患而能超然自得，处之泰然，确实跟他能寄情山水，做大自然的主人有关。试读他贬官黄州以后的《临皋闲题》：

> 临皋亭下八十数步，便是大江，其半是峨嵋雪水，吾饮食沐浴皆取焉，何

① 卷一《游沙湖》。

② 稗海本卷八。

③ 卷二《书杨朴事》。

必归乡哉！江山风月，本无常主，闲者便是主人。[①]

他是个“闲者”，便处处都能做江山风月的主人。写于同一时期脍炙人口的《记承天寺夜游》，就从自然景色的生动描绘中，传达出这“闲者”——一个失意而又善于自我排解的封建士大夫的情怀：

元丰六年十月十二日夜，解衣欲睡，月色入户，欣然起行。念无与乐者，遂至承天寺寻张怀民。怀民亦未寝，相与步于中庭。庭下如积水空明，水中藻荇交横，盖竹柏影也。何夜无月？何处无竹柏？但少闲人如吾两人者耳。[②]

这里所谓“闲人”的“闲”，既指闲散无拘的生活，也指冲和淡泊的心境。唯其如此，他便能陶醉于大自然的景色里，融主观与客观为一体，眼里所见，笔下所写，才能那样自然而又微妙地传达出月下夜景的真趣，创造出一种闲静淡远、空灵静谧的诗的意境。

苏轼杂采佛老思想作为处逆为顺、安以自适的一种手段，齐生死、一毁誉、轻富贵、善处穷，甚至追求“物我相忘，身心皆空”[③]的境界。他从和尚做佛事悟出人生的哲理：“世人视身如金玉，不旋踵为粪土，至人反是。余以是知一切法：以爱故坏，以舍故常在，岂不然哉！”[④]不要把自身看得太重，置生死于度外，就能常在而不灭了。“学出生死法，得向死地走之一遭，抵三十年修行。吾窜海上，去死稍近，当于此证阿罗汉果。”[⑤]

战国时齐人颜斶以轻富贵、善处穷著称，他抛却“与齐王游，食必太牢，出必乘车，妻子衣服丽都”的大富大贵，毅然辞归。他的名言是：“晚食以当肉，安步以当车。”苏轼在《东坡志林》中两处引用此事并加以评论：“晚食以当肉，安步以当车，是犹有意于肉与车也。晚食自美，安步自适，取其美与适足矣，何以当车与

① 卷四。

② 卷一。

③ 《东坡集》卷三十三《黄州安国寺记》。

④ 卷三《故南华长老重辨师逸事》。

⑤ 卷二《寿禅师放生》。

肉哉！”[①] 清人尤侗以为苏轼的批评是“深中蠋疾”，道破了颜蠋的本质还是要求富贵，与弹铗而歌的冯驩并没有什么本质的区别，不同的只是“驩求之以为利，蠋求之以为名”罢了。[②] 苏轼轻富贵比颜蠋更彻底，他能不求实利，也不务虚名，心中已然没有肉与车了。

苏轼不仅不追求富贵，且亦不愿与富贵公卿交往，“范蜀公呼我卜邻许下，许下多公卿，而我蓑衣箬笠，放荡于东坡之上，岂复能事公卿哉”[③]！与此相反，他跟许多清逸绝俗的和尚却有很亲切的交往。原因是：第一，这些人能做诗；第二，这些人大多能守贫。如浙东祥符寺的可久、垂云等僧，就是“清介贫甚，食仅足而衣几于不足也，然未尝有忧色”[④] 的。他们的怀抱志趣都跟苏轼十分相近，因此苏轼在贬官惠州以后仍时时想念他们。

苏轼还很注意养生之道。政治上的失意，生活上的困顿，使他向往于神仙道术，学习道家炼丹养气的方法。他在《答秦太虚书》中说：“吾侪渐衰，不可复作少年调度，当速用道书方家之言，厚自养炼。谪居无事，颇窥一二。”[⑤] 甚至说：“自失官后，便觉三山跬步，云汉咫尺。”[⑥]《东坡志林》中有不少关于他养炼生活和具体养炼方法的记载。他曾采辟谷之法以疗饥，又曾终日默坐以养黄中。[⑦] 所录道家炼丹养气的方法，不少是怪诞神秘的虚妄之说，例如所谓“阳丹阴炼”“阴丹阳炼”之类。但也有一些包含着某种合理的成分，如《养生说》，四字一句，实为一首有关气功的练功口诀，其内容与今天仍然流行于民间的传统的气功养生法颇多相似之处，不失为有参考价值的古代气功资料。苏轼还将养生与养性结合起来，有一则《记三养》，颇能见出他的生活风貌与思想性格：

东坡居士自今日以往，不过一爵一肉。有尊客，盛馔则三之，可损不可增。有召我者，预以此先之，主人不从而过是者，乃止。一曰安分以养福，二曰宽

---

① 卷一《赠张鹗》及卷四《颜蠋巧于安贫》。

② 尤侗《读东坡志林》,《昭代丛书》甲集补卷十二。

③ 卷四《范蜀公呼我卜邻》。

④ 卷二《付僧惠存游吴中代书十二》。

⑤《东坡集》卷三十。

⑥《东坡续集》卷十一《答陈季常书》。

⑦ 卷一《辟谷说》《记养黄中》。

胃以养气，三曰省费以养财。元符三年八月。[①]

苏轼还有相当浓厚的宿命论思想。他真的相信“得失有命，决不可移”[②]。甚至以此作为一种对付险恶环境以求自安的手段，便是所谓的“乐天安命”。既然是命中注定，不可更改，也就只好泰然处之，然亦终不免有时露出无可奈何的牢骚来。他因出生时辰与韩退之相似，就相信这是他一生遭谤的原因[③]；他与马梦得同岁同月生，相信“是岁生者无富贵人”，便自认两人同为“穷之冠”[④]；谪贬南海，他视为“事之前定者”[⑤]。因此，虽然朋友们为他身历险境而担忧，他自己却处之泰然：“若大期至，固不可逃，又非南北之故矣。以此居之，泰然不烦。”[⑥]但真要做到“泰然不烦”，祸福由之，也是颇不容易的。当生活的最低要求也不能得到满足时，他也曾发出过自怨而复自解的感叹：

吾无求于世矣，所须二顷田，以足𫗴粥耳，而所至访问，终不可得。岂吾道方艰难，无适而可耶？抑人生自有定分，虽一饱亦如功名富贵不可轻得也？[⑦]

在海南，“忧患之余”，他曾到天庆观去“探灵签”，“以决余生之祸福吉凶”。[⑧]可见，豁达开朗如东坡者，在现实面前有时也是不能真正超脱的。

《东坡志林》中所反映的苏轼的人生态度，是复杂而充满矛盾的。他豁达超脱，置生死祸福于度外，冲和淡泊，超逸绝尘，飘飘然似有仙气，所以人称他为“坡仙”。但他又毕竟是现实中人，并不是灵界中真正的神仙。他善排解，但排解本身就是人世尘海中的一种挣扎。纵使他能出诸嬉笑欢乐，却仍处处留着怨苦伤痛的暗痕。他借以排解的思想武器有时实在很不高明，其中甚至包含一些相当愚昧落后的东西。

---

① 卷一。

② 《东坡续集》卷十一《与王庠书》。

③ 卷一《退之平生多得谤誉》，卷二《东坡升仙》。

④ 卷一《马梦得同岁》。

⑤ 卷二《僧伽何国人》。

⑥ 《东坡续集》卷十一《与王庠书》。

⑦ 卷一《人生自有定分》。

⑧ 卷三《信道智法说》。

在这种时候，我们看到聪明睿智的东坡先生竟显得是那样的荒唐可笑。

在中国文学史上，苏轼是一位个性鲜明的作家，又是一位具有独特风格的作家。他自论其文云："大略如行云流水，初无定质，但常行于所当行，常止于不可不止，文理自然，姿态横生。"[1]《东坡志林》中随手所记、任性而发的文字，恰如"山川之有云雾，草木之有华实，充满勃郁而见于外"，是"不能不为"[2]之文，是天成、偶得，见真性情、出真境界之文，最能体现上述的风格特色。在叙写上，手法之曲直，篇幅之短长，无不得之自然。这正与他洒脱自由、不受拘碍的个性相一致。

《东坡志林》中的这些文字，多是苏轼信笔而书，既无意于自我表现，也无意于自我掩藏，只是极率真的自然流露。我们只觉得，无论记人、叙事、状物、写景，又无论议论品评，述感抒怀，好像处处并无东坡，却又无处不见东坡，见他的思想、性格、胸怀、气度、才情、德操，见他这个人。笔记之文，零零碎碎，一鳞半爪，不成体系。然而读其文，想见其为人，既见其大，亦见其小；既见其高洁，亦见其浅俗。总之，我们从《东坡志林》中看到的，是一个活跃着生命的真实的东坡先生。

---

① 《经进东坡文集事略》卷四十六《答谢民师书》。

② 《经进东坡文集事略》卷五十六《江行唱和集叙》。

爱国诗人陆游

一首小诗展现了一个伟大的灵魂。许多人都是在刚刚接触中国古典诗歌的童蒙时期，就读到陆游这首传诵千古的《示儿》诗的：

> 死去元知万事空，但悲不见九州同。
> 王师北定中原日，家祭无忘告乃翁。

这不是一个普通的父亲临终时对儿子的嘱咐，而是一个伟大的爱国者的心声。它启迪和教育了一代又一代的炎黄子孙用生命去热爱自己的祖国。

中国古典诗歌具有悠久的爱国主义传统。在我们回顾这一历史传统的时候，南宋时期伟大的爱国诗人陆游是一个光辉的名字。他的数量众多的爱国诗歌表现了高昂的战斗意志，勇于献身的精神和对祖国深挚热烈的爱，也表现了由具体的时代条件所造成的深广的忧愤。陆游的爱国诗歌不但是一份珍贵的文学遗产，同时也是一份珍贵的思想遗产。

陆游，字务观，号放翁，越州山阴（今浙江绍兴）人，生于宋徽宗宣和七年（1125）。他出身于一个有文化教养的官僚家庭。祖父陆佃会作诗，是北宋著名文学家王安石的学生。父亲陆宰官至直秘阁，是一个藏书家兼学者。陆游从小爱好读书，家庭环境又为他的学习创造了很好的条件，他曾在诗中回忆说："我生学语即耽书，万卷纵横眼欲枯。"（《解嘲》）他的家庭不只使他自幼得到很好的文化教养，而且受到很好的爱国主义教育。跟他父亲来往的多是当时一些主张抗金的爱国之士。当陆游还是孩子的时候，就经常看到爱国的士大夫们在谈及国事时那种"裂眦嚼齿""流涕痛哭"的情景和"人人自期以杀身翊戴王室"的决心。（《跋傅给事帖》）在陆游 20 岁时，坚决抗金的主战派重要人物李光被罢归乡，常到陆游家去与其父

“剧谈终日”，提到当朝的投降派时，每“愤激慷慨，形于色辞”。时过三十年，陆游还能清楚地记忆起他“目如炬，声如钟，其英伟刚毅之气，使人兴起”的动人形象。(《跋李庄简公家书》)

陆游生活在一个民族矛盾尖锐的时代，国家正面临沦亡的威胁。他出生的1125年，北方日益强大的金灭辽，而后大举侵入中原；两年以后，中原丧失，徽、钦二帝被虏，北宋亡，是为历史上著名的靖康之耻。陆游儿时即身历离乱，他在《三山杜门作歌》中说：“我生学步逢丧乱，家在中原厌奔窜。”这样的经历，使他对由于外族统治者的侵扰、压迫所造成的人民的苦难生活，有比较深切的感受。就是在这样的时代生活和家庭环境的土壤里，产生了陆游反对民族压迫、渴望统一祖国的爱国主义思想，20岁时即立下了“上马击狂胡，下马草军书”(《观大散关图有感》)的雄心壮志。

陆游本想通过科举考试，登上政治舞台，以实现自己抗金救国的伟大抱负。由于南宋封建统治者的腐朽，投降派当政，他虽然前后做官近三十年，但中间四次遭受罢黜，仕途很不顺利，雄心壮志一直不得实现。

绍兴二十三年(1153)，29岁的陆游到临安赴试，被考官两浙转运使陈子茂擢为第一，但由于“喜论恢复”，又得罪了奸相秦桧，次年赴礼部试时被黜。以后他被荐入京，补敕令所删定官，又改任枢密院编修官，曾向皇帝提出了不少励精图治的建议。但不仅不被采纳，反而招致当权派的憎恶，被罢职归乡。宋孝宗即位以后，起用抗战派，陆游被赐进士出身，任圣政所检讨官，又积极提出一系列抗金复国的政治和军事主张。但不久即被排斥，贬为镇江府(今江苏镇江市)通判，一年以后又调隆兴府(今江西南昌市)通判。因支持张浚抗金，在北伐失败后又遭到投降派的打击，以“交结台谏，鼓唱是非，力说张浚用兵”的罪名，于乾道二年(1166)被罢官还乡。家居五年，“儿女忽其满前，藜藿至于并日”(《通判夔州谢政府启》)，生活是非常穷困的。朝廷哀矜其生活窘迫，任命他做夔州(今重庆奉节县)通判。他在《投梁参政》诗中，有“残年走巴峡，辛苦为斗米”的感叹。1170年入蜀赴任，沿江而上，经江苏、安徽、江西、湖北，穿三峡而入蜀境，历时六个月。“道路半年行不尽，江山万里看无穷。”(《水亭有怀》)一路上名山大川，古迹胜景，民情风俗，开阔了诗人的眼界，激发了他的诗情。他写了《入蜀记》六卷，记述沿途的见闻和感受。但这个为糊口而谋得的闲职，并不能实现他舍身报国的雄心壮志，他仍然热切地向往着沙场杀敌的战斗生活：“但忧死无闻，功不挂青史。……复毡草

军书，不畏寒堕指！”（《投梁参政》）

不久，陆游得到了一次施展自己抱负的机会。1172年，四川宣抚使王炎辟陆游为幕僚，任干办公事兼检法官，襄赞军务。诗人从夔州至南郑（今陕西汉中一带），在抗金前线过了一段意气风发的军中生活。“铁衣卧枕戈，睡觉身满霜。”（《鹅湖夜坐书怀》）火热的战地生活，前线抗敌军民的爱国热情，大大地开拓了诗人诗歌的境界，激发他唱出高昂豪迈的调子。他在总结自己的创作道路时，曾满怀深情地说这段生活使他领悟到了“诗家三昧”。（《九月一日夜，读诗稿有感，走笔作歌》）他决心大展宏图，向王炎提出“经略中原，必自长安始；取长安，必自陇右始。当积粟练兵，有衅则攻，无则守”的积极建议。但仅仅半年时间，王炎便调离川陕，陆游也随之改任成都安抚司参议官。“渭水岐山不出兵，却携琴剑锦官城。”（《即事》）诗人怀着壮志难伸的满腔悲愤，离南郑到成都赴任。以后相继在四川的蜀州（今崇州市）、嘉州（今乐山市）、荣州（今荣县）等地供职。虽然很不得志，但仍然时时注意军事训练，准备一旦有机会就投身北伐。在嘉州时，他曾身着戎衣，亲自主持秋操检阅。

1175年，范成大帅蜀，陆游被邀任参议官。他虽为僚属，但与范“以文字交”，友情甚笃。他常“脱巾漉酒，拄笏看山”，过一种借酒浇愁，放浪不羁的生活，被人讥为“不拘礼法，恃酒颓放”。他因此而自号“放翁”。他身任闲职，以诗酒度日，却并未忘怀国事：“平生嗜酒不为味，聊欲醉中遗万事。酒醒客散独凄然，枕上屡挥忧国泪。”（《送范舍人还朝》）

1178年，宋孝宗召他赴临安，诗人于是东归，先后在福建、江西、浙江等地任地方官。1180年，江西遭水灾，陆游在抚州任江西常平使事，以舟载米赈济灾民，却又因此以“擅权”的罪名被罢职。1181年家居山阴，他满腔悲愤地在诗中写道：“少携一剑行天下，晚落空村学灌园！”（《灌园》）1186年夏被起用为严州（今浙江建德市）知府。孝宗召见时对他说：“严陵山水胜处，职事之暇，可以赋咏自适。”意思很明显，就是有意让他放情山水。即使在这种情况下，诗人仍然不忘恢复中原，为统一祖国而献身。在严州任上，他将历年所作诗严加删汰，编为诗稿二十卷，计二千五百余首，为了纪念难忘的蜀中生活，题为《剑南诗稿》。

1188年，除军器少监。1189年，除朝议大夫礼部郎中。他于是又向皇帝提出了“修缮兵备，搜拔人才”以及轻赋救民等建议。但不久，却又以“嘲咏风月”的莫须有罪名被免职。他因此以“风月”二字名所居小轩，且作绝句明志，表现了他愤怒的心情和反抗的态度。

1190年陆游退居山阴，直到1210年辞世为止，其间除了一年左右入都主修孝宗、光宗两朝实录以外，二十年都是在山阴故里度过的。种花、饮酒、读书、赋诗、闲游，过着一种恬淡的田园生活。他“身杂老农间”，跟劳动人民结下了深厚的情谊。他生活贫困，常至“炊米不继”，但却安于贫贱，足迹不到权门。在这种贫病衰老的困境中，陆游仍然忧国忧民，时刻关心着祖国的统一。84岁高龄时所作的《自贻》诗云：“退士愤骄虏，闲人忧旱年。耄期身未病，贫困气犹全！”自称“退士”“闲人”，其实是身退而心未退，人闲而志不闲。他在与“牧竖樵夫日往还”的生活中，思想感情逐渐与他们接近、相通。他曾说：“耿耿一寸心，思与穷友论。”（《村饮示邻曲》）耿耿丹心，对当朝的权贵们不能自剖以明，找不到知音，这两句诗包含着诗人无限的悲愤。但另一方面，他毕竟在下层人民中找到了可以倾心相谈的朋友，诗中也隐隐地透出一种欣慰之情。令人遗憾的是，诗人虽然活了86岁，但他始终未能实现自己的报国之志，也没有能亲眼看到祖国实现统一。他在写出那首本文开头提到的绝笔之作《示儿》以后，于1210年1月26日与世长辞。

陆游一生创作繁富，今存《剑南诗稿》八十五卷，《逸稿》二卷，《渭南文集》五十卷（包括词二卷，《入蜀记》六卷，《天彭牡丹谱》一卷）。1976年中华书局汇编为《陆游集》点校出版。另有《南唐书》十八卷，《老学庵笔记》十卷，别行于世。陆游诗、文、词兼擅，以诗的数量最多（今存九千三百多首），成就也最高。

陆游的诗，可以分为三个时期：第一期，从少年时期至1170年入蜀以前（1166年以前的诗，诗人自编诗稿时大半删汰，故所存甚少）；第二期，自入蜀、东归至1190年罢居乡里；第三期归居山阴，至1210年去世。清人赵翼论放翁诗，认为凡历三变，略谓：初境“穷极工巧”，从戎巴蜀后变为“宏肆”，晚年则造“平淡”。（见《瓯北诗话》卷六）这与陆游本人在《九月一日夜读诗稿有感走笔作歌》《示子遹》等诗中的自述，大体相符。

“忧国孤臣泪，平胡壮士心”（《新春》）是陆游爱国诗篇最突出的内容。诗人一直渴望着横戈跃马、报国立功，不少诗歌直接抒发这种雄心壮志和投入战斗的强烈愿望。如“平生万里心，执戈王前驱。战死士所有，耻复守妻孥。”（《夜读兵书》）“逆胡未灭心未平，孤剑床头铿有声。”（《三月十七日夜醉中作》）即使到了老病在家的晚年，仍时时准备为恢复中原而投身战斗。如为大家熟知的“僵卧孤村不自哀，尚思为国戍轮台。夜阑卧听风吹雨，铁马冰河入梦来。”（《十一月四日风雨大作》）

“中原蝗旱胡运衰，王师北伐方传诏。一闻战鼓意气生，犹能为国平燕赵。”（《老马行》）“沦陷七十年，北首增惨怆；犹期垂老眼，一睹天下壮！”（《秋怀》十首其十）

由于投降派的阻挠，驰骋疆场的壮志始终不得伸展，因而诗人常常只能在想象和梦境中来实现杀敌报国的理想。如《观大散关图有感》《出塞曲》《战城南》《五月十一日夜且半，梦从大驾亲征，尽复汉唐故地，见城邑人物繁丽，云：西凉府也。喜甚，马上作长句，未终篇而觉，乃足成之》等。然而梦境毕竟不是现实，诗中抒写得更多的是壮志难酬的满腔悲愤。《晓叹》有句云：“容身有禄愧满颜，灭贼无期泪纵横。未闻含桃荐宗庙，至今铜驼没荆棘。……安得扬鞭出散关，下令一变旌旗色。”《书愤》有句云：“塞上长城空自许，镜中衰鬓已先斑。《出师》一表真名世，千载谁堪伯仲间？”他如《金错刀行》《对酒叹》《楼上醉歌》《题醉中所作草书卷后》《夜读东京记》《寒夜歌》《陇头水》等等，也都写得十分沉痛。他有时又通过凭吊古人和歌颂当代的抗金将领，来寄托自己的爱国热情。如《楚城》《屈平庙》《游诸葛武侯书台》《草堂拜少陵遗像》《秋风亭拜寇莱公遗像》《感事》《送辛幼安殿撰造朝》等。

对卖国求和、苟安享乐的投降派进行愤怒的谴责和揭露，是陆游爱国诗篇的一个重要内容。在《关山月》里，诗人愤怒地揭露：“和戎诏下十五年，将军不战空临边。朱门沉沉按歌舞，厩马肥死弓断弦！”《醉歌》云：“战马死槽枥，公卿守和约，穷边指淮肥，异域视京洛。于乎此何心，有酒吾忍酌！”在《感愤》一诗中，诗人将广大爱国志士报国无门、壮志难伸跟当权者屈辱投降的卖国政策联系起来，在对形势清醒的认识中，寄寓了他强烈的愤慨。

陆游一生志在沙场，本不愿做一个诗人，不得已而作诗，乃是为了表现抗金报国的一片丹心：“我死骨即朽，青史亦无名。此诗倘不作，丹心向谁明？”（《春夜读书感怀》）他对自己只能做一个诗人，而不能为国立功，战死沙场，是十分遗憾的。在《剑门道中遇微雨》一诗中，曾发出“此身合是诗人未？细雨骑驴入剑门”的感叹和自嘲。他不希望后人只将他看作一个诗人，而不将他看作一个战士，正如他不满意人们只将杜甫看作一个诗人，而看不到他是一位胸怀宽广的政治家：“后世但作诗人看，使我抚几空嗟咨！”（《读杜诗》）清末梁启超评论陆游说：“集中什九从军乐，亘古男儿一放翁！”又说：“辜负胸中十万兵，百无聊赖以诗鸣。”（《读陆放翁集》）这一评论，不仅深得诗人之心，而且是符合历史实际的。我们今天应该把陆游看作一个爱国志士、民族英雄，把他的诗篇看作进行爱国主义教育的历史教材，而不应该只视为一般的文学读物。

表现并同情人民的疾苦，是陆游诗歌另一方面的重要内容，它既反映了那个时代的民族矛盾，也反映了那个时代的阶级矛盾。《感兴》其二反映了人民在入侵者剽夺之下只能上告苍天的痛苦：“群胡本无政，剽夺常自如；民穷诉苍天，日夜思来苏。连年况枯旱，关辅尤空虚。”《秋夜将晓出篱门迎凉有感》表现了对沦陷区人民日夜渴望恢复的无限同情：“三万里河东入海，五千仞岳上摩天。遗民泪尽胡尘里，南望王师又一年！”《农家叹》《夜闻蟋蟀》《僧庐》等诗，揭露了统治阶级对人民的残酷剥削，以极大的同情描写了人民转死沟壑的惨状。在《作雪寒甚有赋》《岁暮感怀》等诗中，诗人揭露了“富家役千奴，贫老无寸帛”的不合理现象。在《秋获歌》《秋赛》《书叹》等诗中，诗人对统治者“苛取”“豪夺”的残暴行为表示了极大的愤怒。

陆游诗歌的题材是丰富多彩的。广泛地多方面地描写了生活，表现了诗人对祖国河山和生活的热爱。赵翼说他“凡一草一木，一鱼一鸟，无不剪裁入诗”（《瓯北诗话》卷六）。《游山西村》写山重水复、柳暗花明的山阴乡景；《临安春雨初霁》写南方诱人的春天气息；《秋怀》《春晚即事》等写山阴农村色彩明丽的农家生活，都写得饱含诗意而富于情味。陆游一生爱梅，曾有“何方可化身千亿？一树梅花一放翁”（《梅花绝句》）的奇想。集中咏梅诗，大多托物写志，表现他坚贞的气节和高洁的品格。他追忆前妻唐婉的《沈园》，写得深沉哀惋，历来为人传诵。

陆游有较浓厚的忠君思想，报国和效忠紧紧地结合在一起，将恢复中原的希望寄托在十分腐朽的最高统治者身上。如“头颅自揣已可知，一死犹思报明主”（《闻虏乱有感》），“千年史策耻无名，一片丹心报天子”（《金错刀行》）。甚至因支持张浚北伐而被弹罢官，胸中无比愤怒，诗中却仍感激君恩：“少年论兵实狂妄，谏官劾奏当窜殛。不为孤囚死岭海，君恩如天岂终极？”（《晓叹》）晚年诗作中流露了不少消极情绪，他寄情诗酒，恬淡自适，确有隐退避世的一面：“日长似岁闲方觉，事大如天醉亦休。”（《秋思》）“百年细数半行路，万事不如长醉眠。”（《寓馆晚睡》）毋须讳言，这些都是陆游诗歌中的落后因素，但绝非主流；而且细细品味，不难发现闲适恬淡中也还含藏着难言的隐悲。

陆游的诗歌继承和发扬了古代诗歌的现实主义传统，同时又表现出浓厚的浪漫主义特色。由于陆诗丰富深厚的现实内容，真实地反映了时代生活和时代精神，故有人认为“剑南集可称诗史”（清褚人获《坚瓠集》）。一部分诗歌表现了飞动的气势，奇丽的想象，狂放不羁的性格，如《醉歌》《江楼吹笛饮酒大醉中作》《草书歌》等，风格接近于李白，故在当时即有“小李白”之称。陆游早年受江西诗派的影响，但不为其束缚，而是广泛地学习前人，又重视生活实践，故能熔铸成丰富多样的艺术风格。其中以豪迈宏肆为主，晚年写田园风光及闲适生活的诗，则平淡清新，比较接近陶渊明。形式上兼擅众体，尤以七律见长，沈德潜《说诗晬语》称其“对仗工整，使事熨帖”，“易处见工”，是其显著特色。

陆游的词和散文也取得了相当高的成就，但为其诗名所掩。词继承了婉约与豪放两方面的传统，前人说它“纤丽处似淮海，雄快处似东坡”（褚人获《坚瓠补集》）。陆游的散文学韩愈和曾巩，以结构整饬，语言洗练，平易晓畅为特色。用日记体写的《入蜀记》，文情并茂，议论风生，是优美动人的游记小品。

刘基和他的《郁离子》

一个时代有一个时代的文学特色。与唐诗、宋词、元曲并称的，明清时代是以正统文人目为不登大雅之堂的小说戏曲为特色的。明代小说戏曲繁荣而正统诗文衰落，这可以说是文学史界的共识。这种基本倾向的估计诚然是不错的。不过明代诗文的创作总量还是很可观的，作为一笔文学遗产，仍然值得我们认真整理和研究，给予实事求是的评价，并从中吸取和继承有益的东西。正如明代后七子之一的王世贞所说："代不能废人，人不能废篇，篇不能废句。"（《宋诗选序》）文学史上号称为"明初三大家"之一的刘基，就是有明一代诗文作家中不能被忽略、更不能被废弃的作家之一。

刘基（1311–1375），字伯温，浙江青田人。元末明初文学家，同时又是一位政治家和军事家。他于元末及进士第，曾任江西高安县丞。史载他做官清正廉直，发奸挞伏，不避强暴，执政严而有惠爱，治下的百姓将他视为慈父。后又曾任江浙儒学提举，行省考试官。因受当权者的轻视、排斥，愤而弃官归乡里，隐居青田山中，读书著文。

朱元璋起事，刘基被征用。他一见面就向朱元璋进时务十八策，提出治国平天下的方略，受到朱元璋的重视。他和宋濂同为明代的开国功臣。宋濂是文臣，刘基则是文武双全。《明史》里称他"雄迈有奇气"，"优军中谋议"（《宋濂传》）。在他的辅佐下，朱元璋先后招降了方国珍，平定了陈友谅、张士诚，实现了全国的统一，建立了明政权。因此朱元璋十分敬重他，常称他为"老先生"而不呼其名；又常对人说："伯温，吾子房也。"把他视作辅佐汉高祖刘邦定天下的功臣张良。授太史令，累迁御史中丞，后授弘文馆学士。明初许多典章制度、政策法令，都是由他和宋濂等人议定的。朱元璋大封功臣，授刘基开国翊运守正文臣，封诚意伯。后辞官退居乡里，病中遭胡惟庸陷害而死。明武宗正德九年（1514），追谥文成，赐诰称："渡江策士无双，开国文臣第一。”

在封建时代，刘基算得上一个正直而又有眼光的政治家。他在政治上和文学上都得到明代人的称颂。杨守陈称他“树开国之勋业而兼传世之文章”（《重锓诚意伯文集序》）。李贽称他：“勋业造邦，文章传世，可谓千古人豪。”（《续藏书》卷二）在文学上，刘基诗文兼长。《明史》本传说他的文章“气昌而奇，与宋濂并为一代义宗”。而他自己在明太祖面前论当时文章，则推宋濂为第　，而自拟为第二。他的散文写得具有特色而对当时和后世有影响的，是形象性比较强的寓言和杂文。这里着重谈谈他的一部散文集《郁离子》。

《郁离子》写于元末，是一部具有独特风格的散文集。全书主要通过寓言故事或直接发议论，来表现他对社会政治问题的认识。眼光敏锐，写得犀利泼辣，富于形象性，以今天的眼光来看，可称得上是一部杂文集。

全书18章，195节，章有题，节无目。这是通行本，另有一种版本分为上下两卷，182条，每条都有标题。他的学生徐一夔在《郁离子序》中谈到这部书的作意时说：

> 《郁离子》者，诚意伯刘公在元季时所著之书也。……年二十已登进士第，有志于尊王庇民……而公锐欲以功业自见，累建大议，皆匡时之长策。而当国者乐因循而悦苟且，抑而不行。公遂弃官，屏居青田山中，发愤著书，此《郁离子》之所以著也。

这说明这部书寄寓了作者的“尊王庇民”之志，其中确实有不少篇总结了历代统治阶级的政治经验，提出了“匡时之长策”。

郁离子是书中假托的一个人名，或谓是作者自指，文中常通过郁离子与别人对话或直接发表议论来表现他对时政的看法，内容广泛地涉及到政治、教化、风俗、人情等社会问题。“郁离子”的取名也是含有寓意的：“郁”是“郁郁乎文哉”的“郁”，即有文采的意思；“离”为火，即光明的意思。联系起来，文采光明就是象征“盛世文明之治”。以此为书名，暗示了这样的意思：按照他在书中提出的方略办法，就可以改良社会，实现文明之治。因此这是一部政治家的散文集，现实性和政治色彩都是十分强烈的。

关于这本书的内容，徐序说：“本乎仁义道德之懿，明乎吉凶祸福之几，审乎古今成败得失之迹，大概矫元室之弊，有激而言也。牢笼万汇，洞释群疑，辨博奇诡，巧于比喻，而不失乎正。”也就是说，他是用儒家仁义道德的观念，矫正元末政治的弊端，以实现古代尧舜禹汤那样清明隆盛的理想社会。他的议论讽刺，都是有所感而发，既有强烈的现实针对性，又有丰富的历史内容，具有普遍性和典型意义。不少篇章出言愤激，例古证今，洋溢着作者满腔的政治热情，含寓着对时政和民生的深切关怀。

书中有不少篇是为统治阶级总结经验教训，探索统治人民的方法的。但由于作者了解现实情况，对现实政治黑暗腐败怀着愤懑，又具有敏锐的政治眼光，看问题既尖锐又准确，能深中肯綮，又同情人民，因而表现了较强的思想性，有不少篇即使在今天仍具有一定的启发意义。

全书大略可以分为以下几类：

其一是宣扬儒家仁政德治的政治理想，表现了对人民的同情。如《灵丘丈人》章第一篇《养蜂者》（小节的题目为笔者据首句所拟，下同），将统治阶级对人民的剥削比喻为养蜂取蜜，文章着眼于养和取的关系，认为应该使蜂得到较好的生养繁殖的条件，它们才能产蜜；而取蜜也应当有节制，“分其赢而已矣，不竭其力也。于是故者安，新者息，丈人不出户而收其利”。篇末借陶朱公之口叹曰：“噫！二三子识之，为国有民者，可以鉴矣！”又如同章第八篇《楚王好安陵君》，通过安陵君和景睢的故事，说明“志利而忘民，危之道也”。反过来说，意思即利民才是安国之道。这是地主阶级政治家中有政治远见的观点，目的当然是为巩固封建统治服务的，但对老百姓有好处，故事本身对统治阶级利己而不顾百姓死活的罪恶本质也揭露得很深刻。又如《天地之盗》章第五篇《郁离子谓艾大夫曰》，通篇都是郁离子对艾大夫发的议论，认为以力毒人而人不言怨是很危险的，因为“怨不在口而在腹也。诗云：‘中心藏之，何日忘之。’若药之在炮，未有火以发之也”。因此作者认为要使人民怀德，而不要使人民畏威，这才是治民之道。这也是儒家德治仁政的政治理想。

其二是着重在揭露统治者的罪恶，其目的同样是为统治者总结经验教训，向他们提出鉴戒。例如《瞽聩》章第七篇《狙公饿死》，说楚人有养狙为生者，每天都命令老狙率领众狙到山中摘取草木之实，百分之九十以上都要贡献给他，有不给的就加以鞭笞，众狙皆畏而不敢反抗。有一天一个小狙突然提出一个问题：山上的果子又不是那个人种的，谁都可以摘，为什么我们一定要依靠他而为他服劳役呢？话未说完，众狙一下子都醒悟了，于是造反，破栅毁柙把积存的果子全部取走，相携逃到山林中去，最后那位狙公被活活地饿死了。郁离子在篇末感叹说：世间有统治人民而不讲道义法度者，不就跟狙公一样吗？这个寓言故事生动地总结了统治人民的经验教训，深刻地触及到了建立在剥削关系基础上的封建社会阶级对立的本质，在客观上揭示出封建时代农民起义的原因。《灵丘丈人》章第九篇《卫懿公怒弥子瑕》，借一个生动的故事，将君臣之间的关系比喻为人与狗的关系，这样的揭露是真实而深刻的。

其三是一些哲理故事，在思想上给人以深刻的启发。如《天地之盗》章第七篇《虎用力人用智》，阐发了一个富于启发意义的道理：人力不如虎而智过之，人若用智用物（工具），就会战胜力倍于人而又有利爪的老虎。因此要善于用智，也要善于用物（工具），因为“力之用一而智之用百；爪牙之用各一而物之用百”。老虎以一敌百，所以常败于人。作为人而只知用力不知用智，只知自用（爪牙之类的天然条件）而不知用物者，就跟虎没有区别了。从日常现象中发掘出深刻的道理，比喻贴切，语言精警，在饶有兴味中给人以启迪。又如《省敌》章第四篇《九头鸟》，说有一种鸟一身而九头，得到食物时九张口各不相让，互相争夺，以致“洒血飞毛”，“九头皆伤”，而“食不得咽”。“海凫观而笑之曰：‘而胡不思九口之食同归于一腹乎？’”这个寓言是讽刺那些不从根本利益上考虑问题，目光短浅，只看到表面现象，没有从全局出发而互相争夺的人们的。《枸橼》章第十九篇《赵人患鼠》也是在生动有趣的故事中给人以深刻的启发的。故事讲有一个人因鼠患而乞来一只猫，猫善捕鼠，同时也吃鸡。不久，鼠患没有了，但鸡也被它吃光了。儿子要求父亲把猫赶走，父亲不同意，讲了一番道理：我们家的祸患在有老鼠而不在无鸡，老鼠在家里窃食、毁衣、穿墙、伤器，严重到使人受饥寒；而无鸡，则不过不吃鸡肉罢了，比之受饥挨冻来说还差得很远呢！父子间的争论，作者于篇中没有作出谁是谁非的结论，而让读者自己去思考判断。这个隽永有味的寓言故事，含蓄地告诉人们，凡事要权衡利弊得失，要抓住主要矛盾，一切事物都不可能十全十美，有百利而无一弊。这种观点表现出一种朴素的辩证思想。

这一类包含着哲理性的文章，大多通过生动有趣的寓言故事或贴切的比喻来说理，隽永含蓄，耐人寻味，极富幽默感和启发性。

《郁离子》作为一部杂文集，在艺术上也具有我们现代所称为杂文的一些基本特色：短小精悍，生动活泼，幽默讽刺，机趣横生，说理透辟，明快犀利。短的几十字、一百多字，长的也不过二三百、三四百字，很少超过千字的。一段集中讲一个道理，或托意寓言，或巧设譬喻，由表及里，以浅喻深，道理讲得深刻透辟，能切中要害，读起来使人感到兴趣盎然，毫不吃力。在具体表现手法上也是多种多样的，往往将议论、叙事、抒情很好地结合到一起。

刘基其他的叙事散文和诗歌也有可读的作品，但最有特色也最有影响的还是他这类叙议结合、丰富多彩的杂文，尤其是这部深寓讽世之意的《郁离子》。

尚真的文学观与明代民歌

历代诗人大多从《诗经》国风和汉乐府民歌中汲取营养，这有力地促进了中国古典诗歌现实主义传统的形成；但另一方面，却很少有人瞩目于自己同时代的民歌，更很少有人动手去搜集整理。因而，在文人文学消长嬗变的同时，在广大的民间总是有无数不知名的诗人在那里吟唱生活的欢乐和痛苦，尽管其中不乏闪光的艺术珍品，却往往自生自灭，随着时间的流逝而湮没无闻。这真是一个令人痛惜的巨大损失。但是到了晚明时期，情况有了很大的变化。相当不少的文人作家十分重视俚俗民歌，不仅给予极为崇高的评价，而且进行搜集整理，为我们保留了数量可观的明代民歌这一笔弥足珍贵的文学财富。

陈宏绪《寒夜录》引卓人月《古今词统序》说："我明诗让唐，词让宋，曲又让元，庶几'吴歌'、[挂枝儿]、[罗江怨]、[打枣竿]、[银绞丝]之类，为我明一绝耳。"陈宏绪在引此语后说："此言大有识见。明人独创之艺，为前人所无者，只此小曲耳。"卓人月的话不免夸张，但由此可以看出当时民歌在文人心目中的地位。明代民歌的繁荣和被搜集保存下来，跟明中叶以后进步的社会思潮和尚真的文学观是密不可分的。

随着手工业和商业的发展，城市经济繁荣，在封建经济内部产生了资本主义生产关系的萌芽，反映在思想领域内就是以王学左派为代表的反理学进步思潮的出现。他们强调"人欲"的合理，维护人的自然本性的种种要求，强烈批判、反对理学和封建礼教对人性的桎梏与摧残。李贽是当时最激进、最杰出的代表，他以人的自然情性去否定道学家所鼓吹的理，这种思想表现在文学上就是尚真。李贽有一篇《童心说》，在当时和后代都产生了很大的影响。他说："夫童心者，绝假纯真，最初一念之本心也。若失却童心，便失却真心；失却真心，便失却真人。"他认为一切真正的美的文学，都是真人表现真心的文学。所以他又说："天下之至文，未有不出于童心焉者也。”他认为发诸真情的就是至文。李开先就是从情真这一点来肯定《诗经》中的民歌的，他在《词谑·论时调》中说：“如十五国风，出诸里巷妇女之口者，情词婉曲，有（自）非后世诗人墨客操觚染翰刻骨流血所能及者，以其真也。”“公安派”的文论以“独抒性灵，不拘格套”为旗帜，其立足点也是尚真。袁宏道在《序小修诗》中说：

> 且夫天下之物，孤行则必不可无；必不可无，虽欲废焉而不能。雷同则可以不有，可以不有，则虽欲存焉而不能。故吾今之诗文不传矣。其万一传者，或今闾阎妇人孺子所唱《擘破玉》《打草竿》之类，犹是无闻无识真人所作，故多真声。

在他看来，只有“任性而发”的“真声”，才有存在的价值和意义，才有流传于后世的生命力；而产生于里巷的民歌，便是这种表现了喜怒哀乐真情的真声。

尚真的文学思想不仅仅是针对窒息和扼杀人欲的理学的，也是针对前后七子的复古主义的。“文必秦汉，诗必盛唐”，亦步亦趋，如优孟衣冠，没有自己的真性情、真面目，当然是一种没有生命的作假的文学。正当在复古主义文学思潮泛滥下，正统诗文死气沉沉、奄奄一息之时，里巷民歌却生机勃勃地崛起于底层，令倡导“童心”、崇尚“真情”的作家们大为惊喜，他们如获至宝，热情地加以赞扬，并进而搜集整理。功绩卓著的是著名的通俗文学作家冯梦龙（一署墨憨斋主人），他搜集编选的两部民歌集《挂枝儿》（全名为《情痴一弄·挂枝儿》）和《山歌》（全名为《情痴二弄·山歌》）保存了明代民歌最丰富的资料。

冯梦龙正是从尚真的文学观点出发去编选和评价民歌的。他的《山歌叙》跟李贽的《童心说》一样，都是主张真情的文学思想的代表作。他在《叙》中说：“但有假诗文，无假山歌，则以山歌不与诗文争名，故不屑假，而吾借以存真，不亦可乎？”“存真”的目的是什么呢？他宣称是“借男女之真情，发名教之伪药”。这两句话表现了这位进步的民间文学专家反理学的思想锋芒。他在所编选的民歌中，常附有简短的评语，时时处处都表露出崇尚真情的文学思想。例如在《挂枝儿》卷一“私部”《调情》后评云：“亦真。以上二篇毫无奇思，然婉如口语，却是天地间自然之文，何必胭脂涂牡丹也。”在卷四“别部”《送别》后评云：“最浅，最俚，亦最真。”

冯氏所编选的《挂枝儿》和《山歌》是明代两部最重要的民歌集子。《挂枝儿》十卷，共收民歌435首。卷各一部，计有“私”“欢”“想”“别”“隙”“怨”“感”“咏”“谑”“杂”十部。《山歌》十卷，收民歌345首。卷一至卷四为“私情四句”，卷五为“杂歌四句”，卷六为“咏物四句”（借风、花、砚、笔等以写男女风情），卷七为“私情杂体”，卷八为“私情长歌”，卷九为“杂咏长歌”，卷十为“桐城时兴歌”。《山歌》所收以吴歌为主，主要是吴中（苏州）民歌，也有少数浙江民歌和安徽民歌。卷一至卷七以及卷十都是徒歌，八、九两卷长歌为乐歌，是合乐歌唱的，有的甚至曲白间用。《挂枝儿》和《山歌》里间有文人拟作，但主要是民间无名氏的创作。

此外还有成化年间金台鲁氏刊行的《新编四季五更驻云飞》《新编题西厢记咏十二月赛驻云飞》《新编太平时赛赛驻云飞》《新编寡妇烈女诗曲》四种，都采用《驻云飞》曲调。在一些曲选如《盛世新声》《词林摘艳》《雍熙乐府》和《玉谷调簧》等书中也选入了一些民间小曲。以上各种合计约在千首左右，这是一个十分可观的数字。

明代民歌的内容绝大部分是歌唱男女爱情的，只有少数涉及到其他社会生活。这一方面跟由城市经济的繁荣而带来的市民阶层的壮大和活跃有关。市民阶层的思想意识要求通过文学形式得到表现，这种通俗的民歌，短小生动，任性而发，脱口而出，既适合于表现他们的思想感情（特别是跟封建礼教相矛盾的爱情要求），又能满足他们精神文化生活的需要。因此这些民歌主要在城镇市民阶层中产生和传唱，有不少甚至出自歌妓之口。另一方面当然也跟搜集编选者“借男女之真情，发名教之伪药”的指导思想有关，他们求真的眼光，特别注目于在封建桎梏中发出的爱情的呼喊，因而很可能忽略和筛汰了其他方面的题材内容。

在封建礼教的严酷统治下，青年男女的爱情婚姻不自由，不合理，怯懦者就成了牺牲品，勇敢者则起来反抗，因而明代民歌写男女私情的特别多。《山歌》卷一到卷四就题为“私情四句”，有的甚至题目就直写作《偷》。写男女情爱，写得很大胆，很热烈，足令当时和后世的道学先生们目瞪口呆。当然其中也夹杂了一些格调不高、较为庸俗的描写，但多数并非如此，而是对理学统治的大胆的挑战。

有一类是反对不合理的婚姻制度，要求自由地选择对象，大胆热烈地追求真挚的爱情。例如[驻云飞]《富贵荣华》：“富贵荣华，奴奴身躯错配他。有色金银价（意思是长得漂亮就跟金银一样值钱），惹的旁人骂。嗏，红粉牡丹花，绿叶青枝又被严霜打。便做僧尼不嫁他！”（无名氏《新编四季五更驻云飞》）这位美丽的姑娘有高洁的人生追求，她出身贫贱，却藐视荣华富贵；她要的是真挚纯洁的爱情，而坚决拒绝嫁给一个她所不爱的权贵。

有一首《分离》，这样唱道："要分离，除非是天做了地；要分离，除非是东做了西；要分离，除非是官做了吏。你要分时分不得我，我要离时离不得你。就死在黄泉也，做不得分离鬼。"（《挂枝儿》卷二"欢部"）这里表现出对爱情的坚贞信念，是生死决不分离的誓言。为什么要发誓而且表现得如此坚决呢？很显然，因为存在着要拆离他们的外来威胁。对爱情忠贞的另一面就对威胁和摧残这爱情的罪恶势力的抗议。

写偷情的民歌很多，请看下面这两首："结识私情弗要慌，捉着子奸情奴自去当。拼得到官双膝馒头跪子从实说，咬钉嚼铁我偷郎。"真是天不怕，地不怕，好汉做事好汉当。冯梦龙在此首后面批云："此姐大有义气。"岂此义气而已，还写出了一腔豪壮的胆气。写爱情而写出英雄本色，为文人诗歌中所罕见。"乞娘打子好心焦，写封情书寄在我郎标：有舍徒流、迁配、碎剐、凌迟，天大罪名阿奴自去认，教郎千万再来遭！"封建时代一切残暴的酷刑，都不能阻止她对爱情的追求，都不能动摇她和情人相会的决心。这样的"偷情"，偷得光明磊落，理直气壮，无所畏惧。这就绝然不同于一般偷香窃玉的污秽行径，而表现了对不合理的婚姻制度的强烈反抗。我们于字里行间，只感觉得主人公的勇敢、热情、刚强，不能不为她们对爱情的执著追求和坚决的反抗精神所感动。

另一类是反对男子在爱情婚姻上朝三暮四的不严肃的态度，要求爱情的忠贞、专一，对负心男子表示出强烈的斥责和怨恨。例如：《灯笼》："一对灯笼街上行，一个昏来一个明。情哥莫学类笼千个眼，只学蜡烛一条心。二人相交要长情。"（《山歌》卷十"桐城时兴歌"）这还只是以规劝的语气表达自己的愿望。一旦遭弃，便发出怨恨之声。怨恨不足以表达出胸中的愤懑，又进而发为强烈的控诉和谴责。如《告诉》：

> 告诉你爹，这薄幸子一定不忠不孝；告诉你友，这薄幸人休要相交；告诉你妻，这薄幸夫也须留心防着。告诉普天下掌祸福的神灵听：这样薄幸贼莫饶恕。再告诉他日做墓志的官人也，莫把他薄幸名儿除掉了。（《挂枝儿》卷六"怨部"）

当她发现自己受骗上当以后，不是忍辱含羞，背地里偷偷哭泣，而是告诉他的亲人朋友以及普天下所有的人，这家伙不是个好东西！不仅要让他活着时无立足做人之地，而且死后也要受到鬼神的责罚，在墓志里也要写上一笔，使他骂名永存。这里感情的表达是何等的鲜明泼辣，痛快淋漓，锋芒毕露。天下薄幸男子都该来读读这首民歌，引以为戒。然而爱和恨是相反相成的，因为爱得深，才恨得切，我们从斥责怨恨声中听出了痴情女子火一样的热情。

再有一类，数量比较多的，是抒发爱情生活中的各种感受，特别是表现那种在各种特定情境下复杂微妙的心理状态。你看，约会时等待的心情是多么的急切："栀子花开六瓣头，情哥郎约我黄昏头。日长遥遥难得过，双手扳窗看日头。"（《山歌》卷一"私情四句"《等》）末句最有意味，从扳窗看日头的动作，出神入化地表现出主人公急不可耐的心情。还有一首《月上》："约郎约到月上时，那个月上子山头弗见渠。咦弗知奴处山低月上得早，咦弗知郎处山高月上得迟？"（《山歌》卷一"私情四句"）月上山头，相约的时候到了，情人却不见来，她的推想、解释，天真得近于荒唐，然而唯其如此，就越发显得情真意切。此首的妙处在于婉曲中见深情。她是不相信自己的心上人会失约的，所以才有那样情意深长的奇想，而在失望中正好表现出她热切的期待。

还有一首《错认》，也是极隽永有味的：

> 月儿高，望不见我的乖亲到。猛望见窗儿外，花枝影乱摇，低声似指我的名儿叫。双手推窗看，原来是狂风摆花梢。喜变做羞来也，羞又变做恼。（《挂枝儿》卷一"私部"）

因为期待的急切，便产生了错觉；在证实了情人并没有来，只是自己的错觉以后，主人公内心思想感情的变化是急速而又复杂微妙的：由喜悦而娇羞，又由娇羞而微恼。末二句冯梦龙评为"描神"，确是惟妙惟肖地写出了主人公的神态、感情及其发展。"恼"字尤值得玩味："恼"什么呢？既恼情人的晚到，亦恼"风摆花梢"的捉弄人，可就是不恼自己期望过切而产生的神经过敏。

爱情是甜蜜而又幸福的。但要用几句话把这种甜蜜幸福的感受表现出来，实非易事。看看这首《描真》，读起来令人销魂夺魄：

> 碧纱窗下描郎像。描一笔，画一笔，想着才郎。描不成，画不就，添惆怅。描只描你风流态，描只描你可意庞，描不出你温存也，停着笔儿想。(《挂枝儿》卷二“欢部”)

一个深情的姑娘在给自己的情人画像，对方风流可意的仪态容貌她都画出来了，然而她不满足：她不是要画出情人的模样，她是要画出情人对自己的一腔柔情蜜意。但是爱盛满于心间，哪里画得出来？于是她惆怅了，停下笔来，沉思、追想、捕捉，她在追寻和回味往日那爱情的甜蜜和幸福。她的惆怅是沉醉于爱情的甜蜜和幸福之中，想要将它表现出来却又无法表现而产生的一种特殊的心理。冯梦龙将这一首归入“欢部”而没有归入“怨部”，是很有眼光的。

相见时难别亦难。表现离别时的依恋之情，在明代民歌中也是很多的。看这首《鸡》：

> 五更鸡，叫得我心慌撩乱，枕边儿说几句离别言。一声声只怨着钦天监(封建时代掌管观察天象、推算历法的官署)：你做闰年并闰月，何不闰下了一更天！日儿里能长也，夜儿里这么样短。(《挂枝儿》卷七“感部”)

这一首构想奇妙，充满了一种天真烂漫的幽默感。因为不愿跟情人分离，便嫌日长夜短，这本是很普通的意思；妙在主人公能别出奇想，由历法中的闰年、闰月竟想到要闰更，由此而怨及推算历法的官吏。这也是十分天真荒唐的，而实际的艺术效果却是在极不近情理中把人物的内心活动写得惟妙惟肖，尽情尽理。

离别苦，别后相思更苦。不少民歌表现了那种“不茶还不饭，不痒又不疼”(《相思》)的刻骨相思。如《喷嚏》一首，题目就很奇，歌里唱道：

> 对妆台，忽然间打个喷嚏。想是有情哥思量我，寄个信儿。难道他思量我刚刚一次？自从别了你，日日泪珠垂。似我这等把你思量也，想你的喷嚏儿常似雨。(《挂枝儿》卷三“想部”)

这首民歌冯梦龙注明为董遐周所作，但虽系文人作品，却未失民歌本色，写得情词婉曲，构思新奇。打了一个喷嚏，就想到是情人在思量自己，很高兴，但又不满足，因为仅仅只有一次；继而写我如何思量他，在对比中衬托出缠绵不绝、极难排解的思想感情。全首意在表现我如何想他，却偏偏从他如何想我写起。由我而及他，又由他而返回到我。有此曲折，深长的情意就被充分地表现出来了。

明代民歌在艺术上也很有特色。简单地说，可以概括为三个字：俗、真、巧。“俗”就是通俗，用朴素自然的口语作歌，易上口，能听懂，生动活泼。“真”就是率真，是内心感情的自然流露，像是脱口而出，不掩藏，不虚饰，不造作，读起来感到有一种纯朴天真之美。“巧”就是巧妙，构思精巧，出语新奇，机趣横生，处处有警策动人之语，时时见出人意表之笔。

艺术表现手法也是多种多样的。常常利用谐音双关来巧妙地表现思想感情，造成一种民歌所特有的新鲜活泼的韵味。拟人化的手法在民歌中得到了广泛的运用，它常常将无意志、无生命的自然物人格化，使它们具有人的思想感情。比喻联想也是常用的手法，由于是从生活中提炼出来，因而显得新颖动人。如此等等，为篇幅所限，这里就不再举例分析了。

谈谈古代的读书诗

一

我们能有今天这样的文明和进步，完全依赖于人类整体的智慧和创造；而人类的智慧是在漫长的时期中逐渐发展起来的，其间知识的积累和传承具有十分重要的意义。远古时期，人类还没有文字，生产技能和生活经验的继承和发展主要靠口传心授。在有了文字以后，人类的知识便开始得到进一步的总结，并用文字记录下来，不仅可以传授给同时代的人，而且也可以传给后世和远在他方的人。人类开始有了书籍，这是历史的一个极大的进步。于是阅读成了人们吸取知识的主要形式。读书同实践结合，就使人类的智慧和知识不断得到发展和提高，科学和文明不断得到拓新和进步。到今天，不仅具体的生产知识和科学技术，而且抽象的各种思想文化形态，都要靠书籍来总结、记录、传播。读书不仅成为社会进步与发展的重要条件，也成为人们必不可少的精神生活需要，成为人们的一种精神享受。不能设想如果没有书，或者有书而不读，整个人类社会将会是一个什么样子，人们将如何生存。一部人类文明史，就是人类著书和读书的历史，就是人类整体智慧得到不断发展的历史。

读书的重要性是不待言说的。但并不是每一个人都热爱书，喜欢读书，对读书的重要性有充分的认识。为什么要读书，怎样读书，读书有什么样的乐趣，等等，这些问题不是每个人都能回答的；而事实上，对这些问题的回答，每个人又有所不同，因为每个人都有自己独特的感受和体会。了解别人为什么读书，怎样读书和读书的感受、体会，对自己提高读书的自觉性和更好地读书，并进而对人类社会的发展和科学文明的进步作出贡献，都是很有意义的。

中国古代有不少诗人写过读书诗，以诗歌的形式，带着强烈的感情色彩，总结了他们读书的各种体会，抒发了他们在读书中获得的无穷乐趣。这些诗不仅是一份宝贵的文学遗产，也是一份宝贵的思想遗产，对于我们如何通过读书来培养和提高自己，如何立身做人，都有重要的启发意义。下面分几个方面，分别介绍和分析古人写的读书诗，希望能对广大读者有所帮助和启发。

第一方面，是谈刻苦读书的精神的。

古代诗人常常慨叹人生短促，总是希望能抓紧时间，刻苦读书。唐代伟大诗人李白《古风》五十九首中的第二十三首，就是表现这一思想的。全诗如下：

秋露白如玉，团团下庭绿。
我行忽见之，寒早悲岁促。
人生鸟过目，胡乃自结束？
景公一何愚，牛山泪相续。
物苦不知足，得陇又望蜀。
人心若波澜，世路有屈曲。
三万六千日，夜夜当秉烛。

这首诗是由眼见秋露而引起联想感叹的。诗人偶然看见庭中绿色的草树之上结着团团如白玉的秋露，便想到秋去冬来，时间过得太快，一年又要过去了。由此又想到，人的一生年复一年就这样过去，想起来真像是鸟儿从眼前飞过一样，实在是太短促了。面对着像飞鸟过目一样短促的人生，应该怎样来度过呢？诗人在思考着这一重大的人生问题，并做出了自己的回答。他认为不能让时光白白过去，让生命空自结束。于是嘲笑历史上因游牛山想到人会死而悲伤哭泣的齐景公，人怎么能长生不死，保有自己在生活中得到的一切呢？那位齐景公实在是太愚蠢了。进而感叹人心总是不知足，常常是得陇又望蜀。其实人生总是吉凶祸福相随，世路本来就是不平坦的，人生在世总不免要经历种种翻覆曲折，产生种种喜怒哀乐的感情。由此他想到，人生一世应该：“三万六千日，夜夜当秉烛。”全诗十四句，末二句才是命意所在，前面的十二句都是为写出这两句服务的。“三万六千日”，即百年之寿，概指人的一生。“夜夜当秉烛”，是说每天晚上都应该秉烛读书。秉烛即举烛照明，诗人只说秉烛，没有说秉烛做什么。谈到秉烛，

（遗稿缺页）

无数努力学习的人以启发和力量。

中国古代有不少刻苦读书的故事，使人很受感动，也很受鼓舞。例如战国时代秦国的苏秦，年轻时十分刻苦用功，在读书犯困想睡时，常用锥子自刺其股，长大后成了著名的政治家。又如汉代的孙敬，也是自幼好学，晨夕不休。到晚上为了防止疲倦睡觉，就用绳子将自己的头发悬到梁上，后来也成了“当世大儒”。汉代另外一个人叫匡衡的，因为家里穷买不起蜡烛，就把墙壁凿了一个洞，让邻居的灯光透过来，借以苦读，后来也成了材。这些故事在古代传为美谈，使许多人受到鼓舞，并且还因这些故事形成了两个成语“悬梁刺股”和“凿壁偷光”，专门用以形容一个人的勤奋苦读。

宋代诗人黄庭坚也有一首诗是谈到只有刻苦读书才能取得成就的，这就是《次韵高子勉》十首当中的第九首。诗是这样的：

少年基一篑，长岁足三余。
忽作飞黄去，顿超同队鱼。
尊前八采句，窗下十年书。
定作牛腰束，传抄听小胥。

这首诗不是讲自己，而是勉励后学的。高子勉是宋代江陵人，自号还还先生，他是黄庭坚的晚辈，他的才情很得黄庭坚的喜爱和奖誉。“次韵”是和别人的诗而用其原韵。高子勉有诗写给黄庭坚，黄庭坚便依原韵写了一组共十首诗来回赠给他。这一首是勉励他苦读成材的，对我们今天的青年人也有启发。

黄庭坚的诗用典比较多，稍为难懂一点。开首两句赞誉高子勉少年勤学。《尚书·旅獒》里说：“为山九仞，功亏一篑。”古代八尺为一仞，九是虚数，九仞是言其高。这句话的意思是，堆一座九仞之山，到最后少一篑土也不能完成。这里化用这一典故，是称许高子勉年少时即能不亏一篑之功，打好基础。“长岁”是长年的意思，“足三余”是说抓紧一切空闲时间刻苦读书。“三余”又是一个典故。《三国志·魏书·王肃传》里说：魏人董遇常教学生利用三余时间读书，“三余”即“冬者岁之余，夜者日之余，阴雨者晴之余”。三、四句是说功夫不负有心人，刻苦读书的结果是一定会成为一个杰出的人材，远远地超过他的同辈。这当然是黄庭坚对他期许的话，但三、四句同一、二句之间是一种因果的关系，是建立在事实的基础之上，是有说服力的。“飞黄”是良马之名，“同队鱼”指他的同辈人、同学。“忽”字和“顿”字都显示出一种突然的急速变化，表现出经过点滴功夫的长期积累引起的飞跃和质变。

五、六两句由于格律的要求，在意思上因果关系是颠倒的，是说经过十年寒窗的苦读，必然会功成名就，得到统治者的赏识。第五句用了一个典故：《北史》里记载，卢思道幼好学，后作齐文宣帝挽诗，被选用了八篇，名震一时，被称为八采卢郎。“八采句”就是得到赏识的意思。“尊前”指在皇帝面前。

七、八两句期许并称赞高子勉，如此刻苦用功，将来必定有许多著作流传于世，须要用牛腰来负载，抄书的小吏也将争相传抄了。诗中虽然也谈到刻苦读书会得到统治者的赏识，但读书而归于著述，并以此结束全诗，因此主要意思还是着眼于成材，而不是着眼于追求功名富贵的。虽是赠人之作，却是反映了作者的思想和人生态度的，从总体上看，格调还是比较高的。

当然，在封建时代，有许多人刻苦读书是为了追求个人的荣华富贵的，那种人不仅思想格调不高，而且那种刻苦精神也是不能持久的，一旦受到挫折或个人的目的已经达到，便会懈怠下来，不能做到活到老，学到老，始终如一。可是也有不少志士仁人，是为了人民而读书的。他们读书的目的，是为了不断充实自已，提高自已，更多更好地报效祖国和人民。南宋时期伟大的爱国诗人陆游就是一个光辉的榜样。在他的《剑南诗稿》中有不少读书诗，诗中明确地抒发了他为人民而刻苦读书的思想，他的崇高的目的和到老也不懈怠的刻苦读书的精神，都是非常感人的。试举两首如下：

一、读书

（二首选一）

归老宁无五亩园，读书本意在元元。

灯前目力虽非昔，犹课蝇头二万言。

这首诗是诗人在淳熙四年（1177）写的，当时已经53岁，在成都，正当他被言官指责在任内“燕饮颓放”而十分失意、自号放翁之时。首二句写出诗人为人民而读书的崇高目的，这一目的是贯彻在诗人的行动中，是贯彻他整个一生的。第一句说，家虽清寒，但退休归来以后藉以维持生计的五亩园地还是有的，这就是说读书不为糊口，更不为富贵显达。因而接下去就明确地说：“读书本意在元元。”“元元”就是人民。一个封建时代的诗人，能有这样鲜明崇高的读书目的，实在是十分令人感佩的。三、四两句就描绘了诗人虽年迈眼花仍刻苦读书的情景。已经五十多岁了，目力已大不如从前，却仍孜孜不倦地在灯前就读。“课”是每天规定必读的功课，一日如此已属不易，天天坚持就更了不起了。“蝇头”是指像蝇头那么小的字。句末下原有注说：“时方读小本《通鉴》。”诗人为自己规定了每日必读两万言小字通鉴的任务。这种至老也不懈怠，不顾眼花，不顾疲劳，刻苦奋勤的读书精神，正来源于诗人为人民而读书的崇高目的。这是很值得我们今天每一个人，尤其是青年同志好好学习的。

二、读书

放翁白首归剡曲，寂寞衡门书满屋。
藜羹麦饭冷不尝，要足平生五车读。
校雠心苦谨涂乙，吟讽声悲杂歌哭。
三苍奇字已杀青，九译旁行方著录。
有时达旦不灭灯，急雪打窗闻簌簌。
倘年七十尚一纪，坠典断编真可续。
客来不怕笑书痴，终胜牙签新未触。

这首诗写于淳熙九年（1182），时年58岁，居住在故乡山阴（今浙江绍兴市）。

一、二两句说，自己年迈归乡，家境清贫，然而书籍满屋。“剡曲”指剡溪水流回环曲折之处。在诗人的家乡山阴的镜湖剡溪一曲，有唐代诗人贺知章一处御赐的放生池，这里以“剡曲”指代诗人的家乡。“寂寞衡门”是指家境清贫，交往很少。“衡门”通“横门”，即横木为门，指居处的简陋。为官多年，年近六旬而“寂寞衡门”，在许多人是会感到很不满意的，但对一个热爱人民、热爱读书的人来说就很不一样。“书满屋”三个字洋溢着一种心满意足的喜悦之情。首二句起得很平，却能见出诗人宽阔和高洁的情怀志趣。

三、四两句写他孜孜不倦、勤奋苦读的情况。“藜羹麦饭”是指粗淡的饮食，与第二句“寂寞衡门”写清寒家境相映衬。由于专心读书，饭菜冷了都忘了吃，其心志的集中于此可见。“五车”用了一个典故。《庄子·天下》篇里有“惠施多方，其书五车”的话，后来使用“五车”形容书多。这里是说，自己废寝忘食，日夜苦读，是要不断地充实自己，要实现自己平生读五车书的宏愿。这两句又表现出诗人不凡的气度胸襟和远大的人生追求。

五、六两句写他读书时的细心与忘情。古人读书讲究校点，是眼手并用的。“校雠”就是校对、校勘，以不同版本的书对读，发现异文即据正以改误。“涂乙”就是用笔改正，抹去误字衍文叫涂，勾改文字叫乙。这样读书不是泛泛浏览可比，是十分细致勤苦的。而吟诵时，全身心地进入到书的境界中去，与书中的感情同哀共乐，所以说“声悲杂歌哭”。上两句是写读书的专心，这两句是写读书的用心。

七、八两句写读书涉猎范围之广。“三苍”是古代的字书，一般指李斯的《仓颉篇》、扬雄的《训纂篇》和贾鲂的《滂喜篇》。“杀青”，因古人在竹简上写字，先用火烤竹简的青皮，使之发汗，叫做杀青，所以后来就用杀青指书籍的写定。“旁行”指横向书写的外国或异民族的文字，“九译”是指多次转译的外国著述。这两句是说古代的字书和外文的译著，他都收藏和阅读。

九、十两句写读书的勤奋不倦。通宵达旦，不灭灯火，急雪打窗，声闻簌簌。这两句不仅写出了一种情景，而且写出了一种境界和氛围，只有全身心地沉浸到读书之中，忘掉睡觉、忘掉疲倦的人，才能写得出这样的句子。苦中有乐，这里我们也体会到诗人虽苦读，实际上是不觉其苦而感受到无穷快乐的。

十一、十二两句写他未来的读书计划和决心。古时称十二年为一纪，写此诗时诗人 58 岁，据七十岁正好尚差一纪。“坠典”是指散佚的书，“断编”是指残缺的书。诗人说，如果能活到七十岁，还有十二年的时间，照此孜孜不倦地读下去，那些难于搜寻的散佚和残缺的书籍，他也可以继续读得差不多了。这不仅见出他读书之广，还可见出他读书的精和深。为此，他将付出全部的生命，真正做到了活到老，读书到老，毫不懈怠。

末二句写他对自己读书生活的自慰与自豪。他说，像他这样读书，终岁不倦，乐而不疲，废寝忘食，一定会被人讥笑为“书痴”的；但他不以为意，认为这比之那些把书当门面摆设，只藏书而不读书的人要强得多了。不管别人怎么看，他读书有得，读书有成，也就很高兴很满足了。这句话，从自慰中透出一种自豪的感情，这是在读书中脱尽了庸俗的思想趣味，而真正懂得读书的意义的人，才能有的感情。

读陆游的这两首《读书》诗，我们一定会得到很多的启发，同时也受到极大的鼓舞，认识到：只有崇高的生活目的，为人民而读书的人，才能真正勤奋刻苦，坚持不懈，在读中充实和发展自己，真正成为一个对国家人民有用的人才。

二

书是人类认识和改造客观世界（包括自然界和人类的社会生活）的经验总结，因此，书是人类知识的宝库，也是人类智慧的结晶。读书，既可以增长知识，又可以启迪心智。但书上所写的，可能是反映了客观规律的正确的知识，也可能是没有反映出甚至是歪曲了客观规律的谬误的东西。即使是正确的科学的知识，在作者是直接经验，在读者却还只是一种未经检验、有待证实的间接经验。因此并不是刻苦读书就能必有所得的。这里有一个如何读书的问题。如果能通过思考消化吸收，使读过的书成为营养，变成血肉，我们就会在读书中扩大知识，增长智慧；反之，就会成为一个读死书、死读书的书呆子，读书虽多而没有什么用处。

下面我们就来谈谈古人读书诗中第二方面的内容，关于怎样读书，即读书的方法问题。

宋代诗人苏轼有一首《嘲子由》就是讲读活书，活读书的。全诗如下：

堆几尽埃简，攻之如蠹虫。
谁知圣人意，不尽书籍中。
曲尽弦犹在，器成机见空。
妙哉斫轮手，堂下笑桓公。

子由是苏轼的弟弟苏辙的字。他们兄弟二人同中进士，同登宦途，同为北宋著名文学家，同为酷爱读书的人，关系极为亲密。诗题中虽然有一个“嘲”字，看似戏作，所写的内容却是十分严肃，很富于启发意义的。

首二句说，几案上堆满了书，书上尽积尘埃，读书的人喜好读书，就像书蠹一样钻进书堆里。“简”指书本，因为最早的书是写在竹简上，连片而成简册的；“攻”是专治的意思，也就是我们今天所说的攻读。这两句是对弟弟子由而说，但也未始不可看作是诗人自喻。谓为蠹虫，紧切诗题“嘲”字，出语谐谑，但却十分亲切。“攻”字又极严肃，故于谐中寓庄。

三、四两句是说，读书的人都以为从圣人的书中可以了解、认识圣人的思想，谁知道圣人的思想并不尽在书籍之中。这里讲的道理似乎很简单，其实是很多读书人都不太明白的。我们今天如果联系现代生活内容，理解得广泛一点，可以把所谓

“圣人意”理解为真理。那么，苏轼的意思就是：别以为写在书上的都是真理，或者说别以为真理都已经写到书上了。这样的认识当然是很深刻的，封建时代的读书人而能有这样的眼光，确实是高人一等。

为了发挥这一思想，五、六两句设了两个妙喻，他说：曲子弹完了，留下的只是琴弦；器物做成了，留下的只是空空的机具。从字面深入一层，这两句话的意思是，我们能看见的只是琴弦，但从琴弦我们并不能听到和认识美妙的曲子；我们能看见的只是空空的机具，但从机具我们不能了解和认识器物是怎样生产出来的，为什么会有这样的用处和特点。这两个比喻所包含的思想很深刻，是耐人寻味的。

七、八两句暗用了《庄子》里的一个故事，并对故事中的一个人高明的见解加以赞赏，进一步说明自己那种不可读死书、死读书的认识。“斫”是砍、凿的意思，“斫轮手”就是制造轮子的匠人。《庄子·天道》篇中说：桓公在堂上读书。匠人在堂下制作轮子，突然放下手里的工具对桓公说：“您所读的书，都写的是些什么呢？”桓公回答说：“都是圣人之言。”匠人又问：“圣人还在吗？”桓公回答说：“早已经死了！”匠人于是说：“古代的人同他不能传下来的东西都已经死了，那么，您所读的不过是可以传下来的糟粕而已！”苏轼用了这个典故，并对故事中斫轮手的话大加称赏，认为是极精妙的言论和认识。我们当然不能把这个故事所包含的道理连同苏轼的赞赏都绝对化，以为能记载到书上的无真理可言，那就会得出书无价值、读书无用的荒谬结论。热爱读书并善于读书的苏轼，当然不会愚蠢到那种地步。苏轼的意思无非是说，圣人之意（我们可理解为真理）不会在书中，书中也不会是圣人之意（真理）。因此如果迷信书，死读书，那也会一无所得，变成蠹虫，变成书呆子。孟子在读书时就肯动脑子，他对儒家的经典《尚书》就不迷信，曾说：“尽信《书》（指《尚书》），则不如无《书》。”这话是讲得很深刻的。苏轼这首诗的精神，同孟子这句话是相一致的。

顺便说说，宋代的诗人爱读书，喜欢在诗中讲道理，以议论为诗，又常使用典故。弄得不好，诗歌就容易流于空疏，抽象，艰涩。但苏轼这首诗没有这样的毛病，讲道理由浅入深，层层递进，设喻巧妙，用典又恰如其分，自然而不显得生硬。因此这首诗不仅教我们怎样读书，在思想上给我们以启发，而且在艺术上也很成功，有一种令人品味不尽的理趣，不是一览无余。

前面提到的南宋伟大的爱国诗人陆游，不仅酷爱读书，终生勤奋不倦，而且很善于读书。他也是主张读活书的，而且还认为应该将书本知识同社会实践结合起来。

他写有三首《冬夜读书示子聿》，是教育他的儿子怎样读书的。其中一首是这样：

古人学问无遗力，少壮功夫老始成。
纸上得来终觉浅，绝知此事要躬行。

这首诗作于庆元五年（1199），当时陆游已是75岁高龄，家居山阴（今浙江绍兴市）。这首诗所写的，可以说是他一生读书经验的总结。

开头两句虽说讲的是古人，也可以看作是陆游自己一生读书生活的写照。他从少到老，读书不倦，勤奋刻苦，不遗余力，终于不仅成就了一个伟大的诗人，也成就了一个著述颇丰的学问家、著作家。一生除留下卷轶浩繁的《剑南诗稿》和《渭南文集》外，还有《老学庵笔记》十卷，《南唐书》十八卷，《家世旧闻》二卷等，确实可以当得上他所说的"少壮功夫老始成"。但他之所以能取得如此高的成就，还在于他不是读死书、死读书，而是把读书和实践结合起来，在实践中去印证和发展所学得的知识。陆游当时当然还不可能有自觉的唯物辩证法的思想，但他能于读书中思考总结，认为"纸上得来终觉浅，绝知此事要躬行"。这样的认识确实是非常深刻，是暗合于唯物辩证法的思想的。他所说的"躬行"就是指亲身实践。同样是读书，或者读同样的书，不同的人所得有深和浅之分，关键就在有没有"躬行"。他说"绝知"，用语分量是很重的，足见诗人体会之深切。

清代诗人写作读书诗不少，单是清人张应昌编的《清诗铎》，卷二十二中就有以"读书"标目的一类，所收不下百首。其中，关于怎样读书的诗也很有启发意义。试举二、三例如下：

一、法式善《读书》

（四首选一）

读书如树木，不可求骤长。
植诸空山中，日来而月往。
露叶既畅茂，烟条渐苍莽。
此理木不知，木乃遂其养。
我读古人书，辄作古人想。
掩卷了无得，心中时怏怏。

忽然古明月，照见天怀朗。
前境所造非，后境改观傥。

这首诗讲读书应该日积月累，不可急于求成，也是很有见地的经验之谈。全诗十六句，前八句用种树作比喻，后八句由比喻而引入本题谈读书，写得通俗浅近，很容易理解接受。诗里说，读书就好比种树一样，不能期望它突然一下就长大成材。在空山之中把树种下，要日来月往经过很多年，小树因得露水的滋润而慢慢枝叶繁茂，因受烟云的护养而日见条干苍莽。这本是一种客观规律，这规律树木自己当然是不知道的，但它却是按照这规律而得以长大。这道理是人人都明白，都易于接受的，在此基础上诗的后半部分才转而直接谈读书。比喻本身已经将要讲的道理讲清楚了，所以后八句就不再讲道理，而是具体谈读书中的一种体验，以这种体验来印证、来充实通过比喻所讲的道理。诗人说，我们现在读古人的书，常常设想读完书马上就得到了古人那样的思想。然而掩卷之后又常常感到是一无所得，于是心中感到怏怏不乐。可是过了一段时间，却感到茅塞顿开，忽然明亮，似乎是古代的明月一下子把自己的胸怀照得明亮畅朗。其实这样的顿悟是日积月累的结果，不是无功而自然到来的，更不是一下子就可以求得的。这时，只有在这时，才感到原来以为已经得到了古人的思想，那种境界其实是虚幻不实的，因而才改变了那种惝恍的景象。

这种体验写得十分真实，没有读过很多书，而且是终于得到融汇贯通的人，是写不出来的。因此，要善于读书，除了要有刻苦精神外，还要有耐心，学问的得来必须待之以时日，要靠点点滴滴的日积月累。用现代的眼光来看，在量变中求质变，这是符合唯物辩证法的。

二、彭兆荪《读书》

人读等身书，如将兵十万。
兵多行虑哗，书多语愁蔓。
何以节宣之？一心制众乱。
不见陆士衡，才富转为患。
亦有淮阴侯，多多乃益办。
要以我用书，勿为书所绊。

这首诗又提出了读书中的另一个问题，即如何驾驭书、利用书的问题。不会读书的人，书虽然读得多，但不会使用，反而为书所绊、所累，成为一个书呆子。

诗的前六句也是一个比喻，把读书比作带兵。“等身书”本来是指小孩读书时与身高相等的一段书卷，后来指把书叠加起来与身等高，形容书很多。人读很多书，就如像带兵的人带领十万兵一样，多了就不太好驾驭、控制，所以他说兵多了行动起来就有哗变之虑，而读书读得很多呢，说话写作就容易产生枝蔓之病。怎样才能控制、支配它们呢？带兵也好，读书也好，都要靠心，即思想去统帅。有了思想，哗变之兵可以制服，有了思想，读书再多也可以整理得井井有条，使之为我所用。在诗人看来，带兵和读书虽然看来很不相同，却有相通的道理。

诗的后六句举历史上的例子来印证他的看法。一个例子是讲读书的。他说陆士衡读书很多，很有才华，结果反而被才学所误，遭了灾祸。陆士衡就是西晋的文学家陆机，从小勤学，很有才华，他同弟弟陆云两人，因富有文才，曾经倾动洛阳，被人称为“二陆”，但后来被成都王司马颖所杀。诗中所说的“才富转为患”，就是指的他读书很多，却终不免于杀身之祸。另一个例子是讲带兵的，这就是汉初著名的大将韩信，曾封为淮阴侯。他善于将兵，自称“多多益善”，但他后来也被吕后所杀。“办”字是惩办、惩罚的意思，指他遭杀身之祸。历史上陆机、韩信被杀的原因是比较复杂的，诗人将它简单化了，只用来说明读书很多、带兵很多的人，结果不能全身，因此为书、为兵所误、所害。写诗可以这样写，不比写历史，要严守历史的真实，得出科学的结论。我们只要理解诗歌的主要精神就行了，不必太拘泥于历史事实。

最后两句诗加以总结，得出结论，就是：要善于读书，就必须为我所用，而不要为书所绊。至于如何用书，不同时代、不同阶级的人物会有不同的理解，不同的做法，但诗人得出的这一结论，在总的精神上是完全正确的，值得我们吸取。

三、曾世霖《论学问》

学问尚精专，研摩贵纯一。

经学与词章，华实本异室。

许郑徐庚俦，各具千秋笔。

专力则必精，分途恐两失。

这首诗是讲做学问要专精，而不能铺得太广，读书不能太杂，读书做学问，杂和专应该是辩证统一的。没有杂，就缺乏广博深厚的基础。学科与学科之间是有密切联系的，没有广博深厚的基础，就很难深入，很难专精。另一方面，只杂而不专，漫无边际，不易有所突破；面面俱到，常常是哪面都不能到。这首诗是强调专精的一面的，只要不片面理解，这首诗的精神同样对我们是很有启发意义的。

诗的开头两句说，做学问应该提倡精专，研习揣摩最重要的是要纯一。这是泛论。三、四两句就结合具体的学问来讲。所谓“经学”，主要是指训释和阐发儒家经典的学问；所谓“词章”，即指诗文，这里泛指文学创作。经学是阐释之学，尚朴实；词章是文学创作，尚华艳。所以诗人说两者原本“异室”，也就是说是性质很不相同的两种学问。诗人指出这两种学问具有不同的特点，不能混同，但并没扬此抑彼的意思。所以五、六句接着便说：“许郑徐庾俦，各具千秋笔。”许指许慎，是汉代著名的文字学家，著有著名的《说文解字》；郑指郑玄，是汉代著名的经学家，曾为《毛诗》《三礼》《周易》等儒家经典作注，是汉代经学的集大成者。徐指徐陵，南朝著名文学家，其所作诗歌骈文以轻艳绮靡为特色；庾指庾信，北周著名文学家，前期作品也轻艳绮靡。文学史上徐庾齐名。前两人主文字训释之学，后两人主诗赋词章之学，他们难分上下，只是学问不同，各有千秋。诗人只是要说明区别，并不要品评高低，意在强调两种不同的学问。所以最后说：精力专一，学问必精；精力分散，必致两失。

总上所说，在怎样读书这个问题上，古人的读书诗给了我们多方面的启发，告诉我们：不能死读书，读死书，要活读书。活读书，一方面是不能尽信书，读书时要有自己的思考；再一方面就是要“躬行”，要同社会实践相结合。再有就是读书要靠日积月累，不可能一蹴而就。同时读书还要让书为我所用，不为书所绊。做学问要有所得，务在专精，而不能面面俱到，分散精力。这些意见大致接触到了怎样读书的几个重要方面。我们今天读书，尽管目的和方法都同古人有别，但这些意见仍然具有重要的参考价值。

三

读书不仅可以增长知识，开启智慧，而且还是一种精神追求和精神享受。不同的人读书，会有不同的追求和享受。“书中自有黄金屋，书中自有颜如玉”，这是一种追求和享受；“读书破万卷，下笔如有神”（杜甫《奉赠韦左丞丈》），这又是一种追求和享受。凡是读书的目的正确，喜爱读书，又善于读书，而且在读书中确有所得的人，都会感受到读书之乐。古人描写和抒发读书乐的诗歌也不少，下面向大家介绍几首。

大家知道，晋朝的大诗人陶渊明是不喜欢做官，热爱大自然，以隐居为乐的一个人。他在诗中把所隐居的田园生活写成一个极美好的境界。可是在他的笔下，读书之乐和隐居之乐同样重要，同样美好，并且融合为一。且看他的《读山海经》。原诗共十三首，这里选录的是其中的第一首：

孟夏草木长，绕屋树扶疏。
众鸟欣有托，吾亦爱吾庐。
既耕亦已种，时还读我书。
穷巷隔深辙，颇回故人车。
欢然酌春酒，摘我园中蔬。
微雨从东来，好风与之俱。
泛览周王传，流观山海图。
俯仰终宇宙，不乐复何如？

人生各有所求。陶渊明看不惯黑暗污浊的社会，弃官退居田园，以躬耕读书为乐。这首诗就是描写这种乐趣的。全诗表现了一种怡然自乐的生活情趣，主要描写了两方面的生活内容，一方面是田园躬耕生活，一方面是饮酒读书，而最后结到读书之乐上。因为这首诗冠于十三首《读山海经》之首，带有序诗的性质，因而总写读书之乐，以笼罩组诗后面的十二首。

全诗分作三层，三层意思不可分割，而又都表现出清幽寂静的环境和闲适自得情怀的融合。第一层是开头四句，总写田园隐居优美的环境和惬意的心情。初夏时节，草木长得非常茂盛，所居之处，绿树绕屋，枝叶扶疏。众鸟在树上筑巢，因得安居而欣喜，我的住屋虽简陋，但也同鸟儿一样，因有所依托而感到十分满意。物我相融，人鸟相通，已初步表现出一种悠然自得的乐趣。

第二层是中间六句，泛写读书饮酒的生活。家居后陶渊明有与农民生活相同的一面，就是他要亲自参加耕作；也有不同的一面，就是在耕种的余闲还要读书。“既耕亦已种，时还读我书”，就是他这种生活的写照。从字里行间看得出来，诗人对这种耕读生活是十分满意的。“穷巷”二句是写家居环境的清寂。“穷巷”即僻巷，“隔”是断绝的意思，“深辙”是指豪华巨车所压出的车辙。“回”是回转的意思。合起来意思是：居处偏僻，不仅没有富贵人家的车子到这里来，就是朋友的车子也掉头而他去。这是说他隐居后很少与人交往，同烦扰的尘世隔绝。这样的生活十分清静，也十分冷寂，但诗人追求的正是这种生活境界，言意间流露出一种十分惬意的感受。所以下面两句写饮酒，就以“欢然”二字开头。“欢然”不仅是指他对酒的喜好，也不仅指饮酒时的欢乐，而是表现了他对整个隐居生活的满足。他耕种乐，读书乐，饮酒亦乐。“春酒”是指仲冬时酿造，经春天而酿成的酒，这是农家自制的酒。酒是自酿的，下酒的菜也是自己亲手种下的。“摘我”二字表现出诗人享受到那种自食其力的劳动之乐。这一层写到了耕、读、饮三方面的内容，耕、读为虚写、泛写，饮酒则是实写、详写；“欢然”却概括了诗人对自己生活的喜悦和满足的心情。

第三层重点展开写读书，而归结到读书之乐以收束全诗。先写读书的环境。不写明窗净几，而是写“微雨”“好风”。这就见出不是书生读书，不是富贵人家子弟读书，而是隐者陶渊明读书。雨是微雨，风是好风，好像大自然也理解人意，特意为他读书创造出这样一个和谐宜人的环境气氛。接下去两句写所读的是什么书。“周王传”指《穆天子传》，是一部神话传说的书，写周穆王驾八骏西征的故事。“山海图”指《山海经图》，《山海经》也是一部记载海内外山川异物颇多神话传说的书，鲁迅先生认为是古代的一部巫书，古时《山海经》有图，故称为《山海图》。这里的“流观”和“泛览”并不是马马虎虎、不认真、不细致的意思，而是指读书时不受缚束、不拘一格、放任自由的那种悠然、怡然的精神状态。这是从诗人内在的深一层的精神方面，写出了他的读书不同于一般书生的读书，而是一种酷爱自然的隐者的读书。最后两句写出读书的无限乐趣。“俯仰”指低头抬头之间，亦即顷刻之间。诗人是全身心地进入到书中所描写的境界中去，因而顷刻之间天地上下无所不至，甚至好像整个宇宙都游遍了。这样的乐趣是无可比拟的，因而最后一句以反问的形式来表达：“不乐复何如？”更加强调也更加充分地写出了他对读书乐趣的一种强烈感受。

我们没有陶渊明那样的时代条件和生活环境，因此而较难于体会也用不着去追慕陶渊明那种隐士式的读书和他那种特有的兴会，但他在读书上所表现的精神追求，并充实自己、提高自己、完善自己，以对抗黑暗污浊的社会，表现对现实的不满和感慨，这种态度和精神还是值得我们学习的。

宋代理学家而兼文学家的朱熹，有两首《观书有感》，又写出了另一种感受，另一番景象，但同样使人体会到读书的无穷乐趣。前一首很著名，旧时代的童蒙读物《千家诗》中就入选了，后一首鲜为人知，但同样是很有诗味也很富于思想启发意义的好诗。两首诗是这样的：

一

半亩方塘一鉴开，天光云影共徘徊。
问渠哪得清如许？为有源头活水来。

二

昨夜江边春水生，蒙冲巨舰一毛轻。
向来枉费推移力，此日中流自在行。

这两首诗，从字面上看似乎只是写景，在写景的基础上发挥一点生活的感受。但诗题为《观书有感》，就引导我们从诗人所写的景和所发的议论中，同读书联系起来，同人生联系起来，去感悟和认识更深广更丰富的含义。

据说朱熹曾在浙江淳安县的瀛山书院讲学，那里风景极好，“临下数武，一望平畴，有水泓斯，澄鲜可鉴，是为半亩方塘”①。第一首诗写的就是方塘的“澄鲜可鉴”，写塘水清澈明净。这显然写的实景实感。但为什么又题为《观书有感》呢？这是诗人平时读书繁富，深有所得，心眼明亮透彻，能看到许多过去所看不见、看不清的种种景象和道理；偶见方塘清澈，便触发而生诗情。因此，诗中所写的不仅仅是他眼前所见的方塘“澄鲜可鉴”的客观物象，也是他由长期读书而获得的明澈清亮的心境。也就是说，诗的前两句并不是单纯的写景，而是客观景象与主观感受的融合，而主观感受又不仅仅在于对实实在在的方塘，还在于对读书能提高人的思想和精神境界的一种高层次的人生体验。在诗人的心中和笔下，大自然的方塘和人由读书而得来的境界，是二而一的。明写方塘，暗寓读书，这便是这首诗意味深永之处。方塘澄澈，如一面明镜，把那么高、那么辽阔、那么明丽、那么变幻无穷的天光和云影都摄入并涵容于其中了。天光和云影本来就是极可爱的，映入明澈的方塘之中就更加可爱了。值得注意的是“共徘徊”三个字，使塘水、天光、云影融为

① 语出程翮《瀛溪倡和诗》序，收录于《四刻瀛山书院志》卷之六（乾隆三十八年岁次癸巳版）。

一体，而且呈现出一种动态美，活跃着一种盎然的生命力。诗写得并不含蓄，三、四两句自问自答，将一、二句中所包含的道理全都揭示出来。要问那方塘为什么如此澄鲜明净呢？就因为它有活水做源头，因此能不断更新、不断充实，不断得到新的生命。但联系到诗题中的“观书”，诗意就又变得含蓄而耐人寻味了。人也像方塘一样，要盛满一池深澈澄明能反映和涵容天光云影的水，永远保持新鲜和生命的活力，那就也要有活水做源头。这源头诗人没有说，但读者能体会到，那就是读书，书中自有取之不尽、用之不竭的生命的源泉。朱熹是一位理学家，但他不在诗中讲空洞的道理，他将写景、抒情和言理结合起来，将理寓于情与景之中，这样这理就变成富有情致的理趣了。

第二首也是写水的，但写的不是塘水而是江水。以水上行舟比喻读书能给人无穷无尽的力量。“蒙冲”即“艨艟”，指一种很大的战船。船在水中，如遇水枯则行进极难；可是春水一来，那艨艟大船就变得轻如一毛了。这两句诗给人一种轻巧、灵动、畅快的感觉，也是充满生命的活力的。于是，三、四句揭出前后的巨大变化加以对比：从前费尽力气也推移不动，现在却自由自在地飘行在江中了。是什么原因呢？诗人这次没有问，也没有答，联系全诗的意象来体会，答案已在读者的心中了。读书好比江中行船而得春水，流动畅快，毫不费力。现代有一句名言，叫做：“知识就是力量”，用来解释这首诗，庶几得之。

这两首诗都没有直接写到读书，更没有写到读书之乐。但读书而能达到这样的境界，就人生体验来说，真可以说是其乐无穷了。不言乐而其乐自溢于字里行间，这也是这两首小诗艺术上的佳妙之处。

明代诗人于谦，受到朱熹《观书有感》诗的启示，也写出一首《观书》诗，表现了他对读书乐的切身体验，全诗是这样的：

书卷多情似故人，晨昏忧乐每相亲。
眼前直下三千字，胸次全无一点尘。
活水源流随处满，东风花柳逐时新。
金鞍玉勒寻芳客，未信我庐别有春。

首二句写出诗人热爱书，对书的亲切感情。他同书像老朋友似的，忧乐与共，晨夕相亲。三、四句写读书时敏捷顺畅的情景和内心的感受：他飞快阅读，一气直下三千字；读着读着便进入了朱熹所讲的那种澄澈明净的境界，似乎一切杂念都被净化，胸中纤尘不染，人品道德也出现了飞跃。五、六句化用朱熹“问渠哪得清如许？为有源头活水来”的句意，意思是：天天读书，天天得到精神的养分，好像处处都能汲取到活水的源流，时时都注满心间。而眼前则是东风吹拂花柳，一片生机勃勃的全新景象。这是通过比喻，生动形象地描写读书得到的精神收获，这种体验是不读书的人，或者虽然读书而无所谓的人所没有的。读书使人的精神得到净化和提高，使人有触处生春、推陈出新之感，这就是读书的无穷乐趣。最后两句把读书提到人生观的高度来认识。在诗人看来，不同的人有不同的生活乐趣，有不同的幸福观，也有不同的生活追求。那些锦衣玉食的富贵人家子弟，只知道金鞍玉勒骑着高头大马去游赏大自然的春色，他们不会相信也永远得不到我在书斋中领略到的那种别具佳境的书中春色。诗人写这两句诗是充满自豪感的。确实，世间有两种人，一种人追求富贵奢侈的物质享受，另一种人则孜孜不倦，勤奋读书。相比之下，前一种人显得浅薄和卑下，后一种人则显得渊博和高尚。知识的贫困才是真正的贫困，精神的富有才是真正的富有。今天新一代的青年应该从于谦的诗中得到有益的启示。

晚明的进步思想家而兼文学批评家的李贽，曾写过一首《读书乐》，诗前有一篇序，诗和序都比较长，不能全录，这里只摘要作些介绍。这首诗见李贽的著作《焚书》卷六，有兴趣读全诗的听众可以自己找来看看。他在序和诗中有这样一些话，是发人深思，也颇耐人寻味的。

序云：

……天幸生我性，平生不喜见俗人，故自壮至老，无有亲宾往来之扰，得以一意读书。天幸生我情，平生不爱近家人，故终老龙湖（地名），幸免俯仰逼迫之苦，而又得以一意读书。然此亦未为幸也。天幸生我心眼，开卷便见人，便见其人终始之概。夫读书论世，古多有之，或见皮面，或见体肤，或见血脉，或见筋骨，然至骨极矣。纵自谓能洞五脏，其实尚未刺骨也。此余之自谓得天幸者一也。天幸生我大胆，凡昔人之所欣艳以为贤者，余多以为假，多以为迂腐不才而不切于用；其所鄙者、弃者、唾且骂者，余皆以为可托国托家而托身也。其是非大戾昔人如此，非大胆而何，此又余之自谓得天之幸者二也。……

这段话主要讲了两点意思：第一点是他平生的性情是不喜欢同亲戚朋友交往，

也不喜欢同家人亲近，这样就少了许多干扰和麻烦，得以从小到老能专心一意读书。这是天赐的幸运，但这还不算真正的幸运，真正的幸运在第二点，即他天生一副好眼力，因此读书不仅能见皮面，见体肤，见血脉，还能见筋骨，读书而能由表及里，剔肤见骨，那就算达到最高的境界了；他又天生的胆子大，不全相信书上写的，对贤愚是非的看法，常常跟古人不同。综合这两点，作者的意思是：要想真正得到读书的无限乐趣，仅仅有时间、有机会、有热情专心读书是不够的，还须要有眼光和勇气，要敢于思考和善于思考，对书上写的不墨守成规，不盲目信从，而是要敢于反传统，敢于以新的眼光重新去审视，作出新的判断。李贽在序里讲的，是读书的最高的思想境界，也是一个其乐无穷的境界。

诗云：

龙湖卓吾（龙湖是李贽出家独居的地方，卓吾是他的号），其乐何如？四时读书，不知其余。读书伊何？会我者多。一与心会，自笑自歌，歌吟不已，继以呼呵。恸哭呼呵，涕泗滂沱。……何必读书，然后为乐？乍闻此言，若悯不谷（不善，对自己的谦称，意思即我）。束书不观，吾何以欢？怡性养神，正在此间。世界何窄，方册何宽！……死者是身，朽者是骨。此独不朽，愿与偕殁。倚啸丛中，声震林鹘。歌哭相从，其乐无穷！寸阴可惜，曷敢从容！

诗人在诗中具体生动地描绘了他读书所获得的无限乐趣。他读书读到会心处，每与书中的人事同其休戚，共其哀乐，又歌又呼，又笑又哭。读书可以使他怡性养神，在思想上不断得到新的滋养。他对读书的感受是：现实的世界太窄小了，而书中却有一个无限丰富、无限美好、无限宽广的大千世界！因此他认为：人是会死的，但死的只是身体，朽的只是骨肉，而读书却是不朽的。所以他有一种紧迫感，他要抓紧一分一秒的时间读书，一直到生命的结束。他简直与书共着生命，他真正体会到了："歌哭相从，其乐无穷！"

以上我们分三个方面介绍和分析了古代的读书诗，希望听众朋友能从中得到启发和教益，热爱读书，善于读书，成为一个思想高尚、精神富有的人。

（此文为给上海广播电台的讲演稿，撰写年代不详。遗稿手写于400字一页的绿格稿纸上，缺第5页，为保留原貌，照录于此。）

淡浮居说诗

杜甫《蜀相》

丞相祠堂何处寻，锦官城外柏森森。
映阶碧草自春色，隔叶黄鹂空好音。
三顾频烦天下计，两朝开济老臣心。
出师未捷身先死，长使英雄泪满襟！

在《奉赠韦左丞丈二十二韵》一诗中，杜甫曾颇为自矜地表述过他的政治理想："自谓颇挺出，立登要路津。致君尧舜上，再使风俗淳。"但作为一个诗人，他对自己政治理想的抒发，并不都是这种直白式的表现，而是采用多种多样的形式和手段。通过追怀自己所仰慕的古人来抒写自己的怀抱、理想，是历代许多诗人，也是杜甫经常采用的方式之一。悼古是为了伤今，发思古之幽情，常常是由于现实生活或诗人自身遭遇的触发。《蜀相》就是杜甫洋溢着政治热情，借历史上著名贤相诸葛亮以抒发政治理想和郁闷心情的一首名作。它既是一首凭吊古人古迹的咏史、怀古诗，也是一首融进了现实内容并充满了诗人思想感情血肉的抒情诗。

这首诗作于上元元年（760）的春天。杜甫乾元二年（759）十二月，从秦州历尽千难万险来到成都。当时的情景，用诗人的话来说是："远游令人瘦，衰疾惭加餐。"（《水会渡》）生活的煎熬，旅途的劳顿，使诗人饭食大减，力衰身病。然而就在次年的春日，短短几个月之后，草堂初建，栖止方安，长期的疲劳还来不及完全恢复，杜甫就怀着急切的心情到城郊去寻访、拜谒诸葛亮的祠堂，这绝不是偶然的行动，而是有着深刻的思想原因的。诗人崇拜诸葛亮杰出的才干，赞美他对刘备父子的赤胆忠心，倾慕他的际遇和辅助刘备开基立国的勋业，同时又深深痛惜他出师未捷而早逝军中，这一切激情和怀想都所来有自，都是跟杜甫本人向往于建功立业而政治理想不得实现的不幸遭遇分不开的，诗中写的是历史上的诸葛亮，而我们读来却感到字字句句都有诗人自己的精神意象存乎其间：诗人借诸葛亮抒发了自己的政治理想，而读者也就从诸葛亮的身上看见了伟大诗人自身的形象。

全诗以写“丞相祠堂”入题，先写祠，后写人。诗题是《蜀相》，重点是写人，写祠堂的主人诸葛亮。写祠堂的目的也是写人。诗人对诸葛亮的倾慕崇敬之情贯穿全诗首尾，洋溢在字里行间。

开头两句，以自问自答的形式，写明诸葛亮的祠堂是成都城外古柏参天的所在。但其意义绝不止于告诉读者祠堂的地理位置和环境特征，而是已经初步地、不露声色地抒发了对诸葛亮无限倾慕向往的感情。“寻”是追寻、寻访的意思，它含蓄着诗人至诚的热情和急切拜谒的心意。用“森森”二字来形容祠内茂密参天的古柏，是写实，但同时也婉转地表现了诗人对祠主的浓厚情意。因为葱郁繁盛而又十分高大的柏树，造成一种苍劲的意象和肃穆的气氛，使人油然而生敬意；同时这景象是远望所见，也恰与诗人崇仰的心情相契合。

三、四句中“映阶碧草”和“隔叶黄鹂”都是写优美动人的春日景象。“映阶”承首联第一句“堂”字，写碧绿鲜亮的春草映照着祠内的台阶；“隔叶”承首联第二句“柏”字，写深藏在森森古柏繁枝密叶之中的黄莺在纵情地歌唱。略一点染，就写出了一种幽美的意境和令人愉悦陶醉的春光。但写春光不是作者的目的，用“自”字和“空”字一转折，就透露出其间隐曲深微的含意。一则，诗人拜谒丞相祠堂，本为怀想、追慕诸葛亮而来，并无意于欣赏明丽的春光；再则，春色虽好，祠堂的主人却不能感知、欣赏，这当然也是令人深深地叹息和遗憾的。因而春色自美，鸟音空好，而人（包括历史的和现实的）却无法或无心欣赏；这样越是把春光写得美丽动人、赏心悦目，就越能反衬和传达出诗人一种空寞和失落的思绪。这不仅跟全诗所表现的思想情调和精神意趣完全一致，而且因了这春光的映衬点染而将这思想和精神表现得更加浓重、突出。

上面四句写祠堂，是通过祠堂来表达对诸葛亮的思慕怀念；四、五两句就直接赞美颂扬诸葛亮的光辉业绩了。前一句写诸葛亮杰出的政治才干和胸怀天下的气度胸襟，后一句赞颂诸葛亮鞠躬尽瘁、死而后已，效忠于蜀汉政权的拳拳之心。诗人以凝练的诗句，高度地概括了诸葛亮一生事业和思想的主要内容和主要特色，而这又适足以表现诗人自己的理想、怀抱和深固的忠君观念。然而，诸葛亮受刘备三顾之恩，有机会施展自己的才能，辅佐两代君主开创基业，匡济危时，而诗人却没有这样的机遇。他生活蹭蹬，沉沦下僚，饱经忧患，一无所成，因而在对诸葛亮的赞美和仰慕中，又隐隐地透露出诗人内心因壮志难伸而产生的难言的苦闷和悲哀。

最后两句，对诸葛亮北伐曹魏，终因积劳成疾、壮志未酬而早逝，表现了深深的惋惜和悲悼。在强烈的哀音中结束全诗，感情既深沉又昂奋，使整首诗染上了一层深挚悲壮的色调。洒泪的“英雄”既指作者自己，又包括了历代无数渴望建功立业的有志之士。他们的悲哀，不仅仅因为历史上诸葛亮的早死，更多的怕是因为现实中的自己由于各种原因而壮志难酬。在“鞠躬尽瘁，死而后已”这一点上，现实和历史，杜甫和诸葛亮，在精神上是交融在一起了。清人王嗣奭评这两句说：“盖不止为诸葛悲之，而千古英雄有才无命者，皆括于此，言有尽而意无穷也。”（《杜臆》卷四）这评论十分确当，其中深永的含义确实是很值得我们仔细体会的。

杜甫以精于七律著称。他能于严格的规矩中求自由，用笔自然而又奇纵，不显出一丝受音律拘牵束缚的痕迹；相反，倒因为声律对偶的精严而使思想内容的表达显得更加浑厚和鲜明，这首《蜀相》，正是杜甫的七律在声律和艺术上达到炉火纯青的最杰出的代表作之一。全诗由寻祠开始，到感叹诸葛亮的早亡结束，中间经历了一个完整的流动的时间和感情发展的过程，诗人对诸葛亮的倾慕赞美之情贯穿首尾，诗意贯通，结构严谨。中间两联，对偶工巧，在整饬的结构中，表现出婉曲深挚的感情。全诗音调和美，语言精练，确是杜甫七律中声情兼茂的佳品。

杜甫《春夜喜雨》

好雨知时节，当春乃发生。
随风潜入夜，润物细无声。
野径云俱黑，江船火独明。
晓看红湿处，花重锦官城。

与《望岳》“会当凌绝顶，一览众山小”和《春望》“国破山河在，城春草木深”中用概括的手法所表现的阔大的气象与意境不同，《春夜喜雨》这首诗对大自然中人们所习见的一种物象——春雨的描写是具体而又精细入微的。然而，细而不浅，小中见大，无论从诗中所描绘的客观景象看，还是从诗人所创造的意境、所表现的感情世界看，都可以说是含蕴丰富，精微宏深的。

这首诗作于唐肃宗上元二年（761）的春天。这时杜甫经过长期的乱离生活之后，到成都西郊浣花溪畔构筑草堂定居，已经有一年多的时间了。只有在这时，诗人才有可能对在战火和逃难中很难注意到的泽润大地的春雨，怀着一种喜悦的心情，有这样深细的观察和体验，并从容地铸炼为精美的艺术形象，创造出极富于魅力的艺术境界。

这是一首咏物、写景诗，同时也是一首抒情诗。它通过对春日夜雨的生动描绘，抒发了诗人内心的欣喜之情。春雨总是让人感到欣喜的，因为它使沉眠的大地苏醒，让万物焕发出勃勃生机。老百姓就从切身的生活经验出发，用“春雨贵如油”来表现自己喜悦的心情。杜甫从北方来到“曾城填华屋，季冬树木苍”的成都，对于富有魅力的蜀中春雨，更有着极为深切的感受。不过，要把锦城春雨的动人景象真实地描绘出来，实在不是一件容易的事，而杜甫在这首诗中，却是极轻快自然地写出了春雨的气象和情韵，可以说达到了传神入妙的境界。

开头两句说，春雨是知道时节的，正当万物生长需要滋润的时候，它便应时而发生。“好雨”两个字着于篇首，就跳荡出一个“喜”字，写出了诗人对这场春雨深情的喜爱和赞美。春雨本来是无知亦无情的，诗人用了拟人化的手法，把它写成有情之物，就更能表现出诗人对这场春雨的欣喜爱悦的感情。只有有情的诗人才能看出雨也有情，并且带着浓厚的感情写出这有情之雨。“好”字笼罩全篇，既是写雨，也是抒情。第二句“当春乃发生”就是承首句“好”字，写“知时节”的具体内容。

三、四两句进一步承“好”字，精细地描摹春雨的特点，写出了它的风神气韵。夜里，随着和煦的春风，细雨轻轻地、飘飘忽忽地降落到大地上，使万物得到滋润；却又好像生怕惊扰了这世界的宁静，它是那样地无声无息，春宵酣睡的人们一点也没有觉察。这两句中“潜”字和“细”字，最值得注意：“潜”字说它使人不知不觉，“细”字说它轻柔无声。表面上看只是写实，实际上仍是使用拟人化的手法，写春雨的有知觉、有感情。仇兆鳌说：“曰潜，曰细，写得脉脉绵绵，于造化发生之机，最为密切。”（《杜诗详注》卷十）杜甫喜欢这轻柔无声的细雨，赞美它给世界以福泽却又不搅忧人间的清宁；从雨的风神气韵中我们窥见了诗人自己的感情和胸襟，窥见了他对人间、对世界万物的挚爱。对世界失却了爱的人，是看不见、更是写不出春雨的这种精神风貌的。读着这描摹精微、传神入妙的诗句，我们觉得诗人笔下这有知有情、抚爱润泽大地万物的春雨，简直就是诗人自己的化身。杜甫确是一位伟大的诗人，他在吟咏大自然景象的作品中，竟将自己的生命和灵魂熔铸到诗句中去了。

五、六两句拓开，写眼前景，为我们展现了一幅寥廓深远的春夜郊外雨景图。浓云低垂，笼罩着乡间小径，田野天空，一片漆黑，茫茫无所见，只有江中小船上的一点渔火在闪烁。这春雨，轻柔绵细，正像听不见它的声音一样，在漆黑的夜晚也看不见它的踪影和形态。然而“云俱黑”三个字实际上已经包孕无遗，启发读者去想象那漫天飘飞的景象。上下句间形成比照、映衬：“黑”和“明”是相对立的，诗人巧妙地利用了这种对立关系，通过“黑”来写“明”，又通过“明”来进一步映衬和渲染“黑”。因为有原野上一片漆黑作背景，就更显出那渔火的“独明”。而总的是突出“野径云俱黑”，因为这才是春夜郊外雨景的主要特色。这里，诗人为我们创造出一种幽深邈远的诗的意境。因有闪烁的渔火作点染，同时又启发人联想到招人喜爱的春雨，就使我们从中得到一种艺术的美的享受。

最后两句，一般解释为想象之词，其实理解为写实似乎更好一些，因为这样就显出了时间的流动，更能表现出诗人对春雨的感情，增加诗的情韵。他夜里听雨而无所闻，看雨而无所见，天刚亮，就迫不及待地去观赏那带雨怒放的春花，一朵朵沉甸甸地绽开在枝头上，那样滋润、明洁、鲜美、艳丽，进而想象出，整个锦官城都因这场春雨而被装点得格外美丽了。“晓”字在回映中暗切“夜”字，因为有夜间的细雨，才有早晨枝头这“红湿”的景象。花因雨而变得更加美丽，因而写花就是写雨，赞美花就是赞美雨，而且是一种不露痕迹的深沉含蓄的赞美。浦起龙说：“写雨切夜易，切春难。”（《读杜心解》卷三）而杜甫以花写雨，就毫不费力地从盎然春意中紧切了题中的“春”字。一个“湿”字，一个“重”字，凝聚着丰厚的意蕴：“湿”字使我们看见了花瓣上晶莹的水珠，“重”字使我们看见了朵朵鲜花带着雨露低垂的那种妩媚的神态。这里洋溢着雨的感情，雨的爱；跃动着雨的精神，雨的生命。而这一切，都从这生机勃郁的鲜花的形象中充分而又生动地表现出来了。

这首诗，没有使事用典，只用精炼生动的语言，极自然又极形象地刻画出蜀中春雨的神韵。在杜甫的笔下，春雨是有知觉、有感情、有生命的，是大自然的精灵。正如诗中所写的春雨春花一样，整首诗显得那样清新、明净、绚丽动人。诗题为《春夜喜雨》，通篇抒写喜悦的感情，却不着一个“喜”字，而欢愉欣喜之情跳荡在字里行间。

杜甫《又呈吴郎》

堂前扑枣任西邻，无食无儿一妇人。
不为穷困宁有此？只缘恐惧转须亲。
即防远客虽多事，便插疏篱却甚真。
已诉征求贫到骨，正思戎马泪盈巾。

我们读杜甫《茅屋为秋风所破歌》，无不为诗人由己及人，并进而置个人的寒冻生死于不顾，切盼天下寒士都能住上“风雨不动安如山”的“广厦”那种博大的胸怀和深厚的人道主义精神所感动。这首《又呈吴郎》，没有一个字言及个人的不幸遭遇，完全是体恤别人的困苦，但它给予人们的并不是一点廉价的同情心，而是同样博大的情怀和深厚的人道主义精神。《又呈吴郎》跟《茅屋为秋风所破歌》在思想情怀上一脉相通，同样是杜诗中最感人的诗篇之一。

这首诗作于唐代宗大历二年（767）秋天。诗人本来住在夔州（今重庆奉节县）的瀼西草堂，后来移居东屯，将草堂让给他的一位从忠州（今重庆市忠县）调到夔州任司法参军的吴姓亲戚居住。吴郎寓居草堂后，插篱为墙，致使从前常来杜甫堂前扑枣的西邻老妇心怀疑惧而不敢再来。杜甫得知此情，便以诗代简，写了这首诗来送给吴郎。在此之前，杜甫曾作《简吴郎司法》一诗，故题中加一“又”字。

应该说，这首诗的文字浅近平易，题旨也是十分明白的。然而明白浅显的意思，如果仅以明白浅显出之，便缺乏诗的意趣，缺乏打动人心的力量，使人读后觉得淡乎寡味。杜甫不愧是大诗人，这首诗，词淡、语婉、情深，值得我们反复吟诵品味，而且越品味就越感受到诗中蕴蓄的感情是那样的深沉厚重，激动人心。从这首诗里，我们听到了一千多年以前诗人热烈跳动着的心声，窥见了一个伟大的灵魂。

简括地说，这首诗的主旨是：告谕吴郎要体恤穷困的西邻老妇，让她毫无顾虑地来堂前扑枣充饥。如果我们体会得不错，那么，开首第一句“堂前扑枣任西邻”，就已将这首诗的主旨直接明白地揭示出来了。开门见山，似乎要说的话第一句就都已经说尽。可是在杜甫笔下，这仅是全诗一个极好的发端。这首诗写得有情有理：对吴郎是既动之以情，又晓之以理。“任”是“随意”“任凭”“不加干涉”的意思，从这一个字，不难体会到诗人对西邻老妇的无限关怀和同情。“任”字笼罩全篇，全诗就一个“任”字从情和理两个方面发挥，千层百折，步步深入，将埋说到极透处，将情写到极浓处，直到笔酣墨饱，和着血泪写出一个灾难深重的时代来。

第二句“无食无儿一妇人”，是申说任其扑枣的原因。七个字包含了三层意思：“无食”，言饥馁；“无儿”，言孤苦；“一妇人”，指明是寡妇。“哀哀寡妇诛求尽”（《白帝》），杜甫对命运最为悲惨的寡妇一向是最为关心和同情的。由于充分地写出了西邻老妇的苦况，也就进一步揭示出上句中“任”字所包含的丰富的情感内容——诗人对一位穷困孤苦老妇人的深切同情。

从表面上看，这两句诗只是说自己往日如何体恤邻妇，平静地叙写过去的事实。但仔细体味就会发现，其中也包括了吴郎在内，暗含了这样的意思：现在和将来，你吴郎也应该取此态度。不过，这层意思并没有明说出来，只是隐含其间。可以想见，如果吴郎也是富于同情心的人，仅仅读到杜甫这诗的开头二句，就会顿悟其间的深意，对自己插篱为墙的粗疏行为（不一定出于吝啬或有意防范），产生一种惭恧不安的感情的。

“不为穷困宁有此？只缘恐惧转须亲。”三、四两句可以说是一、二两句所表现的思想感情在一种回环往复形式中深入一层的发展。因为贫穷，才来扑枣，这层道理，应该说在“无食无儿一妇人”一句中已不言自明了。现在又直截明白地再一次讲出来，在语意上是不是重复？是重复，但不是简单的重复。这里的有意重复，是为了使事理所含的“因”（穷困）和“果”（扑枣）的内在联系，由隐而显，揭示得更充分，以表现诗人对邻妇了解深切，关怀备至。可以说，诗人的感情，正是赖此重复而得以深化、发展，并因此重复而得到强调。重复而使感情的色调加浓、加重，这样的重复，给予人的审美感受已不是累赘、啰嗦，或单调、平浅，而是丰富和深厚了。值得我们注意的是，杜甫在这里用了反问的形式。诗人对邻妇那般了解、同情，自然深明其因穷困而扑枣之理，因何又要反问呢？显然，这反问不是对自己，而是对吴郎而发的；以一种比直叙形式更为强烈的语气提示对方，就显得情更切而理亦更明。从诗意的发展看，有了这一反问，便更加有力地逼出下句来："只缘恐惧转须亲"。意思是说：正因为邻妇来堂前扑枣时心怀恐惧，就更应该对她抱一种亲切和蔼的态度。这一句表现诗人的态度和感情，极尽曲折婉转之致。前面一句虽然也是写诗人的态度和感情，但重在析理，且纯从邻妇一面着笔；这一句则是寓理于情，从邻妇一面写到自身一面，出语恳切，将两方面的感情凝聚融合于七字之中。"恐惧"是指邻妇来堂前扑枣时的心理。邻妇"恐惧"，杜甫何得而知？这表现了诗人设身处地，对穷困老妇体贴入微。缺乏同情心的人自然想不到这一层，有同情心而粗心大意者也不会体察及此。"亲"是指因对方"恐惧"而应持的一种态度，也即首句"任西邻"的"任"字的一种更富于感情色彩的表达。"亲"是就自身一面言，指诗人，亦兼含吴郎在内。可以理解为"咱们"应该如何如何，着一"须"字，晓谕的意味十分鲜明。由对方的心理转及于自身的态度，经此一层转折，不仅揭示出了诗人感情心理的特征及其发展过程，而且提示了含蕴其中的深厚的人道主义内涵。

既然是以诗代简，当然每一句都是写给吴郎，针对吴郎而发的。但从字面上看，前四句都是写自己，诗人以自己对邻妇的关心、同情、体贴，来启发和打动吴郎，结到"转须亲"三个字上。处处晓谕吴郎，却未点破，只是含蓄委婉地暗示。但有了前四句，在情理两方面都已作了充分的准备和铺垫，五、六两句便可直接明告吴郎，插篱一举是疏于考虑了。这里虽是点破，出语却同样委婉含蓄。"即防远客虽多事，便插疏篱却甚真。""防"是"提防""警惕""疑惧"一类意思，说的是邻妇；"远客"指吴郎。意思是：邻妇对吴郎心生疑惧，不敢像从前那样来放心扑枣，未免多心；不过你一来便插疏篱，像是有意防人，就显得是过于认真了。明明意在晓示吴郎，批评吴郎，却先责邻妇，有意地倒主为宾。然而责邻妇"多事"是虚，是陪衬；怪吴郎插篱失于不必要的认真，是实，是本意所在。前后两句分用两个虚词"虽"和"却"，颇堪玩味。"虽"表让步，"却"表转折，两相呼应，宾主和虚实便截然分明了。意思实实在在，明明白白，写来却迂曲委婉，语气缓和，最易为对方所接受。仇兆鳌评这两句说："极煦育邻妇，又出脱邻妇；欲开示吴郎，又回护吴郎。"出脱是为了煦育，回护是为了开示。仇兆鳌的话确乎道出了这两句诗在艺术表现上语曲意深、委婉含蓄的特点。

杜甫是一位伟大的现实主义诗人，他在许多本来不涉及政治的日常生活甚至自然风景的诗作中，都往往能即小见大，写出历史内容和时代特点来。杜甫不愧为"诗圣"，他的胸中装着国家、社会、人民，笔底翻滚着时代的风云。"已诉征求贫到骨，正思戎马泪盈巾。”这末二句进一步揭示出邻妇穷困的原因，从一个人的不幸遭遇，扩大到写社会，写时代。封建统治者敲骨吸髓的掠夺，连年不断的战祸，使千千万万的穷苦人民，如邻妇一样，沦于悲惨的境地。“已诉”是邻妇诉，诗人诉，也是千千万万的穷苦人民在诉。正是千万人的这种痛苦的呼声，激荡起杜甫心中的诗情，使他怀着无限沉痛的感情，用诗歌来传达人民的心声。这两句诗，大大地提高了全诗的思想境界和艺术感染力量。由于勾画出时代的背景，邻妇的悲惨遭遇本身，也获得了深刻的社会内容和典型意义。

将《茅屋为秋风所破歌》和这首诗作一比较，可以看出，经历了六年的战乱和流离颠沛（其间仅一年左右时间相对安定）生活之后，诗人的思想感情变得更加深切、沉重了。“安得广厦千万间，大庇天下寒士俱欢颜。”含寓着深长的感叹。“安得”是想望得，可是欲得而不可得。但他毕竟在幻想中安慰自己，也安慰天下的寒士，还抱着一种“何时眼前突兀见此屋”的梦想。然而充满斑斑血泪的现实，已将诗人的幻想击得粉碎，到写《又呈吴郎》的时候，杜甫已经清醒地看到，纵使任随邻妇来堂前扑枣，也并不能帮助她真正摆脱苦难。而且战火不息，统治者征敛未减，只会有更多的人陷于水深火热之中。深切同情，却又无法改变他们的悲惨命运，无可奈何，只有泪满衣衫了。可贵的是，诗人的脉搏跟邻妇和千千万万像她那样穷苦的人民的脉搏是跳动在一起的。“正思”的“思”，是杜甫在“思”，也是邻妇和千千万万苦难的人民在“思”；“泪盈巾”的“泪”，是杜甫的“泪”，也是千千万万苦难人民的“泪”。这是这首诗的深刻动人处，也是杜甫思想和人格的伟大处。

全诗千层百折，婉曲情深。唯其委婉含蓄，写来层层叠叠，曲曲折折，思想感情的表现就比直说显得饱满、深透。直露易致平浅，婉曲反见深沉。诗艺中的这种屡见不鲜的现象，是很值得我们思索的。仇兆鳌说：“此章告以恤悯之道也。上四，悯邻妇；下四，谕吴郎。”这样截然划分，不免割裂诗意。其实，全诗八句，句句悯邻妇，亦句句谕吴郎；悯恤之情，晓谕之理，贯穿全诗，不过时明时暗，含蓄委婉而已。不了解这首诗在艺术表现上的这一特点，便不能很好地领会诗意。

白居易《新丰折臂翁》

新丰老翁八十八，头鬓眉须皆似雪；玄孙扶向店前行，左臂凭肩右臂折。问翁“臂折来几年？”兼问“致折何因缘？”翁云：“贯属新丰县，生逢圣代无征战。惯听梨园歌管声，不识旗枪与弓箭。无何天宝大征兵，户有三丁点一丁。点得驱将何处去？五月万里云南行。闻道云南有泸水，椒花落时瘴烟起。大军徒涉水如汤，未战十人五人死。村南村北哭声哀，儿别爷娘夫别妻；皆云前后征蛮者，千万人行无一回。是时翁年二十四，兵部牒中有名字；夜深不敢使人知，偷将大石槌折臂。张弓簸旗俱不堪，从兹始免征云南。骨碎筋伤非不苦，且图拣退归乡土。臂折来来六十年，一肢虽废一身全。至今风雨阴寒夜，直到天明痛不眠。痛不眠，终不悔，且喜老身今独在。不然当时泸水头，身死魂飞骨不收；应作云南望乡鬼，万人冢上哭呦呦。”老人言，君听取：君不闻开元宰相宋开府，不赏边功防黩武。又不闻天宝宰相杨国忠，欲求恩幸立边功。——边功未立生人怨，请问新丰折臂翁。

在中国诗歌史上，白居易以《新乐府》和《秦中吟》为代表的“讽喻诗”，是以通俗易懂而著称的。所谓通俗，一指诗意显豁明朗，二指语言质朴浅近。这跟诗人“救济人病，裨补时阙”（《与元九书》）的创作思想分不开。白居易在《新乐府序》中曾说：“其辞质而径，欲见之者易谕也。其言直而切，欲闻之者深戒也。其事核而实，使采之者传信也。其体顺而肆，可以播于乐章歌曲也。”也就是说，他的这些诗歌不是为咏玩性情而作，而是将他在生活中亲见亲闻令人痛心者，用诗歌的形式指陈出来，希望能引起统治阶级的警诫，并进而克服社会弊端，改良政治，使老百姓能生活得好一些。他自称是“为君、为臣、为民、为物、为事而作，不为文而作也”（《新乐府序》）。为君、为臣、为民而作，是指他的写作目的，为物、为事而作，则是指从生活出发，不发空吟。他在诗歌创作中也不忘左拾遗的谏臣身份，时时记得去规劝告诫皇帝应该如何治国安民。在白居易所生活的时代条件下，以他的身份，为民和为君是不能分开的，我们不必因他为民而过褒他，也不必因他为君而苛求他。他的讽喻诗，关心民生疾苦，用诗歌来为老百姓说话，无论如何我们都应该在中国古典诗歌的现实主义发展中为它们安置一席应得的位置。

这篇《新丰折臂翁》是《新乐府》五十首中较有代表性的一首，能反映出他这类诗歌总的思想艺术特色。《新乐府》作于元和四年（809），时诗人三十八岁，在京任左拾遗和翰林学士，正是他在政治上直言敢谏、积极进取的时期。这首诗鲜明地表现了诗人关心民生疾苦并敢于揭露时弊的锐气。

诗下小序云：“戒边功也。”四个字已将此诗的作意提示得明明白白，毫不含糊。诗人以天宝时期统治阶级发动不义的开边战争给人民带来的深重灾难，劝诫当朝的统治者，要从正反两方面吸取教训，体恤百姓的怨苦，慎于开边用兵。诗中所叙，以唐玄宗天宝年间的历史事实为背景。当时，云南少数民族白族所建立的南诏国跟唐王朝有封建的藩属关系。天宝九年（750），南诏王阁罗凤因受云南太守张虔陀的迫辱，愤而起兵反叛唐王朝，杀死张虔陀，攻取夷州三十二。次年四月，唐王朝派剑南节度使鲜于仲通率兵征讨，结果被阁罗凤大败于泸南，死六万人。天宝十三年（754）六月，权相杨国忠又派剑南节度留后李宓再次率兵征讨，结果又遭全军覆没，李宓亦被擒。杨国忠隐瞒了兵败的消息，反以捷报上闻，进而又大肆搜捕民丁，强凑队伍继续发兵攻打南诏。这几次战争前后共死亡近二十万人。这首诗通过一个老翁亲身经历的自述，反映了广大人民在唐王朝这几次开边战争中所蒙受的巨大苦难，揭露和控诉了封建统治阶级追求边功、穷兵黩武的罪行，强烈地谴责了不义战争。

这是一首叙事诗。全诗共分为三个部分，叙写井井有条，脉络分明。开首四句为第一部分，具体生动地刻画出一个白发老翁的形象。作者的刻画，一是写他年老，二是点出他是独臂。突出这两点有鲜明的目的性，跟下面描述折臂翁对战争的控诉和谴责分不开。写他老，年高八旬，须发尽白，玄孙扶行，用了三句；表现他独臂，只用一句点出：“左臂凭肩右臂折”。写折臂是状其不幸，写年老是表现他以此不幸而换来万幸，得以全身终老。这层意思是全诗要着意发挥的，在开首对人物的客观描述中即已暗示出来，可见诗人在艺术构思上是有一番匠心的。

由“问翁折臂来几年”直至“万人冢上哭呦呦”为第二部分。从对折臂翁的形象描写发展下来，要着重表现他悲惨的命运和遭遇，用两句提问作为过渡，引出折臂翁的回答，而以他的答话作为全诗的主体。两句提问是："臂折来几年？""臂折何因缘？"这实际上是老翁答话的提纲。老翁的答话几乎概述了他一生的遭遇，主要是他为什么要折臂，以及对折臂的一种独特的感受和认识，读来催人泪下。答话是对"天宝大征兵"的控诉，却从"生逢圣代无征战"的开元盛世说起。"贯属"以下四句的主要作用，在于构成鲜明的对比，以强化和突出下文所说的"天宝征兵"的罪恶，并进而也强化和突出了折臂翁的（当然也同时是诗人的）爱憎和喜怒。

接下去就述说"大征兵"的情景："户有三丁点一丁"，是说征兵之多；"点得驱将何处去？五月万里云南行"，是点明这次征兵是开赴云南征伐南诏，同时点明时间是在五月。明确交待地点和时间是很重要的，因为云南边地的山林地区，由于特殊的环境和气候，在夏日便有致人疫疾的瘴气。这跟老翁的答话要突出被征战士惨死的遭遇有关，所以接下去四句就写战士们不战而死的情景。以"闻道"二字领起，说明不是他的亲历、亲见，而是得之耳闻，是符合并未上过前方的折臂翁的身份和语气的。夏日徒步涉水，水热如汤，瘴气袭人，尚未开战即已病死过半。"村南"两句描写了大征兵时的悲惨景象，写得既概括而又具体，生离死别，哭声震天，令人惨不忍睹。前面先写战士们在边地病死的惨况，然后才写征兵时亲人相别的悲痛，看似颠倒了事件发展的自然顺序，其实是合情合理，顺理成章的。因为天宝年间云南的开边战争非止一次，而且即使是同一次战事，也完全可能是前边病死、战死，后边又不断抓兵补充。更重要的是诗人这样写在艺术表现上有他的用意：一方面可以给读者造成征战不息、征兵不止的印象，同时边场上"未战十人五人死"，正是后方征兵时"村南村北哭声哀"的原因和依据，这就更加真切而有力地表现出广大人民群众对战争的态度以及折臂翁独特的思想感情和行动。不过，诗人对提示应征者和亲人生离死别的原因和点染出惨痛的气氛，还感到意犹未足，所以紧接着又补叙了两句："皆云前后征蛮者，千万人行无一回。""无一回"比前面的叙述有了发展，是总括前后几次战事说的，也是总括病死和战死两方面说的。半数以上的人因瘴气而病死，是这次战争的特殊性，故明白点出，用实写；战死沙场则是有战皆然，用不着特意叙出，故概括在这一句中，用虚写。这里的"皆云"跟前面的"闻道"相呼应，更真切地传达出折臂翁叙说的感情语气。

以上是从大处着笔，总写当时开边战争的残酷和百姓的悲苦。在这一大的背景下，下面便把笔墨集中到这首诗的主人公自身，写折臂翁独特的遭遇命运和思想感情。从叙事的连贯性上看，“皆云”二句还起到一种承上启下的作用：一方面补足上文，进一步揭示出征兵时哭声震天的原因；另一方面，又是下文写老翁折臂逃役的根据。有了前面一大段叙写，再加上“千万人行无一回”这一总括性的句子作过渡，老翁年轻时为了逃避兵役而忍痛将自己的一只胳臂折断，这行为就不仅是可以理解的，而且是深深地令人同情的。折臂翁对自己遭际命运的叙说也是井井有条、脉络分明的，一共分为三个层次。“是时”以下六句为第一层，述说他年轻时为了逃避征兵而忍痛折臂的情景。“骨碎”以下六句为第二层，是说他折臂以后的结果。这结果是两方面的，一方面是废一肢而全一身，但另一方面却是，不仅折臂时经受了骨碎筋伤之苦，而且在六十年的漫长岁月中一遇风雨阴寒便疼痛难忍。以长年的痛苦换得免于征战，这代价实在是太高了，然而他却愿意，其间便隐含着更深的悲苦。“痛不眠”以下七句为第三层，深刻地揭示了折臂翁复杂矛盾的思想感情。他因逃避兵役而造成终身残疾，是很不幸的，然而在他看来，比起那些惨死云南边场的千千万万战士，他又是很幸运的。因此他既沉痛又不能不为自己庆幸：“痛不眠，终不悔，且喜老身今独在。”这里特意着一“喜”字，是含义深长的。这个“喜”字在前面一大篇叙述的基础上说出来，实在有千钧之力的分量，它表达了一种难于用一般言语所能表达的至悲至痛的感情，读者读来能于喜中见泪，喜中见悲。

“老人言”以下为全诗的第三部分。这是诗人的感叹和议论。按《新乐府》“首句标其目，卒章显其志”的体制手法，在结尾处鲜明地揭示出全诗的主旨，并表明诗人的态度。这部分值得我们注意的是，诗人以“君不闻”“又不闻”领起，将开元和天宝两个时期对举，将宋开府和杨国忠两种统治者对举，与前面折臂翁所说的“生逢圣代无征战”相呼应，在比照中毫无隐讳、毫不含糊地表明了自己提倡什么、反对什么，歌颂什么、谴责什么，然后结到题目上：“边功未立生人怨，请问新丰折臂翁。”诗人的是非观念，爱憎感情，在这里表现得十分鲜明强烈。陈寅恪先生对这首诗的结语十分赞赏，称说：“其气势若常山之蛇，首尾回环救应，则非他篇所可及也”（《元白诗笺证稿》第五章），是很有道理的。

这首诗以其诗意之显豁和语言之浅近（通篇不用典，也没有生僻艰涩的词语），显示了白居易《新乐府》创作的总体特色：通俗性和明朗性。但它在艺术表现手法和艺术风格上又有其独特之处，这就是诗人提炼和表现生活的角度选择得好，能于直中见曲。诗人揭露天宝时期几次开边战争带给人民的深重苦难，却没有从正面直接地描写战争的残酷，像我们从一些诗作中看见的那样去铺陈渲染沙场上白骨横陈的景象，而是通过应征者及其亲属的悲痛，尤其是通过逃征者的幸免于难，来间接地表现不义战争给人民造成的巨大灾难。诗人选择了一个巧妙的角度，通过他所写出的生活的局部，启发读者去想象、思索他没有写出却又着意要表现的更多的东西。粗一看，这首诗的诗意是明白畅朗的，既不含蓄，也不迂晦，似乎一览无余。但细加揣摩，就会发现它自有其发人深思和耐人咀嚼之处。诗人意在悼恤千千万万的死者，却从一个幸免于难的生者着笔。对折臂翁，诗人明明是哀其不幸，却偏从他侥幸全身的一面突出他的“不悔”和“且喜”。折臂是痛苦的，以折臂来逃避征兵也是十分可悲的，诗人却把可悲之事当作可喜之事来叙写，而读者却正从这含泪之“喜”中更强烈地感受到主人公内心巨大的悲痛；再进一步，又还能从生者发出的怨苦之音中体会到那些无言的战死者更大的不幸和冤愤。

在艺术表现上，直和曲是对立的；但在这首诗中却相反相成，互为补充，构成一个和谐的艺术整体：直中有曲，直中见曲。直则畅，“意激而言质”，它对社会问题的揭露是鲜明的，尖锐的；曲则深，言近而旨远，它所概括的生活内涵又是丰富的，读后发人深思。

杜牧《遣怀》

落魄江南载酒行，楚腰肠断掌中轻。
十年一觉扬州梦，赢得青楼薄幸名。

这是杜牧一首有名的绝句，是描写他个人放浪生活，抒发失意情怀的，历来传诵很广。文人狎妓在唐代相当普遍，杜牧是其中著名的一位。这种生活本身自然不值得肯定，但纵情声色不单出于无行，有时也跟生活的失意有关，因而这种行为往往又跟比较复杂的情感内容相联系。既然这是诗人某一方面的生活和情感内容，又发为吟咏，要认识全人，就不能置此不顾；何况既已成为一时风尚，也就能多少折射出那个时代的某些光影。

杜牧是一位相当矛盾的诗人：他出身高门世族，却又受到当时新兴进士阶层习气的熏陶，不死守传统，不为礼法所拘束；他反对统治阶级的荒淫享乐，自己却又饮酒狎妓，纵情声色；他关心国事民生，有政治抱负，却又因受到李德裕的排挤而郁郁不得志，甚至落魄潦倒；他对跟妓女歌姬的恋情不能忘怀，却又对自己的轻薄放浪生活产生一种悔恨之感。这种种矛盾，可以说都隐曲含蓄地反映在这首小诗之中。

这首诗作年不详，大概是晚年对他在扬州时期放浪生活的追忆与反省。杜牧在唐文宗大和七年（833）至九年（835）在扬州牛僧儒淮南节度使府内掌书记。当时的扬州是一个商业发达、歌舞繁盛的都市，传说诗人的生活浮浪放达，经常流连于娼楼妓馆。诗的前两句就是对这段放浪生活的追忆。“落魄”二字，表明他到扬州掌书记是不得志的，而且透露出他的饮酒狎妓正与政治上的失意有关。“楚腰”用典，因楚灵王好细腰，故后世常以“楚腰”代指美女。“掌中轻”形容女子体态轻盈。传说汉成帝的皇后赵飞燕身轻，能为掌上舞。“肠断”指女子美貌可爱，令人倾倒，销魂荡魄。这里写他当年与歌姬妓女的恋情，单纯从形貌体态着笔，流于浅露，读来不免有浮薄庸俗之嫌。不过把“断肠”与“落魄”联系起来，就会感到他醉心于女色，作为一种政治上失意的补偿，他似乎确实从中得到了某种满足和慰藉，沉迷中正藏着苦闷和不满。

后两句写出诗人既悔恨又遗憾的矛盾心情。“扬州梦”明确点出诗人在扬州时流连于娼楼妓馆的放浪生活。用一个“梦”字是要呼应那个“觉”字。“十年”不一定是确数，是说自己沉湎声色时间很长。十年沉迷，至今方才觉醒。觉醒了，应该感到一身轻松，但诗人显然并未完全放下感情上的负累，字里行间隐隐透出他内心的矛盾和哀感。既已觉其非，有所悔恨，那就应该忘掉在艳游中结识的青楼女子；但这么一来，就只能落得负心薄幸的名声了。狎妓不是真正的爱情，原不存在“负心”的问题；但从诗人离开扬州时所写的《赠别》诗看，其中有“蜡烛有心还惜别，替人垂泪到天明”这样的句子，说明他对其中的某些人确曾产生过较深的感情。繁华梦醒，又不能彻底割断旧情，徒得负心之名的遗憾，怕也是诗人的真情实感了。“赢得”云云，语含惆怅，其中包含着某种失落感，体味起来，除了那想要忘却又实难忘却的繁华旧梦之外，政治上的失意因而事功无成，想来也是一个重要方面。诗人的感叹实在是相当深沉的。

杜牧是一个既多情又率直的诗人，他既不耻言往昔的放浪，也不隐讳今日的忏悔，在追怀与悔恨中又寄寓着人生感慨。放达中含感伤，直露中见深婉，这便是此诗有别于一般无行文人写狎妓的庸俗轻浮之作的地方。

李商隐《寿安公主出降》

妫水闻贞媛，常山索锐师。
昔忧迷帝力，今分送王姬。
事等和强虏，恩殊睦本枝。
四郊多垒在，此礼恐无时。

这是一首政治讽刺诗。唐朝后期，藩镇跋扈，凭借武力割据一地。唐王朝一味采取妥协姑息的态度。这首诗表现的正是对这种形势所表现的深切的忧虑和愤激的心情。

成德军节度使王庭凑是一个凶悍的割据者，对抗天子之命，为所欲为。文宗大和八年（834），王庭凑死，其次子王元逵袭节度使。他在表面上遵从礼法，按职守岁时贡献。唐文宗于开成二年（837）下诏让寿安公主（文宗李昂的堂妹，绛王李悟之女）嫁给王元逵，以此来笼络藩镇。屈辱"和亲"，这种办法只能维系表面上的臣属关系，将尖锐的矛盾掩盖起来。李商隐的这首诗，就是针对此事而发，在诗中公开批评唐文宗的妥协苟安政策，深沉的忧愤中洋溢着诗人的政治热情。

这首诗表现出一种明朗的格调。诗人的政治态度十分鲜明。诗题本身不仅明确地揭出诗中所要评论的事实，而且即已暗示出自己的态度，"出降"二字包含了降低身份、下嫁外藩的屈辱之意。

开头两句"妫水闻贞媛，常山索锐师"，借传说中帝尧在妫水（在今山西境内）将两个女儿嫁给舜这件事来隐指寿安公主的出嫁。"贞媛"指品德美好的女子，这里关合尧的女儿和寿安公主两个方面。值得玩味的是"索锐师"三个字。"常山"，郡名，即镇州（今河北正定），唐时为成德军节度使治所，这里即指王庭凑父子。"索"，这里是娶的意思。精锐的军队本是显示武力威势的，诗人将它同娶亲这件事联系起来，就暗示了藩镇炫耀军威而皇帝屈服于压力这层意思，表达出一种讽刺的意味。

“昔忧迷帝力，今分送王姬”，就这层意思发挥，将“昔”和“今”联系起来，将父（王庭凑）和子（王元逵）联系起来。“迷”原意为分辨不清，在这里引申为不知道、不理会一类意思。“分”这里读为去声，是应分，即理所当然的意思。两句合起来大意是：正是由于从前对王庭凑无视皇帝的恩威，凭势割据，表现出那样忧惧和软弱无力，才会有今天被迫将寿安公主下嫁王元逵这件事。“分”字同“忧”字对举呼应，便揭示了“迷帝力”同“送王姬”之间的联系。说“忧”说“分”，都是对唐天子而言，从前的忧惧，今天的安抚，表现形式不同，骨子里都是妥协和姑息，是完全一致的。不说“嫁王姬”而说“送王姬”，也是意含讥刺，表示了这样做实出于对藩镇的一种畏惧、讨好和笼络。这四句只是摆出寿安公主出降的事实，但不是客观的叙写，言词间已带出讥刺的意思，含蓄地表现出诗人的态度。

后面四句便是诗人对这件事的直接评论：“事等和强虏，恩殊睦本枝”，指陈其性质；“四郊多垒在，此礼恐无时”，揭示其危害。“和强虏”，指历史上那些软弱无能的统治者为了求取苟安而以宗室女子同外族强敌和亲的事实。在诗人看来，寿安公主下嫁王元逵这件事，同历史上这样的“和亲”行为，在性质上是完全一样的。“殊”本是异的意思，这里引申为超过。“睦”本为和睦的意思，这里作动词用，是求其和睦之意。“本枝”即宗室之意，“本”指皇帝的嫡系子孙，“枝”指皇帝的旁系子孙。两句意思是：对王元逵给予这样的隆恩，已经超过了为敦睦宗室而可能给予的礼遇。“事等”“恩殊”，都是诗人所下的断语，剀切分明，切中要害。联系历史来认识现实，反映了诗人对时政的冷静思考。揭示危害，更表现了诗人眼光开阔，思虑深远。他将寿安公主下嫁一事同整个藩镇割据的危殆局面联系起来，而不是孤立地就事论事，因而能深刻地指出这一政策的危害。诗人认为，以这种办法来安抚和笼络一个王元逵，非但不能解决唐王朝同藩镇之间的矛盾，相反，如此姑息迁就，必致祸患无穷。意见很明确，很尖锐，但话说得比较委婉，发人深思。“四郊多垒在”是讲全国的形势，全国到处是壁垒森严的军事割据，才使诗人产生那样深切的忧虑，着眼于未来，因而痛切地指出这一政策必将带来的严重后果。“恐”字语气不确定，却意含讥讽。全国藩镇那么多，要是用这种办法来安抚，恐怕这样的“礼”会无休无止、永远没有完结的时候了。其危害并没有明确点破，却显得意味深长。

这首诗值得我们重视的，是诗人的勇气、眼光和对国家安危所怀的那种热切的感情。持论正大，有情有理，在冷峻的嘲讽中表现出诗人对国事的深切关心和冷静思考。清代的纪昀评这首诗说："太粗太直，失讳尊之体。"这是站在维护封建礼法的立场上来进行评价的，却从反面使我们看到这首诗在思想上的难能可贵之处。能够从国家的安危出发，打破礼法的束缚，不为尊者讳，敢于以诗歌的形式直言批评当朝皇帝，确实是需要很大的勇气的。由此我们看到了诗人的爱国热情和可贵的政治品质。在艺术表现上，虽率直却并没有流于浅露。全诗的感情是愤激而沉痛的，但诗人并没有让它直泻而出，而是锻炼词句，构成一种冷嘲与婉讽，直中能见曲，而于婉曲中又时时露出辛辣的讽刺锋芒，表现出一种峻切隽永的风格特色。

李商隐《病中早访招国李十将军遇挈家游曲江》

十顷平波溢岸清，病来唯梦此中行。
相如未是真消渴，犹放沱江过锦城。

又一章

家近红蕖曲水滨，全家罗袜起秋尘。
莫将越客千丝网，网得西施别赠人。

本题原仅“十顷平波”一首，“又一章”旧本原题《寄成都高苗二从事》，明胡震亨辑《唐音统签·戊签》之《李商隐诗集》作《失题》。按旧本集中另有《寄成都高苗二从事》（红莲幕下）一首，此“家近红蕖”一首与题意不合，当为误植。冯浩《玉溪生诗集笺注》以此首诗意与《病中早访招国李十将军遇挈家游曲江》题切合，定为此题之“又一章”。今从之，并将二诗作为同题的一个整体来评赏。

义山诗常用象征寓意的手法，隐曲难解。这首诗寄寓的是什么就不很清晰。诗题说诗人在病中出访住在长安昭国里的李十将军，恰遇李十将军挈全家游曲江去了，那么李十将军同李商隐有什么样的特殊关系呢？李十将军同李商隐交谊颇厚，又同后来成为义山岳家的王氏有较亲近的关系。此时义山二十五岁，尚未婚娶，正羡婚于王氏。诗人曾不止一次地作诗含蓄地表露他的求仕求偶之意。如大约作于同年的《寄恼韩同年》二首及《韩同年新居饯韩西迎家室戏赠》等诗即是。韩瞻字畏之，为李商隐同年，二人同时议婚于王氏，韩瞻却先义山为茂元婿。故诗中便流露出对这位同年的歆羡之情，以及求偶的苦闷和希望其促婚的期待。又，前一年所作的《令狐八拾遗绹见招送裴十四归华州》诗，其中有“嗟余久抱临邛渴，便欲因君问钓矶”，便是明借历史上司马相如渴羡临邛卓氏文君及太公钓于渭水的故实，以表现他求偶求仕的强烈愿望的。此诗中的“曲江”“消渴”，都有相类似的寄寓。

首章“十顷平波溢岸清，病来唯梦此中情”紧切诗题，从“病中”“曲江”来生发诗意，抒发感情。写曲江之游，但不是从已去游曲江的李十将军一面着笔，而是从未能实现曲江之游的自己一面着笔，想望一游却因病而不得游，这愿望便只有在梦中实现了。平波十顷，清水溢岸，曲江优美的景色是令人向往的。不过这对诗人来说不过是想象之词，或仅仅是往日所见的追怀。如今访李十将军不遇，他竟游曲江去了，这不免令人歆羡，也有些令人惆怅。“相如未是真消渴，犹放沱江过锦城”这两句，由实而虚，以奇特的联想和富于机趣的方式，表达出一种令人品味不尽的隐曲深微的意蕴。明写“渴”字，别出奇想，联系到汉代的司马相如曾患“消渴疾”。妙的是诗人提出一种近似荒唐的逻辑，看来，司马相如并不是真的患了消渴疾，要不，怎么会没有将沱江水喝干而放它流过成都呢？这里由于运用了双关、隐喻、夸张、引申等手法，使诗意的表现产生了一种婉曲深长的韵致。三、四句明出“渴”字，但渴求的意思比较隐晦，渴求的对象也比较虚，但却因此而使诗的情意蕴蓄，更耐人寻味。消渴疾本指糖尿病，在这里却暗寓着“临邛之渴”的爱情追求，这是提及司马相如这个人物时很容易联想到的。那么，“相如未是真消渴”就有一种弦外之音了：比之历史上怀抱临邛之渴的司马相如来，自己的渴求就要强烈得多了。这层意思并没有直接讲出来，但细玩诗意却又不难解会，想十分熟悉诗人的李十将军当是能深解其味的。

这首诗，由李十将军游曲江生发出自己的梦游，由自己再联想到汉代的司马相如，由曲江联想到沱江，由生理上的消渴疾隐喻感情上的一种强烈追求，全诗由显而隐，由直而曲，由浅而深，以实写虚，寓虚于实，在幽默风趣中表现出一种含蓄隽永的情韵。

又一章“家近红蕖曲水滨，全家罗袜起秋尘”。据程大昌《雍录》，唐时曲江在长安城东南升道坊龙华寺之南，而昭国里近城南，故云：“家近红蕖曲水滨。”句中借红蕖点染曲江胜景，言游地之美。从随行多女眷，借罗袜秋尘之想象作点染，写游女之美。诗人的艳羡之情已溢于言表。

“莫将越客千丝网，网得西施别赠人。”西施是美人的代称。同上一首的写法一样，出语谐谑，在一种开玩笑的口吻中表达他内心的感情要求。看来，诗人已属意于某一女子（很可能就是后来成为他妻子的王茂元之女），而这一点李十将军不仅知道，而且对这个女子必当也是十分熟悉的，说不定此次的曲江之游正有其人在内也未可知。故而上一首三、四句才有临邛之渴的联想，此首三、四句才有“网得”之类的戏言。细揣诗意，虽为谐谑之词，情辞却是相当强烈和恳切的。正像上一首说相如不是“真消渴”，言外之意是自己才是“真消渴”一样，这一首说“网得”的西施不要赠给别人，言外之意便是求其赠给自己。这里表现出的不仅是求偶的愿望，还暗含了求其作合的希冀。比之上一首来，诗人在这里是直道心曲而无所遮饰，然而这种强烈而不可自抑的感情，又是从上一首所表现的那种直将沱江喝干的“真消渴”中发展而来。因而，上章和此章，一隐一显，一曲一直，渴求之情却一以贯之，且前后映照，互相生发，诗意虽隐曲婉折，却并不是不可捉摸和把握的。

从格调上看，两诗都写得比较活泼幽默，认真严肃的感情却以谐谑之语出之。由此可以看出，诗人同李十将军为同辈人，且交谊较深。有人怀疑此李十将军即李千牛，为李商隐僚婿，虽无确据，或者近之。

李商隐《无题》

照梁初有情，出水旧知名。
裙衩芙蓉小，钗茸翡翠轻。
锦长书郑重，眉细恨分明。
莫近弹棋局，中心最不平！

这首诗作年不详，冯浩认为是开成三年（838）诗人应博学宏词科不中后的失意之作（《玉溪生诗集笺注》卷一），大体不误。诗表面上是写一个女子爱情的失意，实则是运用比兴手法，寄托诗人自己怀才不遇的忧愤。这是继屈原《离骚》以来借香草美人以抒写政治怀抱的传统手法，言在此而意在彼，字面上都可以从爱情一面来理解，但又处处关合着政治，实际内容是别有寄寓。诗人具有杰出的品格才华，政治上屡求仕进而不被重用，内心怀着极大的忧愤，便借写爱情以抒怀。诗中所塑造的那位爱情失意、忧愤难平的女子，实乃诗人进取失意的自我形象。

诗从自身写起，假借一个女子美艳娇好，自矜自怜，含蓄地表达出自己美好的追求，然后暗寓追求的失意，抒发内心的愤懑不平。

“照梁初有情，出水旧知名。”“照梁”用宋玉《神女赋》典故：“其始来也，耀乎若白日初出照屋梁。”“出水”用曹植《洛神赋》典故：“迫而察之，灼若芙蕖出渌波。”开首写女子之容色，其艳丽有如初照屋梁的朝日，有如灼耀碧水之红莲。由于是化用《神女》《洛神》二赋中的典故，这两句形容不仅使读者想象出女子容色之美艳，而且还自然地联想到她飘逸绝尘的神韵风致。“初有情”是说早就有美好的爱情追求，“旧知名”是说她美丽出众，早为世人所知。这就不单是对女子容貌的客观描述，而且还揭示出她的美貌和美好追求之间的联系，暗示出这位容色不凡的女子具有一种高蹈的情志和理想。这位寂寞女子的自矜自炫，实际是诗人的自我表现。李商隐年少时即表现出卓绝的聪明才智，而且自视极高，确实是早负盛名。他自称“十六能著《才论》《圣论》，以古文出诸公间……人或目曰‘韩文杜诗’”（《樊南甲集序》）。可见“旧知名”实有所指，并非虚夸之言。才华出众，自然在政治上的进取就会有较高的追求；而自命不凡，政治上的寥落不偶又必然引出极深的感慨。这两句虽出语平和，而强调“初有情”和“旧知名”本身，即已暗示了内心的不满。

“裙衩芙蓉小，钗茸翡翠轻。”写女子之服饰：集芙蓉花为下裳，以翡翠钗为头饰。服饰也是形容女子外在的丽色的，但由外在的妙丽脱俗，自亦能令人想象出她内在不平凡的精神气质和高洁的情操，而所表现的实乃诗人自己。这首诗的写法是以外写内，由表及里。前四句应作一个完整的层次来理解，以女子之姿容服饰来托喻自己的才华品格，以女子之爱情追求来暗寓自己的政治追求，为后四句抒写失意忧愤作铺垫。愈是写出女子的艳丽姣好，就愈能表现出她爱情失意时内心的怨愤不平。

“锦长书郑重，眉细恨分明。”这里“锦书”用了《晋书·窦滔妻传》中的典故：前秦将领窦滔，被徙流沙，其妻苏蕙念之，织锦为《回文旋图诗》（回环往复均可成诵的诗图）以寄赠，情辞凄婉。“眉细”用了《后汉书·五行志》中的典故：“桓帝元嘉时，京都妇女作愁眉，细而曲折。”后因以细眉为含愁之眉。这两句转而抒发女子内心的愁恨。锦书长为写殷勤之情意，愁眉细以传分明之怨恨。字面上虽然出现了“恨”字，但因何而恨，恨的内容具体指的是什么，都没有写出来，在艺术表现上还是比较委婉含蓄的。由于“锦书”“细眉”这些词语包含着具体的典实，同时在传统诗歌的运用中又有其特定的含义，再联系到首句中“初有情”的点示，这里抒写的是女子爱情失意的幽怨，而借此幽怨又婉曲地传达出诗人求进取而不可得的内心惆怅，就不难理解了。

“莫近弹棋局，中心最不平。”“弹棋”是古代的一种棋艺，流行于宋以前，以石为棋局，方二尺，中心高如覆盂，其颠为小壶，壶之四角隆起。（见沈括《梦溪笔谈》）末二句揭出全诗比兴寄托之意，直接表现女子内心的怨愤不平。这两句的感情是强烈的，表达的方式也是径直的，但由于在手法上学习南朝民歌如《子夜歌》等艺术上的特点，以意含双关的词语来表现，又同时显得婉转而隽永有味。“中心最不平”指的是弹棋局，同时又是指爱情失意的女子，而最终表现的则是政治上失意的诗人。物我双关，由此及彼，实在的具体客观的物（弹棋局），同抽象的人的主观的感情（怨愤）融合为一；同时，假托的爱情失意的女子和隐喻的政治失意的诗人，也融合为一。这样，这首诗就表现出一种既直且曲，既明朗又含蓄的民歌风致。

冯延巳《鹊踏枝》

谁道闲情抛掷久？每到春来，惆怅还依旧。日日花前常病酒，不辞镜里朱颜瘦。　　河畔青芜堤上柳，为问新愁，何事年年有？独立小桥风满袖，平林新月人归后。

王国维在《人间词话》中认为，若论词的意境，只有冯延巳的词最当得起“深美闳约”四字；还认为《鹊踏枝》和《菩萨蛮》十数阙是《阳春集》中“最煊赫”之作。按《阳春集》中共收《鹊踏枝》十四首，这里要赏析的这一首是最有代表性的，很能见出冯延巳词在意境风格方面的特色。

冯延巳是一位善于写情的抒情词人。他并不隐讳自己的感情，在词中还表达得相当直白；但虽直白却不浅露，意境深远，情意悠长，感情深挚、缠绵、执著，因而有“旨隐”“词隐”之誉（冯煦《阳春集序》）。这首词在第一句就直接地道出“闲情”二字，作为全词抒写的中心，笼罩着全篇。但正是这第一句就写得极其曲折婉转，写出词人内心极其复杂矛盾的思想感情。“抛掷久”三个字，是说这闲情在心间已是纠缠很久了，它令人痛苦、难过，曾下决心要忘掉它，摆脱它。“抛掷”，就表现出一种主观的意向和努力。然而，在前面加上“谁道”二字，就以一种反诘的语气有力地否定了这种意向和努力。词人是确实曾经想要抛掷掉它的，然而经过努力竟终未能抛掷掉；而最终又发现，并且还不能不承认，在自己的内心深处实在是不愿意抛掉它的。这“闲情”是如此的缠绵、深沉，简直是忘不掉、拂不去、摆不脱、斩不断的一缕悠长不绝的情思。可是，这“闲情”到底是一种什么样的感情，它包含着什么样的具体内容，词中始终没有明白地揭示出来，因而费人猜测，又耐人寻味。从全词隐约透露出的一点意绪看，词人抒写的很可能是一段逝去已久却难以忘却的恋情。这恋情带给他深沉的忧伤和痛苦，折磨得他难以忍受，所以想要抛掷、忘掉；但在忧愁与痛苦中，却又不免时时泛起一种虽早已逝去却仍然历久不忘、不灭也不淡的甜蜜与幸福。因此，词人无法抛掉它，实在也不想真的抛掉它。

次句中的“每”字和“还依旧”三字，是同首句中的“久”字相呼应的。这“闲愁”郁积在怀，永驻心间，年复一年。每到春来，一种莫名的惆怅之情便涌上心头，其沉重、缠绵不减当年。春日本是万物萌生、催人奋发的，为什么词人反而格外伤情呢？一则固然可能因为春意勃发，容易引起人感情的苏醒；再则更大的可能，是那段难以忘怀的恋情发生在春天，因而触景生情，更能唤起那原本就没有失去的记忆。

三、四两句更进一层，在极痛苦中写出一种虽死而不悔的执著。词人确实承受不起这份沉重的忧愁和伤感，却又抛掷不下或不愿抛掷，便只好每日在花前饮酒自醉，借以消愁解恨。揽镜自照，猛见朱颜消瘦，不免心惊；但深情难忘也难解，为此而病酒伤身，憔悴消瘦也是应该的，值得的。这里我们不禁想起柳永《凤栖梧》中的名句：“衣带渐宽终不悔，为伊消得人憔悴。”这里表现的正是一种虽九死而未悔的深情与执著。

下阕开头换一个角度，承上阕“春来”二字写春景，通过景色进一步抒情。写春景不写盛开的鲜花，因为那太绚丽也太热烈了，与词人的心境意绪不合；他写河畔漫无边际的青草，写堤上细丝飘动的柳条，那碧绿、那绵远、那柔细，在人心中唤起的是一种清寂悠远的境界和深长缠绵的情思。七个字，字字景语，字字亦是情语。

接下来，又承上阕“惆怅还依旧”发问：“为问新愁，何事年年有？”这是向青芜问，向堤柳问，也是向自己问。惆怅之情，年年依旧，又年年新生，更显得深沉、永固，绵长不绝。这一问，所传达的仍是那种难于承受、无可奈何、欲抛掷而难于抛掷、实际是不想抛掷的复杂矛盾的思想感情。词人虽提问，春色却无法回答，自己也无意于让它回答。因而末二句撇开提问，转而刻画词人的自我形象：“独立小桥风满袖，平林新月人归后。”他独立于小桥之上，寒风满袖，那样孤寂，那样清冷，那样落寞，时间在静默沉想中悄然流逝，不觉已到了月上树梢、路无行人的黄昏时候了。这两句，既是写景，也是写人。人在景中，而景又充满了人的感受、感情。因而，词意的发展似转而未转，似断而未断，由环境、景物、感受相融合而创造出的词人孤寂忧伤的自我形象，已然婉曲含蓄地回答了上面提出的问题。正因为他心中年积月累地萦绕着那抛掷不掉的“闲愁”，才那样一经春色的触发，便产生出一种似旧而实新的惆怅之情来。

统观这首词所抒写的情感，在第一句中便已明白地道出来了。但似直而曲，似显而隐，全词从不同角度，以不同方式，反复描写抒发，将他无尽的愁思表现得非常充分，非常完足，非常饱满，读后使我们不能不被他所创造的艺术气氛和感情所包围、所感染，从中迷离恍惚而又切切实实地感受到他那斩割不断的绵远而沉重的愁思。我想，这大约就是王国维所赞美的冯延巳词“深美闳约”的艺术意境的特点吧？

范仲淹《太湖》

有浪仰高山，无风还练静。

秋宵谁与期？月华三万顷。

太湖地跨江苏、浙江两省，是我国著名的风景胜地，古称震泽、具区，又称笠泽、五湖，面积有三万六千顷之广。湖中有岛，沿湖有山；湖里套湖，峰峦层叠。古今游太湖的人不知道有多少，吟咏太湖的诗也不知道有多少，范仲淹的这首诗却有它的特点，写出了诗人的独特感受。这首诗不是写一时所见的太湖之景，而是几次变幻镜头，写出太湖在不同情况下的不同气象，具有很高的概括性，因而更能启发和调动读者的艺术想象力。

全诗的构思是：先写其动，后写其静，然后归结到它的浩渺辽阔。首句“有浪仰高山”，是写太湖的动景：巨浪排空，奔腾汹涌，显出它磅礴的气势，蓬勃的生命活力。这里从浪高着笔，同时也就暗寓了太湖的浩渺开阔。试想，要是那种小家子气的狭窄的湖面，遇到再大的风也是掀不起如山一样高的巨浪的。这是通过写浪来启发读者的想象，以表现万顷的太湖，在艺术上是很精练的。这咆哮涌动的气象，又在不知不觉中为末句写出“三万顷”伏一笔，收到气脉贯串、首尾呼应的效果。

首句虽然没有写出“风”字，但是写浪即是写风。次句承首句而来，诗意一折，却转出太湖的另一番景象：风停浪息，整个湖面像平铺在大地上的一幅巨大的素练，方才那种汹涌的气势不见了，太湖变得那么宁静、澄澈、安详、柔美。谢朓诗“余霞散成绮，澄江静如练”，是以素练形容平静江水的名句，范诗与此同一机杼，气象却显得更加阔大。

末二句是悬想期待之语。是说观太湖之美，最好是等到素月生辉的秋夕，在皎洁的月光之下，万顷太湖，月色与水色融为一片，迷迷茫茫，无边无际，才更能显出它恢宏博大的胸怀气魄。"谁与期"的"谁"字，妙在不确定指哪一个人，却首先包括了诗人自己。诗人期待并十分欣赏这种阔大而明净的艺术境界，跟他在千古传诵的名作《岳阳楼记》中写洞庭湖时，表现了同样的襟怀气度，同样的艺术追求。从这一点说，我们从这首小诗中多少看到了范仲淹作为一个有理想的政治家的精神风貌。因而，这首绝句就不单纯是一首写景诗，同时也包含着一种抒情言志的意味在内了。

柳永《雨霖铃》

寒蝉凄切，对长亭晚，骤雨初歇。都门帐饮无绪，留恋处兰舟催发。执手相看泪眼，竟无语凝噎。念去去，千里烟波，暮霭沉沉楚天阔。　多情自古伤离别，更那堪、冷落清秋节。今宵酒醒何处？杨柳岸晓风残月。此去经年，应是良辰好景虚设。便纵有千种风情，更与何人说？

柳永是一个浪漫词人，一个江湖词人，也是一个与词共着生命的专业词人。他一生混迹于乐工歌妓间，这些人都跟当时主要供歌唱的词有着血缘关系，这种生活决定了他以毕生精力来写词。郑振铎先生说他“除词外没有著作，除词外没有爱好，除词外没有学问”（《中国插图本文学史》）。这虽然说得有些绝对，但确能概括出他作为一个专注于词的创作的词人的基本特点。

柳永的词大都是在“偎红倚翠”生活中“浅斟低唱”的产物。前人说他“工于羁旅行役”（《直斋书录解题》卷二十一），这是他的词在题材内容上不同于前人的一个重要方面。他离乡背井，长期浪迹江湖，体尝到了生活中的种种苦况；又因此常常不得不与所恋的人离别，故所作多怨苦凄悲之辞。《雨霖铃》（寒蝉凄切）便是他这方面的代表作。

这是一首送别词。在柳永以前，抒写离愁别绪的词非常多。但因为柳永是一个长期浪迹江湖的游子，对生活有着独特的体验，因而他写一对恋人的离别，就不同于传统的送别词那种红楼深院、春花秋月的狭小境界，而表现出一种烟波浩荡、楚天开阔的气象。

上片写临别时恋恋不舍的情绪。“寒蝉凄切，对长亭晚，骤雨初歇。”这三句说，在深秋时节的一个黄昏，阵雨刚停，一对恋人来到长亭告别。这里不仅交代了时间、地点，而且就所闻所见烘托出一种浓重的凄凉气氛。耳边是秋蝉凄切的鸣叫，眼前是令人黯然伤神的暮雨黄昏。这里所写的景象中已暗含了词人的感情，而又同时为下片“冷落清秋节”的概括先伏一笔。“骤雨初歇”四个字意味着马上就要起行，自然地引出下面对临别时矛盾复杂心情的描写：“都门帐饮无绪，留恋处兰舟催发。”“都门帐饮”，是指在京都的城门外设帐置酒送别。从这句看，这首词很可能是作者离开汴京南去，跟恋人话别时所写。依恋不舍却又不得不分离，因而连饮酒也没有了心绪；可这时候，兰舟无情，正在催人出发。“执手相看泪眼，竟无语凝噎。”这两句描写握手告别时的情状，感情深挚，出语凄苦。临别之际，一对恋人该有千言万语要倾诉、叮嘱，可是手拉着手，泪眼朦胧，你看着我，我看着你，却连一句话也说不出来。无言胜过有言，正因为气结声阻，就更能见出内心的悲伤。“念去去，千里烟波，暮霭沉沉楚天阔。”这三句以景写情，寓情于景。一个“念”字领起，说明下面所写的景象只是一种想象，而不是眼前所见的实景。但虚中见实，由推想的情景中更能表现出一对离人此时此刻的思绪和心境。重复“去”字，表明行程很远。“念”字的主语是谁？词里没有交代。从感情来看，应该包括行者和送行者两个方面。分别以后，前去便是楚天辽阔，烟波无际，行人就要消失在烟笼雾罩、广漠空旷的尽处了。上片写离别时的情景，经历了一个时间发展过程，景象是由小到大，由近及远，而离人的思想感情则越来越强烈，到最后三句发展到高潮，因而既收束上片，又引出下片。

下片写离别之后的孤寂伤感。“多情自古伤离别，更那堪、冷落清秋节。”这三句，由个人的离别之苦而推及于一般离人的思想感情，俯仰古今，在难言的凄哀中去深沉地思索人们普遍的感情体验。可是跟苏轼在著名的中秋词中“人有悲欢离合，月有阴晴圆缺，此事古难全”的超旷态度不同，词人越是把个人悲苦的离情放到历史发展的广阔时空中来咀嚼，就越加陷入深沉的感伤之中，并让读者越发感受到那沉重感情的分量。“冷落清秋节”，照应到上片开头三句，使得情景交融，增强了艺术感染力。“今宵酒醒何处？杨柳岸晓风残月。”这两句是为人传诵的名句，被称为“古今俊语”。“酒醒”二字和上片“都门帐饮无绪”遥相呼应，使人将酒醒后的情景同前面送别时的情景自然地联系起来。妙在词人不写情而写景，寓情于景中。他不直接说自己酒醒之后如何寂寞孤凄，只是拈出在漂流的孤舟中所见所感的三种物象：岸边的杨柳，黎明时的冷风，空中的残月，心中那种凄哀悲苦的感情便充分地表现出来了。“此去经年，应是良辰好景虚设。”这两句更推开去，愈想愈远，愈远愈悲。和心爱的人长期分离，再好的时光，再美的景色，也没有心思去欣赏领受了。

“便纵有千种风情，更与何人说？”这两句照应到上片“执手相看”两句，离别时是千言万语说不出，离别后是千种风情无处说，这就在眼前与将来、现实与推想的对比中，把真挚深沉的情爱和凄苦难言的相思，表现得更加充分，在感情发展的高潮中收束全词。

这首词以秋景写离情，情景交融；在表现上，以时间发展为序，虚实相生，层层递进，一气呵成；语言自然明畅，不尚雕琢，以白描取胜，确实表现了一种“清和朗畅”，“意致绵密”（黄蓼园语）和“秀淡幽绝”（周济语）的风格特色。

柳永《八声甘州》

对潇潇暮雨洒江天，一番洗清秋。渐霜风凄紧，关河冷落，残照当楼。是处红衰翠减，苒苒物华休。惟有长江水，无语东流。　不忍登高临远，望故乡渺邈，归思难收。叹年来踪迹，何事苦淹留。想佳人妆楼长望，误几回天际识归舟。争知我倚栏杆处，正恁凝愁。

这首词也是表现离愁别绪的，但又别是一番景象，别是一种情怀。词人在暮秋时节思念家乡，全词主要就是写思乡不归，漂流不定，归结到对佳人的怀想。上片写景，下片抒情，情景交融。

“对潇潇暮雨洒江天，一番洗清秋。”首二句写一种开阔的秋景，带着一层凄清的色调：在秋天的傍晚时分，暮雨潇潇，江天寥廓，一片清秋景色，经雨洗之后，更加明净，也更见凄冷。下面就接着写秋天的萧条冷落景象：“渐霜风凄紧，关河冷落，残照当楼。是处红衰翠减，苒苒物华休。”霜风是凄紧的，山河是冷落的，又时近黄昏，残阳照着楼阁，举目所见，到处是一片花败叶落、风物凋残景象。这是悲凉清冷之景，传达出的是一种凄哀的感情。这几句值得注意的有两点：一是所写为楼上所见，是一种开阔的景象。这就与下阕首句的“不忍登高临远”呼应，使情与景的表现都更加连贯、紧凑。二是所写虽是登楼所见的一时景象，但又不局限于一时景象，而是表现了对暮秋时节风物的一种总体感受。“渐”字和“苒苒”（同“冉冉”）呼应，就传达出这一消息。这样，有变化发展，客观景物就显得更丰富，由客观物景所传达出的词人的感情也就显得更深沉凝重。一切都是冷落、凋残、衰败的景象，可接下去一转，写长江：“唯有长江水，无语东流。”一切都显得死气沉沉，没有一点活力，只有长江的流水不断地向东流去，显出它永不枯竭的强大的生命活力。长江水向东奔流这一阔大的景象，也是在楼头登高所见。值得玩味的是“无语”二字，虽然奔流不息，却是默默无语，这就暗示我们：连最富于活力的长江流水也显得这样的静寂、清冷。写江水无语，实际上是写离人无语，有千种万种愁绪聚积在心间，无法说出。

上片句句写景，句句有情，在一片衰败清冷的秋景中，我们具体地感受到了词人内心沉重的苦闷和悲哀。下片承上片词意抒发感情：“不忍登高临远，望故乡渺邈，归思难收。”原来秋景触动的是心中的乡愁，他是怀念家乡，思归而不得归。“不忍”是对上片所见的景象而说的，也是对下片所抒的离愁别绪而说的：因为景象衰败冷落不忍看，因为故乡渺邈也不忍看，这样就将景与情，上片与下片融合在一起了。这两句直抒胸臆，略无含蓄。“叹年来踪迹，何事苦淹留？”感情上进了一层，由思乡不归进而感叹漂流不定。这是写羁旅行役之苦。妙的是只问不答，更有许多难言的酸甜苦辣在心头，比回答更能引人思索，也更能打动人心。下面由自己的思乡推想到家中的佳人也在想望自己归去，词意翻进一层。从另一面写，视角和手法有了变化，变得活泼灵动，感情的表现也就显得更加深沉有力了。“想佳人妆楼长望，误几回天际识归舟。”这是作为游子的词人的设想，但景虚而情实，在想象中表达出真挚的感情。末二句以难于排解的愁绪作结：“争知我倚栏杆处，正恁凝愁。”有谁能知道（体会到），我在倚阑远望的时候，内心凝结着如此深重而难以排解的愁绪。“我”指谁？可以说是指词人，也可以说是指佳人。“倚栏杆处”这四个字，既是收拾“不忍登高临远”词人这一面，也是收拾“妆楼长望”佳人那一面。“凝愁”二字，把游子思归和佳人念远两方面的感情都包容进去了。

这首词，形象鲜明，意境高远，感情深挚，读后使人如历其境，如见其人，受到深深的感染。在艺术表现上，除了情景交融这一特点外，主要是铺叙手法的运用。一层层地写出秋天零落凄清的景色，由大到小，由抽象到具体，有几层翻进变化：“清秋”——“渐”字带出三句——再转到长江水，由此传达出悲苦忧愁的心绪；抒情也从两面着笔，层次丰富，一点也不显得单调。

晏殊《浣溪沙》

一曲新词酒一杯，去年天气旧亭台，夕阳西下几时回？　　无可奈何花落去，似曾相识燕归来。小园香径独徘徊。

晏殊官至宰相，是一位生活优裕的大官僚。政事之外，主要生活内容不外歌舞宴会，赋诗饮酒，宴饮时又必有红妆歌女唱曲助兴。有人曾用“花团锦簇”4个字来形容他的生活，是很准确的。作为这种生活和思想的反映，晏殊词不免带有富贵气和脂粉气；虽然如此，却又并不伤于鄙俗和轻艳。他对生活自有独到的感受，又能用清丽明畅的语言，表现出一种雍容闲雅的情致。

这首《浣溪沙》词，是晏殊词的代表作。内容写的是一个官僚文人惜春和伤春的感悟，在艺术上脱去了花间派词人的华艳和雕琢，写得比较自然，表现出一种和婉闲雅、明丽清俊的特色。

上阕感叹光阴易逝。“一曲新词酒一杯”，一边饮酒，一边创制新词。他的词是供歌女们在席间配乐歌唱的，是娱宾遣兴、佐酒助欢的工具。不过在那融和的欢乐中，自有一种雍容华贵的风致。“去年天气旧亭台”，是追忆去年宴饮生活的，意思是说：今天的宴会跟去年这时的宴会，天气一样，亭台楼阁也一如旧时。出语很平常，但仔细体味，就会感受到在平直的语气中却包含着一缕婉曲的情思。言外之意是：一样的宴饮、一样的天气、一样的亭台，然而年华似水，一年的时光又匆匆地流逝了。在对昔日宴饮生活的追忆中，含蓄地透露出词人内心一缕淡淡的惆怅。“夕阳西下几时回？”这是从眼前景抒写内心的感慨。感慨什么呢？作者没有直接说出来，只用一种问话的形式和委婉的语气来表达，让读者自己去体味、感受。夕阳是美好的，但眼看就要西下，它什么时候才能再回来呢？这一问，生动地表现了一个官僚文人感到时光流逝的那种空虚落寞的心境。

下阕写伤春、惜春。“无可奈何花落去，似曾相识燕归来。”承上阕流光易逝、不可追回的意思写春去、春来，而重点是在春去上。美好的春天又要归去了，想挽留也无法挽留，表现出一种无可奈何的感伤情绪。这两句对仗工稳而又自然浑成，没有一点雕琢的痕迹，和畅流转，明白如话，似脱口而出。明人卓人月曾赞为“对法之妙无两”，杨慎也称其“工丽天然奇偶”。最后一句“小园香径独徘徊”，写的是小园里落花满径，春天又匆匆地归去了，词人因惜春而不愿离开花园，独自一人在那儿流连徘徊。这里只写到人在特定环境里的活动，没有直接抒发感情，但从人与环境相融合的生动画面中，就表现出了词人惜春伤春的无限深情。下阕这 3 句，作者在他的一首七言律诗《示张寺丞五校勘》中也写入，对句“无可奈何”是诗中五、六两句，“小园”句为诗的第二句，只是改“香径”为“幽径”。既入词，又入诗，可见作者对这几句是十分得意的。这首词的妙处还表现在，词人有真切的生活感受，又有丰富的艺术素养，经触发而偶得，非刻意锻炼而成，却极自然地表现了深厚的艺术功力，如刘熙载《艺概》所云：“所谓极炼如不炼也。”

这首词表现了晏殊词含蓄蕴藉、婉丽疏淡的艺术风格。全篇没有用典，没有冷词僻字，语言平淡流畅，写得自然而不造作，清丽而不秾艳，在景物描写中表现出一种深婉的情致。全词不见“哀”“愁”二字，淡淡的哀情愁绪却充满字里行间。

（原载《文史知识》2012 年第 12 期，此文未收入北京大学出版社 2002 及 2005 年版《古诗文的艺术世界》，为十卷本《周先慎文集》补录）

欧阳修《画眉鸟》

百啭千声随意移，山花红紫树高低。
始知锁向金笼听，不及林间自在啼。

这首小诗咏物而兼写景，不仅写得很生动，而且富于哲理意味，形象既鲜明，又有发人深思的意蕴，表现出宋诗所特有的理趣。所谓理趣，就是在诗中言理，却不流于抽象枯燥，情、景、理三者相结合，不离诗的特质，富于意趣情韵，读来不仅有强烈的艺术感染力，而且能在思想上给人以启迪。全诗的主旨在后两句，在言理，在抒发感慨。但他不是抽象地讲道理，而是通过生动形象的描绘，创造出一种极其动人的自然景观，然后与另一种截然不同的情景形成强烈的对比，从中让读者自然地接受他所揭示的道理。

开头两句完全是具体生动的写景，但实际上已经包含了他所要表现的理，或者更准确地说，是为了后两句的言理作准备，作铺垫。诗人怀着充沛的热情，从声音和色彩两方面着重描绘出山林中一种自由无拘、生机勃勃的动人景象。上句从声音写：无数画眉鸟在山林中自由地歌唱，随着它们的跳跃、飞翔，林间上下四方都发出婉转动人的鸣叫。“百啭千声”，不只是形容林中鸟多，更重要的是渲染出一种纵情放声、自由歌唱的生动活泼的气氛。“移”字更写出一种动的景象：鸟的形态是动的，可以自由地飞翔，忽高忽低，忽左忽右，随心所欲；鸟的鸣声也是动的，随着鸟的移动而有远近高低的变化。这种景象使人产生一种自由无拘、舒展畅快之感。下句从色彩写：山花烂熳，红紫相间，高高低低，散落山间，正与满山的鸟鸣，形成声与色的照映。于是，一个充满活力和生机的美妙世界便展现在我们的面前，令人陶醉，令人神往。

可是诗的后两句一转折，境界大变，诗人发出深长的感慨：听了画眉鸟在山林中那种无拘无束的自在鸣啭，才体会到锁在金笼中的画眉鸟的鸣叫远不及山林中自由飞翔的鸟的鸣叫那么美妙动听，原因就在于它受到了拘禁，失掉了自由。“锁向金笼”四个字，与前两句描写的景象形成了鲜明强烈的对比，作者的感慨就是由这种对比中生发和揭示出来的。这里，诗人鲜明地表达了他对自由的热情赞美，对束缚个性、压抑天才的种种拘系和禁锢的强烈憎恶和否定。

全诗四句，前两句写景，后两句言理。景中寓理，理不离景。景与理又都体现和渗透了诗人赞美大自然和追求自由生活的充沛热情，这热情洋溢在全诗的字里行间。情、景、理三者的融合，使这首诗产生了强烈的艺术魅力，使人在得到美的享受的同时，又领受到哲理的启示。

欧阳修《蝶恋花》

庭院深深深几许，杨柳堆烟，帘幕无重数。玉勒雕鞍游冶处，楼高不见章台路。　雨横风狂三月暮。门掩黄昏，无计留春住。泪眼问花花不语，乱红飞过秋千去。

这首词，怀人而兼伤春，写一个贵族妇女内心的怨恨和悲愁。

上阕写抒情主人公对深闺生活和外出不归的丈夫的不满。“庭院深深深几许？杨柳堆烟，帘幕无重数。”开头三句先写出这位贵族妇女封闭式的深闺生活，以及由此生活引起的孤寂之感和不满情绪。连用三个“深”字，是言其与世隔绝，生活之幽闭；问“深几许”，就自然地流露出不满情绪。接着用烟笼雾锁的杨柳和无重数的帘幕加以点染，具体形象地写出庭院之深。接下去就写出与封闭生活相关的另一面：“玉勒雕鞍游冶处，楼高不见章台路。”妻子在家孤寂如此，丈夫却可以到繁华热闹的歌楼妓馆去游冶享乐，久出不归。闺中人切盼他回来，想念他，可登上高楼也看不到他的去处。这两句，写出了旧时代家庭中男女的不平等，同时也就揭示出闺中少妇内心的孤寂苦闷产生的原因。两种生活形成对比：封闭的和孤寂的，自由的和欢乐的。词中没有言愁，但在对比中愁闷之情自可想见。

下阕写伤春。愁闷的情怀是从上阕连贯下来的。“雨横风狂三月暮，门掩黄昏，无计留春住。”因为深闺中的孤寂生活，才更感到春去难留之可伤。“三月暮”是指时令，已是暮春，美好的春天即将无情地逝去。“雨横风狂”点出春去无情，“门掩黄昏”渲染孤寂难耐，这样就逼出“无计留春住”的苦闷。末二句“泪眼问花花不语，乱红飞过秋千去”，以无法排解的悲苦之情作结。但这种感情是借助于具体的形象来表现的。“泪眼问花”是极度悲愁、无以排解的表现。花作为一种自然物象，没有生命，没有感情，“花不语”本来是一种极正常的自然现象，但这里写出的却是抒情主人公的独特的内心感受。她问花，是期待其有语，亦相信其有语的，这就更加表现出她的孤寂，孤寂到只有同花对话；同时这一问，又表现出她对春天的深情依恋，深怕这惟一能陪伴自己、给自己以一丝慰藉的春天逝去。末句给人以无限惆怅空寂之感。园中的秋千，女主人公想必在欢乐之时曾经去荡过的，现在却空寂无人，只有无数零落的花瓣飘落过去。主人公该是一种什么样的心情呢？词中没有写，也不必写，都包含在鲜明生动的客观景象之中了。

这首词的风格是清丽深婉的，把人物的思想感情写得很充分，也很具体，结处又有余音不尽的韵味。

赵抃《次韵孔宪蓬莱阁》

山巅危构傍蓬莱，水阁长风此快哉。
天地涵容百川入，晨昏浮动两潮来。
遥思坐上游观远，愈觉胸中度量开。
忆我去年曾望海，杭州东向亦楼台。

这里咏的蓬莱阁，不是名气很大的山东蓬莱市的蓬莱阁，而是越州（今浙江绍兴市）的蓬莱阁，位于风景秀丽的鉴湖之滨。唐代元稹曾任越州刺史，作《以州宅夸于乐天》诗，有句云："我是玉皇香案吏，谪居犹得住蓬莱。"是知越州蓬莱阁的命名，亦取仙人所居之意。

这是一首唱和之作。次韵就是和别人的诗并依韵而作，故又称为步韵。历代有些诗论家是反对次韵诗的，以为失之自然，是诗家之大病。但这首诗虽是次韵，却有它的思想意趣，不是一般的应酬之作。孔宪是宋代号称"清江三孔"的诗人孔文仲、武仲、平仲之父孔延之，字长源，他曾担任过荆湖北路提点刑狱公事，宋人将各路提点刑狱司称为"宪司"，将提点刑狱公事称为"宪"，故这里称他为"孔宪"，带有尊称的意味。孔延之曾以尚书度支郎官知越州，常在蓬莱阁宴宾览胜。这首诗当即是在这种情景下写出来的。

首二句写蓬莱阁依山临水的形势，却不是纯客观的描写，而是融进了诗人的主观感受。蓬莱高阁建在山巅，显示出一派高峻不凡的气势；而面临鉴湖广阔的水面，长风拂面，又令人神清气爽。第一句的视点是在蓬莱阁之外，第二句写感受却是身处蓬莱阁之中，用笔轻灵圆转，不受拘碍。

因为写出了山之高，水之阔，这就自然地引出了三、四两句："天地涵容百川入，晨昏浮动两潮来。"鉴湖始建于东汉，总纳当时山阴、会稽两县三十六源之水为湖，东通曹娥江，西通钱塘江。这两句既是写实，又富于艺术想象力，境界宏阔，气象峥嵘，读来不禁使人想起杜甫《登岳阳楼》中的名句："吴楚东南坼，乾坤日夜浮。"

因是步韵和作，五、六两句便落到题目上，对孔延之说了一点应酬赞美的话："遥思坐上游观远，愈觉胸中度量开。""坐上"同"座上"，暗用孔融"座上客常满"的典故，称颂守越的孔延之在蓬莱阁中热情宴请宾客，观览胜景。但也并不是毫无意趣的单纯的客套话，由于诗人居高临湖望远，有真切的感受，才激发起一种胸襟开阔、气度恢宏的意兴，因而与上面两句仍显得气脉连贯，情韵相通。

最后两句以联想收束全诗："忆我去年曾望海，杭州东向亦楼台。"在杭州望海楼望海，所见当亦是极为壮观的，但诗人没有具体写出，只是联想所及，轻轻一点，引发读者自己去想象，从而去回味前面所写的蓬莱阁的壮美风光。赵抃为官清廉，治声籍籍，此诗虽是写景酬友，却也能略见诗人襟怀。

文同《望云楼》

巴山楼之东，秦岭楼之北。

楼上卷帘时，满楼云一色。

这首诗写望云楼风光，只取概括，没有具体细致的描绘，却能见高瞻远瞩之概。

望云楼是洋州（今陕西洋县）的一个风景点。文同于宋神宗熙宁八年（1075）任洋州太守，诗当是于任中登望云楼有所感而作。

楼称“望云”，所在必高。全诗极写望云楼之高，却没有出现一个“高”字。首二句写望云楼的地理形势，从远处着笔：在望云楼上往东看，是绵延不绝、重峦叠嶂的巴山山峰；往北望，则见雄伟险峻的秦岭，主峰太白山，峭拔挺立，直插云霄。这里写望云楼周围的环境，只取一东一北，便烘托出极目所见的壮观景象，望云楼本身的雄伟高峻，不待写便在读者的想象之中了。大处落笔，不作细描，却显示出一种磅礴不凡的气势。

末二句写楼本身，从近处着笔，点出诗题望云楼中的“云”字。因为望云楼耸入霄汉，周围云遮雾罩，偶一卷帘，云气便腾涌而入，楼内楼外均为云气所掩，整个望云楼便也融进这茫茫云海之中了。“云一色”三个字写出了这种境界。不是亲自登上望云楼，身处云气之中，是不会有这种体验和创造的。

文同是一位著名的画家兼诗人，不仅长于画竹，对山水也有独特的感受，融画入诗是其特点。读这首诗，就仿佛是观赏画家用文字绘出的一幅图画，不仅从方位、环境可以体会到作者选取视角、结构图像的艺术匠心，而且简直可以想象出画家在那里调色挥毫，立使云烟满纸的景象，画意和诗情在文同的笔下真是融合在一起了。山、楼、云，互相映衬配合，画面的布局是那样协调和谐；云海茫茫，一片银白，设色是那样的单纯明净。整首诗给我们的艺术感受，是在突兀峥嵘中又见秀美。

曾巩《甘露寺多景楼》

欲收佳景此楼中，徙倚阑干四望通。
云乱水光浮紫翠，天含山气入青红。
一川钟呗淮南月，万里帆樯海外风。
老去衣襟尘土在，只将心目羡冥鸿。

这首诗写诗人登上甘露寺多景楼时的所见所感，将写景和抒情结合起来，寄托了他的人生感慨和追求。

甘露寺在江苏镇江北固山上，相传建于三国时东吴孙皓甘露元年（265），后废，唐代李德裕守镇江时曾重建。北固山北临长江，山壁陡峭，气势雄伟。多景楼在甘露寺中。李德裕《题临江亭》诗中有“多景悬窗牖”之句，以此名楼，可见其景色佳胜。

开头两句是泛写，着笔于“多景”二字。意思是说，要想领略欣赏绝佳的风景，只要登上多景楼，凭栏远眺，流连徘徊，那四周的佳景便可尽收眼底。这里虽然没有对自然风景的具体描绘，但却给人一种登高四望，游目骋怀之感，这就从总体上生动地概括出多景楼的特点——多景。

三、四两句紧承首二句，具体地描绘了在多景楼上所见的佳丽景色。多景楼背山面江，两句即从山和水两面着笔，上句写水，下句写山。俯视长江，但见云气缭绕，波光闪耀，江面上浮动着一片紫翠的水气；仰望峰岭，又见山气氤氲，明丽多彩，连天际也映出斑驳变幻的一片青红。紫翠、青红，诗人着眼于引起强烈视觉形象的色彩，一山一水，俯仰间便层次丰富、多姿多彩地描绘出多景楼上所见的佳丽景色。

接下去笔势宕开，由近写到远，由眼前实景推入到想象的境界。“呗”是梵文音译“呗匿”的简称，又叫“梵呗”，意思是赞叹、赞颂，在这里指寺庙中和尚诵经的声音。因镇江在淮南，故称在多景楼所见之月为淮南月。在寂静的夜晚，冷月清光洒满淮南广袤的大地，寺庙中响起了钟声，伴着僧人夜课诵经的声音，悠扬缥缈，在夜空中回荡；而在奔流不息、浩渺无尽的长江中，片片白帆正鼓着海风驶向万里之外。这两句诗创造了一种冷寂邈远的意境，而从中又含蓄地透露出诗人内心一种凄清的意绪。

末二句以抒情作结，既感叹身世遭遇，又表现出诗人对人生的追求和寄托。“衣襟尘土”是表示对宦游生活的厌倦。陆机《为顾彦先赠妇》诗：“京洛多风尘，素衣化为缁。”这里即用其意。诗人感叹自己年事渐老，仍为宦事所羁，因而产生了归隐之意。“冥鸿”语出扬雄《法言·问明》：“鸿飞冥冥。”原意是指高飞远去的鸿雁，后来常用以比喻避世之士。诗人用在这里是虚实两切：就登楼所见说，是目送飞鸿，表现出一种情思邈远的意境；而就感叹人生一面说，则承上句“衣襟尘土”之意，表现了对退隐生活的向往。但不论虚实，都是以思远收束，正与开首“四望通”之意相呼应。

全诗以景起，以情结，不着眼于多景楼本身，而着眼于登楼之所见所感，意境阔大，情思邈远，这样多景楼本身“多景”的特点和景色之佳丽也就在不言之中了。

王安石《泊船瓜州》

京口瓜州一水间，钟山只隔数重山。

春风自绿江南岸，明月何时照我还？

王安石的绝句，特别是他晚年退居江宁（今南京）以后创作的一些抒情写景绝句，与他早年诗歌的率直刻露不同，语言精练含蓄，形象鲜明，意境新颖，显得清婉工丽，更富于诗的情韵，被人称为“半山诗”（半山是王安石晚年退居江宁时所住之地，故此期所作的诗歌编订后题为《半山集》），受到人们的广泛喜爱，有“荆公绝句妙天下”的赞叹。

《泊船瓜州》诗的作年，在学术界有不同的看法，今从赵齐平先生的考证，订为熙宁元年（1068）的春天。治平四年（1067）九月，宋神宗召王安石由江宁知府为翰林学士，次年（1068）四月，诗人由江宁赴京，过京口时在金山与旧友僧宝觉相会，并留宿一夕。这诗是作者在瓜州回望江宁时所作（参见赵齐平《宋诗臆说》第127页）。从写作时间上看，虽不属于晚年“半山诗”的创作范围，但在意境情韵上却是一脉相通的。

江宁是王安石的第二故乡，诗人对江宁有着极深的感情。这首诗就是王安石思念江宁而作。当时诗人正行船在长江上，暂时停泊在瓜州。瓜州在长江北岸，和长江南岸的京口（今江苏镇江）隔江相望。钟山，即紫金山，又名蒋山、北山，在这里代指江宁。钟山离瓜州并不很远，但因为出游在外，特别是要北上汴京，一时不能回家，所以非常想念，便写了这首诗。

“京口瓜州一水间，钟山只隔数重山。”开头两句说，现在泊船的瓜州，跟南岸的京口仅仅一水之隔，而京口和住家的钟山都在长江的南岸，相距也只有几重山。这两句起得很平实，表面上看好像只是交代几个有关地方的位置和距离，实际上已经暗含了思乡的情意，并与下面两句的意思紧密相关：因为京口和钟山都在长江的南岸，所以才有“春风自绿江南岸”之句；因为相距不远却不能回家，所以才有下面“明月何时照我还”之句。感情的抒发是极为自然流畅的。

思家的感情并没有着意渲染，却显得含蓄深婉而富有情致。其中“春风自绿江南岸”一句尤为人所赞赏，是王安石注意锻炼字句、讲究修辞的著名例子。“自绿”许多选本作“又绿”。按“又绿”是据洪迈《容斋随笔》卷八引文，而《王文公文集》《临川集》及李壁《王荆公诗注》均作“自绿”。“自绿”更切合诗意，含意亦更隽永。“自绿”的意思是，春天一到，春草自然成绿，不待人为，不需人力，也不顾人的愿望和思想感情；而离家不归的人看见自绿的春草，便不免产生恋乡和思乡的感情。春草经春风吹拂而变绿的无意，却牵连出游人思乡的有情。这里对人的情感表现是极其自然的。同时，与“绿”字相关联的“春草”这一诗歌的传统意象，与离情和思归的情感内容有关，这也是我们在欣赏这首诗时很容易体会到的。如《楚辞·招隐》：“王孙游兮不归，春草生兮萋萋。”白居易《赋得古原草送别》：“又送王孙去，萋萋满别情。”王维《送别》诗：“春草年年绿，王孙归不归。”因而这一意象的使用，本身就暗含了思乡的感情在内。又据洪迈《容斋随笔》卷八载，这句中的“绿”字，原作“到”，后来改为“过”“入”“满”等字，经过反复斟酌，十多次修改，最后才选定了这个“绿”字。“绿”字在这里是形容词作动词用，它不仅借助颜色把本来看不见也极难捕捉的春风、春意化为视觉形象，点染出长江南岸喜人的青翠，使人从中感受到一种浑然一片、生机勃勃的江南春天的气息。一个“绿”字，含意丰富，在写景传情上都起到了很好的作用，使全诗生色不少。而末一句又用“明月”的意象，与“春草”的意象相呼应，加强了思乡感情的表现。

“绿”字形容词而作动词用，并不是王安石的发明，唐人的诗中已屡见不鲜，如丘为有“东风何时至？已绿湖上山”之句（《题农父庐舍》），李白有“东风已绿瀛州草”之句（《侍从宜春苑奉诏赋龙池柳色初晴听新莺百啭歌》）等。但不论是王安石独出心裁，还是受到前人的启发，这个“绿”字用在这里都极为妥帖生动，它从一种诱人的初春景象里巧妙含蓄地透露出作者思家的感情；而接着，这种感情的发展又由隐而显，最后以“明月何时照我还”的直白的呼唤达到高潮。唐人的例子多不为人所知，独王安石的这一句诗传诵于众口，其间的道理是颇耐人寻味的。

王安石《钟山即事》

涧水无声绕竹流，竹西花草弄春柔。

茅檐相对坐终日，一鸟不鸣山更幽。

这首绝句是王安石罢相后闲居金陵（今南京）时所作。钟山即南京紫金山，诗人当时家居于此。“即事”是古典诗歌中常见的题目，意即就眼前景物进行描写和抒发。这首诗描写了诗人春日闲居，面对钟山，一种极为幽静空寂的感受。

诗人的居舍是一处景色十分优美的园林，这里有涧水、修竹、鲜花、绿草。首二句即就这几种眼前景物进行描写，极力写出一种秀美、柔和、幽静的意境。涧水静静地绕竹而流，没有一点声息；竹林的西面是花、是草，那么鲜丽、繁茂，点缀出一片春意，显得十分柔和妩媚。这景色自然是非常优美迷人的，但却缺少一种通常人们在春日园林中容易感受到的热烈、喧闹，一种令人振奋的生机勃勃的气息。这境界是太幽静了，幽静得令人不禁产生一种空寂落寞之感。这正是诗人所要表现的。这种幽寂的境界，显然是诗人的心境通过外在的客观景物的一种反映。没有空寂落寞的心境，就感受不到自然也写不出如此空寂落寞的艺术境界。

因此，在两句写景后，就直接描写他闲居无聊的生活和感受：他无所事事，在茅檐之下，面对钟山独坐终日，既无俗事劳心，亦无友朋对语，甚至空山里连一声鸟鸣也听不到，周围的世界无声无息，沉入一片死寂之中。“一鸟不鸣山更幽”，是反用南朝梁王籍《入若耶溪》中“蝉噪林愈静，鸟鸣山更幽”句意。王籍原句是以动写静，道出了许多人所曾有而未能道出的体验，显得新颖而富有情致。不过王籍笔下的幽静，因为有“蝉噪”和“鸟鸣”来反衬，虽然静，却显得有活力、有生气，是清幽而不是死寂，使人感到安适、愉悦。王诗反说“一鸟不鸣山更幽”，粗看近于废话，比之王藉原句似有化神奇为腐朽之嫌。不过王安石是故意这么写的，因为他有他不同于王籍的独特感受，必得如此写才能表达出他心中独特感受到的那片幽境。仔细品味，就会发现它确实有一种不同于王籍且为王籍原句不能代替的思想意趣。王安石笔下的静，不是一般的幽静，而是空冷，是死寂；这是绝对的静，静到不能用声音来衬托、来表现，而只能老老实实地用无声无息来表现。王安石说的是老实话：他体验到的静是“一鸟不鸣”的静，当然就比“鸟鸣山更幽”的静更显得静了。这种表现是质朴的，似不如王籍那么聪明奇巧，不过这是另一种巧，是从至拙中得来的巧。王籍原句中的“更”字，是强调有声的幽胜于无声的幽，无声的幽是人人所能感到的，有声的幽是他独特的发现，因而受到后人的认同和赞赏。王安石这诗中的“更”是针对王籍原句而发，这位“拗相公”好像在诗里也有一股子“拗”劲，硬要从人们已经认同、欣赏的那种幽境中超脱出来，去创造另一种“更幽”的境界。王安石当时是退职闲居，可是却是身退而志未退，人闲而心不闲，他对园林景色的清秀幽静是并不感到安适惬意的，他感到的只是无聊和孤寂。因而他笔下的幽境便染上了一种空冷凄清的色调。

同写幽境，王籍和王安石所处条件不同，各自体验不同，所用手法不同，传达出的情韵和意趣也不同。这是很值得我们比较和玩味的。

刘攽《雨后池上》

一雨池塘水面平，淡磨明镜照檐楹。
东风忽起垂杨舞，更作荷心万点声。

这首诗写夏日雨后荷池小景，虽然格局不大，却显得明丽清新，十分喜人。

雨后，池上，全诗就紧紧地扣住这两点来写，因此写出了特点，显得具体而不浮泛。同时先写静景，再写动景，由静入动，有变化，不单调。

首二句即入题，切“雨后池上”四字，写静景。雨后池塘的特点由一个“平”字来表现。“平”字在这里暗含了两层意思：一是池水满盈，说明刚刚停歇的那场雨下得很大，这跟第四句中的“荷心”配合，巧妙地告诉了读者诗人所写的乃是夏日景象；二是无风无浪，水面平静，这才引出下面池水如镜的联想和比喻。“淡磨”就是轻磨。古时用铜镜，淡磨后镜面显得更加光亮明净。诗人将池水比作淡磨后明亮光洁的镜面，就表现出雨后池塘一种明丽柔和的色调。但如果仅仅写池面如镜，就还不免单调平庸，作者别出手眼，又巧妙地用池边的建筑物来作点染，却又不直接写，而是写屋宇檐柱在池中的倒影。既没有离开池水，又使得景物显得丰富而具有层次感。由池中倒影看岸边屋宇，一方面承上句表现了池水的明光可鉴，进一步渲染出池水的满盈和平静；另一方面比之直接描写显得有些虚幻不实，表现出一种可见而不可即的朦胧美。

末二句以“忽”字一逗，全诗便由静入动，转出了另一种境界：突然一阵风吹来，无数条婀娜多姿的柳枝轻盈起舞，将身上所沾的水滴洒向池面，于是池中碧绿的荷叶便发出动人的万点声响。雨打荷叶会发出一种美妙悦耳的声音，但那场雨已经过去，直接写雨声已不可能；诗人却巧妙地捕捉到了这一景象，写出了雨后池上的这一独特境界。这“万点声”的点染，为雨后池上的景色平添了无限的生机与情韵。

这首诗将静景与动景结合起来：写静景，诉诸读者视觉，读后如见其境；写动景，除诉诸视觉外，还诉诸听觉，读后如闻其声。

程颢《秋月》①

清溪流过碧山头，空水澄鲜一色秋。

隔断红尘三十里，白云红叶两悠悠。

这首诗在构思上很有特色。题为《秋月》，却不从月亮本身着笔，而是着重从月色笼罩下的秋山、秋水和白云、红叶来描绘，所渲染和创造出的意境，又正好是秋月本身所具有的那种明净、澄清、冷寂的特质。不写秋月而秋月已见，而且比直接描写表现得更好，更富于艺术的含蓄隽永之美。

首二句写山，写水，写秋月照临下明净的秋色。清溪自碧山之头流下来，这时正值秋月当空，清光洒满山川大地。水是鲜洁澄澈的，天也是鲜洁澄澈的，水天混茫一色，分不清哪是天，哪是水，使人感受到的只是一片空明澄清的秋色，极清，极冷，极美。

后二句写诗人在他所创造的这种清丽明洁境界中的一种独特的体验。这秋月的清辉使得山青水碧，整个世界都变得一尘不染，洁净得令人产生一种崇高圣洁的感觉。“红尘”在这里是指一种庸碌繁忙的尘世生活；“三十里”当是虚指，即遥远的意思。在诗人的笔下，秋月所照临的世界，是一个洁白高远的世界，世俗生活中的种种争斗、倾轧、失意、烦恼等等，都被阻隔在这美好世界之外，不再有喧嚣搅扰，不再有流风习染，沉浸在这远离红尘的境界里，人的灵魂也似乎得到

① 此诗实为朱熹作《入瑞岩道间得四绝句呈彦集充父二兄》之三，《千家诗》及多种通行版本误为程颢作，并改题为《秋月》。笔者在撰写此文时因失察而沿袭讹误，经我的学生张鸣教授指出，特附注于此，以正讹误，并志谢忱。分析文字原貌保存，不作改动，作为古诗中误传误读之一例，或许不无意义。

净化了。“悠悠”，悠闲自在而兼有邈远之意。看那白云浮空，红叶飘地，是那样地自由自在，高远无际，使人不禁产生一种幽思遐想，将自我也融进这片月色笼罩下的秋色之中了。

程颢是宋代著名的理学家，写诗也常不自觉地带出他们“仁者以天地万物为一体”的理学旨趣。但难得的是，他的理多半蕴含于具体生动的艺术形象之中，具有强烈的艺术感染力，而没有流于抽象和枯燥。我们今天读这首诗，完全可以不必去理会他在诗中所寄寓的理学家的哲学旨趣，而任凭诗中意兴的感发，去体验诗人所创造的那个澄鲜明洁而又高远博大的美学境界。

苏轼《郿坞》

衣中甲厚行何惧，坞里金多退足凭。

毕竟英雄谁得似？脐脂自照不须灯。

在苏诗中，这首小诗是不大为人注意，很少被人提及的，但这首诗代表了苏诗在思想上和艺术上另一方面的成就和特色，是不应该被忽视的。

鲁迅先生曾不止一次地强调研究和评论一个作家必须要顾及全人。但是要真正全面地认识一个作家，尤其是像苏轼这样一位具有多方面艺术素质并取得了多方面成就的作家，并非一件易事。某些方面的特色与成就，常常会被他另一方面更加突出的特色和成就所掩，这是十分自然的事。就苏轼来说，他的《水调歌头》(明月几时有)和《念奴娇》(大江东去)，使我们看到他的飘逸和豪放；他的《饮湖上初晴后雨》《题西林壁》以及前后《赤壁赋》等，又使我们从诗情与哲理的结合中看到他的睿智与巧思。这些家传户诵的名篇，影响实在是太大了，给人的印象实在是太深了。因此人们由他的飘逸豪放把他目为坡仙，又从他诗文中的理趣，把他视作善于思索宇宙人生的哲人。但人们却很少提到并赞扬他历史家的眼光和识见。不错，苏轼曾写过不少史论文，尤其是历史人物论，那些崇议宏论显示了他丰富的历史知识和敏锐过人的史家的眼光。这是人所共知的。但那些文章毕竟不是文学作品，人们在对苏轼进行文学评价时就往往将这一面忽略了。

其实，苏轼超卓的史家识见和眼光，不止表现在那些庄重堂皇的史论文里，在一些小诗中也有鲜明的表现。这首《郿坞》即是一例。

这是一首咏史诗，也是一首具有独特风格的政治讽刺诗。诗作于宋仁宗嘉祐七年(1062)。当时苏轼任陕西凤翔府签判。这年二月，他奉命到所辖的宝鸡、郿、虢、盩厔四县减决囚犯。郿坞是一个历史的遗迹，故址在今陕西省眉县东北渭水的北岸。据《后汉书·董卓传》记载，郿坞是董卓在东汉初平三年（192）修筑的。坞是一种类似城堡的小型建筑物。董卓修筑的郿坞，高厚七丈，周围一里有余，号称“万岁坞”。他在其中囤积粮食，并广聚金银珠宝。据传仅积谷就足有三十年的储备。董卓曾说：“事成，雄踞天下；不成，守此足以毕老。”因此，郿坞不是一座普通的建筑物，它反映了汉末一位权奸的野心和阴险。董卓后来被杀，人们从坞里发现珍藏其中的金二三万斤，银八九万斤，锦绮缋縠纨素奇玩，积如丘山。郿坞作为一个历史的遗迹，既是董卓搜刮民脂民膏的罪证，也是他败亡的记录。苏轼经过这里，回顾历史，深有感触而写下了这首诗。

全诗只是如实地记叙历史事实，粗看似乎平淡无奇，仔细体会就会发现，诗中既含寓着诗人对历史的冷静思考，又洋溢着他对丑恶事物的强烈憎恶，是颇耐人寻味的。

首句“衣中甲厚行何惧”，是说董卓在衣内穿着厚甲，走到哪里都是不怕的。据《后汉书·董卓传》记载，董卓凶暴奸诈，为防人行刺，常内着厚甲，但却并未因此而挽救他灭亡的命运。后来王允和士孙瑞等人谋诛董卓，骑都尉李肃于其猝不及防时以戟刺之，卓因内着厚甲未被刺死，只是伤臂而从车上掉了下来，但最终还是被吕布持矛刺死了。次句“坞里金多退足凭”，这是写董卓修筑郿坞的如意算盘，以为即使雄踞天下的野心不能实现，仅凭这里的积蓄珍藏也足以荣华富贵一生了。当然，其结果犹如内着厚甲以防刺一样，只不过是一种妄想。这两句仅仅是陈述客观的历史事实，尤着重于董卓这个野心家阴谋家主观心理的描述，而将历史发展的结果即董卓的如意算盘是否实现隐去不写。有意不揭破，其间便包含着一种令人思索的深长含意。

三、四两句暗写董卓的结局，却写得婉转含蓄，富于机趣，耐人寻味。《后汉书·董卓传》里说，董卓被杀后，陈尸于市，“天时始热，卓素充肥，脂流于地。守尸吏燃火置卓脐中，光明达曙，如是积日”。这里所写就是指的这一事实。作者写得非常简括，并未加以增饰夸大，只是在一问一答中便表现出一种辛辣隽永的讽刺意味。他说，董卓毕竟是一个“英雄”，而且是别的英雄不能跟他相比的“英雄”，因为他很肥胖，死后脐脂竟然能燃灯自照。董卓的下场是可悲亦复可笑的，诗人抓住了这个人物死后的这一独特和出奇之处，以轻蔑嘲弄的语调揭示了这个下场滑稽可笑的性质。

几乎只是照录史实的四句，全诗便告结束。没有一句直接的评论，没有一句严厉的呵斥，没有一句愤怒的抨击，仅仅是平心静气、不动声色地陈述历史。但作者注意突出了对这个历史上臭名昭著的权奸主观心理的描述，而将与他主观愿望相反的历史发展的结果那一面有意隐去不写。即使是写董卓的结局，也是藏而不露，说得比较含蓄和婉曲，不完全点破，却比直接说出来更耐人思索，更富于一种幽默感和讽刺意味。短短四句诗，概括了董卓可笑可悲的生和死，也概括了足以警示后人的历史教训：一切工于心计的阴谋家和野心家，自以为得计，最终只能落得一个可耻的下场。这充分表现出苏轼那种敏锐而深刻的历史眼光。

苏轼《六月二十七日望湖楼醉书》（五首之一）

黑云翻墨未遮山，白雨跳珠乱入船。
卷地风来忽吹散，望湖楼下水如天。

这首诗是写杭州西湖的。苏轼曾经先后两次在杭州做官：第一次是三十六岁到三十九岁，在杭州任通判，三年；第二次是五十四岁到五十六岁，在杭州任知州，两年。两次都是因在朝廷政治上受到排挤而到地方做官的，内心当然都感到失意和不满。但他对杭州的风景和人民产生了深厚的感情，从中得到了很大的慰藉。他在本题的第五首绝句中有两句云："我本无家更安往，故乡无此好湖山。"又曾写诗说："居杭积五岁，自意本杭人。故乡归无家，欲卜西湖邻。"（《送襄阳从事李友谅归钱塘》）他完全把自己看作是一个杭州人，而且想在西湖边安家落户了。对于景色优美的西湖，他更是非常喜爱，怀着很深的感情，曾写诗说："湖上四时看不足，唯有人生飘若浮。"（《和蔡准郎中见邀游西湖》三首其一）

这首诗是苏轼歌唱西湖的名篇，作于熙宁五年（1072），即第一次在杭州做通判时。全诗一组共五首，这是其中的第一首。望湖楼在西湖边的昭庆寺前，苏轼在杭州做官时常和朋友一起到这里来观景和饮酒。这首诗极其生动地描写了在望湖楼上所见西湖夏天阵雨前后的奇特景象。着眼点在写出倏忽间的风云突变，因而全诗主要写的是动景而不是静景。这首诗在写实中含寓着诗人对生活的独特感受。

诗中写自然景象的变幻，前三句连续性地写出相互关联的三种自然物象的递变。第一句写云："黑云翻墨未遮山"，用"翻墨"作比喻，形容突然涌起的黑云，就写出一种动的景象。同时"黑云"又着眼于视觉，和下一句的"白雨"在色彩上构成强烈的对比，给人留下鲜明的印象。"翻墨"而又"未遮山"，见出夏日阵雨来得非常快速，黑云刚刚涌起，还来不及把山遮住，大雨就迅速地向湖面倾泻而下了。第二句写雨："白雨跳珠乱入船"，写的也是动景。"白雨"是一种独特的景象，也是诗人的独特感受，只有夏天的急雨，而且是在湖面上，才能看出大滴大滴的雨珠，就像是跳动着的白色珠子。这一句，把湖面上急雨打在船上的生动情景十分逼真地表现了出来。"跳珠"二字对急雨的描绘，是非常传神的，诗人自己也很得意，他在第二次到杭州做官重游西湖时，写过这样两句："还来一醉西湖雨，不见跳珠十五年。"(《与莫同年雨中饮湖上》) 第三句写风："卷地风来忽吹散"，"卷地""吹散"，都给人以动感。风起而云散雨停，这是突然之间产生的，诗意便由此而来了一个极大的转折，最后归结到湖，这就是第四句："望湖楼下水如天。"这一句在我们面前展现的是水天一色的开阔明净的景象，写的是静景。这样，在动和静的前后对比中，使我们具体地感受到了夏天阵雨前后西湖的独特气象和魅力。这气象是开阔的，又是变幻的、跳动的，充满生气的，因而能给人强烈的感染。

苏轼《饮湖上初晴后雨》（二首之二）

水光潋滟晴方好，山色空濛雨亦奇。

欲把西湖比西子，淡妆浓抹总相宜。

此题共两首，这是其中的第二首。这首诗被清人称为“前无古人，后无来者”的写西湖的绝唱。（王文诰《苏文忠公诗编注集成》卷九）全诗只有四句，却极生动地写出了西湖的情韵和风貌，传唱千古，西湖也因此而获得了“西子湖”的美名。

这首诗的好处是富于理趣，抓住特点，在形象生动的描绘中又融进议论，有景、有情、有理，意境优美而又耐人寻味，使人在思索和联想中去领会诗人对西湖景色的独特感受。他写西湖，不是写西湖一般的景象，而是写诗人眼见和经历的“初晴后雨”这个特定条件下的景象。

开头两句“水光潋滟晴方好，山色空濛雨亦奇”，就扣住这一特点，上句写晴，下句写雨。无论写晴写雨，西湖的景象都很阔大，没有笔势局促的小家子气。写晴，用“水光潋滟”四个字：俯视水面，阳光洒在开阔的西湖上，闪动着片片波光，着重表现她的明丽。写雨，用“山色空濛”四个字，仰观远山，见群峰笼罩在雨雾之中，朦朦胧胧现出绰约风姿，着重表现她的秀美。同是写西湖，晴雨两种景象，一写水光，一写山色。从不同角度，写不同特色，一近一远，一高一低，显得错落变幻，多彩多姿。这就为下面两句精妙的比喻提供了艺术形象的依据。

大家都说这首诗好，好在把西湖比作古代的美女西施，淡妆浓抹无不相宜；但如果没有开头两句十分精彩的描绘，我们也不大容易体会出这个比喻的妙处。苏轼诗歌的理趣，总是与情和景相结合的，都是植根于诗人对客观事物的独特感受和独特的发现之中，因而带着鲜明的感性形象的特征。这首诗就是一个很好的例子。因此，我们可以说，“淡妆浓抹总相宜”这一句议论，不但是照应着开头两句（有人认为“淡妆”关合“山色”，“浓抹”关合“水光”，也不必理解得这么死板），而且是从开头两句自然地生发出来的。前两句和后两句的关系是互相依承的，最后两句的比喻、议论，离不开前面两句的形象描写，而它又反过来起着启发读者的思索和想象，从而更好地去品味前面两句的形象描绘，进入到诗人为我们所创造的艺术意境中去的作用。一般来说，诗歌是忌讳发议论的，因为议论容易流于抽象，但苏轼在这首诗中把议论和写景、抒情结合起来，却创造了绝佳的艺术境界。

苏轼《法惠寺横翠阁》

朝见吴山横，暮见吴山纵。吴山故多态，转侧为君容。幽人起朱阁，空洞更无物。唯有千步冈，东西作帘额。春来故国归无期，人言秋悲春更悲。已泛平湖思濯锦，更看横翠忆峨眉。雕栏能得几时好？不独凭栏人易老。百年兴废更堪哀，悬知草莽化池台。游人寻我旧游处，但觅吴山横处来。

苏轼是一个感情丰富的诗人，他在诗中写山川自然，很少作纯客观的描绘，而总是或赋予自然景物以人的思想感情，或竟至跟自然景观交流情感，同其哀乐。在苏轼笔下，人与自然景物是交流融合的，不是隔膜的。这首《法惠寺横翠阁》就体现了这样的特色。

此诗于神宗熙宁六年（1073）在杭州作。苏轼是因为反对王安石变法，不见容于京师，因而请求外调才通判杭州的。杭州风景佳丽，这对热爱自然并能敏锐地感知自然美的苏轼来说，出任杭州自是极感快意的事。他在诗中曾有过“余杭自是山水窟”的赞叹（《将之湖州戏赠莘老》）。但也不免时时触景生情，引动心中的隐悲。不过苏轼又是个胸襟开阔的人，极善于自我排解，他在春天登上杭州法惠寺的横翠阁，便引起了内心复杂而又起伏变化的思绪。

法惠寺的旧址在杭州清波门外，原名兴庆寺。横翠阁在法惠寺中。阁本身似乎无足观，其胜处在于能观赏朝暮横翠的吴山，它因此而得了一个富于诗意的名字。这首诗取的视角，就是在横翠阁上看吴山，全诗就写诗人的所见、所思、所感。吴山就在杭州城内，因山上有伍子胥祠，又名胥山。全诗分为两部分，前八句五言写景，景中有情；后十句七言抒情，情中又见景。

开首四句写吴山就写得很动情。在诗人眼里，这吴山是活的，有生命、有感情、有灵性。早晨看吴山，因为比较清晰，看出她那连绵横亘的山势；黄昏时看吴山，因为暮色苍茫，便只能看出她高耸的朦胧暗影。虽是一首古体诗，诗人却不肯放纵笔墨，写景只取概括而不重铺陈，一个“横”字，一个“纵”字，便十分凝练地写出了吴山东西横陈、朝暮变幻的动人姿容。正因为只取概括，不是由作者把话说尽，就留给读者自由想象的广阔天地。由“横”“纵”二字的启发，每个读者的心中都有自己的吴山面貌，这面貌也许跟诗人的所见所感并不完全相同，但因此吴山便多姿多彩地活在读者的心中了。紧跟“横”“纵”两字而来的是诗人的奇思妙想：不仅是朝暮变幻而已，吴山本来就是千姿百态的，她总是为游人呈美献胜，多情婉转地修饰自己的容颜。分明是人爱山，他偏说山爱人。在这里人与自然是彼此交流的，相互理解的。诗人将自己对山川自然的满怀深情，反过来赋予本来没有生命的大自然，说是那山那水都是为了欣赏她们的人才着意装扮得那么美丽的。因此，在苏诗中我们常常看到他把山和水比作姿容动人的多情女子，例如说：“青山自是绝色，无人谁与为容”（《和何长官六言》）；“只有西湖似西子，故应宛转为君容”（《次韵答马忠玉》）。此诗的三、四两句也正是这种写法。这里显示了诗人极富于情韵的艺术个性，其间包含了诗人与自然之间的一种独特的审美关系——自然之美是要欣赏她的人去发现的，一旦被发现，这美便是专为能欣赏她的人而呈现的。

接下去四句，暗点出“横翠阁”的得名，并以阁作反衬，进一步突出和渲染吴山景色的迷人。“幽人”在这里是指幽思萦怀的雅士，非指幽居深闺的多情女子。“朱阁”即指横翠阁。这是说诗人登上横翠阁，阁内空无一物，可是放眼而望，则见吴山东西绵延，翠色横空，宛然给这楼阁挂上了一道天然的帘额，那么秀美，又那么气派。因登阁而见吴山之美，于是本来平平常常的阁本身，也因有吴山的映带和装点而变美了。重点写的是吴山，而诗人的视角，诗的落脚点，却始终紧切着题目，没有离开横翠阁。

登高望远，易于引发乡愁。诗的后半部分十句抒情，由乡思写起。诗人从二十一岁进京举进士，中间除因服母丧、父丧曾先后两度短期返蜀外，其余时间长期辗转宦游各地，因而对家乡是十分思念的。他在诗中经常流露这种感情，如在此诗之前写的《游金山寺》中写道：“试登绝顶望乡国，江南江北青山多。”在此诗之后写的《寄黎眉州》中写道：“胶西高处望西川，应在孤云落照间。”思念故乡而不得归，诗人登上横翠阁，虽然春色满目，却感到比见萧瑟的秋景更令人心悲。原因是异乡优美的山水，时时处处都在触动诗人的乡愁：泛舟西湖时想到蜀中的锦江，而今见吴山横翠，自不免又想起家乡同样翠色横空的峨眉山来。进而，诗人由欲归无期、乡思难遣的哀愁，又生发出一种人世的感慨。他感到不只是百年易尽、人生短促，就是雕栏玉砌的亭台楼阁，也是极易变色朽坏的。百年兴废，沧海桑田，这不是令人更感悲哀吗？读到这里，我们感到诗人真是悲怆欲绝了。但诗人毕竟不是悲观主义者，诗的末两句一转折，出现了另外一种境界，给了我们另外一种感受：虽然人生短促，亭台易朽，但山川之胜却是永存的；诗人对大自然的爱，连同他的足迹，都因融进这吴山之中而同样得以永存。百年之后横翠阁可能化为废墟，但诗人的意兴情怀，诗人的踪迹，后来的游人还是可以从吴山那横空的翠色中找到的。于是，诗人本来有限的生命也就不会终结，而永存于生意盎然的青山之中了。诗至此，前面那种浓重的悲愁气氛顿时为之一扫，而为诗人那洒脱超旷的襟怀和悠然不尽的情思所代替了。

这首诗写景清丽峭峭，抒情一波三折，情景交融，却又轻灵变幻，极富情致。

苏轼《题西林壁》

横看成岭侧成峰，远近高低各不同。
不识庐山真面目，只缘身在此山中。

这是写庐山的绝唱。诗题中的“西林”指西林寺，又名乾明寺，在庐山山麓。诗作于元丰七年（1084），当时诗人由黄州调往汝州，途经庐山，同东林寺僧常总一起游西林寺，有感而作此诗，并题写在寺的壁上。

这首诗也是在独特生活感受的基础上，通过杰出的艺术创造，构成一种精妙隽永的理趣而征服读者的。“不识庐山真面目”，流传至今，在口语里竟变成了人们习用的成语典故。苏轼是一个诗人，又是一个哲学家，他的这类诗是诗人与哲学家结合的产物。生活里的各种景象，在一般人看来平平常常，但他目遇神接，在不断思考中常常得到某种领悟，有独特的发现，再用诗的形式、诗的意境，加以熔铸概括，表现出来，这才产生出这种充满哲理意味，在思想和艺术上都令人耳目一新的杰作。

同前面一首一样，这首诗好，也是因为它有景、有情、有理，而理虽然在诗中是由诗人直接说出来的，但同时又寓于情、景之中，与情、景是不可分离的。开头两句：“横看成岭侧成峰，远近高低各不同。”可以说是写实，写他眼前所见，以精练的语言非常生动地描绘出庐山那种侧峰横岭、参差交错、气象万千的景象。在这具体的描绘中，实际上已包含着诗人的独特感受，包含着一种道理，即：看庐山，欣赏庐山，不同的方向（横和侧）、不同的距离（远和近）、不同的角度（高和低），所见的景象是很不一样的。诗中并没有明确告诉我们诗人是站在什么地方看庐山的，但是这样的描写已经暗示给我们，他所取的是一种多角度的、高瞻远瞩的特殊位置和特殊视角。这样，写景本身也就表现了诗人那种不局限于一隅、眼界开阔的不凡气度和胸襟。显然，庐山这种丰富、奇特、壮观的景象，是只有站在庐山之外才能见到的；许多人不能见到庐山的这种真面目，就是因为只是在山里看山，所以只能看到她的局部，而不能看到她的整体；只能领略她的一鳞一爪，一枝一叶，而不能发现和欣赏她的多姿多容，涵藏丰富、不可穷尽的深厚的美。

从诗的艺术构思看，前面两句形象的描绘，是后面两句议论的基础，而后面两句议论则是前面两句形象描绘的一种理性的升华与发挥。“不识庐山真面目，只缘身在此山中”，讲的是一种哲理，但这哲理的提出是植根于情与景之中的，这就是前面两句所写的他观赏庐山的真实感受。有景、有情、有理，三方面是有机地融合在一起的。既要有庐山这样动人的景象，也要有苏轼这样的襟怀和慧眼，才能产生这样杰出的富于理趣的诗篇。

这首诗是以在独特生活感受的基础上所构成的一种精妙隽永的理趣征服读者的，它在引导我们认识、欣赏庐山的“真面目”——感受到她那丰富深邃、难以穷究的大自然之美的同时，还给予我们超过庐山本身的更深更广的人生哲理的启示：一个人的视野如果只局限于狭小范围，没有从各个角度，统观全局，缺乏高瞻远瞩的胸怀和眼光，就不可能全面正确地认识客观事物，探索到它的奥秘。

苏轼《江城子》

十年生死两茫茫。不思量，自难忘。千里孤坟，无处话凄凉。纵使相逢应不识，尘满面，鬓如霜。　　夜来幽梦忽还乡。小轩窗，正梳妆。相顾无言，唯有泪千行。料得年年肠断处，明月夜，短松冈。

这是一首感情深挚的悼亡词。词调下小序云："乙卯正月二十日记梦。"乙卯是宋神宗熙宁八年（1075），这时苏轼正在山东密州（今山东诸城）任知州，距他的妻子王弗的去世已经整整十年。题为"记梦"，实际是通过写梦境来抒发对亡妻的真挚爱情和深沉思念。词人 19 岁娶王弗为妻，二人恩爱和睦，感情笃厚。王弗随苏轼官居京师，不幸于宋英宗治平二年（1065）五月亡故，先葬于汴京西郊，次年归葬故里四川眉州东北之彭山县之安镇乡。这首词即为怀念亡妻王弗而作。

全词感情深挚，充满一种凄婉哀伤的调子。上片写死别之痛和相思之苦。"十年生死两茫茫"，起句即从内心迸发出长久郁积于心的深长的悲叹，为全词定下了基调，凄哀至极。十年，在短促的人生中，是一段漫长的途程。然而，岁月的流逝，生活的变迁，都没有冲淡诗人对亡妻的一片深情。他不仅无时无刻不在思念着她，而且思念之情历时愈久而愈深、愈浓。怀想至切，却生死相隔，不得一见。"茫茫"两个字，传达出一种莫可名状的空寂凄清之感。值得注意的是，"茫茫"前加一个"两"字，"两茫茫"，这就不单是讲词人这一面的感受，同时也包括了九泉之下的亡妻在内。读这一句，我们仿佛听见了词人对亡妻深挚的告语："十年呵，我日夜思念你，杳无音讯；你呢，也是日夜思念我，同样音讯杳无。"生者与死者，在词人的心中是一样情思，一样哀绪。这里将无知作有知写，虽系虚空悬想，却更见得夫妻二人生前相知相爱之深，死后刻骨相思之切，以及相思而不得相见之痛。"两茫茫"所表现的感情，凄婉、沉痛、直笼罩全篇。

“不思量，自难忘。”哀思万缕，盘结于心，解不开，亦拂不去，深沉缠绵。不去想它，却怎么也忘不掉。在生活中，有时会出现某种缠绕心间、摆脱不掉的思绪，这种体验几乎是人人都曾有过的。这里，作者用的是最质朴平常的语言，最直白自然的表达方式，因为情真，就显得特别动人。

“千里孤坟，无处话凄凉。”亡妻之坟在眉州，与词人所在的密州遥隔千里。“无处话凄凉”一句，说者多解释为指词人自己因仕途坎坷，潦倒失意，因而产生的满怀悲情愁绪，无法向千里之外长眠地下的亡妻诉说。但寻索词意，此句从“千里孤坟”而来，应该是包括了亡妻亦无法向千里之外的词人诉说凄凉在内的。死别十年，又千里相隔，各自都有满腹凄凉的话要向对方诉说，却又无处诉说，无法诉说。“孤”字传达出词人对亡妻深情的体贴：独卧泉下，远在千里之外，没有自己相伴身边，想见得她一个人是何等的孤寂凄清。这两句上承首句“两茫茫”之意，同样是将无知作有知写，是概括了生者与死者两方面说的。

“纵使相逢应不识，尘满面，鬓如霜。”揣度语气，这三句便是词人向亡妻“话凄凉”了：我们即使能够相见，见到我这般风尘满面、两鬓斑白的衰颓模样，也一定是认不出来是我了。死生异路，怎能相逢？不得相逢而切盼其相逢，设想其相逢，所以特意用了“纵使”二字。“纵使”就是明知相逢不可能成为事实，却姑且假想其成为事实。“纵使”表让步，其效果却是使感情的发展更逼近了一层。下面说相逢而不相识，这比之不能相逢，更加使人不堪。“尘满面，鬓如霜。”寥寥六个字，一位被生活折磨，受痛苦熬煎，风尘满面，两鬓如霜的词人形象，栩栩如生地出现在我们的面前。这里刻画的是外部形象，却表现出丰富复杂的思想感情。熙宁四年（1071），苏轼因反对王安石变法，在朝中受到排挤打击，因而请求出任地方官，先是通判杭州，三年后又移知密州。仕途坎坷，遭际不幸，转徙外地，艰辛备尝。可以说，跟妻子死别十年来的痛苦经历、感情，都蕴含在这六个字之中了。作此词时，苏轼年仅四十，说“鬓如霜”，自然不无夸张，但由此可见其生活之蹭蹬和心境之凄凉。生者有情，死者却无知，本来是无处可诉说的，却偏偏向那无可诉说处去诉说凄凉，因而就愈见其凄凉。这三句，可说是一字一泪。

上片写尽了相思之苦，下片即转入写梦。因“思”而成“梦”，先写所思，后写所梦，自然成章。“思”是“梦”的基础，“梦”是“思”的幻化。上片词意虽不涉梦，但写“思”即是写“梦”，仍然切合“记梦”的题意。“夜来幽梦忽还乡”，笔意轻轻一折，即十分自然地转入梦境。梦是“幽梦”，一“幽”字见出梦境之缥缈朦胧。“忽还乡”的“忽”字也值得玩味。梦可以超越时间、空间，也可以打破冥冥世界与人间世界的幽隔。“忽”字写出了千里归乡之快速，亦写出了与亡妻相见之容易。平时多少个日日夜夜，想望殷切而不得见，现在倏忽之间就变成了事实，这不是太快也太容易了么？唯其相见得太快、太容易了，也就依稀透露出这不过一种虚幻不实的梦境。入梦是轻快的，所表现的感情却极为沉重。仔细吟咏，不难体味出隐含其中的亦喜亦悲的复杂感情。

回乡以后看见了什么呢？“小轩窗，正梳妆。”看似梦境纪实，实际是恩爱夫妻平居生活的生动写照。往时，不知有过多少次，爱妻在小轩中临窗梳妆，词人一旁怀着愉悦的心情观看、欣赏，或许还指点评说呢。词人抓住了这一具有典型特征的生活片断，写出了一对年轻夫妻相亲相爱的和美关系和幸福生活的情景。

经历了十年死别和无限思念之苦，一旦相见，该有千种哀愁、万种凄凉要向对方倾诉，然而却是“相顾无言，唯有泪千行”。竟是你看着我，我看着你，连一句话也说不出来。无言胜过有言。泪眼相看，两心相印，比之千言万语更能表现出复杂深沉的感情。

“料得年年肠断处，明月夜，短松冈。”这三句总束全词，是感情发展的高潮。“短松冈”是说种着短小松树的山冈，承上片“千里孤坟”，指亡妻的坟墓。据《本事诗》：唐开元年间，有一位姓张的幽州衙将，妻死后留下五子，受后妻虐待，亡妻忽从冢中出来，题诗告张说：“死生今有隔，相见永无因。……欲知断肠处，明月照松冈。”苏轼在此化用其意，十分贴切、自然，不露痕迹。“料得”是料想、猜想的意思，虽系推测之词，语气却十分肯定。这里跟首句“十年生死两茫茫”遥相呼应，写梦醒之后，重又陷入了“千里孤坟，无处话凄凉”的悲哀。“年年”，是年复一年，既指已经过去的漫长的十年，亦指未来的无尽的岁月。梦中情景，何等真切，醒来却一切化为乌有，便又重新回到现实，陷入生死相隔、渺茫不见的深沉的悲哀之中。遥隔千里，松冈之下，亡人长眠地底，冷月清光洒满大地，这是一种多么孤寂凄哀的情景啊！身处此情此景之中的亡妻自然是悲痛难言，而念及此情此景的词人亦不免肝肠寸断。“肠断处”是指亡妻的孤坟，而断肠人则兼指生者和死者。这三句，遥承开头“十年生死两茫茫”的词意，首尾相接，全篇浑然融为一体，使感情得到充分的发展和强化。

以虚映实，虚中见实，是这首词在艺术表现上的显著特色。梦是虚幻的，缥缈的，然而梦中人的感情却显得那么真挚深沉，实实在在。或者可以说，正因为借助于梦境的虚幻与缥缈，才格外显得情真意切。感情的表现，在梦前和梦中，前后一致；而随着入梦和梦醒，又一步步深化：死别相思是很苦的，相思而不得相见，满腹凄凉无处可以诉说，更苦；积思成梦，幽梦话凄凉是很苦的，梦醒而只剩得冷月松冈，则最苦。全词凄婉哀伤，出语悲苦，真可说是一字一泪。

这首词像是春蚕吐丝，又像是幽山流泉，从词人的胸臆间泻出，非常质朴自然。全词无矫饰之情，无故作之态，不以使事用典取胜，也不以锻炼词句生色，纯以平常语出之，却具有极强的艺术感染力，其原因就在于：以情动人。

苏轼《江城子》

老夫聊发少年狂。左牵黄，右擎苍。锦帽貂裘，千骑卷平冈。为报倾城随太守，亲射虎，看孙郎。　酒酣胸胆尚开张。鬓微霜，又何妨！持节云中，何日遣冯唐？会挽雕弓如满月，西北望，射天狼。

这首词一题作《猎词》，是苏轼豪放词的代表作之一。词作于熙宁八年（1075），与前面那首悼亡词作于同一年。同一年以同一词调写词，内容和风格却迥然不同。这是这年的冬天，苏轼任密州（今山东诸城）知州，因天旱求雨，得雨后到常山去祭神谢雨，归来时与同官梅户曹会猎于铁沟作。同时又有诗《祭常山回小猎》记其事，所写内容及思想感情都与此词相同。可见作者有意打破诗与词的界限，将过去一般人按传统观念认为只适合于写到诗里去的题材也用词来表现。

这首词借叙事以抒怀，内容记的是常山会猎，却抒发了词人关心国家命运，热切地盼望到疆场杀敌报国、建功立业的雄心壮志和爱国理想。气势宏大，情绪激昂，思想和风格都极为豪迈奔放。

上片写出猎，既是叙事，又是抒情。写出了意气风发的一腔豪情壮志，刻画出一个性格豪放、威武雄壮的太守形象，为下片抒写爱国感情和杀敌报国的雄心壮志打下基础。首句“老夫聊发少年狂”，是年苏轼四十岁，古人以为四十即入老境，故自称“老夫”。“聊”是“聊且”之意。意思是打猎本来是青年人的事，年届四十原该没有这样的豪兴了，这次却像年轻人一样发发这样的豪兴和狂情。

下两句“左牵黄，右擎苍”，具体写打猎的形象和情景：左手牵着猎狗，右臂擎着苍鹰。这不仅是记实，同时更重要的是借此以抒写自己的豪情壮志，是承上句的“狂”字来写的，从具体的形象中表现了词人出猎时狂放和豪迈的感情。

“锦帽貂裘，千骑卷平冈。”锦帽貂裘是汉代羽林军的装束，这里用来写太守出猎时的随从，以状其声威。“千骑卷平冈”写围猎的情景，用了夸张的笔墨进行渲染。但也有记实的一面，因为他在《祭常山回小猎》诗中曾写道：“青盖前头点皂旗，黄茅冈下出长围。”看来他带的人确实不少，围猎时颇有气势，十分壮观。

“为报倾城随太守，亲射虎，看孙郎。”这是兴之所至，发豪言壮语，以抒豪情壮志。意思是，为了报答全城的百姓们都跟随来看我出猎，我一定要像三国时的孙权那样亲自射虎（《三国志·孙权传》中记载，孙权曾经亲自射虎）。打猎人人都可为，射虎却非英雄壮夫不能。这里是承接并落实首句“少年狂”的“狂”字，以收束上片。因此，上片主要是叙写词人出猎的情景，以抒发他像年轻人那样的豪情壮志。

但是写出猎只是起兴，只是铺垫，下片在此基础上抒发自己杀敌报国的雄心壮志和爱国感情，才是全词的主旨。“酒酣胸胆尚开张”，是说畅饮一醉之后（饮酒本身也能见出词人的豪迈性格），更加意气风发了，胸襟更加阔大，胆气也更旺盛了。“鬓微霜，又何妨！”年纪虽大，却仍然具有年轻人的雄心壮志和英雄胆气。“又何妨”是不承认自己已老，也不服老，还有为国建功立业的雄心。

“持节云中，何日遣冯唐？”这一句用了一个典故，从中曲折地表现了作者强烈的期望和深沉的感叹。汉文帝时，魏尚为云中太守，抵抗匈奴的入侵，立下战功，仅仅因为报功时多报杀了六个敌人，便不公平地被坐罪削职；后来冯唐为他辩白，汉文帝便令冯唐持节（使者所持以作为凭信的节符）赦免魏尚，恢复他云中太守的职位。苏轼在这里用了这个典故，不仅十分准确、贴切，而且含义非常丰富。因为当时苏轼离开朝廷到外地做官，是因为遭到排斥打击，政治上是失意的，这一点与魏尚蒙冤获罪有相似之处；同时更重要的是，在抵御外侮、杀敌报国这一点上，苏轼以魏尚自许，表现了他强烈的爱国感情。然而不同的是，至今并没有像魏尚那样被赦罪复职，重新受到信任与重用的好运气。“何日”二字是发问，既表现了他强烈的期待、向往，又表现了他内心的不满和感叹。这里所表现的思想感情，与《祭常山回小猎》诗中“圣朝若用西凉簿，白羽犹能效一挥”，以晋时西凉主簿谢艾自比所表达的理想是完全一样的。

“会挽雕弓如满月，西北望，射天狼。”正面直接地抒发自己杀敌报国的雄心壮志，在一个高昂的音调上结束全词。值得注意的是，他的一腔爱国激情和建功立业的壮志，不是以抽象、空泛的语言表达出来的，而是通过刻画具体的形象来表现的。读完这首词，一位热情洋溢、豪迈英武、正在挽弓射敌的英雄形象便栩栩如生地出现在我们的面前。

这首词上片叙写常山会猎，下片表现爱国激情，全词前后呼应，一气呵成，而豪壮的气势贯注首尾。苏轼是有意识地追求一种豪放词风的。关于这首词，他在《与鲜于子骏书》中写道："近颇作小词，虽无柳七郎（指柳永）风味，亦自是一家，呵呵。数日前猎于郊外，所获颇多，作得一阕，令东州（即密州）壮士抵掌顿足而歌之，吹笛击鼓以为节，颇壮观也。写呈取笑。"这是苏轼抒发豪情壮志的"壮词"，其风格豪迈雄放，确实是需要"壮士"吹笛击鼓而歌的。这样的词，前所未有，确实使人奋发向上，一新耳目，对宋词发展的影响是不能低估的。

苏轼《水调歌头》

丙辰中秋，欢饮达旦，大醉，作此篇兼怀子由。

明月几时有？把酒问青天。不知天上宫阙，今夕是何年？我欲乘风归去，又恐琼楼玉宇，高处不胜寒。起舞弄清影，何似在人间！　　转朱阁，低绮户，照无眠。不应有恨，何事长向别时圆？人有悲欢离合，月有阴晴圆缺，此事古难全。但愿人长久，千里共婵娟。

这是苏词中传诵千古的名篇，历来被认为是他豪放词的代表作。从词的构思、气象、意境等方面看，确实显得开阔豪迈；但它的基本风格特色却不是豪放，而是飘逸旷达。

词的小序说："丙辰中秋，欢饮达旦，大醉，作此篇兼怀子由。"丙辰是宋神宗熙宁九年（1076），词的内容是咏月而兼怀人。它的特点是，咏月而不拘限于月，怀人而不露悲伤凄戚的离愁别绪，写出了新的面目，新的格调。

全词紧紧扣住明月，上片写对人生的思索，下片写离情。"明月几时有？把酒问青天。"首二句点出饮酒赏月。起笔就发问，显得突兀奇崛，表现了诗人浪漫的性格和超旷的胸怀。古代的浪漫主义诗人，屈原写了《天问》，李白写了《把酒问月》，都是向上天提出问题，苏轼师承这种意思，面对着中秋美好的月色，开怀畅饮，赞赏之余，不禁抬头望着高远的青天，提出这样的问题：这样美好的月亮是从什么时候开始有的呢？这一问，从赏月的欣喜中透露出一位哲人对宇宙人生的沉思。

"不知天上宫阙，今夕是何年？"这两句承上启下，把诗人的思索更推进一层：明月不知几时产生，又不知经历了多长时间的发展变化，今晚是到了哪一年，月色竟是如此的清润皎洁？于是便产生了下面要飞入月宫去的奇想。

“我欲乘风归去，又恐琼楼玉宇，高处不胜寒。”从《前赤壁赋》中我们已经看到，苏轼在欣赏大自然时，常常陶醉于其中，进入物我化而为一的境界，产生出一种飘飘欲仙的感觉。这是由诗人浪漫的性格、飘逸的情怀和道家出世思想的影响所决定的。反映在艺术上，则表现为神思飞扬，产生出奇丽大胆的想象。月色那么美好，自然引发出他飞升上天的幻想；而在他的心中，自己本来就是仙界中人，所以说想“乘风归去”。联系到他政治上的遭遇，这里面是隐含着诗人的身世感慨的。他因为反对王安石变法而调任地方官，政治上的失意，加上不能跟感情很好的弟弟朝夕相处，内心很苦闷，便产生了一种出世的思想。但他是一位热爱生活、执著于现实的人，是不可能真正出世的。所以内心又有矛盾，下面两句便又回转笔来写他所执著关心的现实，表现出他对人间的热爱：“起舞弄清影，何似在人间！”不能和不愿乘风上天，于是在月下起舞，跟自己的“清影”相伴嬉戏，月宫里的生活，哪里能跟人间相比呢？由现实而产生幻想，又由天上再回到人间，表现了诗人内心复杂矛盾的思绪及其起伏变化的过程。

下片写对弟弟的怀念。“转朱阁，低绮户，照无眠。”“转”和“低”，写出月的动态：月光缓缓地转过红色的楼阁，又低低地照进雕花的门窗，最后照在长夜无眠的人身上。由月写到人，由月亮的流动映衬出人的不平静的思绪。不言离情而离情自见。天上满满一轮圆月，使经受着离别之苦的诗人联想到亲人不能团聚，于是便产生了对月亮的埋怨：“不应有恨，何事长向别时圆？”明月无知，不该有什么怨恨，可是为什么老在人们离别的时候那么圆呢？下面，诗人在深沉的思索中自己又提出一种带哲理意味的解答：“人有悲欢离合，月有阴晴圆缺，此事古难全。”天上人间，一切事物都不可能是完美无缺、尽如人意的。这是对月亮的谅解，也是对自己的宽慰。

“但愿人长久，千里共婵娟。”既然如此，跟亲人的离别也就用不着忧愁哀怨，只求永远身体健康，能在千里之外共赏明月，也就求得情意相通了。这是对自己和远离自己的弟弟的劝慰，也是对世间一切离人的美好祝愿。这里既写了离别的苦闷，又写了对这种苦闷的排解，最后上升到一种十分超脱而且格调很高的美好祝愿。几层意思，转折写出，愈转愈深，充分地表现出作者洒脱的性格和旷达的情怀。

这首词，充满浪漫主义色彩，境界开阔，想象新奇，既有飘逸邈远的意境，又有耐人寻味的理趣；语言自然生动，如行云流水；词中多处活用前人诗句，都浑化无迹，如从诗人胸臆中流出。南宋胡仔在《苕溪渔隐丛话》中说：“中秋词，自东坡《水调歌头》一出，余词尽废。”这种赞誉并不算过分。

苏轼《浣溪沙》

照日深红暖见鱼，连村绿暗晚藏乌。黄童白叟聚睢盱。
麋鹿逢人虽未惯，猿猱闻鼓不须呼。归来说与采桑姑。

在我国词史上，苏轼是以豪放开派名家的。但其实，为适应不同题材内容，苏词在艺术风格上是多种多样，不主一格的。例如这首《浣溪沙》词，就像一幅色彩明丽的农村风景画，写得爽朗明丽，清新喜人，跟关西大汉执铁绰板所唱“大江东去”大异其趣。

这是一首写景词。原作一组共五首，题下有小序云：“徐州石潭谢雨，道上作五首。潭在城东二十里，常与泗水增减，清浊相应。”这五首都是写农村风物人情的，这是其中的第一首。一首小词，寥寥数句，以精练的语言将客观景物描绘得逼真生动，是不容易的。但更难的是，要写得切合特定情景，不一般化，并能于景中见情。正是在这一点上，这首词显示了它的艺术特色。

苏轼勤政爱民，在封建时代，应该说是一个难得的好官。这首词作于元丰元年（1078）的初夏，时作者在徐州任地方官。这年春天，徐州发生严重的旱灾，苏轼曾到徐州东面二十里的石潭去求雨。这并不完全出于一州太守的例行公事，他是带着感情去的。为这次求雨，他写了一首《起伏龙行》诗，其中有这样的句子：“嗟我岂乐斗两雄，有事径须烦一怒！”据民间传说，以虎头置潭上，激起龙虎相斗，便会雷轰云卷，沛然作雨。苏轼热切地期望着这种情景出现，并在诗中表示出将为此而感到非常快乐。得雨后他便亲赴石潭谢雨。久旱而逢甘雨，旱象解除，丰收有望，作为一州之长的苏轼，其欢快愉悦是可以想见的。如题序所示，这首词即作于谢雨道上。

粗看起来，作者好像是毫不经意，只是将他眼前所见景物，信手摄入笔底，仔细揣摩，其实作者是经过一番选择和提炼的。谢雨道上所作，全词所写，紧切“谢雨”二字。起笔作者即以明朗的色调，绘出一派生机勃勃的喜人景象：晴空丽日，红艳艳的阳光照射着清澈见底的河水，鱼儿在自由欢快地游动，给人一种温暖的感觉；一村连着一村的树林，枝繁叶茂，一片深绿，晚来可以藏乌。朗朗晴天景象，好像不关乎雨。但实际上这两句正是写雨：不过不是正在下着的雨，也不是刚刚下完的雨，而是已经下过，渗透到地下，滋润着万物，使干渴的世界得以复苏，并再现出盎然生意的那场喜雨。这雨早已过去，但我们还能看到它，从水中欢快的游鱼，从连村碧绿的树叶。没有那场已经过去的雨，便没有眼前这清心悦目的晴天景象。以晴写雨，巧妙含蓄，富有情致。

第三句写人。“聚”字说明人多，绝不止一两个。说“黄童”“白叟”，不只是标举代表，以概其余；而且从色彩着笔，与上两句的“红”“绿”照映，意在明其所见，写得很真切。仍然是谢雨道上太守眼中之景。“睢盱”是喜悦的样子，前两句所描绘的景象使他们喜悦，太守到石潭谢雨这件事也使他们喜悦。这两个字所表现的人物的意态情绪，与作者的思想感情以及全词的情调意境是和谐统一的。

《起伏龙行》诗写石潭：“上欹苍石拥岩窦，下应清河通水府。”可见潭在山间。下片头两句写到麋鹿和猿猱，正是山中特有之景。换一个角度写，与上片不重复。是出奇之笔——读者想不到；又是极自然之笔——同为眼前所见。两种动物，写得各具性格，神态逼真：麋鹿性温驯而胆小，远望着人群，一副怯生生的样子；猿猱机敏而富有灵性，惯于和人接触，谢雨祭神有供品可食，不用呼唤，一听到鼓乐之声，便勇敢地走上前来。这里又好像跟雨没有关系，但关乎“谢”，也就关乎“雨”。一“鼓”字传出声音，启发人想象太守谢雨时的欢乐热闹情景。这情景还从侧面烘托出来。在作者笔下，麋鹿和猿猱似乎也通解人意，为石潭谢雨所惊动和招引，走进画面，点染着这富有生气的山村美好的风光和欢乐的气氛。

结句不再写景，转而写内心的感受。妙在并不直接道出。目有所见，心有所感，抑止不住要向人诉说。说与谁呢？说与一个能够理解也愿意知道太守此时此地所见所感的人——采桑姑。一场甘雨给养蚕的村姑送来期待已久的丰足的桑叶，她对这场雨，该是多么喜悦，又该是多么感谢！诉说什么？当是篇中所写的种种新奇喜人的景象和作者内心的喜悦之情。词里没有写出来，但读者能够领会得到。引而未发，含而不露，读来耐人寻味。

作者采用写实手法，直写眼中所见。全词六句，除结句外，一句一景。恰似电影镜头，连续地将客观景物一个个展现在我们的眼前。这里有自然景物，也有人。人又是形形色色，有黄童白叟，有采桑姑。描形写态，绘声绘色，形态有动有静，色彩有明有暗，距离有近有远，角度有高有低。丰富而不显得单调的种种物态、色泽，使这首小词的情调意境，显得那样的明丽爽朗，使人觉得字里行间跳动着生命的活力。通篇未着“雨”字，而景象无不和雨相关；不言“欢乐”，而处处洋溢着欢乐。作者以景写情，融情入景。句句是景语，句句亦是情语。景，不是一般之景，是谢雨道上所见之景；情，也不是一般之情，是谢雨太守心中之情。此景此情，又是太守跟黄童白叟及采桑姑共同欣赏、彼此相通的。正因此，这些表面上看来似乎互不相关的镜头，才能够和谐地结合在一起，构成一个浑然不可分割的艺术整体——一幅明丽清新的风景画，一首隽永含蓄的抒情诗。

苏轼《水龙吟》

似花还似非花，也无人惜从教坠。抛家傍路，思量却是，无情有思。萦损柔肠，困酣娇眼，欲开还闭。梦随风万里，寻郎去处，又还被莺呼起。　　不恨此花飞尽，恨西园落红难缀。晓来雨过，遗踪何在？一池萍碎。春色三分，二分尘土，一分流水。细看来不是杨花，点点是离人泪。

这首咏杨花的《水龙吟》，是苏轼婉约词的名作。

这首词的作年，过去多沿用清代王文诰的猜测，次为元祐二年（1087），后经人考证，应该是作于元丰四年（1081）春天谪居黄州时。当时章质夫写了一首咏杨花的词寄给苏轼，词由咏杨花而写到思妇，写杨花写得很传神，写思妇的哀伤也写得很真切。苏轼读后回了一封信，同时作了这首和词。和词同原词的作意相近，也是从咏杨花而写到思妇的。和词中的思妇有所指。当时章质夫在“柳花飞时出巡”，苏轼想到章的妻子一定非常思念他，因而拟想并代她抒发心中的愁绪。但同时作者还有更深的寄托，这就是自己因政治上的失意而产生的苦闷和忧愁。不过，这首词所写的杨花和思妇都不局限于个别，不局限于具体所指，而具有高度的概括性和典型意义。它表现了一种普遍的人生感受，一种人人都经历过、都感受过的离愁。因此，从它产生以来，曾引起过无数读者的共鸣。

这首词的突出特点，是把杨花当作有生命、有感情的东西来写，在词中杨花和思妇是融合到一起的，我们简直分不清哪是写的思妇，哪是写的杨花。

开始入题就于平常语中见神奇：“似花还似非花”，这是大实话，春天漫天飞舞的杨花，确确实实是又像花，又不像花。但从这最平实的语言中，却是最传神地概括出了杨花的特点。而全词正是从这一特点来发挥的。第二句“也无人惜从教坠”，也写出了人们对杨花的普遍态度和感受。正因为它又像花又不像花，所以在繁花似锦的春天，人们并不十分看重它，珍惜它，因而随它到处飞舞、飘落。“抛家傍路，思量却是，无情有思。”“抛家傍路”是对满天飞舞的杨花的客观描绘，却很传神，而且暗中关合着“离情”。接着就点出杨花是有生命、有感情的。“有思”的“思”字，在这里作名词用，是“情思”的意思。韩愈《春晚》诗：“杨花榆荚无才思，惟解漫天作雪飞。”章质夫的原词里也说：“轻飞乱舞，点画青林，全无才思。”苏轼这样写，将“无思”作“有思”，就不落陈套，而翻出了新意。强调杨花有“思”，就赋予了杨花以人的感情，就把花和人联系起来了。因此，下面的几句：“萦损柔肠，困酣娇眼，欲开还闭。梦随风万里，寻郎去处，又还被莺呼起。”就既是写的人，又是写的杨花。有人说，“柔肠”“娇眼”，是指柳枝、柳叶，古人确有将初生柳叶称为柳眼的。但柳枝、柳叶又都同杨花分不开，所以目的还是写杨花，而最终还是写人。后面三句是化用唐代金昌绪的《春怨》诗：“打起黄莺儿，莫教枝上啼。啼时惊妾梦，不得到辽西。”这离愁是思妇的，也是杨花的，妙在花和人融合在一起，不能分割，也无法分割。

下片一开始，又好像完全是写花：“不恨此花飞尽，恨西园、落红难缀。”还是照应到上片的意思，“抛家傍路”的杨花是不被人怜惜的，人们伤春，也只是由“落红难缀”引发；春归了，杨花飞尽了，人们也不会产生什么怨恨。可是下面一转，却写出了新的境界，新的意趣：作者与一般人不同，他特别关注那“飞尽”了的杨花到底到什么地方去了。执著之情使他禁不住去追寻杨花的遗踪：“晓来雨过，遗踪何在？一池萍碎。”这里作者自注：“杨花落水为浮萍，验之信然。”按苏轼的自注并不可信。他所据的是三国时魏张揖的《广雅》“杨花落水化萍”之说。当然我们是在解诗，不必拘泥于这个说法的科学性，作者用典的目的，意在表现杨花的多情，也表现杨花的生命力。“春色三分，二分尘土，一分流水。”这里把春色具象化，数量化，说它三分之二化成了尘土，三分之一化成了流水。这种写法好像很笨，好像跟诗不相干，实际上却是写得非常巧妙，非常聪明，也是很富于诗意的。它表现了诗人对春天的热爱，对杨花的执著和一片深情。

下片到此为止，都是写花，可是末二句一收束却又归结到人上来：“细看来不是杨花，点点是离人泪。”这真是精妙之极的神来之笔：原来，写杨花就是写思妇，就是写离情，花和人浑然化为一体。在作者的笔下，不论是浮萍、尘土、流水，都是杨花化来的；而最后竟看出来，这由杨花化来的浮萍、尘土、流水，又都变成了离人的眼泪。

咏物词而能写出如此深婉缠绵的感情内涵，实在是很少见的。苏轼将赋物之作写成言情之作，一反过去许多诗人咏物之作多堆砌辞藻典故的弊病，构思巧妙，想象丰富，语言清丽，深婉含蓄，极富韵致。王国维《人间词话》评云："东坡《水龙吟》杨花和韵而似原唱，章质夫词原唱而似和韵，才之不可强也如是。"又说："咏物之词，自以东坡《水龙吟》为最工。"这首词的风格清而不艳，柔而不媚，是婉约而又不同于传统的婉约，是苏轼对婉约词风的发展和创新。

苏轼《念奴娇》

大江东去，浪淘尽千古风流人物。故垒西边，人道是三国周郎赤壁。乱石穿空，惊涛拍岸，卷起千堆雪。江山如画，一时多少豪杰！　　遥想公瑾当年，小乔初嫁了，雄姿英发。羽扇纶巾，谈笑间樯橹灰飞烟灭。故国神游，多情应笑我，早生华发。人生如梦，一樽还酹江月。

这是千古传唱、脍炙人口的苏轼豪放词的代表作。作于元丰五年（1082），时贬官黄州。这首词借怀古以抒写怀抱，通过对祖国壮丽山川的出色描绘，表达了对古代英雄人物的无限倾慕和向往；而联想到自己的政治处境，又流露出远大抱负不得实现的深沉苦闷。

上片着重写江山，带出历史人物，从赞叹中抒写自己的豪情壮志。“大江东去，浪淘尽千古风流人物。”一开头就居高临下，俯仰千古，表现出一种高远的眼光，广阔的胸怀，奔腾豪迈的气势，为全词定下了高昂的音调。“故垒西边，人道是三国周郎赤壁。”这是写眼前景，点出赤壁，并带出自己所仰慕的历史人物周瑜。三国时的赤壁之战发生在什么地方，学术界有不同的看法，较多的学者认为是今天湖北省蒲圻县长江南岸的赤壁，不是黄州赤壁。不过作者这里是意在借景抒情，并不拘泥于史迹，所以说“人道是”，语气也不确定。“乱石穿空，惊涛拍岸，卷起千堆雪。”这三句描绘赤壁景象，写山的峭拔险峻，写江的奔腾汹涌，表现出一派奇峭雄峻的气势。这是写景，也是抒情。诗人笔下的江和山都富有生气，充满活力，正足以表达出诗人的理想、志向、气度、胸怀。“江山如画，一时多少豪杰！”面对赤壁壮丽的景色，诗人不禁发出了这样的感叹。由江山自然地转到历史上的英雄豪杰身上，既收束上片，又引起下片。

下片着重刻画历史人物，借以进一步抒发自己的理想情怀以及壮志难伸的苦闷。“遥想”二字，总领下面六句，具体地刻画出周瑜的英雄形象。“小乔初嫁了，雄姿英发。”写他年轻英俊，谈吐气度，卓绝不凡。“羽扇纶巾，谈笑间樯橹灰飞烟灭。”写他指挥战争，身着便服，仪态从容，凭着过人的胆略智慧，谈笑间就能克敌制胜。这里写历史人物，既概括又具体，栩栩如生，呼之欲出。“故国神游，多情应笑我，早生华发。”这三句，从历史转到现实，由英雄联想到自己。第一句中的“神游”，指游古战场赤壁而产生的对历史和历史人物的追忆和向往；第二句中的“多情”，既指对历史上英雄人物的深情倾慕，也指对祖国河山的热爱，以及建功立业的积极追求；第三句，跟前面写周瑜的“雄姿英发”形成鲜明的对比，暗喻自己政治上的失意。头发已经花白而事功未成，也就写出了“多情应笑我”的具体内容。在表现了因理想和现实的矛盾而产生的内心苦闷的基础上，诗人以无限的感慨结束全词：“人生如梦，一樽还酹江月。”由于内心的苦闷，诗人在这里流露出一丝消极低沉的情绪，但从全首词来看，意境恢宏，气势雄迈，风格豪放，基调是积极开朗的，我们读后也确实感到有一种引人奋发向上的鼓舞力量。

据宋人俞文豹《吹剑续录》记载：“东坡在玉堂，有幕士善讴。因问：‘我词比柳词何如？’对曰：‘柳郎中词，只好十七八女孩儿，执红牙拍板，唱“杨柳岸晓风残月”；学士词，须关西大汉，执铁板，唱“大江东去”。’公为之绝倒。”这个传说说明，这首《念奴娇》词确是最充分地表现了苏轼豪放词的艺术特色，而为作者引以自豪的。

苏轼《满庭芳》

元丰七年四月一日，余将去黄移汝，留别雪堂邻里二三君子。会李仲览自江东来别，遂书以遗之。

归去来兮，吾归何处？万里家在岷峨。百年强半，来日苦无多。坐见黄州再闰，儿童尽楚语吴歌。山中友，鸡豚社酒，相劝老东坡。　云何？当此去，人生底事，来往如梭！待闲看秋风，洛水清波。好在堂前细柳，应念我莫剪柔柯。仍传语，江南父老，时与晒渔蓑。

这是一首写离别的词，带着一层浓重的拂不去的感伤情绪。但与我们在这类词中通常见到的那种令人黯然神伤的离情别绪不同，它抒发的感情内涵要宽广和丰富得多，其中寄寓着深长的人生感慨。

苏轼于元丰二年（1079）七月因“乌台诗案”被人构陷入狱，后经朝野上下多人营救，才得到神宗的宽宥，诏责授检校尚书水部员外郎，充黄州（今湖北黄冈）团练副使，本州安置。他于元丰三年（1080）二月到黄州，到作这首词的元丰七年（1084）四月，奉命由黄州移汝州（今河南临汝）任团练副使，在这里前后生活了四年零两个月的时间。在这四年多的时间里，词人体尝了生活的艰辛，感受到人情冷暖，世态炎凉。一方面，有一些人因怕受牵连而疏远他；另一方面，又有不少人给他以关心与支持（包括黄州郡守徐君猷）。更为重要的是，苏轼跟下层劳动人民有较密切的接触，从他们那里得到帮助和温暖。他的好友马正卿为他乞得城东一片荒地，他开垦为东坡，躬身耕种，是邻里父老指点他学会种植庄稼。在黄州数年，苏轼的内心是充满矛盾和痛苦的。当他要离别黄州的父老与友人，移居汝州，继续以团练副使的空衔服罪时，他的心情更是充满矛盾和痛苦的。这首离别黄州前写下的《满庭芳》词，正生动真实地抒发了他的这种内心感受。

这是一首长调，分上下两片。上片着重抒写对蜀中故里的思念和对黄州邻里父老的惜别之情。题序中指明词是为“留别雪堂邻里二三君子”而作，但起首并不以留别对象的“二三君子”入题，却劈头引陶渊明《归去来辞》中的成句“归去来兮”，感叹自己思家念家，有家而不能归。看似有些文不对题，实则一开头就不落俗套，寄概遥深。开头三句包含着这样的意思：陶渊明写作《归去来辞》，第一句就唱出“归去来兮”，那是他欣然自得地回归故里，而自己却是负罪贬官，从一地转徙于另一地，想念家乡，却又不能归去。这里问“吾归何处？”就是有家而不能归的意思。“万里”二字的意思既实且虚：说它实，是因为无论黄州或汝州，在当时交通不便的条件下，距离岷峨所在的西蜀都的确非常遥远；说它虚，是因为它真实地表现了苏轼的心境，想归而不得归，在心理感受上自是以“万里”来衡量的。这三句起得有些突兀，传达出内心的隐痛和激愤，包含着深沉的身世感慨。由此引发，接下去便是回顾从前、瞻念未来，出语就更加悲苦了：“百年强半，来日苦无多。”这里用韩愈《除官赴阙至江州寄鄂岳李大夫》诗“年皆过半百，来日苦无多”句意。“强半”即过半、大半之意。当时苏轼只有四十九岁，实不满五十而称“百年强半”，这不仅因为牵合事典，要与所引韩愈的诗意相符；更重要的是他回顾半生的蹭蹬仕途，心力交瘁，明显地感到自己是进入老境了。

下面三句说到黄州。四年多的时间，在人生途程中不能算十分短暂；其间元丰三年闰九月，元丰六年闰六月，不概言“四载”而称“再闰”，也使人感到时间之长。携子在外，孩子们已改了乡音。以儿童改变乡音来表现诗人离家漂泊之久和对故乡的思念，在苏诗中亦曾屡见，如《元修菜》诗云：“我老忘家舍，楚音变儿童。”又《秀州报本禅院乡僧文长老方丈》诗云：“万里家山一梦中，吴音渐已变儿童。”可见这种感受和思绪是长期郁结于心的。值得体味的是“坐见”二字，“坐见”就是空见，即白白地看着时光流逝，表现了对虚掷宝贵年华的感叹。这两句读起来词气平和，却把内心悲凄哀痛的感情抒写得十分深沉厚重。到上片的最后三句才写到惜别之情。妙在不说自己舍不得离开黄州父老，而说黄州父老劝说自己终老东坡。“山中友，鸡豚酒社。”明确地点出“邻里二三君子”的身份，他们并非地位较高的官吏士人，而是以务农为生的草野细民。苏轼对他们的感情是那样亲切，那样淳厚，那样深挚。这种感情是作者在跟他们长期交往中建立起来的。对于“农夫”给予他的热情悉心的指点，他当时就写诗表示“再拜谢苦言，得饱不敢忘”（《东坡》其五）；

对于黄州父老们对他的体恤照顾，数年之后那份感激之情仍然历久难忘：“我顷在东坡，秋菊为夕餐。永愧坡间人，布褐为我完。”（《次韵毛滂法曹感雨》）正是这种跟普通老百姓之间的纯真质朴的情谊，使得处于逆境中的苏轼对生活保有一种热情积极的态度，纵然人生道路坎坷难行，亦不免时时产生逃避现实的意念，但皆未至于悲观失望，心灰意冷。我们由此明白，以为苏轼能在政治上遭贬抑以后的种种不幸中表现得旷达超脱，随遇而安，都是靠的佛家思想和老庄哲学，那是一种误解；除此而外，他还清清楚楚地从纯朴真诚的下层人民身上吸取了力量。从黄州时期直到晚年远贬到惠州、儋州时期，都是如此。这对一个失意的封建士大夫来说，是极为难能可贵的。三句以留别之意结束上片，同时又开启下片。

下片推想离开黄州以后的怀念之情，从未来着笔，在时间的推移中，把上片已经抒发出来的依恋惜别之情加以延伸、发展、强化。写法一如上片，先从感叹人生入题，不同的是上片着眼于过去，而下片着眼于未来。“云何？当此去，人生底事，来往如梭！”意思是说，这次离开黄州到汝州去，又怎么样呢？也不过人生无定，来往如梭罢了！然而不论生活道路怎样崎岖不平，对黄州的父老邻里总是不会忘怀的。接下去，“待闲看秋风，洛水清波。”二句用唐代贾岛《忆江上吴处士》诗“秋风吹渭水，落叶满长安”句意，是说：就如前代诗人贾岛，当秋风起来吹动渭水、长安的树叶凋零飘落时就会想起远去的友人一样，自己在洛水边（按洛水即今河南洛河，流经洛阳，离汝州很近，用“洛水清波”，地域与感情都十分贴切）也肯定会情不自禁地忆念起黄州故人的。

以上两句从自己一面讲，下面两句转而从黄州父老一面讲：“好在堂前细柳，应念我，莫剪柔柯。”这里用的是《诗经·召南·甘棠》中“蔽芾（幼小貌）甘棠，勿剪勿伐，召伯所茇（居住）”句意，是说，相信到那时我在雪堂前亲手植下的细柳，必将茁壮成长，邻里父老们不会忘记自己，因而必定会加意爱护它们的。不从一面说，而从两面说，角度变化了，重复而不显重复，相反经过一层转折变化，融贯了双方的感情心绪，就将惜别依恋之情表现得更充分、更深沉、也更强烈了。

词的最后说：“仍传语，江南父老，时与晒渔蓑。”意思是，别后我还将频频捎信给在黄州的诸位父老，请你们时时替我晒一晒我在黄州时打鱼所穿的蓑衣。这里包含着一层没有道破的言外之意，即我还会再到黄州来的。含蓄隽永地切在惜别题意上，收束全词，有余味而又不拖泥带水。

这是一首留别词，但内容丰富，写得不一般化。它虽然没有脱掉一般抒发惜别之情作品的凄悲色调，但悲并不是悲在离愁别绪本身，而是悲在人生道路的坎坷和不幸上。其中概括了苏轼几年间复杂的生活遭遇和感受：负罪羁役，有家而不能归；老之将至，事功不成（不要忘记苏轼是一个“奋厉有当世志”的人物）；人生无定，往来如梭；以及同几年来朝夕相处的友人离别，等等。跟通常的情形相反，离别本身似乎并没有增加苏轼内心的痛苦，反而因为在依依惜别中回顾与品味了在长期相处中十分珍贵的精神抚慰，这种抚慰使词人也使读者感到亲切，受到鼓舞。与此相应，这首词在艺术表现上，于平直中见含蓄曲折，于温厚中透露出愤激不平。这是这首词的平凡而不简单处，也是它的耐读处。

苏轼《西江月》

顷在黄州，春夜行蕲水中。过酒家饮酒，醉，乘月至一溪桥上，解鞍曲肱，醉卧少休，及觉已晚。乱山攒拥，流水铿然，疑非人世也。书此语桥柱上。

照野弥弥浅浪，横空隐隐层霄。障泥未解玉骢骄，我欲醉眠芳草。　可惜一溪风月，莫教踏碎琼瑶。解鞍欹枕绿杨桥，杜宇一声春晓。

苏轼这首词作于“乌台诗案”之后贬官黄州期间。那段时间，政治上遭到打击，生活上感受到人情冷暖，内心的忧闷痛苦不难想见。但词人善于排解，常以佛道思想为武器，与逆境抗争，表现出一种随遇而安的旷达的人生态度。他常寄情山水，以诗酒自娱。这首词就是那种超旷任性的人生态度的艺术表现。

词前小序，不仅表现了词的写作背景，而且本身就是一篇写得极为率真的精美的小品。词、序并读，使人感觉有珠联璧合、相得益彰之妙。苏轼戴罪谪居黄州，常有夜行饮酒之事，这次又“春夜行蕲水中”，这在别人看来或为异行，而在苏轼实为日常生活。苏轼作文如行云流水，任其自然；岂止作文，连整个的人生态度都是如此。看他夜行蕲水，过酒家则饮酒，饮酒辄醉，醉了就乘醉在月下漫游，过溪桥时感到需要止息，便于野外解鞍曲肱（弯曲胳膊当枕头）而卧，忘却身外万事万物，进入甜美梦乡，一觉竟睡到东方放白。醒来时则是“乱山攒拥，流水铿然”，目所见，耳所闻，恍若置身仙境。于是，一切人世间的苦闷忧愁就都化为乌有，好像身不由己地离开了烦嚣的尘世。这就是苏轼崇尚自然的生活情趣，也是他的人生态度，犹如他形容自己的散文风格：行于所当行，止于不可不止。这首词就是在此情此景之下写出来的，而且是书写于他所醉卧的溪桥桥柱之上，其风致情韵自然逼似他的人生态度。在苏轼，艺术与人生原本就是极难分开的。

现在来看看词本身。首二句写水写山，切小序中的“溪桥”和“乱山”。“弥弥”是水盛的样子。月光泻在原野上，奔流的溪水掀起层层浅浪；拔地而起、横空出世的山峰，缭绕着层层雾气隐约可见。字里行间，隐然透出一种令人感到超尘拔俗的意味。三、四句写马、写人，切小序中的“解鞍”和“醉卧”。“障泥”即马荐，是用来垫马鞍的；“玉骢”本来是指一种毛色青白相杂的马，但这里未必是写实，只是美其色而言其可爱而已。这句中暗用了一个典故。《晋书·王济传》里说：王济善解马性。一次他骑着一匹马渡河，马不肯渡，他知道这是马爱惜障泥，怕弄湿了它，于是解下障泥，马便涉水过河去了。这里化用其意，是说玉骢马不肯解下障泥，因为它为身披障泥而感到骄傲。揣摩词意，这里说的其实是，将解鞍而未解，欲醉眠而未眠。写人与马的关系，写人对马的理解，闲中点染，颇富生活情趣。写马、写人，两句紧密相连，着重写的却是人的心理。这里尤其值得注意的是“芳草”二字。词人是想醉眠于芳草之中。苏轼不仅喜爱大自然的山川草木，而且总是想将自己融入其中。这是他性情的一个方面，也无妨说是他人生追求的一个方面。因此，他的想要醉卧，还不仅仅应该理解为因酒醉夜行而引起的倦怠，还应该理解为：他在生活的逆境之中，出于自我解脱的一种需要而对生活中惬意境界的追求。如果这样理解不错的话，那么这简单的一句，不仅可以使我们窥见他醉酒夜行时的心情意绪，还可以进一步窥见他那隐藏得很深的痛苦挣扎的灵魂。

下阕顺着上阕的意思写下来。首二句仍就人马关系和心思写，却又宕开一笔，别出一番境界。首先描绘出那令人陶醉的原野夜景：月下微风，溪水泛着亮光；那月亮倒映在溪水之中，犹如沉在其中的一块明洁的美玉。这景色是太美、太可爱了，他不愿、更不忍心纵马涉水而将这水中的琼瑶踏碎。境界是如此美妙，设想是如此新奇，而词人对大自然、对美的热爱与追求，便极自然也极生动地表现出来了。末二句写睡和醒，切小序中的“少息”和“已晓”。这次是真的解鞍而卧了，但不是卧在芳草之中，而是卧在溪桥之上。桥而有绿杨、溪水、明月相映，可以想见是一种极优美的境界。苏轼就是醉卧在这样优美的境界之中。

最后一句“杜宇一声春晓”。一觉醒来，天已破晓，耳边闻见杜宇声声。有什么感受呢？词人没有说，就此收束全词。收得这样平，收得这样淡，然平中见奇，淡而有味。参读序中所写的“乱山攒拥，流水铿然，疑非人世也。”这平淡的结尾，实在是余意不尽，在读者的心中留下了一种耐人品味不尽的悠然情韵。

（原载《文史知识》2012年第12期，此文未收入北京大学出版社2002及2005年版《古诗文的艺术世界》，为十卷本《周先慎文集》补录）

秦观《如梦令》

遥夜沉沉如水，风紧驿亭深闭。梦破鼠窥灯，霜送晓寒侵被。无寐，无寐，门外马嘶人起。

冯煦在《宋六十一家词选·序例》中说：“淮海、小山，古之伤心人也。其淡语皆有味，浅语皆有致。”王国维却认为这一论断“唯淮海足以当之”。这首《如梦令》便是一首“古之伤心人”的伤情之作。词中不用浓墨重彩，仅作“淡语”“浅语”，却极富韵味和情致。

从内容和风格来看，此词当作于词人坐党籍屡遭贬谪的晚年。他离朝远放，浮游各地。秦观没有苏轼那样旷放的情怀和欣赏自然山水的眼光与兴味，写不出像“九死南荒吾不恨，兹游奇绝冠平生”那样开朗乐观的诗句，却善于以他内心的悲苦，去感受、拥抱客观的物象和境界，通过某种景象、气氛的描绘与渲染，使词涂上一层或浓或淡却无法拂去的感伤色彩。秦观善于将客观的物境与主观的心境交融在一起，创造出一种凄哀而富于感染力的艺术境界。

这首小令描写他羁旅生活的感受和情怀，着重表现的是一位被放逐而漂泊的游子内心的悲苦和生活的艰辛。浓重的感伤情绪是通过淡语、浅语来表现的。他似乎没有经过惨淡经营的艺术锤炼，只是自然地、平实地甚至好像是不动感情地将他夜宿驿舍时的所见、所闻、所感写出来，但他内心的悲苦却深深地感染了我们。

“遥夜沉沉如水，风紧驿亭深闭。”开首两句从总体上写出夜宿驿舍的气氛和感受。“遥夜”即长夜，不仅讲出是夜深，而且表现出一种客舍之夜漫长难度的情味。“沉沉如水”是新奇的比喻，传达的是词人内心对生活的独特感受。夜怎么会像水呢？水这种客观物象在特定的环境气氛中所构成的意象，表现出的乃是一种深沉、清冷、孤寂的艺术感受。接下来“风紧”二字，使整个环境气氛由清冷变得凄厉。

同时在描写的角度上也有变化，由着重于内心的感受转为写听觉；听觉比起内心感受来是比较外在和浅层次的，但由于加强了对整个环境气氛的渲染，因而在总体上反而强化了内心感受的表现。“驿亭深闭”，落笔似乎很平静，实际上并不是不动感情的客观描写。“深闭”二字使我们自然地联想到词人在《踏莎行》中的名句：“可堪孤馆闭春寒，杜鹃声里斜阳暮。”“深闭”的不只是驿亭的门，而且是词人的生活和感情世界。但是生活和感情世界都是关不住的，说“深闭”，反而更有力地表现出词人不被人重视，不被人理解的孤寂感伤的情绪。

“梦破鼠窥灯，霜送晓寒侵被。”三、四句写的是驿亭中的具体景象以及对这种具体景象的感受。“梦破”，就是从梦中惊醒过来。因何而被惊醒？是那凄厉的风声还是旅途中寂寞难耐的愁绪？作者没有明白说出，可能是又不完全是。正因为如此，才更富于耐人寻味的情韵。梦破了再难入睡，词人看到了一种在荒冷的驿舍中既寻常又特殊的景象：老鼠爬上灯盏，怯怯地想偷油吃。俞平伯先生评此句曰：“‘窥’字得神。”（《唐宋词选释》中卷）我体会所谓“得神”，不仅仅是指“窥”字表现了老鼠偷油时那种胆小警惕的神态，更重要的是表现了荒僻冷寂驿舍的环境气氛以及因穷愁落魄而感伤不眠的词人的主观心境。把耗子偷油的景象写到词里似乎有些伤雅，前代和秦观同时代的词人是绝少这么写的，秦观重在写自己的真实心境和真切感受，艺术上不受约束，无所顾忌，却取得了很好的艺术效果。这是一种独特的典型景象，绝妙地烘染出秦观的失意境况和凄苦心情。只有在荒僻的驿舍里才有这种景象，又只有梦破难眠、孤寂感伤的旅人才会看到并敏锐地捕捉住这种景象。下句再写梦醒后的感觉，这感觉是一种难耐的寒冷。“霜送”点出时间是在深秋或初春，这是大的时间范围；“晓寒”则写天快亮时的感觉，这是小的时间范围。“侵被”言被褥单薄，难御袭人的寒气，这又在不经意中点染出驿舍的穷荒简陋。

末句用叠语“无寐，无寐”，虽是词格要求，却无丝毫生凑痕迹，而是前面所写种种景象以及词人主观感受和心境发展的自然结果，显得天然浑成。梦醒后再也睡不着了，在寒冷中难耐地捱到天明。重叠四字，既是客观情景的实写，又是无可奈何的喟叹。

“门外马嘶人起”，结得余意不尽。一夜的清静冷寂，到此方显示出些微的暖意和生气。但同时，这又意味着艰辛旅程的一个新的开始。他将走向哪里？又将到何处去止息？从全词描写的词人的境况和心绪看，他旅途的前景将是十分悲苦了无生趣、渺茫而又无望的。扩大来看，对词人来说，这里也不单是指具体的飘游他方的旅程，还包括艰辛的人生旅程和不可知的人生归宿在内。这就是这首词用淡笔写出的寂寞荒冷的驿舍景象，从而创造出一种深幽凄清的意境，给读者留下拂不去的深重愁绪的根本原因。

这首词很短，却十分精练生动地勾出了一个完整的时间流程，由沉沉遥夜，到梦破难眠，再到马嘶人起，而在这流程中自然地展示了词人忧伤的内心世界。词人是通过外在的物境来表现他内在的情思的。物境和心境，两者融合无间，写得平易自然而又含蓄深婉。读秦观的小词，总觉得不是写出来的，而是从心里流泻出来的，看不出一丝文字锻炼的痕迹。周济称："少游意在含蓄，如花初胎，故少重笔。"（《宋四家词选叙论》）冯煦亦谓："他人之词，词才也；少游之词，词心也；得之于内，不可以传。"（《宋六十一家词选·序例》）读这首《如梦令》，能多少体会到这些特点。

米芾《垂虹亭》

断云一片洞庭帆，玉破鲈鱼金破柑。
好作新诗寄桑苎，垂虹秋色满东南。

这首诗一题作《吴江垂虹亭作》。垂虹亭在江苏吴江市松陵镇的垂虹桥上。桥因“环如半月，长若垂虹”而得名。垂虹亭又名钓雪亭。诗写垂虹亭上所见江南秋色，并抒写怀抱。

首二句以开阔的笔势写太湖上下一片秋色。“断云一片洞庭帆”，点出太湖，从大处落笔。“洞庭”指洞庭山，在太湖中，在湖西面的称洞庭西山，在湖东面的称洞庭东山。山上峰峦起伏，景色优美。这里点出洞庭，却是意不在写山而在写湖。“断云一片”指船。太湖上白帆片片，如朵朵断云飘浮在空中。不言太湖之大，却从断云的比喻显出了它的气势。同时将鼓风而行的船帆比作天上的白云，也使读者自然地联想到秋日高远的空际，产生一种秋高气爽、辽阔开朗的感觉。第二句从细处着笔，写江南太湖一带的特产鲈鱼和金桔。因为是从颜色上写，鲈鱼洁白如玉，柑桔色黄如金，这就将太湖的秋色装点得更加绚丽多彩。“破”是剖分的意思，这里当是指白色和黄色判然区分开来，构成了鲜明强烈的对比和映衬，因而避免了写秋天容易给人一种肃杀单调的感觉。古人在诗词中写秋景，常出以凄悲的情调，这首诗写秋景却写得如此美好热烈，是很难得的。于此我们不难看出诗人那别具风采的气质胸怀。

末二句抒写怀抱，并将前两句已经写出的景象加以扩大、推展，让读者在想象中去涂抹出整个东南大地如垂虹亭所见到的灿烂秋色。“桑苎”指《茶经》的作者唐代的陆羽，他字鸿渐，自号桑苎翁，一生不愿为官，闭门读书，品格高洁。这里诗人把陆羽引为同调，意思是：如此秋色，只有自己和陆羽这样不为俗世所牵、志趣高洁的人，才能欣赏领略，自己为美好的秋色激荡起满怀意兴，因而想到应该写出一首新诗来寄给虽不同时却是声气相通的桑苎翁，让他也能同自己一起分享这旷远壮美的南国秋色。这两句融情入景，寄托了诗人的情怀，因而扩大了诗歌的意境，使全诗情调显得高雅不俗。

满执中《石屏路》

石屏月如水，石壁云不动。

闲中欹枕卧，天地同一梦。

石屏路当在高山之上，石壁峭立，高悬如屏。但诗人没有写它的高险，也没有写它的峻峭，而是突出它的清寂与宁静。这种境界与气氛单从石屏路本身写是写不出来的，诗人从他的感受出发，写那流泻在石屏上的月光和凝聚在石壁上的白云。月光本来就是明洁清幽的，将它比喻为水，就更给人一种冷寂清凉的感觉。白云的形象却跟我们通常的感受不同，它不是轻柔的、飘浮的，而是凝聚的、厚重的，它竟然像是凝结在石壁之上一样，不再流动了。白云的这种特殊的形态，给人一种高寒之感，跟如水月光的意境是一致的。从这如水的月光，寒凝不动的白云，读者便接近了诗人沉静清寂的心灵，并由此进入到他所创造的那种清净灵虚的境界之中。

诗人于闲中在石屏路上欹枕而卧，他卧于如水的月光之下，卧于凝结不动的白云之中，卧于明净沉寂的清凉世界里。仔细体味这个“闲”字，不仅有自在闲适的意思，而且还指一种几乎是超脱一切外物的自由灵虚的境界。在他闲卧之时，不仅无意于欣赏月光和白云，甚至连他所躺卧的石屏似乎都归于寂灭，就是天、地和诗人自身都同时进入了一种缥缈的梦境之中，融为一体。在这种主体与客体同一的清净灵虚境界中，诗人终于获得了精神上的满足和自由。这不就是禅悦吗？

满执中《明月溪》

月出溪水清，月落溪水黑。

茫茫溪上人，笑与月为客。

明月溪是滁州（今安徽滁县）胜景之一，与白龙泉、清风亭、望月台等八景合称“八绝”。早在唐代这里就是文人骚客寻幽探胜之所，但到宋初已经荒落。著名诗人王禹偁曾往游览，颇感失望，有《明月溪》诗记其事：“我来寻故迹，溪荒乱泉吼。……唯余旧时月，团团照出口。”想来满执中此时所游的明月溪，荒落的情景不会有大的改观，他写这首诗当然不会是为了欣赏自然山水，而是借此表现他闲散淡泊的情怀和所领悟到的禅意。

溪以明月命名，自然跟明月有关，而且只有在明月之下才能见出它的特色。诗的首二句即从明月来写溪。但是没有刻意形容，没有渲染，只是平实写来，写出一种普普通通的平常景象，但却十分真切。他说，当月亮出来的时候，在淡淡的月色之下，溪水泛着清冷的光，显得那么明净清澈；月亮落下去了，大地昏暗下来，溪水不再闪亮，似乎跟整个世界一样变成了黑色。在这里，诗人只是如实地写出在月出月落两种不同的条件下视觉感受的变异，而无意于描绘和欣赏一种令人陶醉的优美景色。这是跟一般摹写山水的写景诗不同的。他写明月溪，主要目的并不在表现明月溪本身，而是为了引发出下面两句诗，以表现诗人旷放潇洒的情怀。

“茫茫溪上人”是诗人自指。“茫茫”不是形容溪水，而是暗指诗人漂泊不定、无所归止的生活。生活境遇不顺利的人，走在这时清时黑的明月溪旁，客观景象的荒落清冷，是很容易引动一种感伤落寞情绪的。然而跟通常的情况相反，诗人在这种情境之中，他的心情却是开朗的，安详的。他孤身走在溪边，与月为客，不觉得孤寂凄清，反而感到欣喜和满足。一个“笑”字，显得那么旷达，那么轻松和洒脱。人与月为客，心与物同一，诗人让自己的心身都融入到明月溪这一清旷静寂的境界里；而读者便由此看到了诗人那无碍自在、不受尘染的明净的心性。

杨杰《西湖参寥山房》

我爱参寥一味闲，岩房占得画屏间。
斫开东庑数枝竹，放入西湖十里山。
石底酌泉清彻骨，门前逢客强为颜。
白云幽鸟应相信，出本无心倦却还。

参寥即释道潜，是北宋著名的诗僧，曾卜居杭州西湖之智果精舍。这首诗所咏之参寥山房或即智果精舍。诗写山房周围的环境和景色，但表现出的不是简单的自然景物，而是通过自然景物表现山房的主人，尤其是他的内在精神，而从中又透露出诗人自身的趣味与胸怀。在诗里，景与情是融合在一起的，分不清哪是客观的物，哪是主观的心。外物与心灵的融合，是禅宗对外物观照的特点，也是禅宗提倡和追求的悟性体验，马祖道一曾说："凡所见色，皆是见心。"（《五灯会元》卷三）正是在心物相融这一点上，我们可以体会出这首诗的禅意。

首二句一虚一实，从大处落笔。先从虚处拈出一个"闲"字，从总体上概括出山房主人超尘拔俗的精神特质：恬静、闲适、淡泊，同时也就点染出整个山房的环境气氛：幽静、安适、清寂。"我爱"二字，使诗人一下子就从精神上跨进了这个充满禅意的世界。他对看不见、摸不着却充满山房内外的这种"闲"味的共鸣与欣喜，表现了他的心境、情性与参寥有相通之处，表现了他对禅意的一种敏锐的感悟。这第一句，诗人就同山房以及山房主人在精神上融为一体了。接着就从实处总写山房形胜：小小的僧舍依山岩而建，犹如镶嵌在一个巨大的天然画屏里。山房本为人工所建，却融入自然之中，得自然之趣。开首这两句诗，就写出了一种氛围、一种韵调、一种情趣，笼罩全诗。

三、四两句一近一远，具体地描绘山房周围的环境，这环境为主人所开辟和创造，物境中处处见出主人的精神风貌。丛竹绕舍，山房掩映在一片青翠之中。竹在传统文人心中，跟松和梅一样，是最能表现人的节操的一种象征物；而竹丛的一片绿色，又给人一种清幽明净之感。由竹读者便可想见山房主人的性情和品格。事实上参寥确是很喜欢竹的，他种竹写竹，以竹来寄托他美洁的情怀。他的《和龙直夫秘校细雨》诗云："细宜池上见，清爱竹边闻。"竹经细雨洗润，更见美洁清纯，纤尘不染，足以表现诗僧的精神品格。杨杰在诗中写到竹，其意还不仅仅在表现环境和主人品格的清纯幽洁，更以"斫开"二字开拓一种新的境界。主人居处在翠竹环绕的山房里自然是十分惬意的，但他不愿意将自己封闭在一个尽管清幽却不免狭小的世界里，于是他从竹围里打开一条通道，让自己的眼光和心灵都由此通向一个广阔的世界——澄碧浩淼的西湖水，青翠层叠的十里山。在这里，诗人没有用"看见""坐观"一类比较实在的表现人的自然感觉的词语，而用了带虚拟性质并强调人的主观意向的"放入"二字，跟上句中的"斫开"相呼应，含蓄地显示出山房主人在精神上的自觉追求。这两句由近及远，由小而大，不仅在读者面前展示出优美的自然景观，同时也表现了山房主人和诗人共有的精神怀抱。读者由竹、湖、山所感受到的，是山房主人那不同凡俗的眼界和胸襟。由此我们可以看到，禅者是超脱尘世，不为俗务所拘的，但他们不同于遁世而居的隐者，他们不封闭自己，不与世隔绝，相反，内心世界与无穷的外在世界相通。清净的禅心竟可以涵容一个邈远的无际的天地。十里湖山在这里既是实景，又是具有象征意义的自然物。

前四句主要是写景，因景而及人，景中见人。五、六两句就直接写到了人，由山房主人独具特色的日常生活，表现他的思想情趣和精神追求。一正一反，诗人选取了最有代表性的两方面来写：酌泉为饮是他所爱好的，接客应酬是他所厌恶的。在这里，清澈见底、幽冷透骨的泉水，又是一种带有象征意义的自然物，它的澄明清爽，正是主人内在心灵的表现。

末二句化用陶渊明《归去来辞》中的名句："云无心以出岫，鸟倦飞而知还。"白云在中国古代的禅诗中，是用得最多也最富于禅意的象征物。因为白云轻柔飘浮，无所依托，自由无碍，最能表现禅宗自由的精神追求。陶渊明的原句是以白云、飞鸟为喻，借景抒情，以表现自己对仕途生活的厌倦和回归田园的愿望。而在这两句诗中，白云和飞鸟就不仅仅是指不愿做官和隐居田园，而获得了心灵自由的意义，即如禅宗所说的，天上的那片白云，既不是悬挂着的，也不是钉子钉着的，而是无所追求，无所依附，自由自在的一片云。心灵的自由无碍是禅宗的主要目的，正是在这一点上，这两句诗表现出浓厚的禅意。“应相信”是讲一种感悟，这当然不是指白云和飞鸟，而是指人（具体说是指参寥和诗人自己）见白云、飞鸟而领悟到心灵自由的高妙境界。

这首写山房的诗并不是一首单纯的写景诗，它通过跟山房相关的种种物象，着重表现的是山房主人的内在精神，并从而抒写了诗人自己的思想感情。诗人与参寥的精神是相通的，外物与人的心灵是交融的。心与物的融合，是禅宗的特色，也是禅诗的特色。诗中写了岩房、翠竹、湖山、清泉、白云、幽鸟，由这些客观的景物构成一个清幽澄明的艺术境界。这境界既是物境，也是心境，是心物交融的禅境。

杨杰《东峰白云院》

曾爱白云溪上飞，白云飞处敞禅扉。

莫言便是无心物，忆着故山依旧归。

这首诗描写的是一座建造在高山顶上的寺院。东峰白云院，或谓可能指杭州上天竺山的顶峰，因其常年白云缭绕，故称白云峰。但峰与寺所指非一，实不能确考。一般来说，能考出一首诗描写对象的具体所在，自然有助于对这首诗思想艺术的解会。但对禅诗来说，这一点并不十分重要。禅宗本来就不执著于某一具体的景象或事物，而是通过它们去领悟一种玄远不尽的意味。对这首诗来说，最重要的是白云和寺院，它们是诗中用来引发和表现禅意的主要物象，也是我们理解这首诗的关键所在。

寺院以白云命名，建立在东峰之上，有白云缭绕，因此不论对寺院还是对这首诗来说，白云都是最重要的。诗题为《东峰白云院》，诗中紧切题目，四句中每一句都写到白云，不用说，写白云本身并不是目的，写白云是为了写寺院，写寺僧，写禅意禅境。

在前一首诗的分析中已经谈到，白云作为一种最富于禅意的象征物，其主要意义在表现禅者心灵的自由闲适，无拘无碍。这首诗也正是着意于这一点来表现白云的，同样体现了禅宗心物相融的精神，一落笔就沟通人与白云的关系。一个“爱”字表现了寺僧对白云的喜爱和向往，同时也就点示出白云院得名的由来。值得注意的是，和尚喜爱的不是静止的死气沉沉的云，而是在溪上飞动的生机勃勃的云。由此可以体会出，这和尚虽然身居高山寺院之中，但他的内心并不是死寂如灰、毫无生趣的。在诗人的笔下，这飞动的白云是有情之物，它不是飞流而去，飘向远方，而是依恋着这山峰，依恋着这以它命名的寺院，寺院也似有灵心，在白云飘飞之处，为它敞开了禅扉。寺僧喜爱白云，而白云飞进敞开的禅扉，我们不妨作进一层的设想：白云依恋的不止是峰峦，也不止是峰上的寺院更重要的是有生命有感情的寺僧。白云飞进了禅院，飞进了禅院中和尚敞开的心扉。在我们的感受中，白云、山峰、以白云命名的寺院、寺院中喜爱白云的和尚，四者相依相傍，相爱相亲，融合为一体，都化为飞动而富于生命力的白云形象了。

三、四句紧承首二句句意，着重从白云有情的一面发挥。不要说白云原本是无心之物，看它飞去又飘回，总是忆恋着故山而不肯离去。这里再次化用陶渊明“云无心以出岫，鸟倦飞而知还”的句意，字面上看似与原句相反，强调的意思实则相同。原诗称白云“无心”，是指它“出岫”；这里否定它“无心”，是指它忆恋故山。出为无心是一面，归为有情是另一面，两方面是并不矛盾的。诗人在这里实际上是解释了白云为什么不是飞向远方，而是飞在禅扉敞开之处，因为这是它深情忆恋的“故山”。在这里，白云变成了可以与人沟通的有生命有灵性的自然物了。

如果从禅宗将白云视作无所依附、自由无碍的物象一点来理解，对这首诗中所描写的白云形象便不免产生这样一个疑问：既然忆恋和回归故山，有所依附，何得而言自由？其实这有情的白云所体现的精神并不与禅宗的精神相悖。因为出为无心，归为有情，都是任性而发，不为尘世的功利和俗务所引诱、所束缚，因而都是心灵自由的一种表现。该出时出，该归时归，无所拘系，出处自然，安详自足，这正是禅宗内在的闲适自在精神的体现。白云回归故山，萦绕不去，它所表现的自由无羁的情志，是寺僧所喜爱的，也是诗人所赞美的。

杨杰《遥碧亭》

幽鸟无心去又还，迢迢湖水出东关。

暮云留恋飞不动，添得一重山外山。

这首诗也是通过写景来表现禅意的。从诗中的描写看，遥碧亭是一处观览风景的胜地，既傍山，又临湖，坐落在大自然的一片碧绿之中。诗人的意趣并不在遥碧亭本身，而在登上遥碧亭的所见所感。写所见所感，又不是停留在欣赏赞叹眼前的直观景物上，而是有所感发、想象，写出了较实景实物更丰富的意蕴和更空灵的境界。如果诗人只是意在写景，则登上遥碧亭最值得写的自然是首先收入眼底的湖、山。诗人确是见到并写到了湖、山，但他所关注和着力描绘的并不是湖、山。第一句写的是飞鸟，这是跟湖、山有关的物景，但却比湖、山要小得多，而且是很容易被忽略的。这里诗人又一次化用陶渊明的成句，取其倦飞知还之意。这实际上就透露了诗人览湖、山之胜而首先注意并描写飞鸟的原因。不论是前面第一首诗中所说的“倦即还”，还是这里的“去又还”，鸟的形象所表现的心志情趣，都跟诗人要着意表现的那种不为世务所拘系的心灵自由是相通的。鸟前着一“幽”字，见得这鸟是远离尘俗，它往来飞翔，去归无心，是那样无碍无挂，自由闲适。这“幽鸟”所象征的境界，便是诗人所真正向往、追求的境界。

第二句写湖。但也不是着眼于湖本身，而是追溯到它的源头，写湖水之所自来。“迢迢”二字把视野扩展到目力不及之处，出以想象，以表现一种渺茫的深阔的境界。“出东关”不是说湖水流出东关，而是说湖水源出东关。遥碧亭不知其所在，如果真如有人推测的是地处杭州的西湖，那么这里的“出东关”当指的是西湖最大的水源钱源。据《西湖浏览志》卷十载，钱源出于灵隐山的南北二涧，合流于飞来峰路口合涧桥，又经行春桥，出灵隐浦而流入西湖。这样遥远曲折的源流当然是不可能在亭上看见的，诗人有意由实入虚，由近及远，启发读者的想象，以开拓诗境。这迢迢活水源头，跟上一句所写的去还无心的幽鸟相呼应，都不仅是自由自在、不受拘碍的，而且还是充满活力、生机勃勃的。

三、四句写山。同样不是写眼见的实实在在的山本身，而是写山上的云和由这云化出的山的幻象。这里写的云也是飞云，但其形象和意兴都同上一首中的飞云不同。前一首的飞云显得灵动活泼，这一首的飞云则显得沉静凝重。但都是留恋故山的有情之物，这一点又是相通的。云前着一“暮”字，便有了沉稳的意蕴，而去掉了轻巧飘浮之态。说暮云飞不动，不免给人沉重板滞之感，似乎少了点轻灵的韵致和生命的活力。但“留恋”二字透露出“飞不动”的原因乃是对故山情意深挚，不肯离去。鸟是飞去而知还，云是日暮而依山，都是无心而又有情，都有灵性，有生命，于是死句也就变成活句了。接下去诗人展开想象，在遥碧亭上看那依恋不去的暮云，萦绕在山峰之上，似乎在山外又添了一重山。眼前的山原本是清晰单调的，因暮云萦绕而变得朦胧，变得丰富，变得富于层次感了。

总观全诗所写，有湖有山，有鸟有云，或大或小，或远或近，在动与静、虚与实的映照配合中，读者领略到一种自由闲适、悠远无尽的意趣，这意趣似在湖山云鸟之中，又似在湖山云鸟之外。

江公著《玉泉庵》

风暖客衣轻，山行眼乍明。
人非少年事，泉作旧时声。
草履春游倦，茶瓯午睡清。
不教身自在，城郭草烟生。

这首诗是诗人游玉泉庵而作。庵在山上，因玉泉而得名。春日百花盛开，草木争荣，山游当是赏心悦目之事，但作者却抒发了一种岁月不居、物是人非，厌倦尘世而追求清幽闲适的思想感情。

首二句写春日开始山游时的感受。冬去春来，风暖日丽，诗人换上春装，感到一身轻快。进到山中，一个生意盎然、灿烂耀眼的世界立刻展现在他的眼前。诗人从他的切身感受出发，对山中的春色作了一个总的表现，只取概括，不作细描。但虽概括却未流于抽象，“眼乍明”三字非常真切地写出诗人的瞬间感受，启发读者的想象，似乎也看到了明媚、绚丽的山野景象。这是一个温暖宜人的美的世界。这时诗人流露出的感情是轻松愉悦的。

读了这样的开头，读者自然会被吸引，并期待着诗人更进一步地展示这绚丽的春色。但出人意料，诗人将笔一转，三、四句却借自然景物来感叹人生。这里切诗题写到山中之泉。泉既以玉为名，其质色必清冽澄明，给人以一种美洁的感受。但诗人对此并无兴趣，他既不描其形，亦不绘其色，而只写到泉声。这泉声是什么样的，美么？不美么？诗人没有说。他只写这泉声勾起了他久远的回忆，那回忆中的景象想必是十分美好的，虽早已逝去，却令他难以忘怀。诗人由旧时的泉声追寻着往日的欢乐，他似乎在羡慕这泉声的永恒不变，又似乎在埋怨这泉声的无心与无情，它毫不理会诗人已经不再年轻，也不理会诗人失意的心境，依旧像从前那样悠闲自在地淙淙鸣响。泉声还是旧时的泉声，然而世事变了，人也变了，物是人非，诗人寄寓的人生感叹是十分深沉的。人生遭际的苦难，尘世生活的艰辛，他都体尝过，他在诗中没有说，似也难于说，但都含蕴在这两句的深长感叹之中了。

五、六两句写出由这种人生境遇和感叹而产生的一种倦意和对闲适生活的追求。“草履”“茶瓯”，所表现的不仅是一种清淡素朴的生活境况，同时也是一种生活情趣。这种情趣是历代文人在经历了生活的坎坷之后对人生有了感悟时所希慕和追求的。联系到前两句诗中隐含的人生感叹，这里的“倦”字显然具有比字面更丰富的内容，不单指春游，指体力上的劳累，还包含了对尘世生活的厌倦在内。跟“倦”字相对，“清”字的含义也不单是指饮茶，而主要指一种淡泊闲适的生活情趣。从诗的开头两句可以看出，宜人的春色也曾使诗人感奋和喜悦，但他并未沉醉在这片春色之中，他是兴来则行，倦怠则止，他从一杯淡淡的清茶和一次甜美的午睡中，似乎领略到比从繁丽热闹的春景所得到的要大得多的乐趣。诗人写的是春游，我们却从中窥见了他的生活情趣和人生态度。

末二句说，春天的城郭，草树茂密，烟霭缭绕，是一片繁喧热闹景象，人想要寻找清闲自在的生活也不可能了。诗人不仅感到仕宦俗务对他是一种羁绊，就连繁丽的自然景色也会破坏他淡泊的心境，是对他自由心性的一种束缚。他在向往、追寻着一种真正宁静、闲适、自在的境界，这境界在哪里？在玉泉鸣响的山野他没有找到，在草烟丛生的城郭自然更不会找到。想来，这境界大概只存在于诗人的心中吧？当在物我交融中主观与客观都同时被忘却而终于发现自由纯净的心灵时，他就成为一个真正顿悟的禅者了。

张耒《福昌官舍》

小园寒尽雪成泥，堂角方池水接溪。
梦觉隔窗残月尽，五更春鸟满山啼。

这首诗写初春官舍风情。四句都是写景，没有一句直接抒情，但是全诗却含蓄着一种富于感染力的情致，一种思绪，一种人生的烦恼与乐趣。

福昌在今河南省宜阳县福昌集，在宋代是一个穷僻的小山城。写这首诗时，诗人在这里任县尉。穷山僻地，官小位卑，正得清闲。诗人所居之处虽是县衙门的宿舍，却没有一般官舍那种令人生畏或生厌的森严板滞的气息，倒是一个景色宜人的清幽天地。

首二句以园庭所见的特有景象，写出了一种令人惊喜、陶醉的初春气息。“寒尽”意味着春来，阳和之气唤醒了大地万物，一切都呈现出生机勃勃的景象，掩映于春山竹树之中的福昌官舍自然也不例外。第一句写园中的残雪已经融化，雪水渗透到土地里，正滋润着地下勃发萌生的新的生命。在庭院的一角（“堂”字不必拘泥解为厅堂）方池里蓄满了一泓清水，澄澈的池水使人感受到清幽之美；而水池与奔流不息的山溪相接，又使人感受到生命的活力。春天来到了官舍小院，小院里洋溢着春的气息。

一、二句侧重在客观描写，三、四句则更多地融进了诗人的主观感受，着重写山间清晨景象：三句写残月，是目见；四句写鸟啼，是耳闻。诗人一觉醒来，见窗外残月已尽，听满山春鸟啼鸣，鸣噪中反而更显出这山间官舍的幽静恬适。诗人在这种充满诗情画意的境界中，感受到一种难得的天趣，他因此而得到了一种难以言喻的快意和满足。不过，如果我们联系到诗人做官的身份和官舍这样特定的环境，我们就不难体会到，诗人为官而满意于山林隐逸之趣，在背后，不正包含着一种烦闷和不满么？

韩驹《夜泊宁陵》

汴水日驰三百里，扁舟东下更开帆。
旦辞杞国风微北，夜泊宁陵月正南。
老树挟霜鸣窣窣，寒花垂露落毵毵。
茫然不悟身何处，水色天光共蔚蓝。

这首诗写秋日乘船出行的感受。宁陵即今河南省宁陵县。隋代开凿运河（后来称为通济渠）东段起自板渚（在今河南荥阳市北），引黄河水东流，经汴水故道，至汴梁（今河南开封市），离汴水故道折向东南，流经今杞县（即诗中所称“杞国”）、睢县、宁陵、商丘等地入安徽、江苏境，在盱眙对岸注入淮河。因经行早废的汴水故道，唐宋时人便称这一段运河为汴水或汴渠。诗称汴水可从杞国行船到宁陵，当即是指这一段古运河。但因南宋时与金人划淮为界，此渠即不再为运道所经，不久即湮废，因而我们今天已不可能找到诗中所写的可以乘风畅意行船的水道了。

首二句总写在汴水中行舟之轻快。“汴水日驰三百里”，言其水流迅疾，加上秋日西风劲吹，驾扁舟东下，鼓帆而行，那真是轻快如箭了。以自然朴素的语言写行舟的切身感受，字里行间，洋溢着诗人欢畅惬意的感情。三、四两句由行舟的路线，进一步写这次旅行的轻快之感。早晨从杞国出发，月出时便已泊船宁陵了。“旦辞”与“夜泊”相呼应，正给人一种飞速流动的感觉。宁陵的位置在杞县的东南，风稍偏北，正好顺风行船，自然是畅快轻捷，毫无阻滞。诗人的描写是十分准确的，从地理方位上不仅显示出诗人旅行的具体路线，而且也生动地表现出这次乘舟出行的轻快感。第四句“月正南”三个字，不仅交代了泊船时已是入夜时分，更重要的是以清美的夜色点染出旅行者愉快的心情。诗的后面四句全是写月色之下诗人的所见所感，因此，“月正南”三字不仅本身在创造意境上起到了作用，而且还开启并贯通了后半段的诗意。

五、六两句是具体地描绘泊船宁陵时所见的优美景色。“老树”而“挟霜”，“寒花”而“垂露”，都是秋夜特有之景，在月色笼罩下，更增添了一种清幽寂静之感。“窣窣”，形容入夜树枝结霜时发出的一种极细微的声音，这声音本来是很难听见的，写“鸣窣窣”就衬托出了周围环境的静谧。“毵毵”，形容带露的花枝细长下垂的样子。露重花低，在月下看起来别有情趣。

末二句又从大处落笔，将前面所写提高、扩大，创造出一种水天一色的艺术境界，并抒发了自己忘情于这种境界中的心情感受。月下这朦胧的、静谧的美好世界，混混茫茫，连自己也好像化入其中，不知身在何处了。但见水色天光，澄澈清朗，一片蔚蓝，又分明泊船于汴水之中。可见诗人并没有真正忘掉自己身在何处，他只是全身心地沉浸于这水中月下、霜繁露重的秋夜之中，感到无比的畅快和惬意。诗人带着陶醉的感情，在我们的面前展现了一个充满诗情画意的艺术世界，其中的景象不是静止的，而是流动的，他好像带领我们在这古老的运河上作了一次愉快的旅行，在秋月皎洁的清辉之下，指点我们去欣赏大自然创造的奇妙的景观。

汪藻《春日》

一春略无十日晴，处处浮云将雨行。
野田春水碧于镜，人影渡傍鸥不惊。
桃花嫣然出篱笑，似开未开最有情。
茅茨烟暝客衣湿，破梦午鸡啼一声。

春日的雨水阳光，使大地万物萌发，充满勃勃生机。但人们写春景，总喜欢写风和日丽，似乎只有艳阳高照，才使人心宽眼明，神清气朗。这首诗不写阳光而写雨水，却同样写出了迷人的春景。

开头两句说，入春以来难见晴空丽日，处处阴云飘浮，带来不绝的春雨。这诗落笔就有些使人感到煞风景，诗人那语气，也透出不无遗憾之感。但三、四两句承“雨”字写，却立刻转出一个令人欣喜的美妙境界来：正因为春雨不绝，而使得野外碧水盈田，明亮光洁，看起来大地上像是镶嵌上了一块块闪光的镜子。这已经够使人目爽神清的了，而紧接着诗人又以人和鸥来作烘染，使景象气氛变得更加美好融和。不直接写人而写“人影”，照应到上句的“镜”字，而从倒映于田中的“人影”，则更见出春水的明碧可爱。更妙的是，一群鸥鸟或停息或嬉戏于田中，人从旁边经过，它们并没有被惊飞，而是一仍其态，显得那样安适闲暇。人和鸥在画面上的出现，人和鸥这种和谐亲近的关系，不仅把春天的田野装点得更加美丽动人，而且更富于生气，更富于一种令人神往的艺术魅力。

五、六两句使人想起稍晚的叶绍翁的两句名诗：“春色满园关不住，一枝红杏出墙来。”对比来看，叶诗新警含蓄，富于理趣，而汪藻这两句则稍嫌显露了些；不过叶诗使人联想到朱门高墙，多少带一点不大讨人喜欢的富贵气，而汪藻这枝桃花是从篱笆墙内伸出来的，这就具有一种天然的野趣。这点野趣与全诗的意境是相合的。当然，说这桃花“似开未开最有情”，又以“嫣然”一笑来形容她，不免有些显得媚俗，这是叫人稍感遗憾的。

最后两句从客观景象的描绘转而侧重抒写诗人的主观感受，但也没有离开具体可感的形象。上句写黄昏时候乡村茅屋的顶上已飘起了炊烟，而沉浸于春日野外美景的行客竟忘了衣服早被雨水沾湿。前面“人影”的“人”当是泛指，是被诗人作为外在景象观察、欣赏并捕捉到诗中来构成图画与意境的“客体”，而这里“客衣”的“客”，则显然是体验、欣赏并创造这春郊艺术境界的诗人自己。诗人是什么时候走进这郊原的，又是什么时候飘雨的（也许这雨一开始就下着），诗里都没有说，也不必要说，让读者自己想去。不过有一点我们相信，由于春色迷人，他已经在此流连多时了。因此下句“破梦”的“梦”就不该理解为睡梦的“梦”，而应该理解为一种沉迷忘情的精神状态。“午鸡”即“午时鸡”，意思是乡村的鸡，惊梦的鸡，刘禹锡写过“枫林社日鼓，茅屋午时鸡”的诗句，王安石也写过“东庵残梦午时鸡”的诗句，都用的是这个意思。这句是说：从野外人家传出一声鸡鸣，才猛然从沉迷中惊醒，发觉衣服已湿，时间已晚，应该归去了。这自然是一种夸张的手法，不过它从主观感受方面强化烘托前面写到的春日原野的美妙动人，读起来还是耐人寻味的。

李弥逊《云门道中晚步》

层林叠巘暗东西，山转岗回路更迷。
望与游云奔落日，步随流水赴前溪。
樵归野烧孤烟尽，牛卧春犁小麦低。
独绕辋川图画里，醉扶白叟杖青藜。

这首诗写漫步在山道中的感受，写得新鲜轻巧，饶具诗情。

云门即云门山，又名东山，在今浙江省绍兴市南。诗人不是站在云门之外写云门，而是行在云门道中写云门，因此所写便不是云门的外观，而是云门的里奥，是不走在那参差盘曲的山道中便不能得知，不能体验的那一面。

诗人一落笔便抓住了云门山的主要特点：山峦层叠，高高低低；峰回路转，曲曲折折。两句中一前一后的“暗”字和“迷”字，都是诗人的切身感受，不走在云门路上是体会不到的。山中树木葱郁，随着峰岭的高低起落，层层叠叠，是处浓荫掩映，明暗不一。“暗东西”显出一种层次复杂的幽深的境界。下句用一“迷”字呼应，更从主观感受上渲染出云门山道盘折、曲径通幽的意境。

三、四两句仍从诗人的感受出发，以两个动作“望”和“步”领起，写山中所见的两种不同景象。“望”是写远景：目力所及，只见奔涌的浮云像是在追赶着西坠的夕阳，气象开阔，十分壮观；“步”是写近景，却又由近而推移到远。沿山溪信步而行，流水潺潺，清冽喜人。

五、六句扣住题中的“晚”字，写黄昏时候山中所见的特殊景象：夕阳西下，劳动了一天的人们已经归家了。打柴的人在山中燃起的野火，随着他们的归去，那一缕孤烟已经慢慢地消散了；而朝山外望去，田野里忙碌了一天的耕牛，也已归卧歇息，那一片低矮的麦苗却正显露出青翠的春意。这里写人、写牛，不仅没有破坏云门山幽深的意境，反而将这山景点染得更丰富，更有诗意，更富于人间气息。

辋川在今天陕西的蓝田，风景十分优美，唐代著名诗人王维曾在这里建造别墅，并画过一幅《辋川图》。诗人行走在云门道中，恍如置身于王维的辋川图画里。第七句是通过想象写诗人为山景所陶醉，以及油然而生的欣喜之情。“独绕”的“独”字，意思是：在这曲折幽深的山道上，没有另外的人，扶着我这白发醉翁的，仅仅是手中的一根青藜手杖而已。诗人是满足，是惆怅，还是寂寞？他没有说。但陶醉于这天然图画里的欣喜之情却是溢于言外，想掩盖也无法掩盖的。如此收束全诗，不落俗套，余意不尽，新鲜而富于机趣。

董颖《江上》

万顷沧江万顷秋，镜天飞雪一双鸥。

摩挲数尺沙边柳，待汝成荫系钓舟。

这首诗写秋日江上景色，虚实结合，将想象融入实景的描绘里，创造了一种开阔邈远的艺术境界。

诗一开头就向我们推出一个极其开阔的画面：万顷江水，深暗碧绿，苍茫无际，一片秋色。一个寥廓的秋的世界，单纯而深远，使人读后心胸舒展，意兴骤生。诗人像是一位丹青妙手，紧接着他又用明洁的白颜色绘出一双展翅翱翔的水鸥。“飞雪”是形容水鸥洁白的羽毛和飞翔时体态的轻盈，是极美的形象。“镜天”两字描绘出一种奇妙的景观：江面开阔，水平如镜，高朗的秋空倒映在水里，我们便同时从天空和水底看到了那双联翅翩飞的白鸥，一清晰，一朦胧，相映成趣，饶具诗情。诗人沉醉于此情此景之中，得到无穷的人生乐趣，他甚至想到了将来，打算将余生寄情于江上，成为一个避世的钓者。这种忘情于山水而想归隐的感情，在封建知识分子中是常见的，像董颖这样一位穷愁潦倒不得志的诗人更是不足为怪。奇妙的是这层意思诗人并没有直接讲出来，而是通过一种极亲切的语气和极富于想象力的手法来表达，就显得含蓄深婉，隽永有味。“摩挲”二字极富于人情味。我们似乎看见诗人用手深情地抚摩着江边沙岸上仅有数尺高的嫩柳，怀着热切的期望对它说：你快快长成吧，待你长到枝干粗壮、绿叶成荫时，我就归隐这青江之上，在你的身上系上我的钓船。把没有生命、没有知觉的柳树当作朋友来对待，以“汝”相称，表现了一种十分真挚、十分亲切的感情。诗人以这种虚实结合、富于想象力的艺术手段，来表现对大自然的热爱，对隐居生活的向往，使人感到亲切、新颖，全诗充满了诗情画意，令人深思遐想。

陆游《游山西村》

莫笑农家腊酒浑，丰年留客足鸡豚。
山重水复疑无路，柳暗花明又一村。
箫鼓追随春社近，衣冠简朴古风存。
从今若许闲乘月，拄杖无时夜叩门。

这首诗写于宋孝宗乾道三年（1167），表现了诗人同人民亲切美好的关系。前一年（1166）陆游支持抗金将领张浚北伐，结果因战事失败而获罪，被罢官回到故乡山阴。报国无门，反遭打击，陆游内心的悲愤和苦闷是可以想见的。但陆游热爱生活，热爱人民，并不悲观失望，消极颓废；故乡美好的景色，古朴的民风，给了他很大的慰藉和愉悦，使他对生活充满信心和希望。这首诗就真实地表现了诗人这样的思想感情和生活感受。

陆游在绍兴，住在离城不远、风景优美的镜湖三山。春日里的一天，诗人信步走到三山西面的一个村子去，受到村里农民的盛情款待，村里优美的景色和古朴的民风，又使他受到极大的感染，于是怀着欢愉的心情写下了这首诗。

“莫笑农家腊酒浑，丰年留客足鸡豚。”开头二句写诗人受到了热情好客的主人的丰盛款待。用来款待客人的不是奇珍异味，而是农村里最普通的食品：自酿的浊酒和自养的鸡豚。点出“丰年”，又用一个“足”字，表明这是一个丰收的年成，农民把全部最好的东西都奉献给他们所欢迎的来客了。“莫笑”两字传达出诗人喜悦和感谢的心情。意思是说，在城里富豪们的眼里，用这样的食品待客，只能博人一笑，而诗人所看重并深深为之感动的，却是主人的热情好客和真诚纯朴的性格。

三、四句“山重水复疑无路，柳暗花明又一村”是写山西村的自然景色。这景色是从一个对村里的路径不太熟悉而正行走中的来客的眼睛里和感受中写出来的，是动态的、变幻的，而不是静止的、僵死的。通过这种出人意想的景色的切换，十分真切地表现出身处这一情景中的诗人的思想感情的发展变化：先是疑虑，后是惊喜。情景交融，显得十分自然而又生动。“山重水复”，写山环水绕，重重叠叠，见其幽折深远；“柳暗花明”，写春色繁丽，红红绿绿，见其明丽秀美。“疑无路”，写探幽寻胜时的迷惑；“又一村”，写忽然开朗时的惊喜。作为一种生活感受和艺术体验的典型概括，这两句诗长期以来成为活在人们口头上的名句，经常被移用来指某种相似的境界或感受。

五、六两句“箫鼓追随春社近，衣冠简朴古风存”，由自然风光转而写人——民俗、民风、民情。“箫鼓”是从所闻写，“衣冠”是从所见写，跟开头两句遥相映照。在春天祭祀土地神和五谷神以祈求丰收，是我国农村的古老习俗，诗人从箫鼓齐鸣的热烈气氛写出了农民们的欢乐和希望，又从简朴的衣冠写出农村风俗的淳厚，表现了质朴的农民令人敬慕的精神风貌。这两句也是从作者的感受来着笔的，有景有情，蕴含着诗人对农民的热爱，融会了诗人与农民相通的喜悦之情。

最后两句：“从今若许闲乘月，拄杖无时夜叩门。”诗人就要离开这个山村了，他满怀深情地对殷勤的主人说：今后如果允许我在闲暇时踏着月色再来你们村子的话，我将随时像不速之客那样在夜里叩门相访。这是从一种不确定的语气中，表现出一种确定的而且是极为融和亲切的感情，说明诗人这次游山西村的感受之深，对纯朴好客的村民们的情谊之重。

这首诗，从山重水复的幽曲，柳暗花明的秀丽，到民俗民风的古朴淳厚，都使人联想到陶渊明笔下的桃花源。但桃花源出于幻想，而山西村则是写实；若从所创造的美好境界（包括自然景物和人与人之间的美好关系）跟现实社会的黑暗丑恶相对立这一点来看，两者又有相通之处。感情真挚，描写生动，对仗工稳，语言明畅，这首诗在艺术上也很有特色。

陆游《剑门道中遇微雨》

衣上征尘杂酒痕，远游无处不消魂。

此身合是诗人未？细雨骑驴入剑门。

此诗作于乾道八年（1172）。当时，陆游在南郑前线担任军职，南山射虎，雪满貂裘，正当他意气风发地要协助王炎收复长安，大展宏图的时候，王炎突然被调回临安，陆游也被改任成都府参议官。就在这年初冬的一个细雨濛濛的日子，诗人怀着抑郁愤懑的心情，由陕入蜀，在经过剑门的途中，写下了这首绝句。

诗很短，含意却十分丰富。“衣上征尘杂酒痕”，开头由细处着笔，写得具体、形象。我们似乎看见一位狂放潦倒的诗人，风尘仆仆地迎面走来，衣上染着旅途飞扬的尘土，苦闷时醉饮洒下的斑斑酒痕还隐约可见。这里由表及里，从衣服写出诗人内心的苦闷和失意，抓住特点，手法是极精练的。“远游无处不消魂”，写途经剑门时的感受。剑门山在今四川剑阁县北，上有剑门关，形势险要，为川陕之间的要隘。面对着唐代大诗人李白曾歌咏过的峥嵘而崔嵬的剑门关，诗人放眼望去，高崖峭壁，奇峰峻岭，处处是壮美的风光，令人不禁心荡神驰。蜀中雄奇的山水，曾经哺育过像李白和杜甫那样为陆游所景仰的前辈诗人，要说写诗，到四川去该是最好不过的环境了。然而此时的陆游却是从火热的前线撤退下来，携带着琴剑，要到风景如画的锦官城去过一种闲散的生活了。因而，眼前的风光愈美，便愈是触动他心中的隐悲。“消魂”两个字，是喜悦？是惆怅？是愤懑？其中蕴含的复杂感情，很值得我们反复吟咏。“此身合是诗人未？细雨骑驴入剑门。”这两句诗一气吟出，在意思上是一个不可分割的整体。第三句自问是全诗的命意所在。第四句“细雨骑驴入剑门”该是写眼前景，却又包含着诗人丰富的联想和深沉的感慨。它像是前一句自问的自答，实际却是那深沉感慨所由产生的依据。陆游一生志在沙场，连做梦也想着跃马横戈，恢复中原。他要做一个战士，而不甘于仅仅做一个诗人。前代不少诗人如李白、杜甫、郑綮、李贺等，都有过骑驴赋诗的逸事，这时正在微雨中骑驴山行的陆游，便自然地由眼前情景联想到他们，并进而念及自己未来的生活，于是情不自禁地发出这样的感叹和自问：我这个人大概是注定了合该只能做一个诗人的吧？这里，包含着一种雄心壮志不得实现的无奈和深沉的悲哀。

这首即景抒情的小诗，通过写旅途中的感受，曲折地抒发了因受投降派的打击，渴望做战士而不能的苦闷心情，寄慨是很深的。近代诗人陈衍对这首诗评价极高，云：“剑南七绝，宋人中最占上峰，此首又其最上峰者。直摩唐贤之垒。”但他认为：“然此诗若自嘲，实自喜也。”却说得并不准确。细揣诗意，应该相反：看似自喜，实则自嘲。全诗寓沉痛悲愤于幽默机趣之中，写得婉曲含蓄，读来耐人寻味。

陆游《雨》

映空初作茧丝微，掠地俄成箭镞飞。
纸帐光迟饶晓梦，铜炉香润复春衣。
池鱼鲅鲅随沟出，梁燕翩翩接翅归。
惟有落花吹不去，数枝红湿自相依。

蜀地多雨，自古而然。雨，这种最普通的自然现象，竟成为川西平原的一种地方特色，以至常常引动骚人墨客的种种情思。你要是到成都去，尤其是在黄梅时节，几乎天天都是阴阴沉沉，毛毛细雨连绵不绝。说它不大吧，能打湿衣裳，泥泞道路；说它大吧，又时断时续，似有若无。看它那飘飘忽忽的劲儿，确能引起富于想象的诗人的无限遐想。

历代不少著名诗人都深情地咏唱过四川的雨。曾寓居成都城西草堂的杜甫，就曾不止一次地描写过四川的雨。他写道："好雨知时节，当春乃发生。"（《春夜喜雨》）不仅绘其态，而且传其神。在诗人的笔下，雨是有感情、有生命、有个性的，简直是大自然的精灵。他写成都黄梅雨的连绵细密："茅茨疏易湿，云雾密难开。"（《梅雨》）他写春日夜雨的静谧安详："随风潜入夜，润物细无声。"（《春夜喜雨》）他写那朝夕变幻、晴雨相续的喜人景象："蜀天常夜雨，江槛已朝晴。"（《水槛遣心》二首其二）他写雨后庭院的清幽滋润："村晚惊风变，庭幽过雨沾。"（《晚晴》）他写雨中物象的轻盈形态和勃郁生机："细雨鱼儿出，微风燕子斜。"（《水槛遣心》二首其一）这些诗句，都写得那么亲切，充满喜悦和诗情。

与杜甫先后辉映，陆游亦非四川籍而客居成都，对蜀中雨景也有深切而独特的感受，留下了许多动人的诗篇。读《剑南诗稿》蜀中诸篇，单是以雨为诗题的就不少。例如《晚雨》《夜雨感怀》《雨中睡起》（以上卷四），《晨雨》《雨后集湖上》《宿杜氏晨起遇雨》《池上晚雨》《秋雨》（以上卷五），《马上微雨》（卷六），《中夜闻大雷雨》（卷七）等等，多得很难一一列举出来。

陆游笔下四川的雨，多种多样，各具情貌风采：有时写它狂暴，雷电交加，倾盆而下；有时写它吝啬，烈日炎炎，久旱方来；有时写它飘忽的姿容，令人陶醉；有时写它斜飞乱落，悦耳动听。他借雨以抒写情思，有愁苦凄清，也有欢欣喜悦，而以欢欣喜悦为多，情景相生，丰富多彩。久旱逢甘雨，万物复苏，他写道："弹压旱气苏枯焦，祝融退听不敢骄。"（《急雨》）雨后凉爽，空气清新，他写道："凉生池阁衣巾爽，润入园林草木鲜。"（《晨雨》）一场雨驱尽暑热，他写道："凭阑顿觉氛埃远，回首方知暑热空。"（《池上晚雨》）雨给大自然带来一派生机，他写道："花藏密叶多时在，莺占高枝尽日啼。"（《雨后集湖上》）

在陆游咏蜀中雨景诸作中，写得最有特色，也最富于情致的，是我们要着重分析的这一首《雨》。这首诗是陆游于淳熙三年（1176）春末在成都时所作。诗人以活泼清新的语言，写出了他对春雨的独特感受，创造出一种令人神清气爽的艺术境界。

首二句写雨景，可谓传神之笔。看天空，雨线如丝，漫天飘洒。用茧丝来形容雨，不仅说明它很细，而且显示它的轻柔与飘忽。可是这雨在顷刻之间却又呈现出完全不同的景象：映空远看，是那样细柔、疏朗，及至落地细观，却变得如箭镞一样飞快而密集了。用"掠"和"飞"两个词来表示雨的动态和变幻，情景逼真。我们在四川成都或别的南方某个地方，不知见过多少次类似的春雨，读了这两句，才体会到自己也曾朦胧地感受过却不能清晰地说出的这雨所特有的神韵，诗人用两句诗就非常生动地传达出来了，因而不能不叹服诗人体察事物的深微和艺术表现的精妙。

三、四两句是以个人的生活作点染，不是直接写雨，却同雨相关。因为下雨，天色晦暗，用剡溪藤纸做的帐子透光很少，因而早晨也就醒得迟了。"饶晓梦"，是说早晨睡得很香甜，于是晚起，不一定拘泥于字面，解释为做了很多梦。用铜炉燃香熏衣，是古时的一种风习，这里是说，雨天潮润，把衣服覆盖在铜炉上烘烤熏香。

末四句，从不同的角度，以比较开阔的画面来进一步写雨景。这是全诗中最生色，也是最出境界的句子。诗人采用了几种富于特征的事物，来描绘春雨中优美的自然景色。五、六两句以池鱼和梁燕对举，对仗十分工稳：雨中，鱼儿随沟水出游，发出鲅鲅（即泼泼）的声音；燕子则接翅联翩，双双避雨归巢。形象是那么自由轻捷，活泼可爱。春末，已是百花凋谢时节了，但陆游笔下的雨中落花，红湿相依，风吹不去，显得那样执著、顽强、深情，使人感到是蕴含着永远不会枯萎的无限活力。池鱼、梁燕、落花，这些都是暮春时节人人习见，极为普通的事物，而一经诗人采入诗中，加以点染描绘，便都活鲜鲜地跃动着生命，那样地富有天然的情趣，好像每个字都在透出春天的气息。

创作最忌一般化，写诗尤其如此。只有诗人对客观事物有独特的感受和发现，在诗中表现出客观事物鲜明的特征，作品才会有新的意境，有强烈的艺术感染力。陆游写雨景写得好，不一般化，就在于他观察细致，有独特的感受，准确地把握并生动地表现出这润物无声的春雨的特征。更重要的是，诗人不是为写雨而写雨，他是通过雨来描绘春天的景象，抒发他欢欣喜悦、积极昂奋的思想感情。你看，一场雨，平添了无限春色，整个世界变得那样滋润、明净、爽朗、柔和，一切都是那样生气勃勃，意趣盎然，使人读后精神为之一振。而这，又显然是跟陆游热爱生活、热爱大自然分不开的。

陆游《成都书事》(二首之一)

剑南山水尽清晖，濯锦江边天下稀。
烟柳不遮楼角断，风花时傍马蹄飞。
芼羹笋似稽山美，斫脍鱼如笠泽肥。
客报城西有园卖，老夫白首欲忘归。

人的思想感情总是很复杂的。比如说一个久居他乡的人，总会常常想念自己的家乡，这是人之常情；但另一方面，对那久居的地方又可能产生比较深厚的感情，真要离开时又会感到恋恋不舍。一般人如此，感情丰富的诗人更是如此。陆游是山阴（今浙江绍兴市）人，但长期宦游各地，在他的诗中就常常抒发这种复杂矛盾的思想感情。

陆游从乾道六年（1170）入蜀，到淳熙五年（1178）初东归，前后共历九个年头，他对蜀中的山川风物、民俗民情，多所感受，由生疏而熟悉，到后来产生了深厚的感情，以至发为吟咏，写出了许多歌颂四川优美的自然风光和表现人民生活的诗篇。他六十三岁在严州（今浙江建德市）任知州时，将历年所作诗歌，经严格的删汰，编成一集，题为《剑南诗稿》，就表明了陆游对四川的深厚感情。

思念故乡和热爱四川，这种矛盾复杂的思想感情，常常在他的诗中流露出来。陆游从乾道六年出任夔州（今重庆奉节县）通判起，到写这首《成都书事》的淳熙二年（1175），入蜀已经是第六个年头了。长期客居异乡，又加上身居闲职，恢复中原的雄心壮志不能实现，因而诗人深感岁华易逝，事功不成，心情十分郁闷。因此而使他常常思念家乡。这种心情在他这时期所写的诗歌中常常流露出来。在《五鼓送客出城马上作》一诗中，诗人曾经发出过这样的悲叹："落魄悲孤宦，龙钟怯远游。此身哪可料，六岁剑南州。"他在四川已经住了六年，年事已高，离乡远游，瞻念未来，不禁黯然伤神。在《春晚书怀》其一中，诗人写道："归心日夜随江水，只欲东门觅短篷。"诗末自注云："入吴者，皆自小东郭登舟。"他甚至连回乡的路线和从哪里登舟都想好了。然而归思萦怀，却一直未得实现，他于是慨叹："客魂迷剑外，归心满天南。"（《郫县道中思故里》）"客路更逢秋色晚，故山空有梦魂归。"（《书怀》）他以宦事羁身而不能归乡感到深切的悲哀，因而这些诗句都写得情思悱恻，出语凄苦。

但是这仅仅是诗人感情世界的一个侧面。热爱祖国、热爱人民、热爱生活的陆游，他的眼界和胸襟都是很开阔的，他心中不仅有家乡故土，还装着不分南北东西的国家和全体人民。他久居蜀中，渐渐地爱上了四川，爱上了四川的山川风物和纯朴的人民群众。他常常将这一切摄入笔底，写出一篇篇美好的诗篇。他热爱故乡，也热爱四川，他像热爱故乡那样热爱四川。一次，诗人途经峨眉山下，遥望翠岭白云，眼前所见，恍如从天而降的仙境。诗人陶醉于此"异境"之中，目迷神摇，竟情不自禁地冲口而出："何必故山归，更破万里浪。"（《平羌道中望峨眉山慨然有作》）对一般依恋故土的人来说，总是故乡的水最甜，故乡的饭菜最香。可是陆游却将四川和山阴放到同样的位置上："日日思归饱蕨薇，春来荠美忽忘归。"（《食荠》其一）在《幽居晚兴》一诗中，诗人又这样唱道："锦江秋雨芙蓉老，笠泽春风杜若芳。归去自佳留亦乐，梦中何处是家乡。"锦江畔为秋雨润湿的木芙蓉，故乡松江旁在春风中怒放的杜若花，对诗人来说同样鲜丽可爱，具有诱人的魅力。虽说是思乡情切，归路难寻，然而在这"豪华行乐地，芳润养花大"（《晓过万里桥》）的锦官城里，诗人从人民的生活和大自然的风光里显然领略到了无限的乐趣。

《成都书事》这首诗，是上述诗人那种复杂矛盾的思想感情的集中概括和艺术的结晶。此题共两首，这里要说的是其中的第一首。"书事"，有时又写成"即事"或"感事"，是古典诗歌中常见的诗题，意思是这首诗是因眼前某种景象或某件事的触发，有所感而作。

当时客居成都的陆游，听说城西有人要出卖一座园子，他打算买下来，在成都定居终老。这首诗就是由此事感发而作。诗中洋溢着诗人热爱生活的激情，描绘了成都优美的自然风光、城市建筑和富饶的物产，抒发了他对成都极其美好的感情。

首二句是概括地描写蜀中自然风光的优美，而尤加突出的是成都。"清晖"是说山水景色的明丽秀美。"尽"字是一个普普通通的词，用在这里却很有表现力。

它强调包举全部，毫无例外，就是说蜀中的山水全都很美，无一处不美。但是这个“尽”字的作用和意味，要在下一句才能充分地显示出来，蜀中的山水都很美，可最美的要数那天下罕见的濯锦江边的成都了。读了第二句，才知道第一句原不过是一种铺垫和陪衬，一个“尽”字就将濯锦江边的成都从风景雄奇秀丽的巴山蜀水中突出出来了。从读者的视觉感受来看，这两句描写的范围是从大到小，犹如电影镜头，由远而近，由大景推到小景，然后再推出特写镜头。有了开头这两句概括的渲染和赞美，下面诗人便转入对成都风景的具体描绘了。

三、四两句写成都暮春时节的景象。不说“细柳”或“翠柳”，而说“烟柳”（按诗律，这句第一个字该用仄声，但亦可平可仄），犹如许多诗人常用“烟花”“烟景”来形容春色，能给人一种烟笼雾罩之感一样，这里用“烟”，比用“细”“翠”二字似更能显示出暮春时节那种葱郁繁茂景象。“不遮”在这里是不完全遮的意思，亦即我们通常所说的“掩映”。下面用了一个“断”字同它呼应，便生动地表现出锦城春色那绿树红楼互相映衬的特有风貌。全句意思是：锦官城里，楼阁林立，在一片烟柳掩映之中，隐约可见。因为半被烟柳所遮，城市中美丽的建筑物才不能清晰完整地看清；而正因为没有完全遮尽，所见半藏半掩，隐隐约约，才格外显出一种朦胧的韵致。这个“断”字，可以启发我们去感受和想象一种不那么直露的幽深而富于层次感的诗的意境。下一句是写花。一般来说，写春景总离不了用花来点缀、烘染，可是如果写得太多太滥，也就不免流于一般化。陆游这里写花别开生面，不落俗套：他没有写含苞待放的花，也没有写风中飘落的花。落花意味着春归，这在传统诗词中常被诗人用来牵动读者的愁绪。然而陆游笔下的落花，却有生命，有感情，不再是衰败零落的象征。“傍”“飞”二字，用得精彩传神，我们能从中感受到一种生意盎然的春的气息和诗的意趣，体会出人爱花、花恋人的美好感情。句中不见“人”字，却能使我们在旖旎的飞花世界中想象出游人之盛。烟柳、楼阁、游人、飞花，诗人信手拈来春日锦官城几个突出的特点，便烘托出一片迷人的景象，而且还暗暗地照应了开头两句的“尽清晖”和“天下稀”，犹如两个特写镜头：一为静态，远景；一为动态，近景。既概括，又具体，带有浓厚的感情色彩。很显然，如果诗人没有平日的深切体验，没有对大自然和生活的炽热的爱，是写不出这样的诗句来的。

五、六两句换一个角度，从物产丰美一面来抒写对四川的深厚感情。在诗中写什么东西好吃，如果没有表现出较高的思想境界和文化品位，是很容易流于平庸浅俗的。陆游从人对物的感情着笔，将四川和故乡山阴联系起来，加以对比，便给予我们一种大不相同的感受。芼是一种菜，“芼羹”就是用这种菜和着肉、笋等做成的羹。“斫”是切的意思，“脍”是把肉剁成碎末。这里将“芼”字和“斫”字对举，是名词作动词用。“芼羹笋”指用来做芼羹的笋；“斫脍鱼”是指斫成脍的鱼。这两种普通的食品当是陆游在成都时经常品尝并且非常喜欢的佳肴，作者写入诗中，主要不是津津有味地强调它们好吃，而是满怀深情，别有寄托。一个“似”字，一个“如”字，绾合成都和故乡两地，便隐曲地传达出诗人对成都的深厚感情。“稽山”指会稽山，“笠泽”指松江，都用以代指陆游的故乡山阴。诗人深情地说：成都用来做芼羹的笋，跟家乡的一样美，成都用来斫脍的鱼跟家乡的一样肥。这就告诉我们，热爱故乡，思乡之情那么深沉强烈的陆游，现在是把成都当做自己的故乡了。这种美好的感情，通过最平凡细小如吃菜羹这样的生活琐事，自然地流露出来，便显得格外亲切而深挚感人。

诗题为“书事”，但事情本身并不重要，诗人无意于将它放到最突出的位置。他的目的，是即事以抒情。在充分地抒发了他对成都的深厚感情（写景本身也是抒情的一种方式，没有那份感情，就看不见、更写不出那令人陶醉的美景）以后，最后才说到“事”，也就很自然地点了题，将前面所抒发的感情凝聚起来，并加以强调和提高，给予读者深刻的印象和强烈的感染。这就是全诗最后的两句：“客报城西有园卖，老夫白首欲忘归。”

在前面写景抒情的基础上，这两句诗略无含蓄地直露襟怀，言明心志，显得水到渠成，自然流畅。“客报”二字值得玩味：“报”就是报告、报知，这至少可以说明，诗人不是平日对人有所托付，就是曾经流露过想在成都留居终老的意愿，否则客人是绝不会来报告什么地方有园子要出卖的。可以想见，诗人想在成都买园定居绝非一时之兴，而是有坚实的思想感情作基础的。曰“老夫”，曰“白首”，表明诗人深感自己已入暮年。人之常情是“落叶归根”，越是接近暮年，就越是希望回到自己的故土。但陆游却在强调自己已进入暮年的同时，表达了“忘归”而想在成都终老的意愿，这表明他对成都的感情是多么的强烈和深挚。

读到这里，我们自然会联想到李白《蜀道难》中的两句诗：“锦城虽云乐，不如早还家。”陆游从反面发挥：锦城乐地，白首忘归。当然李白是处在另一种历史条件之下，出于一种特殊的感受，是别有寄托而发，与陆游所写各有不同的意义。但不同条件下不同的思想感情形成的强烈对比，也能使我们进一步体会到陆游热爱四川感情之难能可贵。这两句诗是全诗的命意所在，同时也是诗人感情发展的一个总结。读完全诗，理解了诗人在这首诗中所抒发的感情，我们就会懂得他为什么要将自己的诗集定名为《剑南诗稿》了。

陆游《浣花女》

江头女儿双髻丫，常随阿母供桑麻。
当户夜织声咿哑，地炉豆秸煎土茶。
长成嫁与东西家，柴门相对不上车。
青裙竹笥何所嗟，插髻烨烨牵牛花。
城中妖姝脸如霞，争嫁官人慕高华；
青骊一出天之涯，年年伤春抱琵琶。

这是一首七言古诗，写于淳熙四年（1177）。这以前，陆游曾在成都西外的笮桥寓居，跟当地的农民有较多的接触。在这首诗里，诗人以生动的笔触，记下了他对农村生活的亲切感受。“浣花女”，就是浣花溪边的姑娘。浣花溪在成都西门外，离陆游寓居的笮桥不远。

诗的开头四句着重写浣花女的劳动生活。“江头女儿双髻丫”，先从发式着笔，勾画出农家少女一副纯朴天真的可爱形象。古时未成年的女子，把头发编成两个小辫子，再绾结起来，称作双髻丫。以双髻丫写人，既显示了年龄特征，又富于形象性。下面三句分别写出三种劳动的情景：一是“供桑麻”，二是坐机织布，三是在地炉里煎土茶。“供桑麻”就是采桑绩麻，这是旧时代农村妇女的日常劳动；“随阿母”承首句“双髻丫”，是说女孩子年岁幼小，跟随母亲学习劳动，显示出融和亲切的人物关系。“当户夜织”是写其勤劳，“咿哑”是织机发出的一种声音，从这声音里传达出劳动的节奏和情韵。煎土茶不仅用地炉，而且烧豆秸，这是农村中最平常的生活景象，诗人摄取下来，散发出一种诱人的泥土气息。这显然不是某一个农村少女某一天劳动情况的刻板记录，而是许许多多农村少女日常劳动生活的典型化和诗化：一切是这样的平凡、朴素，一切又是这样的迷人，这样的美。

中间四句写农村男女婚嫁风习。“东西家”，犹如说东边西边的邻家。这句是说，这些农村姑娘长大成人，就近择婿，不出远门。一样的庄户人家，一样的清寒素朴。所以下一句说“柴门相对不上车”。“柴门”就是用树条柴荆札成的门，这里抓住特点，以门的简陋写农村小舍风光。“不上车”，一则指毗邻而居，用不着上车；二则指农村婚嫁不讲铺张排场，一切从简。新娘的打扮和妆奁也是极其简朴的，不过是青布裙子和竹制衣箱。值得注意的是“何所嗟”三个字。“何所嗟”就是无所嗟，也就是说出嫁的姑娘并不因为自家和对方的清苦贫贱而发出叹息，表示不满。相反，她们对于自己所选择的配偶，对于这样简单朴素的婚嫁方式和微薄的嫁妆，是非常满足的。从字面上看，诗人并没有说及她们的婚姻美满不美满，但单是这样的安于贫贱、质朴真纯，就不难想象到一对对农村青年男女间相互了解、彼此尊重、相亲相爱的关系和美满幸福的生活了。这些意思，全都凝聚蕴含于“插髻烨烨牵牛花”一句之中。把牵牛花当作头饰插到发髻上，光彩烨烨，这是一个农村妇女最朴素的打扮，也是最美的打扮。从这明丽优美的形象中，透露出女主人公对于婚姻、同时又是对于生活的无限喜悦之情，也透露出诗人对于劳动妇女的深情赞美。

末四句写了与此完全不同的另一种妇女，另一种婚嫁风尚以及由这种婚嫁风尚带来的截然相反的另一种结局。诗人似乎只是纯客观的描述，实际上爱憎褒贬，极其鲜明。一切都跟农村形成强烈的对比：妖艳的城市妇女，浓施脂粉，珠光宝气，打扮得脸如朝霞，她们一个个攀高结贵，爱慕荣华，争嫁官家；结果呢，那些达官贵人不重爱情，骑着青骊马远游做官，她们只落得被遗弃的悲惨的境遇。“年年伤春抱琵琶”，是说青春流逝，冷落孤苦，无限伤感，只好年年岁岁借琵琶哀愁的曲调去诉说自己难言的幽恨和悲苦了。这一句措词本极凄哀，但作为“城中妖姝脸如霞，争嫁官人慕高华”的必然结果，便使人觉得实在是咎由自取。在这里，诗人极含蓄同时又是极鲜明地通过艺术形象，寄寓了自己批判的态度。

这是一幅生动的风俗画，着墨素淡，却散发出强烈的生活气息。它不是静的写生，而是一组连续性的动态画面的组合。诗人并不是随意摄取几个镜头拼凑在一起，而是怀着深挚的感情，将他对农村生活的独特感受以及对农村少女朴素的爱，提炼为艺术形象，构成能体现生活发展过程的完整的画面。

这是一首耐读的诗，篇幅不大，容量不小。它所揭示的内容是相当丰富的。最后四句提高了全诗的思想境界。没有这四句，从反映农村少女的思想、生活来说，这首诗在内容和形式上也是完整的；但有了这四句，就在强烈的对比中，突出地表现了诗人对农村和城市不同阶层妇女思想生活的鲜明的爱憎感情，表现了诗人对生活的审美评价：劳动是美，朴素是美，纯真是美。

《浣花女》，这是一曲劳动的赞歌，幸福的赞歌，美的赞歌。诗本身亦如它所赞美的生活一样，是朴素的，也是美的。

陆游《钗头凤》

红酥手，黄縢酒，满城春色宫墙柳。东风恶，欢情薄，一怀愁绪，几年离索。错！错！错！　　春如旧，人空瘦，泪痕红浥鲛绡透。桃花落，闲池阁。山盟虽在，锦书难托。莫！莫！莫！

《钗头凤》是一首描写爱情的名作。写的是陆游本人的爱情婚姻悲剧，写得真挚沉痛，一字一泪，在后世产生很大的影响，不仅有诗词吟咏，还改编为戏剧，甚至被搬上银幕。

陆游年轻时跟一个姓唐的姑娘结婚，婚后夫妻感情甚笃。唐氏侍奉公婆亦很孝顺，但陆游的母亲不喜欢她，以致强迫他们离婚。后来唐氏改嫁，陆游也另娶，但两人深挚的感情无法割断，彼此都思念难舍。陆游一次春日出游，在绍兴禹迹寺南的沈园与唐氏相遇。唐氏送酒给陆游以致情意，陆游深为感动，回忆起昔日的感情，十分伤感，便在沈园的墙壁上写下了这首《钗头凤》词。据说在两人相会后不久，唐氏即因爱情的不幸郁闷而死。

陆游对唐氏的感情十分真挚，对于他们的不幸离异以及唐氏的亡故，一直十分悲痛，难以忘怀。在1192年（诗人六十八岁）时还写了一首诗来追忆这件事情。诗序云："禹迹寺南，有沈氏园。四十年前，尝题小词一阕（按即这首《钗头凤》）壁间。偶复一到，而园已三易主，读之怅然。"1199年，七十五岁的诗人还写了两首著名的《沈园》来追悼唐氏，其中有两句云："此身行作稽山土，犹吊遗踪一泫然。"1205年（诗人八十一岁），陆游夜梦游沈氏园，又写了两首绝句，其中有两句云："玉骨久成泉下土，墨痕犹锁壁间尘。"对唐氏，对由封建礼教造成的他们的爱情婚姻悲剧，对描写这悲剧和两人真挚爱情的这首《钗头凤》词，陆游是终生未能忘怀的。

近些年来，陆续有几位研究宋词的专家对此提出了质疑，认为这是陆游在蜀中的赠妓之作。但他们只是质疑、猜想和推断，并没有提出令人信服的确凿的证据。这个旧案如果要翻倒，至少要解决如下几个问题：第一，陈鹄是陆游的同时代人，他说他亲眼在许氏园（即陆游题词的沈园）壁上看到了这首词，并且将它抄录了下来。我们必须证明陈鹄的记载是在说谎或者是误传，说谎须提出他说谎的理由和根据，误传则要说清楚误传的来龙去脉。第二，陆游自己在诗中不止一次说到他在沈园的壁上题了一首词，而且是几十年不能忘怀，如果不是这首《钗头凤》，那又该是哪一首呢？质疑者必须能在他的词集中指得出来。第三，在陆游诗集中保存下来的跟沈园情事相关的诗作，据有人统计至少有十首之多，其沉痛和深挚的感情都能与《钗头凤》词相对应和契合。如果说这是一首赠妓之作，却又写得如此刻骨铭心，则彼人、彼事、彼情都应该在陆游的诗集中保留下来，那么这些诗在哪里呢？两者之间又有什么样的联系或对应关系呢？这几个实实在在的问题未能切实解决，单凭怀疑和猜想，就将这首长期传诵于众口的写情杰作断定为“冶游之作”，或是“对于当年狎游之事的回忆”，这样的断语给我们的感受，就像是将一朵本来十分美丽的鲜花踩踏在了脚下，不能不叫人感到十分惋惜。因此，我们对此词的分析仍沿用宋人旧说，而对新说不予采信。

这首词作于何年，历来众说不一。按前引诗序“四十年前”的说法，该是写于诗人二十八岁时；据宋人周密《齐东野语》卷一的记载，则是绍兴乙亥，即1155年，诗人三十一岁时。虽然不能确指某一年，但写于年轻时期则是可以肯定的。

上片由追忆昔日的生活，再联想到当前，对两人的被迫离散表示出深沉含蓄的怨恨。开头三句是回忆离异以前夫妻二人春日相携宴游的欢乐情景：“红酥手，黄縢酒，满城春色宫墙柳。”“红酥手”以局部代全体，写唐氏的美貌，是从诗人的主观感受写出的，自然地表达出诗人对唐氏的爱悦之情。“黄縢酒”指一种用黄纸封口的官酒，这里不只点明是出游宴饮，而且“红”与“黄”对举相映，从色彩上也显示出令人欢愉的气氛。“满城春色宫墙柳”，短短一句包含了宴游的时令、地点、环境几个方面，从大处着笔，点染出一种明丽爽朗的色调和欢快愉悦的气氛，正足以传达出两人热烈相爱的心情。

下面笔墨一转，由远及近，从过去说到眼前：“东风恶，欢情薄，一怀愁绪，几年离索。”“东风”隐指一种拆散他们夫妻的粗暴力量，即陆游的母亲；“恶”这个词的分量是很重的，鲜明地传达出了词人的感情倾向，可以见出陆游所感受到的他母亲的无情和残忍。明人毛晋说，这首词是“孝义兼挚”（《词林记事》引），这并不符合这首词的实际，单是这一句就无孝可言。联系到陆游诗集中有好几首夜闻姑恶（姑恶是一种水鸟名，据传说是由被婆婆虐待而死的妇女变成，因而鸣叫声如“姑恶”）而作的诗，对于虐待媳妇的恶婆婆鲜明地表现了憎恶的感情，不可能跟他自身痛切的体验无关。这首词虽然没有公开大胆地对封建礼教和宗法制度的罪恶提出控诉，但含蓄的怨恨则是十分明显的。从语气和语意的发展上看，“东风恶”这三个字统领了下面三句，一气流转而下：由于这“东风恶”，才造成“欢情薄”，以至于“一怀愁绪”，以至于“几年离索”。接下去，在感情已经表达得十分强烈的基础上，用叠字“错！错！错！”收束上片。这三个叠字所包含的思想感情是非常复杂的：有对无情的东风的怨恨，有对自己软弱屈从的痛悔，也有对夫妻间被迫离散的共同的深情惋惜等等。重叠的形式，将内心沉痛怨愤的感情，表现得十分鲜明强烈。

下片着重抒发分离的怨苦。在对唐氏深切的爱怜同情中，进一步表现了内心的怨恨。“春如旧，人空瘦，泪痕红浥鲛绡透。”这三句是写这次相遇，从陆游的眼里写出唐氏的憔悴悲苦情态。“春如旧”跟上片“满城春色宫墙柳”相呼应，形成比照，是说春天一如过去那样美丽，而人却因欢情淡薄和几年离索而面貌全非了。“人空瘦”的“空”字，含寓着词人丰富深厚的感情。因离别而痛苦，因相思而愁闷，人是明显地瘦了。但为了失去的爱情而折磨自己，又有什么用呢？所以说是“空瘦”。在无可奈何中表现了对唐氏无限的爱怜和慰藉，同时也透露出自己无力改变这种现实，甚至连内心的悲苦也无处可以倾诉的深沉的悲哀与怨恨。“泪痕红浥绞绡透”，是说流不尽的眼泪把一张张手绢都湿透了。这是以有形之物来写无形的感情。由此我们可以想象出这位无辜的女子在封建礼教的迫害下，与丈夫分离后那种以泪洗面的日子是何等的悲苦。

接下去四句进一步申说物是人非和离别的惆怅与痛苦：“桃花落，闲池阁。山盟虽在，锦书难托。”“桃花落”，从眼前所见景象看，可能是写实；但联系上片“东风恶”的句意，则具有明显的象征意味，是说艳丽可爱的桃花在无情的东风的摧残下已经凋落了。其中既包含着对东风的怨恨，又包含着对桃花的同情。“闲池阁”，也是跟昔日宴饮的欢愉形成鲜明的对照，意思是说，眼前池阁依旧，却显得冷落凄清，两人都无心再去欣赏了。着一个“闲”字，便以池阁的冷落来映衬出内心的孤寂悲哀。“山盟”两句，是说两人对爱情都是忠贞不渝的，但这又有什么用呢？相亲相爱而不得不分离，分离之后不但难于见面，就连互通音讯也是十分困难的啊！这反映了在封建礼教和宗法制度的压迫下，缺乏反抗精神的青年男女艰难的处境和无可奈何的痛苦心情。这在封建时代是具有普遍意义的。

末了，又用叠字“莫！莫！莫！”收束全词。这三个字跟上片结尾的“错！错！错！”相呼应，所传达的思想感情也是非常丰富、强烈而又深沉的。“莫！莫！莫！”就是“罢！罢！罢！”的意思，它强化了前面所表现的无可奈何的痛苦心情，而包含的内容却又是十分复杂的。重复三次“算了吧！”这是指的什么呢？难道是词人向唐氏提出，一切都就此了结了吗？双方爱情专一，情意难舍，要从此一刀两断显然是不可能的。那么，是劝慰对方、也劝慰自己从此不要再怨恨，不要再痛悔吗？这些意思，可以说都是，又都不全是。包含在这三个字中的思想感情充满了矛盾和痛苦，恐怕连作者自己也是很难说清的。

这首词，感情真挚，写得情辞凄恻，深婉缠绵；语言明畅精练而意蕴丰厚，要反复吟咏才能体会出文字之外的种种感情。它的强烈的艺术感染力不在于尽意发挥，酣畅淋漓，而在于欲说还休，不能尽吐的哽咽难言。所以吴梅评论这首词是“有千言万语锁住舌尖头”（《霜崖三剧》）。

宋人陈鹄《耆旧续闻》卷十记载，唐氏读了这首词以后曾有一首和作，其中有“世情薄，人情恶”之句，可惜全词未能流传下来。《历代诗余》卷一一八引夸娥主人说，录载了全词，但多数人认为是后人依据唐氏的断句补拟的。

范成大《后催租行》

老父田荒秋雨里，旧时高岸今江水。
佣耕犹自抱长饥，的知无力输租米。
自从乡官新上来，黄纸放尽白纸催。
卖衣得钱都纳却，病骨虽寒聊免缚。
去年衣尽到家口，大女临岐两分首。
今年次女已行媒，亦复驱将换升斗。
室中更有第三女，明年不怕催租苦。

范成大（1126—1193）的诗歌，受到唐代白居易、张籍、王建等新乐府诗人的影响，一部分作品揭露了封建统治阶级对人民的残酷剥削，对人民的痛苦生活寄予了深切的同情，表现了鲜明的政治倾向和现实主义精神。这首《后催租行》就是这方面的代表作。

在这之前，范成大曾效王建写过一首《催租行》，所以这一首同样写催租的诗就题为《后催租行》。前后两首诗都以官府的催租为内容，都是揭露封建官吏对人民敲诈勒索的罪行的。但侧重点、艺术表现手法和艺术风格都并不完全相同。两首诗都是从催租者和被催者的关系着笔来反映社会生活的，但前一首的重点放在催租者的一面，而后一首的重点则放在被催者的一面。前一首犹如一幅讽刺画，通过鲜明的生活画面，写出农民在交完租以后里正又来敲门催租，尖锐地揭露出催租官吏的贪婪本性和敲诈百姓时的丑态，农民的眼泪隐含在勒索者和被勒索者的对话中。里正是直言不讳、厚颜无耻地道出他是来敲钱买酒喝的："手持文书杂嗔喜：'我亦来营醉归耳！'"而农民在交完租后，床头的"悭囊"里就只剩下三百钱，无可奈何只好全数用来打发无情的敲诈者，内心的悲痛和愤懑化为一句含蓄而又十分尖锐的讽刺语："不堪供君成一醉，聊复偿君草鞋费。"这话含蕴着被剥削者的机智和幽默，婉曲中微露锋芒。而后一首则是一幅难民图，一纸控诉书，从正面展示农民的苦难命运。全诗以一个挣扎在饥饿和死亡线上的老农自述的语气，具体而又充分地表现出在官吏的残酷敲剥下人民的悲惨生活，以人民由内心发出的痛苦呼喊，向封建统治阶级提出的愤怒的控诉。

《后催租行》全诗按叙事的内容可分为三个层次。前四句为第一层次，叙述老农因遭受水灾而无力向官府交纳租税。秋雨连绵，江水泛滥，老农种的田园被水淹而荒芜了，被迫给人当雇工也不能混饱肚子。在这种情况下，确实知道是无力向政府送交租米了。从诗的构思来看，这里是从遭灾忍饥的现实，为下面写官吏催租的凶残无情，提供一个令人伤心惨目的背景。

中间四句为第二个层次，揭露统治阶级的虚伪和老农卖衣纳税的痛苦。遭灾挨饿，照理应该得到官府的体恤，免交租米。但统治阶级却玩弄虚伪的把戏，免租不过是徒具空文，老百姓名义上受"恩"，而实际上却吃了更大的苦头。这种情况在宋代是普遍的事实，所以农民中流传着"黄纸放，白纸催"的谣谚。"黄纸"是指皇帝赦免租税的诏书，"白纸"则指地方官府催租的公文。皇帝下达免租的诏书，只是换取一个关心百姓的虚名，而地方官吏紧跟着就来催逼。上免而下不免，明免而实不免，这几句诗生动地反映了宋代的历史真实。官府催逼，老农只得卖衣交纳，他怀着痛苦的心情自己宽慰自己：总算把租税交清了，虽然衣服卖尽，年老带病的身子不免受寒冻之苦，但到底没有因为欠租而被抓走，这就已经算是十分幸运的了。受饥且不免，再加上挨冻，已是苦不堪言，却还以"免缚"为庆幸，聊作自宽之语，真是带血含泪文字。

最后六句是第三个层次，写老农被逼到卖儿鬻女的悲惨境地。衣服卖尽，催租不止，不得已只好忍痛出卖自己的骨肉家口。去年已将大女儿卖掉，忍痛离别；今年已经许配人家的二女儿，也不得不将她驱赶去出卖，以换得些许粮食；家中还有一个三女儿可以出卖，因此老农以宽解的语气说："明年不怕官府再来苦苦逼租了。"这一层次中值得注意的是，以"去年""今年""明年"揭示出时间的发展。这暗含着两层意思：一层是，三年都是被逼到出卖家口，说明官府催租，年年如是，无有尽时；二层是，家中有三个女儿，一年卖一个，三年卖尽，到了后年怎么办呢？诗里没有说，其惨苦情境自在读者想象之中，比写出来更加摧人肺腑。

这首诗，一字一泪地写出了人民在重赋之下悲惨的命运和痛苦的呼号。艺术上质朴无华，通俗易懂。全诗都以身历苦难的老农自身的口气来叙说，显得真切动人；没有夸张之词，只是平实地原原本本地述说亲身遭受的悲惨事实，却具有强烈的艺术感染力。在结构上，三个层次，层层递进，由受饥而至卖衣，以致冻馁煎迫；再由冻馁而至卖女，以致骨肉分离。境况一层比一层惨苦，感情一层比一层强烈。这首诗在人物内心世界的揭示上也独具特色，最悲愤沉痛的感情，却以宽解语出之："卖衣得钱都纳却，病骨虽寒聊免缚。""室中更有第三女，明年不怕催租苦。"这不仅显得非常真实，而且愈是宽解便愈见其悲愤沉痛，读来催人泪下。

范成大《四时田园杂兴》（其四十四）

新筑场泥镜面平，家家打稻趁霜晴。

笑歌声里轻雷动，一夜连枷响到明。

范成大晚年辞官退居石湖（在今江苏苏州），过了十年闲居的田园生活，对农民的生活、思想感情和田园风光都有真切的感受。淳熙十三年（1186），他重病稍愈，以石湖农村风光和农民的生活为背景和题材，写作田园诗。“野外即兴，辄书一绝”，一年中写成六十首绝句，汇总题为《四时田园杂兴》。这是一组大型组诗，其中又分为“春日”“晚春”“夏日”“秋日”“冬日”五组，每组十二首。这首“新筑场泥镜面平”是组诗中的第44首，属“秋日杂兴”。范成大的田园诗独具特色，是中国古代田园诗中的创格。他以细腻清新的笔触，生动而又丰富地描绘出农村生活的图画，写出农民一年的劳动生活，他们的勤劳、欢愉、忧虑、悲酸等等，既有真实细致的景物素描，也有生意盎然的风俗画。他把中唐时期新乐府诗人反映民生疾苦的精神融入到田园诗的创作之中，在描绘农村优美动人的自然景色和劳动场面的同时，时时不忘揭露剥削阶级的罪恶，处处渗透着被压迫农民的血和泪。这就使得传统的田园诗大大地开拓了内容，获得了新的生命。

这首诗只有四句，却是一幅充满欢乐情绪的农村丰收图，字里行间又透出劳动者的艰辛。首二句写秋收时节农民劳动的紧张，紧张中洋溢着丰收的希望和喜悦。看农民们为了收打稻子，赶筑新场，他们精心修整，使场地光洁如同镜面。这一比喻，使我们可以想见农民们是干得多么认真、精细，这场地就像是艺术家创作时手中的艺术品，凝聚着创造者的心血和希望。这比喻又告诉我们，这是一个充满希望的丰收年成。由这场面的平整光洁，我们又可以想象出劳动时农民们激动和喜悦的心情。短短四句诗，诗人描绘出的却是带连续性的动态画面，场地筑成，家家户户便趁着天气晴朗，抓紧时间紧张地打稻了。“趁霜晴”三个字，表现了农民们收割稻子争分夺秒地抢时间，抢天气，夜以继日，不辞辛劳，自然地引出下面通夜打场不息的生动场面。末二句写打场的劳动场面和气氛，十分生动。诗人没有作具体的描绘，只着重从声音进行烘托和渲染。连枷是旧时打稻脱粒的一种工具，将割下的稻子铺放场地上，轮番挥动连枷拍打，稻粒便可脱下。这两句诗使我们似乎听到了那连枷打稻的声音，跟劳动者的歌声和笑声交织在一起，在秋日晴朗的夜空里如轻雷般的鸣响、回荡。这真是一支热烈、壮美的劳动交响乐，那么美妙动听，在轻快的韵律中传达出农民们丰收的喜悦。

不过这首诗如果单独地读，还不能充分地体会出它的全部含意。《四时田园杂兴》作为一组完整的大型组诗，每一首都不是孤立的。这一首写农民丰收的欢乐和喜悦，可是紧接着下一首就写农民们交纳租税后忍饥受冻的凄哀：“租船满载候开仓，粒粒如珠白似霜。不惜两税输一斛，尚赢糠覈饱儿郎。”如果取来并读，这首诗所表现的农民们丰收时的欢乐和喜悦，倒成为他们交租后悲伤和失望的反衬了。这首诗在整个组诗中的位置，以及诗人在整个艺术构思中的用心，也是我们不能不细心体察的。

范成大《忆秦娥》

楼阴缺，阑干影卧东厢月。东厢月，一天风露，杏花如雪。隔烟催漏金虬咽，罗帏黯淡灯花结。灯花结，片时春梦，江南天阔。

在中国古典诗词中，描写闺怨和怀人的相当不少。但这类诗大多由男性诗人来代写，女性当事人反而没有了话语权。说不清这到底算是可喜的事还是可悲的事。传统由男性所写的这类作品，常常会有寄托（也就是言在此而意在彼），而且又大多是政治上的寄托。这首词也有人认为是有政治上的寄托的，但是我看不出来，没有根据就不能乱加附会。难得的是，一个男性诗人代妇女写闺中怨情，却写得很真切，很细腻，写出了设想中的人物的内心感情，写出了诗的意境。

范成大的《忆秦娥》（又作《秦楼月》）共有五首，都是写闺中怀人的怨情的。前四首分写一天中的朝、昼、暮、夜四个时段里闺中妇女的所见、所感和所思，第五首则总写“轻雷隐隐”的初春时节怀人妇女的内心感受。这里选的是其中的第四首，写的是夜晚，而且是最易引发怀人念远情思的月夜。

这首词艺术上的好处，在它的构思，在表现上的融情入景。前面都是写景，到最后才写到人，但也不是直接写人的活动，而只是写人的情感意念；这情感意念又是和前面的种种景象密切相关的，而且是从那里发展而来的。值得注意的是，前面的写景虽然没有人，但所有的景象，都是诗人所要表现的那个人眼中的景和心中的景，所以景中是处处都有人，有人的思想和感情。

紧紧扣住夜景，上片先从月写起。月色是最能撩拨人的心绪的。妙在这月光并没有完全照进闺房里来，因为有树阴；而树阴又并没有把月亮完全遮挡住，月照东厢，阑干的影子从树阴的缝隙中静静地投射到地面上。这是多么静谧的境界，静谧中就透露出怀人妇女内心的孤寂。而从窗外望去，月色之下，满天风露中，杏花看起来就像雪一样的洁白和清冷。这当然不是纯客观的景象，而是怀人妇女心境的一种外现；在这里，客观的物境和人物主观的心境是融合在一起的。空灵的诗的境界，正显示出这闺中女子内心的落寞。

下片由屋外的景色转到屋内。古人用铜龙漏水来计时，“金虬”就是指铜制的漏器。夜气迷茫中传来更漏的声音，听起来犹如人的悲凄的呜咽。无论是感到时光消逝得太快或是太慢，这声音都是令人伤感的。下句写灯烛结花，有双重的意味。一是暗示独自夜守，时间已经过得很久了，蜡烛快尽时结出了灯花，而这时就使得罗帏里变得黯淡起来，黯淡的灯光正像是守望人黯淡的心情；二是旧时风俗，以为结灯花预示将有喜讯传来，这喜讯当然是她心之所期盼的那人或将就要回来。最后三句这才从景转而写到人，将全词结到人的期望和失望上。这里化用唐人岑参《春梦》诗“枕上片时春梦中，行尽江南数千里”句意，意思是长夜无尽，孤寂守望中所盼的人终未能归来，但是在梦中却可以跨越“江南天阔”的距离，实现“片时”的相会。然而春梦短暂，醒来后一切又会归于空寂。梦是虚幻的，但梦里相会毕竟也能带给人些许的欣喜。以虚写实，以喜映悲，这思念中的悲苦和怨愁，因此而显得更加沉重和缠绵。

（原载长江文艺出版社 2009 版《宋词鉴赏》，此文未收入北京大学出版社 2002 及 2005 年版《古诗文的艺术世界》，为十卷本《周先慎文集》补录）

杨万里《宿灵鹫禅寺》

初疑夜雨忽朝晴，乃是山泉终夜鸣。

流到前溪无半语，在山做得许多声。

灵鹫寺在江西广丰县东的灵鹫山上。这首诗写诗人夜宿寺中，静听山泉鸣响的感受以及由此而产生的联想与思索。写山水而另有寄托，包含着讽世之意，在山水诗中别是一格。

这首诗的意蕴在借题发挥，而不在诗的本题。夜宿山寺，一夜都听见近似淅淅沥沥的声音，以为是在下雨，可是早晨起来一看却是朗朗晴天，这才知道原来是山泉流淌发出的声音。全诗四句中，实际跟题目相关的，不过是“初疑夜雨”四个字，余下的三句半二十四个字，全是写次日醒来以后的所见所感，以及由此生发出来的感想议论。诗的这种格局与构思，就昭示我们：这诗确是别具含蕴的，诗人的兴趣并不在山水本身。

诗人不受诗题约束，他的笔沿着山溪的流向拓展开去，写泉水从山上流到山下，流到水道宽平之处，便不再冲击奔腾，淙淙作响，而是变得平缓舒徐，静默无声了。就描写山泉的流淌变化来说，这两句诗是非常生动传神的，没有实地的体验观察，绝写不出来。但它的真正好处并不在这里。第四句“在山做得许多声”，便透露出诗人对山泉在山上和山下的两种表现非常不满，其中就包含着对于山泉的一种责怪和拟人化的品格评价。这就含蓄地揭示出一种针对现实人生的讽刺意味：世上一些封建士大夫，在野时高谈阔论，激昂慷慨，一旦做了高官，便俯仰随人，沉寂不语，这不就跟“流到前溪无半语，在山做得许多声”的灵鹫山泉一样吗？

杜甫有一首《佳人》诗，其中有这样两句：“在山泉水清，出山泉水浊。”后人因把水之在山比作人之在野，水之出山比作人之在朝。这里沿用这一意思却又有变化，不是从水质的清浊说，而是从水流的鸣响与沉静取喻，这样既有所承，讽世之意易为人所理解和接受，同时又有新意，显得含蓄有味。杨万里长于写山川自然，从这首寄寓了讽世之意的小诗，我们也多少能看出“诚斋体”笔意的活泼轻灵。

杨万里《闲居初夏午睡起二绝句》

梅子留酸软齿牙，芭蕉分绿与窗纱。
日长睡起无情思，闲看儿童捉柳花。

松阴一架半弓苔，偶欲看书又懒开。
戏掬清泉洒蕉叶，儿童误认雨声来。

杨万里的诗，特别是他的七绝，是以活泼自然为显著特色的。这两首诗，通过闲居生活中所见的某种景象和自己的感受，来抒写作者的性情，表现生活中的某种韵味，就显示了这种活泼自然的风格。

诗题点出了三个方面：闲居、初夏、午睡起，两首诗都扣住这三点来写，而归结起来，又集中表现出一种闲趣。闲居易使人感到空寂无聊，所写又是极平凡常见的物象，而诗人写来却显得机趣横生，富于情韵。

第一首首二句写初夏时节特有的景象和感受。梅子尚未熟透，食后余酸留口，使人有齿软的感觉。这样琐细平淡的事也能入诗么？杨万里就能将它写进诗里，而且惟其琐细平淡，就更能显出“闲”来：既见闲情，又富闲趣。“留”字完全是日常口头语，在诗人是信手拈来，毫不费力，却极生动地传达出品尝新梅时那种余酸不尽、既有点难受又欣喜无穷的独特感受，最真切，也最得神韵。抬头看看室外院中呢，只见窗前芭蕉，新叶如盖，映照得窗纱也成一片绿色了。“分”“与”也是极为普通的日常口头语，但是用来表现芭蕉和窗纱的关系，从颜色上作点染，就显得十分轻巧聪明，使人觉得似乎那芭蕉也通解人情，得了灵性似的，不愿自己独个儿绿得那么好，要分一些给窗纱，使她也变得素淡、清凉、幽雅。那么，这环境呢，芭蕉绿了，窗纱也绿了，成了一个小小的绿色世界。多么清幽，多么安适，多么恬静，读来简直有一种清雅凉爽之感沁人心脾。他是在写景，却是毫不费力地写出了闲居中的独特感受，那么精细，那么深微。

第三句写闲居无聊的心绪，切题中的“初夏午睡起”五个字。“情思”的“思”字读去声，在这里指人的情绪、心境。初夏日渐长，闲居中易生慵怠，午睡起来，面对着静谧清幽的绿色庭院，很自然地产生出一种无聊慵懒的感觉。前三句都写了“闲居”的“闲”字，只是隐含于句意之中，字面上没有明点出来。那种“梅子留酸”的体验，那种“芭蕉分绿”的感受，那种午睡起来以后无聊赖的心境，处处都藏着一个“闲”字——是“闲”的表现，也是“闲”的结果。

到最末一句才直接跳出那个“闲”字，好像是有意照应诗题：“闲看儿童捉柳花”。明写出“闲”字，境界却似乎又从“闲”字荡开，突然变得活泼、热闹而充满生机，出现了大的转折，大的开拓。杨万里本人大概很欣赏这一句，他曾对人说：“工夫只在一‘捉’字上。”（见周密《浩然斋雅谈》）但有人指出这句乃是化用白居易《前日别柳枝绝句梦得继和又复戏答》中“谁能更学孩童戏，寻逐春风捉柳花”的成句，似乎并不算得太好。其实到底是自觉化用，还是无意偶合，谁也难于说清。但有一点可以肯定，“捉”字在这里所表现的意趣情韵跟白居易原诗很不相同，即便是化用也是富于创造性的。诗人是有意与前面所描绘渲染的静谧清幽境界相对立，借那捉柳花的孩童的幼稚、活泼、天真，去打破那静得有些沉闷、闲得有些无聊的气氛与心绪。不过他是借动以写静，或者说是静中观动——别忘了“闲看”二字，正因为他闲，才有这种观察的兴致和功夫，也才有这种令人惊喜的发现。这么一来，由看似非“闲”的一面，却又反转过来更深一层地写出那个“闲”字。因为更深一层，就“闲”得更富于情趣和韵味了。

传说这首诗传到当时的抗金名将张浚那里，他读后赞赏说：“廷秀（杨万里字）胸襟透脱矣！”我们从诗中诗人对客观物象的透彻精深的感受里，从他活泼自然、挥洒自如的艺术表现里，不是十分真切地可以感受到诗人那透脱的胸襟么?

第二首诗在构思上与前一首同出一机杼：以静境写慵懒无聊，又从动境反衬恬静闲适。一样地写得活泼自然，富有情韵和机趣。

首句写庭院之小和静。古以五尺为一弓，“半弓”是极言庭院很小。半弓这么大的小院里，松阴覆罩，满地绿苔。这跟“芭蕉分绿与窗纱”一样使人感到清凉、幽静。这已经初步写出了“闲”的环境与氛围。不过这“闲”境还不只是表面的，庭院很小而绿苔满地，就告诉我们此院人迹罕到，主人交往不多，平日又懒于打扫。

我们试读也是写闲居生活的王安石的《书湖阴先生壁》中“茅檐长扫净无苔”之句，着笔相反而意境相近，这层意思就不难体会到了。

第二句写初夏日长，午睡起来以后的慵懒心境，是上一首中“日长睡起无情思”的具体化、形象化。本来幽静的环境正适宜于读书，可诗人却没有那样的兴致和心绪：偶然想看看书，却又懒得翻开。我们似乎看见了诗人拿起书来重又放下的那副懒洋洋的动作和神情。完全是老实话，大白话，却写得十分生动传神。

三、四两句笔意一折，转出全新的境界。他两手捧起院中清澈的泉水，洒向那碧绿的阔大的芭蕉叶上，发出一阵沙沙的声音，惊动了庭中的孩童，他们误以为是下起雨来了。孩子们的天真无邪，他们的惊喜，诗中没有写出来，我们却能想象出，甚至能听见那欢快的笑声。他们的惊喜、欢笑，给这狭小的、安静的、沉闷的小院平添了无限的生机和活力，读来真是意趣盎然。不过，懒于翻书却去掬泉，这本身就是一种无聊赖的表现。前句着一“戏”字，与后句“误认”相呼应，暗示我们：诗人是有意戏逗孩子，同上首中写闲看孩子们捉柳花一样，他是要借他们的童真与欢乐，打破这小院的沉静，来调节这闲居生活中的烦闷无聊，以求自娱。因而这掬泉的动作和兴致恰与无心读书的慵怠相映衬，互为表里，相反而相成，从生活的乏味里发掘出生活的情趣。

诗人运用日常口语入诗，浅近通俗，不重典实而重抒写性情。他写闲居生活的慵懒、无聊、烦闷，却能写得很轻快、很活泼、很超拔。他又不像苏轼那样善于通过自我排解来达到一种超旷的境界，显得有些飘逸。他对生活的描写很具体，很实在，很细致，也很深入，因而显得平易亲切。你能感受到他的无聊甚至烦闷，可是丝毫没有沉重感。相反，他将你带入那轻松而饶有情趣的诗境之中，去领略一种轻松自由、活泼洒脱的韵味和风致。

戴复古《望江南》

石屏老，家住海东云。本是寻常田舍子，如何呼唤作诗人。无益费精神。千首富，不救一生贫。贾岛形模元自瘦，杜陵言语不妨村。谁解学西昆？

这首词是戴复古（1167—1252？）和他的朋友宋谦父交往唱和之作。这个词调他一共写了7首，在第一首的调名下有小序云：“壶山宋谦父寄新刊雅词，内有《壶山好》三十阕，自说平生。仆谓犹有说未尽处，为续四曲。”可见这续写的4首词，是替宋谦父补写他的平生，表现他的生活和志趣的。在将这4首词寄给宋以后，他又写了3首，这3首是写自己的。这是其中的第一首，调下也有小序云：“既为宋壶山说其自说未尽处，壶山必有答语，仆自嘲三解。”从这7首词创作的背景来看，他和宋谦父之间的交往和唱和，不同于一般文人之间的诗酒应酬，实际上他们是以词的形式来交流彼此对生活、对人生和对诗歌创作的看法。

理解这首词思想艺术的关键，就在词序中所说的“自嘲”二字。但要知道，对于一个思想品位和精神境界都比较高的文人来说，在生活中有不满处可以自嘲，有自得处也可以自嘲，常常是嘲中有喜，喜中有嘲，或者是看似自嘲，实为自喜。这首词在小序中明确地标示“自嘲”，词人到底在发什么牢骚，或又在自炫些什么呢？这很值得我们玩味。

戴复古是南宋著名的江湖派诗人，曾居于南塘石屏山，因自号石屏。他浪游江湖，终生不仕，后归家隐居而卒。他生活清贫，却以作诗为乐。这首小词反映了他的这种生活，并表达了他对这种生活和诗歌创作的一种态度。

首句说他居住在什么地方，却带出一个“云”字。他在另一首《西江月》中写过：“醉来东望海茫茫，家近蓬莱方丈。”可以体会出他对自己居处环境的一种诗的感受，是很有些自得的。所谓“田舍子”就是“农家子”，稍带轻蔑意，则略近于我们今天所说的大白话“乡巴佬”，这在一般人的眼里似乎跟作诗是毫无关系的。可是他这个“寻常田舍子”，却被人称为“诗人”，而他本人偏又认为作诗是“无益费精神”。这真是有点儿奇怪了。是别人误会他么？当然不是。是他自己后悔写诗么？当然也不是。接着说：“千首富，不救一生贫”。仔细品味，这句像是在发牢骚的话，却从中含蓄地透露出诗人内心的自喜，意味是：诗写得再多也不能救贫，但我不是为了富（或者说“脱贫”）才写诗的。这里边还有更深的含蕴，这不只是表现了他安于贫贱，而且还表明，他认为贫并不妨碍写诗，还会帮助写出好诗来。有了“千首富”的诗歌，这恐怕才算得上是真正的“富”吧？顺理成章，下面就说到了唐代的诗人贾岛和杜甫。这两位诗人都是一生不得志的，但在诗歌创作上都获得了很高的成就。对贾岛，后人有“郊寒岛瘦”的评论，原意说的是诗风，可他用了“形模”二字，将抽象的“瘦”变得具象化，就跟生活的贫穷沾上了边。杜甫写诗好用俗字俚语，本来是极大的优点，却被西昆派的杨亿讥为“村夫子”，这又跟自己是个“田舍子”发生了联系。显然，他尊重和推崇的是贾岛和杜甫，于是末句便旗帜鲜明地摆出自己的观点：“谁解学西昆？”

全诗是一个整体，诗情和诗思都十分流畅。看似浅近，却写得比较深，写出了诗人的人生态度，也写出了诗人对诗歌创作的独特认识。虽明说是“自嘲”，实际处处都能看出他的自得、自喜、自负。

（原载长江文艺出版社2009版《宋词鉴赏》，此文未收入北京大学出版社2002及2005年版《古诗文的艺术世界》，为十卷本《周先慎文集》补录）

杨基《岳阳楼》

春色醉巴陵，阑干落洞庭。
水吞三楚白，山接九嶷青。
空阔鱼龙气，婵娟帝子灵。
何人夜吹笛，风急雨冥冥。

杨基在明初被称为“五言射雕手”，这首《岳阳楼》是他五律中写景诗的代表作。诗题《岳阳楼》，却并不从岳阳楼本身着笔，而是写登上岳阳楼的所见所感，岳阳楼本身的形势、气魄，也就在读者的想象之中了。

诗一起笔便写出了宏阔的气象。登上岳阳楼，但见巴陵（今湖南岳阳市，西南临洞庭湖）一片春色，令人心旷神怡：凭阑远眺，洞庭湖尽收眼底。“醉巴陵”的“醉”字颇堪玩味。这春色是如此绚丽，把巴陵装点得十分美好，她好像沉醉在这生机勃勃的春色之中了。可真正沉醉的是登楼观赏春色的人。人沉醉了，令人沉醉的春色中的巴陵，在诗人的眼里心中也该是一样地沉醉的。

三、四两句在所见景象中单拈出水和山来说。因为水和山在岳阳楼所见的景物中是最突出、也是最有代表性的。看那洞庭湖水，混混茫茫，一片白色，似乎将三楚之地都一齐吞没了。《史记》中将战国时的楚地分为东楚、西楚和南楚，合称三楚，相当于今天的淮河流域及长江中下游地区，这里的三楚泛言地域之大。又见山峦层叠，峰岭相续，一直跟青翠的九嶷山（又名苍梧山，在今湖南宁远县南）连接在一起。一个“吞”字，一个“接”字，写出了开阔绵远的气象；一个“白”字，一个“青”字，绘出了爽心悦目的颜色。

五、六两句就前面宏阔意境生发：洞庭开阔，任凭鱼游龙跃；传说中的湘江女神（即舜妃娥皇、女英，死后为湘水之神），显露出她们姣好的仪容。这都使人感受到一种江湖的灵气。

末二句可能是写实，也可能是想象之词。夜里听到悠扬的笛声，不知是何人所吹，从笛声里好像听出了遥远夜空中风急雨骤的情景。这就将人引入了一种邈远的境界，其中又充满一种凄清的意绪。

全诗都是写景，没有一句直接抒情，但是每一句都能从写景中见出诗人的情怀。登岳阳楼所见，境界极其宏大，正表现了诗人自身眼光和胸怀的开阔；而末尾邈远的境界，凄清的气氛，又显然透露出诗人内心的某种失意和忧愁，含蓄着一种耐人寻味的不尽之意。

王材任《南昌即事》

章江依旧抱城流，枫叶芦花瑟瑟秋。
南浦闲云迎故客，西山暮雨送孤舟。
一千里外新蓬鬓，四十年前旧酒楼。
莫上滕王高阁望，不堪楚尾与吴头。

“即事”是就眼前某事或某种情景抒发感想，是古典诗歌中常见的诗题。这首诗是诗人在相隔四十年之后重游南昌城时的抒怀之作。岁月不居，风物依旧，人已衰老。抚今追昔，不禁发出了无限的感慨。

重游南昌是在深秋时节。章江就是赣江，流经南昌城。首句说：“章江依旧抱城流”，意思是赣江跟从前一样仍是那样绕着南昌城流过。起得很平，似不动声色，但“依旧”二字就暗点出这次到南昌乃是旧地重游，便已隐含着某种感慨在内。次句写秋景，枫叶红，芦花白，满眼是萧瑟的秋色。只是写景，却是景中寓情，肃杀的秋景中透出一种凄哀的意绪。

三、四两句说诗人从前告别西山，今又回到南浦。唐王勃《滕王阁》诗云：“画栋朝飞南浦云，珠帘暮卷西山雨。”南浦在今江西省南昌市西南，西山又名南昌山，在住今江西省新建县西，这里两地都用以指代南昌。这两句是说，还记得从前告别西山时是在黄昏时分。细雨纷飞而今南浦的闲云又迎来了故客。“闲云”“暮雨”“孤舟”，都传达出一种孤寂落寞之感，为末尾的感慨提供了依据。

五、六两句说，自己从千里之外远离家乡来到南昌，南昌城新来了一位鬓发蓬乱的客人。“蓬鬓”二字从外在形象含蓄地表现了诗人生活的艰辛和旅途的劳顿。人变老了，遭际也不好，才会有这副形容。而四十年前曾在那里饮过酒的酒楼，却是旧貌依然，一下子就看出来了。四十年漫长的岁月，诗人不知道经历了多少坎坷，遭遇了多少不平，饱尝了多少辛酸，这一切都没有直接说出，却都隐含在新客与旧楼的对比联想之中。

末二句以深长的感慨结束全诗。滕王阁位于南昌章江门外，下临赣江，是当地的名胜古迹，为游南昌的人所必登览。可诗人却偏偏劝戒自己不要登上滕王高阁去远望，因为看见楚尾吴头（指南昌以北的江西大片土地），就会有一种令人不能忍受的悲酸之情涌上心头。这里显然包含了诗人对历史兴衰、人世沧桑以及岁华易逝、往事不堪回首等复杂的思想感情在内。

这是一首即景抒情的诗，前四句着重写景，但景中含情；后四句着重抒情，而又情不离景。情与景的交融不，是这首诗的显著特色。

（原载北京大学出版社1989年版《中国名胜诗文鉴赏辞典》，此文未收入北京大学出版社2002及2005年版《古诗文的艺术世界》，为十卷本《周先慎文集》补录）

敦敏《赠曹雪芹》

碧水青山曲径遐，薜萝门巷足烟霞。
寻诗人去留僧舍，卖画钱来付酒家。
燕市哭歌悲遇合，秦淮风月忆繁华。
新愁旧恨知多少，一醉氍毹白眼斜。

古典名著《红楼梦》在中国几乎是家喻户晓，在世界上也有广泛的影响，但关于它的作者曹雪芹人们却所知甚少，专家们作了不少探索考证，许多情况仍然是众说纷纭，莫衷一是。因此，他的好友敦敏、敦诚兄弟写给他的几首赠诗和悼诗，就成为极其珍贵的文学资料。这首《赠曹雪芹》(一题《赠芹圃》)，就是其中十分重要的一首。但这首诗不仅具有史料的价值，而且还是一首好诗，同时具有艺术的审美价值。

曹雪芹幼年时曾随祖父及父辈在南京江宁织造府过了一段富贵荣华的生活，十几岁时因家庭获罪被抄，迁居北京。由此经历了种种艰难困顿。入中年后曾到位于西单牌楼北面石虎胡同的右翼宗学当差任职，结识了在那里学习的败落宗室子弟敦敏、敦诚兄弟。虽然彼此年龄悬殊，但由于身世遭遇的相似和思想志趣的契合，便很快成为至交，过从甚密，直到曹雪芹逝世。曹雪芹晚年流落到北京西郊香山附近的一个小山村里，生活极端贫困，却奋笔写作他的不朽之作《红楼梦》。乾隆二十六年辛巳(1761)秋日，敦敏兄弟二人同到西郊去看望曹雪芹，雪芹留饮，聚谈甚畅，二人便各写了一首诗来赠给曹雪芹。敦敏写的便是这一首；敦诚写的题为《赠曹芹圃》，见《四松堂集》卷上。

这是一首格调和境界都比较高的赠诗，不同于一般平庸的应酬之作。敦敏与曹雪芹相知甚深，彼此间有着深挚的情谊，这些在诗中都有表现。难能的是作者以动人的诗笔，为我们勾画出了这位晚境凄凉却卑视尘俗的伟大作家的生活风貌和精神风貌。

首二句写曹雪芹居处的环境。那是一个荒僻的山村，同时又是一个风景优美的清幽之地。“遐”的本意是远，这里与“曲径”连用，是幽深的意思。“薜萝”是薜荔和女萝，两种蔓生的藤本植物。“薜萝门巷”指村居，在古典诗歌中常用以表现隐者的住处。看这里山青水碧，曲径幽遐，薜萝绕屋，烟笼霞映。从曹雪芹的另一位好朋友张宜泉的诗句：“爱将笔墨逞风流，庐结西郊别样幽”（《题芹溪居士》）来看，敦敏的这两句诗完全是写实，曹雪芹在西郊居处的环境确实是很优美的。单从这荒僻却很清幽的环境，我们就不难想见曹雪芹在经历了人世沧桑和极大的痛苦之后，避离喧嚣纷扰的尘世，潜心写作《红楼梦》的那种高远的胸怀。由此我们可以印证曹雪芹在《红楼梦》第一回中写的这段话：“虽今日之茅椽蓬牖，瓦灶绳床，其晨夕风露，阶柳庭花，亦未有妨我之襟怀笔墨者。”的确是他来自于切身生活感受的肺腑之言。这两句诗写景，却能见人，见出清寒生活中的曹雪芹的高情逸致。

三、四两句写曹雪芹的生活，同时也写他的气质与才情，字里行间充满了诗人对他的倾慕与同情。曹雪芹以《红楼梦》名噪天下，但他不单是一个小说家，同时还是一个杰出的画家和诗人。他的朋友们都很重视和赞赏他的诗才和画才。上引张宜泉的《题芹溪居士》诗，题下即注云：“姓曹名霑，字梦阮，号芹溪居士，其人工诗善画。”其诗颔联云：“门外山川供绘画，堂前花鸟入吟讴。”一句谈他绘画，一句谈他作诗。敦诚诗中也一再赞美曹雪芹的诗造意新奇，诗胆如铁，风格直逼李贺。敦敏本人还有一首《题芹圃画石》诗，让人窥见曹雪芹圆熟的绘艺和孤峭的画风。这里的两句，也是一句写他作诗，一句写他绘画。但作者意在以此写他生活的困窘和游山探胜、访寺吟诗的逸兴。“寻诗”可以理解为寻找诗情，也可以理解为寻访诗友。“留僧舍”是说他游山寺时有感题诗，留于僧舍之中。这很可能不是泛写，而是纪实。在张宜泉的《春柳堂诗稿》中有一首《和曹雪芹〈西郊信步憩废寺〉原韵》诗，见出他们二人曾同游古寺，并有唱和。据红学家们考证，此“废寺”是指距曹雪芹村居不远樱桃沟附近某山顶上的广泉寺，此次游寺题诗时在乾隆二十六年（1761）的夏末秋初，即在敦敏兄弟这次访曹雪芹前不久。据情理推想，很可能是在谈话时雪芹出示此诗，敦敏有所感而特意提及的。我们于此见到了曹雪芹身处逆境而吟诗寄兴的精神风貌。敦诚诗说曹雪芹晚年“举家食粥酒常赊”，穷得连饭都吃不起，酒却是不可少的，酒渴如狂，一有机会便作豪饮，这种情况敦诚在《佩刀质酒歌》中有神采飞动的记述。这里说他“卖画钱来付酒家”，也纯是写实，不仅见出他生活的穷困窘迫，更见出他性格的狂放不羁。

五、六两句写曹雪芹不幸的身世遭遇和内心的悲愤感情。“燕市”指北京。“哭歌悲遇合”五个字，概括了曹雪芹家败迁居北京直到晚年流落西郊这漫长时间所历的各种坎坷，其间包含着敦敏兄弟所深知而难以道出的血泪辛酸。“秦淮风月”指曹雪芹往昔在南京秦淮河畔的繁华生活，那段生活在其后的悲凄境遇中总难忘怀。据说曹雪芹在他们这次相聚的两年以前（1759），曾重返秦淮探寻旧迹，那感触当然是很深的。前一年（1760）敦敏曾往访养石轩主人明琳，隔院闻声因而与曹雪芹邂逅，惊喜聚饮，曹雪芹在酒间便道及他重游南京勾引起的秦淮旧事，十分感慨。故敦敏在当时写的那首诗中也有与此相似的两句：“秦淮旧梦人犹在，燕市悲歌酒易醺。”连朋友们都不止一次地同为感叹，足见那段早已逝去的繁华生活在曹雪芹是如何地不能忘怀，又是如何地激荡着他那颗衰老的心。没有这种令他十分悲痛的追忆和感情激荡，那部饱含血泪反映一个大家族盛衰荣辱的《红楼梦》也许写不出来。

第七句紧承上联，概括“燕市哭歌”和“秦淮风月”，故言“新愁旧恨”。“知多少”即不知多少，是难以言说之意。正由于新愁旧恨郁结于心，又难以言说，这才发愤著书，在那部《红楼梦》中去寄托他的悲愤。第八句形象地刻画出曹雪芹卑视尘俗、孤傲不屈的性格。“𣰈𣰅”是大醉的样子。“白眼”用晋朝阮籍的典故，《晋书·阮籍传》载：“籍又能为青白眼，见礼俗之士，以白眼对之。”饱经人间忧患、阅尽世事沧桑的曹雪芹，满怀悲愤，他在狂饮大醉之后，以“白眼”斜看世界。这句诗写曹雪芹那种傲骨嶙峋的精神气格，读来真是如见其人。

这首诗写曹雪芹的生活遭遇，也写曹雪芹的思想性格和精神风貌，读后伟大作家的形象已隐然在我们的心中。它可以帮助我理解曹雪芹并进而理解他的伟大作品《红楼梦》。读了这首诗，再联想到在《红楼梦》第一回中曹雪芹写下的那首意味深长的五言绝句：“满纸荒唐言，一把辛酸泪！都云作者痴，谁解其中味？”或许较之从前会有一种新的体会吧？

敦诚《寄怀曹雪芹（霑）》

少陵昔赠曹将军，曾曰魏武之子孙。
君又无乃将军后，于今环堵蓬蒿屯。
扬州旧梦久已觉，且著临邛犊鼻裈。
爱君诗笔有奇气，直追昌谷破篱樊。
当时虎门数晨夕，西窗剪烛风雨昏。
接䍦倒著容君傲，高谈雄辩虱手扪。
感时思君不相见，蓟门落日松亭樽。
劝君莫弹食客铗，劝君莫叩富儿门。
残杯冷炙有德色，不如著书黄叶村。

这首诗，同敦敏的《赠曹雪芹》一样，是我们今天了解、认识曹雪芹的极其珍贵的文学资料。

乾隆二十二年丁丑（1757）二月，敦诚的父亲瑚玐出任山海关监督，敦诚随任到喜峰口做司榷小官。这期间，因十分思念曹雪芹，便写了这首诗寄给他。诗中对曹雪芹出身富贵而沦为贫贱寄予深切的同情，对他富有奇气的诗笔表示由衷的倾慕，深情地追忆他们从前在右翼宗学时晨夕相聚、促膝畅谈的情景，最后激励曹雪芹不要投亲靠友，不要奔走权门，而要在偏僻的荒村潜心著书。

这是一首古体诗，不像律诗那样要受句数的限制，容量较大，因而写得笔势舒纵。诗一开头起笔很远，从曹雪芹的家世写起，并且一直追溯到汉末的魏武帝曹操。“少陵”指唐代的伟大诗人杜甫，他曾写过一首著名的诗《丹青引赠曹将军霸》。曹霸是杜甫同时代的著名画家，天宝年间曾任左武卫将军，后获罪削籍为庶人，流落四川，杜甫在这首诗中追述了曹霸的家世，对他杰出的画才极为赞赏，而对他晚年的落魄境遇深致同情。诗的开头两句说："将军魏武之子孙，于今为庶为清门。"是说曹霸是魏武帝曹操的后代，家世原本显赫，而今却沦落为寒门，成了一个普通老百姓。曹雪芹的身世遭遇跟曹霸非常相似，而敦诚对他所怀的感情又跟杜甫对曹霸一样，既崇敬又同情。因而非常恰切地借杜甫诗意入题，并进而加以发挥：你恐怕是曹霸将军的后代吧，要不为什么如今境况也那么贫寒凄苦，居住的是四壁蓬蒿的茅草房呢？

"扬州"二句是说曹雪芹由富贵之家沦落至贫贱之境。前一句下诗人自注云："雪芹曾随其先祖寅织造之任。""扬州梦"系用唐代诗人杜牧《遣怀》诗"十年一觉扬州梦"句意。但杜牧原是指他在扬州流连歌楼妓馆的生活，这里则是借以指曹雪芹在南京过的那段富贵繁华生活。称梦"已觉"，且又言"旧"、言"久"，可见是很久以前的事情。"且著临邛犊鼻裈"，是借司马相如的典故，写曹雪芹眼前的贫贱生活。"犊鼻裈"，是一种形状像牛鼻子的短围裙。《史记·司马相如列传》记载，司马相如和卓文君私奔成都又复返临邛后，开了一个酒店，"文君当垆，相如身自著犊鼻裈，与庸保杂作涤器于市中"。曹雪芹虽然没有著裈涤器那样的劳苦生活经历，但敦诚借用这一典故是为了表达他对曹雪芹在贫困中不得不以一种与他的家世和才情都很不相称的手段来谋生的惋惜与同情。

以上六句是写曹雪芹的家世和生活遭遇，借用典故和化用前人诗句，落笔很远，写得很概括，由兴到衰，由富到贫。诗人不是无动于衷地历叙往事，而是在今昔对比中寄寓了他对朋友不幸的深切同情和强烈不平。

"爱君诗笔有奇气"以下六句是赞美曹雪芹的诗才并进而追忆他们在一起度过的一段难忘的生活。敦诚弟兄在右翼宗学学习时，结识曹雪芹并与之成为忘年交，这除了他们跟曹雪芹有相近的身世遭遇外，曹雪芹杰出的诗艺和娓娓动人的辩才引起他们的倾慕，应是一个很重要的原因。清人裕瑞在《枣窗闲笔》中记述曹雪芹："其人身胖，头广而色黑，善谈吐，风雅游戏，触景生春；闻其奇谈，娓娓然令人终日不倦，是以其书绝妙尽致。"这几句诗，不仅写出了曹雪芹杰出的诗艺，概括出他诗歌的风格特色，而且极其生动地刻画出他雄辩滔滔的辩才和狂放不羁的谈吐风度。"诗笔有奇气"，是说曹雪芹诗歌的气格意境奇警不凡，直逼唐代杰出的诗人李贺。李贺是福昌昌谷（今河南宜阳）人，"昌谷"即代指李贺。李贺是一个极富于独创性的诗人，诗歌风格奇崛幽峭。作者说曹雪芹已"破篱樊"，意即已经登堂入室，由此我们可以想见他的诗歌风貌和精神风貌。"虎门"指右翼宗学。"数晨夕"

用陶渊明《移居诗》“闻多素心人，乐与数晨夕”之意。“数”，言相见之频，“数晨夕”意即朝夕相处。“西窗剪烛”指相对夜语，化用李商隐《夜雨寄北》诗“何当共剪西窗烛，却话巴山夜雨时”意。这里是回忆他们当年风雨之夜剪烛畅谈的情景，充满极其亲切的感情。

“接䍦”二句，用晋人山简和王猛的典故，写曹雪芹不拘礼法、放达不羁、狂饮高谈的雄风。“接䍦”是古代的一种头巾。“接䍦倒著”写醉态。晋代山简性格狂放，不拘礼法，每出游必置饮大醉，归时倒著白接䍦。“高谈”句用晋王猛典故。《晋书・王猛传》载：“桓温入关，猛被褐而诣之。一面谈当世之事，扪虱而言，旁若无人。”这里是写他们当年相聚狂饮时的情景，曹雪芹在酒醉之后，更加狂放无羁，高谈雄辩，表现出一种超尘拔俗的孤傲品格。“容君傲”的“容”字，写他醉后更加放纵，不受拘束，同时也表现出他和敦诚弟兄间那种亲密无间、无所顾忌的关系，而弟兄二人则显然从曹雪芹那种旁若无人的放言高论中得到了无穷的快乐。这几句诗堪称传神之笔，曹雪芹那放达的风度和傲世的气骨都跃然纸上，其间洋溢着诗人对这位伟大作家的崇敬和热爱之情。

“感时”以下六句写诗人对曹雪芹的怀念，并致殷殷劝语。“蓟门”即蓟丘，故址在今北京德胜门西北，这里代指北京，是曹雪芹所居之地；“松亭”是古关名，这里指喜峰口。句下作者注云：“时余在喜峰口。”诗人以“落日”、以“樽”（原指酒器，这里引申指饮酒）关联两地，以抒写怀念之情。“食客铗”用战国时冯谖三次弹铗而歌的典故，“富儿门”用杜甫《奉赠韦左丞丈二十二韵》“朝叩富儿门，暮随肥马尘，残杯与冷炙，到处潜悲辛”句意，都是指奔走权门、交接亲友以谋生。据传曹雪芹在离开右翼宗学至流落西郊之前，因生活贫困，曾有过投亲靠友、巢幕侯门而遭受冷遇的经历，他当然深深地感受到人情冷暖、世态炎凉。诗中连用两个“劝”字，语气非常恳切。“德色”指富贵人家给你一点好处便摆出一副赐人恩惠的矜骄脸色。诗人敢于向曹雪芹直言这种令人感到屈辱的话，说明他对曹雪芹知之甚深，爱之甚切，对他遭到的各种冷遇感到愤愤不平。最后劝勉他“不如著书黄叶村”，语重心长，情辞恳切。从时间上推断，这里所说的著书，确定无疑地应是指写作不朽名著《红楼梦》。诗人劝曹雪芹在贫贱中要守志不移，安居山村，奋笔著书，说明他对朋友正在创作的这部书的价值是有充分认识的。这里正好鲜明地表现了诗人本人不同凡俗的眼光、胸怀和气骨。

这首诗内容丰富，从曹雪芹的家世经历一直写到他眼下村居著书，跨度是很大的。但诗虽然起笔较远，诗人却是着眼于现实，并最后落实到现实的。正因为展示了曹雪芹坎坷不平的阅历，或者说正由于诗人对曹雪芹的痛苦遭遇有深切的理解，他才那么看重并激励他在逆境中要坚持把这本书写出来。诗中多处用典并化用前人诗句，都很贴切自然，既切合曹雪芹的具体情景，又切合诗人与曹雪芹的关系。这都使得这首诗含蕴丰厚而又显得凝练集中。

孙原湘《西陵峡》

一滩声过一滩催，一日舟行几百回。
郢树碧从帆底尽，楚云青向橹前来。
奔雷峡断风常怒，障日峰多雾不开。
险绝正当奇绝处，壮游毋使客心惊。

这首诗描写的是西陵峡壮美奇险的景色。

西陵峡是著名的长江三峡之一，西起湖北省巴东县官渡口，东至宜昌市南津关，以滩多浪急著称，两岸峭壁巉岩，极为奇险。诗人乘舟经西陵峡，诗即写他舟行峡中时的感受，因而显得十分真切。

首二句写西陵峡水急滩多，峡道回环曲折的情状。舟行峡中，一个滩刚过接着又是一个滩，过滩时水流湍急，发出巨大的声音，这声音好像是在催促下一个险滩的到来；同时峡道回环，行舟一天，要经过几百个曲折的湾道。这是就峡中水道本身来写的，概括出了西陵峡两个最主要的特点：滩多和湾多。

三、四两句转到从两岸来写。“郢”是古代楚国的国都，与下一句中“楚云”的“楚”，都是泛指楚地。这是说，行舟在西陵峡之中，两岸树木茂密，一色青碧。一片碧树刚从帆底掠过，烟云笼罩的又一片青林又向橹前扑来。这里写出了人在峡中水急舟快时的具体感受，是一种动态的朦胧之景。船在峡中飞速行驶，船上的人只感觉到一片片碧树青林像闪电般来了又去了。“尽”字与“来”字呼应，传达出船行之快速，给人以一种急速变幻的动感。而“碧”和“青”只取混茫一片的颜色，没有具体写是什么树，这正是急水中舟行时人的真切感受。正因为写得模糊，写得概括，就更见得真实，使人读来有身临其境之感。“楚云”一本作“楚台”，楚台为地名，在今湖北省秭归县东。但从与出句“郢树”对句的意义来看，作“楚云”义似较胜。因加上一个“云”字，能显示出岸边山势渐高，绿树间时见云气缭绕，与前面写逝去的景色稍有不同。有变化，便更显得真切生动。

西陵峡中多险滩，有些地方江面狭小，江水为礁石所阻，奔腾撞击，发出如轰雷般震耳的声音。第五句描写的就是这种情景：水急声大，滩险浪高，如巨雷滚动，峡中水道也像被隔断了似的；峡中时时巨风呼啸而起，像是被这“奔雷”般的水浪所激怒。第六句写岸边山势高峻，峰岭相连，云雾缭绕，遮天蔽日。江中是如巨雷般轰响的风浪，岸上是峭峻多雾的山峰，真是险绝奇绝。这就自然地引出了最后两句赞叹和感慨来。

七、八两句写感受极深切，同时又表现了诗人独具的眼光和胸怀。行舟西陵峡在古代被视为极可怕之事，民间曾有“西陵滩如竹节稠，滩滩都是鬼见愁”的民谣。但作者身历其境，却并未心惊胆裂，相反却因此而体会到只有经历了“险绝”之险，才能感受到“奇绝”之奇。此次舟行西陵峡，于水急滩险中完成了一次难得的“壮游”，并未心惊，亦无胆裂，而只是感受到极大的快意和满足。

（原载北京大学出版社 1989 年版《中国名胜诗文鉴赏辞典》，此文未收入北京大学出版社 2002 及 2005 年版《古诗文的艺术世界》，为十卷本《周先慎文集》补录）

丘逢甲《得颂臣台湾书却寄》

故人消息隔乡关，花发春城客思闲。
一纸平安天外信，三年梦寐海中山。
波涛道险鱼难寄，城郭人非鹤未还。
去日儿童今渐长，灯前都解问台湾。

丘逢甲（1864-1912）是近代著名的爱国诗人。他祖籍嘉应镇平（今广东蕉岭县），出生在台湾苗栗县。这就使他心系台湾而根连大陆，对海峡两岸都保有一种天然的血肉感情。更重要的是他后来的生活，尤其是他积极投身于反抗日本侵占台湾的爱国义举，使他对家乡和祖国的感情进一步融合在一起，变得更加深沉和炽热。这种感情常常发为歌咏，表现在他的诗歌创作中。

丘逢甲二十六岁中进士后，授职而不愿做官，返回台湾讲学。光绪二十一年乙未（1895）因甲午战争失败，清政府同日本帝国主义签订了丧权辱国的《马关条约》，将祖国的领土台湾割让给日本。丘逢甲闻讯后极为愤慨，一面驰电抗争，并啮指血书上清廷，表示坚决反对；一面与爱国同仁组织抗日义军，被推为大将军，率义军与侵台日军浴血苦战。事败后内渡，归居祖籍镇平。此后他虽然身居大陆，却时时刻刻思念着台湾。这不仅因为台湾是他的出生地，更重要的是因为台湾已沦入敌手，他日夜期待着重新投入反抗侵略者的战斗。他内渡时作《离台诗》，小序中称自己为“海东遗民”。他将自己在镇平的居室题名为“念台精舍”，在写给回台湾朋友的诗中说：“亲友如相问，吾庐榜‘念台’。全输非定局，已溺有燃灰。”（《送颂臣之台湾》）念念不忘回到台湾，重整旗鼓，抗击日寇，收复失地。思乡之情与爱国之心紧紧地结合在一起，不可分割。这首《得颂臣台湾书却寄》诗，抒发的正是他内心这种深沉热烈的感情。

诗题中的颂臣指诗人的朋友谢道隆，字颂臣，也是台湾诗人。他与丘逢甲一起参与乙未军事义举，任义军“壮志营统带”，兵败后又一起离台内渡。但他于次年（1896）初夏又重返台湾，继续图谋举事。行前，丘逢甲曾先后写了《送颂臣之台湾》八首和《重送颂臣》一首，诗中除表达了对朋友的惜别、壮行之意外，还抒发了他热烈的爱国壮志。诗中有这样的句子：“弃地原非策，噂（呼）天倘见哀。百年如未死，卷土定重来。”（《送颂臣之台湾》其六）“王气中原在，英雄识所归。为言乡父老，须记汉官仪。”（前诗其七）一方面表示誓死收复台湾的决心，一方面又寄语台湾父老，认为真正的英雄豪杰必须把大陆看做自己的凭藉与依归。可见在他的心中，思乡与念国是完全融合在一起的。正是从这种思想感情出发，他把谢道隆视作志同道合的挚友，在“人情易翻复，交旧成鬼魅”的复杂斗争中，热情地肯定并赞颂他们的交谊：“论交本世好，古谊吾所式。结发论文字，廿载忘形迹。”并嘱咐他归台后一定要多写信来：“愿君信如雁，勿竟誓成鲗。”“到时常寄书，千里若门阈。”（以上并见后诗）他们之间的情谊是建立在共同的爱国思想基础之上的。因此，这首诗中所表现的怀友之情，又是和思乡、念国之情融合在一起的。

由于台湾被日军铁蹄蹂躏，颂臣归台后，二人竟长时间音书阻绝。时过三年，即光绪二十四年戊戌（1898），诗人在深切思念中突然收到颂臣从台湾的来信，十分欣喜，又万分感慨，便写了这首诗来寄给他。这不是一首普普通通的思乡怀友的诗，而是一首充满深沉炽热的爱国感情的写志抒怀之作。

这首诗写于春天。“故人”即指颂臣。“隔乡关”是说颂臣住在海峡彼岸的台湾，那里是自己的故乡，却因阻隔而音讯难通，不得相见。这里的“隔”字，指的不仅仅是自然形成的海峡之隔，更重要的是指日本侵略者的占领，因而其中隐含着深沉的慨叹和长期郁结于心的悲愤。下一句中的“闲”字也很值得玩味，诗人思念台湾，胸怀恢复大业，却滞留大陆，不能归去，无法一展鸿图。他回大陆后曾一度闭门谢客，过一种隐者的生活，但身闲而心不闲，他在《离台诗》中曾写过“奉亲且作渔樵隐，到处名山可挂单”的句子，表达了诗人不得已而闲居的凄苦心情。在春城花发的美好时节，诗人怀想故人，思念家乡，却无事可做，或者说是想做而无可做，无从做。从这个“闲”字里，透露出诗人内心一股壮志难酬的抑郁不平之气。“客”是诗人自指，相对台湾而言，他住在祖籍广东镇平还是算作客居，这表现了他对家乡台湾的深切思念。

“一纸平安天外信，三年梦寐海中山。”这是丘逢甲在收到颂臣来信以后的复杂感受。诗人用笔沉稳，未作夸张和渲染，没有让收到信时满腔激动的感情奔泻而出，只是平实地道出眼前事（收到老朋友的信）和心中情（日夜思念故乡），却通过精心选择的词语，将强烈深挚的感情含蓄地透露给读者。说“天外信”，是言其遥远，形容得信之困难，传达了经过长时间的期待与失望之后突然收到来信时的无限欣喜；称台湾为“海中山”（古代传说海上有三座仙山蓬莱、方丈、瀛洲），是言其缥缈，呼应“梦寐”二字，形容归去之不易，透露出思乡而不得归的无限惆怅。亦喜亦悲，在高兴之余又生出无限感慨。诗人内心的复杂感情，透过字里行间含蓄地传达给读者。

接着再从音书阻隔一面发挥，进一步抒发思念家乡而不能归去的感慨：“波涛道险鱼难寄，城郭人非鹤未还。”古乐府《饮马长城窟行》有鲤鱼传书之说，“鱼难寄”就是指书信难通；“波涛道险”照应前面“隔乡关”的“隔”字，在反复中更强调了通讯和归去之难，于是自然地引出下面的深长感叹。“城郭”句用丁令威典故。丁令威学道于灵山，学成后化鹤归辽东，在空中盘旋而歌：“有鸟有鸟丁令威，去家千年今始归；城郭如故人民非，何不学仙冢累累。”这里“城郭人非”暗寓台湾在日本侵略者的蹂躏下已非昔日面貌，而自己却不能如丁令威那样学道成仙，化鹤飞还。在感慨中表现出强烈的愤懑之情。

“去日儿童今见长，灯前都解问台湾。”意在告知颂臣，自己对台湾和台湾人民的命运是时时刻刻都非常关切的。但他没有直接说出来，而只是说：“你离开大陆返台的时候，我的孩子还很小，而现在都渐渐长大，夜间灯下已经懂得向我问起台湾的情况了。”孩子向诗人询问台湾的情况，足见他是经常向孩子们提起台湾的，平居思乡之情于此可见。儿童的“渐长”，又跟第四句中的“三年”呼应，暗示时光流逝，而自己却仍滞留大陆，不能回到台湾去跟亲密的友人一起抗争。事功未成，壮志难酬，面对着来自家乡故人的书信，他的心情该是何等的急切和忧愤。这些丰富的意思，都含蕴在这两句平平常常的诗句之中了。

思乡念国两情深。这首诗怀友思乡，却暗寓着台湾沦丧的悲愤，抒发了恢复失土的壮怀，于平浅中见深沉，于冷静中见热烈，诗风质朴爽健，于晓畅自然的语句中表现出了满腔的抑郁不平之气。

淡浮居论文

庐山诸道人《游石门诗序》

石门在精舍南十里，一名障山。基连大岭，体绝众阜。辟三泉之会，并立而开流。倾岩玄映其上，蒙形表于自然。故因以为名。此虽庐山之一隅，实斯地之奇观。皆传之于旧俗，而未睹者众。将由悬濑险峻，人兽迹绝，迳回曲阜，路阻行难，故罕经焉。

释法师以隆安四年仲春之月，因咏山水，遂杖锡而游。于时交徒同趣三十余人，咸拂衣晨征，怅然增兴。虽林壑幽邃，而开涂竞进；虽乘危履石，并以所悦为安。既至，则援木寻葛，历险穷崖，猿臂相引，仅乃造极。

于是拥胜倚岩，详观其下，始知七岭之美，蕴奇于此。双阙对峙其前，重岩映带其后。峦阜周回以为障，崇岩四营而开宇。其中则有石台石池，宫馆之象，触类之形，致可乐也。清泉分流而合注，渌渊镜净于天池。文石发采，焕若披面；柽松芳草，蔚然光目。其为神丽，亦已备矣。

斯日也，众情奔悦，瞩览无厌。游观未久，而天气屡变。霄雾尘集，则万象隐形；流光回照，则众山倒影。开阖之际，状有灵焉，而不可测也。乃其将登，则翔禽拂翮，鸣猿厉响。归云回驾，想羽人之来仪；哀声相和，若玄音之有寄。虽仿佛犹闻，而神以之畅；虽乐不期欢，而欣以永日。当其冲豫自得，信有味焉，而未易言也，退而寻之。

夫崖谷之间，会物无主，应不以情而开兴，引人致深若此。岂不以虚明朗其照，闲邃笃其情耶！并三复斯谈，犹昧然未尽。俄而太阳告夕，所存已往。乃悟幽人之玄览，达恒物之大情，其为神趣，岂山水而已哉！

于是徘徊崇岭，流目四瞩，九江如带，丘阜成垤。因此而推，形有巨细，智亦宜然。乃喟然叹宇宙虽遐，古今一契。灵鹫邈矣，荒途日隔；不有哲人，风迹谁存。应深悟远，慨焉长怀。各欣一遇之同欢，感良辰之难再，情发于中，遂共咏之云尔。

这篇文章选自《古诗类苑》，是一篇用骈文写成的诗序。文章本意是叙写《游石门诗》的写作缘起，但因文中写到了游览石门的情景，出色地描绘了石门的山水风光，因此我们完全可以将它当作一篇生动的游记文字来读。本文的作者署为庐山诸道人，是指东晋安帝时居住在庐山的一些僧人。据此序所记，此次游历，是以当时著名的高僧释慧远为首。从文中称“释法师”的语气来看，不大可能是慧远本人的手笔。《游石门诗》当为集体创作，而序则不知出自谁手，故署名庐山诸道人。全诗如下：

超兴非有本，理感兴自生。
忽闻石门游，奇唱发幽情。
褰裳思云驾，望崖想层城。
驰步乘长岩，不觉质有轻。
矫首登灵阙，眇若凌太清。
端坐运虚论，转彼玄中经。
神仙同物化，未若两俱冥。

这首诗是借石门之游而宣扬佛教义理的，是东晋玄言诗的流品，没有什么价值。倒是这篇因诗而写的序文，成为值得我们重视的中国文学史上模山范水的最早的作品之一。

石门在江西九江南庐山北，既是指山，也是指水，是庐山的名胜之一。《水经注・庐江水》里说：“庐山之北有石门水，水出岭端，有双石高竦，其状若门，因有石门之目焉。”两晋时期，一些很有文化修养的高僧在山水胜地建立寺庙，他们实际上是一些穿着僧衣的名士，隐逸山林，放情山水，对大自然之美有着独特的感受，同时又常将佛理融会于这种感受之中。这篇序文开首提到的“石门在精舍（佛教寺庙）南十余里”的“精舍”，据《水经注》等书记载，当是指龙泉精舍，便是东晋时著名高僧释慧远所建。文中第二段写的“释法师”没有点明是谁，当即指释慧远，因为在当时只有他才有那样的身份和地位，也只有他才有那样居处上的方便。他在晋安帝隆安四年（400）的仲春（旧历二月），约集志趣相同的朋友僧徒三十多人，同游石门，以咏山水。诗和这篇序便是这次游历的成果。

由于以上原因，这篇序文被当作一篇描写自然山水的游记作品，有两个显著的特色。其一，它不是客观地、无所用心地记述山水景色，而是将写景与描写游赏者的兴会感受结合起来。其二，是以佛理去认识自然，感受自然，融佛理于山水之中，使山水自然充满不可捉摸的灵气，带上了一种虚幻、朦胧和神秘的色彩。

先说第一个特色。首段简单地交代了石门的位置以后，即写其特点和得名的由来：山麓与庐山相连，而山峰又与其他许多小山不相连属。石门山上的三口流泉汇入石门水之中，从“双石高竦”的石门流过。整个石门山的岩身倒映在石门水之中，自然造化使它得到了如门的形状，因此而以石门为名。这虽然写得很概括，却初步传达出了石门山峥嵘峭拔，与水相映，气象不凡的景象。所以赞叹性地点说一句：“此虽庐山之一隅，实斯地之奇观。”这“奇观”二字，开启下面一大段写景文字。然后说，这里形势险峻，人迹难到，以反衬下文众人愈困难而愈奋进的高昂游兴。

第二段是写景正文。先交代出游的原因（咏山水）、时间（隆安四年仲春之月）、人物（交徒同趣三十余人），然后在正式描写风景之前强调游者兴致极高，“虽林壑幽邃，而开涂竞进，虽乘危履石，并以所悦为安”；又强调经攀高历险才得以览石门之胜，“援木寻葛，历险穷崖，猿臂相引，仅乃造极”。“交徒同趣”，不仅说明同游者都有很高的探胜的兴致，而且具有相同的情趣和对山川之美的共同感受，伏后文对玄妙佛理的阐释。“始知七岭（指庐山）之美，蕴奇于此。”以下便通过具体写景，揭示所蕴之奇，而写景又处处从感受兴会出发。先从总体上写石门形势的雄伟险峻：“双阙（指竦立的双石）对峙其前，重岩（层层叠叠的山岩）映带其后。峦阜（大大小小的山岭）周回（围绕）以为障（屏障），崇岩四营（矗立围绕）而开宇（开拓空间）。”这里的“对峙”“映带”“周回”“四营”，都是写人的主观感受，从中传达出石门山气势不凡的景象。下面写石台石池之类，有宫馆气象；写分流合注的清泉，形成清澈的深潭像镜面似的光洁明净，胜于天池（星名）；写彩色山石放射出熠熠光彩，其鲜丽的光泽有如拂面而来；写“柽松芳草”的繁茂，使人眼目生光：凡此，无一不是从观览者的主观感受着笔。这样写，一方面带有探胜纪实的性质，使人读来感到真切有味；另一方面又跟游览者及本文作者的僧人身份分不开。他们将自然与佛理联系在一起，寓佛理于写景之中，当然特别强调人对自然景物的感受。

这就不能不说到文章的第二个特色了。以上写景已洋溢着游览者的愉悦之情，再总写一笔：“其为神丽，亦已备矣。”以后，便逐步转入对飘忽神灵的联想。但这种联想以及探寻自然奥秘的玄想思索，都并没有离开写景。在“众情奔悦，瞩览无厌”，兴致勃勃之时，恰遇“天气屡变”，而作者正好从“霄雾尘集（夜雾迷漫），则万象隐形（什么也看不见）；流光回照（云散日出，阳光照耀），则众山倒影”这样一种天气阴晴变幻、景物忽隐忽显的变化中，引出关于主宰自然的神灵的联想：“开阖（指天的晴和阴）之际，状有灵焉（像是有神灵主宰的样子），而不可测也。”于是，描写便进入了一种玄妙的想象境界，将客观的自然景物与主观臆想中的神灵降临联系起来：山禽振翅，猿猴发出凄厉的叫声，他们看作是神灵即将降临的征兆；天空飘来云彩，又想象为仙人归来时的仪容；至于山中的鸟兽和山水发出的动人的声音，他们则以为是玄妙的仙乐，竟听出其中别有寄托。正是这种想象中的神与自然的融合，才使得他们无比欢欣愉悦，心神畅快，感到“冲豫自得（因怡悦安闲而快意忘情），信有味焉，而未易言也（确实别具兴味，却很难说清其中的奥秘）”。

与其说他们是陶醉于优美奇异的大自然景色之中，毋宁说他们是沉迷于玄妙虚幻的神灵的造影里。文章的最后两段，以佛教的理义来解释石门自然景色优美能令人欢愉的道理。他们认为山水景物想来是不会有知觉、有生命的，因此不应像人那样用感情来引发人们的兴致，而石门景色竟然使得游人产生如此浓厚的兴味，难道不是因为佛家教义的光辉照耀所致吗？石门景色格外明丽，而只有游览的僧人具有一种恬淡深邃的情怀，才会产生那么强烈的兴致和浓厚的感情。然而其中的道理是十分深奥的，即使体会再三，也仍然有领悟不透、昏昧不知的地方。不久夕阳西下，白天所见到的石门景象消失在茫茫夜色之中，这才悟解出那些放情山水的幽人（当然首先是指这次游览石门的和尚）因为能够洞察神理奥秘，才能掌握山川造化的博大情理，因此他们所能感受到的“神趣”，就不单单是从山水中得到的了。这样一来，就把本来人人可以感受到的自然山水之美，抹上了一层神秘色彩，变得不可捉摸，很难把握了。

文章结尾写他们领悟到这一深奥的道理以后，“徘徊崇岭，流目四瞩，九江（庐山下长江派生的九条支流）如带，丘阜成垤”。由登高所见的眼前景象，推想到自然万物形体有大有小，人的智慧也同样有大有小，并进而感叹宇宙虽然久远，而古今合于一理。灵鹫峰是极邈远而难于接近的，因有佛中圣哲释迦牟尼而成众人崇仰的佛教圣地；那么，这石门胜境也会因有神灵的存在而永存。文章以佛理收束全篇，显然不是为了启发引导人们欣赏自然山水，而是要人们接受玄虚的佛教义理。这种融佛理于山水景物之中的笔意，对今天的读者来说，可能会让人感到有些煞风景；

不过这种推实入虚的写法，却也产生了一种独特的艺术效果，显得缥缈朦胧，别具一种境界和情味。这就给了我们一种启发：任何山水游记，都不可能是对景物的纯客观的描摹，而总是带着观赏者的主观印记。同一处山水，一百个人会写出一百种境界，即使大同小异，也绝不会是一个样子，因为这境界是自然的，也是精神的，既是客观的，也是主观的。此篇中的石门景象，因出于僧人手笔，便经过了佛教精神的陶冶，带着一种僧气和玄风，读来不免使人有仙风侠骨、神气清逸之感。

范仲淹《岳阳楼记》

庆历四年春，滕子京谪守巴陵郡。越明年，政通人和，百废具兴。乃重修岳阳楼，增其旧制，刻唐贤、今人诗赋于其上，属予作文以记之。

予观夫巴陵胜状，在洞庭一湖。衔远山，吞长江，浩浩汤汤，横无际涯；朝晖夕阳，气象万千。此则岳阳楼之大观也，前人之述备矣。然则北通巫峡，南极潇湘，迁客骚人，多会于此，览物之情，得无异乎？

若夫霪雨霏霏，连月不开，阴风怒号，浊浪排空；日星隐曜，山岳潜形；商旅不行，樯倾楫摧；薄暮冥冥，虎啸猿啼。登斯楼也，则有去国怀乡，忧谗畏讥，满目萧然，感极而悲者矣。

至若春和景明，波澜不惊，上下天光，一碧万顷；沙鸥翔集，锦鳞游泳；岸芷汀兰，郁郁青青。而或长烟一空，皓月千里，浮光耀金，静影沉璧；渔歌互答；此乐何极！登斯楼也，则有心旷神怡，宠辱偕忘，把酒临风，其喜洋洋者矣。

嗟夫，予尝求古仁人之心，或异二者之为。何哉？不以物喜，不以己悲。居庙堂之高，则忧其民；处江湖之远，则忧其君；是进亦忧，退亦忧。然则何时而乐耶？其必曰：先天下之忧而忧，后天下之乐而乐欤！噫！微斯人，吾谁与归！

时六年九月十五日。

《岳阳楼记》是我国古代一篇非常著名的散文。作者范仲淹（989—1052），字希文，苏州吴县（今江苏苏州）人，是北宋时期一位著名的政治家、军事家和文学家。宋真宗大中祥符八年（1015）考中进士，先后在地方和朝廷做官，最高做到枢密使、参知政事（相当于宰相的职位），是一位集文臣武将于一身的杰出人物。他爱国忧民，主张改革，是一个富于理想的政治家。宋仁宗庆历时期（1041—1048），他提出革新主张，在官吏的选拔、教育、军备、兴修水利等方面都提出了许多富国利民的具体措施，这就是北宋历史上著名的庆历新政。他的主张得到了欧阳修等人的支持和敬重，但也招来保守派的反对和打击。不久革新失败，他也被贬到外地做官。他在军事上也很有才能，并且建立了卓著的功勋。当时我国西北的少数民族党项族建立了大夏国，不断侵扰北宋的边境城市延州（今延安），他曾被命为陕西都转运使，戍守延州，成功地遏止了西夏的侵扰。当时西夏人对他十分敬畏，称他“胸中自有数万甲兵”。他和另一个主持边防的武将韩琦同样威名煊赫，当时边境的群众中流传这样一首民谣：“军中有一韩，西贼闻之心骨寒；军中有一范，西贼闻之惊破胆。”在我国古代，文武双全的政治家是并不多的，范仲淹是其中非常杰出的一位。明代著名的思想家李贽就非常赞美范仲淹的军事才能和勋业，在他的《藏书》中将范仲淹归入“武臣传”中的大将一类。

范仲淹一生没有专力从事文学创作，写作只是他从政、从军的余事，作品并不多，但诗、词、散文都有名篇传世。最著名的就是这篇散文《岳阳楼记》。

岳阳楼是我国著名的名胜古迹，位于湖南省岳阳市的城西，矗立于洞庭湖畔，与湖北武昌的黄鹤楼、江西南昌的滕王阁，并称为江南三大古楼。据传岳阳楼最初是三国时期东吴都督鲁肃训练水军的阅兵台，唐代著名的宰相张说驻守岳州时，在阅兵台的旧址上修建了一座阁楼，命名为岳阳楼。洞庭湖和岳阳楼相得益彰，显得十分开阔和壮观。

《岳阳楼记》一开头就说，他的朋友滕子京在重修岳阳楼后，将唐代和宋代许多名人所写的有关岳阳楼的诗赋刻在上面。唐代确有不少著名诗人曾写诗吟唱过洞庭湖和岳阳楼，比如孟浩然就写过《望洞庭湖赠张丞相》，是写给唐代重修岳阳楼的宰相张说的，其中非常著名的两句是：“气蒸云梦泽，波撼岳阳城。”意思是，洞庭湖湖面水气蒸腾，笼罩在云梦泽广大地区的上空；而湖水波涛涌动，连湖边的岳阳城也被撼动了。杜甫也写过《登岳阳楼》，其中也有两句非常著名：“吴楚东南坼，乾坤日夜浮。”是说洞庭湖将吴地（在湖的东面）和楚地（在湖的南面）广大的地域分隔开来，好像天地日月都浮动在洞庭湖之上。两位诗人的这四句诗，都着眼于洞庭湖的阔大和浩淼，写出了洞庭湖非凡的气势。但是不同时代的不同作家在写岳阳楼和洞庭湖时，虽然都会关注并表现楼的雄伟和湖的浩瀚，但又都必然表现出不同的思想感情和精神境界。范仲淹的这篇《岳阳楼记》，就是通过对岳阳楼和洞庭湖景色的描绘，抒发了他爱国忧民的思想感情，表现了他作为一个伟大政治家的崇高的精神境界，因而成为千古传唱的名篇。

这篇文章作于宋仁宗庆历六年（1046），这时他因主张革新而被贬，离开朝廷到邓州（今河南邓县）做地方官，政治上是很失意的。滕子京是与他同榜中进士的好朋友，也是一位关心人民、很有政绩的官吏，两人曾共同防御边郡，抗击西夏的入侵，但却遭人诬陷，于庆历四年（1044）贬官到岳州（今湖南岳阳市）。显然，两个人的思想志趣和政治上的遭遇都是很相似的。滕子京于庆历五年（1045）重修了岳阳楼，约请范仲淹为他写一篇记。范仲淹于第二年写成了这篇文章。

中国古代作家写文章很讲究立意，就是确立一个中心思想。这篇文章的立意就很高。受朋友之托写一篇命题作文的文章，一般的写法常是着重讲述朋友重修岳阳楼的经过，称颂他为人民做好事的功德，这就很容易写成一篇歌功颂德的应酬文字。同时具体到岳阳楼这个地方，既是著名的历史遗迹，又是优美的自然景观，也很容易写成一篇普普通通的写景文章。再则，两人又都同时被贬官，而且都是因为主张革新或因为建立边功而被贬，遭遇不幸，蒙受冤屈，如果在文章中有所寄托，也很容易从共同感受的一面发发牢骚，表现出一种消极凄哀的情调。但范仲淹却不是这样写的，而是即景抒情，借题发挥，表现出一种忧国爱民，“以天下为己任”的政治抱负，表现出政治上的坚定信念、积极进取的昂奋精神和崇高的思想道德情操。

这是一篇政治家的散文。它以精练生动的语言，富于形象特征的文学手段，表现了封建时代一个有作为的政治家的崇高理想和宽广胸怀。

全文共分为五段。下面先对五段的内容作一些简单的概括和分析。

第一段，先交待写作这篇文章的缘由。滕子京和岳阳楼是什么关系，作者和滕子京又是什么关系，作为文章的背景，在一开始作一个简要的交待，是很必要的。其中值得注意的是“滕子京谪守巴陵郡”这一句，“谪守”就是被贬到地方做官的意思。古代的巴陵郡，就是宋代的岳州。这不仅交待了地点和滕子京与岳阳楼的关系，而且还暗示了滕子京同自己一样政治上是很不得志的。下面说“政通人和，百废俱兴”，又告诉我们滕子京虽然被贬官，在政治上却仍然积极进取，毫不消极。这些简单的交待，看似平淡无奇，实际都跟后文所要抒发的感情和表达的思想有关。

第二段，写在岳阳楼上所见洞庭湖的壮观景象，主要突出两个方面：一是它浩淼的气势（“衔远山，吞长江，浩浩汤汤，横无际涯”）；二是它朝夕阴晴的变化（“朝晖夕阴，气象万千”）。写得很生动，却又很简括，没有展开，用“前人之述备矣”

一句撇开，以引起下文着重写登楼者的“览物之情”。

第三段和第四段就具体写一般的“迁客骚人”登上岳阳楼时的“览物之情”（因观赏外界的自然景物而产生的思想感情）。具体说，第三段是通过洞庭湖的阴雨景象写悲哀的感情，以“感极而悲者矣”作结；第四段是通过洞庭湖的晴明景象写欣喜的感情，以“其喜洋洋者矣”作结。

第五段，是全文的重点和高潮，从与上面“悲”“喜”之情相反的一面（即文中所说的“或异二者之情”——与一般的悲喜不同的感情）去抒写作者爱国忧民的情怀，揭出“先天下之忧而忧，后天下之乐而乐”的中心思想。

第六段，交待作记的时间。

这篇文章之所以脍炙人口，传诵千古，不单是因为它写景很出色，主要的还在于它表现了一种“先天下之忧而忧，后天下之乐而乐”的崇高的思想境界。就是说，在作者看来，一个具有远大政治抱负和崇高人生理想的人，应该先于天下的人为国家的前途命运而忧虑，等到国家安定、人民都安居乐业了，自己才跟天下的人一起同享安乐。这两句话，是对我国古代无数仁人志士所共有的思想品德的高度概括，也是作者范仲淹本人精神境界的生动展现。这种爱国忧民、关心国家和民族命运的思想，作为一种宝贵的精神遗产，在社会主义时代的今天，仍然值得我们继承和发扬。

不过，思想好并不等于就是一篇好文章。我们不能孤立地看这两句话，也不能只看到这两句话所表现的崇高思想，还应该重视这样的思想是怎样表现出来的。可以设想，这一思想虽然很崇高，如果仅仅是孤零零的这样两句话，说得再好也不可能产生巨大的感染力量。作为一篇文学性的散文，它的思想是通过生动的艺术描写表现出来的。这篇文章在艺术表现上非常成功，概括起来说，主要有以下几个特点：

第一，情与景相融合，思想境界和艺术境界相融合。

作者的思想虽然概括为十分精练的两句话直接明白地讲出来，但这两句话和它所表达的思想，并不是游离于具体的艺术描写之外的，而是融入到了他所创造的艺术境界之中，也就是说，在文章中思想境界和艺术境界是不可分割地融合在一起的。全篇写景、抒情、议论紧密结合，因而显得丰满深厚，有血有肉，而不流于抽象枯燥。作者在文章中写什么景，怎么写，都不是一个单纯的写作技巧问题，而主要是取决于他的思想和胸襟。他写《岳阳楼记》，却并不着眼于岳阳楼本身，详细地去写它的历史变迁、刻石碑文等，而是着重写登楼所见。写所见，也不是把所看见的一切景象都记录下来，而是经过淘洗选择，突出了辽阔浩淼的洞庭湖。这是因为洞庭湖雄伟阔大的景象，适足以表现作者那种“以天下为己任”的政治家的广阔胸怀；或者说，作者政治家的广阔胸怀，只有通过开阔的洞庭湖才能充分地表现出来。所以作者在第一段简要地交待了作记的缘由以后，第二段开头就写：“予观乎巴陵胜状，在洞庭一湖。”意思是：照我看来，整个岳州的美景都表现在洞庭湖上了。一句话就把笔墨（同时也就把读者的注意力）集中到了洞庭湖上。写洞庭湖，又可以从各方面去写，而作者突出的是它那浩淼的气势：“衔远山，吞长江，浩浩汤汤，横无际涯；朝晖夕阴，气象万千。”作者说：“此则岳阳楼之大观也。”作者所要着重描写的，就是他感受最深切的这种“大观”，从而创造出一种雄伟开阔的艺术境界。接着三、四两段，通过洞庭湖景色的阴晴变幻来写“迁客骚人”“览物之情”的不同，着眼点也仍然是洞庭湖的“大观”景象：写阴，是“阴风怒号，浊浪排空”；写晴，是“上下天光，一碧万顷”。总之，无论阴晴，都是“横无际涯”“气象万千”的大景，而不是小景。这种雄伟开阔的境界，正是作者作为一个政治家的伟大抱负和宽阔胸怀的艺术表现。在这里，思想境界也就是艺术境界，是不可分割的。这就大大地加强了文章的艺术感染力，读者在一种审美享受中自然地毫不勉强地就接受了作者所要表达的崇高思想。

第二，文章中心突出，层次清晰，结构严谨。

作者为了在最鲜明突出的位置写出全文的中心思想，亦即“先天下之忧而忧，后天下之乐而乐”这两句话，在艺术上进行了精心构思，作了一系列的布置、铺垫和映衬。第二段先写洞庭湖的“大观”，在气象、境界上为写出这两句话作准备。但是写得不多，因为前人已经写得很多了，不用重复。第三、四两段，以景写情，情景结合：以阴雨晦暗、满目萧然之景写悲；以春和景明、心旷神怡之景写喜。一方面，继续以洞庭湖的阔大气象映衬下文；另一方面，更重要的是以一般“迁人骚客”的悲和喜，引出并反衬下文仁人志士的忧与乐。

第五段以“嗟夫！”感叹开头，在情感语气上便显出总结上文的意味。接着写：“予尝求古仁人之心，或异二者之为。”意思是：我曾经探求过古代仁人志士的思想感情，却同上面那两种人是不一样的。一个“异”字，由反（他所不赞同的思想感情）入正（他所赞同和提倡的政治家胸怀），把笔墨转到了与上两段文字相反的仁人志士的思想感情一面来。“不以物喜，不以己悲”（不因为外界的自然风光很美就感到高兴，也不因为自己的遭遇不幸就感到悲哀），这八个字肯定和赞美了仁人志士思想胸怀的博大高远，同时也就含蓄地批评了一般迁客骚人眼光气度的狭隘短浅。承上启下，转换轻圆，密合无间。然后，在充分地写出仁人志士思想感情的基础上，才以极精练概括的语言，写出那两句千古传诵的名言："先天下之忧而忧，后天下之乐而乐"。这样就使得这两句话非常鲜明突出，给人以力透纸背之感。

第三，骈散结合的句式，整齐中又有变化，既有明快的节奏，和谐的音调，又表现出一种深婉含蓄、耐人寻味的韵致。

文章中多用四言偶句，如"北通巫峡，南极潇湘"；"日星隐曜，山岳潜形"；"沙鸥翔集，锦鳞游泳"等等，读起来都琅琅上口，明快有力。同时骈偶的对句中又穿插进散句，整齐而不板滞，显得生动活泼，富于变化。例如最后一段，中间四句是整齐的对偶："居庙堂之高，则忧其民；处江湖之远，则忧其君。是进亦忧，退亦忧。"而在前后又插入两个设问，前面是："何哉？不以物喜，不以己悲。"后面是："然则，何时而乐耶？"句式的这种穿插变化，使文意跌宕曲折，在一问一答中，把意思引向深入，最后揭出主题思想。

作者在表达上还注意到了婉转含蓄，而避免直白单调。如作者不说自己有这种思想，或自己提倡这种思想，而说"予尝求古仁人之心"，这就引导读者同他一起去追寻古代仁人志士的精神境界；在提出"然则，何时而乐耶"的设问以后，又不直说古代的仁人志士是怎样回答的，而是用"其必曰"来推测他们必然会这么回答；不说自己就是这样的人，而说"微斯人，吾谁与归！"（意思是：除了这样"先天下之忧而忧，后天下之乐而乐"的仁人志士，我还能去追随谁呢？）只表示自己愿意宗仰和学习这样的人，而不是说自己就是这样的人。这样写，态度显得很谦虚，思想格调也很高，文章在表达上委婉含蓄，却很有思想力量，收到了很好的艺术效果。

欧阳修《醉翁亭记》

环滁皆山也。其西南诸峰，林壑尤美。望之蔚然而深秀者，琅邪也。山行六七里，渐闻水声潺潺，而泻出于两峰之间者，酿泉也。峰回路转，有亭翼然临于泉上者，醉翁亭也。作亭者谁？山之僧智仙也。名之者谁？太守自谓也。太守与客来饮于此，饮少辄醉，而年又最高，故自号曰醉翁也。醉翁之意不在酒，在乎山水之间也。山水之乐，得之心而寓之酒也。

若夫日出而林霏开，云归而岩穴暝，晦明变化者，山间之朝暮也。野芳发而幽香，佳木秀而繁阴，风霜高洁，水落而石出者，山间之四时也。朝而往，暮而归，四时之景不同，而乐亦无穷也。

至于负者歌于途，行者休于树，前者呼，后者应，伛偻提携，往来而不绝者，滁人游也。临溪而渔，溪深而鱼肥；酿泉为酒，泉香而酒洌；山肴野蔌，杂然而前陈者，太守宴也。宴酣之乐，非丝非竹；射者中，弈者胜，觥筹交错，起坐而喧哗者，众宾欢也。苍颜白发，颓然乎其间者，太守醉也。

已而夕阳在山，人影散乱，太守归而宾客从也。树林阴翳，鸣声上下，游人去而禽鸟乐也。然而禽鸟知山林之乐，而不知人之乐，人知从太守游而乐，而不知太守之乐其乐也。醉能同其乐，醒能述以文者，太守也。太守谓谁？庐陵欧阳修也。

《醉翁亭记》是欧阳修写景抒情的名篇。宋仁宗庆历五年（1045），欧阳修因上疏为主张革新的范仲淹辩诬，被贬官到滁州（今安徽滁县）。这篇文章即作于贬居滁州的第二年。欧阳修主张散文要写得言简意深，《醉翁亭记》就是言简意深的典范作品。全文只有四百多字，内容却丰富深厚，创造出一种诗的意境，读后使人受到作者思想感情的强烈感染，得到一种艺术美的享受。

文章的主要内容是写醉翁亭、醉翁亭周围的景色和游乐感受。全文分为四段：第一段写亭的位置、形势和命名由来。第二段写亭周围变幻优美的景色。第三段写游乐与宴饮。第四段抒写太守之乐，并点出《醉翁亭记》的作意。

这是一篇优美的散文诗。突出的特点是借景抒情，融情入景。作者所写的景色，不是简单的堆砌和排列，而是在独特感受的基础上经过精心的选择和提炼，是一种艺术的再创造，带有鲜明的感情色彩。他笔下的滁州景色，乃是作为滁州太守的欧阳修的眼中之景，心中之景，因而景中有情，是主观和客观的充满诗意的融合。他恣意用笔，写山、写水、写亭，但不是目的，目的在写出一个醉翁，并抒发醉翁内心的思想感情。而醉翁之情归结到一个字，就是“乐”——放情山水之乐，欢宴之乐，与民同乐之乐。

文章构思精巧，结构严谨。通篇围绕一个“乐”字，一层接一层，有条不紊，自然流畅，写得从容婉曲，千回百转。开始先从亭所在的山水形势之美，写出“醉翁亭”命名的用意。末尾说：“醉翁之意不在酒，在乎山水之间也。山水之乐，得之心而寓之酒也。”点出一个“乐”字。接下去，第二段就紧承首段写山水之乐。表现醉翁亭周围的优美景色，从朝暮和四时的变幻来写，既生动而又富于特征。然后说：“朝而往，暮而归，四时之景不同，而乐亦无穷也。”又归结到“乐”字上，而感情的抒发已深入了一层。在此基础上，第三段由写景转到写人，写滁州人民的生活情状和醉翁亭中的宴饮。以极精练的笔墨，点染出众多人物的歌呼行止和声容笑貌，在鲜明生动的画面中，充分地传达出滁州人民的游山之乐和太守与众宾的宴酣之乐。这已经扩大了范围，“乐”的内容也变得更加充实和具体。但人民之乐与太守之乐还是分开来写的。而到了最后一段，则景与人，人民之乐与太守之乐，融合到一起，达到了一个新的境界。亭上归来，欢愉无比，从禽鸟之乐、山林之乐、游人之乐，层层递进，最后写出“太守之乐其乐”——与山川自然和人民“同其乐”的中心思想。全篇从头到尾写景，亦从头到尾抒情，情景交融，笔酣墨饱，写得纡徐有致而又畅快淋漓。读者在对醉翁亭周围优美景色的欣赏中，就自然深切地感受到了作者博大的胸怀、闲适的情致和旷达的人生态度。

以上是就全篇文章的整体来说的，就是各段自身的层次思路，也极有讲究。例如第一段。文章的题目是《醉翁亭记》，落笔却很远，经过多层曲折才写到亭上。“环滁皆山也”，在滁州的周围是群山环绕，这是总写滁州形胜，是大景。接下去却如电影摄影师推摇镜头：从“西南诸峰”到“蔚然而深秀”的琅琊山，再到“水声潺潺”

的酿泉，复经“峰回路转”，这才写出“临于泉上”的醉翁亭。由远及近，由大而小，由虚而实，最后推出了一个特写镜头——临泉屹立的醉翁亭，这就显得格外醒目耀眼，给读者留下鲜明深刻的印象。又如第二段重点在写山水之乐，但乐字在这一段的最末一句才出现。朝暮四时，景色各异，是一种动态的景，而非静态的景，跳荡变幻，生气勃勃。写景的字字句句，无一不表现出作者的欢乐情绪，末句明确点出“乐”字，水到渠成，作一收束。

苏洵论欧阳修散文，赞美其“条达疏畅”，“容与闲易，无艰难劳苦之态”（《上欧阳内翰书》）。意思是欧文写得明晰流畅，轻快从容，显得毫不费力的样子。这篇文章正是这样，作者经过精心构思，却出以平易，像是信笔写来，毫不经意，真正做到了意到笔随，自然、轻快、流畅。

这篇文章的语言也很有特色。经作者着意锤炼，写貌传神，十分精练、形象。例如用“翼然”一词来形容醉翁亭，就写出了一种凌空飞动的形势，既生动地表现了亭的客观形象，同时也传达出作者对亭的独特感受。又如第二段写山景朝暮晦明的变化：“日出而林霏开，云归而岩穴暝”——太阳一出，林间的雾气渐渐消散；云烟聚合，山谷就变得昏暗起来。这里用了“出”“开”“归”“暝”四个词，都是表形态或明暗变化的，放到一起，使静境变为动境，传达出一种流动变幻的生气。

文章的另一个显著的艺术特色，历来为人所称道的，就是文中多用判断句。一篇短文，共用了二十一个虚词“也”字，不但没有给人累赘板滞之感，反而显得生动活泼，层次分明。一个“也”字构成一个判断说明，表达一层意思，在相近的语言形式中，表现出内容的差异和变化，造成一种跌宕顿挫、回环往复的韵调，加强了文章的抒情气氛。句式上运骈入散，骈散杂用，既有极整齐的偶句，又有长短不齐、富于变化的散句，读起来音调铿锵，错落有致，兼有整齐与参差之美。《古文观止》的编者评论此文说：“似散非散，似排非排，文家之创调也。”这些特点，都从不同方面显示了这篇散文的艺术特色。

苏轼《教战守策》

夫当今生民之患，果安在哉？在于知安而不知危，能逸而不能劳。此其患不见于今，而将见于他日。今不为之计，其后将有所不可救者。

昔者先王知兵之不可去也，是故天下虽平，不敢忘战。秋冬之隙，致民田猎以讲武。教之以进退坐作之方，使其耳目习于钟鼓、旌旗之间而不乱，使其心志安于斩刈、杀伐之际而不慑。是以虽有盗贼之变，而民不至于惊溃。及至后世，用迂儒之议，以去兵为王者之盛节；天下既定，则卷甲而藏之。数十年之后，甲兵顿弊，而人民日以安于佚乐，卒有盗贼之警，则相与恐惧讹言，不战而走。开元、天宝之际，天下岂不大治？惟其民安于太平之乐，豢于游戏、酒食之间，其刚心勇气，消耗钝眊，痿蹶而不复振。是以区区之禄山一出而乘之，四方之民，兽奔鸟窜，乞为囚虏之不暇，天下分裂，而唐室固以微矣。

盖尝试论之：天下之势譬如一身。王公贵人，所以养其身者，岂不至哉？而其平居常苦于多疾。至于农夫小民，终岁勤苦，而未尝告病。此其故何也？夫风雨、霜露、寒暑之变，此疾之所由生也。农夫小民，盛夏力作，而穷冬暴露，其筋骸之所冲犯，肌肤之所浸渍，轻霜露而狎风雨，是故寒暑不能为之毒。今王公贵人，处于重屋之下，出则乘舆，风则袭裘，雨则御盖。凡所以虑患之具，莫不备至。畏之太甚，而养之太过，小不如意，则寒暑入之矣。是故善养身者，使之能逸而能劳，步趋动作，使其四体狃于寒暑之变；然后可以刚健强力，涉险而不伤。夫民亦然。今者治平之日久，天下之人，骄惰脆弱，如妇人孺子，不出于闺门。论战斗之事，则缩颈而股栗；闻盗贼之名，则掩耳而不愿听。而士大夫亦未尝言兵，以为生事扰民，渐不可长。此不亦畏之太甚而养之太过欤！

且夫天下固有意外之患也。愚者见四方之无事，则以为变故无自而有，此亦不然矣。今国家所以奉西北之虏者，岁以百万计。奉之者有限，而求之者无厌，此其势必至于战。战者，必然之势也。不先于我，则先于彼；不出于西，则出于北。所不可知者，有迟速远近，而要以不能免也。天下苟不免于用兵，而用之不以渐，使民于安乐无事之中，一旦出身而蹈死地，则其为患必有不测。故曰：天下之民，知安而不知危，能逸而不能劳，此臣所谓大患也。

臣欲使士大夫尊尚武勇，讲习兵法；庶人之在官者，教以行阵之节；役民之司盗者，授以击刺之术。每岁终则聚于郡府，如古都试之法，有胜负，有赏罚。而行之既久，则又以军法从事。然议者必以为无故而动民，又挠以军法，则民将不安。而臣以为此所以安民也。天下果未能去兵，则其一旦将以不教之民而驱之战。夫无故而动民，虽有小恐，然孰与夫一旦之危哉？

今天下屯聚之兵，骄豪而多怨，陵压百姓而邀其上者，何故？此其心以为天下之知战者，惟我而已。如使平民皆习于兵，彼知有所敌，则固已破其奸谋，而折其骄气。利害之际，岂不亦甚明欤！

苏轼作为中国文学史上“唐宋八大家”的杰出代表，他在散文创作方面取得了杰出的成就。他的散文，形式体裁多样，史论、政论、书序、题跋、游记、书简、杂记、随笔等，无不具备，同时又表现出丰富多彩的艺术风格。他的政论文，多为针对现实而发，立论精辟，切中时弊，有强烈的战斗性；艺术上汪洋恣肆，说理透辟，有庄子和战国纵横家的论辩特色。《教战守策》是苏轼政论文的代表作之一，既显示了一个政治家审察时势的远见卓识，又表现出一个散文家雄辩服人的说理艺术。

苏轼作文，讲究实用，反对浮词连篇而无补于时事。他赞同他父亲苏洵的主张：文章当“有为而作”，“言必中当世之过”，应该像“五谷必可以疗饥”“药石必可以伐病”那样，对社会有所裨益。这篇《教战守策》就是苏轼针对北宋时期的现实矛盾，为社会“疗饥”“伐病”之作。

这篇文章是苏轼上仁宗皇帝二十五篇时务策中的一篇。当时的苏轼是一个朝气蓬勃的年轻的政治家，他的二十五篇《进策》，是针对时弊提出的一个全面的革新方案和施政纲领，内容涉及到政治、经济、军事等许多方面。这篇《教战守策》主要讲一个战备问题，提倡在承平时期要重视和抓紧教官民讲武，加强军事训练，以应付随时可能发生的不测之变。居安思危，有备无患，这是苏轼对当时的政治形式作了深刻的分析以后提出的一项积极的政治主张，对于北宋时期的社会现实，可说是切中要害。

北宋统治阶级吸取唐末五代藩镇割据、中央削弱以及农民起义的历史教训，采取一种坚决的防范措施和镇压政策。一方面，以文官充任州长官，削弱他们的权限，将财权和军权都集中于中央；同时削弱武将的兵权，加强士兵与将官的更换调动，使“兵无常将，将无常帅”，借以防止兵变。另一方面，为了防范和镇压农民起义，集中兵力对付所谓“内患”，实行“守内虚外”的错误政策。结果造成边防空虚，同时促使农民与地主阶级的矛盾激化，不断出现小规模的农民起义。北宋自建国以来，边境一直不安，受到西夏和辽的威胁。他们经常派使臣向宋王朝勒索财物，而宋朝统治者一直采取软弱退让政策，每年向两国输送大量的银钱绢帛，以求苟安。对于这种形势，苏轼十分不满，他在《进策》总论中有极精当的概括，一针见血地指出：“天下有治平之名，而无治平之实；有可忧之势，而无可忧之形。”意思是说，当时的社会，表面上看起来承平安定，实际上内忧外患，矛盾重重。而苏轼认为特别值得忧虑的，是异族侵扰的严重威胁，他指出：“二虏之大忧未去，而天下之治，终不可为也。”这是针对当时“守内虚外”的错误政策，明确指出在内忧外患中，外患是主要矛盾。《教战守策》这篇文章就是针对当时的这种情况而发，尖锐地批评了北宋王朝软弱苟安和士大夫绝不言兵的危险倾向，并结合北宋与辽、西夏间战争不可避免的形势，阐明了教民讲武的重要意义。

这篇文章旗帜鲜明，立论精辟，条理清晰，逻辑性强。文章的开头虽然只有寥寥几句，在写作上却值得我们注意。第一句就提出文章的中心论点，笼罩全篇：“夫当今生民之患，果安在哉？在于知安而不知危，能逸而不能劳。”简捷，鲜明，开门见山。然后说：“此其患不见于今，而将见于他日。今不为之计，其后将有不可救者。”不仅强调了问题的严重性，提醒读者注意，而且在写作上开启下文，使后面的申说论证承接自然，顺理成章。

文章的主体，包括第二、三、四这三个自然段。承接上文所说祸患“不见于今，而将见于他日”，也就是隐而未显的意思，抉隐发微，说明为什么“知安而不知危，能逸而不能劳”是“生民之大患”的道理。第二段从历史的角度进行分析，以古鉴今，总结历史经验，着重申说“知安而不知危”一面。先提出先王“知兵之不可去”，在和平安定时期没有忘记教民习武，重视军事训练，所以当突然发生“盗贼之变”时，百姓能从容应付，不至于惊溃。然后说后世用迂儒之议“以去兵为王者之盛节”

（认为放弃军备是统治者的最好措施），结果武器被毁坏，人民习于安乐，一旦出现“盗贼之警”，百姓便恐惧惊惶而互相传播谣言，以至于不战而逃。最后举出唐玄宗时期的安禄山之乱猝不及防，致使天下分裂，唐王朝由此衰微的事实，证明上述论断的正确性。这样，便从虚到实、由远及近、有理有据、层次分明地阐明了问题。第三段以日常生活中的养身之道作比喻，以王公贵人生活安逸容易招致疾病，而农夫小民经岁勤苦却身体刚健为例，着重申说“能逸而不能劳”一面。最后归结到社会问题，指出“天下之人骄惰脆弱”和“士大夫未尝言兵”，就好像养身者“畏之太甚而养之太过”，是经不起寒暑侵袭的。第四段分析当时形势，说明战争不可避免，指出人民如果习于安乐而缺少军事训练，丧失警惕，就必然产生不测之患，使国家人民遭受重大损失。他说：“今国家所以奉西北之虏者，岁以百万计。奉之者有限，而求之者无厌，此其势必至于战。”这实际上揭示出，隐伏着的战争危机实由朝廷屈辱苟安的对外政策造成。这个批评相当尖锐，要言不烦，一语中的。这段对于形势的分析，表现了作者强烈的爱国主义思想和政治上的远见卓识，是他写作这篇文章的基本出发点。至此，三段文章，从人们的主观认识到客观的政治形势，步步推进，层层深入，如水到渠成，合乎逻辑地得出结论：“故曰：天下之民，知安而不知危，能逸而不能劳，此臣所谓大患也。”不是夸大其词以耸人听闻，而是一种切合实际的扎扎实实的分析，充满令人信服的逻辑力量。

根据上文所揭示出的矛盾和危险形势，作者在第五自然段提出解决问题的具体措施，就是：在承平时期就抓紧对人民进行军事训练，作好战备。对三种人，提出各不相同的侧重方面：“使士大夫尊尚武勇，讲习兵法；庶人之在官者，教以行阵之节；役民之司盗者，授以击刺之术。”并对具体的步骤和做法，作了说明，设想十分周到。在此基础上又进一步阐明，进行军事训练，表面上看是“无故而动民”，其实使民不习于安乐，正是安民的最好办法。苏轼能从表面上的承平安定中看出潜伏着的战争危险，又敢于提出从困扰劳顿中去求得真正的安宁，这表明他在考察形势、处理问题时有朴素的辩证思想，能透过现象看到本质，眼力确乎过人一等。这是这篇文章认识深刻，说理透辟，能见人之所未见，道人之所未道，具有很强的说服力的根本原因。

文章的结尾指出教战守还能解决另一个社会问题，即可以破除地方驻兵的奸谋和摧折他们的骄气。从表面上看，前面已经将中心论点阐发得十分透彻明白了，加上这一段，似乎是节外生枝，画蛇添足。其实不然，这个问题与上文所论实际上有着紧密的内在联系。“屯聚之兵，骄豪而多怨，凌压百姓而邀其上”，正是百姓不得安宁的一个方面；指出教民习武可以顺带解决这个问题，当然也就成为上文教战守“所以安民”这一论点的一个必要的补充，从而使立论根据更加充分，说服力更强。由此我们也能看出苏轼作文能从实际出发，务求“适于用”，而不“泛滥于词章”的特点。

这篇文章写作上采用设问、驳难、对比等方法。文章的开头，作者先设问：“夫当今生民之患，果安在哉？”再以回答问题的形式，提出自己的论断，这就比直接陈述更能给人一种斩钉截铁、确定无疑之感。第三段论析安逸会使人致病而劳苦反使身体刚健的道理，也是先摆出王公贵人和农夫小民两种截然相反的现象，然后设问：“此其何故也？”以引起下文的分析论证。这样写不仅可以唤起读者的注意，而且可以引人思索，使读者更易于接受自己的观点。第五段，作者故意虚拟一个反对者，以设难的形式将问题引向深入：“然论者必以为无故而动民，又挠以军法，则民将不安。”在辩驳中进一步阐述自己的观点，说明所谓“无故而动民”却正是安民的道理。这样写，避免了说理的平板单直，显得议论风生，跌宕有致。最后一段，先讲屯聚之兵的骄豪多怨，陵下邀上，然后以“何故？”一问提起下文，在解释中自然地从另一个侧面阐明了教民讲武的好处，收到了同样的效果。第二部分采用对比分析的方法十分成功。第二段论“知安而不知危”，引古事论今事，以“昔者”和“后世”作对比。第三段论“能逸而不能劳”，取养身作比方，将王公贵人跟农夫小民作对比。都是正论反论，从两方面进行分析，议论纵横，鞭辟入里。

这篇文章在表达上注意前后呼应，使得脉络分明，结构严谨。第一段末尾说：“今不为之计，其后将有所不可救者。”第五段讲教战守的具体措施，正是作者提出的挽救他日之危的今日之计，可以说是从第一段的这句话生发出来的。前有伏笔，后有呼应，这就使文章内在的逻辑联系更加清晰。第三段的开头说，“天下之势，譬如一身”，一句领起，下文便挥洒笔墨展开关于养身之道的论析；末了用“夫民亦然”一句收住，使文章又回到上文有关社会政治问题上来。一前一后，简短两句话，一领起，一收束，彼呼此应，能放能收，使文章显得奇纵变化而不失于散漫。

苏轼《前赤壁赋》

壬戌之秋，七月既望，苏子与客泛舟游于赤壁之下。清风徐来，水波不兴。举酒属客，诵明月之诗，歌窈窕之章。少焉，月出于东山之上，徘徊于斗牛之间。白露横江，水光接天。纵一苇之所如，凌万顷之茫然。浩浩乎如冯虚御风，而不知其所止；飘飘乎如遗世独立，羽化而登仙。

于是饮酒乐甚，扣舷而歌之。歌曰："桂棹兮兰桨，击空明兮溯流光。渺渺兮余怀，望美人兮天一方。"客有吹洞箫者，倚歌而和之。其声呜呜然，如怨如慕，如泣如诉，余音袅袅，不绝如缕，舞幽壑之潜蛟，泣孤舟之嫠妇。

苏子愀然，正襟危坐，而问客曰："何为其然也？"客曰："月明星稀，乌鹊南飞，此非曹孟德之诗乎？西望夏口，东望武昌，山川相缪，郁乎苍苍，此非孟德之困于周郎者乎？方其破荆州，下江陵，顺流而东也，舳舻千里，旌旗蔽空，酾酒临江，横槊赋诗，固一世之雄也，而今安在哉！况吾与子渔樵于江渚之上，侣鱼虾而友麋鹿，驾一叶之扁舟，举匏尊以相属。寄蜉蝣于天地，渺沧海之一粟。哀吾生之须臾，羡长江之无穷。挟飞仙以遨游，抱明月而长终。知不可乎骤得，托遗响于悲风。"

苏子曰："客亦知夫水与月乎？逝者如斯，而未尝往也；盈虚者如彼，而卒莫消长也。盖将自其变者而观之，则天地曾不能以一瞬；自其不变者而观之，则物与我皆无尽也。而又何羡乎？且夫天地之间，物各有主，苟非吾之所有，虽一毫而莫取。惟江上之清风，与山间之明月，耳得之而为声，目遇之而成色，取之无禁，用之不竭，是造物者之无尽藏也，而吾与子之所共适。"

客喜而笑，洗盏更酌。肴核既尽，杯盘狼藉。相与枕藉乎舟中，不知东方之既白。

宋诗富于理趣，以苏诗为杰出的代表。其实苏轼的创作不只是诗歌富于理趣，他的散文也同样是富于理趣的，著名的《前赤壁赋》就是一篇诗情与哲理融合的优秀散文。

这篇文章写于宋神宗元丰五年（1082）。元丰二年（1079）时，谏官李定、舒亶等人弹劾苏轼写诗文反对新法，苏轼因而被捕入狱，这就是历史上著名的"乌台诗案"（乌台就是御史台，封建时代的监察机关）。被赦出狱以后，贬为黄州（今湖北黄冈市）团练副使，受到监管而不得签书公事。政治上遭受这种严重打击，苏轼的内心自然是十分苦闷的；但他并不消极，而是放情山水，随缘自适，接受佛老思想的影响，在大自然中寻求解脱。他在《初到黄州》一诗中说："自笑平生为口忙，老来事业转荒唐。长江绕郭知鱼美，好竹连山觉笋香。"虽然不无牢骚与自嘲之意，却也表现了他别求寄托，旷达超脱的一面。正是在这种十分苦闷而又努力寻求排解的思想情绪的支配下，苏轼于元丰五年的七月和十月，先后两次游览了黄州赤壁，写下了著名的前后《赤壁赋》和《念奴娇·赤壁怀古》。这篇《前赤壁赋》，生动地描写了他夜游赤壁所见的优美景色，真实而又艺术地反映了他贬官黄州时期的心境和对人生的独特思索。

这是宋代散文赋的代表作。赋是中国古代产生很早的一种文体，兼有诗歌和散文的特点。在汉代是讲究辞采和铺陈的大赋，魏晋时期发展为讲究骈俪对偶、篇幅短小的俳赋，再经过唐代有严格音律限制的律赋，到了宋代，经过欧阳修、苏轼等人的创造，便产生了更便于抒写情怀、描写物象的散文赋。所谓散文赋，就是既保留了传统赋体诗的特质与情韵，在形式上也保留了用韵、句式整齐或主客问答等特点，同时又打破赋在句式、声律、对偶等方面的严格限制，更多地吸收散文的笔调和手法，克服了板滞僵化的弊病，显得自由灵活，生动清新。

《前赤壁赋》是一首诗，一首意境优美的散文诗，一首探索人生哲理的哲理诗。

全文共分为五段。第一段，写苏子与客在一个秋天的晚上夜游赤壁，泛舟江上，江水和月色十分优美，令他们陶醉，竟产生了一种飘飘然变成神仙的感觉。先点出时间："七月既望（旧历十六日）"，地点："游于赤壁之下"。然后写景："清风徐来，水波不兴。"八个字，简淡清疏，写出一种静谧舒畅的艺术意境。下面写月："月出于东山之上，徘徊于斗牛之间。""徘徊"二字，传达出缓缓升起的月亮的动的形态。写江："白露横江，水光接天。"又是八个字，不见着力，就轻松自如地写出了一种寥廓邈远的景象：一片白茫茫的雾气横在长江的水面上，月光和江水融成一片，旷远无际，遥接天边。单是前后这十六个字写出的优美境界，就足以令人陶醉了。其间又穿插了主人公饮酒诵诗的描写，表现出他们自由不拘、闲适超旷的性格与情怀。其实，优美的景色出于诗人的感受，这景色本身就包含了诗人愉悦的心情和闲适的兴致。因此，这段的最后写他们驾着一叶扁舟，自由自在地在茫然无际的江水中随意飘荡，竟然产生一种升空浮游，有如遗世独立、羽化登仙的感觉，我们就完全可以理解了。值得注意的是，这一段写景主要抓住清风、明月、江水这三个方面，不仅准确地概括出这次夜游赤壁具体环境的特点，有力地突出作者的主要感受；而且更重要的是，在文章的艺术构思和结构上有很重要的作用。一方面，这三者成为构成全篇艺术意境的主要物象；另一方面，后文的主客问答，议论人生，这三者又成为取譬的依据，使物我融合，更好地表达出作者的思想感情。表面上看，作者信手拈来，似不经意，实际上是经过选择提炼和精心构思的。

第一段是重点写景，同时景中寓情；第二段则由重点写景转为重点抒情。主人公的感情经历了由乐而悲的变化，是通过主客间饮酒唱歌表现出来的。诗人陶醉于大自然的优美景色之中，心情无比欢愉舒畅，于是情不自禁地一边饮酒，一边歌唱起来。歌词的前半部分是写他感受到的眼前的优美景象：驾着小船，划破明澈澄净的江水，逆流而上，水面上荡漾着闪亮的月光；后半部分则写他邈远的情思：他所思慕怀想的人远在天边，不得相见。这里的“美人”不是指漂亮的女子，而是指自己所倾慕的人物或所追求的理想。这歌词，已在欢愉中透露出一缕隐藏在内心的惆怅的思绪。而客人“倚歌而和”的呜呜咽咽的箫声，则吹出了十分幽怨凄哀的情调。由乐而悲，文章的整个气氛有了很大的变化。这里，作者对箫声的摹写极为出色，比喻联想，接连用了五个“如”字，极尽形容渲染之能事。这声音，好像含着深沉的怨恨，又好像寄托着执著的思慕追求，像是在低声啜泣，又像是在细语轻诉；箫声停了，可是余音不绝，好似轻柔不断的丝缕。经过这一番比喻，本来抽象而难于描绘的声音，便生动形象地表现了出来，使读者有如闻其声的感觉。而作者却意犹未尽，又进一步加以渲染形容，说这幽凄哀婉的箫声，竟然将沉潜在幽壑深水中的蛟龙也激动得腾舞起来，而身处孤舟之中的寡妇，听了更是禁不住动情哭泣。这样，读者不仅好像亲耳听见了这箫声，而且不能不为它所传达的那种悲哀的情绪所感染。感情和气氛由乐而到悲的转变，主要是为引起下文主客问答关于人生的议论。因此，这一段在结构上起到一种过渡的作用。

从第三段开始，进入文章的主体部分，借主客问答的形式，写对人生的思索和感叹。客人从眼前的景象，即明月、江水、山川，联想到曹操的诗，进而联想到历史上著名的赤壁之战。说在黄州赤壁，向西望是夏口（今武昌），向东望是武昌（今黄冈对岸的鄂州），山川环绕，林木苍翠，这不就是三国时期周瑜大破曹操的地方吗？赤壁之战的赤壁究竟在什么地方，史学界有不同的认识，有人认为是在今天湖北省蒲圻县长江南岸，但也有人认为就是苏轼所写的黄州赤壁。不过作者意在借此抒写感慨，不是考订史迹，我们自然也不必拘泥。事实上，作者在《念奴娇·赤壁怀古》中曾经写过："故垒西边，人道是，三国周郎赤壁。""人道是"就是据传说的意思，语气也是并不确定的。客人俯仰古今，由历史人物想到自己，不禁发出深长的感叹。他说，像历史上演出过赤壁之战那样威武雄壮戏剧的曹操、周瑜等英雄人物，都曾经不可一世，而随着历史的发展，都早已风流云散，连一丝陈迹都没有留下，何况像我们这样失意贬官、浪迹江湖、不为人所重的普通人呢？人生是多么的短暂，又是多么的渺小，跟长流不尽的江水和永存不灭的明月比较起来，人生实在是令人悲叹啊！这一段是客人解释上段所描绘的箫声所传达的悲情苦绪的，但它的目的却在引发下面一段对人生哲理的议论。文思如血脉贯通，流畅明晰而又十分紧凑。

第四段是苏子对客的回答，正面表现作者的人生哲学。一方面，紧紧扣住客人"羡长江之无穷"和"抱明月而长终"的话；另一方面，又照应到文章开头的写景，所以就眼前的江水和明月来生发议论，既贴切自然，又十分生动巧妙。他说眼前这不断流逝的江水，滔滔不绝，奔流不息，但永远还是一江的水，它实际上是并没有消失的；那天上的月亮，有时圆，有时缺，但回环往复，既没有增长，也没有减少。因此作者认为，如果从变的一面来观察认识事物，那么即使一般人认为万古不变的天地，在短暂的一瞬间也是在变化着的；而如果从不变的一面来看呢，那么天地万物和我们自己也都是没有穷尽，不会消失的。既然宇宙万物和人生都既是变化的，又是不变的，没有什么根本的区别，那就用不着去羡慕长江的无穷而哀叹人生的短促了。那又应该怎样来度过和消受这人生呢？他又进一步提出，应该到大自然中去，尽情地享受那清风明月之美，因为这是上天的创造和赐予，不是某个人的私产，是每个人都能由耳目所接自由自在地享受的。这里在讲道理，而同时又是写他们夜游赤壁，陶醉于清风、明月、江水的优美景色之中，是人生的一种极大的享受和精神上的寄托。

第五段，写转悲为喜，主客二人开怀畅饮，忘掉了一切忧愁苦闷，兴尽而酣睡，在一种欢畅愉悦的气氛中结束全文。

主客问答只是赋体的一种表现形式，实际上反映的都是苏轼本人的思想。在这里，我们看到封建时代一个有理想抱负的知识分子在政治上遭受打击以后内心的深沉苦闷，以及他努力从这种精神苦闷中解脱出来的思想矛盾及其发展变化过程。作者通过大自然优美景色的描写，通过诗的意境的创造，真实生动地揭示了他自己复杂的精神世界，表达了他对人生的深沉思索。从表面上看，他超然物外，襟怀旷达，是开朗乐观的，但仔细体会就能发现，作者的内心还是充满矛盾和苦闷的。他那种在大自然中尽情享受、寄托人生的想法，只是一种无可奈何的自我排解，这本身就是内心苦闷的一种表现，跟我们今天对生活和前途充满信心和希望的乐观主义并不完全相同。他那种变和不变的观点，看问题不绝对化，不无可取之处，但也不同于我们所说的辩证法，而是老庄主观唯心主义的相对主义哲学观点的表现，它抹煞了物我之间的质的差别。但尽管如此，他在政治上遭受残酷打击以后，身处逆境而不消极颓废，表现出一种豁达开朗、超然物外的精神，在当时的历史条件下也是十分难能可贵的。文章中对江山风物的热情赞美，对历史上英雄人物的倾慕向往，对理想的追求，都透露出作者对生活的热爱，这些都是值得肯定，而在阅读时使我们受到感染的。

在艺术上，这篇赋写景、抒情、议论三者紧密结合，情景交融，情理相生，创造了一种既充满诗情画意、又含寓着人生哲理的独特的艺术境界。江山明月这种客观的物境，与作者充满矛盾而力求排解的主观的心境相融合，而又完全切合于夜游赤壁的特定情景。历来的记游文字，多着重于描写山川自然之美，以写景抒情为主，宋人则多在写景中融入议论，表现自己对社会人生的认识，以王安石、苏轼为最突出。而这篇赋，既出色地描绘了江山明月的优美景色，又深刻地揭示了诗人复杂矛盾的内心世界，又表达了他对宇宙人生的思索，是宋代游记散文中最富于理趣的。

苏轼《记承天寺夜游》

元丰六年十月十二日，夜，解衣欲睡。月色入户，欣然起行。念无与为乐者，遂至承天寺，寻张怀民。怀民亦未寝，相与步于中庭。

庭下如积水空明，水中藻荇交横，盖竹柏影也。何夜无月，何处无竹柏，但少闲人如吾两人者耳。

黄州团练副使苏某书。

这篇文章简短不足百字，却历来脍炙人口，广泛地受到人们的喜爱，堪称古代小品文中的杰作。作者信手写来，不加涂饰，却创造出一种诗一样的艺术境界，表现出作者闲适的心境，超旷的人生态度，极富情致。它能给人以美感，能给人以诗的陶冶，并含有某种人生哲理，既富于艺术感染力，又耐人品味。

这篇文章也作于黄州贬所。此时苏轼已经居黄三年多。不仅身居闲职，而且还受到监管。然而政治上的挫折并没有使他产生消极悲观的情绪。内心虽然苦闷，却善于排解，放情山水，随缘自适，在大自然中去寻求诗情，寻求精神的寄托。他在《前赤壁赋》中曾写道："且夫天地之间，物各有主，苟非吾之所有，虽一毫而莫取。惟江上之清风，与山间之明月，耳得之而为声，目遇之而成色；取之无禁，用之不竭，是造物者之无尽藏也，而吾与子之所共适。"苏轼居黄州，既无政事烦扰，亦无世俗利禄之念的拘牵，非己之物不去追求，却可以从江山风月中去发现大自然之美，去领受诗情和无尽的欢乐。这就是本篇中所谓的"闲人"。这篇文章，就是一篇"闲人"抒写"闲情"之作，写的是"闲人"眼中才能看得出的静谧清幽之景，抒的是"闲人"胸中才有的超逸旷达之情。

承天寺在黄州城南，离临皋亭不远，苏轼常常去那里游憩。但此次夜游赏月，苏轼却有独特的发现。文章起得很平实。先交代时间："元丰六年十月十二日，夜"，正当“解衣欲睡”，却忽见“月色入户”，便“欣然起行”。这“月色”二字，是一篇写景纲领；“欣然”二字，则是一篇抒情主调。使他在“解衣欲睡”之际突然转而不愿睡、不能睡者，是因为这“月色”；使他“欣然”之情动于中而不能自禁者，也是因为这“月色”。这两句便提示了我们：写景将主要是写月景，抒情将主要是抒月下所生的“欣然”之情。“欣然”之情暗含一个“乐”字，可是一转折，却说“念无与为乐者”。这六个字真实地写出了作者当时在黄州的处境和心境：在政治上是孤寂的，在精神情趣上也很难找到同调。从写作上看，这六个字又极自然地将文章引入承天寺，写出张怀民。因为下文所要描绘的月景是在承天寺的庭中所见，而所抒发的感情又是两人在同一境界中所产生的共同的真切感受。他很难找到同调，却终于找到了同调，这便是住在承天寺的张怀民。值得注意的是张怀民的身份和处境都跟苏轼十分相似。他也是被贬官而寓居黄州的，也是一个政治上的失意者，也是一个“闲人”。所以才在“念无与为乐者”的情况下自然地想到了他，并且立即去找他；而对方也“欣然起行”，“相与步于中庭”。这位与作者相伴赏月的独特人物，使我们更能体会到作者通过优美的月景所要传达的那种独特的心境和思想感情。

写景文字是全篇的主体，亦是全篇的精神所在。这篇小品的精妙之处全在此寥寥十八个字：“庭下如积水空明，水中藻荇交横，盖竹柏影也。”以精练之笔，绘形、绘影、绘色，描画出承天寺庭院中优美的月色，表现出浓郁的诗情。其妙处在于：将月色当作水来描写，将月下的竹柏影当作水中的藻荇来描写，前者突出月光的“空明”之色，后者突出树影的“交横”之态。作者虽然用了一个“如”字，却并不是一个简单的比喻，而是写的对一种特定境象的近于错觉的独特感受。唯其近于错觉，反格外显得真切而富于诗情，更能表现出作者的独特感受和独特发现，因而读后能唤起我们近似的生活体验，产生共鸣，进入到作者所创造的艺术境界中去。

末了是两句引人思索的议论：“何夜无月，何处无竹柏，但少闲人如吾两人者耳。”直接道破，似少含蓄，并有蛇足之嫌；但细读则又感到文章因此而意味更深一层，是不可缺少，而且是十分精彩的一笔。这两句话所传达的思想感情是相当复杂的，既有欣喜愉悦，又有落寞孤寂，还透出某种卑视尘俗的矜骄。苏轼在《临皋闲题》中曾说：“江山风月，本无常主，闲者便是主人。”这句话可与前面所引《前赤壁赋》中那段话互参，而两段话又都同时可以作为本文中这两句议论的注脚。从一方面看，苏轼是因为政治上失意，内心孤寂忧愤，才放情于山水，在江山风月中去寻找寄托的；但从另一方面看，大自然的美，江山风月所给予人的无穷愉悦，又不是每个人都能真正体会和领受的。那些斤斤于名利得失、为俗务羁系的人，即使走到令苏轼陶醉的承天寺的庭中月下，他们也一定会一无所见，茫无所得的。在苏轼看来，真正能欣赏江山风月之美，将自己的精神境界融进大自然广袤、渺远、博大世界中去的人，才能真正成为江山风月的主人。“闲者便是主人”，苏轼和张怀民便是“闲者”（在此篇中称为“闲人”），因而他们是江山风月的真正“主人”。在这种时候，在这种境界中，苏轼便自然得到了一种世人很难得到的满足和愉悦。这是处于逆境中的苏轼引以自慰乃至自傲的，也是我们读完此文，在欣赏和分享作者所写的那种清幽空灵的承天寺优美月景的同时，不能不去思索和品味的一种思想和情味。读完这篇小品，我们好像喝了一杯酒，极淡，也极醇。

苏轼《题凤翔东院王画壁》

嘉祐癸卯上元夜，来观王维摩诘笔。时夜已阑，残灯耿然。画僧踽踽欲动，恍然久之。

这是一篇关于王维壁画的题跋。但在内容和写法上，跟一般题跋以记述得画经过或评品艺术为主不同，它是一次艺术欣赏的生动记录，栩栩如生地描绘了艺术欣赏过程中微妙的思维活动，以及由此产生的一种神奇的艺术想象。

艺术欣赏需要特定的时间、特定的环境气氛和欣赏者特定的精神状态，才能进入最佳境界，充分地领受欣赏对象的艺术魅力。苏轼的这则题跋，以他亲身的经历和体验，非常生动地描绘出这一点。他是在上元（阴历正月十五日）之夜特意到凤翔东院去观赏王维壁画的。这说明他的此次观赏是早存心愿的，不是偶然的意外发现，也不是顺便的随意浏览，而是有着艺术欣赏的充分的心理准备。“时夜已阑，残灯耿然”，八字写出欣赏王维画的具体时间、环境和气氛。夜已深，整个世界都沉睡了，周围是一片寂静，没有白天烦喧的干扰，只有欣赏者面对壁画静观默想；再加上灯光微明，在朦胧恍惚中，最易进入一种似虚非虚、似实非实的艺术境界。于是，在欣赏者的眼前，或者准确地说在他的艺术想象之中，一种神奇的景象出现了：“画僧踽踽欲动，恍然久之。”画面上的人物当然是不可能动的，但欣赏者在欣赏过程中，以他积极的思维活动使得已经完成的艺术创作在他的想象中得到了发展和延伸，艺术的幻觉打破了真和非真的界限，画上的人物不仅可能动，而且还可能从画面上走下来，与欣赏者产生精神的交流。当然这都是在一种“恍然”的状态中产生的。我们从苏轼的这段描写中意会到，真正的艺术欣赏在某种意义上也是一种创作活动，没有欣赏者自身艺术想象的参与，艺术品的生命就不可能在欣赏者的眼中和心中复活，欣赏过程就将变成为无意趣的单纯视觉的“参观”。苏轼用十个字写出的这种微妙的思维活动和奇异景象，是极富于启发意义的。你看，出现在苏轼面前的，已不是简单的色彩、线条，也不是由这些色彩、线条勾画出的人物的形貌，而是人物的精神，人物的活的生命。这跃动着生命力、“蹁蹁欲动”的“画僧”，是欣赏者苏轼和画家王维共同创造的。作者以传神之笔所描绘的这次独特的审美体验，包含了对艺术欣赏活动普遍规律的一种概括，这种概括虽不是用理性语言来表述的，但具有一定艺术欣赏实践经验的读者都能领会，而且必定会产生共鸣。

不过又不是人人都能进入这种欣赏境界的。苏轼本人就是一位精通各门艺术（包括绘画）的艺术家。没有他那样的艺术修养和眼光，自然不能进入如此佳妙的艺术欣赏的境界，更不能提升到一种美学的层面，加以极其精练和准确的概括。当然，如果他面对的不是杰出的画家王维的艺术精品，而是凡俗之辈的平庸之作，也绝不可能使即使如苏轼这样的观赏者产生那种人物恍然欲动的艺术感觉。因此，这则题跋虽然意不在评画，实际上已在我们不知不觉中对王维的画作出了崇高的评价。

苏轼《书临皋亭》

东坡居士酒醉饭饱，倚于几上，白云左绕，清江右洄，重门洞开，林峦坌入。当是时，若有思而无所思，以受万物之备。惭愧！惭愧！

临皋亭在黄州（今湖北黄冈市）城南长江边上，苏轼贬官黄州时曾居于此，亭可俯瞰长江，故诗人时时游憩其间，一段时期内在临皋亭赏景竟成了他的精神寄托。在《临皋闲题》一文中他曾说："江山风月，本无常主，闲者便是主人。"这篇小品，以一种充满诗意的笔致，描写了临皋亭周围的风景，并表现了他作为江山风月主人的闲适的情态，闲适的生活风貌和精神风貌。

苏轼谪居黄州，是以团练副使的虚衔受到监管的，他胸有济世之志而无事可做，成了一个真正的"闲人"。他的内心自然是极苦闷的。但因闲而得以从容赏景，自由无拘地领略大自然的风光，这又成了他政治上失意的一种补偿。欣赏自然山水，对他来说不仅仅是一种排解的手段，有时是确确实实地陶醉于其中了，真正成了江山风月的主人。这篇文章，就是写他置身于大自然之中时那种陶醉和愉悦的独特感受。他因仕途坎坷而产生的种种苦闷和不满，似乎都消融在这种陶醉和愉悦之中了。

"酒醉饭饱，倚于几上"，这是写他闲散的生活情态。一个政治上失意、百无聊赖的"闲人"形象跃然纸上。语间隐含着牢骚。但当他置身临皋亭上，处于大自然优美景色的环绕之中时，他的精神便从失意和苦闷中得到了解脱，进入到一种那些为官事和世务牵累的人们所无法进入的美的境界，得到一种精神上的享受和陶冶。他站在临皋亭上，左边有白云缭绕，右边有清江洄流，重门豁然开朗，葱郁青翠的树木和山峦尽收眼底（"坌"是聚集的意思，"坌入"即一起涌入）。这时，作者的精神得到了升华，不仅世俗生活中的一切忧烦、苦闷都顿时消解，甚至仿佛连自身也融入到大自然之中了。在此情景之中，他感到自己是真正拥有并享受到大自然所赐予的一切，也就是文中所说的“受万物之备”。为了接受大自然“万物之备”的慷慨赐予，或者说在接受这种赐予的过程中，作者是一种什么样的精神状态呢？是“若有思而无所思”，即似有所想（包括忧乐等一切感受在内）而实无所想。人世间升沉、穷达等种种得失之虑都没有了，人的灵魂便在这种大自然的妙境中得到净化，似乎连思维活动都停止了。精神上这种“无所思”的虚空状态，恰恰是一种冲破了尘俗之念以后才能获得的安详和充实。于是他感到，他贬官到黄州，能够得闲——闲暇、闲心、闲情，在临皋亭坐观风景，所失是太少太少，而所得是太多太多。因而情不自禁地连连呼出：“惭愧！惭愧！”以此收束全文，真是出人意表。这日常生活中常用的一个普通词语的重叠，真实而又微妙地传达出他在欣赏大自然时精神上所得到的快意和满足。

没有苏轼那样的生活境遇和艺术眼光，自然不会有像他那样的独特感受。但这种感受是一种高级的精神活动，是十分微妙而难于把握，更难于传写的。作者却以极精练又极通俗的语言，将这种感受描写得精微深细，出神入化，不能不令人惊叹于他的散文艺术已达到了炉火纯青的境地。

苏轼《陈氏草堂》

慈湖陈氏草堂，瀑流出两山间，落于堂后，如悬布崩雪，如风中絮，如群鹤舞。参寥子问主人乞此地养老，主人许之。东坡居士投名作供养主，龙邱子欲作库头。参寥不纳，云：“待汝一口吸尽此水，令汝作。”

苏轼许多精妙的写景小品，都表现出以简驭繁、以少胜多的艺术特色。往往通过巧妙的艺术构思和精当的联想，在尺幅之中就展现出广阔的空间和无尽的意蕴。

本篇写陈氏草堂居处之美，以不足百字的短小篇幅，创造出一种颇具艺术魅力的诗的境界。写陈氏草堂之美，却不从草堂本身着笔，既不写它简朴的构建风貌，也不写它室内素淡的陈设，而仅仅写其环境的幽奇。写环境又不是上下左右四周俱到，而只写“落于堂后”的流瀑。这是一种略去主体而只勾画背景的写法。背景的优美充分地展现出来了，主体镶嵌其间，虽未着一笔，其风致亦自在读者的想象之中。

本文写景重点只在写瀑流。写瀑流，也不是采用具体直观的铺张详尽的刻绘，而是以极简约的手法，去启发读者的想象。他以寥寥十三字，连用四个比喻，就生动地描绘出这流瀑优美独特的风貌。“悬布”状其垂挂之形，“崩雪”写其飞泻之状，“风中絮”传其飘忽之神，“群鹤舞”则赞其柔美之姿。作者调动了读者有关的生活体验，这流瀑便仿佛呈现在我们的眼前。看它从高处飞泻而下，渐低渐薄，渐薄渐细，渐细渐柔，飞动之中展现出一种别具情韵的轻柔缥缈的风姿。这流瀑不仅有形有色，而且还有神气有生命。四个妙喻，这流瀑便活在我们心中了，抹不掉，也不会跟其他的瀑布相混。实在不能不惊佩于作者的那支传神之笔。

然而写景还不是目的，目的还在写人，写相关人物的性格和精神风貌。主人为何许人作者没有说，只写“参寥子问主人乞此地养老，主人许之”。如此优美的居处朋友乞居以养老（并非短住一时），竟毫不犹豫慨然许之，主人之襟怀于此可见。那高洁飞动的流瀑正好与他的精神相契，宜乎其为草堂主人也。诗僧参寥子一见此幽清之境，便乞以终老，那样倾心，又那样率直。选择这么一处远离尘俗又充满诗意的草堂作为自己生命的归宿，这和尚清逸绝俗的情怀也就不难想象了。接下去又以充满谐趣的语言带出两位同具标格的人物，一个是号东坡居士的作者本人，另一个是号龙邱子（此名号便见飘逸之风，仙道之气）的他们共同的朋友。一个要“投名作供养主”，一个“欲作库头”，名目因由虽有异而情趣目的却相同，都深心爱好这清幽之境，都想分沾一点这诗境的灵秀。于是，三个人的精神气质，在充满坦诚谐趣的气氛中，便活脱脱地呈现出来。三个人的心灵是相契相通的，与主人和他所拥有的这流瀑和草堂，在精神气质上也是相契相通的。

更富于机趣的是文章的结尾。与主人的慷慨大度不同，先占一步的参寥子对后来者的请求却是“不纳”。还说：“待汝一口吸尽此水，令汝作。”这流瀑一口如何能吸尽？吸尽了此水又哪里还有如此幽奇而充满诗意的妙境？

苏轼《游沙湖》

黄州东南三十里为沙湖，亦曰螺师店。予买田其间，因往相田得疾。闻麻桥人庞安常善医而聋，遂往求疗。安常虽聋，而颖悟绝人，以纸画字，书不数字，辄深了人意。余戏之曰："余以手为口，君以眼为耳，皆一时异人也。"

疾愈，与之同游清泉寺。寺在蕲水郭门外二里许。有王逸少洗笔泉，水极甘，下临兰溪，溪水西流。余作歌云：

山下兰芽短浸溪，松间沙路净无泥，萧萧暮雨子规啼。

谁道人生无再少？君看流水尚能西。休将白发唱黄鸡！

这篇短文选自苏轼的笔记文集《东坡志林》卷一。笔记之文信手而作，直抒胸臆，最能见作者之真性情、真面目，最能得自然之趣，而毫无刻意为文的矫饰之弊。

文章作于宋神宗元丰五年（1082）三月，时作者已贬官黄州（今湖北黄冈市）两年，政治上失意，境遇很不好。但文中却一点见不出感伤消极的情绪，相反却充满一种旷达乐观的精神。题目是《游沙湖》（一作《游兰溪》），看似纪游写景之作，实际作者的重点不在写景，而在抒情。他抒发的是一种欢乐的感情，表现的是一种高洁的生活情趣，一种旷达开朗的人生态度。这种感情和思想，渗透在全篇文章的字里行间，更集中地表现在篇末所录的那首《浣溪沙》词里。

虽是率意而作，在构思上却很有讲究。这篇文章的格局很特殊，前半为文，后半为词，文和词不可分割，构成了一个有机的艺术整体。去掉词，文章的内容和结构都不完整；而没有前面的文，则词中所表现的思想感情便不能充分地被读者理解。文主要是叙事、写景，但其中蕴蓄着感情，而且暗示出作者思想感情发展的脉络；词主要是抒情、言志，但不仅没有脱离前面的叙事、写景，而正是前面叙事、写景发展的结果，同时还补足了文中尚未写出的对兰溪景色的具体描绘。因此文与词浑然一体，既不可将篇末的词仅仅看做附录，也不可将前面的文简单地视作有关这首词的本事和背景，文与词相生相发，相互映照，相得益彰。

文章很短，读来却无迫促之感。作者从容运笔，徐徐道来，叙事写景，极有层次。他先交代沙湖地理位置在“黄州东南三十里”，这就自然地引出“买田其间”之事，叙述游沙湖的缘由。但他并未简单地写因买田就顺便去游赏了沙湖，而是用纡徐婉曲的笔致，写“因往相田得疾”而引出一个人物——耳聋而善医的庞安常。写这个人物又不是简单地为了拉来一个伴侣以增添游沙湖的兴致，而是为了表现庞安常，进而也表现自己那种不同凡俗的情志和品格。庞安常乃是一个“异人”，其“异”不仅在医术的高明，也不仅在他的失聪，而在他的“颖悟绝人”。作者以三句话十三个字来具体描写他的“颖悟”：“以纸画字，书不数字，辄深了人意。”“了”前着一“深”字，就暗示了所谓“人意”绝非单指日常生活的内容，而且还包括了更高层次的诸如生活情趣、人生追求一类用语言也难于表达、难于领会的意思在内。这三句话，非常生动地概括了作者同他交往中那种心心相印、情志投合的精神交流。这才有作者的那段意味深永的戏言：“余以手为口，君以眼为耳，皆一时异人也。”显而易见，没有志趣的相合，没有心灵的沟通，单是以手眼代口耳，是不能并称为“一时异人”的。读到此，我们才惊异地发现，原来作者并不是一般地交代他游沙湖的缘由，而是借庞安常以抒写自己的情志，含蓄地表现自己不同流俗的襟怀和标格。这样两位独具“颖悟”的“异人”，相携同游沙湖，他们必将有非同寻常的发现和领悟的吧？于是，“疾愈，与之同游清泉寺”。文章在充分地作了思想感情上的铺垫以后，便自然地转入了写景。可以毫不夸张地说，没有这一段游湖缘由的“交代”，便不会有下文对沙湖景色的出色描写，也不会有那首气格高朗的《浣溪沙》词。

可是写景仅寥寥四句，十分精练。只选取两种景物来写，都跟清泉寺所在的水有关。一是“王逸少洗笔泉”。王逸少即东晋大书法家王羲之，特意拈出此泉来写显然寄寓了作者对这位先辈大书法家的崇敬与景仰。因而那个“水极甘”的“甘”字，就不完全是普通的味觉描写，还含蕴着一种更深一层的文化意义。二是兰溪。但作者与众不同，一没有写溪边的草木，二没有写溪水的清澈，而是平实地说一句：“溪水西流。”溪水的流向是一般游人所不经意的，可作者却有独特的发现，这是只有“颖悟绝人”的“异人”用超凡脱俗的眼光才能有的发现，其中包含着深刻的人生感悟。由于这一感悟，才产生下边的那首《浣溪沙》词。

词分上下两片。上片写景，下片抒情。写景部分是散文的延伸和补充。散文中的写景十分概括，带有提示的性质，具体的景象留待词里来描绘。作者抓住特点，以精练的语言，形象鲜明地描绘出了春天兰溪的自然景色：溪边的兰花刚冒出短短的嫩芽，松间的沙路洁净无泥，萧萧暮雨中杜鹃在不停地鸣叫。置身于这样一种明净、美好、生意盎然的境界中，自然会产生一种欣喜、开朗、积极向上的思想感情，似乎人的心灵也得到溪水和暮雨的冲洗、滋润而变得纯净高洁了。于是，作者便于下片情不自禁地发出有关人生哲理的议论：溪水可以西流，人生为什么就不能再有一次年少呢？以反诘语气提出问题，结论却十分肯定明确。唐代诗人白居易《醉歌》云："谁道使君不解歌，听唱黄鸡与白日。黄鸡催晓丑时鸣，白日催年酉前没。腰间红绶系未稳，镜里朱颜看已失。"这是慨叹朱颜易失、青春难再的。苏轼却反其意而用之，意思是：不要为黄鸡唱晚、白发惊秋而忧伤，人生既然像兰溪西流那样可以恢复青春，还有什么可悲叹的呢？作此文时作者已四十七岁，境遇又非常不好，却能有如此乐观开朗的人生态度，实在是难能可贵的。当然实际上人老是不会再年少的，这只是苏轼的一种自励和自慰，从作者超旷的人生态度背后，我们不难体会出他内心深处仍隐藏着失意和痛苦。

这篇短文融叙事、写景、抒情、议论于一炉，有记有歌，格调高朗，在诗情画意中不仅使读者获得美的享受，还能得到积极的人生启示。

苏轼《游白水书付过》

绍圣元年十月十二日，与幼子过游白水佛迹院。浴于汤池，热甚，其源殆可熟物。循山而东，少北，有悬水百仞。山八九折，折处辄为潭，深者缒石五丈，不得其所止。雪溅雷怒，可喜可畏。水崖有巨人迹数十，所谓佛迹也。

暮归倒行，观山烧火，甚俯仰，度数谷。至江，山月出，击汰中流，掬弄珠璧。

到家二鼓，复与过饮酒，食余甘煮菜。顾影颓然，不复甚寐，书以付过。东坡翁。

这篇短文是作者绍圣元年（1094）十月十二日游白水后写的一篇游记。当时作者远贬到惠州（今广东惠阳），年五十九岁。虽已年迈，却是游兴甚浓。这种浓烈的兴致表现在整个出行过程中，充满字里行间，表现了作者对大自然和对生活的热爱。

白水乃山名，在今广东省增城市东。因山中多水，悬瀑如白练而得名。作者写了同幼子苏过在白水一天的游历，如果拉杂写来，所见必录，上千字也未必能将白水的优美景色和独特风貌表现出来。文章虽是游山当夜酒后乘兴而作，却经过精心的提炼，仅仅百余字，便将白水景色描绘得栩栩如生，同时又将作者的情趣传达给读者，使文章情景交融，充满诗情画意。

文章自然流畅，层次井然，同时又重点突出，详略得当。作者顺着时间顺序和游历的路线来叙写，却抓住白水景色的特点，选择几处感受最深的景观来描写。山以水名，泉水和瀑布自然是最显著的特色。

首写温泉："浴于汤池，热甚，其源殆可熟物。"因为是就浴其中，故只突出切身感受写一个"热"字，对水色环境的清幽未置一词。这还不是白水山中最美的去处，所以淡淡两笔，写得既简且平。

次写悬瀑和深潭。这才是白水山中的奇观，是作者用笔最多的描写重点。循着曲折的山路，向东而少北，这奇观便展现在我们的面前："悬水百仞"，极言其高，但写得很概括，我们难于想象出瀑布的具体形象。作者别具慧眼，他看出白水瀑布最奇妙之处并不在它的高悬峰顶，飞流而下，而在由山势的奇峭形成的瀑布的曲折与层次。因此不惜笔墨，着意描写这曲折："山八九折，折处辄为潭，深者缒石五丈，不得其所止。"由于山势的曲折，一道高悬百仞的瀑布便被分割成了几层，由上而下，一折一层，一层一潭，潭各一瀑，瀑瀑相连，浑然一体，蔚为大观。作者特意加一句强调潭深，因为潭深则水盛，水盛则凌空下注时不减飞流直泻的力量。这样就既写出了白水悬瀑的幽曲变化，又传达出山中瀑布那种磅礴的气势。故下文用八个字写游者的主观感受，加以总束："雪溅雷怒，可喜可畏。""雪溅"绘其形色，"雷怒"传其声威，读之如目见耳闻，身临其境，使读者真切地感受到这层层悬瀑、百仞飞流的优美壮观和动人心魄的力量与气势，从而跟作者"可喜可畏"的主观感受产生共鸣。

复次写水崖上的佛迹。因为此行是游佛迹院，写到佛迹自是理中应有之笔；但更重要的，是巨大的佛迹印在水边峭立的山崖之上，与百仞悬水相映，增添了一种神秘奇异色彩，使白水风光更显得气象不凡。

游白水佛迹，到此本已写完，但作者并未就此结束全文，而是以极大的兴致，继续写他暮归途中的所见、所历：一是观山烧火，二是月下江中行船。暮色中山行，观山烧火，行进中视角不断变化，时仰时俯，时高时低，呈现为一种游动的景象，十分壮观。月下赏玩江景，却又是另一番景象。清澈的江水在月下显得更加明洁清幽，这种境界，远观已足以令人陶醉，而作者却是身置其间："击汰中流"（在江心水波中划船），亲自与月下之水和水中之月相嬉戏。他以"珠璧"二字为喻，写他对江水和明月的感受，十分真切。因掬弄而溅起的江中滴滴水珠，晶莹洁白，像一颗颗闪亮的珍珠，轻轻地从手边滑过；朦胧中，又见水中倒映的月影，好像是一块圆形的璧玉，静静地沉入江中。这境界是如此清纯、明净、优美，置身其间，尘世的一切烦嚣和忧愁都可以完全忘却了。作者没有一个字直接写到他观景时的内心感受，但他欢愉的心情从所描绘的优美景色中自然地流露了出来。

白水佛迹，景观虽然优美奇异，但不论什么时候来，也不论是谁来，一般都是能领略得到的。但山火、江月，就不是什么时候都有，即使碰巧出现，也不是什么人都能发现和领略到其中的境界和意趣的。这段看似题外之笔，写出了作者此次游历意外的独特感受，为这篇游记平添了一种特异的风采。

末段写归家的情景，亦非蛇足。作者此次游佛迹白水，饱览了大自然的各种奇观，所得颇丰，心情十分兴奋。归家后虽已二鼓，却仍意兴盎然，毫无倦意，于是取酒与其子对饮。饮酒不寐，欢愉无比，作者的这种心情意绪感染着我们，除了让我们也分享他的欢乐，同时又十分自然地引导我们去回味前面的写景文字，进一步去咀嚼和领会他对自然美的独特发现和对艺术美的独特创造。“食余甘煮菜”，表现了作者生活的清淡简朴；“顾影颓然”，表现了作者放情山水、饮酒自娱、不拘形迹的恬淡情怀。也许正因为作者是一个政治上失意、生活上闲散的人，他才会对白水佛迹的胜景有如此浓烈的兴致，对山水江月的境界有如此独特的感受的吧？

大自然中原本蕴含着诗意，但并不是每一个人都能够发现、把握并表现出这种诗意的。缺乏艺术敏感的人，心中没有诗意的人，是不会欣赏自然美，更不会将自然美提炼、创造为更高的艺术美的。山水游记中的诗情画意，乃是作家艺术创造的产物。读苏轼精练优美的山水游记小品，在诗情画意的陶冶中，可以培养我们观赏大自然，并进一步去掘发和提炼大自然诗意的一双艺术慧眼。

苏辙《黄州快哉亭记》

江出西陵，始得平地。其流奔放肆大，南合沅湘，北合汉沔，其势益张。至于赤壁之下，波流浸灌，与海相若。清河张君梦得，谪居齐安，即其庐之西南为亭，以览观江流之胜，而余兄子瞻名之曰“快哉”。

盖亭之所见，南北百里，东西一舍。涛澜汹涌，风云开阖。昼则舟楫出没于其前，夜则鱼龙悲啸于其下。变化倏忽，动心骇目，不可久视。今乃得玩之几席之上，举目而足。

西望武昌诸山，冈陵起伏，草木行列，烟消日出，渔夫樵父之舍，皆可指数：此其所以为“快哉”者也。至于长洲之滨，故城之墟，曹孟德、孙仲谋之所睥睨，周瑜、陆逊之所骋骛，其流风遗迹，亦足以称快世俗。

昔楚襄王从宋玉、景差于兰台之宫，有风飒然至者，王披襟当之曰：“快哉此风！寡人所与庶人共者耶？”宋玉曰：“此独大王之雄风耳，庶人安得共之？”玉之言，盖有讽焉。夫风无雄雌之异，而人有遇不遇之变；楚王之所以为乐，与庶人之所以为忧，此则人之变也，而风何与焉？士生于世，使其中不自得，将何往而非病；使其中坦然，不以物伤性，将何适而非快？今张君不以谪为患，窃会计之余功，而自放山水之间，此其中宜有以过人者。将蓬户瓮牖，无所不快；而况乎濯长江之清流，揖西山之白云，穷耳目之胜以自适也哉？不然，连山绝壑，长林古木，振之以清风，照之以明月，此皆骚人思士之所以悲伤憔悴而不能胜者，乌睹其为快也哉！

元丰六年十一月朔日，赵郡苏辙记。

这篇文章写于宋神宗元丰六年（1083）。这个时间，对于理解文章超拔旷达的立意和清健雄放的风格，都很有意义。其时，作者正贬官筠州（今江西高安县）监盐酒税，其兄苏轼（子瞻）戴罪以团练副使的虚衔谪居黄州（今湖北黄冈市），兄弟二人的朋友张梦得（字怀民）亦谪居黄州，住在承天寺。从苏轼的《记承天寺夜游》一文可知，苏轼在黄州同他过从甚密，胸怀情趣都极相投。三人同遭贬谪，人生失意，处于逆境之中。然而，张梦得建亭，苏轼为之命名，苏辙为之作记，都着意于“快哉”二字，声气情志，息息相通，都表现了一种超然放达的情怀。单是这一点，这篇文章的意趣就是很值得玩味的。以大不快之人，建可览江山之胜、快眼快心之亭，起“快哉”之名，作大快意之文，读来确乎使人产生一种神旺气清、痛快淋漓之感。

由于作者胸怀坦荡，一下笔便有一种超拔之气扑面而来。写亭，从大处着笔，文思开阔，气象宏大。亭建在江边，先不写亭而写江。看那长江以奔腾之势流出三峡，直泻辽阔的平原，又先后同沅、湘、汉、沔四水汇合，浩浩荡荡，一直奔流到黄州的赤壁之下。波涛汹涌，水势浩淼，其声威气象，有若大海。开头以写景入题，用笔奇纵纡徐，奔放中又见含蓄。“快哉”二字不待点出，便已隐然呈现于“奔放肆大”的长江景象之中。接着交代张梦得建亭，子瞻命名“快哉”，便是意中之事，水到渠成之文。“以览观江流之胜”七字，总写建亭和命名“快哉”的缘由；同时又引发下文，为后面具体描写亭上观览之所见、所感，乃至末段有关忧与乐、快与不快的议论张本。由大而小，由远而近，由江而亭，由具体的景象再生发出理性的议论，或隐或显，始终以“快哉”二字贯穿其间，文章的思路和脉络十分清晰。

第二段承首段之义，写亭上之所见和所感，具体深入地写出亭以“快哉”为名的含意。又分作两层写。先写在亭上举目之所见，次写由眼前景引起的对历史的怀想和追思。写所见，以铺张的笔势，展现出丰富多彩、曲折变化的景象。“南北百里，东西一舍（古以三十里为一舍）。”视界开阔，见出快哉亭之高，更见出作者胸襟之坦荡和眼光之高远。接下去写出的具体景象，便是有如此胸襟和眼光的作者的心中之景，眼中之景。“波澜汹涌，风云开阖”，仍然扣住长江来写，很概括，却能让人感受到那奔腾的气势和生命的活力。写登亭见闻，昼夜又有所不同。白天是“舟楫出没于其前”，从视觉着笔；夜晚是“鱼龙悲啸于其下”，从听觉着笔。明暝中各有不同的情景，均极真切。“舟楫出没”见其浪高，“鱼龙悲啸”见其水寒，所闻所见都给人以惊险和凄怆之感。故而作者说：“变化倏忽，动心骇目，不可久视。”读到这里，如身历其境，却不禁产生这样的疑问：如此惊心骇目，何得而言“快哉”？但“不以物伤性”正是作者要阐发的一种思想；同一个地方，由于作者心境情绪的不同，又可以看出另一番景象。以“今”字领起，笔墨一转，作者又写出坐在快哉亭上，得几席之安，优游闲豫，尽情赏玩时，举目所见，又无不令人心旷神怡：向西看，与黄州隔江相对的武昌（指今湖北鄂州一带）诸山，层层叠叠，起伏不平，排排林木，茂密青葱；晨雾消散，早晨的阳光照射在大地上，江边山下，星星点点，渔夫樵父的屋舍清晰地呈现在眼前。这赏心悦目的景象，读来令读者精神为之一振。作者于是总束一句，点出亭之取意：“此其所以为‘快哉’者也。”文章用笔挥洒，有开有阖，却始终扣住“亭”（所有景象皆亭上所见），扣住“快哉”（惊忧只是陪衬，是宾；“快哉”才是主），不离题旨。

但作者并未就此停止，他又翻进一层，宕开一笔，由近及远，由今及古，由实而虚，从眼前所见联想到历史，追怀同长江和黄州有关的风云人物曹操、孙权、周瑜、陆逊等，他们曾在这一带征战驰骋，叱咤风云。其“流风遗迹”宛然尚在，使人想象出他们当年的雄才大略和豪情壮志，这不能不使人受到更大的鼓舞。于是作者更从个人所感扩大开去，说其情其景“亦足以称快世俗”。仍然扣住“快哉”二字写，意义却开掘得更深，范围也更加扩大了。到此，才算把“快哉亭”的含意充分地表现了出来。

这段文章就“快哉”二字发挥，有景有情，若即若离，写得很曲折，很深透，很完足，层次分明而又富于婉曲的情致。由“动心骇目，不可久视”到“举目而足”，“称快世俗”，其间不论景象、感情、气氛，都经历了一层转折：由惊惧而安详，由凄哀而喜悦，由沉重而轻快。这样，既写出“快哉亭”的含意，又为下文即将展开的有关人生态度的议论作了很好的铺垫。

宋人喜欢在写山水亭台的游记散文中言理，在记叙描写中穿插进议论，使文章景、情、理相结合，别具风貌，富于理趣。这篇文章也表现出这样的特色。

第三段文章，在第二段写景的基础上，进一步就“快哉”二字发挥，通过议论，着重阐发一种人生哲理。但在写法上又出人意外，撇开上文反复点示的亭不写，却从天外落笔，远追到战国时代楚襄王同宋玉的一次对话。然而似远而实近，笔墨看似大开大阖，实际仍然紧紧切着亭，切着“快哉”，切着题旨。一则是由襄王“快哉此风”的感叹，自然地交代“快哉”二字原本所来有自，出于楚辞。再则，更重要的是由襄王同宋玉的对话，从人之“遇”与“不遇”同忧与乐的关系，引入命题，展开议论。整个议论分作数层，层层递进，一层比一层深入。第一层，是说人的境遇与心情会决定对同一自然物的不同感受。风原是没有雌雄之分的，而人对风的感受却有“忧”与“乐”的不同。原因就在于他们的地位与遭遇有别。第二层，是说人因触物而生的忧乐感情，不是不可以改变的，关键在于能否做到心中“自得”“坦然”。如果做到了心中“自得”“坦然”，就会“不以物伤性”，即不为外物（包括穷通、沉浮、得失等人生境遇）所牵累和损害，便会无往而不快，无所在而不乐。这一层又从正反两方面论说，“使其中不自得，将何往而非病”同“使其中坦然”，“将何适而非快”构成对比，由反入正，得出结论，更显得剀切鲜明。第三层，与文章开头遥相呼应，由张梦得“不以谪为患”，在黄州建亭的坦荡胸怀，肯定和赞美一种不以个人得失为念，放情山水的旷达的人生态度。这就归结到“快哉亭”上，鲜明有力地揭出题旨。在这一层中，又有两层意思递进发展。先说张君心中“宜有以过人者”，即使“蓬户瓮牖”，生活清苦，也“无所不快”；接着以“而况乎”领起，又翻进一层，扣住“快哉亭”发挥，能在此胜景之中，“濯长江之清流，揖西山之白云，穷耳目之胜以自适”，那简直是人生的最大乐事了。从正面说尚嫌不足以申其意，“不然”一转，又从反面加以申说；要是心中不“自得”、不“坦然”呢？那就不论多么爽心悦目诸如长林、古木、清风、明月一类的景物，也只能使那些“骚人思士”感到悲伤，变得憔悴而不能自胜了。这样，经过层层递进和正反两方面的论说，就从耳目所接产生的愉悦，上升到一种人生态度，将“快哉”二字的含义阐发得淋漓尽致了。

通观全文，有生动的景色描绘，有透辟的说理议论，同时又带有浓厚的抒情色彩。以写景始，带出张梦得被谪黄州临江建亭事；以议论终，再回到亭上，写张梦得被谪而能放情山水以自适，赞美其坦荡的胸怀和超旷的人生态度。首尾呼应，脉络贯通，构思细密，结构严谨。中间写景、抒情、议论，笔势铺陈，奇纵莫测，曲折婉转，开阖有致。作者赞美的是张梦得，抒发的却是自己的人生感受和思想感情。我们在受到作者乐观情绪感染的同时，却又不难于在字里行间见出隐含其间的抑郁不平之气。

麻革《游龙山记》

余生中条、王官、五老之下，长侍先人，西观太华，迤逦东游洛。因避地家焉。如女儿、乌权、白马诸峰，因已厌登，饱经穷极幽深矣。

革代以来，自雁门逾代岭之北，风壤陡异，多山而阻，色往往如死灰，凡草木亦无粹容。尝切慨叹山南北之分，何限此一岭，地脉遽断，绝不相属如是耶？

越既留滞居延，吾友浑源刘京叔尝以诗来，盛称其乡泉石林麓之胜。浑源实居代北，余始而疑之。虽然，吾友著书立言蕲信于天下后世者，必非夸言之也。独恨未尝一游焉。

今年夏，因赴试武川，归，道浑水，修谒于玉峰先生魏公。公野服萧然，见余于前轩，语未周浃，骤及是邦诸山："若南山，若柏山，业已游矣。惟龙山为绝胜，姑缺，兹以须诸文士同之。子幸来，殊可喜。"乃选日为具，拉诸宾友，骑自治城西南行十余里，抵山下。

山无麓，乍入谷，未有奇。沿溪曲折行数里，草木渐秀润，山竦出，崭然露芒角。水声铿然鸣两峰间，心始异之。又盘山行十许里，四山忽合，若拱而揖，环而卫者，嘉木奇卉被之，葱茜秾郁。风自木杪起，纷披震荡，山与木若相顾而坠者，使人神骇目眩。

又行数里，得泉之泓澄渟滀者焉。泆出石罅，激而为迅流者。阴木荫其颠，幽草缭其趾。宾欲休，咸曰："莫此地为宜。"即下马，披草踞石列坐。诸生瀹觞以进。酒数行，客有指其西大石曰："此可识。"因命余。余乃援笔，书凡游者名氏及游之岁月而去。

又行十许里，大抵一峰一盘，一溪一曲，山势益奇峭，树林益多，杉桧栝柏，而无他凡木也。溪花种种，金间玉错，芳香入鼻，幽远可爱；木萝松鬣，罥人衣袖。又萦纡行数里，得冈之高，遽陟而上，马力殆不能胜。行茂林下。

又五里，两岭若歧，中得浮屠氏之居曰大云寺。有僧数辈来迎，延入，馆于寺之东轩。林峦树石，栉比楯立，皆在几席之下。憩过午，谒主僧英公，相与步西岭，过文殊岩。岩前长杉数本挺立，有磴悬焉。下瞰无底之壑，危峰怪石，巑岏巧斗，试一临之，毛骨森竖。南望五台诸峰，若相联络无间断。西北而望，峰豁而川明，村墟井邑，隐若微茫，如弈局然。徜徉者久之。夤缘入西方丈，观故侯同知运使雷君诗石及京叔诸人留题。回，乃经北岭，登萱草坡，盖龙山绝顶也。岭势峻绝，无路可跻，步草而往，深弱且滑甚。攀条扪萝，疲极，乃得登。四望群木皆翠杉苍桧，凌云千尺，与山无穷，此龙山胜概之大全也。

降，乃复坐文殊岩下，置酒小酌。日既入，轻烟浮云，与暝色会。少焉，月出，寒阴微明，茇布石上。松声翛然自万壑来。客皆悚视寂听，觉境愈清，思愈远。已而相与言曰："世其有乐乎此者欤！"酒醺，谈辩蜂起，各主其家山为胜，如郭主太华，刘主兹，余主王官、五老，更嘲迭难不少屈。玉峰坐上坐，亦怡然一笑。《诗》所谓"善戏谑兮，不为虐兮"，政如是也。至二鼓，乃归，卧东轩。

明旦复来，各有诗识于石。迨午，饭主僧丈室。已，乃循岭而东。径甚微，木甚茂密，仅可通马行。

又五里，至玉泉寺。山势渐颇隘，树木渐稀阔，顾非龙山比。寺西，峰曰望景台，险甚。主僧导客以登，历嵚崟，坐盘石，其旁诸峰罗列，或偃或立，或将仆坠，或属而合，或离而分，贾奇献异，不一状。北望川口，最宽舒。金城原野，分画条列，历历可数。桑干一水，纡绕如玦，观览旷达，此玉泉胜处也。

从此归，路崄不可骑，皆步而下。重溪峻岭，愈出愈奇。抵暮，乃得平地，宿李氏山家。卧念兹游之富，与夫昔所经见，而不能寐。若太华之雄尊，五老之巧秀，女儿之婉严，乌权、白马之端重，兹山固无之。至于奥密渊邃，树林荟蔚繁阜，不一览而得，则兹山亦其可少哉！人之情大抵得于此而遗于彼，用于所见而不用于所未见，此通患也。今中书令湛然公纪西域事，称金山之秀，李子微贻友书论和林之胜，有过于中州者。不知天壤之间，六合之内，复有几龙山也。因观山，于是乎有所得，徒以文思浅狭，且游之亟，无以尽发山水之秘。异时当同二三友，幅巾藜杖，于于而行，遇佳处辄留，更以笔札自随，随得随记，庶几兹山之仿佛云。

己亥岁七夕后三日，王官麻革为之记。

麻革是一位生于金元之间的文学家，生卒年不详，字信之，虞乡（今属山西永济）人。人称“贻溪先生”（贻溪是虞乡王官谷的名胜），著有《贻溪集》。他的诗文创作在文学史上影响不大，但这篇《游龙山记》（见刘祁编《归潜志》）却写得很有特色，值得一读。

文末署的己亥岁是宋理宗嘉熙三年，蒙古窝阔台十一年（1239），已在金亡之后。这年夏天作者赴武川（今河北宣化）应试，北返时途经浑源，拜访了他的朋友刘祁的姑丈玉峰先生魏公，应邀游龙山，写了这篇游记。

龙山又名封龙山，在山西浑源县西南。它不同于庐山、黄山之类的名山，而是处于僻地，鲜为人知，但却一样风景秀美，而且还有他山所无的独异之处。正因为游览的对象具有这样的特点，因此作者将他游龙山之前和之后的思想认识及其变化过程一并写到文章里。使得这篇游记不仅有生动的景物描写，而且处处抒写自己的感受，富于感情色彩，最后还上升到一种哲理的高度，给人以思想启发。

为了写龙山之美，作者先写他游山的经历和有关的兴致、心理，以为下文具体描写的反衬。这里有两层意思：一是说他有丰富的游山阅历，并因而产生了一种厌登的情绪。麻革家乡虞乡的附近有中条山，山中的王官谷，以及作为中条山支脉的五老峰，自然是他多次游历，十分熟悉的；长大后又随父西游华山，既而曲折东游洛阳，因避难而在那里定居。河南的女儿峰、乌权山、白马峰等都不想去攀登了，因为已经游过许多山，山中幽深的景色可以说已经探寻遍了。这就是说，像龙山这样的山，本来引不起他的兴趣。二是说他从雁门关越代岭往北走，发现风土大异，山虽很多，但交通阻塞，颜色一片死灰，连草木都失掉了青翠的颜色而变得毫无生气，于是深深地感叹代岭南北为什么竟有这么大的区别。这就是说，据他的经验，处于代北浑源境内的龙山，其景色肯定无足观。既无游山的兴致，又是到一个“色往往如死灰，凡草木亦无粹容”的地区去观山，其情景将会如何呢？这就在读者心中留下了一个悬念。作者对他的朋友刘祁（字叔京）对龙山“泉石林麓之胜”的赞美半信半疑，读者当然更是如此。作者在这种十分勉强的心绪下去游龙山，而结果却是那样地令他喜悦、惊叹，以至于流连忘返，以至于油然而生再游之兴，这就加倍地映衬出龙山之美来了。首段文字不是闲文，是开启并通贯全篇的，并与结尾相呼应，这就见出作者下笔之前在谋篇布局上下了一番功夫，而且确实收到了很好的艺术效果。

两日的龙山之游，是按时序和游踪来写的，线索清楚，井井有条。这里值得我们注意的有两个特点：一是写客观景物与写主观的心境情绪相结合；二是突出龙山风景的主要特色，特别是跟别的山不同之处，为后文的议论提供了依据。

先说第一点。随着入山的由浅入深，色愈美，景愈幽，欣喜惊异之情也愈加强烈。这样，读者不仅随作者的游历饱览美景，而且还同时受到作者思想感情的强烈感染。这种写法跟全文的艺术构思有关，是从首段无观山的兴致、听朋友夸赞龙山很美以后初为怀疑，既而又恨未一游的矛盾心理中引发出来的。他必得如此写，才能使第一段的布置收到反衬的效果。在未入山之前，文章又再一次对龙山之美作一番虚的点染，写"野服萧然"的玉峰先生魏公（是一种自由无拘的隐士打扮，这种人对山水之美是有独特感受和辨识能力的）盛赞"龙山为绝胜"，而且特意等待意趣相投的诸文士同游。这一层点染，使读者由半信半疑进而想象这龙山也许确有一番胜景可观。下文无论写山景还是写心情，都是由浅入深，渐入佳境的。刚抵山下时，是"山无麓，乍入谷，未有奇"。然后"沿溪曲折行数里，草木渐秀润；山竦出，崭然露芒角（形容山峰突出耸峙之状）；水声锵然鸣两峰间"。写草木、山势、水声，初入幽境。此时着一笔："心始异之"，开始看出龙山确有其不同寻常之处来了。既而写："又盘山行十许里，四山忽合，若拱而揖、环而卫者（谓四山环绕卫护，如人拱手作揖之状），嘉木奇卉被（覆盖）之，葱茜秾郁（青翠繁茂而芳香袭人），风自木杪（树梢）起，纷披震荡（树在风中摇动散乱之貌），山与木若相顾而坠者（形容山与树斜倚之状）。"这是大景，写四山的环合，与漫山遍野嘉木奇卉的葱郁繁茂。此时又着一笔："使人神骇目眩"。这是写感受，山色之奇美已使他眼花缭乱，大为惊异了。既而写："又行数里，得泉之泓澄渟滀者焉（指水深而清，积贮而不流），洑出石罅（从石隙中潜流而出），激而为迅流者焉（一变而为激荡奔流形态）。阴木荫其颠，幽草缭其趾（指泉流的下游）。"又转入小景，写流泉的明澈清幽和由静而动的变幻之状。这时没有直接写心境，却写了他们的行动（在这里下马休息），表明在他们心中此地最可流连憩息（"莫此地为宜"），于是"披草踞石列坐"。真是心旷神怡，他们像把自己也融进了这优美的大自然之中了。既而写："又行十许里，大抵一峰一盘，一溪一曲，山势益奇峭；溪花种种，金间玉错（写颜色黄白相杂），芳香入鼻，幽远可爱。"境界由幽而入奇，写峰盘溪曲，山势奇峭，花树繁茂，异彩纷呈。再进而又由奇入险："又萦纡行数里，得冈之高，遽陟而上，马力殆不能胜。”继后又在大云寺和尚的陪同下游文殊岩：“岩前长杉数本挺立，有磴悬焉（有石磴悬于岩上），下瞰无底之壑，危峰怪石，巑岏（山峰峻峭耸立貌）巧斗（相互争奇斗巧）。试一临之，毛骨森竖。”在岩上南望，西北望，所见景象，或清晰，或微茫，但皆能荡涤心胸，令人不忍离去，“徜徉者久之”。这之后文章在奇险、清幽两方面反复描绘渲染：登“龙山绝顶”的萱草坡，是“岭势峻绝，无路可跻”；而“四望群木，皆翠杉苍桧，凌云千尺，与山无穷”，于是作者情不自禁地感叹这里乃是“龙山胜概之大全也”。及至日入之后，又写冷月泻石、万壑松声的清境，清到使人“悚视寂听”。这时龙山之游便进入了最佳之境界，众人不约而同地感叹世间没有比此游更快乐的事了。第二天写景比较简略，主要是突出高险奇峻的一面，至玉泉寺，登望景台，所见山峰形态奇异，城镇原野，历历分明，桑干河水如玉玦一般，令人感到心胸开阔。

总之，全文一路写景，一路不断用精练的语言点示作者的主观感受，喜悦、惊异、赞叹、陶醉，景与情相结合，读后使人感到意趣盎然。写主观感受，又不仅仅写作者个人的感受和思想变化，还处处兼及同游者的集体活动和意绪。如写石头留字，在西方丈观诸人留题，月下饮酒，互相争辩谁的家乡山水最胜，作诗识于石，等等。这样写，不仅使气氛活跃而避免给人沉闷之感，而且因为写出了共同的感受，龙山确有其特异之美的结论，也就更坚实有力而令人信服了。

再说第二点。作者写龙山胜景是多方面的，显示出它的深邃和丰富，但同时又抓住并突出其主要特色：清幽和奇险。通过不同角度、不同游览点的反复描绘，写出了龙山树木繁盛、幽寂深远的境界。作者在游完龙山之后，夜卧山家，将龙山胜景与太华、五老诸山作比较，指出它虽没有这些山的雄尊、巧秀、婉严、端重等特色，却是“奥密渊邃，树木荟蔚繁阜，不一览而得”（不是游览一次就可以完全领会到的），确有它独异而无可取代之处。这几句话实际是这次游龙山的总结，十分简要地概括出了龙山胜景的主要特色和游者的主要感受，给人留下了深刻的印象。

值得注意的还在于，作者由发现龙山的独异之处，进而有所领悟，讲出了一番发人深思的道理：人之常情总易偏执于一得之见，得此而失彼，用心于所见到的而对没有见到的却毫不经意，这真是一般人的通病啊！这番道理是对首段自己从前不相信龙山有胜景可观的思想的一种检讨，是一种从生动的自然景色的描绘和切身感受中引申出来的有根有据的结论。这结论的得出，在行文上是前后呼应，中间又不断点示，如水到渠成，十分自然，使全文情、景、理三者交融结合，不可分割。因此，当我们读到结尾处作者意兴未尽而思将来再游时，我们不仅是相信的，而且还感受到一种悠悠不尽的情思，领会到一种耐人寻味的理趣。

李孝光《大龙湫记》

大德七年秋八月，予尝从老先生来观大龙湫。苦雨积日夜，是日大风起西北，始见日出。湫水方大，入谷未到五里余，闻大声转出谷中，从者心掉。望见西北立石，作人俯势，双如大楹。行过二百步，乃见更作两股相倚立。更进百数步，又如树大屏风。而其颠谽谺，犹蟹两螯，时一动摇，行者兀兀不可入。转缘南山趾稍北，回视如树圭。又折而入东崦，则仰见大水从天上堕地，不挂著四壁，或盘桓久不下，忽迸落如震霆。东岩趾有诺讵那庵，相去五六步，山风横射，水飞著人。走入庵避，余沫迸入屋犹如暴雨至。水下捣大潭，轰然万人鼓也。人相持语，但见口张，不闻作声，则相顾大笑。先生曰："壮哉！吾行天下，未见如此瀑布也。"是后，予一岁或一至；至，常以九月。十月，则皆水缩，不能如向所见。

今年冬又大旱，客入到庵外石矼上，渐闻有水声。乃缘石矼下，出乱石间，始见瀑布垂，勃勃如苍烟，乍小乍大，鸣渐壮急。水落潭上洼石，石被激射，反红如丹砂。石间无秋毫土气，产木宜瘠，反碧滑如翠羽凫毛。潭中有斑鱼廿余头，闻转石声，洋洋远去，闲暇回缓，如避世士然。家僮方置大瓶石旁，仰接瀑水，水忽舞向人，又益壮一倍，不可复得瓶。乃解衣脱帽著石上，相持扼掔，欲争取之，因大呼笑。西南石壁上，黄猿数十，闻声皆自惊扰，挽崖端偃木牵连下，窥人而啼。纵观久之，行出瑞鹿院前——今为瑞鹿寺。日已入，苍林积叶，前行，人迷不得路，独见明月，宛宛如故人。

老先生谓南山公也。

这篇游记写了作者两次游大龙湫的观感，一次在秋天，一次在冬天。同一个作者，两次游同一个地方，又都见诸文字，历史上最著名的是宋代文学家苏轼的前后

《赤壁赋》。不同的是，苏轼是前后写出两篇文章，而李孝光是将两次游历并写于一篇之中。写两次同游一地，最大的难处是雷同，处理不好就容易前后重复，读来让人索然寡味。这篇《大龙湫记》正是在这一点上显示了它难能可贵的艺术特色。

李孝光（1285−1350）是元代后期著名的诗文作家，温州乐清（今属浙江）人。他早年曾隐居雁荡山五峰山下，号“五峰狂客”，文集也题名为《五峰集》，可见他对雁荡山的熟悉和感情。大龙湫瀑布是北雁荡山中的胜景，在今浙江省乐清县境内，瀑水高悬，飞流而下，极为壮观。大龙湫当是他经常游憩赏玩之地。文中所写的第一次游大龙湫，是元成宗大德七年（1303），时作者仅十九岁。

作者将两次游赏大龙湫放到一篇文章里来写，是有意表现大龙湫瀑布的瑰奇变幻，多姿多彩。因此两次游历具有对比意义，在对比中突出大龙湫在不同季节、不同情景之下的不同风貌和特点。

两次游赏，作者首先交代了季节不同，天气不同：第一次是“秋八月”，“苦雨积日夜”，“湫水方大”。第二次是“冬又大旱”。一为水盛时节，一为水枯时节，因而两次所见，景象全然不同。这是作者对大龙湫景象作不同描写的前提和出发点。

写不同景象，先从声音的不同作渲染：第一次，“入谷未到五里余”，离湫尚远，即“闻大声转出谷中，从者心掉（同游者都感到恐惧）”；第二次，是“客入到庵外石矼（即桥）上渐闻有水声”。庵即诺讵那庵，从前面所写第一次记游可知，庵就在大龙湫旁。前者是距离很远就闻巨声传出，令人震恐；后者却近在咫尺方渐闻水声，显得十分清寂。从听觉初步写出不同的气氛境界：一个雄壮热烈，一个清幽寂静。

进而写所见，即写瀑布本身的视觉形象，前后两次也迥然不同。第一次，游者从怪石嶙峋中穿行以后（因闻声时距湫尚远，故有这样的描写，十分真切），写他们“又折而入东崦，则仰见大水从天上堕地，不挂著（附著，只有水大时才能像这样腾空飞下）四壁，或盘桓久不下，忽迸落如震霆（惊雷）”。第二次，“乃缘石矼下，出乱石间，始见瀑布垂，勃勃如苍烟（水气升腾如青烟），乍小乍大，鸣渐壮急。水落潭上洼石（低凹之石），石被激射，反红如丹砂”。前者突出大瀑布飞动的气势：“仰见”二字写其悬高直下之态；“不挂著四壁”，写其虚空飞腾之状；“盘桓久不下，忽迸落如震霆”，实际上是写人的错觉：因水高坠落时历时较长，故觉其“久不下”，称“盘桓”；及其跌落潭中发出巨响，又好像听到了惊雷之声。从人的真切感受，生动地写出了飞瀑的磅礴气势和壮观景象。后者突出冬日瀑布那轻柔飘忽的意态：

因水细岩高，下落时化为万点水珠，才有“勃勃如苍烟”的飘飘袅袅，才有“反红如丹砂”的彩虹般的绚丽景象。

以上所说是写飞瀑正文，用笔不多，却已于对比中写出了秋冬两季大瀑布的不同气象。文章的另一个显著特色，是写瀑布而不单从水着笔，水之外还从石、树、鱼、猿以及游者的活动等诸多方面进行烘托点染，而其气氛境界又与前后两次所见瀑布的不同特点十分和谐统一，显得既集中（围绕瀑布、突出瀑布）又丰富多彩，充满生气和活力。第一次，为了突出和渲染秋日多雨时节瀑布的奇峻壮美，在写瀑布之前，先写一路上岩山的奇特不凡：有的像人俯身向下的样子，有的如撑天大柱，有的如两条大腿般互相倚立，有的如高大矗立的屏风，而顶端险怪交错之形则如螃蟹的两只大钳爪，不时摇动，使行者心情紧张，不敢骤入。而回头看，那巨大的岩石又如树立的玉圭。其险峻奇特之状，令人毛发耸竖，正与从空谷中传出的轰然巨响，从声形两方面给人以心理上的压力，为后文写出大瀑布的宏阔气势布置了气氛。而在下面写大瀑布之后，又作了两层渲染，都从人的活动着笔：一层，是写人在庵前和入庵后感受到的“山风横射，水飞著人”，以及“余沫迸入屋，犹如暴雨至”。水借风势，余沫飞空，大有使人无可逃遁之势。二层，是再次从声音方面写人的感受：“水下捣（冲击）大潭，轰然万人鼓也（犹如万人击鼓发出的轰响）。”进而又写：“人相持语，但见口张，不闻作声，则相顾大笑。”“相持语”就是手拉手说话，相近如此，却互不闻其声，说明潭水轰响声音之大，由此便不难想象出流瀑入潭时的撼人气势了。

第二次则作别一样点染，写出别一种景象。一是写石间树“碧滑如翠羽凫毛”，那样柔滑光润，青翠可爱。二是写潭中斑鱼，为水石之声所惊，悠闲远游，其轻缓舒恬之状，有如隐士之处山林。三是写家僮置大瓶仰接瀑水，水忽舞向人而瓶失，于是“相持掔（通牵）”，为争向水中取瓶而“大呼笑”。四是写石壁上数十只黄猿，因闻人笑闹之声而惊扰，攀跳啼鸣。五是写日入后的苍林、明月。所有这一切，构成了一种画面，一种境界，是那样清幽、柔美，与前次的恢宏、壮美大异其趣。游人的心境情绪，也与此相应而有紧张和闲适的不同。观鱼，以瓶接水，见黄猿奔跃惊啼等等，都是只有在冬日水枯时大瀑布收敛了它往日的奔腾气势时才可能出现的；而游人也只有在这种境界中，才能产生这种从容闲暇的兴致和恬适欣喜的心境，以致放情“纵观久之”。末尾的“人迷不得路，独见明月，宛宛如故人”，更表现了一种任性漫游、无心归去的悠悠不尽之情。

总之，瀑布和周围的景物互相映衬，人的活动和心境又与客观的自然景色互相交融，构成了前后两次游赏的鲜明对比，其画面意境各具特色，各有情趣，又都同时十分和谐优美。这就从对比中多姿多彩地表现了大龙湫瀑布在不同季节的不同形貌和神韵。值得我们注意的是，前后两段所记不同节候的游历，气象境界大不相同；但由于写出的是同一名胜在不同条件下的不同特色，因而收到了一种相反相成的效果，让读者从不同方面认识大龙湫瀑布的全貌。由于这一原因，全文前后两段间浑然一体，并没有丝毫的支离和脱节。而在两段间又有“是后，予一岁或一至；至，常以九月。十月，则皆水缩，不能如向所见。”作为过渡，转接自然，使两段间的衔接联系十分紧密。唯前段明确交代初游的时间是“大德七年秋八月”，而后段则只称“今年冬”，今年是何年？文末并未署明，应该说这是一个小小的疏漏。

宋濂《送东阳马生序》

余幼时即嗜学，家贫无从致书以观，每假借于藏书之家，手自笔录，计日以还。天大寒，砚冰坚，手指不可屈伸，弗之怠。录毕，走送之，不敢稍逾约。以是人多以书假余，余因得遍观群书。

既加冠，益慕圣贤之道，又患无硕师、名人与游。尝趋百里外，从乡之先达，执经叩问。先达德隆望尊，门人弟子填其室，未尝稍降辞色。余立侍左右，援疑质理，俯身倾耳以请。或遇其叱咄，色愈恭，礼愈至，不敢出一言以复。俟其忻悦，则又请焉。故余虽愚，卒获有所闻。

当余之从师也，负箧曳屣，行深山巨谷中。穷冬烈风，大雪深数尺，足肤皲裂而不知。至舍，四肢僵劲不能动，媵人持汤沃灌，以衾拥覆，久而乃和。寓逆旅，主人日再食，无鲜肥滋味之享。同舍生皆被绮绣，戴朱缨宝饰之帽，腰白玉之环，左佩刀，右备容臭，烨然若神人。余则缊袍敝衣处其间，略无慕艳意；以中有足乐者，不知口体之奉不若人也。盖余之勤且艰若此。

今虽耄老，未有所成，犹幸预君子之列，而承天子之宠光，缀公卿之后，日侍坐备顾问，四海亦谬称其氏名；况才之过于余者乎？

今诸生学于太学，县官日有廪稍之供，父母岁有裘葛之遗，无冻馁之患矣；坐大厦之下而诵诗书，无奔走之劳矣；有司业、博士为之师，未有问而不告、求而不得者也；凡所宜有之书，皆集于此，不必若余之手录，假诸人而后见也。其业有不精，德有不成者，非天资之卑，则心不若余之专耳，岂他人之过哉！

东阳马生君则，在太学已二年，流辈甚称其贤。余朝京师，生以乡人之子谒余，撰长书以为贽，辞甚畅达；与之论辩，言和而色夷。自谓少时用心于学甚劳，是可谓善学者矣！其将归见其亲也，余故道为学之难以告之。谓余勉乡人以学者，余之志也；诋我夸际遇之盛而骄乡人者，岂知予者哉！

宋濂（1310—1381）是明初著名的散文家。他帮助明太祖朱元璋平定天下，被赞誉为“开国文臣之首”，官至翰林学士承旨知制诰，参与制作裁定朝廷礼文大政，在当时的政治地位和文学地位都很高。《送东阳马生序》是他的一篇传世名作，是写给他的同乡后辈太学生马君则的。

序是古代的一种文体形式，分书序和赠序两类。本文是一篇赠序。这种赠序是专为送别亲友而作，表现一种惜别、祝愿或劝戒、勉励等意思。马君则是浙江东阳市人，宋濂是浙江浦江县人，在当时同属金华府，所以两人算是同乡。宋濂当时正值从家乡到京城应天（南京）朝见皇帝朱元璋，马君则当时是一个太学生，在京师国子监学习，要回家探亲，宋濂作为一个学问渊博、文名很高的长辈，临别时写这篇文章来送给他。

全文的中心意思是勉励马生要勤苦学习。在文章里，作者以他年轻时的亲身实践和体验告诉马生：学习必须勤奋刻苦，专心致志，不辞辛劳，才能取得优异的成绩。由于时代条件不同，我们今天的学习目的和方法和宋濂当时已有很大的差异，但是他的认识和经验，对我们仍然有着一定的启发和教育意义。作者那种不怕艰苦、勤奋好学、安于贫贱、不慕富贵的精神，以及对后学热情关怀、谆谆教导的态度，也是值得我们学习的。

这篇文章内容充实，不发空言，同时写得亲切感人，理胜辞畅，在写作上也很有特色。

全文的中心思想是勉励后学要不畏艰苦、勤奋好学。这个意思贯穿首尾，从不同的角度和侧面进行反复的表现和申说，条理井然，层层深入地被揭示出来，显得十分鲜明突出。

全文分为三个层次。第一个层次包括第一、二、三、四这四个自然段，是写自己青少年时代虚心好学、刻苦读书的情景和学有所成的结果。写法是从自身的一面着笔，而推及于赠序的对象，着重表现学习的“勤且艰”以及由此带来的苦和乐。总的是表现自己好学不倦、勤奋读书的精神。又分为四段来写，一段一层意思，一层比一层深入。第一段，从“余幼时即嗜学”，到“余因得遍观群书”，是从读书的角度写，主要写借书之难，强调学习条件的艰苦。借书、抄书，严冬天气，手指冻僵了也不敢稍有懈怠。第二段，从“既加冠”到“卒有所闻”，是从从师的角度写，主要写求师之不易，强调虚心好学的重要。找不到硕师名人，就跑到百里之外去拜求同乡的先达作老师，虚心聆教，恭谨小心。第三段，从“当余之从师也”到“不知口体之奉不若人也”，是从生活条件的角度写，主要写行旅衣食之艰，强调要安于贫贱，不慕富贵。顶风冒雪，穿越深山巨谷去寻师求学，回到旅店时脚被冻裂，四肢冻僵不能动了。素食粗衣，却一点也不去羡慕那些穿戴华贵，同住一起的贵族公子。这一段，在前面两段的基础上，思想境界有了大的提高，不仅写出不怕艰苦，而且写出苦中有乐，乐而忘苦，读书使人在精神上得到极大的满足，以致完全忘掉了吃穿条件的艰苦。

接下去，第四段的开头说："盖余之勤且艰若此。"一句话就把前面三段文章总束住了："勤"字概括第一、二两段内容，"艰"字概括第三段的内容，既严密又紧凑。整个第四段，是对第一大层次的总结，也是对前面三段意思的补充和强调。只用了极简括的几句话，以谦虚的方式和语气，说明由于自己的刻苦用功，终于学有所成，得到了社会的承认和天子的宠幸，誉满天下。最后一句说："况才之过于余者乎？"笔势一折，又照应上文，进一步强调"勤且艰"的意思。就是说，自己能取得这样的成就，并不是因为天资好，有才气，而是因为刻苦好学，勤奋不倦。这一句反诘问句，既暗暗扣住"勤且艰"的意思，加强和补足上文；同时又开启并关联下文，说太学生们"其业有不精，德有不成者，非天质之卑，则心不若余之专耳"的结论。这样，思想鲜明突出，前后贯通，结构上显得十分严密紧凑。

第二个层次是文章的第五段。主要写现在的太学生学习条件非常优越，能不能取得优异的成绩，关键在于学习专不专心。这一段在意思的表达和全文的结构上，起到一种承上启下的作用。上面第一个层次，写自己学习条件艰苦也能取得优异的成绩，这一层次写太学生们学习条件优越也可能学无所成。一正一反，在对比映衬中，从不同角度强调了勤奋刻苦学习的重要性。这是在意思上承上的一面。然而这篇文章写自己并不是目的，更没有夸耀自己的意思，写自己乃是为了用具体的榜样和切身的体验来教育勉励马生。因此，作者在充分地写出所要强调的学习态度和精神以后，就还必须由自身而写到赠序的对象马生。作者行文委婉含蓄，很注意方式和效果，因为马生是个太学生，所以在说到马生以前，这一段先从警戒的角度讲一般太学生的情况，作为过渡，使文意自然舒缓而不显得直硬，便于对方接受。这是在意思上启下的一面。

第三个层次是全文的最后一段，明确地写到了马生，点明"道为学之难"以勉励同乡后学的题意，收束全文。因为文章的中心意思已在前面各段中申说得十分充足了，所以这里是顺理成章，水到渠成，不用花费太多的笔墨，只是简单地交代马生跟自己的关系和著文的缘由，全文便干净利落地结束了。虽然对马生多从正面鼓励，说的都是肯定赞美的话，但含蕴在其中的深挚殷切的劝诫之意，马生读了是一定能深切地感受到的。

文章写得具体生动，平易近人，既没有居高临下教训人的口吻，也没有抽象说教的意味，使人读后感到亲切，富于启发意义。这跟作者的文风有关，而文风又是作者的思想修养和人品的表现。

一个学问渊博、地位名望很高的人写文章教育晚辈，最容易犯的毛病就是居高临下，板着脸孔教训人。可是宋濂却将自己置于跟对方平等的地位，热情地跟他谈心，这就使人感到亲切，消除了可能由敬畏而产生的距离。由此决定，在表达方式上，作者不是讲你应该如何如何，而是着重讲我曾经如何如何，现身说法，通过实践写出自己的切身感受。有细节，有形象，有人物活动，具体鲜明，生动感人。通篇将事实的叙述、形象的描写和精辟的说理结合起来，使文章既有说服力，又富于感染力。例如第一段写读书之难，向别人借书，为了按期归还，就不辞辛劳地阅读抄录，作者通过一个典型的细节来加以概括："天大寒，砚冰坚，手指不可屈伸，弗之怠。"第二段写求师之难，强调虚心好学的重要，则描绘出一个具体的生活画面："余立侍左右，援疑质理，俯身倾耳以请；或遇其叱咄，色愈恭，礼愈至，不敢出一言以复；俟其忻悦，则又请焉。"这里有人物的动作、姿态、神情，还有小心翼翼的心理活动，这就给读者留下了鲜明深刻的印象。有这样生动的描写作基础，道理自不难讲明。因此，这两段的末尾，就都只用了一句极简单扼要的话来作结："以是人多以书假余，余因得遍观群书。""故余虽愚，卒获有所闻。"前者解决了家贫"无从致书以观"的矛盾；后者解决了"又患无硕师名人以游"的矛盾。这样有血有肉地讲述自己的亲身经历和体会，读者自然会感到平易亲切，从而受到感染教育。

作者在表达上处处注意委婉含蓄，避免直露生硬。全文的命意在劝勉后学应该努力学习，但这个意思始终没有直接明白说出来，而是着重从自己曾经怎样学习一面来着笔，最后才从推奖、勉励的积极的方面说到对方。按赠序的一般写法，被赠的对象应该是一篇之主，作者自己则属于宾；但本文的写法却是倒宾为主，先宾后主，这个总的构思和布局就是非常委婉含蓄的。第五段讲的是当时一般的太学生，似乎与马生没有关系，但因为马生本人是个太学生，因而实际上也是隐括了马生在内的。这样写就显得婉曲含蓄而易于被对方接受了。

对比手法的成功运用，也是使得这篇文章文气贯注，结构紧凑，中心思想鲜明突出的重要原因。文章的写法是由己及人，先宾后主，但作者处处注意主宾之间的内在联系，写宾时处处针对主，而写主时又处处照应到宾。第五段写太学生们学习条件的优越，就不是一般泛泛地写，而是注意到与上文的照应，前后形成鲜明的对比："无冻馁之患"，与上文"口体之奉不若人"形成对比；"无奔走之劳"，与上文"负箧曳屣，行深山巨谷中"等等艰苦情状形成对比；"有司业、博士为之师"，与上文求师之难形成对比；"凡所宜有之书，皆集于此"，与上文借书手录之难形成对比。经过这样前后的鲜明对比，问题就十分自然地归结到学习态度上，然后顺理成章，得出结论：能否学成，关键不在学习条件的好坏，亦不在天资的慧愚，而在学习的专心和不专心。有理有情，理在情中，很有说服力。

综上所说，宋濂这篇《送东阳马生序》，不仅在思想上能给我们以启发，而且写得精练流畅，生动感人，观点鲜明突出，结构严谨细密，在写作艺术上也有可借鉴之处。

刘基《活水源记》

灵峰之山，其上曰金鸡之峰。其草多竹；其木多枫槠、多松；其鸟多竹鸡，其状如鸡而小，有文采，善鸣。寺居山中，山四面环之。其前山曰陶山，华阳外史弘景之所隐居。其东南山曰日铸之峰，欧冶子之所铸剑也。寺之后，薄崖石有阁曰松风阁，奎上人居之。

有泉焉，其始出石罅，涓涓然冬温而夏寒。浸为小渠，冬夏不枯，乃溢而西南流，乃伏行沙土中，旁出为四小池，东至山麓，潴为大池，又东注于若耶之溪，又东北入于湖。其初为渠时，深不逾尺，而澄澈可览；俯视，则崖上松竹花木皆在水底。故秘书卿白野公恒来游，终日坐水旁，名之曰活水源。其中有石蟹，大如钱，有小鲼鱼，色正黑，居石穴中，有水鼠常来食之。其草多水松、草蒲。有鸟大如鸜鹆，黑色而赤嘴，恒鸣其上，其音如竹鸡而滑。有二脊令，恒从竹中下，立石上，浴饮毕，鸣而去。予早春来时方甚寒，诸水族皆隐不出。至是，悉出。又有虫四、五枚，皆大如小指，状如半莲子，终日旋转行水面，日照其背，色若紫水晶，不知其何虫也。

予既爱兹水之清，又爱其出之不穷，而能使群动咸来依，有君子之德焉。上人又曰："属岁旱时，水所出，能溉田数十亩。"则其泽又能及万物，宜乎白野公之深爱之也。

刘基（1311—1375）是明初诗文三大家之一，他诗文兼擅，散文以"气昌而奇"（《明史・本传》）为特色。代表作多为揭露性的寓言故事和杂文，如传诵很广的《卖柑者言》和《郁离子》中的许多作品。写景叙事散文也有佳作，如这篇游记就是一篇颇耐读的好作品。

这篇游记写得质朴清新，生动传神。题为《活水源记》，最大的特点就是写出了这个“活”字。不仅山活，水活，而且他笔下的整个世界都充满了生机勃勃的朝气，都是活的：山水草木虫鱼是活的，人对客观世界的反映——思想也是活的。作者从对自然景物的体验中，提炼和升华出一种高尚的道德情操，展示了他本人的胸怀气度是那样的开阔、明朗。

文章的层次非常清晰，共分为三段：首段写山，次段写水，末段抒发感想。

灵峰山上有灵峰寺，是浙江绍兴市的游览胜地之一。作者下笔就先从灵峰山写起。写灵峰山的景色从两方面写，其一是写山顶金鸡峰上的三大特色：多竹，多枫槠、松树，多有文采而善鸣的竹鸡。仅这三多，便点染出灵峰山竹树繁茂、山鸟啼鸣的动人景象。其二是写灵峰寺周围的形势和景物：“寺居山中，山四面环之。其前山曰陶山，华阳外史弘景之所隐居。”山因人而名，华阳外史是南朝齐梁时期道教思想家陶弘景的别号，此山即是他曾经隐居之所。“其东南山曰日铸之峰，欧冶子之所铸剑也。”欧冶子是春秋时的能工巧匠，日铸峰是他曾经铸剑的地方，山亦因此而得名。“寺之后，薄（靠近）崖石有阁曰松风阁，奎上人居之。”奎上人是作者的僧友，就住在倚崖而建的松风阁里。人杰地灵，从古今曾在此居住或活动过的名人高士，使人领受到这灵峰山不仅风景秀丽，而且灵气所钟，景象不凡。

写山不是目的，写山是为了写水。“活水源”是题目正文。写水分四层写。第一层，从源头写起：“有泉焉，其始出石罅，涓涓然冬温而夏寒。”泉水从石缝中流出，非常细小，却能冬天给人温暖，夏日给人清凉。起笔就使人感到这泉水十分亲切。第二层，从泉水的冬夏不枯和由小到大，写其涌动活跃的生命力：涓涓细流，逐渐汇合就变成了小渠，水从渠中溢出向西南流去，在沙土中形成潜流，从旁渗出积成四个小池；东流至山脚下又汇聚成一个大池；再向东流注入若耶溪中，向东北又流入鉴湖之中。这水伏行旁出，时隐时现，溢淌流注，奔腾不息，犹如血脉之流贯于人体的全身，它赋予了山川自然以生命。由此，以水的动态变化初步写出了“活”字的真义：“活”就是不停息的运动，“活”就是生命之源。第三层，写渠水的澄澈可爱和“活水源”的得名。这水刚汇为小渠时，深不过尺却清澈透明，像镜子一样，清晰地照出崖上松竹花木的影子。因此引起已故的秘书卿白野公的喜爱，常来此赏游，终日坐水旁不忍离去，并给它起了一个名字叫“活水源”。这名字自然不只是指水的清澈而说的，还概括了前面已写到的两层意思，尤其是冬夏不枯、由小到大、奔流不息这层意思。至此，可以说已是生动而又充分地写出了“活水源”的含义了，但作者意犹未足，又写了第四层：那些依托这活水，栖息繁衍于水旁或水中的各种生物——有大如钱的石蟹，有黑颜色的小鲫鱼，有专以捕食鲫鱼为生的小鼠；水里岸边长满了丰茂的水松和菖蒲；还有多种鸟类在这儿飞翔、啼叫、沐浴、饮水，那么自由自在，活泼可爱；还有一些不知名的小虫子，在水上面旋转游动，在阳光照耀下，颜色十分奇异，像紫色水晶一样透明闪亮。作者为我们展示了一片生意盎然的世界，这世界是凭着这水而存在、而充满生机的。读到这里，我们不仅进一步领略到“活水源”这“活”字的精神，而且不能不为被这“活水源”之水所滋养而生存的生机勃勃的大自然所深深地吸引和感染了。由于大自然的魅力，艺术的魅力，我们极愿、或者说是已经恍如置身于这美妙的世界之中，化为鱼，化为鸟，化为竹石草木，让“活水源”的活水也沁入我们的心脾，使我们的生命也得到它的滋养。

最后一段抒发感慨，总结全文。作者说他爱这“活水源”，爱它三点：一是爱“兹水之清”，收束上文“澄澈可鉴”的描写；二是“爱其出之不穷”，收束上文“冬夏不枯”、流注不息的描写；三是爱它“能使群动咸来依”（各种生物都来此依附生息），收束上文有关鱼、鸟、虫、草的描写。然后通过奎上人的话：“属岁旱时（遇到年岁干旱），水所出，能溉田数十亩。”因“其泽又能及万物”，进而从自己对水的爱，又写到白野公对水的爱，落到为“活水源”起名的人物身上而结束全文，不仅使文章结构严谨，也更富于思想意趣。这是因为这一段议论跟上文的生动描写前后呼应，前面的写景为后文的议论提供了依据，而后文的议论又将前面的写景提高到一种新的思想境界。因此，这篇游记就不同于一般单纯描绘自然风光之作，而具有抒情言志的性质，表现了作者热爱自然，热爱生命，进而愿意献出一己之力泽及万物、造福人类的美好品德和高尚情操。作者笔下的水和相关的大自然景象，是经过他精神思想的淘洗和冶炼的，因此我们看到的不是原始形态的自然风景，而是自然美与精神美的统一。

归有光《项脊轩志》

项脊轩，旧南阁子也。室仅方丈，可容一人居。百年老屋，尘泥渗漉，雨泽下注；每移案，顾视无可置者。又北向，不能得日，日过午已昏。余稍为修葺，使不上漏；前辟四窗，垣墙周庭，以当南日，日影反照，室始洞然。又杂植兰桂竹木于庭，旧时栏楯，亦遂增胜。借书满架，偃仰啸歌，冥然兀坐，万籁有声。而庭阶寂寂，小鸟时来啄食，人至不去。三五之夜，明月半墙，桂影斑驳，风移影动，珊珊可爱。

然余居于此，多可喜，亦多可悲。先是，庭中通南北为一。迨诸父异爨，内外多置小门墙，往往而是。东犬西吠，客逾庖而宴，鸡栖于厅。庭中始为篱，已为墙，凡再变矣。

家有老妪，尝居于此。妪，先大母婢也，乳二世，先妣抚之甚厚。室西连于中闺，先妣尝一至。妪每谓余曰："某所而母立于兹。"妪又曰："汝姊在吾怀，呱呱而泣，娘以指扣门扉曰：'儿寒乎？欲食乎？'吾从板外相为应答。"语未毕，余泣，妪亦泣。余自束发，读书轩中。一日，大母过余曰："吾儿，久不见若影，何竟日默默在此，大类女郎也？"比去，以手阖门，自语曰："吾家读书久不效。儿之成，则可待乎？"顷之，持一象笏至，曰："此吾祖太常公宣德间执此以朝。他日汝当用之。"瞻顾遗迹，如在昨日，令人长号不自禁。

轩东，故尝为厨，人往，从轩前过。余扃牖而居，久之，能以足音辨人。轩凡四遭火，得不焚，殆有神护者。

项脊生曰：蜀清守丹穴，利甲天下，其后秦皇帝筑女怀清台；刘玄德与曹操争天下，诸葛孔明起陇中。方二人之昧昧于一隅也，世何足以知之？余区区处败屋中，方扬眉瞬目，谓有奇景；人知之者，其谓与坎井之蛙何异？

余既为此志，后五年，吾妻来归。时至轩中，从余问古事，或凭几学书。

吾妻归宁，述诸小妹语曰："闻姊家有阁子，且何谓阁子也？"其后六年，吾妻死，室坏不修。其后二年，余久卧病无聊，乃使人复葺南阁子，其制稍异于前。然自后余多在外，不常居。

庭有枇杷树，吾妻死之年所手植也，今已亭亭如盖矣。

归有光（1506–1571）是明代著名的散文家，字熙甫，号震川，昆山（今江苏昆山市）人。他三十多岁时考中举人，以后的功名很不顺利，于是退居嘉定（今属上海市）安亭江上，读书论道，讲学著文二十余年，人称震川先生。他生活于明代前后七子之间，李梦阳、何景明倡导于前，李攀龙、王世贞响应于后，鼓吹复古，标举"文必秦汉，诗必盛唐"。文坛上拟古主义成风，规摹古人，毫无生气。归有光继王慎中、唐顺之之后，与茅坤等人相率反对，振起于时风众势之中。他们崇尚唐宋古文，提出变秦汉为欧（欧阳修）曾（曾巩），力矫时弊，文学史上称他们为"唐宋派"。

归有光是"唐宋派"中最有影响的作家。他在当时的社会地位和文学地位都不高，却敢于起来批判风靡一时的复古主义，指斥主盟文坛的王世贞等人为"庸妄巨子"，一针见血地揭露所谓"文必秦汉，诗必盛唐"不过是"以琢句为工""剽窃齐梁之余"。这种眼光和勇气，在当时实在是难能可贵的。归有光重视创作实践，在"唐宋派"古文家中，他的创作成就也是最高的。他的一部分抒写怀抱的记叙散文，最富于文学意味，善于通过日常的家庭琐事，描写对生活的亲切感受，抒发内心的真挚感情，表现出一种与当时的复古派迥然不同的平易自然、清新淡远的艺术风格。《项脊轩志》是他这类散文中广为传诵的代表作。

这是一篇记叙性的抒情散文。"项脊轩"是作者青少年时代读书的书斋。这是一间十分狭小，仅"可容一人居"的"百年老屋"。作者为什么对一间普普通通的屋子如此一往情深，专门写一篇文章来记述它呢？这当然不是无缘无故的。原来，这间小屋牵系着一些人和事，是作者时时追怀、不能忘却的；小屋几经变迁，反映了一个封建大家庭的衰败和离析。小小的"项脊轩"，可以说是作者家庭变易和身世遭遇的见证，那里记录着他的希望和梦想，也留下了他的喜悦和悲哀。

这篇散文在结构上很有特色。结构属于一篇作品的表现形式，但它往往反映着作家艺术构思的轨迹。而艺术构思，则是受作家的生活经历和对生活的感受认识所制约的。好的文章总是作者真情实感的抒发，而绝不是装腔作势的无病呻吟，它所写的必然是作者对生活的真切的感受和体验。《项脊轩志》全文笼罩着一种浓重的悲情愁绪，这是从与“项脊轩”相关联的作者的生活遭遇中产生出来的，这是一种深沉的身世之感和思亲之情。犹如一首乐章的主旋律，这种贯穿首尾的悲情愁绪，决定了这篇散文艺术构思的方向，也决定了作品的结构形式。

题目是《项脊轩志》，实际目的却并不在写轩。处处写轩，却是处处意不在轩而在人。作者的感慨和情思都是因人事而生的。他怀念的是人，尤其是他所挚爱的先大母、先母和亡妻。然而妙在写人却不是从人落笔，而是借轩写人，借轩抒情。项脊轩成为绾合全篇思想感情的一个纽结，也是作者抒发内心感受的一个触发点，这使得作品不仅结构严谨，而且显得情致幽深，别具含蕴。

全篇分正文和后记两大部分，凡七段。前五段为正文，写于作者十八岁时。后二段为后记，补叙了正文写成后十余年间事，作时当在作者三十一岁以后。时间相隔这样久，但通篇思想感情却是一脉相承、一气贯注的，读来毫无阻滞格涩之感。

首段紧扣题目，落笔即写项脊轩。“项脊轩，旧南阁子也。”点出它的来历。接下去写它的特点：“尘泥渗漉，雨泽下注”，是写其破旧；“每移案，环视无可置者”，是写其狭小；“又北向，不能得日，日过午已昏”，是写其阴暗。寥寥数笔，是介绍项脊轩，却已渗透了作者的主观情感，渲染出一种衰败、阴冷的凄清气氛。这气氛直笼罩全篇，为下文的抒写提供一个极有特色而又具有典型意义的空间背景。

可是作者用笔婉曲而不简率，接下去并没有马上去抒写他感伤的愁怀。而是从“悲”的反面“喜”来着笔。阁子“稍为修葺”，弥补了破旧漏雨的缺陷；辟窗筑墙，弥补了昏暗阴冷的缺陷；“杂植兰桂竹木”，弥补了零落残败的缺陷。略加整理，面貌稍新，作者便在这既不宽敞也远不完美的世界里自我欣赏、自我陶醉起来：陶醉于“借书满架，偃仰啸歌”的读书生活；陶醉于“小鸟时来啄食，人至不去”的寂寂的庭阶；陶醉于“桂影斑驳，风移影动”的清幽的月景。主人公的精神世界，与“方丈之室”的项脊轩，恰好都是一个狭小的天地。主观世界与客观世界的互相融合，造成一种艺术的气氛和意境，将作者那自得其乐的喜悦，表现得非常真实而又自然。但作者的着意处并不在此，写喜是为了映带下文，更好地写悲。

第二、三两段才是文章的主体。首句一转，承上启下：“然余居于此，多可喜，亦多可悲。”“多可喜”收束上文，“亦多可悲”统摄下文三事：叔伯父的分家，一个大家庭变得零落衰败、分崩离析，此其可悲者一；老乳母的深情回忆和指点，勾引起对先母的追念，此其可悲者二；“瞻顾遗迹”，先大母对自己的爱抚、教诲和期望，犹历历在目，此其可悲者三。三件事都是写悲，情感的表达却很有层次。“庭中始为篱，已为墙，凡再变矣。”只是从客观的记述中寄寓深长的感叹。“语未毕，余泣，妪亦泣。”情动于中，却还只是有泪无声，含蓄而有节制。“令人长号不自禁”，则如汹涌的潮水，直泻而出，完全失掉了控制。由内向转为外露，由沉稳渐趋于强烈，感情的发展，脉络分明。

第四段是补叙，是一段小小的插曲。但不是闲笔。它以一种富于生活实感的琐事作点染，极亲切地写出自己的生活体验，与首段呼应，进一步表现出项脊轩内外的寂静清幽以及对人和对屋的深厚感情。

第五段是正文的结尾。以议论收束全文，是古代记叙文中一种常见的写法。一般用以抒发感慨，申说文意，或揭示主题。这一段议论，提高到人生哲理的高度，是对上文的一个总结，寄慨很深，表现了作者比较复杂的思想感情。他举出历史上两个名满天下的人物，一个蜀清，一个诸葛亮，说他们两个人未出名时也只是“昧昧于一隅”，并不为世人所知。言外之意是他们后来之所以显赫于世，蜀清是因为“利甲天下”，很有钱；诸葛亮是因为生逢其时，幸遇明主。可是自己却并不具备这样的条件，而且似乎也并不羡慕这样的条件。他是以自得其乐和自我陶醉的态度来对抗和排解他的不幸：身处败屋而“扬眉瞬目”，发现并欣赏不为世人所知、也不为世人所理解的“奇景”。自嘲里夹杂着自傲，自喜中又透露出怨恨不平。

第六、七两段是后记。重点是从项脊轩的变迁中抒写对亡妻的怀念。这一段，不论从时间的推移（以“后五年”“其后六年”“其后二年”概述，行文简洁），人物关系的变化（由先母、先大母写到亡妻）和感情的发展（愈益亲近深挚）来看，都是正文部分的自然延续和补充，感情的抒发在前文的基础上变得更充沛、更深厚、更丰富了。因此，后记不仅不是蛇足，而且一经写出，便成为与正文浑然不可分割的有机整体。这种情形，在古今散文中都是很少见的。

纵观全文，以项脊轩起，以项脊轩结，其间不断点示，用一间旧屋作线索，将人物、事件联系在一起。粗看，作者似乎是信笔而书，无拘无束，漫无章法，实则经过精心的提炼和严密的构思。内有身世之感和思亲之情贯串，外有项脊轩的变迁作绾合，虽然全文所写都是日常生活小事，追念的人又分属三代，但是读来却没有一点散漫琐碎的感觉，反而显得非常凝练和集中。清人梅曾亮评此篇云：“借一阁以寄三世之遗迹。”正因此，这篇散文做到了人们常说的“形散而神不散”。

抒情的文章也离不开具体形象的描写，光靠直接发抒感慨和空泛的议论并不能感染读者。这篇文章在这一点上也很有特色。作者善于通过富于特征的典型细节，极简练地刻画人物的思想性格，展现人物关系，抒发作者的思想感情。他具体生动地描绘出一种纷扰、杂乱的景象和气氛，来表现封建家庭的离析和败落："内外多置小门墙，往往而是。东犬西吠，客逾庖而宴，鸡栖于厅。"不言感慨而感慨即寓于其中。他仅以一个动作，一句问话，便写出慈母对儿女的关怀、爱抚："娘以指扣门扉曰：'儿寒乎？欲食乎？'"写先人母也是："'吾儿，久不见若影，何竟日默默在此，大类女郎也？'比去，以手阖门……"亲切的语气，精细的动作，老祖母的神态、性格以及对孙辈那种又是责备、又是疼爱、又是喜悦的复杂心理，都被栩栩如生地刻画出来了。写亡妻，只说："时至轩中，从余问古事，或凭几学书。"平平淡淡两件事，却是情见乎辞，极生动地表现了夫妻间的亲密关系和深厚感情。典型细节的运用和人物对话的描写，无一不是收到了以少胜多、以简驳繁的艺术效果。这里同样表现了作者对生活感受的真切和表现生活时精心提炼的功夫。

尊崇和宗法归有光的桐城派古文家姚鼐，在他编选的《古文辞类纂》中选录了这篇文章，但对上述表现手法略有微词。他在"吾儿，久不见若影"数句上批道："小说家。"所谓"小说家"，是指在小说创作中常见的通过细节和对话表现人物的手法。这表现了正统派古文家的偏见。他们认为小说是旁门左道，登不得大雅之堂。但是姚鼐的批语恰好说明：归有光能在散文中吸取小说手法，是很有眼光的。这正是他的长处。实际上，这也是对从《左传》《史记》以来传统叙事散文的一种继承和发展。不过作者这样写，并不是因为传统文学中有这样的成法，而是因为内容的表达有这样的需要。有趣的是，姚鼐的前辈、桐城派的开山作家方苞，在他为数不多的几篇传世名作如《左忠毅公逸事》等文中，正好由于运用细节和对话刻画人物，染上了为姚鼐所轻薄的这种所谓"小说家"气而获得成功。这只能证明他们标榜的那套"义法"，在表现生活的时候常常无济于事，也证明了形象地反映生活的文学作品（包括文学性散文），只有从生活出发，从作者对生活的切身感受出发，突破种种写作程式之类的僵死教条，才能写得有血有肉，显出生动清新的气息。

最后谈谈这篇散文的抒情特色。抒情的作品，无论散文或诗歌，就其抒情的特色来讲，可大别为两类，一类是强烈、奔放、直露的，一类是平静、含蓄、深沉的。这篇散文在情感的表达上，有发展、起伏、流荡，但从总体来看是属于后者。全篇以叙事为主，穿插写景和议论，写得质朴自然，毫无矫饰。不大张声势，不故作惊人之笔，甚至也不采用色彩强烈的词藻来作恣意的渲染，而只是运用明净、流畅的语言，平静而不露声色地叙写往事，字里行间，却处处渗透着作者的思想感情。言近旨远，辞浅义深，寓丰厚于单纯，于平淡中见浓郁，是这篇散文耐读而得到人们喜爱的一个重要原因。如前面借象笏事写对先大母的感念，后面以“吾妻死，室坏不修”写妻子亡故后生活的百无聊赖和内心的忧伤，都是含蕴较深，简淡而又极富情致的。而最为人所赞赏的是全文的结尾：“庭有枇杷树，吾妻死之年所手植也，今已亭亭如盖矣。”睹物伤怀，物是人非，没有一个字言及思念，而思念之情表现得极为诚挚动人。明人王锡爵曾评归有光说：“所为抒写怀抱之文，温润典丽，如清庙之瑟，一唱三叹。无意于感人，而欢愉惨恻之思，溢于言语之外。”含而不露，以情动人，不去刻意追求强烈的效果，却取得了很好的效果，这确是归有光散文的一个显著特色。

归有光的记叙散文，多写家庭生活琐事，生活面比较狭窄，缺乏现实内容。即以本篇而论，抒发的只是一个没落的封建知识分子的喜和悲，主要是悲；悲家庭失和，家族衰败，仕途失意，母逝妻亡——总之，悲封建时代一个不得志的知识分子身世命运的不幸，全篇充满了一种低沉的感伤情调。他的眼光仅局限于一室一家而未及于天下大事；他所梦想和追求的，不过是读书、中举、富贵，以实现先大母的期望；他时而自我欣赏，自我陶醉，时而又陷入不可自拔的悲哀。应该说，这样的胸怀、理想和情趣，即使在封建士大夫中也是并不高明的。但是尽管如此，在明中叶那个理学统治人们的头脑，社会上作伪成风，文坛上以雕琢为工，以剽窃为能事的时代，像这样平易自然、质朴清新、感情真挚、毫不装腔作势的文章，无异是给当时的文坛吹来一股新鲜空气，透露出一线生机。这就有它的价值和不可否认的历史进步意义。同时，它在艺术表现上的某些经验，仍可作为我们今天创作时的借鉴。

张岱《西湖七月半》

西湖七月半，一无可看，只可看看七月半之人。看七月半之人，以五类看之。其一，楼船箫鼓，峨冠盛筵，灯火优傒，声光相乱，名为看月而实不见月者，看之。其一，亦船亦楼，名娃闺秀，携及童娈，笑啼杂之，还坐露台，左右盼望，身在月下而实不看月者，看之。其一，亦船亦声歌，名妓闲僧，浅斟低唱，弱管轻丝，竹肉相发，亦在月下，亦看月而欲人看其看月者，看之。其一，不舟不车，不衫不帻，酒醉饭饱，呼群三五，跻入人丛，昭庆、断桥，嘄呼嘈杂，装假醉，唱无腔曲，月亦看，看月者亦看，不看月者亦看，而实无一看者，看之。其一，小船轻幌，净几暖炉，茶铛旋煮，素瓷静递，好友佳人，邀月同坐，或匿影树下，或逃嚣里湖，看月而人不见其看月之态，亦不作意看月者，看之。

杭人游湖，巳出酉归，避月如仇。是夕好名，逐队争出，多犒门军酒钱，轿夫擎燎，列俟岸上。一入舟，速舟子急放断桥，赶入胜会。以故二鼓以前，人声鼓吹，如沸如撼，如魇如呓，如聋如哑。大船小船一齐凑岸，一无所见，止见篙击篙，舟触舟，肩摩肩，面看面而已。少刻兴尽，官府席散，皂隶喝道去，轿夫叫船上人，怖以关门，灯笼火把如列星，一一簇拥而去。岸上人亦逐队赶门，渐稀渐薄，顷刻散尽矣。

吾辈始舣舟近岸。断桥石蹬始凉，席其上，呼客纵饮，此时月如镜新磨，山复整妆，湖复颒面，向之浅斟低唱者出，匿影树下者亦出，吾辈往通声气，拉与同坐。韵友来，名妓至，杯箸安，竹肉发。月色苍凉，东方将白，客方散去。吾辈纵舟酣睡于十里荷花之中，香气拍人，清梦甚惬。

晚明小品在我国散文史上占有一席地位。明代正统诗文在前后七子复古主义文学思潮的影响下，充斥着字摹句比的拟古之作，蹈袭前人，毫无生气。公安、竟陵派的袁宏道等人相率起来反对，提出“独抒性灵，不拘格套”的文学主张（袁宏道《叙小修诗》）。晚明小品就是这种文学主张在散文创作中的实践。这些小品文，大都直抒胸臆，信笔写出，叙事、写景、抒情，短小精悍，流丽清新。作家执笔时，不是代圣人立言，也不墨守某种写作程式，不造作，不虚饰，而是以平易流畅的语言极自然地表现自己的真情实感。其中佳作，不乏浓郁的诗情，优美的意境。

张岱是晚明小品的代表作家，《西湖七月半》是他的代表作。这篇文章选自他的散文小品集《陶庵梦忆》卷七。陶庵是张岱的号。这本集子创作于他入清以后，在奇情壮采中寄寓着身世之感。他原是一个大家子弟，一直过着富贵豪华的生活。明亡以后，他“无所归止，披发入山”，“遥思往事，忆即书之”，“偶拈一则，如游旧径，如见故人”（《陶庵梦忆序》）。五十年“繁华靡丽，过眼皆空”，如梦境似的朦胧而又清晰，他追忆、怀想，发而为文，既表现了对往日繁华生活的怀恋，又时时透露出国破家亡的隐悲。

《西湖七月半》是对昔日杭州人七月半游西湖的风习和情景的追忆，通过具体生动的描绘，表现了作者清高自傲的思想和风雅不俗的情趣。文章有景有情，情景相生，是记叙文，也是抒情文。文笔简洁优美、活泼清新，颇富情趣，表现了张岱小品文的艺术特色。

这篇文章构想新奇，不落俗套。“西湖七月半”，概括了文章要写的地点、时间。西湖为风景秀美的胜地，七月半是素月生辉的良夕，这该是一个写月景的好题目。但作者偏能别出奇想，全文力避正面写看月而重点去写看人，却又妙在写看人并未离开写看月：是在看月之夜看各色各样的看月或不看月之人；又是从写看人出发，最后还归结到写看月上。

“西湖七月半，一无可看，只可看看七月半之人。”首句即干净利落地落到题目上，然而出人意表，起笔就撇开写看月而引入写看人。看似大煞风景之笔，实为文思流宕、开拓奇境之笔。有此一句，下文便放开笔墨去写西湖七月半的五类游人，写出他们不同的身分、地位、情态、格调。作者观察细致，写得具体、准确、生动。对五类人并未进行评论，只作客观描述，但作者的爱憎褒贬，态度十分鲜明，从对各类人物情态的生动描绘中，读者已不难窥见作者本人的思想风貌。

第一类是达官贵人，坐着高高的楼船，奏着热闹的箫鼓，摆着丰美的筵席，灯火辉煌，倡仆从杂。这是“名为看月而实不见月者”。“见”字用得准确，说明这流人不仅无意于看月，甚且连月也未曾见，使人疑其不知有月。第二类是富贵之家的

“名娃闺秀”，也是高坐楼船，却是喧呼嬉笑，左顾右盼。他们与第一类不同，只是“还坐露台”，属于“身在月下而实不看月者”。后面三类人都看月，但情形又各不相同。第四类是一帮衣冠不整，酒醉饭饱，嗥呼嘈杂的无赖子弟。他们看月，也看人（看月和不看月的人），什么都看，实又什么都无心看、不懂得看，所以是“实无一看者”。这类人身份情调与上两类大别，而在不懂得欣赏月景上却又毫无二致。第三、第五两类是一些情志高洁的风雅之士，作者以“浅斟低唱，弱管轻丝”写其闲静（虽有声歌却轻柔而不喧闹），以“茶铛旋煮，素瓷静递”写其雅洁。这两类才是真正看月的，情趣相近，却又并不完全相同：前者看月而不避人看其看月，后者看月而不喜人看其看月。字里行间，明显地流露出作者对他们的赞赏，并引为同调。作者对五类人的态度，含蓄而又鲜明，以其是否有意于看月和懂不懂得看月，别雅俗，定好恶，不仅隽永别致地抒发了自己鄙视庸俗的思想感情，而且为末段写看月时“呼客纵饮”“往通声气”预作了布置。

第二段以“一无所见”与首段的“一无可看”相呼应，进一步以鄙视嘲笑的态度写杭人七月半游湖的情景。上段分类描述，此段则总写热闹场面。“避月如仇”四字，将全段描写重点摆到那些徒好看月之名，一味追赶热闹，既无意于看月亦不懂得看月的人们身上。作者写场面气氛，抓住特点，用笔精练，极为生动传神。他先从听觉写：“如沸如撼，如魇如呓，如聋如哑”，仅十二个字就渲染出一种与赏月极不协调的纷乱嘈杂气氛。接下去从视觉写：“止见篙击篙，舟触舟，肩摩肩，面看面而已。”写夜深人散情景，又以“喝道”“簇拥”“逐队”等作进一步点染。写七月半杭人游湖看月盛况，却整段不及一个月字。作者显然是有意避月以写人，即人以写景，撇开大自然的月景，而着意去描绘一幅形形色色人物活动的风俗画。

末段方是看月正文。“吾辈始舣舟近岸。”一个“始”字即将笔墨调到写看月上来。转换如此轻熟自然。“吾辈”二字则明显地表现了一种卑视尘俗的意味。是在将种种鄙陋人物之种种恶俗情态和热闹场面看尽之后，才转而写到自身的活动——赏月。这段看月文章，从前两段看人的文章反逼出来，两相映衬，便愈能见出看月之妙，也愈能见出赏月人之雅。因此，作者用墨不多，感情的抒发却显得酣畅淋漓。由点到面，由人及己，从分类介绍到总写场面，从写人进而写月，前后形成鲜明的比照：人声鼓吹时是那样喧闹，人散月出时是那样清幽。两种境界，两番天地，两样情感。全文写月不过两句：一句是“月如镜新磨，山复整妆，湖复颒（洗的意思）面”，从湖光山色写其皎洁；一句是“月色苍凉，东方将白，客方散去”，从人的感受写其清凉。寥寥数语，绘出一幅西湖月景图，充满诗情画意。这样，虽然全文的重点在写看人，而其立意却仍在写看月，以他人之无意于看月和不懂得看月，来衬托自己及与自己同调的一群领略湖山月色之美的清兴，进而抒写了卑视庸俗之辈的清高雅洁的思想情趣。

作者抒情不浅不露，含蓄隽永，主要采用寓情于景的写法。通读全篇，就会感到前两段似乎无一字言情，实际却是句句写景，句句有情。即以末段而论，直接抒写作者内心感情的也只有两个字：一个是“呼客纵饮”和“吾辈纵舟”的“纵”字，写出饮酒赏月时的无拘无碍、痛快淋漓；一个是“香气拍人，清梦甚惬”的“惬”字，写出诗情画意之中畅快适意、令人心醉的感受。这两个字在表达感情上能显得这样丰厚、饱满、酣畅，是因为有前两段文字反衬，是因为有生动传神的描写支撑。抒情散文单靠堆砌色彩强烈的词藻，往往单薄苍白，无济于事。

这篇文章写得生动活泼，情趣盎然，跟作者巧于用字和安排句式有关。在通常情况下，作文要避忌一个字在同一句或前后句中重复使用。作者却有意采用重复用字的方法，不仅不给人单调和累赘之感，相反造成一种特殊的情味，收到了很好的艺术效果。第一段文字不长，却一连用了二十三个“看”字。首先是写五类人，每类均以“其一……看之”的句式排出，不仅对五种人分类显豁，令人一目了然，更重要的是重复用“看之”作结，传达出一种冷眼旁观的意味，表现了一种轻嘲微讽的感情色彩。其次，这段文章虽然没有一个字写到作者的活动，由于反复使用“看”字，作者使以一个导游者兼评论者的身份出现在文章里，不仅带领读者看各色各样人物的表演，而且还不露声色地指点我们怎样欣赏他们的表演。这段文章，妙在无一处有作者，又无一处无作者，而且还处处带进读者，这跟重复用“看”字用得好分不开。第三，有时在一句中相间连用几个“看”字，如“亦看月而欲人看其看月者，看之”（用四个）；“月亦看，看月者亦看，不看月者亦看，而实无一看者，看之”（用七个）。准确生动地表现了几层意思的曲折变化，语句本身传达出一种轻俏活泼的情味。

五类人，有同有异，同中有异。作者除直接描述外，还巧妙地通过字法来显示，用笔既省俭，表现又准确。“亦船亦楼”，“亦船亦声歌”：“亦”字显示了不同类人之间相同的一面。“不舟不车，不衫不帻”：“不”字显示了这类人在身份、风貌上与其他人的独异特出之处。同为“亦”字，在不同句子的不同位置上，显示的意义也各不相同：“亦在月下，亦看月”，是跟前一类人比较而言，意思是同在月下，同样看月；“月亦看，看月者亦看，不看月者亦看”，是就看月者自身而言，意思是他们这也看，那也看，什么都看。第五类“看月而人不见其看月之态，亦不作意看月者”，同为看月的雅士，但与第三类“浅斟低唱”者又不全相同：“不见其看月之态”是其一，“亦不作意看月者”是其二：“不”“亦”二字，将其间细微的差别准确地显示了出来。

第三段写游人看月的纷扰杂乱情景，用了两组排比句式。第一组三个短句连用六个“如”字；第二组四个短句用了四个不同的动词：“击”“触”“摩”“看”，同样是准确精练，以少胜多，收到了很好的效果。这些都是文章的细微之处，谈来不免近于琐碎。但是传情达意要曲尽其妙，细致准确，活泼而富于情趣，也是不可不注意的。而这，正是这篇文章一个显著的艺术特色。

关于晚明小品，鲁迅先生曾作过全面评价，有肯定，也有批评。他说：“明末的小品虽然比较的颓放，却并非全是吟风弄月，其中有不平，有讽刺，有攻击，有破坏。”（《南腔北调集·小品文的危机》）对于小品文的作者，他说：“有国时是高人，没国时还不失为逸士。逸士也得有资格，首先即在‘超然’，‘士’所以超庸奴，‘逸’所以超责任。”（《且介亭杂文二集·杂谈小品文》）对于张岱的小品文，我们正该用这样的眼光去分析。在文章里，他对那些只图满足于声歌之娱、宴游之乐的达官贵人投以轻蔑的嘲笑，自有其一定的积极意义；但他所沾沾自喜的不过是既“超庸奴”又“超责任”的高人逸士的风雅情怀，在我们今天看来，其格调也是并不太高的。但文章构思精巧，描写缜密，确实写得清隽优美，富有诗情画意，在艺术表现上有其独特之处，可供我们借鉴。

钱邦芑《游南岳记》

往来湖南数矣。欲游岳，辄不果。甲辰中秋，由武陵入中湘，参语嵩和尚，遂订岳游。

二十五日，买小舟，溯湘流而上，晓霞散绮，风日淡洁，湘波澄碧，蘋藻漱青水中，沙石时作五采，与波光朝日，荡漾不定。舟子鼓棹，又若与秋波风色，夷犹相得也。予与语嵩顾而乐之。命弟子古道、杓云煮茗共酌。语嵩曰："前之游者，多赋望岳诗，吾辈盍望之？"至招灵滩，水急舟迟，登岸望，不见，见远山数痕甚疏秀。土人曰："此湘乡诸山也。"古道曰："即不必见岳，潇湘山水，已足移人情矣。"语嵩然之。舟更进，晚泊淦田。有小山。晚霞映波，渔火隐隐，村中人语与犬狺相乱，不可辨。是夜，心怀岳，不成寐。微风鼓波蹴激滩，声乍大乍细，音响清越。

次早，复开帆，风日流丽。亭午，泊都石驿。小冈隆起，上有破庙，制朴拙，一僧貌瘦古，不解迎客。予与杓云登庙高埠，冀望见岳峰。亦止见醴陵诸山，排青展翠而已。再进至朱亭，始睹岳于天外，浓淡数峰，彷佛烟云停积也。更进至樊田，则诸峰隐见，了然可辨矣。薄暮，轻烟一缕，由南而北，横映水面，少顷渐阔。是夕无霞，远山平畴，荒洲浅渚，渔舟牧笛，俱掩映缥缈，空濛淡碧，非云非雾。波光摇漾，天然画图。始信许用晦"湘潭云尽暮烟出"，厥有以也

次午，抵清凉寺。寺后竹院清深，古树十余株，野鹰宿其上。夜午后，长鸣相和，声甚清远。寺僧凭此为刻漏。

次早，同语嵩入山。沿途多古松清泉。松皆具好势，有奇绝出人意表者。玩之不足，遂忘饥疲。行三十里，至岳庙，崇巍巨丽，足起人敬。而祭赛鄙亵，难以理谕。顾瞻叹息，作诗二章。赛岳神，遂去。宿长寿庵。

次早，由宁波桥上山。石磴累折，美材竹箭，丛杂翔舞，加以新霜欲下，

丹黄点缀，步步增丽。是日虽晴爽，而微风曳云，聚散无定。在山麓，则云横半峰；至山腰，回瞩山下，云复遮映溪壑，不辨来路矣。细观山势，三支齐落，中皆石涧，诸小水奔汇。山行十里之上，泉流渐急，草石竹树之间，无不泉者。或隐或现，或巨或细，或浸草间，漫道上，或涌石隙，穿竹树林莽，乍合乍分，不可名定。汇于大涧，涧中怪石牙互林立，惊涛斜冲，怒波反跳，掷雪飞花，行者时见时没。高下望之，状亦屡迁。至玉版桥，则树荫泉合，足娱人怀。因植杖小憩。僧三人自山而下，见人直视不语如野兽。须臾去。再上，至半山亭。亭圮废不可居，煮茶啜之。下视溪山与田畴村坊，间杂映带，青碧萦绕，攒蹙累聚，浓淡不一。再上，则山势渐出，诸峰毕现，指点所历，左右瞻瞩，有冈焉者矣，有坡焉者矣，有陵焉、岫焉、崖峦岭壁焉者矣。少顷，至铁佛庵。竹径甚净，一僧迎客颇恭谨。徘徊竹间，外望福严寺及让祖塔、三生石，众人曰："留以慰归路。"遂上，至丹霞寺门外，南望山水奔赴，云物又变，气象浑阔，令人神动。又上，至南天门，则身在云表，俯临万壑，下视飞鸟，皆见其背矣。从此右折，披荆榛，穷微径，危崖临空，崖上石作舟形，蓬帆宛具，名飞来船。癸卯秋，迅雷暴雨，崖为之崩，胜迹永绝，游人犹指故处凭吊焉。稍下，有说法台，意不欲往，遂回。又循石级数折，至上封寺。寺在祝融峰旁，登峰顶，则云气旋绕，下临无际，东顾天宇，明净如洗。西面白云弥空，山下云气渐起相接，须臾遍满上下，长风鼓煽，如涛雪乱涌，由西而东，少焉，东方亦弥漫如银海。六宇一色，天风浩浩，若身蹑虚空，不见尘界。予恍惚不能言。须臾，云渐收，众云奔逐四去，残阳遥映，余霞弄采，紫翠万状。下视山后，冈岭纵横，群壑互注，寺宇隐叠，岩穴深阻，不能辨其向背矣。时心目既厌，天色亦暝，会仙桥，不语岩俱不能游。因就宿寺中。

钟鸣后，寺僧课诵。予蹴语嵩起，出寺左，寻观日台望日出。荆门费瞿如亦至。重阴渐豁，霜气在眉。东方白雾中一线霞裂作金黄色，由南亘北，直视万里。少时渐巨，炫为五色，正东赤艳尤鲜。更待之，一轮血紫从层云底奋涌而起，光华万道，围绕炫耀，大地豁朗，心目俱爽。复回至峰顶，遍望七十二峰，远近出没，可辨识者，三十余峰耳。然高下断续，起伏变化，如波涛奔属，已极宇内奇观矣。初在半山，上睇五峰，若并尊。登祝融，则烟霞、碧萝诸峰，又若儿孙罗立。四望潇湘蒸浨诸水，微白如练带，明灭烟岚外，恍疑为沟洫矣。回视其下，向所穷力攀陟若不可升者，皆培塿匍伏，若蚁垤蚓穴，与溪流岩树，凸凹相间，岈然洼然，绕白围青，近溷烟霞，远际天碧，虽莲花、巾紫、马鞍诸峰，亦不可细辨，又毋论回雁、岣嵝矣。眺望既极，策杖下燕子岩，止碧萝山房。老僧煮菜作粥。啖甚美。

次日，静坐养足力。午后，闲步岩下看飞泉，见老僧同语嵩默坐盘石，予往就之对坐。日影移二尺，白云从谷中起，迷冥半山，落日映飞泉，岩上竹树藤萝，红黄交杂。忽罗克生同智林携茶蔬就山房夜话，因共谈禅，访山中逸事，过夜午，山鸟起噪，乃就枕。

明日，克生去，予与语嵩步杖出大谷，下中山寺。一路皆古木怪藤，泉声淙淙，回旋杖履间，不能识其去来。次日，雨阻。

次日，稍霁，乃入茅坪，会喻苇大师，吾乡广陵人也。谈论相得，因止信宿。乃往九龙寺。由中山至九龙，千溪乱声，万石叠岫，深林修竹，怪树飞瀑，隐天阻日，蒙雾搴烟，最为幽丽。予与语嵩、古道徘徊赏叹、各为诗纪之。及至九龙，则深溪汇流，石桥横跨，老树重荫，岩嶂回合，到门少憩，已令人意消矣。夜宿寺中，溪声入枕，清韵欲绝。

次日为重九，喻苇来就谈竟日。予以劳成疾，卧三日，乃瘳。游兴遂懒，近若禹城、水帘，远若天台、方广，俱不得游。语嵩率杓云由后山归，予与古道复寻前山故道。再过丹霞，时尚阴翳。至铁佛庵，忽天霁风和。回瞻五峰，峰带宿雾，飞青缥碧，又一景象。较前登山时，迥然大别。下至半山亭，回望之；至玉版桥，停杖又望，步步回瞻，步步另作一状。同此山水，同此心目，不知何故顿异前境。

大约前后相去二十余日，秋林饮霜，丹翠变色，木叶微脱，岩壑露骨，加以云烟缭绕，浅深索带，故气色殊异。予因慨为日几何，而山川之胜遂因时改观，至明岁重游，又不知作何状矣！大约宇内名胜非一时可尽，亦非一人所独擅，留其余以俟他日，并以供后人之搜索，则意趣无穷矣。柳河东诗不云乎："谁为后来者，当与此心期。"善游者之胸怀，固如是哉！

这篇《游南岳记》，无论就篇幅之长还是就时间跨度之大来说，在以精练为特色的古代游记中，都是不多见的。作者钱邦芑于甲辰（清康熙三年，1664）中秋由武陵（今湖南常德市）进入湖南东部，与语嵩和尚相约游衡山。二十五日出发，至重阳节后数日游毕，前后历时二十余日。这篇文章将他游衡山的全部过程、路线以及所见的景物，几乎是按日加以记述，很像是一篇内容前后关联的旅游日记的缀合。这种写法有它的弊病，也有它的优长之处，有它的特点。弊病是显得琐碎繁冗，不够精练；可是它描写全面，带有导游性质，读来使人有亲切之感。

衡山为五岳之一，位于湖南省衡阳市北，是著名的游览胜地，有祝融、天柱、芙蓉、回雁等72峰。作者对衡山有着特殊的感情。他由明入清，辞官不仕，隐居于衡山，死后也埋葬在衡山的集贤峰下。正是由于作者特别热爱衡山风景，他才写得那么详细，那么精心，把衡山写得那么美。

文章虽然采用了全面铺叙的手法，但重点还是非常突出的，即游衡山本身。全文分三大部分：上山以前，上山，下山。主体部分是上山。上山以前是铺垫，处处提到衡山，围绕衡山，目标也在衡山。写下山是回映之笔，把衡山烘托得更美，让没有去的人向往，让去过的人回味、留恋。

下面就循着作者的导游，看看他是怎样欣赏衡山、描绘衡山的。作者是同语嵩和尚乘小舟溯湘水而上的，因此他先写湘潇山水景色。一开始就以清丽疏淡之笔写晴空碧水："晓霞散绮，风日淡洁，湘波澄碧。蘋藻漱清水中，沙石时作五采，与波光朝日，荡漾不定。"这景色已足令人神清气爽了，因此他们"顾而乐之"，"煮茗共酌"，以此表达欣喜之情。接着写途中登岸望山。望山是望衡山，可是衡山望不见，却"见远山数痕甚疏秀"，朦胧中显出湘乡诸山的疏淡秀美之色。写湘乡诸山之美，是为了衬托后面要写的衡山更美。这层用意通过语嵩的弟子古道之口说了出来："即不必见岳（指衡山），潇湘山水，已足移人情矣。"然后写淦田夜宿的的闻和见："晚霞映波，渔火隐隐，村中人语与犬狺相乱，不可辨。""微风鼓风蹴激滩，声乍大乍细，音响清越。"水乡渔村，那倒映在水中的晚霞，那忽隐忽现的渔火，那人语与狗吠相杂而显得充满生机的嘈乱，以及清越的滩流之声，在作者的笔下是那么美，那么令人陶醉。但值得注意的是，作者在这段描写中曾两次点到衡山，一是曾登岸望岳，二是写"是夜，心怀岳，不成寐。"这说明作者的主要目标是登上衡山，途中的风景尽管很美，他却一刻也不曾忘掉衡山。游览时如此，写作游记时也是如此。下面写赴岳途中，基本上都是采用这种笔法，即一面描绘渲染途中秀美的景色，却时时处处不忘衡山，明里暗里不断映衬和烘托衡山。如写次日亭午泊都石驿，又"登庙高埠，冀望见岳峰。亦止见醴陵诸山，排青展翠而已。"美则美矣，但仍不满足，因为一心想望的是衡山，却还没有望见。到了朱亭，已近衡山了，这时"始睹岳于天外，浓淡数峰，仿佛云烟停积也。"终于看到衡山了，却又似远在天外，有浓有淡的几处山峰隐约呈现在眼前，好像是被积聚的云烟层层笼罩着。再写到樊田，“则诸峰隐见，了然可辨矣。”由望不见到望见，由“烟云停积”到“了然可辨”，都是以衡山作为目标，来逐渐地显现出游者的心理和旅途进程的发展变化的。这样，虽然作者在上山前写途中景物花了不少笔墨，却因有衡山作为凝聚点，读来笔墨也并不显得散漫。也因此，有关薄暮轻烟那段描写，犹如一幅意境深远的水墨画，尽管非常迷人，而读者的心，却由作者所引的许浑的诗句“湘潭云尽暮烟出（诗题为《春日思旧游寄南徐从事刘三复》，“烟”字原诗作“山”，见《全唐诗》第八函第八册许浑诗卷九）”，而被引向更迷人的衡山了。

游山正文，占了全文的绝大部分篇幅。写山上景色，同样以铺陈的笔势，似无拘敛，涉及的面十分广泛，但细读就会发现并非看见什么写什么，而是突出衡山的几个主要特点：松、泉、云、山势，还有在观日台看日出。其间又并不是平均使用笔墨，而是有主有次，有详有略，有粗有细，或轻轻带过，或反复点染，或细加描绘，视对象的不同作了不同的处理。如写松就比较简约，只说“沿途多古松清泉。松皆具好势，有奇绝出人意表者。玩之不足，遂忘饥疲。”从松树枝干的奇异形态着笔，但只取要概括，不作细描，让读者自己去想象。而写泉流则十分具体：

> 山行十里之上，泉流渐急，草石竹树之间，无不泉者。或隐或现，或巨或细，或浸草间，漫道上，或涌石隙，穿竹树林莽，乍合乍分，不可名定。汇于大涧，涧中怪石牙互林立，惊涛斜冲，怒波反跳，掷雪飞花，行者时见时没。高下望之，状亦屡迁。至玉版桥，则树荫泉合，足娱人怀。

这泉流有巨有细，有隐有显，几乎无所不在，简直成了衡山的血脉；而且形态万千，变化无定，初为涓涓细流，汇聚则为惊涛巨澜，充分展现了衡山生命的活力。写云气，则反复描绘，力状其变幻之态。先写初上山时，天气晴爽，“微风曳云，聚散无定”；在山脚往上看时，见“云横半峰”；“至山腰，回瞩山下”，则见“云复遮映溪壑，不辨来路矣。”足见衡山上下，峰峦溪壑，都掩映笼罩在云气之中，显得那么幽深莫测，而非一览无余。最动人的是到了南天门，已是身居云外，所见又别是一番景象：“俯临万壑，下视飞鸟，皆见其背矣。”最后登上衡山最高峰的祝融峰顶：

> 则云气旋绕，下临无际，东顾天宇，明净如洗。西面白云弥空，山下云气渐起相接，须臾遍满上下，长风鼓煽，如涛雪乱涌，由西而东，少焉，东方亦弥漫如银海。……须臾，云渐收，众云奔逐四去，残阳遥映，余霞弄彩，紫翠万状。

真是风卷云腾，穷极变幻，异彩纷呈，气象万千。这种从不同的位置、不同的角度、不同的时间所看到的云气变幻景象，可说是衡山上最动人的奇观之一，故作者不惜笔墨，反复加以刻画渲染。

另一个着力描绘的重点，是日望台观日出。作者以精练的文字，写出了瞬息万变的动人景象：

> 重阴渐豁，霜气在眉。东方白雾中一线霞裂作金黄色，由南亘北，直视万里。少时渐巨，炫为五色，正东赤艳尤鲜。更待之，一轮血紫从层云底奋涌而起，光华万道，围绕炫耀，大地豁朗，心目俱爽。

这里作者从两方面来捕捉和表现日出时那种难以言传的奇妙景观：一是写光亮的明暗变化，从“重阴渐豁”到“光华万道”，“大地豁朗”；二是写颜色的变化，由初时金黄色的一线霞光，到“炫为五色”而“正东赤色尤鲜”，再到“一轮血紫”“奋涌而起”。这就既显示出日出时的动态，又显示出日出时的异彩，使人有身临目睹之感。

写山势，则穿插在三处写，便见得参差错落，而不显得单调呆板。第一处是在前面写云、泉时插入一笔：“细观山势，三支齐落，中皆石涧，诸小水奔汇。”第二处，是在过半山亭以后再往上走，“则山势渐出，诸峰毕现”，而下视所历的峰峰岭岭，则呈现出各种奇形异状：“有冈焉者矣，有坡焉者矣，有陵焉、岫焉、崖峦岭壁焉者矣。”或低平，或倾斜，或颓而矮，或峭而奇，或峻如崖峦，或险如绝壁，凡入山所能见到的山的各种势态，几乎都毕集于此。第三处，是在观日出后，回到祝融峰顶，遍望衡山七十二峰，看见了远远近近出没的三十余峰：“高下断续，起伏变化，如波涛奔属，已极宇内奇观矣。”继而乘兴比较在不同高度、不同位置看见山势的不同感受：“初在半山，上睇五峰，若并尊（好像高度相等）”；而登上祝融峰一看，“则烟霞、碧罗诸峰，又若儿孙罗立”，简直不能跟主峰相比了。而“回视其下”，先前费力攀登时感到“几不可登”的奇峰险岭，则“皆培塿匍伏（像一些小土丘趴在地上），若蚁蛭蚓穴（像蚂蚁蚯蚓洞穴旁边的土堆）”，实在显得微不足道了。由上下四方的眺望，烘托出了所在祝融峰的高峻险要。

以上所写是全文的主体所在，也是衡山的主要特色，突出了这些特色，衡山的整体面貌和浑阔的气象便在读者的心中了。而其间又穿插点染了许多方面的内容：如岳庙的崇巍巨丽，美材竹箭的丛杂翔舞，田畴村坊的间杂映带，以及被雷雨崩毁的飞来船，和远望微白如练带的潇湘蒸洣诸水等等。有时在写景中又插进主观感受的描写，如见白云弥空、六宇一色时，他写道：“若身蹑虚空，不见尘界。予恍惚不能言。”又如观日出，在围绕炫耀、大地豁朗时，作者加上：“心目俱爽”四字。虽仅稍作点染，却也将情与景结合起来，增强了文章的感染力。

最后写下山，比较简短。可注意的是：“复寻前山故道”而下，所观景象却与“前登山时，迥然大别”。他是一步一回头：“下至半山亭，回望之；至玉版桥，停杖又望，步步回瞻，步步另作一状。”这样写，一则以回映之笔表现作者对衡山的留恋之情；二则由此引出“山川之胜遂因时改观”的感慨，表现出“宇内名胜非一时可尽，亦非一人所独擅，留其余以俟他日，并以供后人之搜索”的余兴和“善游者之胸怀”，是结得比较富于意趣的。

（原载北京大学出版社 1989 年版《中国名胜诗文鉴赏辞典》，此文未收入北京大学出版社 2002 及 2005 年版《古诗文的艺术世界》，为十卷本《周先慎文集》补录）

刘大槐《游三游洞记》

由夷陵州治，西北陆行二十里，濒大江之左，所谓下牢之关也。路狭不可行，舍舆登舟。舟行里许，闻水声汤汤，出于两崖之间。复舍舟登陆，循仄径曲折以上。穷山之巅，则又自上缒危滑以下。其下地渐平，有大石覆压当道，乃伛俯径石腹以出。出则豁然平旷，而石洞穹起，高六十余尺，广可十二丈。二石柱屹立其口，分为三门，如三楹之室焉。

中室如堂，右室如厨，左室如别馆。其中一石，乳而下垂，扣之，其声如钟。而左室外小石突立正方，扣之如磬。其地石杂以土，撞之则逢逢然鼓音。背有石如床，可坐。予与二三子浩歌其间，其声轰然，如钟磬助之响者。下视深溪，水声泠然出地底。溪之外翠壁千寻，其下有径，薪采者负薪行歌，缕缕不绝焉。

昔白乐天自江州司马徙为忠州刺史，而元微之适自通州将北还，乐天携其弟知退，与微之会于夷陵，饮酒欢甚，留连不忍别去，因共游此洞，洞以此三人得名。其后欧阳永叔暨黄鲁直二公皆以摈斥流离，相继而履其地，或为诗文以纪之。予自顾而嘻，谁摈斥予乎？谁使予之流离至于此乎？偕予而来者，学使陈公之子曰伯思、仲思。予非陈公，虽欲至此无由，而陈公以守其官未能至。然则其至也，其又有幸有不幸邪？

夫乐天、微之辈，世俗之所谓伟人，能赫然取名位于一时，故凡其足迹所经，皆有以传于后世，而地得因人以显。若予者，虽其穷幽陟险，与虫鸟之适去适来何异？虽然，山川之胜，使其生于通都大邑，则好游者踵相接也；顾乃置之于荒遐僻陋之区，美好不外见，而人亦无以亲炙其光。呜呼！此岂一人之不幸也哉？

三游洞在今湖北省宜昌市，因为唐代的著名诗人白居易、元稹和白行简曾同游此洞而得名。此洞不仅环境优美，景观奇特，而且为古诗人之遗迹，因而来此游览，不仅可以欣赏大自然的风光，而且还可以追寻古诗人的游踪，探求文化胜迹，发思古之幽情，美的享受和文化上的滋养兼容并包。刘大櫆的这篇《游三游洞记》，正是从三游洞的这一特点出发，记游三游洞时的见闻和感受。

全文分为四段。第一段写作者从夷陵（今湖北宜昌市，为当时夷陵州的州治所在地）出发到三游洞的路途情况。第二段写三游洞的景观。第三段写三游洞得名的由来，并交代自己游三游洞的因由和同行者。第四段发表感慨，收束全文。文章先写景而后议论，写景按游历顺序，这是写景文的通例，虽无奇巧之处，却也顺理成章，十分自然流畅。

第一段写到三游洞途中的经历，很有特色。其间，除了点明路径，即从哪里到哪里，经过何处之外，主要突出两个方面：一是曲折，一是艰险。所谓曲折，首先是指不能由陆路直达，须经水陆交通互换几次。他先从陆路向西北行二十里，到了濒临长江左岸的下牢关，因路窄不可行，便“舍舆登舟”，由陆路转水路；舟行一里左右，听见“水声汤汤”，船从两座山崖之间穿出，又“舍舟登陆”，由水路再转陆路。其次是指路径的狭窄弯环，高高低低，曲曲折折，极难行走。所谓艰险，一是指路窄难行，二是指“穷山之巅（登到山顶），则又自上缒（用绳拴住垂下）危滑以下”。由下而上攀登，又由上而下缒滑，其艰险难行可见。此时“地渐平”，却又“有大石覆压当道”，只能弯着腰、低着头从石头下面穿过。经历了这番曲折艰险，这才“豁然平旷”，终于到了三游洞。这样写，显然具有两方面的意义：一方面，历险方能探胜，路途愈曲折难行，便愈能让人想到三游洞必定景观殊异，因而愈有吸引人的魅力。这是合乎一般游览者和欣赏者的心理的。另一方面，具体地写出游人难到的情景，便与末段“顾乃置之于荒遐僻陋之区，美好不外见，而人亦无以亲炙其光”的感叹和议论相呼应，使文章首尾连贯，气脉通畅，景、情、理三者很好地结合在一起。这段末已写到三游洞，但非常概括，只是点出是石洞，极高广。承上启下，既为后文的详细描写作了准备，又留下了余地。

第二段写洞，是全文的主体。起笔承上段“如三楹之室焉”句意，具体写洞中的三间石屋：中间的如厅堂，右边的如厨房，左边的如客厅。这一联想和比喻，赋予了这人迹罕到的石洞以人间气息，虽然荒寂，却使人产生一种亲切感。全段写三游洞，紧扣住一“石”字来写，从形状和声音两方面着笔。先写室中有一石，形状像乳房下垂的样子，叩击起来便发出如钟一样洪亮的声音。次写左室外的一块小石，突立而正方形，敲击起来声音如磬一般好听。再次写地上土石相杂，撞击起来又发出一种如敲鼓一样逢逢的声音。这是写洞中，写石头本身的形状和声音，为第一层。第二层是写洞外，也是从形状和声音两方面写，但情况又有所不同。先说洞的北面有一块大石头，形状像床一样，可供人坐憩。然后从三方面写声音，但都不再是敲击石头发出的，却又跟石洞有关。其一是作者与同游的几个人在其间放声歌唱，那声音轰轰然，如有钟磬之声相伴奏。这种特异的音乐效果，显然是人的歌声与石洞的石壁相应和而产生的。其二是向下看那深溪中的流水，听到一种清亮悦耳的声音，好像是从地底下发出来的。其三是朝溪外看，则见“翠壁千寻，其下有径，薪采者负薪行歌”，那歌声悠扬细长，不绝于耳。或人声或水声，或高或低，或轰然宏大，或缕缕不绝，都极美妙动听。虽然不是直接从石洞发出来的，却跟石洞的位置（极高，外有千寻石壁）和构造（中空，穹形而高广，声音得以回响共鸣）有关。因此，没有直接写石洞，却又处处写了石洞，以虚映实，由虚见实，从不同的侧面与角度烘映了石洞，使读者由多种美妙的声音，去想象并领略三游洞的特异风光和优美景色。这些都是从作者游洞时的切身感受出发的，不是故弄玄虚，炫示技巧，所以显得十分真切。

第三段交代三游洞得名的由来，这是必要的。但作者的目的还在于由古及今，由人及己，生发出感慨，以引出最后一段的议论来。唐宪宗元和十四年（819），白居易由江州（今江西九江市）司马调任忠州（今四川忠县）刺史，携其弟白行简（字知退）同行，与当时由通州（今四川达县）司马改任虢州（今河南灵宝市）长史由南北上的元稹（字微之）在夷陵相会，三人于是同游此洞，白居易还为这次的游历专门写了一篇《三游洞序》。三游洞之名即由此而得来。后来宋代著名文学家欧阳修和黄庭坚等人也先后到这里游览，有的还写诗作文以记其事。从白居易到黄庭坚，他们都是因政治上失意，被贬抑而到这里，得游此洞；作者由此而联想到自己，不禁感到庆幸自喜。觉得自己得游三游洞，与古人不同，并非由于被摈斥而流离至此，而是因为湖北学政提督陈公（指陈浩，字紫澜）的盛情安排，由他的两个儿子伯思和仲思陪同来的，而陈公则因公务在身而不能前来。作者于是发出感慨：既是这样，那么到这里来游览的人，岂不是有幸与不幸的区别吗？这一感慨引出了下面整整一段议论来。从文章的结构上说，这一段由三游洞的得名，引发出议论，起到一种过渡的作用，十分自然。

第四段议论，由游人的幸与不幸，引出山川之胜也有幸与不幸的分别。其间的思路与说理却有一层曲折，并不简单平直。先是说白居易和元稹一类人，是名重一时的伟大人物，因而他们所游之地如三游洞，因人而显，成为名胜古迹，流传于后世。而自己却是一个微不足道的人物，虽然曾探寻幽僻之地，攀登险峻的山峰，却跟自然界虫鸟适应节候的去去来来没有什么区别。言外之意是：不幸之人（如乐天、微之），因他们的游历而为山川增胜，应该算是幸运的；而自己虽未遭不幸，却没有他们那样的奉献和名声，这么看倒反而有些感到不幸了。这是一层深微隐曲的感慨。接下来一转折，又生发出相关的另一层感慨，即上文写到的白、元、欧、黄等人是因遭贬斥而来此，自己是因陈公之助而来此，游览三游洞的机会并不是人人可得的。并进而想到，山川之胜实际上也有一个幸与不幸的问题。三游洞因古诗人来游而成为传世的名胜，这固然是其幸处，可是地处“荒遐僻陋之区”，而离通都大邑太远，因而优美的景色不能充分向世人展现出来，一般人是很难亲自去领略它的风采的，这不也是它幸中的不幸吗？这段感叹议论中包含着某种哲理意味，是耐人思索的。对三游洞地处“荒遐僻陋”游人难至的惋惜，实际上是曲折地表露了对洞里洞外特异风光的赞美；而对自己没有遭受摈斥流离之苦而生的那种“自顾而嘻”的庆幸感情，恰又隐含着某种因默默无闻、不为人知的落寞之感。这么说来，无论山川与人，都有幸与不幸，但都不会十全十美，总有令人遗憾之处。

自宋人以来，不少作者喜欢在记游文字中发表议论，佳胜者能使景、情、理三者互相交融生发，收到一种特殊的艺术效果。本文的议论虽不算怎样深刻，却也能给人一定的启发；同时，感慨议论从写景中引出，使文章首尾呼应，也显得紧凑严密。

姚鼐《登泰山记》

泰山之阳，汶水西流；其阴，济水东流。阳谷皆入汶，阴谷皆入济。当其南北分者，古长城也。最高日观峰，在长城南十五里。

余以乾隆三十九年十二月，自京师乘风雪，历齐河、长清，穿泰山西北谷，越长城之限，至于泰安。是月丁未，与知府朱孝纯子颍由南麓登。四十五里，道皆砌石为磴，其级七千有余。泰山正南面有三谷。中谷绕泰安城下，郦道元所谓环水也。余始循以入；道少半，越中岭；复循西谷，遂至其巅。古时登山，循东谷入，道有天门。东谷者，古谓之天门溪水，余所不至也。今所经中岭及山巅，崖限当道者，世皆谓之天门云。道中迷雾冰滑，磴几不可登。及既上，苍山负雪，明烛天南。望晚日照城郭，汶水、徂徕如画，而半山居雾若带然。

戊申晦，五鼓，与子颍坐日观亭，待日出。大风扬积雪击面。亭东自足下皆云漫，稍见云中白若摴蒱数十立者，山也。极天云一线异色，须臾成五彩，日上，正赤如丹，下有红光，动摇承之。或曰，此东海也。回视日观以西峰，或得日或否，绛皓驳色，而皆若偻。

亭西有岱祠，又有碧霞元君祠。皇帝行宫在碧霞元君祠东。是日，观道中石刻，自唐显庆以来，其远古刻尽漫失。僻不当道者，皆不及往。

山多石，少土。石苍黑色，多平方，少圜。少杂树，多松，生石罅，皆平顶。冰雪，无瀑水。无鸟兽音迹。至日观数里内无树，而雪与人膝齐。

桐城姚鼐记。

这是一篇著名的游记散文。作者姚鼐（1732–1815），字姬传，一字梦谷，因室名惜抱轩，世称惜抱先生，安徽桐城人。他是清代影响较大的古文流派桐城派的代表作家之一。他论文主张义理、考据、辞章三者的统一，以为“能兼长者为贵”（见

《述庵文钞序》)。他的散文创作是他古文理论的实践，即如这样一篇描写泰山自然景色的游记散文，也多少能看出这方面的特点。

泰山为五岳之首，是著名的登览胜地。写一篇登临观览泰山的游记，从哪里着笔呢？细想起来是颇费思索的事。作者下笔自然轻捷，毫不费力，因为他注意到了点和面的结合。全文的重点是写日观亭看日出，这是泰山的特点，也是作者此次登临感受最深之处。但如果只写看日出，纵然写得十分细致和出色，也不免单调，而不能使人见出泰山的全貌。作者恰到好处地把概括的介绍、简要的记述和生动具体的描写结合起来，使人既能见出泰山宏伟的形势，又能领略日出时的奇观。

文章的开头，用极简括的语言，以开阔的视野来介绍泰山的地理位置和周围的山川形势：南面有汶水向西流，北面有济水向东流；南面山谷中的水都流到汶水里去，北面山谷中的水都流到济水里去。而在南北水流分界之处，又有战国时留下的古长城。这是作者在登上泰山之前写泰山，是山外看山，是鸟瞰，是高瞻远瞩。寥寥几笔，从地理位置及周围的山川形势，写出了泰山的雄伟气魄。这样写，在引导读者入泰山探胜之前，就先获得一种对泰山气势雄峻的总体感受。古长城的衬托，又使人想见它岁月悠远，巍然矗立的风姿。末了加上一句“最高日观峰，在长城南十五里”，既进一步烘染出泰山的气势，又为下文写看日出伏一笔。

接着写登山。先交代时间是乾隆三十九年（1774）十二月，看似可有可无，实际与下文的景物描写紧密相关，绝不可少。次写登山路径，照应上段开阔的视野，由大到小，由远而近，从京师来到泰山脚下的泰安城。他和朱子颍由南麓攀登。泰山正南面有三谷：东谷、西谷、中谷。他们开始由中谷入，后又沿西谷直至山巅。具体地写出了登山的路径，好像一个导游者，引导读者一道攀登，读来便觉得亲切有味。写途中的景象突出一个险字：一是从中岭到山巅，有不少山崖像门户一样当着道路，人们称之为“天门”；二是雾重冰坚，攀行艰难。登上山顶后，有两句写景，又别是一番景象：苍翠的山峰覆盖着积雪，明亮的雪光映照着南边的天空。向下看去，汶水和徂徕山在夕阳照射下像图画一样清晰美丽；而停留在半山的云雾，像是在山腰上绕着的白色带子。写得很生动，却简括而不繁碎，因为这还不是描写的重点。

日观亭看日出，才是全文的重点，因而详加叙写和描绘。先从日出前的风、雪、云写起。与上文“苍山负雪”照应，写“大风扬积雪击面”，这是日出前在寒山之顶的感受，十分真切。更重要的是写所见。向亭东展视，自足下以至无穷远处，是一片漫漫云海。云中依稀可见几十个白颜色像樗蒱（古代一种形状很像山峰的赌具，又称为“五木”）一样的东西，那是隐藏在云雾中的山峦。在天的尽头，现出一线云烟，颜色有些异样，不久就变幻成五彩。在风、雪、云的烘托之下，这才写到日出。只见一轮红日冉冉升起，那赤红的颜色像是朱砂。最壮观的，是太阳之下有一片红光托着，这红光汹涌着，摇动着，充满着无穷的生命活力。有人说，这就是东海了。加“或曰”二字，意思并不确定，却正可以启发我们的想象：原来太阳是从一片红光闪耀、涵澹澎湃的东海之中升起来的，难怪她是那样的热烈、绚丽、浑圆！作者观日出，视野不仅仅局限于太阳本身，他还有锦上添花的描写。这就是掉头西望，写出太阳的光辉给世界抹上的绚烂色彩：“回视日观以西峰，或得日，或否，绛皓驳色，而皆若偻（弯腰曲背貌）。”这几笔简单的描写非常传神：它生动地显示了由高处向低处的视角，只有这样的俯视，才能看出西面在微曦中高高低低的峰峦如弯腰曲背的形状；它逼真地绘出了朝阳初升时积雪的泰山之巅特有的色彩——红白错杂，比之单一的赤红，显得更丰富绚丽，更有层次。这是作者独特的感受和发现，是写得具体而又深微的，虽然用笔非常精练，却使文章增色不少。这样，作者详细地写出了日出的全过程，从颜色和气象两个方面，对泰山日出的壮美景象作了神采飞动的形象描绘，给读者留下了鲜明深刻的印象。

第四段写山上的建筑和古迹，又写得很简括。提到岱祠、碧霞元君祠、皇帝行宫以及道中石刻，只点明它们的位置及存废情况，没有像写日出那样作具体细致的描绘。但虽然简括，却必不可少，它使读者从不同角度看出泰山的整体风貌。末段写山上的山石树木及冬日景象，略作点染，便使人真切地感受到泰山上的自然物候和肃杀气氛。

以上各段，作者层层写来，有主有次，有详有略，既有宏廓的全景，又有精微的细部。文辞雅淡清丽，结构简洁明晰，作者毫不费力，读者却于字里行间领略了泰山所独有的神采和情韵。

之所以收到这样的艺术效果，还因为作者写景能抓住特点，不一般化，并融进了作者自己的独特感受。作者在前面特意交代是丁未（旧历十二月二十八日）登泰山的，而观日出是“戊申晦”（十二月二十九日，旧历每月的最后一日为晦），后面的一系列写景便处处紧扣这严冬季节的特点。如登山时“道中迷雾冰滑”；山顶所见“苍山负雪，明烛天南”的气象；日出前，“大风扬积雪击面”；日出后，西面群峰或晦或明，“绛皓驳色”的特异色彩；以及山上所见的冷寂萧索景象：“冰雪，无瀑水，无鸟兽音迹。至日观数里内无树，而雪与人膝齐。”如此等等，都是冬日泰山所特有的景象。有了特点，就不一般化，也不会跟其他描写泰山景色的作品雷同。

写日出，则是抓住动的特点。日出前后的景象是急速变幻的。作者特别着眼于颜色，敏锐而又巧妙地从人的视觉来显示瞬息之间的变化。先是混茫一片的云海，既而隐约现出呈白色的群峰，扩展开去是“极天云一线异色”，而倏忽间又幻成五彩，随即便是旭日东升，红光摇荡。通过颜色的不断变幻，加上各种奇特景象的纷然杂陈，就从动的发展进程中，烘托出日出时所特有的壮美和绚丽。

作者重学问考据，在这篇文章中也处处显示出来，表现了桐城派古文的独特风格。写泰山的地理形势，登山的路径，南北东西，方位距离，无不言之凿凿。乃至由南麓登山，“四十五里”，“其级七千有余”，都写出了接近于准确的约数。这在一般游记文中是极少见的。写泰山正南三谷，有亲历者，有得之旧籍传闻者，引郦道元的话，并叙及古今之不同，显示了作者的学问和考据的功夫。姚鼐曾说：“以考证助文章之境，正在佳处。”（见《与陈硕士》）从这篇文章正可以看出他是有意作这样的追求，这追求虽不能说是怎样的好，却也并不破坏文章的意境诗情，且能见出作者博雅君子的情怀见识，别有其耐人寻味之处。

这篇文章，语言明净简洁，无废词冗句，而又描摹生动，色彩鲜明，可以看出桐城派古文家锤炼语言的功力。如最末一段，写“山多石，少土。石苍黑色，多平方，少圆。少杂树，多松；生石罅，皆平顶。冰雪，无瀑水，无鸟兽音迹。”句子都非常简短，两个或三个音节作一停顿，读起来显得明快、轻巧，毫无累赘拖沓之感。

这篇文章有没有寄托？从表面上看不出来。不过文章写于乾隆三十九年末姚鼐辞官归故里之时，这是值得我们注意的。他这次是跟泰安知府朱子颖同游的，刘大櫆在《朱子颖诗集序》中有几句话涉及到这次游览，他说：“姬传以壮年自刑部告归田里，道过泰安，与子颍同上泰山，登日观，慨然想见隐君子之高风，其幽怀远韵，与子颍略相近云。”如果说，这篇文章确实表现了作者追慕隐君子崇高标格的幽怀远韵，那表现应该说是十分隐微含蓄的。

恽敬《游庐山记》

庐山居浔阳彭蠡之会，环三面皆水也。凡大山得水，能敌其大以荡潏之，则灵；而江湖之水，吞吐夷旷，与海水异。故并海诸山多壮郁，而庐山有娭逸之观。

嘉庆十有八年三月己卯，敬以事绝宫亭，泊左蠡。庚辰，舣星子，因往游焉。是日往白鹿洞望五老峰，过小三峡，驻独对亭，振钥顿文会堂。有桃一株，方花；右芭蕉一株，叶方茁。月出后，循贯道溪，历钓台石、眠鹿场右转，达后山，松杉千万为一桁，横五老峰之麓焉。

辛巳，由三峡涧陟欢喜亭。亭废，道险甚。求李氏山房遗址，不可得。登含鄱岭，大风啸于岭背，由隧来。风止，攀太乙峰。东南望南昌城，迤北望彭泽，皆隔湖，湖光湛湛然。顷之，地如卷席渐隐；复顷之，至湖之中；复顷之，至湖壖；而山足皆隐矣。始知云之障，自远至也。于是四山皆蓬蓬然，而大云千万成阵，起山后，相驰逐布空中，势且雨。遂不至五老峰，而下窥玉渊潭，憩栖贤寺。回望五老峰，乃夕日穿漏，势相倚负。返宿于文会堂。

壬午，道万杉寺，饮三分池。未抵秀峰寺里所，即见瀑布在天中。既及门，因西瞻青玉峡，详睇香炉峰，盥于龙井，求太白读书堂不可得，返宿秀峰寺。癸未，往瞻云，迂道绕白鹤观，旋至寺，观右军墨池。西行寻栗里卧醉石；石大于屋，当涧水途中。访简寂观，未往，返宿秀峰寺，遇一微头陀。

甲申，吴兰雪携廖雪鹭、沙弥朗圆来，大笑排闼而入，遂同上黄岩。侧足逾文殊台，俯玩瀑布下注尽其变。叩黄岩寺，跐乱石，寻瀑布源，溯汉阳峰，径绝而止。复返宿秀峰寺。兰雪往瞻云，一微头陀往九江。是夜大雨时，在山中五日矣。

乙酉晓，望瀑布倍未雨时。出山五里所，至神林浦，望瀑布益明。山沉沉苍酽一色，岩谷如削平。顷之，香炉峰下，白云一缕起，遂团团相衔出；复顷之，遍山皆团团然；复顷之，则相与为一。山之腰皆弇之，其上下仍苍酽一色，生平所未睹也。夫云者，水之征，山之灵所泄也。敬故于是游所历，皆类记之。而于云独记其诡变足以娱性逸情如是，以诒后之好事者焉。

庐山又名匡山、匡庐山，是我国名山之一，位于江西九江市南，耸立于长江和鄱阳湖之滨。三面阻水，西接大陆，山上名胜古迹很多，奇峰峭壁，清泉飞瀑，云雾缭绕，是风景秀丽的游览胜地。作者于清嘉庆十八年（1813）三月以六天的时间游览了庐山，这篇文章就是这次游庐山的记实。

庐山风景多姿多彩，气象万千。宋代大文学家苏轼曾有过“横看成岭侧成峰，远近高低各不同”的赞叹。写庐山之游，从哪里写起？突出什么特点？怎样才能很好地将庐山的神貌真实生动地传达给读者？这些问题都是颇费斟酌，有相当难度的。作者在下笔之前，显然从他游庐山的切身感受出发，进行了精心的艺术构思。他采用的是点面结合的手法，以时间为顺序，全面地记述游览庐山的历程，介绍了游踪所及庐山上主要的风景名胜，同时又重点地描写了他感受最深也最能体现庐山风采的云雾。

开头简单地介绍了庐山的地理形势：“据浔阳、彭蠡之会，环三面皆水也（庐山位于浔阳江与鄱阳湖相会之处，三面环水）。”然后以议论入题，概括出庐山的主要特色和韵调是“有娱逸之观”，即庐山风景能使人娱情逸性，感到安静闲适。这是因为大山得水，水的气势能与山势相称，那么山因水流的激荡就会得到一种最能体现其精神风貌的灵气。海水汹涌，因而靠海的山其格调多为“壮郁”（雄奇勃郁）；湖水则平静而广阔，庐山濒临鄱阳湖，因而其景观能使人感到愉悦和安闲。这就告诉我们，他这次游庐山，感受所得，认识到庐山胜境之美是秀美而不是壮美，而最能表现庐山灵秀之气的是那变幻莫测的云雾。因此，作者将云雾作为描写的重点，通过云雾来表现庐山的韵调、精神。作者在文章结束时深情地说：“夫云者，水之征（下雨的征兆），山之灵所泄也（是山的灵秀之气的表露）。”他对这次游历只作了大略的记述，而对于云雾却详写其奇诡变幻的气象，以此来表现他所感受并概括出的庐山风景能娱性逸情的特色。这样首尾呼应的严密构思，就揭示了这篇文章的主旨，在于通过云雾来表现庐山最主要的精神特质。了解到作者的这番用心，就不难看出文章在叙写上是有详有略、有主有次、点面结合的。叙面上景物时，取其简约明晰；写重点景物时，则力求生动传神。

作者对庐山云雾确有他独特的感受和发现，而且是精心地加以描绘的。文中前后两次描写了庐山云雾。第一次是上山的第二天辛巳（十四日）登上太乙峰所见。太乙峰在含鄱岭西南，峰极高，下临鄱阳湖，所见与此有关。因是登高望远，故先写向东南望见南昌城，斜北望又见彭泽城（故城在今江西湖口县彭泽乡）。这都是远处，是隔湖所见。稍近就看见鄱阳湖了，那湖水，幽深澄碧，令人爽心悦目。下面就以“顷之”（不一会儿）、“复顷之”“复顷之”“于是”领起，写云雾的出没变幻之状。他先不说云起，而是说前所见远处的南昌、彭泽逐渐隐没，大地像被席卷了一样。过一会儿，这巨席像卷到了湖中，鄱阳湖不见了；再过一会儿，湖边也不见了；再后，整个山足都隐没不见。倏忽之间见此奇观，作者于是悟出：原来是云气涌来，由远而近，将景物遮住了。这既写出了庐山云雾的奇幻之状，又写出了作者又惊又喜的真实感受。既而收笔写近处（此时也只能看见近处）云气腾涌景象：“四山皆蓬蓬然（云朵蓬松上涌之状），而大云千万成阵，起山后，相驰逐布空中，势且雨（将要下雨的样子）。”那团团浓云蓬松上涌，无数既大且厚的云层攒聚在一起，像排列成森严的阵势，从山后涌出，奔驰追逐，密布于空中，看样子大雨就要来临了。这是站在高峰之上，由远而近所见庐山雨前突然云遮雾罩景象，厚重的云团漫天奔涌，既奇幻又壮观，大有“黑云压城城欲摧”的迫人之势。

第二次是乙酉（十八日）清晨出山的途中所见。因为天气很好，在神林浦由远处回望瀑布，显得格外清晰明朗。这时的庐山，一派浓郁翠碧，格外幽深，以致山岩和山谷像是被削平了一样，为一派深青所掩，一点看不出参差错落来。这几笔不是写云，却为下文写云涂抹出一种爽心悦目的背景。不久，便见“香炉峰下，白云一缕起，遂团团相衔出（接连不断地弥漫开来）”，显得那么轻柔、舒缓、闲静。又过一会儿，遍山都被团团白云所绕；又过一会儿，团团白云终于融合为一片，整个山腰都被云气所笼罩了。可是山的上部和下部，却仍是一派浓郁的深青色。于是作者情不自禁地感叹这是他生平从未见过的奇景。

两次写云有同有异，相同之处是，都是写云的奇诡变幻之态，并以此来表现庐山娱性逸情的独特风貌。不同之处有两个方面：其一是视点不同，前一次是站在山的峰巅登高望远，视野开阔，所见有城、有湖、有山，于变幻中着重写云气的腾涌气势，显得壮美；后一次是在出山途中，所见无非岩谷峰岭，于变幻中着重写团团白云的轻盈意态。其二是天气不同，前一次是在下雨之前，浓云密布，席卷而来，给人以威迫森严之感；后一次是在雨后，天气晴朗，满山翠碧，白云缭绕，给人以轻柔明丽之感。在语言形式上，前后都用了“顷之”“复顷之”“复顷之”，以显示瞬息万变的生动景象。但同中有异，在相同的语言形式中，表现出所见云雾的不同形态、不同风貌和不同气派，由此更充分地显示出庐山云雾的变幻无穷，丰富多彩。

以上是重点描写。点之外照顾到面。面上的叙写基本上是记实，一般只是交代清楚路线和游踪所到。例如：“过小三峡，驻独对亭，振钥顿（开门止宿）文会堂”，“由三峡涧陟欢喜亭。亭废，道险甚。求李氏山房遗址，不可得”等等。但于泛写中有时也以精练之笔略作点染，其景亦十分生动引人。例如写文会堂前“有桃一株，方花。右芭蕉一株，叶方茁”。又如写后山林木森茂：“松杉千万为一桁（原指梁上的横木，这里引申作林带讲），横五老峰之麓焉。”写日落前“回望五老峰，乃夕日穿漏（夕阳穿过云层射出来），势相倚负（那高耸的五峰的形态像是互相依靠着）”。写途中遥看瀑布：“未抵秀峰寺里所（一里左右），即见瀑布在天中。”这些描写，用笔都十分精简，却又都抓住了特点，寥寥几笔，就传达出了不同景色的气象精神。面上的叙写点染，穿插在两次对云雾的重点描写之间，大景与小景相配合，便很好地烘托出了庐山景色多姿多彩的风貌。

罗文俊《游岳麓记》

忆己未秋游恒岳，自浑源州南入，可二十里至山足。其间有所谓悬空寺者，峭壁百丈，寺悬其中，观之令人惊心骇目。时秋将半，白草黄沙，塞雁哀鸣，边城景色，莽苍弥望。路委折不甚陡峻，骑行可至山腰。过此则拾级而登。土人指十景相告，因与同游诸子拈韵赋诗。及至顶，谒岳帝。日正中天，秋阳暴烈，俯视山下，则已黑云密布，大雨忽作，雷声殷殷，反在足下。噫嘻，岂不一大观也哉！

夫恒岳远在边塞之外，去家五千余里，不惮跋涉而游。衡岳，楚之望，距家乡非甚辽远，乃生三十年而不能一至。岂洞庭之险，反胜于太行、雁门邪？丁卯春，买舟而南，行三十里，即阻石尤，八日始抵岳阳。因叹舟楫不如车马可计程而至也。泊舟湖畔，忽遇顺风，一日夜即抵星沙。惊风巨浪，瞬息百里。数日郁困，一旦舒放，固不必登岳而始爽然也。

南岳在衡山县，去星沙尚三百余里，卒然不能至。而岳麓近在湘西，即南岳七十二峰之一。盖衡山绵亘八百里，回雁为首，岳麓为足云。同学王子孟卿先至山中，作诗招我，乃为雨阻，不即游。

暮春一日，棹扁舟，绕桔洲而西。洲横江心，每春夏水涨，不能没，与波上下，盖昔人所谓地肺焉。抵岸，芳草迎风，鲜花映日，隔江所望岳麓寺者，反杳然不可见。循山径迤逦而行，四无人声，唯闻百鸟和鸣，令人作桃源想。数折至道林寺。寺门窈窕，唐人游览赋诗，必与岳麓并称，观其弘敞幽邃，自是一清静佛地也。

又行里许，至书院。规模壮阔，丹雘炳焕，书声朗朗彻院外。嗟嗟，逆氛扇虐而后，湖湘人士残敝巴极。今乃登衽席而诵诗书，又安可不思春风化雨之所自来邪！隔书院为学宫，内塑先圣暨四贤像，恭敬展拜而出。李邕碑剥落漶漫，剔苔藓可读。望道乡台，不能不生迁谪之感，而羡清风高节之可传，且叹山僧之贤于温益万万也。

从此登山，羊肠逶蛇。扶童子，喘息甚。昔人济胜之具，真不可少。路旁有舍利塔。相传昔名僧以舍利一撮付隋文帝，后分五十三处建塔藏之。岳麓其一也。然阴晦无宝光，心窃疑焉。或谓为人盗去，谅亦不谬。入寺，憩虎岑堂。山僧煮茗清谈，烧笋侑脱粟，饱食一过，清芬可人。泉声自窗外至，如乐如诉，如琴韵，如箫声，悦耳怡心，真觉红尘之扰攘可憎也。

日既午，同王子诣山顶，扪萝攀藤，松花竹粉，掩映襟带间。既至，纵目一视，诸峰罗列，真如儿孙远迩之间。延野绿而混天碧，柳子之言，洵非欺我。禹碑远在前山，路崎岖，恐日暮不能到，亦斯游之一憾也。南望，山光隐隐，层峦叠嶂，杳无尽处，祝融、紫盖诸峰，想在烟霭间，顾不知何日始慰观临之愿，亦如恒岳之登峰造巅耳。

抵暮，寻旧路归。鹧鸪声朗然可听，林间白鹇，忽隐忽现。时值朔日，尚无新月可观，因想三五之夕，据岗长啸，松声响应，清景又当倍增。归寺，宿僧房。万壑松涛，翻然到枕。谓王子曰："昔游北岳时，同人五六辈，今八九年间，散如晨星，或仕或处，或且志于富贵，视故人如敝屣。今吾与子数年之后，车笠之情，又安可保邪？"王子谓是安足道，请听梵呗皆如梦幻，富贵乎何有？功名乎何有？即兹游亦何有哉？

岳麓山在湖南长沙市西，位于湘江西岸，山上有许多名胜古迹，是著名的游览胜地。这篇《游岳麓记》在写法上有其特殊之处，即游岳麓山却不是从岳麓山写起，开头一段写的是九年以前游山西省的北岳恒山的情景；而游岳麓山，又本不是作者的目的，目的是衡山，只是在游衡山的途中顺便观览。这样的构思和结构方式，自有作者的用意在。其一是，通过写恒山的高峻（"峭壁百丈"）和苍凉（"白草黄沙，寒雁哀鸣"）以及头上"秋阳暴烈"足下却是"黑云密布"、雷雨并作的奇观，以与正文所描写的岳麓山形成对比，映衬出不同特色的风光。同时由此引出游衡山的决心，也烘染出作者游山的浓厚兴致，这才自然地推出后面种种兴味盎然的写景文字和感想议论。其二是，岳麓山本亦是衡山的一部分，文中作了明确的交代："盖衡山绵亘八百里，回雁（峰）为首，岳麓为足云"，这么说来，游岳麓乃是游衡山之足，虽是顺道一游，却与游衡山之目的并不相悖。这样的构思使人感到，山之足已是这样优美动人，其主峰的魅力自不待言。这样，作者游衡山主峰那个来不及实现的愿望和目标，就能引发读者的想象和兴味，读完此文却尚余兴未尽，别有期待。这一用意，作者在文中是有点示的，这就是写登上山顶南望时，见“山光隐隐，层峦叠嶂，杳无尽处，祝融（衡山七十二峰之最高峰）、紫盖诸峰，想在烟霭间，顾不知何日始慰观临之愿，亦如恒岳之登峰造颠耳。”衡山主峰之美没有写出来，只是在想象中，在烟霭间，这就同时给读者留下了想象的余地和悠然不尽之情。末句又特意提到恒岳之游，与开头相呼应，避免了结构上的散漫和松懈。

写游岳麓山，是文章的主体部分。作者的写法是将写景与交代有关的历史背景、传闻故实结合起来，并穿插进自己的感想议论，处处都袒露出作者作为一个封建知识分子的思想、眼光、趣味和情怀。这也是这篇游记的显著特点。一开始写湘江中的桔洲，就不是写它的面积有多大，以及上面的秀丽风光和繁茂的桔树，而是写它“洲横江心，每春夏水涨，不能没，与波上下，盖昔人所谓地肺焉。”所谓“地肺”，就是说这块江中之洲，可以随水沉浮，跟船一样。引入这一传闻，就给桔洲涂上了一层神秘色彩。及抵岸入山，写“循山径迤逦而行，四无人声，唯百鸟和鸣”，写出一片清幽境界。这时作者点出他的感受是“令人作桃源想”。飘然出世之思，更令人体会到这是一种远离尘世烦嚣的清净恬适的世界。写道林寺，突出其“弘敞幽遂，自是一清净佛地也”。又令人不禁生出尘外之想。写岳麓书院，除写其建筑规模的宏大，色彩的绚丽，特别写到那琅琅书声，并发出“春风化雨”（喻培育人才，文化兴盛）的感慨。写学宫，则表现出一个儒家信徒对古圣先贤的崇敬之情。写道乡台，则隐括北宋邹浩（人称道乡先生）因上书揭发权相章惇而被贬官衡州，州守温益拒不接纳，而为岳麓寺僧热情接待的故实，并抒发其感慨：“不能不生迁谪之感，而羡清风高节之可传，且叹山僧之贤于温益万万也。”表现了作者对崇高节操的仰慕与追求。登山喘息时，追羡古人既有游览的兴致，又有达到览胜的好条件——体力好，腿脚灵便，即所谓“济胜之具，真不可少。”写舍利塔，则记所得传闻：“相传昔名僧以舍利（指佛祖释迦牟尼遗体火化后骨灰凝结成的珠状体物质）一撮付隋文帝，后分五十三处建塔藏之，岳麓其一也。”但见其“阴晦无宝光”，又不免宁可相信舍利已经被人盗走。写在山寺中品茗请谈，吃粗饭而觉“清芬可人”；听泉鸣而感“悦耳怡心”，竟觉得“红尘之扰攘”十分可憎。至于攀登到山顶“纵目一视”，则见“诸峰罗列，真如儿孙远迩之间（山岭大大小小，高高低低，有如儿孙远近相随）”。于是便想起了柳宗元《柳州韦使君新堂记》中的句子：“迩延野绿，远混天碧：”（广阔的原野一片碧绿，辽远的天际一派青苍），感叹“柳子之言，洵非欺我”（意即自己与柳宗元有同感）。凡此，都是写景与议论相结合，无不既表现了作者游山的兴致乐趣，又同时表现了作者的学问文章与道德修养，虽然不免时有迂腐气息，却也比一味写景更多一层意趣情韵。

文章的结构由清幽之境引发出清逸之思，从枕上听到的万壑松声生出朋友星散之情，最后归结到富贵功名乃至这次的岳麓之游皆如梦幻，而这些又都是从上文那种情景结合、叙述描写与议论感慨相结合的手法一以贯之地发展下来的。不过，借友人王孟卿之口道出的佛家虚无思想毕竟过于消极，是不足取的。

（原载北京大学出版社 1989 年版《中国名胜诗文鉴赏辞典》，此文未收入北京大学出版社 2002 及 2005 年版《古诗文的艺术世界》，为十卷本《周先慎文集》补录）

吴敏树《君山月夜泛舟记》

秋月泛湖，游之上者，未有若周君山游者之上也。不知古人曾有是事否，而余平生以为胜期，尝以著之诗歌，今丁卯七月望夜，始得一为之。

初发棹，自龙口向香炉。月升树端，舟入金碧，偕者二僧一客，及费甥坡孙也。南崖下渔火数十星，相接续而西，次第过之，小船捞虾者也。开上人指危崖一树曰：“此古樟，无虑十数围，根抱一巨石，方丈余，自郡城望山，见树影独出者，此是也。”然月下舟中，仰视之，殊不甚高大，余初识之。客黎君曰：“苏子瞻赤壁之游，七月既望，今差一夕耳。”余顾语坡孙：“汝观月，不在斗牛间乎？”因举诵苏赋十数句。又西出香炉峡中少北。初发时，风东南来。至是斜背之。水益平不波，见湾碕，思可小泊，然且行过观音泉口响山前也。

相与论地道通吴中。或说有神人金堂数百间，当在此下耶？夜来月下，山水寂然。湘灵洞庭君，恍惚如可问者。又北入后湖，旋而东。水面对出灯火光，岳州城也。云起船侧，水上滃滃然，平视之，已作横长状，稍上，乃不见。坡孙言：“一日晚自沙嘴见后湖云出水，白团团若车轮巨瓮状者，十余积，即此处也。”然则此下近山根，当有云孔穴耶？山后无居人，有棚于坳者数家，洲人避水来者也，数客舟泊之，皆无人声。转南出沙嘴，穿水柳中，则老庙门矣。志称山周七里有奇，以余舟行缓，似不翅也。

既泊，乃命酒肴，以子鸡苦瓜拌之。月高中天，风起浪作，剧饥当之，各逾本量。超上人守荤戒，裁少饮，啖梨数片。复入庙，具茶来。夜分登岸，别超及黎，余四人寻山以归。明日记。

君山就是洞庭山，又称湘山，在湖南省岳阳市西南洞庭湖中。传说舜的妃子湘君曾到这里游玩，故称为君山。这个由传说而得来的名字，就给君山染上了一层缥缈的色彩。更何况是在湖中绕君山而泛舟？难怪作者一开头就说：“秋月泛湖，游之上者（游览中最美好的境界和感受），未有若周君山游者之上也（没有比在洞庭湖中环绕君山月夜泛舟更好的了）。”这个题目，这个开头，就提示我们这篇游记的基本内容和艺术特色：全篇所写就集中在六个字：君山、月夜、泛舟。所写到的景物，作者的联想和感受，他所力图创造出的艺术境界，甚至用以结构全文的线索，无不与此有关，无不由此生发出来。

游湖开始前，首段的末尾作者说：“今丁卯（清同治六年，即1867年）七月望夜，始得一为之。”“望夜”即农历十五日夜，这是写游湖的时间，同时就暗点出游湖的这天夜晚是皓月当空。因此在讲了由龙口发舟向香炉山的路线以后，马上就说：“月升树端”。这是交代泛舟的具体时间，同时也是写景，写月色。然后交代同行的人物，连同作者一共六人。接下去，便展开了对湖中月下清幽景色的描绘。

文章的主体部分，所写都是君山月夜泛舟的所见、所感。先写所见捞虾小船。可是开始没有看出是船，只见“南崖下渔火数十星，相接续而西，次第过之”，最后才看出是“小船捞虾者也”。这就写出了朦胧夜色里在湖上舟中所见的一种流动的景象；同时以渔火点染，一开始就显示出清寂湖面上的一种人间气息。次写高崖上的一棵古樟树，妙在将白日所见与此次夜游时所见对比起来写。白日所见，由同游者开上人的口中叙出：“自郡城（指岳阳城）望山，见树影独出者，此是也。”此次夜游所见，则由作者眼中写出：“然月下舟中，仰视之，殊不甚高大。”一棵“十数围”“方丈余”的大树，白日远望时见其形影特出，而月下舟中近观，却失掉了高大的气势，所见竟是这样的不同。这样，就在对比中灵动活泼地传达出在月色笼罩下游湖时的真切感受，初步显示出一种朦胧缥缈的气氛和境界。

接下去，由实入虚，虚实相间，把联想、传说跟眼前景物结合起来，借古代名文苏轼《前赤壁赋》中的意境，表现出一种风雅情调；同时又借神怪传说渲染出一种灵虚玄妙的氛围，使得实景变得虚化，意境显得更加幽深邈远。由客人黎君的话：“苏子瞻赤壁之游，七月既望（农历十六日），今差一夕耳。”由此引出观月诵赋的叙写，因而与首段“今丁卯七月望夜，始得一为之”相呼应，虽为作者有意牵合，却也显得转接轻灵，不失自然活泼的笔势。“余顾语坡孙：‘汝观月，不在斗牛间乎？’”对话中，既化用苏轼“月出于东山之上，徘徊于斗牛之间”的原句，将读者的想象引向那个遥远的赤壁夜游的境界，而同时又点出眼前的实景，月已升高，时间已经推移了。这种虚实关系的处理，是比较巧妙的。这时，作者轻着一笔，写湖面风息浪静的景象："至是斜背之（指背风），水益平不波（无浪）。"这为引入神话传说布置了一种静谧的气氛。洞庭湖下有地道与遥远的太湖相通，说湖底有神人居住的金堂数百间，这自然都是神话，不可能是真的；不过在此情此景之中，这传说的虚幻缥缈，跟眼前湖上泛舟，月色朦胧，清幽寂静的气氛是多么的和谐协调。因此，读者也跟作者一样，是宁可信其真，而不疑其假的。作者不仅信其真，他甚至感到在这"夜来月下，山水寂然"的环境中，简直可以跟湖水女神和洞庭龙君在迷离恍惚中相对而语了。读至此我们便懂得，作者引入与洞庭湖有关的神话传说，并非旁枝侧出，生拉活扯，而确是以此为手段在渲染一种气氛，创造一种意境，从而更好地传达出作者月下泛舟的真切感受。

这之后是写湖面的明洁，写变幻的云气，写声息俱无的清寂。看那月下的湖面是那样的清朗明洁，连远处岳阳城的灯光都清晰地倒映其中。水上云气蒸腾，缓缓地从船侧升起，一会儿作横长之状，一会儿又消失得无影无踪。于是又引出往日所见的景象：云气从后湖水中升起，凝聚成一团一团的，好像是白色的车轮，或巨大的土瓮；进而又猜想山为云根，这些神奇莫测、变幻无穷的云气，也许便是从水底山根的洞穴中涌出来的吧？在山后，没有定居的住户，仅有避水而来的人们在低洼之处临时搭建起的草棚；也有几只客船停泊在那里，可是却听不到一丝人的声息，周围是一片寂静。所有这些，虽然都清清楚楚是现实的景象，却还是前面所写的气氛的延续，仍笼罩着一层薄薄的轻纱，既朦胧，又缥缈。

作者的所见所感，有虚有实，却都切合君山、月夜、泛舟这 6 个字。前前后后，浑然一体，构成了一种幽美静谧的艺术气氛和境界，读来使人恍如置身于神仙世界之中，产生一种如苏轼在《前赤壁赋》中所说的"飘飘乎如遗世独立，羽化而登仙"的感觉。

船到老庙门，已绕君山一周，总写一句："志（指岳阳县志）称山周七里有奇（jī，意为挂零），以余舟行缓，似不翅（通啻，只的意思）也。"一个"缓"字，传达出一种流连胜景，陶醉其中的情味。一则令读者去回味前面所写泛舟中的所见、所感；再则由此又引出末段开怀痛饮的描写，以收束全文。

末段的写法，显然得之于苏轼的《前赤壁赋》，以月下痛饮表现一种寄情山水的惬意情怀。不同的是，苏轼写出主人公由悲到喜的感情变化，显得超旷飘逸；而此文显得过实，并多少表现出一种故作风雅的俗气。

本文的叙写不离山、月、水，却又从多方面着笔，写到船、树、云、灯光、茅棚等等，还进而俯仰今古，沟通人神，内容相当丰富，而在表现上又并不显得松散，而比较紧凑集中。这除了上面所说的紧紧扣住题目，处处不离君山月夜泛舟这一特定情景去描写、联想、发挥之外，在叙写的线索上，同时以游湖的路线和时间的推移（几次以月亮的移动来巧妙地暗中点示）来结构全篇，也收到了很好的艺术效果。

（原载北京大学出版社 1989 年版《中国名胜诗文鉴赏辞典》，此文未收入北京大学出版社 2002 及 2005 年版《古诗文的艺术世界》，为十卷本《周先慎文集》补录）

后　记

将历年所写有关古诗文艺术的文章，选出一部分辑集成书奉献给读者，是我多年来的愿望。这类文章的写作，最早开始于20世纪80年代初期。记得这些文章刚在报刊上发表时，就得到我所尊敬的老师和学长的鼓励和支持，他们都希望我多写，将来能结集出版。这一愿望就是在不愿辜负师长们的期望之中萌生的。收入这本书中的一些文章，多数在报刊上发表过，也有一部分是从未发表，而从讲稿中整理出来的。

曾经有人将写作艺术鉴赏的文章看得非常容易，以为人人均可以执笔。这实在是一种误解。艺术鉴赏是一种审美体验，一种高层次的思维活动，没有广博的知识，丰富的生活体验，以及深厚的艺术修养和敏锐的艺术感悟力，是很难写出优秀的鉴赏文章的。我之所以写得并不多，有负于读者和师长们的厚望，除了用力不勤、精力不专之外，也跟常常感到自己的修养和储备不足，总有些力不从心，因而不敢贸然苟且下笔有关。书中也有一些文章是当年应约而作，即便如此，也从不敢敷衍交卷，总是力求在鉴赏中有所体会有所发现，并尽可能真实和生动地传达出我的审美体验，让读者也能分享我的审美愉悦。

全书分为三大部分。第一部分是有关古诗文艺术鉴赏和作家作品的综论；第二部分是对古代诗歌具体作品的艺术鉴赏；第三部分是对古代散文具体作品的艺术鉴赏。三部分文章形式不全相同，写法也有区别，但都没有脱离对具体作品进行深入细致的艺术分析。所分析的作品，有一些是传诵千古的名篇，也有一些是读者并不太熟悉但在思想艺术上也都是各具特色的佳作。读者不难发现，选析的这些作品大多集中在宋代以后，宋以前的略有涉及，但数量不多。这与我的教学和研究工作的主要方向是宋元明清文学有关。

有几篇文章是由我妻子钟必琴执笔并以她的名字发表的，这次也一并收入书中。正如我所执笔并由我署名发表的文章一样，其中包含了我们两人共同研习古诗文的心得体会，融进了我们共同的审美体验。这反映了我们平居生活的一个侧面。在这个意义上，这本书的出版，对我们来说，也算是一个十分珍贵的纪念。

周先慎

2001 年 10 月 23 日于京西淡浮居